KB111583

무림세가
천대받는
손녀딸이
되었다

무림세가 천대받는 손녀딸이 되었다 2

마루별 장편소설

초판 1쇄 찍은 날 | 2023년 2월 27일
초판 2쇄 펴낸 날 | 2024년 10월 31일

지은이 | 마루별
발행인 | 이진수
펴낸이 | 황현수

기획 | 정수민
편집 | 윤수진

펴낸곳 | 주식회사 카카오엔터테인먼트
등록번호 | 제2015-000037호
등록일자 | 2010년 8월 16일
주소 | 경기도 성남시 분당구 판교역로 221 6(일부)층

제작·감수 | KW북스
E-mail | paperbook@kwbooks.co.kr

ISBN 979-11-385-8783-9 04810
      979-11-385-8781-5 (set)

무림세가 천대받는 손녀딸이 되었다

마루별 장편소설

2

Yeondam

目次

一部
1부

第三章 下

처소로 들어서자마자 야율이 기다렸다는 듯 내게 수건을 내밀었다.

천산염제가 오면 야율은 자리를 피해 버렸다. 혹시나 다시 제자 제안을 해서 귀찮게 굴까 봐 피하는 것이 뻔히 보였다. 그리고 나를 바라보는 눈빛에 죄책감이 가득했다.

아버지가 나와 야율을 보고 먼저 처소 안쪽으로 향했다. 나는 야율에게 물었다.

"잘하고 있어?"

"……하고 있어."

천산염제는 야율에게 양의 기운을 억누르는 운기법과 처방을 알려 주었다. 이걸 한다고 극양지체에서 벗어날 수 있는 것은 아니었지만 악화하는 걸 조금이나마 늦출 수 있다 하였다. 목숨 줄을 연장한 건데도 야율은 표정이 좋지 않았다. 나 때문이었다.

야율은 내가 천산염제에게 금나수를 배우는 소선으로 천산염제의 운기법과 처방을 얻어 온 거라고 믿고 있었다. 저렇게 우울한 낯을 볼 때마다 내가 미안해질 지경이었다.

'사실은 그게 아니야……'

내가 금나수를 배우든 배우지 않든 천산염제는 야율에게 운기법과 처방을 알려 주었을 터다. 겨우 찾은 극양지체를 죽게 둘 리 없을 테니까.

하지만 이제 와 사실을 말하기엔 늦었다. 어쩔 수 없이 나는 그저 괜찮다는 듯 웃었다. 그 모습이 오히려 야율에게 더 죄책감을 느끼게 할 거라고는 생각조차 하지 못했다.

남궁세가 중앙 전각.

발걸음 소리가 들리고 문발 너머에서 하인이 고했다.

"가주님, 천산염제께서 오셨습니다."

"들여라."

남궁무철은 뒷짐을 진 채 돌아보지 않았다. 바로 뒤까지 온 천산염제가 말했다.

"뭘 그리 보나 했더니만. 왜, 몸이 근질근질하시오?"

"왜, 그렇다면 상대해 주겠나?"

"다 태워도 된다면 얼마든지."

"그건 아니 되지."

그러고도 장식대의 검에 시선을 고정하던 남궁무철이 말했다.

"근래 마교가 조용하네."

"형님껜 좋은 일 아닙니까?"

"그렇긴 하다만. 대체 무얼 준비하고 있는지……."

"맹주 자리도 내려놓았거늘 뭘 그리 신경 쓰시오? 이제 어린놈들이 알아서 하겠지."

"자네 말이 맞네."

쓸쓸하게 웃으며 고개를 저은 남궁무철이 몸을 돌렸다.

"바람이나 쐬지."

천산염제와 함께 방을 나선 남궁무철이 솟구쳐 올라 지붕을 밟고 몇 걸음 만에 호수 근방의 이 층 전각에 도착했다. 그 뒤를 천산염제가 따랐다.

"연이는 잘 따라오나?"

"……나쁘진 않소."

남궁무철의 눈썹이 놀란 듯 치켜 올라갔다.

"오, 나쁘지 않다? 자네에게 그런 평을 듣다니."

"쓸데없는 소리 마십시오."

"제자로 들일 생각인가?"

"극양지체도 아닌데 어찌."

"극양지체면 들였을 거라 들리네만."

"……."

남궁무철이 껄껄 웃으며 말했다.

"마음 쓸 곳이 있다는 건 좋은 일이지. 연이 그 아이는 은혜를 알고 심성이 곧으니 자네에게도 좋은 일일세."

"허, 마치 제 손녀처럼 말씀하시는구려?"

"그러게. 아쉽군."

남궁무철을 홱 돌아본 천산염제가 눈을 부라렸다.

"내가 먼저 찜했소. 그 아이에게 손 뻗을 생각일랑 꿈도 꾸지 마십시오."

"제자 아니라며?"

"흥."

콧방귀 뀐 천산염제가 말을 이었다.

"형님이 지금 그 아이 신경 쓸 때요? 내 들은 바론 형님 손자 녀석에게 문제가 있다던데. 검기를 다시 못 만든다면서요?"

"음."

남궁무철이 침음을 흘렸다. 천산염제가 수염을 쓰다듬으며 말을 이었다.

"그럴 수가 있나? 내가 처음 검기를 만들었던 건 너무 오래돼 기억도 가물가물하군."

처음 검기를 만들어 낸 것을 벽을 넘었다고 표현하곤 했다. 다음 단계로 나아갔다는 뜻이었다. 처음이 매우 어려울 뿐, 넘고 나서 다시 뒤로 후퇴하는 경우는 없었다.

하지만 지금 남궁류청이 그 상태였다. 한 번 검기를 만들었으니 이제 진검으로 검기를 만들며 익숙해져야 할 시기. 하나 남궁류청은 검기를 다시 만들어 내지 못하고 있었다. 듣도 보도 못한 상황이었다. 살며 단 한 번도 실패한 적 없는 남궁류청의 반응이 어떠할지는 굳이 알아보지 않아도 될 터였다.

"류청, 그 아이도 고민이 크겠지."

남궁무철의 시선 끝에 연무장 위를 펄럭이는 무명천이 닿았다.

몇 번 왔다고 연무장의 모습이 익숙했다. 그리고 익숙함 사이에서 달라진 점을 몇 가지 찾을 수 있었다. 직사광선이 내리쬐지 않게 하늘에 무명 천막을 쳐 놓은 것이다.

'오, 좋은데! 눈부시진 않겠군.'

오늘 연무장에 나온 것은 아버지가 남궁류청과 지도 대련을 하기로 했기 때문이다. 아쉽게도 서하령은 없었다. 서하령은 내가 창궁관에 들어가고 얼마 뒤에 수향문으로 잠시 돌아갔다. 어머니 생신이 다가왔기 때문이다.

'하령이도 왔으면 좋아했을 텐데.'

연무장 반대편에 오랜만에 보는 얼굴이 나타났다. 남궁류청이었다. 남궁류청도 창궁관에 들어가기 전에 봤던 게 마지막이었다.

'그런데 얼굴이 왜 저래?'

그동안 굶기라도 했는지 또 살이 무척 빠져 있었다. 안색도 나쁘고, 눈가에 그늘도 짙은 것이 며칠 제대로 자지 못한 낯이었다. 나는 놀란 속을 숨기며 남궁류청을 향해 다가갔다.

"오랜만이야."

남궁류청이 나를 흘끔 보고는 고개를 끄덕였다. 반응이 매우 건성이었다. 순간 내가 남궁류청과 헤어질 때 싸우기라도 했나 기억을 더듬어 볼 정도였다.

'음, 아니야. 안 싸웠는데.'

확신하고 다시 말을 걸었다.

"그동안 왜 한 번도 안 왔어? 창궁관에서 나온 지도 꽤 됐네."

"우리 약조는 네 손이 나을 때까지 아니었어? 내가 널 왜 보러 가야 하지?"

"그냥 잘 지냈는지, 얼굴 보는 거지. 얘기도 하고……."

"뭐 하러?"

"……."

내 말문을 막은 남궁류청은 태연히 소맷자락을 정돈했다.

'이 자식이…… 왜 또 병이 도졌지?'

남궁류청의 지병이 다시 도진 모양이었다. 내가 정한 지병의 이름은 '세상을 따시키는 병'이었다.

고개를 조금 틀자 남궁류청 뒤쪽에 거리를 두고 서 계신 남궁완 아저씨와 심 부관이 보였다. 남궁완 아저씨의 얼굴은 붉으락푸르락 터질 것 같았고, 심 부관은 안색이 창백했다. 그다지 크게 얘기하진 않았지만, 고수시니 당연히 우리 대화를 모두 들었을 터였다. 당장 호통치고 싶은 걸 참는 표정이었다.

'음, 세상과 거리 두는 아들 때문에 참 고생이 많으셔.'

남궁완 아저씨를 위해 남궁류청에게 한 번 더 말을 건네기로 했다.

"나는 가끔 네 생각 나서 너 보고 싶던데."

남궁류청이 그제야 고개를 들었다. 살짝 놀란 눈빛이 나를 향했다. 나는 웃으며 말을 이었다.

"너는 나 안 보고 싶었어?"

"……난 수련하느라 바빠."

남궁류청이 눈가를 찡그리며 말을 잘라 냈다. 나는 팔짱을 끼곤 남궁류청을 물끄러미 바라봤다.

'이상한데. 왜 이렇게 날 서 있는 거야?'

나는 문득 떠오른 사실에 다시 입을 열었다.

"류…… 아니, 공자."

무심코 이름을 부를 뻔했다.

"뭐 고민거리라도 있어?"

남궁류청이 눈썹을 움찔 떨었다.

있나 보네.

남궁류청은 고민거리가 있을 때마다 매우 예민해졌다. 보통 그 고민거리는 검에 관한 것이었고.

"……네가 신경 쓸 일 아니야."

"너무 무리하지 마."

나는 그 말을 마지막으로 뒤돌아 연무장 가장자리로 향했다.

'참, 어렵다 어려워.'

내 손 때문에 붙어 있던 짧은 시간. 남궁류청이 나를 친우로 여기기엔 모자랐던 모양이었다. 솔직히 저 날 선 태도에 서운하지 않은 건 아니었지만, 크게 실망하지도 않았다. 쉽게 친해질 수 있을 거라고 생각하진 않았으니까.

이를 모두 지켜봤을 아버지가 내게 말했다.

"……괜찮으냐?"

"그럼요! 괜찮아요."

나는 씩씩하게 답했다. 하지만 아버지는 오히려 안쓰러운 눈빛으로 나를 바라보다 품에 안았다.

'아니, 난 정말 괜찮은데?'

등을 도닥이는 손길을 느끼다 문득 장난기가 치솟았다. 나는 겨울바람에 차가워진 손을 들이 아버지의 목덜미에 찰싹 붙였다.

아버지는 말했다.

"손이 차갑구나."

"……."

음, 재미없다.

우리와 비슷하게 다른 쪽 상황도 그다지 재밌어 보이진 않았다. 연무장 반대편에서 남궁완 아저씨가 남궁류청을 향해 무언가 말하고 계셨다. 분위기가 좋지 않은 것이 나무라는 듯 보였지만, 남궁류청은 아버지의 호통에도 어딘가 정신이 팔린 듯한 태도를 보였다.

'저래서야 오늘 대련에 집중할 순 있으려나?'

아버지가 내 어깨를 잡고 살짝 밀어냈다. 이제 대련을 하려는 모양이었다.

"그럼 여기서 지켜보거라."

"네."

팔락이는 옷자락이 멀어졌다.

내가 창궁관에 들어가 있던 새 남궁류청과 아버지의 통성명도 진즉에 끝났다 들었다.

'그러고 보니 원래 전개면 아버지가 남궁류청을 제자로 받아들일 시긴데……'

아직 그런 말은 없었다. 잠시 생각에 잠긴 사이 둘이 주고받는 목소리가 들렸다.

"검기를 만들 수 있다고 들었다. 네 또래에 그 정도 경지를 이룬 이는 없을 터. 나도 한번 견식하고 싶구나. 진검을 들거라."

"깨달음이 미진하여 다시 내보이지 못하고 있습니다."

"음?"

저게 무슨 소리야?

나 또한 아버지를 따라 남궁류청을 의아하게 보았다.

'이상하네.'

남궁류청의 검기에 베였던 내 손바닥이 아물고도 남은 시간이었다.

그동안 검기를 다시 만들지 못했다니?

남궁류청은 침잠한 낯이었다. 하지만 나는 그의 승부욕과 검에 대한 집착을 알기에 저 모습이 평정을 가장한 것임을 알았다.

'그러고 보면 남궁류청이 원래 검기를 발현한 나이보다 몇 년 빨랐지.'

그래서 문제가 생긴 걸까?

작중에서 남궁류청이 성장하는 방식은 소중한 걸 지키려는 마음에서 비롯했다. 정말 무협지 주인공다운 성장 방식 아닌가? 하지만 여기서 문제가 생겼다. 남궁류청의 어린 시절에는 소중한 것이 없다는 거였다! 남궁류청의 어린 시절 중 가장 소중한 기억을 찾아보라 한다면…… 수련 시간이 되는 것이다.

'참 지병이 깊어.'

그래서 천하제일의 기재로 불리며 또래에 비교할 자 없는 실력을 지녔지만, 개인적으로는 벽에 막혀 답답한 어린 시절을 보낸다.

잠시 침묵한 아버지가 다시 입을 뗐다.

"알겠다."

"여기."

그때 언제 꺼내 왔는지 남궁완이 목검을 하나 던졌다. 매끄럽게 받아 든 아버지가 남궁류청을 보았다.

"준비됐나."

"그럼 한 수 청하겠습니다."

남궁류청이 검례를 하곤 바로 자세를 잡았다.

나는 눈을 크게 떴다. 남궁류청의 기세가 순식간에 바뀌었다.

회귀 전에 많이 지켜본 바로는 보통 아버지와 대련하는 자들은 아버지의 명성에 기가 눌려 한참을 살피며 뜸을 들였다. 하지만 남궁류청은 곧장 검을 휘둘렀다. 그 모습이 마치 맹수와도 같았다.

'남궁류청이 서하령하고 대련한 건 정말 애들 장난이었는데?'

하지만 매서운 공세에도 아버지에게 닿는 건 없었다. 이대로는 안 된다 생각하였는지 남궁류청이 공세를 멈추고 물러나려는 순간, 아버지의 검이 남궁류청의 목덜미를 겨눴다.

'와…… 끝난 거야?'

정말 순식간이었다. 금안의 능력이 아니었다면 아버지가 검을 휘두르는 모습도 보지 못했을 터였다. 남궁류청이 목검을 거뒀다.

"한 수 배웠습니다."

"……."

아버지는 묘한 표정이었다.

"수고했다. 네 또래에 본 적 없는 성취다. 남궁 세가의 자랑일 만하구나."

"감사합니다."

"한 가지 묻고 싶은 것이……."

말을 하던 아버지가 갑자기 고개를 틀었다. 덩달아 나와 남궁완, 남궁류청 모두 아버지가 바라본 방향을 보았다. 그곳에 서 있는 인물을 본 나는 놀라 중얼거렸다.

"할아버지?"

"오, 잊지 않았구나."

남궁완이 의아한 목소리로 말했다.

"언제부터 계셨습니까? 오셨으면 말씀하시지요."

"음, 네가 목검을 건넬 때부터?"

그럼 거의 처음부터 계셨다고 봐야 했다. 그런데 이 자리의 누구도 아버지가 남궁 세가주를 바라볼 때까지 할아버지의 존재를 알아채지 못했다. 아버지가 남궁무철을 향해 공손히 포권지례했다.

"남궁 세가주님께 인사 올립니다."

"되었다. 우리 사이에 무슨, 그리 예 차릴 것 없다."

손을 내저은 남궁 세가주가 남궁류청을 보았다.

"류청, 어째서 공세를 멈췄느냐?"

"더는 이어 나가도 소용없을 듯싶어 검로를 다시 생각해 보려 했습니다."

"다시 생각해 보면 답이 나올 것 같더냐?"

"……아니요."

"흠."

뜻 모를 침음을 낸 남궁 세가주가 갑자기 나를 보았다.

"근래 다시 수련을 시작했다 들었다."

"아, 네."

"몸이 많이 회복되었다니 다행이구나."

"걱정에 감사합니다."

남궁 세가주가 뒷짐을 진 채 찬찬히 다가왔다. 그냥 걷는 것일 뿐인데도 시선을 집중시키는 힘이 있었다. 남궁 세가주가 대뜸 말했다.

"둘이 내기를 해 보는 게 어떻겠느냐?"

"네?"

"예?"

앞선 의문은 나고 뒤는 남궁류청이었다. 남궁완이 당혹스럽다는 듯 말했다.

"아버지, 그게 무슨 말씀이십니까? 연이가 어찌 류청과 대련을 한단 말입니까?"

"두 아이의 실력 차는 말할 것도 없을 터. 연이만 괜찮다면 경험이라 생각하고 한번 해 보는 건 어떠한가? 당연히 류청은 내공을 쓰지 않아야지."

남궁 세가주는 뜻 모를 표정으로 온화하게 웃을 뿐이었다.

"어……."

나는 당황하여 아버지를 보았다. 눈이 마주친 아버지가 미미하게 고개를 끄덕였다.

'아니, 정말 하라고? 전혀 상대도 안 될 텐데?'

그런 불안한 마음과 달리 입에서는 긍정의 말이 나왔다.

"네. 그럼 하겠습니다."

아버지께서 내게 해가 되는 일을 시키실 리 없으니까. 내 답에 남궁류청의 낯은 기묘해졌다. 남궁류청이 따지는 듯한 어조로 남궁 세가주께 말했다.

"할아버님, 정녕 백리 소저와 대련하란……."

남궁 세가주가 그런 남궁류청의 말을 자르며 말했다.

"류청, 요새 네 고뇌가 큰 걸 안다. 며칠 전 네 아버지에게 창궁관에 들어가고 싶다 하였다지? 그렇다면 내 뜻에 따르거라."

수련복으로 갈아입을 필요는 없었다. 본래 남궁류청과 아버지의 대련이 끝나면 나도 수련할 예정이었기에, 이미 수련복 차림이었다.

남궁완 아저씨는 기분이 무척 언짢아 보였다. 남궁 세가주께서 남궁류청이 시키는 대로 한다면 창궁관에 들어갈 수 있도록 허락해 준다고 했기 때문인 듯했다. 남궁완 아저씨는 불퉁한 낯으로 남궁 세가주를 바라보았다.

이윽고 나는 내가 들기에 적당한 목검을 받았다. 손에 닿는 감촉이 정말로 오랜만이었다.

과거, 내공 폐인이 되었더라도 열심히만 하면 될 줄 알았던 때가 있었다. 언젠가 방법을 찾아 나왔을 때를 대비하여. 혹은 다른 방도가 없어서. 그냥 열심히 검을 휘둘렀었다.

'……멍청한 짓을 했다고 생각했는데.'

지금 와서 생각하니 그때 열심히 살아서 다행이었다. 내가 모든 걸 포기한 채 방탕하게 놀기만 했다면 지금 검을 쥐었더라도 머릿속이 새하얬을 테니까. 역시 뭐든 할 수 있는 것을 찾아 현재에 충실히 살아가는 것이 가장 중요했다.

인생의 교훈을 곱씹으며 연무장 중앙으로 걸어갔다. 남궁류청은 미간을 찌푸린 채 굳어 있었다. 이 상황이 무척 마음에 들지 않는다는 표정이었다.

"미리 말해 두지만, 봐주지 않을 거야."

난 남궁류청을 보며 진지하게 말했다.

"좀 뇌줘……."

"……."

남궁류청의 눈썹이 하늘 높은 줄 모르고 치켜 올라갔다.

'음, 왠지 화를 돋운 것 같네.'

남궁류청과 마주 검례를 올렸다. 그 뒤 몇 걸음 물러나 서로를 마주 본 채 검을 쥐고 자세를 잡았다. 이를 조마조마하게 지켜보던 남궁완이 놀라 말했다.

"연이가 생각보다 익숙해 보이는걸?"

"그렇……."

백리의강도 이에 동의하려는 찰나, 딱!

남궁류청이 찔러 들어가는 검을 막은 백리연의 검이 하늘을 날았다.

"……."

"……."

검을 날린 남궁류청도 나도 놀랐다.

'음. 쪽팔리는데.'

서하령이 이런 심정이었으려나?

뒤통수가 따끔따끔하니 몇 명 있지도 않은 연무장의 분위기가 썰렁하게 가라앉은 걸 느낄 수 있었다. 공격이 보이니 반사적으로 막은 것인데 그게 실수였다. 검을 손에 쥐어 본 지 너무 오래돼…… 아니, 변명이었다. 남궁류청의 힘이 이렇게 셀 줄 정말 몰랐다.

'내공도 쓰지 않았을 텐데.'

검을 놓친 손바닥이 저릿했다. 남궁류청이 이를 빠득 물고 나를 노려봤다.

"장난치지 마."

"……."

나는 억울함을 담아 말했다.

"장난 아니야……."

"거짓말 마. 별로 세게 치지도 않았어."

"……."

진짜 아닌데. 매우 억울했다.

남궁류청이 사나운 기색으로 말을 이었다.

"서 소저한테 내 검로의 파훼법을 알려 줬다지 않았어? 그냥 보였다며? 아니면 그 말이 거짓이었나? 이럴 거면 하지 마."

남궁류청은 말할수록 화가 치솟는 듯했다.

"네가 내공을 쓰진 못하더라도 백리 세가에서 어릴 적부터 검을 배웠을 텐데. 그럼, 백리 세가 수준이 이 정도밖에 안 되는 건가?"

나는 검이 떨어진 곳을 확인하고 남궁류청을 돌아보았다.

"······공자."

"말해."

"모든 사람이 너처럼 운이 좋진 않아."

"뭐?"

"너를 모욕한 것처럼 느껴졌다면, 미안해."

"······."

내 사과에 남궁류청이 미간을 모았다. 남궁류청이 검을 거두며 고갯짓했다.

"검 다시 가져와. 진지하게, 다시 해."

후우. 나는 소리 내지 않으며 깊게 한숨을 내쉬었다. 아무리 나라도 살짝 화가 나기도 했고, 가장 큰 문제는······ 답이 없었다. 남궁 세가주께신 대체 왜 갑자기 대련하라고 시킨 거지? 천하 십일킹이신 분이 심심해서 시키진 않았을 텐데.

여기서 대체 무얼 얻을 수 있는지 전혀 감이 잡히질 않았다. 그리고 떨어진 검을 주우러 간 곳이 하필이면 남궁 세가주 근처였다. 검을 주워 들 때 남궁 세가주가 나를 불렀다.

“연아.”

“네.”

“류청은 원래도 힘이 대단하다. 힘으로는 절대 상대할 수 없어.”

“……”

“내 들어 보니 네 눈이 매우 좋다 하더군. 그의 공격을 몇 번이나 피하려 들었다지?”

여기서 ‘그’가 천산염제를 말하는 걸 알 수 있었다. 그리고 이 말이 남궁 세가주의 조언이라는 것도.

“감사합니다.”

“똑똑하니 잘 알아들었으리라 믿는다.”

나는 곰곰이 생각에 잠긴 채 돌아갔다.

남궁 세가주의 목소리는 크지 않았지만, 작지도 않았다. 연무장의 모두가 들었다는 뜻이었다. 남궁완이 혼자 곱씹듯 중얼거렸다.

“눈이 좋다?”

고개를 기울인 남궁완이 걱정스럽게 걸어가는 백리연을 보았다.

“자네, 계속하게 둘 생각인가? 류청이 연이 몸 상태를 따져 봐줄 만한 아이가 아닐세.”

“일단은…… 두고 보세. 남궁 세가주님께서도 생각이 있으신 것 같으니.”

백리의강이 애매한 어조로 말했다. 그리고 문득 떠올랐다는 듯 물었다.

"아, 그런데 왜 연이가 남궁 세가주님을 할아버지라 부르는 게지?"

"아버지가 그리 부르라 하셨네."

짤막한 대화를 나누는 새 다시 대련이 시작되었다. 이번엔 전과 전혀 달랐다. 길어지는 승부를 지켜보던 남궁완이 중얼거리듯 말했다.

"정말 쥐새끼 같…… 큼, 연이가 엄청 잘 피하는군."

"……."

"보법과 경신법이 꽤 익숙한데? 흠……."

남궁완은 대련이 꽤 웃기게 돌아간다 생각했다.

나는 두 번째 대련을 시작하자마자 선공을 날렸다. 남궁류청은 놀라지 않고 내 힘을 가늠하려는 듯 침착하고 정직하게 공격을 막았다. 각오하고 휘둘렀음에도 목검끼리 부딪친 순간 검을 놓칠 뻔했다.

'세 번? 네 번 정도?'

그 이상 검을 마주치면 놓칠 터였다. 후다닥 물러나는 내게 반격하듯 남궁류청이 공세를 찔러 넣었다. 나는 남궁류청의 검의 경로를 알 수 있었다. 거의 반쯤은 예지의 영역에 걸쳐 있는 느낌이었다. 나는 연달아 몰아치는 검격을 정신없이 피하며 물러났다.

'이게…… 되네?'

나는 피하면서도 놀라 눈을 크게 떴다.

이걸 가능하게 만든 데에는 여러가지 요소가 있었다. 일단 최근 천산염제에게 이마를 두들겨 맞으면서 눈으로 성로를 보는 수련 중이어서인지 남궁류청의 공격이 훨씬 잘 보였다.

그리고 위기에 처하자 본능적으로 회귀 전 수백 번 연습한 백리 세가의 보법을 밟았다. 백리 세가의 검법과 보법은 공격을 흘려 내고 반격하는 식으로 구성되어 있었다. 말하자면 잘 피하게 만들어져 있는 것이다.

마지막으로 나는 남궁류청과 서하령의 대련을 몇 번이고 지켜봤다. 즉, 남궁류청의 검법에 익숙했다. 거기에 이건 편법이었지만, 자연지기도 약간 끌어다 쓴 상태였다.

'눈동자 색이 크게 변하지 않을 정도로 아주 조금이지만.'

어쨌든 나는 내공을 조금 쓰고 있는 것이나 다름없었다.

어느새 연무장 한 바퀴를 뺑 돌았다. 남궁류청도 이쯤 되자 숨이 거칠어져 있었다. 남궁류청은 정직하게 내공을 안 쓰고 있으니 당연했다. 나는 흘끔 남궁 세가주와 남궁완 그리고 아버지를 보았다. 저 세 분은 아마도 내가 내공을, 자연지기를 쓰고 있다는 걸 아실 터였다.

'아무 말도 없으신 거 보면…… 이 정도는 써도 된다는 거겠지?'

반면 남궁류청은 내가 내공 폐인이라 믿어 의심치 않으니 전혀 짐작도 못 할 터. 남궁류청이 숨을 가다듬으며 나를 노려보았다.

"너…… 그만 도망가."

"시럿!"

장난치지 말라고 정색하고 백리 세가의 수준이 어쩌고저쩌고하며 들은 막말에 대한 울분, 몇 번의 성공적인 도주로 자신감을 얻은 내가 소리쳤다.

"잡을 수 있으면 잡아 보든지!"

남궁류청의 눈에서 불꽃이 튀었다.

너무 약 올렸나?

나는 황급히 고개를 숙였다. 횡. 내가 피한 자리에서 아주 무서운 소리가 들렸다. 소름이 오소소 들었다. 내 머리가 있던 자리였다.

"미친, 날 죽일 셈이야?"

"피했잖아."

"그래도!"

"시끄러워."

남궁류청이 연달아 휘두르는 검을 피해 후다닥 물러났다. 그렇게 또 연무장 한 바퀴를 돌았다.

"⋯⋯."

"⋯⋯."

나는 거친 숨을 몰아쉬었다.

'아이고, 힘들어!'

잘 피했지만, 모두 피할 수는 없었다. 도망치는 사이 어쩔 수 없이 남궁류청의 검을 몇 번 막느라 이젠 손아귀에 힘이 들어가지 않았다. 들고 있는 목검이 거추장스러울 지경이었다.

그리고 마지막으로, 남궁류청도 슬슬 내가 피하는 방식에 익숙해지는 것이 보였다.

'거기다 화나서 살짝 눈이 돈 것 같은데⋯⋯.'

이렇게 제대로 대련도 안 하고 피해 다니기만 하는 상대는 처음일 터였다.

가끔 남궁류청에게 유효한 타격을 줄 만한 경로가 보였지만 문제는 내 몸이었다. 피하는 건 아슬아슬하게 가능했지만, 딱 거기까지였다. 파훼법이 보이더라도 이를 공략할 엄두가 안 났다.

'하, 이 방법뿐이네.'

쥐고 있던 목검을 바라보던 난⋯⋯ 그대로 남궁류청을 향해 검을 집어 던졌다. 어차피 제대로 휘두를 수 없는 수단. 거치적거릴 뿐이었다.

"……!"

깜짝 놀란 남궁류청이 내 목검을 쳐 내는 틈에 바짝 붙었다. 남궁류청이 검을 쥐지 않은 좌수를 내게 뻗었다. 최근 수도 없이 맞은 천산염제의 손에 비하면 훨씬 느렸다.

나는 몸을 틀어 좌수를 피하며 팔을 팔뚝으로 밀쳐 냈다. 남궁류청의 확장된 눈동자와 정돈된 숨결이 닿는 게 느껴질 정도로 가까웠다. 나는 그대로 목검을 쥔 남궁류청 손목의 혈을 내리쳤다.

퍽! 꽤 큰 소리가 들렸고, 나는 탄식했다.

"아……."

공격은 제대로 먹혔다. 하지만 힘이 부족했다.

남궁류청의 손에 힘이 살짝 빠졌으나 끝내 검을 떨어트리진 않았다. 당연히 놓치지 않은 목검은 내 목을 겨누고 있었다. 목덜미에 닿는 목검의 감촉이 서늘했다. 나는 남궁류청의 부릅뜬 눈을 보며 인정했다.

"음, 졌습니다."

"너……."

크게 숨을 들이쉰 난 그 자리에서 털썩 주저앉았다.

"아, 힘들어."

머리가 핑핑 도는 느낌이었다. 나는 지끈거리는 머리를 부여잡은 채 남궁류청을 올려다보았다.

"류청."

"이름을 왜 멋대로……."

나는 남궁류청의 의문을 자르며 말했다.

"검을 쥔 건 사람이야."

"······?"

"소중한 걸 만들어. 그래야 네 벽을 넘을 수 있을 거야."

어느새 아버지가 내 곁에 다가왔다.

"연아, 졌구나."

"네."

"공자, 좋은 대련이었네."

"······아닙니다."

"원래 좀 더 지도 대련을 이어 가려 했지만, 오늘은 여기까지 하는 게 어떠한가? 생각할 것이 많아 보이는데."

아버지와 남궁류청이 이야기하는 사이 바닥에서 일어나던 난 다시 털썩 주저앉았다. 다리가 부들부들 떨리는 것이 힘이 하나도 들어가질 않았다. 나는 울상을 지으며 아버지를 향해 손을 뻗었다.

"허엉, 아버지, 저 못 일어나겠어요."

아버지가 어쩔 수 없다는 듯 내 팔을 잡고 번쩍 일으켜 세웠다. 그러곤 팔로 오금을 받쳐 들었다. 그런 부녀의 모습을 남궁류청은 알 수 없는 눈빛으로 바라보았다.

남궁류청은 생각에 잠긴 채 전각의 돌계단을 밟아 올라갔다.

사람을 봐라. 소중한 걸 만들어라.

'나에 대해서 뭘 안다고?'

남궁류청은 입술을 깨물었다.

자신의 고민을 알지도 못하면서.

웃기지도 않은 훈계 따위 무시하면 그만이었다. 하지만…….

백리연의 눈빛이 마음에 걸렸다. 분명 그 안에 담긴 감정은 걱정이었다. 누가 누굴 걱정한단 말인가? 비무 조금 하였다고 제대로 걷지도 못하는 주제에 걱정하는 눈빛이라니.

'그러고 보니 눈 색이 좀 밝았던 것 같기도 하고. 원래 그런 빛이었나?'

저도 모르게 한숨이 새어 나왔다. 착각이겠지. 설사 착각이 아니더라도 눈 색이 밝아지든 말든 자신과 무슨 상관인가?

'이건 내가 진 거야.'

패배. 이기긴 하였지만 이건 진 거나 마찬가지였다. 서 소저와의 대련과는 정반대였다. 그때는 목검이 부러졌다 한들 대련을 계속 이어 나갔다면 부러진 검으로도 충분히 제압할 자신이 있었다.

반대로 백리 소저와 하였던 대련은. 검은 놓치지 않았지만, 손목을 내려치던 손에 담긴 힘이 조금만 더 강했더라면…….

'내려치는 것보단 혈도에 내공을 찌르고 꺾는 게 더 좋았을…… 아, 내공을 쓰지 않기로 했지. 그러면 내려치는 게 최선이었겠군. 하지만 일단 파고들게 만든 것부터 실수였어. 거기서 검을 던져 버릴 줄이야. 검을 쳐 내지 말고 몸을 틀어서 피하면…….'

남궁류청은 어느새 계단을 오르던 걸음도 멈췄다. 그리고 돌계단 한가운데서 무아지경으로 대련을 복기했다.

한참 그러고 있던 남궁류청은 다시 떠오른 생각에 가슴이 답답해졌다. 검기. 다시 만들어 내지 못하는 것이 이상했다.

주변에 조언을 구해 보아도 다들 한번 만들어 내면 강렬한 깨달음을 얻게 된다 했다. 뇌리에 새겨지듯 감각이 남는다고. 본능적으로 검

기를 만드는 방법을 알게 되어 설명할 수 있는 감각이 아니라고 할 뿐
이었다. 숨을 쉬는 방법, 눈을 깜빡이는 방법을 알려 달라는 것과 같
다 하였다. 모두가 그리 말하는데.

가슴에서 불길이 치솟는 듯 화가 솟구치고 눈앞이 흐려졌다.

'나는…….'

아득해지는 정신에 먼 곳에서 울리는 듯한 소리가 들렸다.

"……아! 청아! 류청!"

그 소리는 점차 가까워지다 어느 순간 우레처럼 내리꽂혀 정신이 번
쩍 들게 했다.

"남궁류청!"

비틀 흔들리는 몸을 누군가 단단히 잡고 있었다.

"아버지?"

"정신 차려라."

"아…….""

"괜찮으냐?"

"네."

"후우."

남궁완이 깊게 숨을 내쉬며 말했다.

"대체 계단 한가운데서 뭐 하는 짓이야? 위험하지 않으냐! 굴러떨
어시기라도 하면 팔다리 부러지는 것으로 끝나지 않을 것이야."

"죄송합니다."

남궁완이 남궁류청의 어깨를 한 번 꽉 부여잡은 후 계단을 올라갔
다. 남궁류청도 그 뒤를 따랐다.

전각에 들어선 남궁완이 적당한 곳에 자리 잡고 앉았다. 남궁류청

은 그새 또 무슨 생각에 잠긴 듯한 모양새였다.

남궁완은 그런 아들을 안타깝게 보았다. 상당히 마음고생을 하고 있다 들었다. 계단에 멈춰 서 있던 것 또한 그 때문일 것이다. 하지만 그가 도와줄 수 있는 부분이 아니었다.

"마음을 급하게 먹지 마라. 네 나이에 검기를 발현한 것 자체가 대단한 거다."

"……."

남궁완의 위로가 가슴에 전혀 가닿지 않았다는 건 남궁류청의 표정만 봐도 알 수 있었다. 남궁완은 한숨을 내쉬며 손짓했다.

"앉아라."

남궁완이 맞은 편에 찻잔을 놓았다. 남궁류청은 찻잔을 흘끔 보기만 한 후 말했다.

"무슨 일로 부르신 건가요? 딱히 용건이 없으시면 돌아가 보겠습니다."

"앉아."

"……."

남궁류청이 조용히 자리에 앉았다. 무표정한 얼굴이었으나 불만 어린 눈빛이 얼핏 드러났다. 남궁완이 머리가 아프다는 듯 얼굴을 쓸어내렸다.

"네게 알릴 것이 있고, 물어볼 것도 있어서 부른 것이다."

"예."

잠시 말을 멈추었던 남궁완이 다시 입을 뗐다.

"너, 대련할 때 연이에게 한 말 기억하느냐?"

"어떤 걸 말씀하시는 거죠?"

남궁류청이 살짝 눈살을 찌푸렸다. 평소와 달리 대련하며 주고받은 말이 상당했다. 특히 가당치도 않은, 대련에 전혀 도움이 되지 않는 잡다한 말들뿐인 건 이번이 처음이었다. 가장 기억에 남는 것은 "잡을 수 있으면 잡아 보든가!"였다……. 남궁류청은 떠오른 말에 저도 모르게 입술을 깨물었다.

남궁완이 탁자를 두드리며 주의를 끌었다.

"백리가의 수준이 어쩌고 한 거 말이다."

남궁류청은 기억을 더듬었다. 그러고 보니 첫 대련에 너무 어처구니없는 모습을 보이는 백리연에게 그런 말을 하며 쏘아붙였던 기억이 났다.

남궁완이 크게 한숨을 내쉬었다.

"연이는 백리가에서 자라지 않았다. 기껏해야 일 년 남짓 있었을 거다. 백리가에서 검도 거의 배우지 못했어."

"예? 어째서요?"

"……이유가 뭐가 중요해? 앞으로 말 좀 조심해서 하라는 거다."

"……."

"의강과 연이가 네 막말을 마음에 담아 둘 자들이 아니라 다행이지. 앞으로 둘 앞에서 백리가를 언급하는 건 조심, 아니, 그냥 언급하질 마!"

남궁완이 한숨을 내쉬며 고개를 저었다.

"입만 열면 비꼬거나 막말만 하고. 대체 누굴 닮았는지……."

남궁류청은 자신이 한 말을 곱씹었다. 그러니까 정확히…….

"네가 내공을 쓰진 못하더라도 백리가에서 어릴 적부터 검을 배웠을 텐데. 그럼, 네 수준이 이 정도밖에 안 되는 건가?"

그리고 백리연이 뭐라 답했지?

"모든 사람이 너처럼 운이 좋진 않아."

"……."

문득 깨달았다. 그러고 보면 백리연에 대해 아는 게 거의 없었다.

'꽤 오래 얼굴을 보았다고 여겼는데.'

놀라울 정도였다. 늘 먼저 말을 걸고, 질문하고, 장난을 치는 건 백리연이었다.

"뭐, 어차피 한동안은 마주칠 일이 없을 테니 일단은 기억만 해 두거라."

"마주칠 일이 없다니요?"

남궁완이 남궁류청을 의아하게 보았다.

"너 창궁관에 들어가지 않느냐?"

"아……."

"안 그래도 그게 널 부른 이유였다. 창궁관엔 언제 들어갈 것이냐?"

"아직 생각해 보지 않았습니다."

"뭐라고?"

남궁완이 인상을 찡그리며 남궁류청을 보았다.

"반응이 왜 그렇지? 폐관 수련하고 싶다고 조를 땐 언제고?"

남궁류청은 뭔가를 고민하는 듯 보였다. 남궁완은 차를 마시며 입을 열길 기다렸다. 이내 남궁류청이 남궁완의 눈을 마주 봤다.

"아버지."

"말하거라."

"백리 소저와 대련을 한 번 더 해 볼 수 있을까요?"

"뭐?"

남궁완이 당황하며 찻잔을 내려놓았다.

"진심이냐?"

"예."

"후우."

남궁완은 천장을 주시했다가 입을 열었다.

"의강이 되도록 알리지 말라 했거늘……."

남궁류청이 고개를 기울였다.

"연이는 대련 끝나고 돌아가서 앓아누웠다."

"……예?"

第四章

남궁류청과 대련을 한 나는 며칠 앓아누웠다. 진짜 죽는 줄 알았다. 근육통이 너무 심해 온몸을 쥐어짜는 듯했다. 사흘은 운신도 제대로 못 할 정도였다.

나는 큰 교훈을 얻었다.

'자연지기를 가져다 쓰더라도 육체가 받쳐 줘야 하는구나.'

매번 이렇게 한 번 쓰고 앓아누울 거 아니면 말이지. 그렇게 많이 가져다 쓰지도 않았는데, 이 정도라니. 만약에 눈치 안 보고 쓸 수 있는 만큼 다 썼다면…….

'운동……! 운동을 해야겠어!'

천산염제는 그런 나를 보며 멍청하다는 듯이 혀를 찼다.

"그걸 이제야 깨달았느냐? 네놈은 체력이 바닥이야! 땅바닥에 기어다니는 개미만도 못해!"

나는 볼을 부풀리고 꿍얼거렸다.

"……아니, 그럼 체력 좀 기르라고 알려 주시지……."

"네가 체력을 기르면 뭐 달라질 것 같으냐?"

"그럼요?"

천산염제는 수염을 씰룩이며 나를 내려다봤다.

"너는 정말 네 몸이 다 나았다 여기느냐?"

내 몸이 왜?

나는 내 몸을 쭉 내려다보았다.

"이 정도면 괜찮지 않아요?"

천산염제가 혀를 끌끌 차며 찻잔을 들었다. 반쯤 들어차 있던 찻물이 화르륵 불타더니 갑자기 사라졌다.

삼매진화?

내공으로 불을 피워 내는 것으로 내공이 고강한 자들만 쓸 수 있었다. 불길이 사라지자 빠직 소리와 함께 찻잔에 실금이 쫙 갔다. 천산염제가 찻잔을 탁자에 내려놓으며 내게 손짓했다.

"찻물을 채우거라."

"……?"

영문을 알 수 없었지만 시키는 대로 안 하면 한 대 맞을 것이 뻔했기에 일단 시키는 대로 찻주전자를 들었다. 조심스럽게 찻물을 부었다.

"음?"

찻물이 새지 않았다. 팔에 소름이 오소소 돋았다.

'역시 천하 십일강.'

찻물이 새지 않을 정도로만 금이 가도록 힘을 가한 것이다. 경지의 깊이를 알 수가 없었다. 천산염제가 그 금 간 찻잔을 가리키며 말했다.

"네 몸뚱어리다."

"예?"

그때 천산염제가 찻잔을 검지로 살짝 튕겼다. 그러자 쩍 소리와 함께 찻잔이 금이 간 대로 반 토막 나며 찻물이 쏟아졌다.

"……."

"……."

탁자를 적신 찻물이 뚝, 뚝 소리를 내며 바닥으로 떨어졌다. 천산염제가 소리쳤다.

"야율!"

곧이어 문이 열리고 등 뒤로 다가오는 발소리가 들렸다.

"부르셨나요?"

"이거 치워라."

바로 옆에 선 야율이 탁자를 내려다보고 나를 보았다.

"연아?"

"아, 응. 왔어?"

뒤늦게 멈췄던 숨을 쉬며 야율을 돌아봤다. 나와 눈이 마주친 야율의 눈살이 움찔 떨렸다. 그리고 천산염제를 향해 가시 돋친 목소리로 질문했다.

"연이가 왜 이러는 거죠?"

"궁금하더냐?"

야율이 고개를 끄덕였다. 천산염제가 마땅찮은 표정을 지었다.

"내 제자가 되면 알려 주마."

"어우."

난 반사적으로 탄식하고 몸을 부르르 떨며 말했다.

"정말 유치하시네요!"

"지금 노부에게 유치하다 하였느냐!"

천산염제가 내 귀를 사정없이 잡아당겼다.

"악! 아파요! 아아아악! 금 간 찻잔 깨진다!"

"하!"

웃음 섞인 탄식과 함께 귀를 잡아당기던 힘이 빠졌다. 그 틈을 타 천산염제의 손아귀에서 벗어났다. 야율이 재빨리 나를 뒤로 숨겼다. 천산염제의 수염이 씰룩거렸다. 웃음을 억지로 참는 모양이었다.

"웃으면 복이 온대요."

"입 다물어라!"

"……."

"기가 막히는구나! 기가 막혀. 너 같은 계집애는 처음 본다."

"……."

"노부와 농담 따먹기를 하려 들다니 진정 미친 게야? 너는 겁이라는 게 없느냐?"

"……."

"왜 대답이 없어!"

야율이 중얼거리듯 작게 말했다.

"입 다물랬으면서……."

"너……!"

야율에게 뭐라고 하기 전에 재빨리 입을 열었다.

"겁먹을 게 뭐가 있어요? 방금 보여 주신 것도 절 걱정해서 알려 주신 건데."

천산염제가 침음과 함께 고개를 저었다.

"너랑 있으니 정신이 나갈 것 같다."

천산염제가 자리에서 일어났다.

"벌써 가시려고요?"

"왜?"

"아, 조금 있으면 저녁인데 같이…….”

"일없다."

천산염제가 내 말을 단호하게 잘랐다. 방을 나서기 전 천산염제가 잠시 멈춰 섰다.

"노부의 말을 우습게 듣지 말아야 할 것이야. 세상에 대가가 없는 힘은 없다."

"저도 잘 알고 있어요. 걱정하지 마세요."

"아니, 넌 모른다. 그 능력은 당장은 네게 도움이 되겠지만, 이번처럼 제 한계도 넘게 힘을 휘둘렀다간 앓아눕는 데서 끝나지 않을 터. 넌 평생 조심히 살아야 한다. 하지만 넌…… 제 몸을 아낄 줄 모르지."

천산염제의 말은 갈수록 홀로 중얼거리는 것에 가까웠다.

"네 주변의 것들 속이 타들어 가는지도 모르고. 너도 오래 살긴 글렀어."

"무슨 그런 막말을…….”

야율이 내 말을 자르며 다급한 어조로 물었다.

"오래 살지 못한다니요?"

천산염제는 그 질문에 답하지 않았다.

"내일부터 다시 수련을 시작할 것이다. 이번엔 체력 단련도 할 것이다."

그 말을 마지막으로 천산염제가 처소를 떴다. 천산염제가 완전히 멀어진 걸 확인한 야율이 나를 돌아보았다.

"저 말 무슨 소리야?"

"응? 별거 아냐. 앞으로 몸조심하라고."

"……정말 그게 다야?"

"응."

야율의 시선이 따갑게 느껴졌지만 나는 태연하게 깨진 찻잔을 잡았다. 야율이 한숨을 내쉬며 내 손목을 잡았다.

"내가 할게."

"같이 해."

"내가 한다고."

"어……."

나는 뒤로 떠밀리며 야율을 보았다.

'어…….'

좀 화난 것 같은데.

나는 야율에게 잡혔던 손목을 문질렀다. 다행이라고 해야 할까, 이 미묘한 분위기를 깨트릴 사람이 돌아왔다. 문을 열고 들어오던 아버지가 멈칫했다.

"선배님이 왔다 가셨느냐?"

"네."

"찻잔은 왜 깨진 것이냐?"

"천산염제께서 갑자기 깨트리셨어요."

"음, 그래."

워낙 제멋대로 사시는 분이라서 딱히 변명을 덧붙이지 않아도 되는 점은 좋았다.

"위험하니 시비를 불러 치우거라."

야율에게 말한 아버지가 내게 다가와 들고 있던 종이 뭉치 중 하나를 건넸다.

"여기 네게 온 서신이다."

"저한테요?"

의아하게 고개를 기울이다 번뜩 한 사람이 떠올랐다.

석가약.

"아니, 벌써 답장이 왔어요?"

창궁관에 들어가기 전에 보냈던 서신의 답이 벌써 왔다니 놀라울 뿐이었다.

"읽을 수 있겠느냐? 도와줄까?"

"음…… 혼자 해 볼게요!"

"그래. 알았다. 모르는 게 있으면 물어보거라."

"네!"

아버지가 내 머리를 쓰다듬을 것처럼 손을 뻗었다가 거뒀다. 나는 눈을 동그랗게 떴다가 거둬 가는 아버지 손을 붙잡았다.

"왜 그러느냐?"

"그냥요."

나는 웃으며 아버지 손을 꽉 쥐었다. 옅게 웃은 아버지가 내게 잡힌 손을 빼고는 내 머리를 쓰다듬었다. 하여간 이렇게 시간이 지났는데도 아버지는 가끔 애정 표현이 어색한 것처럼 굴었다.

그때 아버지 품에 다른 서신이 흘끗 보였다.

'백리 세가?'

가문에서 온 서신으로 보였다.

그러고 보니 아버지를 감싼 분위기가 좀 가라앉은 느낌이었다. 워낙 평소 표정 변화가 크지 않아 티 나지 않았지만.

그때 아버지가 출입문 방향을 보고 뜬금없이 말했다.

"네가 말하던 그, 수향문의 아이 말이다."

"서하령이요?"

"그래, 그 아이……."

쾅!

그때, 문이 큰 소리로 열리며 우렁찬 목소리가 들렸다.

"연아!"

늘 그렇듯 요란한 등장이었다.

"처소 너무 멀잖아! 왜 옮긴…… 어?"

뛰어들어 오던 서하령이 굳었다. 아버지가 담담히 말을 이었다.

"소란이 저 멀리에서부터 들리더구나. 저 아이가 네가 말하던 서 소저가 맞느냐?"

갑자기 왜 물어보시나 했더니만. 나는 작게 웃음을 터트리며 긍정했다.

"네. 맞아요."

서하령이 주춤 물러났다. 나와 아버지를 번갈아 보더니 조심스레 물었다.

"그, 누, 누구신지?"

그 순간, 서하령의 뒤로 시비가 숨을 헉헉 내쉬며 나타났다.

"서, 서 소저, 하, 함부로 들어가시면, 아, 안 되, 안 되는 허억, 헉."

그때 아율이 이 모든 소란에 관심 없다는 얼굴로 쟁반을 들고 태연하게 서하령 옆을 지나 방을 나갔다. 나는 웃으며 말했다.

"인사해. 내 아버지셔."

서하령과 짧게 인사를 나눈 아버지는 편히 이야기하라며 자리를 비워 주었다.

"그렇게 궁금해하던 내 아버지를 뵈니까 어때?"

서하령은 내 아버지한테 관심이 많았다. 내 아버지는 수많은 이야 깃거리의 주인공이었다. 마두라 불리는 누구를 죽였네, 흑도 방파 하나를 몰살시켰네, 등등.

그리고 서하령은 강호의 모든 소문과 사람, 특히 강자들에게 관심이 많았다. 다 이유가 있었다. 서하령은 작중에서 남궁류청 옆의 설명 담당이었기 때문이다. 관심이 많아야 아는 것도 많은 게 당연하지 않은가?

서하령이 두 손을 모으고 눈을 빛냈다.

"엄청……."

"엄청?"

"잘생기셨다."

"……음. 인정."

솔직히 나도 회귀하고 눈을 뜨자마자 혼미한 정신으로도 엄청 잘생겼다는 생각부터 했으니.

"있잖아……."

서하령이 뺨을 붉히며 몸을 비비 꼬았다.

왜, 왜 저러는 거야?

내가 이상하게 보는 걸 아는지 모르는지 서하령이 말을 이었다.

"네가 선배님한테 지도 대련 한번 부탁해 주면 안 돼?"

"……아버지한테 한번 여쭤볼게."

"꺅!"

서하령은 내 손을 잡고 방방 뛰었다. 하여튼 얘도 검에 대해선 진심이었다. 한참 좋아하던 서하령의 낯빛이 갑자기 어두워졌다. 조울

증을 의심할 정도의 변화였다.

"근데 그럼 너 이제 백리 세가로 돌아가?"

그 말을 듣는 순간 아버지가 들고 계시던 백리 세가에서 온 서신이 떠올랐다. 백리 세가를 떠올리니 살짝 가슴이 답답해졌다.

"아마도 그렇겠지?"

"……."

"지금 당장 가는 건 아니니까 걱정 마."

"언제 가는데?"

"날이 풀리면?"

지금은 한겨울이었다. 이동하기에 매우 좋지 않은 계절이었다. 남궁완 아저씨는 아버지께 그냥 올겨울을 여기서 보내고 이동하라고 했고, 아버지도 고맙다며 수락하셨다. 하지만 당장 떠나지 않는다는 대답에도 서하령의 시무룩한 낯빛은 바뀌지 않았다. 아쉽지만 얘를 위해서도 나는 떠나 주는 것이 좋았다.

'내가 없어야 남궁류청과 친해지겠어.'

이러다 남궁류청의 어린 시절 유일한 친구가 사라지게 생겼다.

잠시 조용하던 서하령이 다시 입을 열었다.

"그럼 우리 언제 놀러 가?"

"놀러 가다니?"

서하령이 눈을 부릅뜨고 소리쳤다.

"잊어버렸어? 나랑 놀러 나가기로 했잖아!"

"어?"

"어떻게 그걸 잊어버릴 수가 있어!"

그런 적이 있었나? 나는 기억을 더듬었다. 아마 서하령이 수향문에 돌아갈 때 나도 같이 가자고 하는 걸 거절하다가 나온 얘긴 것 같은데……. 나는 서하령을 달래기 위해 대충 내뱉은 소리였는데, 그걸 서하령은 약속했다고 생각한 모양이었다.

서하령이 서운하다는 듯 소리쳤다.

"난 놀러 가려고 용돈도 많이 달라 했다고!"

어머니 생신이라고 돌아가 용돈을 뜯어서 돌아왔다는 소린가? 어쨌든 화가 나 볼을 부풀린 모습이 귀여워 웃으며 말했다.

"아이고, 그랬어요?"

"……."

"……알았어. 아버지께 지금 여쭤볼게."

다음 날. 쇠뿔도 단김에 빼라고, 나는 바로 서하령과 외출하기로 했다.

아버지는 선선히 외출을 허락해 줬다. 남궁 세가가 있는 휘주는 치안이 좋았다. 감히 남궁 세가 코앞에서 범죄를 저지르는 인간이 있을 리 없으니 당연했다. 위험하지 않은 곳인 데다 아버지는 내가 친우랑 놀러 가는 게 마음에 드는 기색이었다. 야율도 함께 나가기로 했다.

"연아!"

마당을 순식간에 가로지른 서하령이 숨도 차지 않은 기색으로 말했다.

"나 들었어! 너 남궁 공자랑 대련해서 이겼다며! 아, 나도 봤으면 좋았을 텐데!"

나는 당황한 얼굴로 말했다.

"누가 그래? 나 졌는데."

"응? 이겼다고 들었는데!"

"아냐, 졌어."

그때 야율이 무심한 얼굴로 끼어들었다.

"이긴 거 맞지."

얘는 또 왜 이래?

야율이 말을 이었다.

"넌 몸이 나은 지도 얼마 안 됐잖아."

"그게 뭐?"

"걔는 걸음마할 때부터 검을 잡았다며? 그런데 몇 개월 배우지 않은 너한테 손목을 잡힌 것 자체가 수치지."

야율의 입가에 조소가 선연했다.

"나라면 이겼다고 생각 못 해."

"아니, 수치라고 할 것까지……."

말을 이어 나가던 나는 왠지 모르게 싸한 느낌에 고개를 들었다 말문이 막혔다.

'이건 운명인가?'

혹시 소설 속 설정이 저 둘을 서로 칼을 가는 원수로 만들기 위해 노력하는 걸까? 그게 아니라면 왜! 하씰! 이때! 남궁류청이 오냔 말이다!

내 소리 없는 절규에 야율은 고개를 갸웃 기울이고 나를 바라봤다.

"왜 그래?"

야율의 의문에 대한 답은 남궁류청이 했다.

"맞아, 졌지. 승패를 따지자면 검을 떨어트리진 않았으니 내가 이겼다고 보겠지만, 대련 내용을 따지자면 나도 졌다고 생각해."

야율이 짜증스럽다는 듯 인상을 찡그리며 뒤를 돌아보았다. 남궁류청은 싸늘한 낯으로 말을 이었다.

"하지만 그걸 수치스럽다고 생각하진 않았는데. 소저가 대단하다고 여겼지."

남궁류청의 눈이 나를 향했다.

"몇 개월 배우지 않았다? 글쎄. 너는 네 주인의 실력이 어느 정도인지도 모르나 보군."

주인…… 이 설마 나?

"응? 야율 하인 아닌데."

그때 서하령이 눈치 없이 끼어들었다.

후, 여기선 네가 유일한 빛과 소금이다.

서하령이 잘라 낸 분위기를 틈타 나는 재빨리 야율과 남궁류청 사이에 끼어들었다. 그러고는 둘이 서로 멀어지라고 손을 휘이휘이 저으며 물었다.

"남궁 공자, 무슨 일 있어?"

"아니."

나는 고개를 갸웃 기울였다. 그럼 왜 온 거야?

내 표정에서 하고 싶은 말이 드러났는지 남궁류청이 말을 이었다.

"네 몸이 이제 좀 괜찮아졌다 들어서 그냥 와 봤어."

"뭐라고? 그냥?"

나는 깜짝 놀라 되물었다. 내 손이 낫자마자 바로 모른 척 얼굴 한 번 보러 안 오던 놈이 이제 와 갑자기? 내일 해가 서쪽에서 뜨나?

"할아버지가, 남궁 세가주께서 창궁관에 들어가도 된다고 허락하셨잖아. 난 네가 바로 창궁관에 들어갈 줄 알았는데. 아, 들어가기 전에 날 보러 온 건가? ……왜?"

스스로 납득해 보려 생각해 봤으나 결론은 왜? 로 끝났다. 얘가 날 왜 보러 와? 지금 한창 검기 다시 발현하겠다고 미쳐 있던 거 아니었어?

남궁류청이 떫은 표정을 지으며 나를 노려봤다.

"……네가 사람에게 관심을 가지라며?"

나는 당황에 뺨을 긁적였다.

"그게 나란 의미는 아니었는데."

"그럼 내가 누구한테 관심을 가져?"

"음……."

나는 주변을 쓱 둘러보고 남궁류청 뒤쪽의 몸종을 가리켰다.

"일단은 제일 가까운 네 몸종?"

"어휴, 무슨 소리십니까!"

몸종이 질겁하며 손을 내저었다.

"아니면 서 소저는 어때?"

"뭐!"

이번엔 펄쩍 뛴 서하령이 나를 향해 눈을 부라렸다. 마지막으로 야율이 있었시만…… 차마 야율에게 관심을 가지라고 하신 못했다. 눈이 마주친 야율이 눈웃음을 지었다.

"……."

"……."

내가 입을 다물자 마당엔 침묵이 내려앉았다. 여기 사람이 다섯 명이나 있는데 왜 조용한 거야! 어쩔 수 없이 다시 입을 열었다.

"할 말 있으신 분? 없나요?"

"……."

"……."

침묵이 길어질 때 야율이 입을 열었다.

"언제 갈 거야?"

"아."

나는 남궁류청을 돌아봤다.

"음, 모처럼 찾아왔는데 시기가 안 좋네. 선약이 있어서. 다음엔 내가 갈게. 네가 거절하지 않는다면."

남궁류청이 나와 서하령을 훑어보고 물었다.

"어디 외출하나?"

"응. 나가서 놀려고."

"나가서…… 논다고?"

남궁류청의 표정이 마치 세상을 전복하려는 사악한 계획을 들은 것처럼 일그러졌다. 나는 변명하듯 말했다.

"허락도 받았어……."

아니, 그런데 내가 왜 이걸 변명하고 있어야 하지? 의문을 가질 때, 옆에서 예상치 못한 말이 튀어나왔다.

"같이 갈래?"

서하령이었다. 나는 고개를 홱 돌려 서하령을 보았다. 얜 또 갑자기 왜 이래?

내 표정이 또 너무 적나라했던 모양이다. 서하령이 내 귀에 손을 모으고 속삭였다.

"방금 떠올랐어. 엄마가 남궁 공자가 사과도 했으니까 화해하고 잘 지내래."

하긴, 수향문주의 처음 목표가 남궁 세가 후계자와 서하령의 친목이었으니. 나는 방긋 웃으며 잘됐다는 듯 박수를 한 번 짝 치고 말했다.

"그럼 둘이 가는 게 어때? 단둘이면 훨씬…… 아야야야! 아파, 꼬집지 마. 알았어, 알았어."

나는 팔뚝을 문지르며 울상 지었다. 야율이 서하령을 노려보며 내게 바짝 붙었다.

"괜찮아?"

"괜찮아."

남궁류청이 미간을 모으고 말했다.

"난 간다고 안 했는데."

남궁류청을 흘끔 본 야율이 말했다.

"빨리 가자."

쟤 빼고.

……라는 말이 빠진 건 이 자리의 모두가 알 수 있었다.

'야율, 그 말은 안 하느니만 못한 것 같아…….'

야율의 말을 들은 순간 남궁류청의 다음 행동이 예상 갔다. 남궁류청이 야율을 잠시 노려보곤 말했나.

"마음이 바뀌었어. 갈래."

"……."

역시.

그렇게 우리는 넷이 함께 저잣거리에 나오게 되었다.

정오에 가까운 저잣거리는 무척 활기찼고 상인들과 지나다니는 사람들의 얼굴엔 그늘이 없었다. 살기 좋은 곳임을 바로 알 수 있었다.

'엄청나게 쳐다보네.'

흘끔거리는 사람들의 시선이 느껴졌다.

'하긴 뭐 당연한가?'

누가 봐도 부잣집 애들이 잠시 놀러 나온 모습이었으니까. 남궁류청은 딱 봐도 부잣집 도련님. 서하령도 부잣집 아가씨로 보였다. 거기에 길거리에서 흔하게 볼 수 없는 야율의 예쁘장한 외모. 게다가 눈을 가린 맹인 같아 보이는 여자아이까지. 눈에 띄는 조합일 수밖에 없었다.

"어느 집 아이들이래? 자넨 알겠나?"

"모르겠는데. 처음 봐."

상인들이 하는 대화에 귀를 기울이던 나는 터지는 웃음을 가까스로 참았다. 모른다니. 남궁 세가 코앞에서 남궁 세가 소공자 얼굴을 모른다니! 감탄이 절로 나왔다. 평소에 집에서 얼마나 안 나왔으면…….

상인이 서하령을 눈짓하며 말했다.

"저 여자애는 가끔 봤는데. 그, 남궁 세가에서 지내는 것 같더구먼."

"남궁 세가? 어! 그 말 하니 기억나네. 저 옆에는 눈 가린 애는 그 저번에 남궁 소가주가 데려온, 그 머시다냐, 백리가인가 뭔가 하는 집안 딸 아녀?"

나도 알아보는데 참…….

남궁류청을 보고 고개를 절레절레 젓다 순간 눈이 마주쳤다. 왜 고개를 저었냐는 듯 남궁류청이 거만하게 날 쏘아보았다. 나는 방긋 웃으며 물었다.

"추천하는 곳 있어?"

별로 자주 나온 것 같지는 않지만 그래도 혹시 모르니 한번 물었다.

"추천?"

"응. 너 여기 사람이잖아. 난 오늘 처음 나왔는걸."

남궁류청이 멈칫하더니 말했다.

"……나도 몰라."

"네가 사는 곳인데?"

"나도 오늘 처음 나와."

"뭐?"

나는 깜짝 놀라 보았다.

"처음?"

"응."

"한 번도 안 나와 봤어?"

"그래."

"허어어."

남궁류청이 살짝 짜증 난 눈초리로 날 보았다.

"그렇게 늘릴 일이야?"

"응."

단호하게 고개를 끄덕였다.

"여기는 네 집 주변이잖아. 무슨 일이 있는지, 어떤 곳인지 관심을 기울여야지. 넌 나중에 남궁 세가를 이끌게 될 거잖아?"

"……."

"눈으로 봐야만 알 수 있는 것들이……."

그때 야율이 내 옷자락을 당겼다. 나는 하던 말을 멈추고 뒤를 돌아보았다.

"야율, 왜?"

야율이 가리킨 곳을 보자 붉은색의 탕후루가 보였다. 남궁 세가로 오는 길에 마주칠 때마다 나는 저걸 꼬박꼬박 사 먹었다. 난 앞서가는 서하령을 붙잡았다.

"나 저거 먹을래!"

탕후루를 힐끗 본 서하령이 고개를 저으며 날 잡아끌었다.

"안 돼!"

"왜?"

생각지도 못한 반대였다.

"우리 만두 먹으러 가야 해!"

"만두?"

"여기 나오면 꼭 먹어야 하는 만두가 있어!"

서하령은 거침없이 우리를 이끌고 갔다.

"익숙해 보이네?"

"당연하지. 난 사저랑 사형들이랑 가끔 나왔어. 남궁 공자랑은 다르거든!"

마치 칭찬해 달라는 듯한 저 눈빛은 뭐지?

"어? 으응. 그, 대단해. 와! 역시 하령이야!"

짝짝짝! 서하령이 어깨를 으쓱였다. 남궁류청은 이를 한심하다는 듯 보았다.

"와, 멋있다. 그래서 우리 어디 가는 거야?"

"저기!"

"응?"

나는 서하령이 가리킨 곳을 보곤 미간을 모았다.

"설마 저기 다 줄이야?"

"응! 여긴 늘 사람이 많아서 줄이 길어. 나왔으면 여기 만두를 먹어야 해!"

그래…… 줄이 길면 맛집이지.

서하령이 이끄는 대로 맨 끝으로 가 줄을 섰다. 남궁류청은 이 북적거림이 불만스러운 듯 둘러보며 말했다.

"이렇게까지 해서 꼭 먹어야 하나?"

"맛있다잖아."

"하, 고작 만두잖아."

"류청, 마음을 넓게 가져. 맛있는 음식을 먹어야 마음이 넓어져. 공자는 맛있는 음식을 먹지 못해 시야가 좁은 거야. 잘 기억해 둬."

"너 자꾸 왜 내 이름을 부르는 거야? 그리고 헛소리하지 마."

"너도 내 이름 부르든지."

"싫어."

"알겠어."

"……."

남궁류청은 말려들었단 표정으로 고개를 틀었다.

왜 이러지? 남궁류청만 보면 내 안의 사악한 무언가가 깨어났다. 저 딱딱한 표정을 깨트리고 싶어 안달이 나는 것이다.

'몸이 어린애 됐다고 정신 연령까지 어려진 거냐, 백리연?'

우리의 대화를 들으며 작게 웃던 서하령이 갑자기 눈을 크게 떴다.

"아 맞다! 사저가 향유 사다 달랬는데!"

"향유? 만두 먹고 가자."

"안 돼! 그 향유가 되게 일찍 떨어진단 말이야. 거기다 닷새에 한 번씩밖에 안 와! 먹고 나면 늦어! 가자! 둘은 여기서 기다려!"

나는 놀라 되물었다.

"지금 야율이랑 류청 둘만 남겨 두겠다는 거야?"

"응. 왜?"

"……그건 아닌 것 같아. 그냥 다 같이 갔다가 다시……."

줄 서자고 하려 했는데 이미 우리 뒤로도 줄이 꽤 길었다. 다시 줄을 서면 우리가 서 있는 줄의 두 배는 더 기다려야 했다. 점심이라 사람들이 몰린 듯했다. 내 뜻을 알아챈 서하령이 소리쳤다.

"줄을 처음부터 다시 서자고? 말도 안 돼!"

"하지만……."

"그럼 한 명만 줄 맡으라고 두고 셋이 갔다 오자."

"그럴까? 그럼 야율이랑 같이……."

라고 말하는 순간 남궁류청이 나를 노려보았다. 잠시 멈칫한 난 다시 입을 열었다.

"그럼 류청이랑 같이……."

야율이 내 손을 잡고 물끄러미 바라봤다. 그리고 다음엔 서로를 노려보았다. 남궁류청이 야율을 고개를 쳐들고 내려다보며 말했다.

"네가 남아."

물론 야율이 만만한 아이는 아니었다.

"싫은데."

나는 하늘을 올려다보았다. 물론 너무 눈부셔서 바로 눈을 감았지만.

"좋아. 그럼 내가 남을 테니 셋이……."

"싫어!"

"싫어."

"싫어."

나는 다시 하늘을 올려다보았다.

균일하게 깔린 회백색 포석과 석조 거치대에 걸려 있는 품질이 뛰어나 보이는 여러 종류의 병장기들.

이곳은 남궁완의 개인 연무장이었다. 한겨울, 손가락이 곱아드는 추운 날씨에 수련하는 남궁완의 몸에선 뿌연 김이 피어올랐다.

오전 내 수련에 집중하던 그의 기감에 누군가 다가오는 것이 느껴졌다. 남궁완은 이를 무시하고 계속해서 수련을 이어 갔다. 하지만 일각 정도 지났음에도 계속 떠나지 않고 머무는 기척에 결국 검을 멈추었다.

남궁완이 숨을 가다듬고 말했다.

"무슨 일이냐?"

그러자 연무장 출입문 너머에서 답이 들렸다.

"소부인께서 오셨습니다."

"……부인이?"

남궁완이 거치대에 검을 고이 걸었다. 그리고 대충 걸어 놓은 장포를 걸치며 연무장을 나섰다. 연무장 밖에서 기다리던 소부인이 남궁완을 보곤 눈을 살짝 크게 떴다.

"어머, 땀은 닦고 나오시지요."

"됐소. 다시 들어갈 것이오. 무슨 일이오?"

남궁완은 수건을 공손히 내미는 하인에게 물러가라 손짓했다.

"후우, 이럴 줄 알았습니다."

소부인의 한숨에 남궁완이 미간을 좁혔다. 소부인이 말을 이었다.

"오늘은 가족끼리 점심을 함께하는 날이지 않습니까? 제가 찾아오지 않았으면 또 수련한다고 잊어버리셨겠지요."

한 달에 두 번 남궁완과 소부인, 남궁류청 이렇게 셋이 점심을 함께하기로 약조돼 있었다. 각자 일에 바빠 모두 모이기 힘들어 안타까웠던 소부인의 노력이었다. 하지만 약조는 매번 이렇게 어겨지기 일쑤였다.

"크흠."

헛기침한 남궁완은 하인이 다시 건네는 수건을 재빨리 받아 들었다.

"가지."

소부인이 남궁완을 흘기며 몸을 돌릴 때였다. 소부인의 시비가 종종걸음으로 다가왔다.

"부인, 구사가 찾아왔습니다."

구사는 남궁류청의 몸종이었다. 남궁완과 소부인의 낯빛이 굳었다. 입술을 질끈 깨문 소부인이 앞서 나갔다. 구사는 연무장을 둘러싼 담 밖에 서 있다가 걸어 나오는 소부인을 보곤 깊게 고개 숙였다.

"마님을 뵙습니다."

"무슨 일이더냐? 류청이 또 따로 식사하겠다더냐?"

소부인의 첫마디는 차분했으나 끝으로 갈수록 날카로워졌다. 구사가 눈치를 보며 답했다.

"예에. 그런데……."

"또 소란이로군. 또!"

뒤따라온 남궁완이 끼어들어 성냈다. 구사가 당황하여 말했다.

"소가주님, 그것이 아니오라……."

"아니긴, 뭐가 아니더냐! 주인이라 편들 필요 없다! 그 녀석은 어찌 이리 제 어미 속을 썩이는 것이야! 류청 지금 어딨느냐? 썩 안내하거라!"

구사가 크게 놀라며 답했다.

"아이고, 그게 아닙니다. 소가주님, 일단 고정하십시오. 제가 드릴 말씀이……."

"안내하라니까!"

옅은 한숨과 함께 남궁완의 두툼한 팔뚝에 섬섬옥수가 얹혔다.

"되었습니다. 요새 류청이 고민이 깊지 않습니까. 홀로 두지요. 구사, 너도 가거라. 가서 류청 식사라도 꼭 챙기거라."

"그게 아니라요, 소부인."

"썩 떠나지 않고 뭐 해? 괜한 말로 부인 속 흐트러트리지 말고 그냥 가라고."

"소가주님……."

구사는 답답한 마음에 이 자리에서 울고 싶었다. 그렇게 몇 차례의 소란 후. 구사는 겨우 자신이 이곳에 온 진짜 이유를 말할 수 있었다.

"도련님께서 백리 소저, 서 소저와 함께 외출하시겠다며 허락해 주십사 저를 보내셨습니다."

구사의 말을 들은 남궁완과 소부인은 충격에 빠진 얼굴을 했다. 남궁완이 믿기지 않는다는 듯 되물었다.

"뭐라고? 류청이 외출을?"

소부인도 멍하니 중얼거렸다.

"류청이 스스로 외출하겠다 한 적은 이번이 처음 아닙니까?"

"이 자식이 뭘 잘못 먹었나?"

남궁완의 중얼거림에 번뜩 정신을 차린 소부인이 구사를 향해 말했다.

"물론 허락한다고 전하렴. 언제 간다더냐? 어서 준비해야겠구나. 외출복이랑, 용돈이랑 아, 그래. 함께 가는 서 소저랑 백리 소저에게도 용돈을 조금 줘야겠지? 백리 소저는 뭘 입고 간다더냐? 내게 여자아이에게 어울리는 장신구가 있었으니 머리 장식은 그걸 하고. 아, 내 족제비 털목도리가 완성되었는지도 한번……."

소부인이 눈을 빛내며 계획을 줄줄이 말할 때였다. 구사는 어쩔 줄 모르며 눈을 굴리다 조심스럽게 답했다.

"그으, 소부인."

"왜 그러느냐?"

"……이미 출발하셨습니다……."

"뭐, 뭐라?"

남궁완이 어처구니없다는 듯 소리쳤다.

"허락받으러 왔다며? 왜 허락이 사후 통보야! 세상에 이런 허락이 어딨느냐!"

"어…… 가서 돌아오시라 전할까요?"

소부인이 단호하게 말했다.

"그럴 필요 없다."

하지만 애수에 찬 얼굴로 작게 중얼거렸다.

"천천히 갈 것이지, 뭐가 그리 급하다고……."

구사가 어색하게 웃었다. 소부인이 구사에게 물러가라는 듯 손짓하고 남궁완을 돌아보았다.

"그래도 정말 잘됐습니다. 류청이 외출을 할 생각도 다 하고."

인상을 잔뜩 찡그린 남궁완이 고개를 주억거렸다.

"그런데 부인, 연이에게 너무 과한 것 아니오?"

"무엇이 말입니까?"

"선물들 말이오."

"아니, 잘해 줘도 뭐라고 하십니다."

"물론 우리 사정에 그 정도야 문제 될 것 없지만, 의강이나 연이나 계속 이리 받기만 한다면 부담스러워할 것이오."

소부인이 문득 떠올랐다는 듯이 입을 열었다.

"아, 그렇지 않아도 하나 여쭤보려던 일이 있습니다."

"무엇이오?"

"전에 백리 대협께 류청의 스승을 부탁한다고 하지 않으셨나요? 그건 어찌 되었지요?"

"……그건 곤란하게 됐소."

원래 만신의의 삭패를 연이를 치료하는 데 사용하고, 그 보답으로 남궁류청을 가르쳐 달라고 부탁해 보려 했다. 그런데 오히려 연이가 죽을 뻔하고 만신의도 죽어 버렸다.

남궁완은 그때의 암담했던 상황을 떠올렸다. 굉음이 들리고 흙더미가 폐허가 된 마을로 쏟아져 내리는 걸 보면서 손쓸 틈조차 없었던…….

남궁완은 기억을 털며 말을 이었다.

"그리고 연이에게 너무 귀한 걸 받았소. 의강에게 류청까지 부탁하는 건 염치없지."

"귀한 것이요?"

남궁류청의 입매가 일자로 꾹 다물렸다가 다시 열렸다.

"생각해 보니 더 줘도 되겠군. 양심이 있다면 거절 못 하겠지. 그냥 부인 주고 싶은 대로 주시오."

소부인은 더 묻지 않고 말을 돌렸다.

"그런데 꼭 스승일 필요는 없지 않습니까?"

"……?"

"대협께서 굳이 스승이 아니더라도 계속 남궁 세가에 머무르시는 게 어떤가 하여서요."

"의강이 자신의 집이 없는 이도 아니고 무림맹에도 거처가 있는데, 심지어 백리 세가를 두고 왜 남궁 세가에 남겠소?"

"그래도 말이라도 한번 꺼내 보세요."

소부인이 잠시 허공을 바라보곤 말했다.

"제게도 들리는 말이 있답니다. 연이에게도 대협께도 나쁘지 않은 제안일 터예요."

그 말에 남궁완도 떠오르는 바가 있어 미간을 살짝 찌푸렸다.

"……말은 꺼내 보지요. 하지만 확언할 순 없소."

소부인이 그걸로 충분하다는 듯 웃었다. 소부인과 남궁완이 연무장에서 천천히 걸어 나갔다.

"내일 사찰에 가 부처님께 백리 소저의 복을 빌어야겠어요."

"……저번에도 빌어 주지 않았소?"

"자주 빌수록 부처님께 제 기원도 많이 닿겠지요."

"마음대로 하시오."

"아, 그래. 백리 소저도 함께 데려가야겠습니다. 사찰도 구경하고 바람도 쐬게요."

"괜찮군."

그때 남궁완의 시야에 소지만 한 크기로 멀어진 구사가 들어왔다. 남궁완이 돌연 걸음을 멈추고 말했다.

"내 잠시 잊고 있던 약속이 있었소."

"예?"

"식사는 미안하오."

남궁완은 소부인을 뒤로하고 어디론가 급히 향했다.

잠시 후. 남궁완은 눈에 띄지 않는 의복을 입고 삿갓을 깊게 눌러 쓴 채 남궁 세가 대문으로 향했다. 매우 급한 일이 있는 듯 발걸음이 빨랐다. 경공을 펼치지 않은 것이 마지막 체면이었다.

그런 남궁완이 제 앞에 걸어가던 이를 보고 우뚝 멈춰 섰다. 그 기척을 느낀 자도 뒤를 돌아보았다. 둘은 말하지 않아도 서로가 어디로 가는지 알 수 있었다.

"팔불출."

"……자네는 어디 가나?"

"……큼."

"같이 가지."

남궁완과 백리의강이 함께 수문 무사의 배웅을 받으며 남궁 세가를 나섰다.

결국, 향유를 사러 남궁류청과 함께 가게 되었다. 남궁류청은 외출 자체가 이번이 처음이었기 때문이다. 내게는 남궁류청과 야율 둘 다 물가에 내놓은 아이였지만, 남궁류청은 오늘 물가에 처음 나온 아이였다…….

'아니, 진짜 말이 돼? 열 살에 처음 나와 봤다는 게!'

물론 부모님과 함께 외출하는 일은 당연히 있었을 것이다. 호위 무사에 몸종까지 주렁주렁 달고 마차를 타고 나가 손 하나 까딱할 일 없는 외출과 오늘의 외출은 전혀 다른 이야기였을 뿐. 오면서 물어보니 남궁류청은 직접 물건을 사 본 적도 없었다!

걸어가면서도 나는 틈틈이 뒤를 돌아보았다. 이미 한참을 걸어 나왔기에 야율이 보일 리 없었지만, 그냥 마음이 불안해 자꾸 뒤를 돌아보게 되었다.

나는 서하령에게 물었다.

"얼마나 가야 해?"

"거의 다 왔어!"

"그래."

뭐, 줄만 서 있는데 문제가 생길 리 없겠지. 애써 마음을 다독이며 다시 앞을 볼 때였다. 남궁류청이 나를 빤히 바라보고 있었다.

"백리 소저."

남궁류청의 목소리에 살짝 짜증이 담겨 있었다.

"왜?"

또 왜 저래? 뭐에 심통 난 거야?

남궁류청은 잠시 침묵하며 나를 불만스럽게 바라보다 툭 내뱉었다.

"돌아가."

"응?"

"서 소저랑은 내가 함께 있을 테니까 먼저 가라고."

생각도 못 한 말에 놀란 내 목소리는 서하령의 외침에 묻혔다.

"뭐야! 안 돼! 왜 연이를 보내?"

남궁류청이 서하령을 차갑게 쏘아보았다.

"지금 백리 소저가 계속 뒤만 돌아보고 있잖아."

서하령이 눈을 동그랗게 뜨고 나를 보았다.

"계속 있어 봤자 거슬리니까 가."

"그래도 싫은데……."

"아니면 다 같이 돌아가든지. 네 사저 향유 따위 뭐가 그리 중요하다고."

"네가 멋대로 따라와 놓고 왜 나한테 그래!"

마주 소리칠 것 같던 남궁류청이 애써 입술을 꾹 깨물고 나를 보았다.

"안 가고 뭐 해?"

나는 남궁류청과 서하령을 번갈아 보고 마음을 먹었다.

"공사, 고마워. 하령아, 미안해. 야율 혼자 두신 것 그래서. 둘이 갔다 와."

"연아!"

서하령의 외침을 무시하며 바로 뒤돌아 뛰었다. 거리에 사람이 많아 마구 뛸 수는 없었다. 오면서 눈에 익힌 가게를 찾았다.

'여기서 쭉 가다가 저 가게 왼쪽으로 꺾으면…… 어?'

길을 찾던 난 고개를 홱 돌렸다.

"뭐야?"

나는 고개를 빼 잠시 내 눈에 띄었던 곳을 훑었다. 아버지를 본 것 같은데…….

"……아닌가?"

인파가 많아 금안을 계속 쓰자니 정신이 하나도 없었다.

'……일단 가자.'

나는 잠시 눈에 담겼던 기운을 머릿속에서 지우고 다시 발을 재촉했다. 곧이어 보이는 가게를 보고 나는 눈을 크게 떴다. 줄은 자리를 비운 새 더 길어져 있었다.

'아니 무슨……? 와, 조금만 늦게 왔으면 큰일 날 뻔했네.'

점심 식사 시간이라 모여드는 모양이었다. 다시 발을 재촉할 때였다. 바로 옆의 가게 주인이 지긋지긋하다는 듯 중얼거렸다.

"저놈들 또 시작이네. 어휴."

나는 가게 주인을 흘끔 보곤 다시 앞으로 향했다. 얼마 떨어지지 않은 거리에 야율이 보였다. 그사이 앞의 사람이 꽤 줄어 곧 있으면 야율의 차례였다.

'응?'

난 고개를 갸웃 기울였다. 야율이 자신의 앞에 선 머리 두 개 정도 큰 소년과 얘기를 나누고 있었다.

'뭐야, 괜히 걱정했네.'

솔직히 그동안 야율의 사회성을 약간 의심했다. 아니, 그도 그럴 것이 맨날 내 옆에만 붙어 있지 않는가? 표정 변화도 거의 없고, 관심

가지는 것도 별로 없이 나만 졸졸졸 따라다녀서 어린아이가 이렇게 자라도 되는 건지 걱정이 컸다. 그렇다고 또 내가 적극적으로 나서기엔 지금 있는 곳이 남궁 세가지 않은가? 어쩔 수 없이 몸을 사리게 되었다.

그래서 마음 한구석이 늘 불편했다. 차라리 집을 얻어 주고 야율을 내보내는 게 좋을까 고민하기도 했지만. 후우, 딱히 또 아직 어린 야율을 살피고 보호하라고 딸려 보낼 사람이 없다는 점이 문제였다.

저 모습을 보니 그래도 다행…… 이라고 생각한 순간, 상대가 야율의 뺨을 손등으로 툭툭 쳤다.

'지금…… 무슨 일이……?'

너무나 어처구니없는 상황에 인지가 더뎠다. 잠시 생각을 멈추었던 머리는 야율이 자신의 뺨을 치던 이의 손목을 잡아 꺾는 순간, 다시 돌아갔다. 뺨을 치던 소년의 비명이 높게 울렸다.

"아악!"

나는 황급히 달려갔다.

"놔! 으악! 노, 놓지 못, 아악!"

"형!"

"이 자식이!"

소년과 같은 무리의 아이들까지 덤벼들려는지 개판이었다. 난 황급히 소리쳤다.

"야율!"

내 다급한 외침에 야율이 나를 보았다.

"어? 일찍 왔네."

심지어 그 상황에서 나를 보면서 살짝 미소 지었다. 그 찰나 야율의 손에서 힘이 살짝 빠졌는지, 소년이 야율을 뿌리치고 빠져나갔다.
그리고 손을 치켜들었다.

"이 새끼가……!"

달려간 내 몸이 반사적으로 야율을 감싸 안았다. 그와 동시에 소년
이 내지른 주먹이 내 어깨를 스쳤고, 나는 바닥에 나동그라졌다.

정신이 하나도 없었다. 난 내 아래 깔린 푹신한 느낌을 뒤늦게 깨
달았다. 야율을 깔고 있는 것이었다. 야율은 넘어지면서도 내가 바닥
에 구르지 않도록 자세를 잡았다.

나는 깜짝 놀라 야율 위에서 일어났다.

"야율, 괜찮아?"

"……."

야율은 말없이 조용히 몸을 일으켰다. 그 눈빛을 본 순간 심장이
철렁 내려앉았다.

'얘, 눈빛이 이상한데?'

빛 한 점 찾아볼 수 없이 새카맣게 가라앉은 눈동자. 야율 몸속에
서 일렁이는 내공이 금안에 보였다. 탁한 기운이 야율의 단전에서 사
지를 향해 뻗어 나갔다. 야율이 눈을 부릅뜬 채 굳어 있는 아이에게
천천히 손을 뻗었다.

"너……."

난 황급히 야율의 팔을 붙잡았다.

"안 돼."

"……."

"야율, 안 돼."

거듭 반복하는 내 목소리에 일렁이던 마기가 천천히, 천천히 진정되

었다. 야율이 느리게 입술을 뗐다.

"……괜찮아?"

그제야 안도의 숨이 나왔다. 어찌나 긴장했는지 주먹이 스친 어깨의 통증도 이제 느껴졌다. 나는 태연하게 거짓말했다.

"안 다쳤어. 멀쩡해."

아직 살기에 노출되어 본 적 없어 뭔지는 알 수 없었지만, 섬뜩한 느낌에 뻣뻣이 굳어 있던 소년이 풀려나 뒤늦게 소리쳤다.

"너, 너네 뭐, 뭐야!"

빽 소리치던 소년이 야율과 눈이 마주치고는 움찔 놀라서 눈을 피했다. 그러곤 나를 향해 소리쳤다.

"넌 뭔데 갑자기 끼어들어서 난리야!"

열넷? 열다섯? 한국으로 치면 중학생 정도로 보였다. 고급스러워 보이는 황색 무복에 허리에 두른 금장식 요대, 흔들리는 옥장식까지. 부귀를 온몸으로 자랑하고 있었다.

'거기다 내공이 있어.'

허리에 찬 검도 보였다. 아마도 무림 가문의 아이 혹은 어느 문파의 제자인 듯했다. 일행으로 보이는 소년 뒤쪽의 아이들도 다 비슷했다.

'남궁 세가 코앞에서 미쳤다고 흑도가 설칠 리 없으니 당연히 백도, 무림 정파일 것이고.'

상황을 파악한 난 재빨리 소리쳤다.

"넌 뭔데? 백도 무림 자제가 대낮부터 사람을 패?"

"……무, 무슨, 네가 끼어든 거잖아!"

"끼어든 건 너네겠지! 너희 새치기했잖아?"

이런 애들이 바로 앞에 서 있었다면 내가 기억 못 할 리가 없었다. 그리고 정답이었다.

"이, 이익! 너…… 너! 너 내가 누군지 알아?"

"누군데? 새치기로도 모자라 대낮부터 사람을 때리던 사람이 어느 집 사람인지 들어나 보자!"

얼굴이 시뻘게진 소년이 주변을 둘러보았다. 앞뒤로 줄 서 있던 사람들이 소란에 고개를 내밀고 구경 중이었다. 몇몇 사람은 피식거리며 "여자애가 똘똘하구먼."이라고 중얼거리기도 했다.

"너, 너!"

창피함에 머리가 돌아 버렸는지 소년이 다시 손을 치켜들었다.

'이 자식이 미쳤나!'

겨우 야율 진정시켜 놨더니만!

난 야율 앞을 가로막으며 재빨리 자연지기를 끌어모았다.

'체력 키울 때까진 함부로 안 쓰려고 했는데.'

그 순간.

"악!"

내가 막아서기도 전에 소년이 갑자기 손을 부여잡곤 비명을 질렀다. 소년의 패거리로 보이는 아이들이 연달아 소리쳤다.

"형!"

"형아!"

"무슨 일이야!"

나도 어리둥절했다. 저놈이랑 손끝도 안 닿았다고!

그때 내 발치에 무언가 굴러왔다.

'……철전?'

철전은 이곳의 화폐로 쓰는 동전이었다.

'이게 왜?'

고개를 숙였던 소년이 손바닥을 내보였다.

"너 이 자식, 비겁하게 무슨 짓을 한 거야!"

붉은 자국이 동그랗게 남아 있었다. 크기가 딱 철전 모양처럼 보이는 건 내 착각일까? 나는 철전을 발로 살포시 밟으며 소리쳤다.

"자기 혼자 비명 지르면서 쓰러져 놓고 뭐라는 거야?"

"뭐? 분명 뭔가 내 손을 때렸다고!"

씩씩거리던 소년이 패거리를 향해 물었다.

"쟤가 뭐 던지지 않았어? 던졌지?"

같은 패거리의 소년들이 서로를 보며 수군거렸다.

"나, 나는 못 봤는데. 너 봤어?"

"아니, 나도 못 봤는데."

"그럼 이건 뭔데!"

소년이 행패 부리듯 소리칠 때였다. 구경하듯 둘러싼 행인들 사이에서 누군가 외쳤다.

"거 적당히 해라. 자기보다 어린 애 괴롭히면 쓰나!"

"그래! 작작 좀 해라!"

"저 망할 것들 정말 매일 소란이야!"

그 뒤로도 이구동성으로 소리쳤다.

"혀, 형."

몰아가는 분위기에 겁이 난 듯 제일 키가 작은 아이가 소년의 옷자락을 잡았다. 소년의 눈동자도 불안하게 흔들렸다. 그때 뒤쪽의 다른 소년이 소리쳤다.

"시끄러워! 뭐 날아오는 거 똑똑히 봤거든! 저 여자애가 아니면 다른 놈이 던졌겠지! 누구야! 당장 나와! 장가장의 이름을 걸고 가만두지 않겠어!"

그리고 난 익숙한 단어를 느꼈다.

'장가장?'

순간 머릿속을 스치는 인물이 있었다.

'에이, 설마 아니겠지. 그런데 꼭 아니겠지 하면 맞던데……'

소년이 눈을 부라리며 주변을 노려보자 한마디씩 던지던 사람들이 조용해졌다. 대신 목소리를 낮춘 채 수군거렸다.

"저 녀석 장가장에서도 내놓은 아들이라고……."

"장가장이 그래도 근방의 유지인데 괜히 걸리면 귀찮으이."

"장가장주 아들이 성질머리가 고약하기로 유명하잖소."

불만에 차 수군거리긴 했지만 대놓고 야유하는 자들은 사라졌다. 그리고 왠지 수군거리는 말들을 들을수록 내가 떠올린 인물이 맞는 것 같았다. 장가장의 아이가 키 큰 소년을 불렀다.

"형, 잠깐 이리……."

나는 그 틈을 타 야율을 살폈다. 조금 전에 비하면 진정한 것으로 보였다. 하지만 그 차분한 표정 너머 눈빛은 당장 목덜미를 물어뜯을 것처럼 여전히 위협적이었다. 나는 야율의 꽉 쥔 손등을 토닥였다.

그때 다시 철전에 처맞았던 아이가 나섰다. 가장 덩치가 큰 것이 패거리의 행동대장 격인 모양이었다.

"너, 어느 집안 자제지? 이름이 뭐야?"

"갑자기 그건 왜 물어?"

"묻는 말에 대답이나 해!"

나는 영문을 알 수 없어 인상을 찡그리다 장가장 아이의 시선에 깨달았다.

'내 옷차림 때문이군.'

야율의 차림이 나쁜 건 아니었다. 옷감 자체는 좋았지만, 장식이 없어서 잘 봐 줘야 양갓집 자제 정도였다. 하지만 그에 비하면 내 옷차림은 꽤 화려했다. 내 취향은 아니고…… 소부인의 성의가 담뿍 담긴 선물이었다.

처소에서는 너무 화려해서 입지 않았다. 흰 털 장식이 잔뜩 달린 외투라니. 대체 왜 애 옷에 흰색을 쓰냔 말이다. 하지만 선물을 너무 내버려 두는 것도 무례 같아 외출하는 김에 입고 나온 상태였다. 그런 내 차림새를 장가장의 아이가 알아본 모양이었다.

잠시 생각에 잠긴 내 모습을 어찌 여겼는지, 패거리가 한마디씩 뱉었다.

"왜 저리 머뭇거려?"

"왜 말이 없어? 철이 말이 틀린 거 아냐?"

"사실 별 볼 일 없는 천것……."

나는 다시 튀어 나가려는 야율의 팔을 붙잡고 말했다.

"백리 세가의 백리연."

곧장 놀란 목소리가 튀어나왔다.

"백리 세가?"

"천하 십일강 백리패혁……."

"아니, 백리 세가가 왜 여깄어?"

놀란 소년들이 서로 쑥덕대는 소리가 들렸다.

"부친의 성함은 '의' 자, '강' 자이시지."

나는 옷자락을 털고 함부로 입을 놀린 아이를 노려보았다.

"천것이라고 한 녀석 누구야?"

"……."

입술이 달라붙은 것처럼 조용했다.

나는 살짝 떨리는 손을 숨겼다. 아버지의 명성을 파는 건 난생처음이었다. 회귀 전에는 누군가 내게 아버지의 이름을 언급하는 것만으로도 숨을 쉴 수 없는 기분이었다. 그래서 피치 못할 사정이 아니라면 아버지 성함을 먼저 입 밖으로 내지 않았다. 그래도 모든 사람이 나를 알았지만, 내 입으로 밝힌 경우는 정식으로 소개하는 자리 말고서야 없었다.

그때 떨리는 손을 감싸 쥐는 뜨거운 온기가 느껴졌다. 돌아보지 않아도 누군지 알았다.

"혀, 형."

패거리 중 한 명의 중얼거림에 덩치 큰 소년이 당혹스러운 목소리로 말했다.

"배, 백리 세가의 소저였소?"

갑자기 정중해진 어조였다. 재빠른 태세 전환에 허탈감이 밀려왔다. 소년이 포권지례하며 인사했다.

"나는 천보문의 천위웅이오."

천보문. 들어 본 적 있었다. 원래 알던 건 아니고 서하령과 잡담하다 나온 문파였다.

'근방의 꽤 세가 큰 백도 문파라고 들었는데…….'

천위웅을 시작으로 허둥거리며 한 명씩 자기소개를 했다. 천것이라고 한 녀석의 가문은 들어 본 적 없는 곳이었다. 마지막으로…….

"장가장의 장철."

장철. 역시 그놈이 맞았다. 소설 속 남궁류청을 자잘하게 괴롭히던 악역 조연이었다.

'와, 여기서 이렇게 만나네.'

어린아이지만 벌써 얼굴에 심술궂음이 잔뜩 묻어 나왔다. 천위응이 떨떠름함을 감추지 못한 채 사과했다.

"그, 소저를 알아보지 못하고 소란 피운 건 미안하게 됐소."

머리 좀 컸다고 어른의 말투를 따라 하고 있었다.

'남궁류청이 저럴 땐 귀여웠는데 저놈이 그러니 왜 이렇게 중2병 걸린 것 같고 소름 돋지?'

역시 말투도 외모에 따라 전혀 다르게 느껴지는 것이 분명했다. 천위응은 이 자리를 벗어나고 싶은 표정이었다.

"그, 그럼 우리는 이만 가 보……."

그때였다. 뭘 하는지 홀로 생각에 잠겨 있던 장철이 갑자기 끼어들었다.

"형, 쫄지 마."

"철아, 너 갑자기 왜 그래?"

천위응은 내 눈치를 보기에 바빴다.

"나 기억났어."

"뭐가?"

장철의 얼굴엔 비웃음이 가득했다.

"백리 대협께 내공 폐인이 된 딸이 하나 있다고 들었거든. 그게 쟤야."

나는 깨달았다. 이 녀석은 악역 조연이라는 역할이 문제가 아니라, 어릴 적부터 그냥 싹수가 노란 아이라는 걸.

"뭐? 내공 폐인? 그게 무슨 소리야?"

"말 그대로야. 아빠한테 들었어! 백리 대협이 갑자기 웬 계집애를 딸이라고 데려왔는데, 심지어 주화입마에 빠져서 내공 폐인 됐대. 반편이라고!"

실실 웃는 얼굴은 신난 기색이 역력했다.

"내공…… 폐인이라고?"

순식간에 나를 바라보는 시선에 한심함, 경멸, 깔보는 느낌이 어렸다. 아주 익숙한 느낌이었다. 아플 정도로 내 손을 꽉 쥐는 뜨거운 손이 느껴지지 않았다면, 정말 회귀한 게 맞는지 의심했을 정도였다. 나는 고개를 저으며 헛웃음을 지었다.

"하, 이래서 문제라니까. 무림인들은 내공이 없으면 사람 취급을 안 해요."

또다시 태세 전환한 천위웅이 내게 눈을 부라렸다.

"어디 내공 폐인 주제에 잘난 척……."

나는 천위웅의 말을 대충 자르며 말했다.

"자기네들이 물어보길래 이름도 알려 주고 집안도 알려 줬는데 잘난 척이라네."

천위웅은 순간 말문이 막힌 듯했다. 나는 말을 이어 나갔다.

"그리고. 너희 말대로 내가 내공 폐인이면 너넨 지금 무공도 못 배우는 일반인을 핍박하는 거 아냐? 장가장이 어딘지 모르겠는데, 백도가 아니라 흑도였어?"

사실 뭐 백리 성을 받은 이상 일반인은 아니지만, 애들 머리로 이걸 따지고 들 논리는 없을 터였다. 역시나 천위웅은 무슨 말을 해야 할지 모르는 듯 입만 뻐끔거렸다. 장철이 발을 구르며 소리쳤다.

"이익……! 너, 어디서 굴러먹다 왔는지도 모르는 천것 주제에 감히 우리 집을 모욕해?"

너무 수준이 낮은 말이라 그런지 화도 나지 않고 오히려 피식 웃음이 터졌다.

"글쎄. 네 아비 말이 천박하기 그지없는데 천것은 네 아버지 아닌지?"

"뭐, 뭐라고!"

"하긴 새치기할 때부터 알아봤어. 아비 수준이 그 모양이니 자식도 같지."

장철은 정신이 혼미한 표정이었다. 나는 빙그레 웃으며 말을 이었다.

"됐다. 이제 더 말해 뭐 해? 서로가 부모를 모욕했으니 여기서 그냥 넘어갈 수는 없지. 무림인이니 입으로 떠들 것 없다. 검으로 얘기하자."

"뭐?"

내 말이 의외인지 장철과 천위웅을 앞세운 패거리들이 멍한 표정을 지었다.

"쟤 머리가 어떻게 된 거 아냐? 지금 비무를 청한 거야?"

장철이 믿기지 않는다는 듯 되물었다.

"너 지금 비무하자고 한 거야?"

"그래."

"하, 좋아! 받아 주지!"

장철의 입꼬리가 비틀려 올라갔다. 그야말로 악역 꿈나무의 잔악한 미소였다. 나는 저 아이가 벌써 이겼다는 생각에 충분히 기뻐하도록 약간의 시간을 두고 말을 이었다.

"누가 나설 거야?"

그러자 악동 패거리들의 시선이 천위응에게 모였다.

"천 공자?"

천위응이 조소 어린 낯으로 말했다.

"너, 내공 폐인이라 들었는데 어디 검이나 들 수 있겠어?"

"내가 나선다고 한 적 없는데."

나는 웃으며 대답했다.

"뭐?"

"당연한 거 아냐? 네 입으로 내가 내공 폐인이라 말했잖아. 백도 무림의 자제가 내공 폐인이랑 비무하고 이겼다고 좋아하려는…… 설마 그런 바보 같은 생각을 한 건 아니지?"

천위응이 움찔 놀라며 시선을 피했다. 나는 눈을 가늘게 뜨고 고개를 기울였다.

"와, 정말 그런 생각을 했단 말이야?"

"아, 아니거든!"

덩달아 실망하는 듯하던 장철은 천위응을 보곤 다시 턱을 치켜들었다.

저 자신감도 당연했다. 천위응의 키가 나와 야율에 비해 머리 두 개는 컸다. 성인들도 아니고 아이들의 싸움에서 나이는 체격을 결정하는 절대적인 요소였다. 모두 천위응이 질 거라 생각지 않는 것이다.

하지만 장철과 달리, 천위응은 야율을 흘끔거리며 약간 긴장한 모습이었다. 그는 야율에게 붙잡혔던 손목을 만지작거렸다. 아마도 붙잡혔을 때 쉽게 뿌리치지 못했던 기억 때문일 것이다. 야율의 실력이 꽤 되는 것 같아 걱정하는 속내가 뻔히 보였다.

'야율이 힘이 세긴 하지.'

그러나 힘이 세다 하더라도 야율은 따로 검이나 권법을 배우진 않았다. 미래에 남궁류청과 대등하게 붙을 정도로 재능이 대단하다 한들, 어릴 때부터 검을 쥔 애들과 제대로 붙으면 밀릴 것이 뻔했다.

장철이 소리쳤다.

"그래서! 누구로 할 건데? 네 뒤에 있는 애?"

"얘도 아닌데."

야율도 악동 패거리도 놀란 눈을 했다. 장철이 소리쳤다.

"뭐 하자는 거야? 너 지금 장난쳐?"

"기다려 봐. 일행이 올 테니까."

"시간 끌어 봤자 소용없어!"

"기다려 보라니까. 슬슬 돌아올 시간이 됐는데. 아, 저기 오네."

때마침이라는 말이 잘 맞았다. 이 모든 시비의 원인, 남궁류청이 서하령과 함께 걸어왔다. 내가 그냥 남궁류청 탓을 하는 게 아니다. 이 주변은 남궁 세가의 영역이었다.

그런데 독야청청 혼자 사느라 이번이 첫 외출인 남궁 세가의 유일한 후계자, 백도 무림의 차세대 주역인 남궁류청이 집 안에만 틀어박혀 있으니……. 호랑이 없으면 여우가 왕 된다는 말이 있다. 남궁 세가가 보이지 않으니 천보문의 천위웅, 장가장의 장철 등이 무리를 만들어서 마치 자신들이 이곳의 왕인 것처럼 설치고 다닌 것이었다.

그러니 이 사태는 남궁류청이 끝내는 것이 낫았다. 그래야 쟤네들이 남궁류청 눈치를 보느라 다시는 이곳에서 헛짓거리를 하지 않을 것이다.

'곧 떠나게 될 나와 달리 남궁류청은 계속 이곳에서 지낼 테니까.'

이건 절대 내가 애들이랑 검 들고 쌈박질하기 귀찮아서가 아니라, 이

치를 따져 생각했을 때 그렇다는 것이다.

남궁류청의 표정은 딱딱하게 굳어 있었다. 멀리서도 이 근방의 심상치 않은 분위기를 느꼈는지 오자마자 물었다.

"무슨 일이야?"

"딱 맞게 왔네. 향유는 잘 샀어?"

서하령이 가볍게 다가왔다.

"응. 샀어. 갔더니 벌써 장사를 접으려고 하지 뭐야. 늦었으면 사저한테 혼날 뻔했어. 근데 무슨 일이야? 줄이 왜 이래? 뭐 구경할 거 있어?"

구경할 거…… 있지. 우리.

계속된 소란으로 나와 악동 패거리를 중심으로 아주 구경꾼까지 몰린 상태였다.

그때 장철이 입을 열었다.

"나, 나, 나, 나, 남궁, 남궁 공자?"

하도 더듬어서 노래 부르는 줄 알았다.

"남궁 공자라니? 철아, 그게 무슨 소리야?"

서하령이 천위응과 장철을 보곤 인상을 찌푸렸다. 대부분 웃는 낯이던 아이가 질색하는 모습이라 놀랐다. 더 놀라운 건 남궁류청이었다. 장철을 본 남궁류청이 살짝 미간을 찌푸렸다.

"……장 공자?"

"아는 사이야?"

남궁류청이 잠시 눈을 내리떴다가 말했다.

"외가, 어머님의 구촌 조카야."

"구촌 조카……?"

나는 한숨을 쉬면서 말했다.

"뭐야, 그거 너랑 나 사이 아냐?"

"……?"

"남이라고."

"푸핫!"

인상을 잔뜩 찌푸리고 잇던 서하령이 불의의 일격을 당한 것처럼 웃음을 터트렸다. 배를 감싸 안고 웃는 서하령을 남궁류청이 흘겼다. 마지막에 노려보는 건 역시 나였다. 남궁류청이 중얼거렸다.

"진짜 짜증 나."

아직도 웃음이 남은 목소리로 서하령이 물었다.

"쟤네랑 여기서 뭐 해?"

"쟤가, 장 공자가 나한테 대뜸 천것이라고 하더라고. 아버지가 그랬대. 그래서 네 아비 입이 더 천것이라 했지. 더 말해 뭐 하겠어? 검으로 승부 내자고 했어."

내 짧은 요약에 서하령의 표정이 다채롭게 변했다. 천것이란 소리를 들었다 할 땐 인상이 잔뜩 일그러졌다가, 내가 장 공자 아비가 천것이라 말했다 할 땐 입을 쩍 벌리며 경악하더니 마지막에 웃음기가 싹 사라진 낯으로 천 공자 일행을 보았다. 남궁류청도 비슷했다. 날카롭게 치뜬 눈이 서늘함을 뿜냈다.

나는 어깨를 으쓱이며 말을 이었다.

"그런데 나는 검도 없고, 비무할 몸 상태도 아니니 너흴 기다렸지."

나는 장철을 돌아봤다.

창백하게 질린 낯이 조금 신기했다. 아무리 남궁 세가의 명성이 드높고 남궁류청이 천하의 기재로 유명하더라도 보통 저 나이의 사내아이들은 눈앞에 실력을 들이밀기 전엔 믿지 않을 터였다. 하지만 장철의 하얗다 못해 퍼렇게 질린 낯은 마치 이미 한 번 두들겨 맞아 본 것 같았다.

천위응이 성큼 다가오며 자길 믿으라는 듯 소리쳤다.

"남궁 공자가 뭐가 얼마나 대단하고? 장철, 뭘 겁먹고 그래? 네가 이렇게 겁쟁이일 줄 몰랐네!"

그래. 보통 천위응 같은 반응이 정상이었다. 천위응의 말에 다른 일행들도 살짝 긴장이 풀린 것처럼 피식피식 웃었다. 그 모습에 속으로 혀를 찼다. 바보들은 꼭 눈앞에 검을 들이밀어야 정신을 차렸다.

남궁류청이 앞으로 나섰다. 애한테 지금 대체 뭘 시키느냐는 대한민국 상식을 지닌 영혼이 나무랐지만, 여긴 아동 인권이란 단어가 없는 세계였다. 열 살이 새파란 진검을 들고 다녀도 아무런 제지가 없는, 그런 세상이었다.

남궁류청이 익숙한 손길로 검을 뽑아 들었다. 분명 남궁류청과 함께 나오기로 했을 때, 그가 검을 챙기는 모습을 보고 대체 어린애가 무슨 검이냐고 불안하게 보았는데……. 지금 남궁류청의 뒷모습을 보니 이렇게 든든할 수가 없었다.

"나는 천보문의……."

자기소개를 하는 천위응의 말을 남궁류청이 잘랐다.

"궁금하지 않다. 와라."

탄식을 불러일으키는 싸가지가 같은 편이 되니 박수가 절로 나왔다.

'씁, 살짝 멋있는 것 같기도 하고?'

실제로 서하령이 남궁류청을 보는 표정이 살짝 변했다.

'그런데 왠지…… 선망이라기보단 질투에 가까운 것 같은데?'

그사이 모욕을 당한 천위웅이 펄펄 날뛰며 검을 뽑았다.

"이 자식! 네가 남궁 세가면 단 줄 알아? 집구석에 박혀서 나오지도 않는 겁쟁이 주제에!"

천위웅은 못해도 열셋에서 열다섯. 남궁류청은 열 살. 키는 천위웅이 머리 한 개 정도 더 컸지만, 금안으로 보이는 내공을 따졌을 땐 남궁류청이 약간 더 앞섰다.

'와, 남궁류청 좋은 거 많이 먹고 자랐네.'

자신보다 나이 많은 무가 자제보다 내공이 앞서다니.

이런 차이가 세가라고 불리는 가문의 저력이었다. 그 사실을 모를 천위웅이 자신만만하게 선공을 했다. 나는 당황했다.

'보통 이 정도 나이 차이면 나이 많은 사람이 어린 사람한테 선공을 양보해 주지 않니?'

백도 무림인이라는 것이 무색한 치졸의 극치였다.

천위웅의 검은 무게감 있는 중검이었다. 위에서 아래로 정직하게 내려쳤는데, 검격에 담긴 힘이 또래 아이로 볼 수 없을 정도였다. 썩어도 준치. 어릴 적부터 제대로 검을 배운 자의 검격이었다. 천위웅과 같은 체격의 아이도 받아 내기 어려울 힘이었다.

하지만 막을 수 없다면…… 안 막으면 된다. 남궁류청은 몸을 크게 틀지도 않았다. 아주 살짝 어깨를 틀어 검을 피했다.

"……미친."

탄식인지 탄성인지 모를 소리가 튀어나왔다.

아버지가 남궁류청의 검을 피하던 모습과 닮아 있었다.

'몇 번 본 걸 벌써 따라서……'

그 재능에 소름이 오소소 돋았다.

일격, 이격, 삼격.

검을 세 번 막아 낸 남궁류청이 왼손을 주먹 쥐었다. 어디로 뻗을 것인지 경로가 눈에 보였다.

'명치.'

상앗빛 내공을 잔뜩 머금은 주먹이 퍽 소리와 함께 천위웅의 명치에 제대로 꽂혔다.

"……!"

천위웅은 소리도 내지 못한 채 몸을 숙여 웅크렸다. 달그랑. 대신 천위웅의 검이 바닥에 떨어지는 소리가 요란했다.

"……."

"……."

"다음."

패거리들이 주춤거리며 서로 눈빛을 교환했다. 그중 한 명이 다급하게 천위웅을 향해 뛰어나왔다.

"형!"

"끄윽, 끄읍."

천위웅은 제대로 맞았는지 침을 질질 흘리며 바닥을 뒹굴었다. 약속이라도 한 것처럼 조용해졌던 구경꾼들도 다시 수군거리기 시작했다.

"으……."

"아이고."

"자네 봤나? 뭘 어떻게 공격한 건지도 모르겠네."

"저 꼬마가 저보다 덩치 큰 애를 어떻게 저리……!"

"남궁 세가 소공자래. 명불허전이지. 고것들 쌤통이네."

천위응의 모습이 불쌍해 보일 만도 한데 동정하는 사람이 아무도 없었다.

'평소에 얼마나 밉보였으면.'

거기다 덩치도 큰 놈이 저보다 어린 애와 싸우겠다고 덤벼든 모습이 매우 추했기에 반응이 더 매몰찼다. 서하령이 슬며시 내 팔을 붙잡고 귓가에 속삭였다.

"나, 남궁 공자가 날 봐줬던 건가 봐."

"그러게."

천위응을 내려다본 서하령이 몸을 부르르 떨었다. 저렇게 바닥을 구르는 것보단…… 날아간 검을 줍는 게 훨씬 낫긴 했다.

나는 설명하듯 말을 이었다.

"거기다 천 공자가 남궁 공자를 얕봤어."

"그랬어? 검에 힘이 잔뜩 담겨 있던데. 나라면 못 받아쳤을 것 같아."

천위응의 검은 제대로 배운 듯 힘은 잔뜩 들어가 있었지만, 휘두르는 사람이 그다지 집중하지 않았다.

나는 말을 이었다.

"당연히 자기가 이길 거라고 생각하면서 건성으로 휘두르는데, 이건 때려 달란 소리지."

"그래서 남궁 공자가 화난 건가?"

"아마…… 그깃 때문은 아닐걸."

"아, 하긴. 쟤는 맨날 화나 있지."

"푸흡."

나는 웃음이 터질 뻔한 걸 입술을 꽉 깨물며 참아 냈다. 그때 천위응에게 달려가지 않은 다른 아이가 버럭 성을 냈다.

"너무한 거 아냐?"

난 소리친 애를 바라봤다. 천위웅이 나설 때도 장철이 헛소리를 지껄일 때도 말리기는커녕 뒤에서 추임새를 넣으며 부추기던 녀석이었다. 절로 조소가 나왔다.

"웃기고 있네. 너희들 모두 허리춤에 검 매달고 있더라? 나랑 야율은 검도 없었고. 그런데 비무하자니까 좋다면서 검을 뽑아 들고는 너무해? 너무하다고?"

검 말고 맨손으로 싸우자고 말하기만 했어도, 남궁류청을 말리며 적당히 봐줄 생각이 있었다. 하지만 저들은 그러지 않았다. 자기네들이 진검이 있는데 어쩔 거냐는 듯이 오히려 서로 눈빛을 교환하며 즐거워했다. 너무하다고 소리친 아이는 입술을 아교로 붙이기라도 한 것처럼 조용해졌다.

'할 말이 없겠지. 내 말이 맞으니까.'

난 말을 이었다.

"내가 너희 검에 찔리거나 베여서 다쳤어도 그딴 소리 했을까?"

내 말에 서하령은 눈을 부릅떴다. 거기까진 전혀 생각지 못했는지 매우 충격받은 듯한 모습이었다. 그리고…… 남궁류청은 별다른 반응이 없었다.

'아니면 이미 눈치챘던 걸지도.'

순간 돌아본 남궁류청이랑 눈이 마주쳤다.

'음, 역시 알고 있었군.'

그래서 천위웅을 때리는 손길이 더 가차 없었던 것 아닐까? 물론 그냥 내 추측일 뿐이었다. 나는 계속 말을 쏘아붙였다.

"검을 뽑아 든 이상 이 정도에서 끝난 걸 감사히 여겨. 그 정도 머리도 없으면 멍청한 거고.”

그때 나를 가만히 바라보던 남궁류청이 말했다.

“백리연.”

“응. 왜…… 어?”

반사적으로 대답하고 뒤늦게 깜짝 놀랐다. 남궁류청이 내 이름을
불렀어! 소저라고 하는 게 아니라 내 이름을 불렀다고!

남궁류청이 이어 말했다.

“시끄러워.”

“…….”

한 방에 내 입을 닥치게 만든 남궁류청이 싸늘하게 말했다.

“그래서 다음 차례는 누구야?”

모두 눈알만 데굴데굴 굴렸다. 남궁류청의 실력을 바로 눈앞에서
확인했는데 나서면 자신도 저렇게 추한 꼴이 될 터였다.

그렇게 조용해졌을 때, 갑자기 장철이 뒤돌아 도망쳤다. 장철을 은
근히 주시하고 있던 난 바로 뛰었다.

“어? 도망간다!”

서하령의 외침을 뒤로하며 장철의 뒤를 쫓은 나는 사람들을 밀치
며 도망치는 장철의 등을 그대로 걷어찼다. 퍽 소리와 함께 장철이 철
퍼덕 앞으로 넘어졌다. 나는 장철의 등을 한 번 더 밟았다. 일어나려
던 장철이 다시 철퍼덕 엎드렸다.

“억!”

“어딜 도망가? 사과는 하고 가야지.”

"푸하하하하. 아, 웃음 참느라 죽는 줄 알았네. 아하하."

바닥에 얼굴을 박았던 장 공자는 고개를 들었을 땐 쌍코피가 터졌다.

"돌아가서, 푸흐흐, 도, 돌아가서 사저랑 사형들한테 이 얘기 해, 크흐흐흐, 해 줘야지. 푸하하, 장 공자, 장 공자 쌍코피!"

서하령이 조금 제멋대로지만, 그렇다고 남의 불행을 즐기는 아이는 아니었다. 나는 고개를 갸웃하고 물었다.

"왜 이렇게 좋아해? 너도 알던 사이야?"

"응! 푸하하하. 흐으, 흐. 가끔 엄마 따라서 모임 같은 거 가면 마주쳤는데 진짜 별로였어."

어머니가 수향문주시니 백도 무림 문파나 가문들 간의 모임을 따라다니다 만났던 모양이었다.

"어땠는데?"

"특히 천 공자, 걔는 몰려 다니면서 거들먹거리기만 하고, 맨날 약한 애들만 골라서 시비 걸고 그랬어."

역시, 안에서 새는 바가지 바깥에서도 샌다고. 얘네가 여기서만 이러고 다닐 리 없었다.

서하령은 쌓인 게 많았는지 줄줄 얘기했다.

"작은 문파 애들을 막 제 하인처럼 부려 먹고! 같이 놀자고 따라다니면서 엄청 귀찮게 굴고. 싫다니까 내 사저를 괴롭혔어!"

"같이 놀자고 따라다녔다고?"

"응."

나는 건강한 빛깔의 서하령의 얼굴을 보았다. 아직 볼살이 통통하지만 어린애답지 않은 얄쌍하니 높은 콧대와 붓으로 그린 듯한 눈썹. 그 아래 살짝 치켜 올라간 눈매는 고양이 같은 사랑스러움이 있었다. 여주 후보답게 벌써 미래가 기대되는 외모랄까.

갑자기 걱정이 물밀듯 밀려왔다. 나는 서하령을 향해 진지하게 말했다.

"저런 놈들이랑 절대 가까이하면 안 돼. 근묵자흑! 먹을 가까이하면 나도 검어진다고!"

"나는 검이 좋아."

"……어?"

"난 글공부 싫어……."

"응……. 나도 검 좋아해……."

나는 얼떨떨한 마음을 추스르며 크게 숨을 내쉬었다. 서하령이 고개를 갸웃 기울이며 내 손을 잡았다.

"연아, 너 근데 왜 이렇게 떨어?"

최대한 티 내지 않으려 했는데 결국 눈에 띈 모양이었다.

"……좀 긴장했나 봐."

"긴장?"

눈을 동그랗게 뜬 서하령에게서 손을 잡아 빼며 남궁류청을 돌아봤다.

"공사, 노와줘서 고마워. 때맞춰서 살 봤네."

"……."

남궁류청은 고개만 살짝 까딱였다. 나는 잠시 눈을 내리깔았다 다시 입을 열었다.

"사실 네가 이렇게 선선히 비무해 줄 줄 몰랐어."

남궁류청이 미간을 살짝 찡그리며 당연하다는 어조로 말했다.

"너 앓아누웠다며?"

"아, 응."

"몸을 보중해."

남궁류청이 내 걱정을 다 해 주다니? 그동안의 만남이 완전히 헛된 건 아니었던 모양이다.

'정말 이게 감동이란 걸까?'

뿌듯한 심정을 만끽하며 배시시 웃었다.

"걱정해 줘서 고마워."

"너는 나랑 대련해야 하니까."

"……엉?"

뭔가 감동이 바스러지는 말을 들은 것 같은데…….

'음, 못 들은 걸로 하자.'

나는 서둘러 남궁류청에게서 시선을 돌렸다. 천 공자 일행에게 사과받으면서도 표정이 나아지지 않던 야율이 눈에 들어왔다. 그리고…….

"아, 맞다! 어떡해! 허어엉."

나는 잔뜩 울상을 지었다. 내 울음 섞인 신음에 남궁류청이 깜짝 놀라 바라봤다.

"……왜, 왜 그래?"

"허엉. 어떻게 해? 만두…… 줄…… 우리 차례 지났어……."

그 난리를 치르는 새 이미 우리 차례는 지나가 있었다. 남궁류청이 이를 악물고 말했다.

"아, 진짜. 놀랐잖아."

"하지만! 줄 처음부터 다시 서야 한다고!"

"그깟 만두 못 먹으면 어때서……."

그때였다. 한 청년이 허리춤의 수건에 손을 닦으며 종종걸음으로 다가왔다. 만두 가게에서 바쁘게 음식을 나르던 점소이였다.

"아이고, 멋있고 귀여운 아가씨 도련님들. 이리로 오세요. 자리 맡아 두었습니다."

"정말요?"

"그럼요. 좋은 구경 했으니까요."

그렇게 말하며 점소이는 남궁류청을 힐끗 보았다. 남궁 세가 소공자라는 말을 못 들었을 리가 없었다. 나는 노골적인 그 시선을 모르는 척 좋아했다.

"와! 감사합니다."

남궁류청도 그 시선을 느꼈는지 약간 떨떠름한 표정이었다. 나는 팔짱을 끼고 남궁류청을 잡아끌었다. 하지만 다섯 걸음도 걷기 전 남궁류청이 팔을 뺐다.

"알아서 갈 테니까, 손 떼."

"그래!"

"나랑 끼자!"

서하령이 팔을 내밀었다. 나는 서하령과 야율을 양팔에 잡아 끼고 점소이를 쫄래쫄래 따라갔다. 그렇게 이 층 계단을 오르다가 갑자기 멈춰 소리쳤다.

"아, 맞다!"

"또 뭐야?"

남궁류청이 눈썹을 치켜 올렸다. 노려보는 성난 눈길이 별거 아니면 가만 안 둔다고 말하고 있었다. 나는 설명하는 대신 팔짱을 빼고 곧장 계단을 뛰어 내려갔다.

"잠깐만! 먼저 가서 앉아 있어!"

나는 후다닥 온 방향을 되짚어 달려갔다. 그리고 천 공자 일행과 한창 말다툼을 하던 장소까지 달려가 바닥을 살폈다.

'철전! 철전 어디 갔어!'

천 공자의 손에 날아왔던 철전을 일이 다 끝나고 줍는다는 걸 정신이 없어서 깜빡했다. 떨어져 있던 곳을 샅샅이 살폈지만, 흙먼지가 날리는 바닥엔 발자국만 어지럽게 남아 있었다.

"아, 벌써 누가 주워 간 건가?"

길바닥에 동전이 떨어져 있으니 봤다면 당연히 주워 갔을 터였다. 아쉬움에 미련 어린 눈으로 바닥을 살피는데 뒤쪽에서 불쑥 손이 튀어나왔다.

"이거 찾아?"

언제 뒤따라왔는지 모를 야율의 손에 내가 찾던 철전이 놓여 있었다.

"어? 맞아! 언제 주웠어?"

"아까 네가 장 공자 발로 찰 때."

"크흠."

저렇게 말하니 내가 일방적으로 폭력을 가한 것 같잖아.

철전을 받아 들려던 난 멈칫하고 야율을 보았다. 야율은 평소처럼 온순한 눈으로 날 보고 있었다.

'하지만…….'

야율은 천 공자와 다툴 때 순식간에 눈이 돌변해 흡성마공을 쓰려했다. 그냥 보기엔 느리게 손을 뻗다 멈춘 것이긴 했다. 그러나 금안으로 야율의 내공이 움직이는 것이 선명히 보였다.

결국 쓰지 않고 무사히 넘어갔다. 그래도…….

나는 거리를 둘러보았다. 객잔에 길게 서 있는 줄. 바쁘게 지나치는 사람들. 이렇게 인파도 많은 곳에서 마공을 주저 없이 쓰려고 하다니. 이를 떠올리자 목덜미가 섬뜩했다. 만약에 야율이 내 말을 듣고도 멈추지 않았다면……. 저절로 끔찍한 상황이 상상되었다.

'일단 그건 돌아가서 따지기로 하고…….'

나는 철전을 받아 들었다.

"야율, 가서 하령이한테 만두 일인분 더 시켜 놓으라고 해!"

야율을 향해 외친 난 거리로 뛰어나갔다. 그리고 저잣거리를 뛰어다니며 소리쳤다.

"아버지?"

사람이 몰려 있는 가게를 지나치고.

"아버지!"

좁은 골목길을 살피면서 계속 소리쳤지만 구경하는 사람들의 눈길만 받을 뿐이었다.

"분명 봤는데. 아버지!"

처음 향유 사러 갔다가 돌아올 때 아버지와 비슷한 빛깔의 기운을 보았을 땐 잘못 봤거니 했다. 사람이 워낙 많아 금안으로 보는 시야를 최대한 죽여 놨기 때문이나. 그러지 않으면 이렇게 사람 많은 곳에선 어지러워 금세 두통과 멀미가 일었다. 거기다 아버지가 이런 저잣거리에 계실 리가 없지 않은가? 그래서 내가 착각했거니 하고 무시했다.

하지만 이 철전. 내가 위험한 순간 기가 막히게 손을 맞힌 철전. 이

걸 보고도 모를 수는 없었다. 그 인파를 뚫고 움직이는 사람의 손을 맞히는 것은 웬만한 실력으로는 턱도 없었다. 아버지가 아니라면 누가 그러겠는가?

"아버지!"

분명 나를 지켜보고 있을 텐데 내 부름에도 나오지 않았다.

'계속 숨어 계실 거라 이거지?'

나는 두리번거리면서 계속 사람을 찾는 척 안으로, 안으로 향했다. 발걸음은 멀리서 보아도 썰렁한, 위험해 보이는 길로 거침없이 향했다. 가끔 "아버지이~?"를 외치면서.

그리고 그 거리에 들어서기 직전 누군가 내 뒷덜미를 딱 잡았다. 깊은 한숨이 뒤따르고 익숙한 목소리가 들렸다.

"여기 있다."

"아버지!"

난 뒤를 홱 돌아봤다. 아버지가 곤혹스럽다는 듯한 표정으로 날 바라보고 계셨다.

"역시 아버지다! 계속 찾았어요!"

나는 팔짝팔짝 뛰며 아버지께 그대로 안기려 했으나, 아버지가 내 어깨를 턱 잡아 안기는 걸 막았다.

"앞으로 저쪽 길은 가지 말거라."

아버지가 엄중하게 말했다.

남궁 세가 코앞이라 흑도는 없어도 어디든 가난한 사람은 있었다. 그런 사람들이 모인 곳의 치안은 나쁘기 마련이었다. 저 거리는 나 같은 차림새의 사람, 심지어 어린아이가 가면 돈 뺏기고 옷도 뺏기기 딱 좋은 그런 거리였다.

정말 들어갈 생각은 아니었다. 단지 아버지를 끌어내기 위한 약간의…… 미끼랄까. 만일 아버지가 지켜보고 있다면 내가 그 거리에 들어가는 걸 내버려 두겠는가?

나는 아무것도 모른다는 듯 방실방실 웃으며 답했다.

"네! 조심할게요."

"그래서 왜 그리 찾은 거냐?"

"아!"

나는 감탄사를 내곤 품속을 뒤졌다. 차가운 금속이 손가락에 닿았다.

"이거 아버지가 던지신 거죠?"

나는 철전을 아버지께 내밀었다.

"아니다."

"역시…… 네? 아니라고요?"

난 당연히 아버지일 거라고 예상해 말을 이어 가다 깜짝 놀라 되물었다.

'아니, 그럼 누가 던진 거지?'

지나가던 협객이라도 있었던 걸까? 이것이 정말 무협 세계?

그때 뒤에서 다른 사람의 목소리가 들렸다.

"내가 던졌다."

나는 깜짝 놀라 뒤를 돌아보았다.

"완 아저씨?"

"크흠. 넌 저기가 어딘 줄은 알고 가는 게냐?"

헛기침한 남궁완이 나를 타박했다. 나는 아저씨와 아버지를 번갈아 보다 말했다.

"그런데 두 분은 왜 여기 계신 거예요?"

"일이 있어서 나왔다."

"무슨 일이요?"

"알 필요 없다."

"뭔데요!"

"몰라도 된대도!"

나는 눈을 가늘게 뜨며 코웃음 쳤다.

"흥! 말씀 안 하셔도 알아요."

"뭘 알아!"

"저 따라온 거죠?"

"……."

"……."

남궁완은 말문이 막힌 듯 입을 다물었고 아버지는 내내 침묵을 지키고 있었다.

나는 말을 이었다.

"나는 다 알아~ 나 따라온 거!"

어른 둘이 할 짓도 없이 내 뒤를 쫄래쫄래 따라다녔다니. 정말 어처구니가 없었다. 남궁완 아저씨도 나와 비슷한 심정인지 어처구니없다는 듯 나를 바라보다 아버지를 향해 말했다.

"한 대만 때린다."

"안 돼요!"

나는 반사적으로 이마를 가렸다. 아버지가 담담하게 말했다.

"연아, 어른에게 장난치면 못써."

"넵. 잘못했습니다."

난 두 손 모아 공손히 사죄했다. 남궁완이 혀를 끌끌 찰 때였다. 아버지가 남궁완을 보며 진지하게 말했다.

"자네도 아이 장난에 그런 식으로 반응하다니, 어른 된 모습을 보이게."

"……."

나는 콧김을 뿜으며 웃음을 죽였다. 그러다 문득 떠올라 말했다.

"아, 맞다. 어쩌죠? 만두 아버지 것만 시키라고 했는데. 완 아저씨 것도 빨리 가서 시켜야겠어요!"

아버지가 그게 무슨 소리냐는 듯 되물었다.

"만두?"

"네! 맛집이래요! 만두 맛집!"

"아니, 내 걸 시켰다는 게 무슨 뜻이냐?"

"아버지 계시니까 같이 먹으려고 미리 시켜 뒀죠!"

아버지가 기특해하면서도 당혹이 담긴 묘한 얼굴로 나를 바라보다 말했다.

"친우들끼리 먹으러 나온 것이잖으냐? 나는 됐다."

"왜요! 이렇게 우, 연, 히, 마주쳤는데 같이 먹어요! 같이 먹어야 맛있죠!"

"연아."

나는 아버지 팔에 매달리며 칭얼댔다.

"더 늦으면 애들이 걱정할 텐데 빨리 가요. 네? 아저씨도 같이 가요!"

아버지가 옅은 한숨을 내쉬었다. 그러곤 어떻게 할 거냐는 듯이 남궁완을 바라보았다. 혀를 찬 남궁완이 몸을 돌렸다.

"가자, 가."

만두 가게 이 층으로 올라가자마자 잔뜩 찌푸린 인상의 남궁류청이 나를 보고 벌떡 일어났다.

"너 대체 갑자기 어딜 간……!"

그리고 뒤따라온 남궁완을 보았는지 말을 멈추고 눈을 크게 떴다.

"……아버지?"

이미 입에 만두를 물고 있던 서하령은 갑자기 캑캑거리며 물을 찾았다. 나는 아버지와 남궁완 아저씨를 돌아보며 설명했다.

"아까 길에서 아버지와 닮은 사람을 우, 연, 히 본 것 같았거든. 혹시나 해서 찾아보러 나간 거였어."

"뭐?"

"응. 우, 연, 히 마주쳤다니까."

남궁완이 짜증을 버럭 냈다.

"백리연, 그만해."

남궁류청은 아직도 혼란스러운 얼굴이었다.

"아저씨도 아버지랑 함께 계시더라고. 맛집이라니까 같이 드셨으면 해서……."

설명하다 보니 내가 의견도 묻지 않고 멋대로 아버지와 아저씨를 모셔 온 걸 깨달았다.

"같이 먹어도…… 될까?"

아니, 근데 이미 데려와 놓고 같이 먹어도 되겠느냐니. 이거 완전 답정너잖아! 라고 생각하는 찰나, 남궁류청이 싸늘하게 말했다.

"이미 오셨는데 뭘 어쩌란 거야? 아버지, 선배님, 앉으세요."

심지어 의자도 모자라서 남궁류청이 일어나 자리를 양보했다. 아버지가 나를 물끄러미 바라보고 남궁완이 말했다.

"너, 친우들한테 말도 안 한 거야?"

"음…… 아버지가 진짜 계셨는지 몰랐으니까요…… 하하."

남궁완이 끼어들어 한마디 했다.

"그런데 음식은 미리 더 주문해 놓고?"

"하하하……."

아버지와 남궁완 아저씨는 만두만 먹고 바로 돌아가셨다. 진짜로 돌아가셨는지, 아니면 돌아간다고 말하고 우리를 따라다녔는지는 알 수 없지만 말이다. 무사히 외출을 마치고 처소로 돌아오자 아버지의 모습이 보이지 않았다. 나는 시비를 향해 물었다.

"아버지는?"

"백리 대협께서는 신시(오후3시~5시) 무렵 돌아오셨다가 반 시진 후에 또다시 외출하셨어요."

"언제 돌아오실지 말씀은 없으셨고?"

"예, 없으셨습니다."

나는 알겠으니 가 보라고 말한 후 생각을 정리했다. 그렇지 않아도 아버지가 자리를 비웠을 때 할 것이 있었다.

'야율.'

남궁 세가 앞마당에서 아버지가 데려온 아이가 백도 무림 자제에게 마공을 쓰다.

한발만 더 나갔다면 저 말이 현실이 되었을 것이다. 상상만으로도 눈앞이 아득해지고, 후폭풍이 예상도 되지 않았다.

'대체 무슨 생각으로 그랬는지…….'

물어봐야 했다. 그리고 다시는 그런 일이 벌어지지 않도록 해야 했다. 나는 겉옷을 벗으며 야율을 보았다.

"야율, 잠시 할 말이…….'

그때, 갑자기 야율이 내 앞에 무릎을 꿇었다.

"……!"

놀라 숨도 멈춘 내게 야율이 말했다.

"잘못했어."

내가 무슨 말을 하려고 했는지 단번에 휘발됐다. 나는 눈만 끔뻑이 다가 폐부를 쥐어짜듯 말했다.

"……일어나."

"내가 정말 잘못했어."

"…….'

나는 주변을 둘러보아, 기척이 없는 걸 재차 확인하고 야율을 바라 보았다. 머리가 아팠다. 나는 몇 번이나 입술을 짓씹으며 놀란 마음 을 다스리고 물었다.

"일단…… 천 공자랑 어쩌다 얽힌 거야?"

새치기했다는 걸 눈치껏 안 것 외에는 아직 들은 것이 없었다. 야 율이 입술을 깨물곤 말을 이었다.

"네가 서 소저랑 떠나고 줄 서 있었는데, 느닷없이 끼어들었어."

"그리고?"

"나는 소란을 일으키기 싫어서 그냥 가만히 있었는데…… 갑자기 돌아보더니 새치기한 게 불만이냐고 물어봤어. 그래서 내가 아니라고 했어."

겪은 일을 이야기하는 야율의 표정은 담담했고 그 상황을 억울해하거나 서러워하지 않았다. 그가 눈치 보고 있는 것은 오로지 나였다.

"그런데 표정이 왜 이러냐면서 웃으라고 뺨을 툭툭 쳤어."

하아. 나는 깊은 한숨을 내쉬었다.

'생각보다 더 개자식들이었네.'

가만히 있던 사람에게 시비를 걸다니. 딱히 이유도 없었다. 아마 그냥 혼자 있고, 별 볼 일 없어 보이는 집안 자제 같으니까였겠지.

그리고 놀랐다.

'야율이 많이 참았네.'

새치기한 것도 참고, 불만이냐고 시비 거는 것도 참고.

사람의 본성을 알고 싶다면 권력을 쥐여 주라지 않던가? 원래 가지고 있는 힘을 자제하는 건 힘든 일이다. 심지어 마공이었다. 격해진 감정에 자제력이 약해지면 그 자리를 마공이 파고든다. 그 힘을 쓸수록 자제력은 사라지고, 이지를 잃어버리고, 그럼 마공을 쓰는 데 더 거리낌이 없어지고, 어느 순간 피와 살육을 즐기는 전혀 다른 사람이 되어 버리는 것이다. 마공의 무서운 점이다.

야율은 아마도 정신을 차리고 나서야 뒤늦게 자신이 마공을 쓰려 했던 사실을 깨달았을 것이다.

"거기서부턴 네가 본 대로야."

붉은 입술을 짓씹은 야율이 말을 이었다.

"참으려고 했는데, 그런데 그 녀석이 널 때려서. 그래서…… 그래서 너무 화가 났어."

내가 맞는 걸 보고 참을 수가 없었다고?

나는 어떤 표정을 지어야 할지 알 수 없었다. 오로지 나의 눈치만
살피는 모습과 야율의 말이 합쳐져 절로…… 연민을 자아냈다.

"……."

"……."

야율의 말이 끝난 방에는 침묵이 이어졌다.

내 계획은 이러했다. 먼저 야율의 잘못을 따진다. 그리고 오늘 같은
일이 벌어지지 않도록, 앞으로 이런 억울한 일을 겪고 싶지 않다면 힘
을 기르는 것이 좋다고 타일러 야율에게 천산염제의 제자가 되라고
할 생각이었다.

그래. 나는 이 일이 벌어지자 내심 잘됐다고 여겼다. 야율을 떼어 놓
을 수 있는, 천산염제에게 대놓고 맡길 수 있는 좋은 핑계가 생겼다고.

심지어 굳이 내가 직접 야율에게 말하지 않아도 됐다. 그저 아버지
에게 말하면 됐다.

나를 지켜보던 아버지가 그때 끼어들지 않은 걸 봐서는 야율이 흡
성마공을 쓰려 한 사실은 모르셨을 것이다.

사실 나도 금안이 없었다면 몰랐을 수도 있었다. 이유야 어찌 되었
든 야율이 저잣거리에서 흡성마공을 쓰려고 했다고 말씀드리면 나보
다 아버지가 더 예민하게 반응할 터였다.

그리고 그러한 내 생각을 야율이 눈치챈 것이었다.

"잘못했어. 앞으로 절대 안 그럴게."

"……."

"응? 나 버리지 마."

"내가⋯⋯."

나는 마른침을 삼키고 애써 떨리는 목소리를 억눌렀다.

"내가 언제 널 버리려 했어?"

진실을 나도 알고 야율도 알지만, 거짓을 말했다.

어떻게 알았을까? 내가 그렇게 눈치를 줬나?

나는 내 앞에 무릎 꿇고 있는 야율을 보았다.

아니. 그냥 안 것이다. 아이의 본능은 원래 예민하다. 이 사람이 자신을 좋아하는지 싫어하는지. 자신에게 관심이 있는지 없는지. 그건 생존 본능이었다. 그리고 야율은 직감적으로 읽어 낸 것이다. 그를 버리려고 한 내 생각을.

"후우."

"⋯⋯."

한숨이 절로 나오고 왠지 모르게 점차 화가 났다.

'왜 이렇게 화나지?'

가슴이 꽉 막힌 것처럼 답답한 마음도 들었다. 두 주먹을 꽉 쥔 채 생각하던 난 깨달았다. 야율의 저 모습은 과거 나의 모습과 똑같았다. 눈치를 보며 잘못을 빌던, 집에서 쫓겨나고 싶지 않아서, 아버지께 미움받고 싶지 않아서 어떻게든 붙잡고 싶어 하던⋯⋯.

나는 야율의 팔을 붙들었다.

"일어나."

나는 일어나지 않으려는 야율을 억지로 일으켜 세웠다.

"아버지한테 말도 안 하고, 나도 너한테 천산염제 제자가 되라고 하지 않을 테니까."

"⋯⋯정말?"

"그래, 정말."

그제야 야율이 몸을 일으켰다.

내 주제에 누굴 동정해……? 라고 생각하면서도 내 손은 착실히 야율의 머리를 향해 뻗어 나갔다. 열기가 느껴지는 동그란 머리통을 쓰다듬으며 말했다.

"내가 더 강해질게."

"뭐?"

"그래. 그래야겠어."

나는 다짐을 내뱉었다. 남궁류청을 기다릴 필요도 없이, 그 자리에서 내가 바로 때려눕힐 수 있을 정도로 강했다면. 그랬더라면.

"내가 강했다면 이런 일 없었을 거 아니야? 네가 날 지켜 주겠다고 나설 일도 없었을 테고."

"……."

"네 체질이 문젠데…… 세상이 이리 넓은데 찾다 보면 어떻게 방법이 나오지 않겠어?"

끝으로 갈수록 말에 확신이 없었지만……. 그래도 뭐, 미래도 아는데 앞으로 노력한다면 야율 한 명 정도는 어떻게든 지킬 수 있겠지.

……아마도?

"하지만 이번만이야."

나는 단호하게 말을 이었다.

"앞으론 자제해. 아니, 앞으론 무슨 일이 있어도, 내가 위험하더라도 다시는 흡성마공을 쓰면 안 돼. 알겠지?"

야율이 무슨 생각인지 알 수 없는 눈으로 나를 보았다. 나는 최대한 자신 넘치는 웃음을 보였다.

"앞으로 네가 날 지켜 줄 필요 없어. 내가 이런 일 겪지 않도록 널 지켜 줄 테니까!"

이튿날. 천산염제가 아침 댓바람부터 나를 찾아왔다. 나는 반사적으로 이마를 가리며 소리쳤다.

"무슨 일이세요? 아직 수업 시간도 아닌데?"

"어제 대체 무슨 일이 있었던 거냐!"

"네?"

설마…… 어제 저잣거리에서 천 공자와 벌였던 소란이 천산염제의 귀에까지 들어갔단 말이야? 어떻게?

어디서부터 설명해야 할지 고민하는 찰나 천산염제가 전혀 상상도 못 한 폭탄을 던졌다.

"야율이 제자가 되겠다고 하더군."

"……예에?"

"뭐야, 너도 몰랐던 게야?"

"네…… 몰랐어요. 야율이 정말 그랬다고요?"

아니, 분명 어제까지만 해도…….

정말 얼떨떨했다. 내 표정을 본 천산엄세가 눈을 가늘게 떴다.

"정말 몰랐나 보군."

"네에."

"그럼 그 자식이 건 조건도 모르겠군?"

"조건이요?"

"하, 그러니까 말이다. 내 기가 막혀서. 노부의 제자가 되는 데 조건을 걸다니! 극양지체만 아니었다면 그딴 자식 내……."

천산염제는 말하면서도 화가 났는지 분위기가 날카로워졌다.

"원래 더 사랑하는 쪽이 지는 거예요."

"……."

일부러 더 장난스럽게 한 대답에 천산염제가 기가 찬다는 표정을 지었다. 나는 뒤이어 물었다.

"그래서 조건이 뭐예요?"

"너한테는 말 안 하련다."

"네에? 알려 주세요!"

"난 간다."

"아니, 어디 가세요! 알려 주고 가세요!"

"오늘은 수업 없으니 그런 줄 알아라."

그 순간 나를 향해 날아오는 손이 보였다. 나는 깜짝 놀라 고개를 숙여 피했다. 다시 들었을 때 천산염제는 사라진 상태였다.

"아니, 뭐야……?"

와서 완전히 제 할 말만 하고 사라지셨다.

천산염제가 사라진 방향을 멍하니 바라보고 있는데…… 왠지, 왠지 억울함이 밀려왔다.

야율을 천산염제 제자로 미는 걸 어제 포기했는데 오늘 갑자기 제자가 된다고 하다니? 좋은 일이긴 한데…… 내 고뇌가 전부 필요 없게 되어 버렸지 않은가! 내가 얼마나 굳은 결심을 하고 내뱉은 말인데! 그걸 휴지 조각으로 만들다니!

'뭔가…… 뭔가 억울해!'

난 발딱 일어나 야율의 방으로 달려갔다. 하지만 방은 비어 있었다.

"얘 어디 갔어!"

난 목적지를 바꿔 달렸다.

"아버지!"

하지만 아버지의 방도 비어 있었다. 아니, 다들 나 빼고 어디 간 거야! 내가 늦게 일어난 것도 아닌데 다들 왜 이렇게 꼭두새벽부터 나돌아 다니는 거냐고!

푸닥거리며 처소를 한바탕 돌아본 내가 터덜터덜 내 방으로 돌아갈 때였다. 낯이 익은 하인이 처소로 다가오는 것이 보였다.

"백리 소저, 일어나 계셨군요."

"무슨 일이야?"

"가주님께서 부르십니다."

나는 고개를 갸웃 기울였다.

나는 앞서가는 하인을 따라가며 생각에 잠겼다.

'남궁 세가주께서 왜 부르시는 거지?'

설마 어제 외출해서 벌어진 소란 때문인가? 하지만 그 소란은 남궁세가주께 올리기기엔 그냥⋯⋯ 애들 싸움 아닌가?

그것 말고는 딱히 떠오르는 일이 없었다.

"여깁니다."

하인을 따라 도착한 곳은 넓은 공터에 전각이 몇 개 딸린 공간이었다. 나는 처음 오는 곳이었다. 다른 곳과는 분위기가 사뭇 달랐는데, 경계가 무척 삼엄했다. 전각 안에서 푸른 장포의 노인과 젊은 청년이 걸어 나왔다.

"백리 소저, 오셨군요. 혹시 절 기억하실는지요?"

청년은 처음 보지만 노인은 처음 남궁 세가에 온 날 본 적이 있었다.

"섭 총관님 아니세요?"

"어이쿠, 기억하시고 계셨군요."

남궁 세가의 총관인 섭자강이었다.

"이쪽은 제 아들입니다. 저를 도와 일을 배우고 있지요."

"안녕하세요. 백리가의 백리연이에요."

"이야기는 많이 들었습니다."

섭 총관 아들의 자기소개를 들으며 나는 머릿속에 물음표가 더 가득 찼다.

'내가 왜 남궁 세가의 총관과 총관 아들하고 인사를 하는 거지……?'

의문을 억누른 채 인사를 나누고 섭 총관의 안내를 따라 한 전각으로 향했다. 안에 들어가고 나서야 이곳의 경비가 매우 삼엄한 이유를 깨달았다. 이곳은 남궁 세가의 창고였다. 이윽고 창고 안에 계신 아버지를 찾을 수 있었다. 나는 곧장 달려갔다.

"아버지!"

"백리연, 건물 안에서 뛰면……."

아버지가 말을 끝내기도 전에 나는 이미 품에 달려들었다. 아버지가 한숨을 내쉬며 말을 이었다.

"인사부터 하거라."

아버지가 바라본 방향을 보자 남궁 세가주와 남궁완이 함께 있었다.

"헉, 안녕하세요."

아버지만 보고 달려오느라 두 분도 함께 계신 줄 몰랐다. 뒷짐을 진 남궁 세가주는 인자하게 웃으며 고개를 끄덕였다. 남궁완 아저씨도 고개를 까딱였다.

남궁 세가주가 상냥한 말투로 말했다.

"그간 잘 지냈느냐?"

"네, 물론이죠!"

"어제 류청과 놀러 나갔다면서?"

"네!"

설마 정말 이 얘기 때문에 부른 거였어? 남궁류청이 집 밖에 스스로 나간 게 얼마나 신기하면…….

나는 속으로 고개를 절레절레 내저었다.

"네 아비와 완이하고 같이 만두도 먹었다고?"

"네!"

남궁 세가주가 시무룩한 표정으로 말했다.

"어찌 할애비에게는 같이 가자고 하지 않았느냐?"

"네?"

"할애비도 만두 좋아한단다."

나는 멍하니 입을 벌렸다. 남궁완 아저씨가 짜증스럽다는 듯 혀를 차고 밀했다.

"아버지, 쓸데없는 얘기 그만하고 본론이나 말씀하시죠."

남궁 세가주가 재미없다는 표정으로 남궁완 아저씨를 흘겨보았다.

"여길 한번 보겠느냐?"

나는 그제야 주변을 둘러볼 수 있었다. 넓은 공간, 한쪽에는 책과

죽간들이 쌓여 있었고, 그 반대편에는 나무 상자들이 차곡차곡 쌓여 있었다. 딱 창고다운 모습이었다.

약간 이상한 점은, 시야에는 딱히 약재들이 보이지 않았는데도 어디선가 은은하게 씁쓰레한 약재 향이 풍긴다는 것이었다.

무심히 살피던 나는 뭔가 익숙한 작은 나무함을 보고 고개를 갸웃 기울였다. 그러고 보니 책들도 왠지 익숙한 것들이 많았다.

'이상한데? 책을 왜 장서각이 아니라 창고에 쌓아 뒀지?'

그때 남궁 세가주가 다시 입을 열었다.

"어찌, 알아보겠느냐?"

"네?"

일부러 내가 둘러보도록 기다려 줬다는 듯한 태도였다. 나는 다시 한번 창고의 물건들을 자세히 살폈다. 곧이어 깨달았다.

"설마 이것들…… 만신의 연단실에 있던 건가요?"

질문의 답은 남궁완이 하였다.

"그래."

하긴 남궁 세가 무사의 시신을 거뒀으니, 당연히 연단실 안에 있던 것들도 챙겼을 것이다. 무덤 안에 버려두기엔 귀한 것들이 많았으니까.

'뭐, 가장 귀한 건 내가 챙겨 왔지만.'

남궁완이 말을 이었다.

"약재는 이곳에서 관리하기 힘들어 따로 보내 놓았다."

"아하."

그래서 약재 향만 나고 따로 보이지 않았던 모양이다.

만신의의 창고는 대체 무슨 짓을 해 놓았는지 일정한 온도에 지하

라면 골치 아플 습기조차 완벽하게 조절되었다. 그래서 지하인데도 약
재들부터 해서 책까지 관리가 아주 완벽하게 되어 있었다. 나는 창고
를 둘러보다가 고개를 기울였다.

'이건 흔한 책인데…….'

그러고 보니 짐의 규모가 대단했다. 나는 약간 질려 물었다.

"설마 연단실 안에 있던 걸 다 가져오신 거예요?"

"그럴 리가. 챙길 수 있는 것만 가져왔지."

남궁 세가는 '챙길 수 있는 것만'이라는 정의가 나와 꽤 다른 모양
이었다. 이 많은 물건을 마차도 들어갈 수 없는 꼬불꼬불한 산길을 타
고 날랐을 생각을 하니 숨이 턱 막힐 정도였다.

"의강이 고생이 많았지."

"아버지가 왜요?"

"네 아버지가 백리 세가에서 오는 길에 갑자기 팔괘촌에 가서 물건
을 남궁 세가로 옮기는 걸 호위했다."

"어……."

전혀 몰랐다.

남궁완이 말을 이었다.

"어디서 소문이 흘러나갔는지 비적부터 해서 별별 놈들이 다 몰려
오더군. 심 부관도 자리를 비워서, 의강이 없었다면 곤란할 뻔했어."

나는 삼싹 놀라 아버지를 바라봤다.

"그런 일이 있었어요?"

전혀 몰랐다!

"아버지! 그럼 여기 오면서 싸우기도 하신 거예요?"

아버지가 남궁완을 보며 나무라듯 말했다.

"연이에게 그런 말은 왜 하는 게야?"

"숨겨서 뭐 하나? 조금만 관심 가져도 다 알 사실들을."

"맞아요! 아저씨 말이 옳아요! 이런 건 알려 주셔야죠!"

내 칭찬에 남궁완의 콧대가 올라갔다.

"아저씨, 아버지가 다치시거나 그러진 않았죠?"

아버지가 당혹스러운 듯이 말했다.

"……내가 다친 걸 왜 완에게 물어보는 게냐?"

"왜겠어욧!"

"……."

아버지를 향해 혀를 찬 남궁완이 내 질문에 답했다.

"전투가 몇 번 벌어지긴 했지만, 상처라고 할 건 없었다. 정말 다쳤
다면 너도 알았겠지. 보다시피 멀쩡하니 걱정 말아라."

"정말요?"

"그래."

"진짜죠?"

"그래."

"정말이죠?"

"몇 번을 물어보는 거야!"

음, 아저씨가 성질내는 것을 보아 완벽한 진실로 판정됐다. 하긴, 뭐
남궁 세가 사람들과 함께 옮겼으니 정말 큰 전투가 벌어졌다면 내가
오늘 이 소식을 처음 들었을 리 없긴 했다.

'아니 그런데…….'

백리 세가에서 남궁 세가로 내려오는 길에도 할 수 있는 일을 찾으
시다니.

'이걸 참 아버지답다고 해야 할지.'

버럭 성낸 남궁완이 헛기침을 하고 말을 이었다.

"하여튼 그래서 가져온 물건을 나누려고 불렀다."

"나눈다고요?"

"그래. 그럼 우리가 이걸 양심 없이 다 가져가겠느냐?"

아버지가 아버지다운 일을 했다면 남궁완 아저씨도 아저씨답다고 해야 할까.

'연단실 물건들을 전부 다 가져도 아무 말 못 할 텐데.'

내가 만신의 연단실을 발견하긴 했지만, 일단 만신의를 찾아 나를 데리고 가 준 건 남궁완 아저씨였다. 거기다 나나 아버지의 능력만으론 절대 이 물건들을 가져오지 못했을 것이다.

일단 동원할 수 있는 인력이 없다는 것부터 문제였다. 어떻게 어떻게 연단실에서 모두 꺼내 왔더라도 집에 도착하기도 전에 탈탈 털려 목을 간수하고 있는 게 다행일 것이었다. 남궁 세가 정도나 되니 이렇게 무사하지.

'뭐, 백리 세가 힘을 빌렸으면 가능했겠지만······.'

아버지는 가문의 힘을 빌리는 것을 싫어했으니까.

"적당히 반 나눌까 했는데, 저놈이 필요 없다더군."

"아버지가요?"

아버지가 불쑥 내 머리를 쓰다듬었다.

"만신의를 찾고, 연단실을 다시 열고 옮기는 것 모두 남궁가에서 하였으니 내가 받아 갈 이유가 없지. 나는 연이가 무사히 돌아올 수 있었던 것만으로도 족하네."

"저놈이랑 얘기만 하면 힘이 빠져."

남궁완은 약간 짜증 난다는 눈으로 아버지를 바라보았다가 말을 이어 갔다.

"쟤가 저렇게 말하니 너한테도 물어보려고 불러온 거다."

"아하."

나는 고개를 끄덕이고 답했다.

"저는 아버지 말씀을 따를게요!"

"잘 생각하고 대답해. 이게 장난으로 보여?"

그때 우리의 대화를 인자하게 지켜보기만 하던 남궁 세가주가 입을 열었다.

"너희의 마음은 잘 알겠으나 그래도 고르거라. 이 모든 걸 우리가 가지기엔 마음이 불편하구나."

나는 아버지를 슬쩍 바라보았다. 남궁 세가주까지 나서서 말한 이상 더는 거절하기도 힘들었다.

'남궁 세가주께서 왜 계신가 했더니…….'

이걸 예상해서였을지도.

이윽고 지금껏 조용히 있던 섭 총관이 나섰다.

"백리 공자님께서 도착하신 지 시일이 좀 되었지만 이제 말씀드리는 이유는 물건을 확인하고 품목별로 정리하느라 시간이 조금 걸려서입니다."

섭 총관이 아들을 향해 눈짓하자 그 아들이 아버지께 종이 한 뭉텅이를 내밀었다.

"여기 정리한 품목들입니다."

아버지가 어쩔 수 없다는 듯이 받아 쭉 살펴보곤 말했다.

"그럼, 연이가 고르도록 하겠습니다."

"저요?"

아버지가 고개를 끄덕였다.

"원하는 것이 있으면 말하거라."

오…….

'뭘 달라고 해야 좋으려나?'

어차피 영약은 이미 아버지께 드린 공청석유가 있고, 내가 먹을 만한 것들은 이미 먹어 버렸고……. 딱히 필요한 것들이 없었다.

"아! 저 골랐어요!"

나는 박수를 짝 쳤다. 아버지가 고개를 살짝 기울였다.

"벌써 골랐느냐?"

"네!"

나는 창고의 가장 많은 부분을 차지하고 있는 물건을 가리켰다.

"책 주세요!"

"……책?"

예상치 못한 대답에 남궁완이 살짝 인상을 찡그렸다.

"네! 이 책들이 다 만신의 연단실에서 나온 거잖아요. 대부분 의술에 대한 책 아니에요?"

"맞다."

대답은 아버지에게서 나왔다. 잠시 멈칫한 내가 물었다.

"혹시 아버지, 나 읽어 보셨어요?"

아버지가 미약하게 고개를 끄덕였다. 섭 총관이 설명을 덧붙였다.

"백리 공자께서 서책 분류 작업을 도와주셨지요."

그럼 그렇지.

내 단전을 치료하는 데 누구보다 열정적인 분이신데, 만신의의 의

술서를 읽어 보지 않았을 리가 없었다. 하지만 내가 읽고 알았듯이 딱히 내 단전에 도움이 되는 내용은 없었다.

나는 말을 이어 갔다.

"이 책들이 있으면 백리가에서 누군가 아픈 일이 생겼을 때 낫게 해 줄 수 있지 않을까요?"

"아픈 일?"

"네! 혹시 또 제가 겪은 것과 같은 일이 벌어졌을 때 저처럼 되지 않도록요."

"……."

"……."

대충 아무렇게나 주워섬긴 말에 다들 반응이 묘했다. 나는 고개를 갸웃거리며 말했다.

"왜…… 다들 절 왜 그렇게 보세요?"

"아니다."

"내가 뭘?"

그리하여 결국, 우리는 책을 받아 가는 것으로 정했다. 그리고 나는 책 말고도 몇 가지를 더 챙겼다. 만신의가 직접 제조한 것으로 보이는 금창약. 내상을 다스리는 환약 몇 개와 내공을 정순하게 해 준다는 태청환도 받아 아버지께 드렸다.

그리고 내공 증진 효과가 있는 영약도 한 개 챙겼다. 백일단이라고, 강호에서 인정받는 주씨 약문의 영약이었다. 웬만한 내공 심법과 모두 어우러지는 무난한 성질로, 중품이라고 하기엔 좋고 상품이라고 하기엔 애매한 그런 영약이었다.

아버지가 돌아가는 나를 배웅해 주기 위해 나왔다.

"연아."

내가 돌아보자 아버지가 조심스럽게 말을 이었다.

"너는 영약을 먹으면 안 되는 것 알고 있지?"

"네? 네."

나는 어리둥절한 채 답했다. 당연한 사실을 왜 또 말씀하시는 거지? 내공 폐인이 되어 단전도 부서진 상태에서 영약을 먹었다간 다시 주화입마에 걸려 이번에야말로 진짜 황천행일 터였다.

"그런데 영약은 왜 달라 한 것이야?"

"아! 이거 하령이 주려고요!"

영약 싫어하는 무인이 어디 있겠나?

백일단이 상품이라고 하기엔 애매한 영약이라 할지라도 그런 말은 남궁 세가 사람들에게나 통하는 것이었다. 수향문이 작은 문파는 아니지만, 남궁 세가에 비할 바는 못 되었다. 또한 영약이란 건 원체 귀했기에 유명 약문에서 효능을 보증하는 백일단 정도면 돈 주고도 구하기 어려운 영약 중 하나였다.

남궁 세가에서는 부하들에게 상으로 내리는 데나 쓸 영약이지만, 수향문에서는 상품 영약 취급을 받을 것이었다. 남궁 세가가 내게 무척 잘해 주었지만, 서하령도 내게 잘해 준 건 마찬가지였다.

그리고…….

'기왕이면 나랑 더 친한 사람에게 가는 게 더 좋으니까!'

어차피 이것 말고 다른 영약도 여럿 있었다. 심지어 더 좋은 효능의 영약도 있었다. 하지만 그것들이 서하령이 익혔을 수향문의 내공 심법과 맞는지 알 수 없어 깔끔하게 포기했다.

아버지가 생각도 못 했다는 듯이 물었다.

"……서 소저에게 주려고?"

"네!"

순간 아버지는 안도한 듯이 숨을 내쉬었다.

"왜 그러세요?"

"……아니, 아니다."

나는 고개를 갸웃 기울이며 아버질 바라봤다. 그리고 알아챘다.

'설마, 내가 먹으려고 달라고 한 줄 아신 거야?'

이어서 왜 그렇게 조심스러웠는지도 눈치챘다. 대놓고 내공 폐인인 네가 왜 영약을 달라고 했느냐 질문하면 내가 상처받을까 걱정스러워 저렇게 조심스럽게 물어보신 거였다.

'아, 정말. 그냥 대놓고 물어봐도 되는데.'

아버지께서 이렇게 조심스러워하시는 것을 볼 때마다 가슴 한쪽이 찌르르 울리는 듯한 알 수 없는 감정이 들었다. 나는 옆을 걷던 아버지의 허리를 덥석 끌어안았다. 아버지가 살짝 놀란 듯 내 어깨를 짚었다.

"연아?"

"그냥요."

작게 웃은 아버지가 날 안아 올렸다.

"정말 많이 컸구나. 조금 더 지나면 이제 이렇게 안아 주는 것도 힘들겠어."

나는 아버지 목덜미를 꽉 끌어안았다.

"전 안 컸으면 좋겠어요."

아버지가 의아하다는 눈길로 나를 보았다.

"특이하구나. 나는 네 나이 땐 하루라도 빨리 자랐으면 하고 바랐는데 말이다. 보통 다른 아이들도 그리 말하던데."

"전 지금이 좋아요."

나는 한숨을 푹 내쉬며 말을 이었다.

"크면 책임져야 할 일만 늘어나잖아요. 에효."

아버지가 묘한 표정으로 나를 보며 말했다.

"어디서 그런 말을 배운 것이야?"

"저는 그냥 평생 아버지랑 놀고먹으면서 살고 싶어요."

"······나는 게으른 삶은 별로구나."

"아버지, 여기서 중요한 건 '평생 아버지와'라고요."

"때가 되면 사람은 부모의 품에서 독립해야 한단다."

"······."

들리나? 와장창 감동 깨지는 소리가······.

아버지를 존경하고 사랑하지만, 이럴 때 갑자기 뒷골이 땅기며 가슴이 답답해지는 이유는 뭘까······?

나는 아버지 어깨를 탁탁 두들기며 말했다.

"내려 주세요."

"음?"

"지금 독립할래요."

아버지가 소리 내어 웃음을 터트렸다. 아주 가끔만 들을 수 있는 귀한 음성이었지만 지금은 그다지 감동적이진 않았다.

"하하, 화났느냐?"

"안 났어요!"

아버지가 나를 바닥에 내려 주었다. 나는 옷자락을 탁탁 털어 정리하며 말했다.

"하령이한테 갈래요."

"지금?"

"네."

아버지가 잠시 생각하는 듯하더니 진지하게 조언했다.

"서 소저에게 주더라도 지금 섭취하진 말라고 하려무나. 서 소저는 나이가 어리니 영약의 기운을 이끌 보호자와 호법을 설 이도 함께해야 한다. 건네주되, 수향문에 돌아가서 먹으라고 당부하거라."

"네!"

한참 서하령의 처소 방향으로 걷던 나는 멈춰 서서 뒤를 돌아보았다. 아버지가 아직 나를 바라보고 있었다. 나는 숨을 크게 들이쉬고 배에 힘을 단단히 줬다.

"나는! 평생 독립 안 할 거야!"

그리고 아버지가 뭐라고 하기 전 후다닥 달려 나갔다.

이각 정도 걸어 서하령의 처소에 도착했다. 하지만 서하령은 처소에 없었다.

"아 맞다……."

수련하고 있을 시간이었다. 나를 맞이한 하인이 빗자루를 든 채로 말했다.

"서 소저는 여기서 왼편으로 가면 나오는 연무장에 계십니다. 한번 가 보시죠. 백리 소저가 오셨다는 사실을 알면 수향문분들께서도 좋아하실 겁니다."

"음……."

나는 날짜를 셈해 보았다. 다행히 오늘은 남궁 세가와 수향문 사람들이 합동 수련을 하는 날이 아니었다.

"일단 한번 물어보고, 안 된다고 하면 돌아가지, 뭐."

수련을 방해하는 게 아닐까 싶었지만, 여기까지 온 김에 주고 가고 싶었다. 시비를 통해서가 아니라 내가 직접 주고 싶었다.

'생색내고 싶다고!'

연무장은 처소 가까이에 있었다. 예전에도 서하령의 손에 이끌려 수향문 문하생들이 수련하는 연무장에 가 본 적이 있었다. 하인이 앞장서서 연무장으로 들어갔다. 잠시 입구에서 기다리자 하인이 다시 나와 말했다.

"들어오셔도 된답니다."

넓은 연무장엔 열 명 정도의 소년 소녀들이 열심히 검을 휘두르고 있었다. 물론 서하령도 함께였다. 수향문 문하생 중 가장 나이가 많은 서하령의 대사저와 눈이 마주쳤다. 그녀가 내게 조용히 눈인사했다. 나도 마주 눈인사를 하고 연무장 한쪽으로 가 연무를 가만히 지켜봤다.

'……모두 열심이네.'

내공이 실력과 비례하는 것은 아니다. 하지만 내공이 많은 사람이 적은 사람보다 기본적으로 유리했다. 명문 정파의 제자들은 대부분 엇비슷하게 어린 나이부터 심법을 배워 매일 똑같은 수련을 반복한다. 내공의 깊이가 세월에 비례한다는 뜻이었다.

웬만큼 큰 연, 공청석유 같은 그런 기연이 아니라면 십 대가 쌓을 수 있는 내공의 양과 삼십 대가 쌓은 양, 육십 대가 쌓은 양은 예상

가능했다. 다들 영약에 미치는 이유였다. 수향문 문하생들의 단전에 쌓인 내공도 나이대에 맞게 다 비슷비슷하다는 뜻이기도 했다.

서하령은 제 또래로 따지면 많은 편이다. 영약을 조금 먹은 듯싶지만, 그렇다고 저보다 나이가 많은 이들을 압도적으로 누를 정도는 아니었다. 이렇게 수향문 문하생들과 서하령을 비교해 보니 확실히 알 수 있었다.

'백일단이 꽤 도움이 되겠네.'

서하령은 한동안 내가 온 걸 전혀 눈치채지 못하고 열심히 시키는 대로 목검을 휘둘렀다. 그러다 어느 순간 내가 온 걸 알았다. 그 이후로 엄청나게 산만해져 몇 번을 사저에게 집중하라고 혼나고, 결국에 이른 쉬는 시간을 받아 냈다. 서하령이 땀도 닦지 않은 채 곧장 나를 향해 뛰어왔다.

"연아! 웬일이야? 네가 온 거 처음이야!"

"웅? 나 저번에 여기 와 본 적 있는데."

"내가 데려온 거잖아! 내가 나가자고 하는 거 아니면 안 나가니까! 맨날 나만 너 보러 찾아가고!"

"……그랬나?"

"그랬냐니! 맨날 네 그 어두컴컴하니 우중충한 처소에만 틀어박혀 있었으면서!"

서하령의 말에 잠깐 떠올려 보니 정말 남궁류청과 서하령의 대련 준비를 할 때 말고는 한 번도 먼저 찾아간 적이 없었다. 금안의 능력을 다루는 수련에 골몰하느라 바빴다.

아니, 그런데 우중충한 처소라니? 잠이 잘 올 것 같은 곳이라더니 저 말이 본심이었어? 일단 내가 너무한 건 맞았기에 살짝 변명했다.

"여긴 너 말고 다른 사람들도 같이 있잖아."

곧장 서하령 뒤에서 앳된 목소리가 튀어나왔다.

"우린 신경 쓰지 말고 오세요!"

그 말을 시작으로 다른 수향문 문하생들이 한마디씩 소리쳤다.

"언제든 환영합니다, 백리 소저!"

"소저, 오랜만이에요!"

"소저, 저 기억하세요? 저번에 인사했는데."

한꺼번에 튀어나오는 말에 정신이 하나도 없었다. 정신없이 대화를 나누던 때였다.

"소저, 소저가 장 공자 쌍코피 터트렸다면서요?"

"싸, 쌍코피를 터트렸다니요."

내가 엄청 폭력적인 것처럼 들리잖아! 대체 서하령이 어떻게 설명한 거야?

"걷어차니까 장 공자가 이만큼 날아갔다면서요!"

"한번 보여 줘요!"

아니, 뭘 보여 달란 거야? 점차 정신이 혼미해졌다.

"하여간 내가 언제고 그럴 줄 알았나. 아, 쇼시나."

"저희 모두 어제 사매에게 얘기 듣고 얼마나 웃기던지."

"천 공자가 꽁지에 불붙은 것처럼 도망갔다던데."

"나도 그 자리에 있었으면……!"

수향문의 다른 이들도 그동안 쌓인 원한이 꽤 컸던 모양이었다.

"흥, 장 공자가 그런 식으로 구니까 장가장주가 제 아들을 싫어하지."

그때 귀에 들어온 말이었다.

"장 공자가 장가장주에게 미움을 받는다고요?"

아무래도 계속해서 남주인공인 남궁류청을 괴롭히는 조연이기에 관심이 갔다.

"아…… 유명한 얘기예요."

"하긴, 소저는 모르시겠지."

"연이 무시하지 마!"

서하령이 버럭 소리쳤다. 그러자 소년이 얼굴이 벌게져 당황했다.

"아니, 내가 언제 그랬어……? 소저, 저 무시한 거 아닙니다. 절대 아니에요."

"아휴, 못된 놈. 백리 소저를 무시하고. 원천이가 백리 소저 무시한다!"

"아니라고!"

"무시한다!"

그리 외치는 소년이 도망치고 이를 얼굴이 시뻘게진 소년이 쫓아갔다. 왁자지껄 웃은 뒤 가장 나이 든 소년이 어깨를 으쓱이며 말했다.

"유명해요. 장가장주가 장 공자 동생인 서출 이공자를 더 아낀다는 거. 어디 갈 때 장 공자 대신 이공자를 데리고 다녀서요."

사고 치는 자식이 마음에 들지 않더라도, 집 안에서 단속하는 게 아니라 저렇게 바깥에 대놓고 차별하는 모습을 보이다니.

'걔도 가정 환경이 개판이군.'

애가 삐뚤어진 이유가 있었다.

서하령이 갑자기 떠올랐다는 듯 물었다.

"아, 맞아, 연아 너, 여긴 무슨 일로 온 거야?"

"아."

나는 주변에 모인 수향문 사람들을 보았다. 모두 눈을 빛내는 것이 관심이 아주 많아 보였다. 무척 부담스러워 어색하게 웃으며 말했다.

"일단 다른 조용한 곳으로 좀 갈까?"

"응? 왜? 나 수련 안 끝나서 멀리 가면 안 되는데……."

그러면서 대사저를 흘끔거렸다. 은근히 가도 된다고 말해 주길 바라는 눈빛이었다. 서하령의 대사저가 방긋 웃고 말했다.

"헛소리 마. 너 어제 종일 나가서 놀았잖아. 오늘은 안 돼."

그리고 나를 향해 정중히 포권했다.

"미안합니다, 소저. 여기까지 왔는데."

"아니에요. 저도 잠깐 줄 물건이 있어서 온 것뿐이어서요. 방해할 생각은 없었어요."

놀고 싶다고 내 핑계 대지 마라!

서하령이 어깨가 축 처져서 말했다.

"치, 알겠어. 그래서 줄 게 뭔데? 들고 있는 그거야?"

나는 머뭇거렸다. 다들 보는 데서 말하기는 조금…….

주변의 호기심 어린 눈이 모두 내가 들고 있는 상자에 모였다. 마치 상자를 뚫어 버릴 것 같은 시선에 나는 마음을 비웠다.

'그래……. 뭐 어때? 많이 보면 좋지.'

어차피 수향문의 호감을 얻으려고 온 것이었으니까. 미래에 있을 마교와의 전쟁. 그 전면전이 벌어졌을 때 조금이라도 내 힘이 되어 줄 사람은 많을수록 좋았다.

'뭐, 전쟁이 벌어지지 않는 게 제일 좋지만.'

그건 내가 어쩔 수 없는 부분이었다. 그러니 아직 시간이 남았을 때, 한 사람이라도 진짜 내 편을 만들어 놓는 것이다. 내가 이 영약을 달라고 한 목적이었다. 미래의 수향문 후계자에게 영약을 주어 수향문의 호감을 얻을 수 있으니까.

그리고 후일 마교와 전쟁이 벌어졌을 때, 남궁류청 옆에서 함께 싸울 서하령이 강해지면 남궁류청에게도 좋을 테니까.

'음, 그런데 남궁류청 옆에서 싸우긴 하려나⋯⋯?'

계획이 약간 틀어진 것 같지만⋯⋯.

나는 서하령을 향해 상자를 내밀었다.

"영약인 백일단이야. 여기, 주씨 약문 보증서도 있어."

"⋯⋯어? 어?"

얼떨떨하게 상자를 받은 서하령이 상자를 열어 보았다. 갈색에 가까운 주홍빛으로, 호두보다 작은 크기의 단약이 모습을 드러냈다. 서하령 옆의 소녀가 황급히 보증서를 펼쳤다.

"헉! 이거 진짜야?"

"여기 쓰여 있어! 주씨 약문의 백일단이라고!"

"그거 좋은 거 아냐?"

"맞아! 상품 영약이라고!"

역시 수향문의 문하생답게 무슨 영약인지 바로 알아보았다. 서하령이 흔들리는 눈으로 나를 보았다.

"이걸⋯⋯ 왜⋯⋯ 나한테?"

"응? 그냥⋯⋯."

원래는 제대로 생색내면서 줄 생각이었다. 그런데 이 자리에 사람이 너무 많았다. 이렇게 많은 사람들 앞에서 잘난 척하기는…… 내 모든 **뻔뻔함**을 긁어모아도 무리였다.

'어쩔 수 없지.'

나는 별거 아니라는 듯이 시원스럽게 말했다.

"어쩌다 보니 얻게 됐는데. 나는 소용없으니까."

쿨하게, 멋있게, 최대한 별거 아닌 것처럼 최선을 다해 연기했다.

"어…… 어…… 이, 이거 진짜 나 주는 거야?"

"그렇다니까."

서하령이 바쁘게 나와 영약을 번갈아 보다, 이내 눈에 눈물이 그렁그렁 맺히기 시작했다. 나는 깜짝 놀랐다.

"왜, 왜 울어?"

"어떡해…… 어떡해…… 너무 좋아서……."

서하령이 영약 상자를 품에 꼭 안고 말했다.

"허어엉, 연아, 정말 고마워."

"어? 어, 어. 괘, 괜찮아. 울지 말고."

얘는 왜 이렇게 눈물이 많아!

어깨를 토닥이던 난 황급히 아버지의 당부를 말했다.

"혹시 모르니까, 꼭 수향문 돌아가서 문주님께 여쭤보고 먹어."

서하령이 고개를 끄덕였다. 제대로 들었는지는 모르겠다.

"악, 부러워!"

"하령아! 안 먹을 거면 나 줘!"

"저리 안 가!"

물론, 서하령이 진지하게 우는 건 얼마 가지 못했다.

"나도…… 나도 백리 소저랑 친구 될래!"

"저리 가! 연이는 내 거야!"

"하하."

투닥거리는 아이들을 보고 있자니 마음이 편해졌다. 한참 왁자지껄 떠드는 아이들을 적당히 상대해 주고 있을 때였다. 갑자기 한쪽 귀퉁이부터 조용해졌다.

나는 의아해서 고개를 들었다. 수향문 제자들이 당혹스런 낯으로 갈라지며 생긴 통로 끝에 냉랭한 낯의 소년이 서 있었다.

"남궁 공자?"

남궁류청이 눈썹을 치켜들고 말했다.

"너 여기서 뭐 하는 거야?"

"응?"

싸늘한 낯의 남궁류청이 수향문 사람들을 슥 둘러보고, 눈을 내리떴다가 공손히 인사했다. 수향문 사람들도 어색하게 마주 인사를 했다. 인사를 마친 남궁류청이 곧장 나를 향해 말했다.

"소저, 어머님께서 잠시 보자고 하셔."

"소부인께서?"

오늘따라 나를 찾는 사람이 벌써 둘이었다.

"따라와. 이만 가 보겠습니다."

수향문 사람들에게 인사한 남궁류청이 몸을 휙 돌려 연무장을 빠져나갔다. 서하령이 아쉽다는 듯 붙잡았다.

"벌써 가?"

"응. 너도 마저 수련해야지. 줄 것도 줬으니까 난 이제 방해 그만하고 갈게."

나는 서하령과 수향문 사람들에게 인사를 하고 남궁류청 뒤를 황급히 따랐다. 남궁류청은 연무장 밖에서 기다리다가 나를 보곤 바로 걷기 시작했다. 나는 살짝 뛰어 남궁류청과 보폭을 맞추곤 물었다.

"소부인께서 나를 무슨 일로 찾으시는 거야?"

"가면 알아."

나는 입을 삐죽였다.

"가면 당연히 알겠지. 미리 알고 싶어서 물어보는 거잖아."

그런데 남궁류청이 갑자기 걸음을 멈추고 나를 홱 돌아보았다. 짙은 눈썹이 잔뜩 치켜 올라가 있었다.

'뭐야? 왜 저렇게 화가 났지?'

나는 고개를 갸웃 기울였다.

"그러는 넌 수향문 사람도 아니면서 여기서 뭐 하고 있었던 거야?"

"응?"

얘가 왜 답지 않게 관심이 많지?

의심스럽게 보던 난 정답을 깨달아 답했다.

"수향문 사람들 수련 방해할 생각도 아니었고, 놀러 온 것도 아니야. 표정 좀 펴."

"……그런 거 아니야."

입술을 깨물고 답하는 남궁류청의 귀가 살짝 붉어졌다. 나는 남궁류청을 향해 다시 가자고 손짓했다. 남궁류청이 걷지 않고 다시 물었다.

"그래서 왜 여기 있었던 건데?"

대답해 줄 때까지 움직일 생각이 없어 보였다.

"아, 줄 게 있어서."

"줄 거라니?"

"영약. 서 소저에게 영약 주러 왔어. 백일단이라고 알아?"

"백일단? 그걸 왜?"

"그야…… 나는 못 먹으니까?"

나는 어깨를 으쓱 올리며 답했다.

"……."

남궁류청의 얼굴이 딱딱하게 굳었다. 나는 의아하게 보다가 재촉하기 위해 입을 열었다.

"공자, 소부인께 어서 가 봐야……."

"너는 어떻게 그러지?"

"응?"

"어떻게 그렇게 태연할 수 있어? 단전이…… 그렇게 됐는데도?"

여기서 갑자기?

나는 얼굴을 긁적였다. 남궁류청의 심각한 얼굴을 보았다가 허공을 보았다가 흙바닥을 밟고 선 발끝을 보았다.

"내가 태연해 보여?"

남궁류청이 고개를 끄덕였다.

어떻게 답할까? 고민하던 나는 남궁류청의 말간 낯에 그냥 갑자기 진심을 말하고 싶어졌다.

"성공했네. 태연해 보이려고 노력하는 거야."

"뭐?"

"엄청 짜증 나고, 억울하고, 원망스러워. 그런데 태연하지 않으면 어찌할 건데? 희망을 품는 건 좋아. 하지만 미련을 가지면 자신을 좀먹을 뿐이야."

"……."

"이미 벌어진 일이니까."

아버지껜 절대 할 수 없는 말이었다.

'그러고 보면 애도 앤데 애한테 무슨 말을 한 거야?'

나는 한숨을 푹 내쉬며 고개를 틀었다. 수향문 문하생들과 있으면서 좋았던 기분이 갑자기 축 처졌다.

잠시 뒤에 남궁류청이 입을 열었다.

"너는……."

저 한마디만 하고 다시 입을 다물었다. 그리고 한참 뒤에 말을 이었다.

"너는 슬퍼할 필요 없어. 다른 멍청이들보다 네가 훨씬 나으니까."

"응?"

나는 고개를 기울였다. 뭐야? 설마 이거…… 위로야?

'지금 남궁류청이 날 위로해 준 거야?'

남궁류청의 뺨이 붉게 달아올라 있었다. 진짜 위로한 건가 봐……!

"귀신에 씌었나……?"

"또 헛소리."

남궁류청이 나를 흘끔 노려보고 다시 앞서가기 시작했다.

"위, 위로해 줘도 나 이제 영약 없어!"

"달라고 한 적도 없어."

남궁류청이 싸늘하게 말하며 발을 재촉했다. 그 모습을 보자 언제 기분이 가라앉았냐는 듯 콧노래가 절로 나왔다.

"흐흐흥."

하여간 남궁류청 본성은 참 착하다니까.

"맞아. 아저씨가 너한테 영약 얘기한 건 없어?"

"없어."

"그래?"

'공청석유, 남궁류청 줄 줄 알았는데.'

좋은 게 있으면 자식 주고 싶은 게 부모의 마음이니까.

남궁완 아저씨께 드렸을 때부터 남궁류청에게 가지 않을까 생각했다. 그리고 남궁완 아저씨가 공청석유를 받고 곧장 먹지 않고 아껴 두는 걸로 의심은 확신이 된 상태였다.

'천천히 주려고 그러나?'

나는 남궁류청을 향해 말했다.

"너는 나한테 감사해야 해."

"갑자기 무슨 소리야?"

남궁류청이 헛소리하는 사람을 보듯 쏘아보았다.

"아니, 진짜 감사할 날이 올 거라고!"

이번엔 돌아보지도 않았다.

소부인이 머무는 전각에 도착하자마자, 나는 눈을 의심했다. 파리한 안색의 여인과 열 살 남짓의 소년 둘. 그중 한 명의 낯이 익었다.

'장철?'

저 자식이 왜 여기 있어?

장철 곁의 소년은 처음 보는 아이였다. 남궁류청의 표정은 딱딱하게 굳어 있었다. 놀란 것같이 보이지 않는 것이 장철의 방문을 이미 알고 있었던 모양이었다.

소부인이 내게 손을 내밀었다.

"연아, 이리 오너라."

나는 당혹스러운 표정을 감추며 다가갔다. 소부인이 부드럽게 말을 이었다.

"급하게 불러 미안하구나. 널 보고 싶다는 사람이 있어서 말이다. 이쪽은 장 부인이다."

수척한 안색의 장 부인이 내게 살짝 미소 지었다. 장철이랑 매우 닮은 외모라 보자마자 모자 사이인 걸 알 수 있었다. 나는 예의 바르게 인사했다.

"백리가의 연이라고 합니다. 처음 뵙겠습니다."

"내 갑자기 만나자고 하여 놀랐겠구나."

장 부인의 목소리는 약간 의외였다. 안색과 달리 딱딱한 어조로 무인의 말투에 가까웠다. 장 부인이 눈짓하자 시비가 장철과 처음 보는 아이를 데리고 왔다. 장철은 억지로 끌려오는 기색이었고, 처음 보는 아이는 생글생글 웃는 낯이었다.

"이쪽은 이미 아는 사이겠지. 첫째인 장철, 이 아이는 둘째인 장오라네."

장철은 입을 꾹 다문 채 바닥만 노려보았다. 장오는 정반대로 웃으며 인사했다.

"······."

"안녕. 장오라고 해."

이게 대체 무슨 상황인가 싶었지만, 일단 마주 인사했다.

"······안녕."

"······."

내 곁의 남궁류청은 장철과 장오를 한 번 흘끔 보고 입을 열지 않았다.

장 부인이 말했다.

"오는 잠시 물러가거라."

"예."

장오가 잠시 뒤쪽으로 물러가고 소부인이 다시 입을 열었다.

"어제 저잣거리에서 소란이 있었다고 들었다. 장 부인도 어제 소란을 듣고 오늘 바로 사과하기 위해 찾아온 거란다."

"사과요?"

"그래."

굳이?

나는 의아하게 바라보았다. 어제 저잣거리에서 사과하게 만들고 돌려보냈다. 심지어……

"철아."

"……"

장 부인이 다그치는데도 장철은 입을 꾹 다물고 억울한 표정이었다. 전혀 반성하는 표정이 아니었다. 결국, 장 부인의 목소리가 높아졌다.

"장철!"

소리친 장 부인이 입가를 손수건으로 막으며 밭은기침을 했다. 그제야 장철이 입을 열었다.

"……어제 내가 한 말은 미안했어."

이거 뭐 엎드려 절 받는 것도 아니고. 솔직히 전혀 진심이 느껴지지 않았지만……

장 부인의 몸이 정말 안 좋아 보였기에, 대충 넘어가는 게 좋을 것 같았다. 내가 알았다며 고개를 끄덕이려는 찰나였다.

[멍청이.]

갑자기 전음이 들려왔다.

'어떤 놈이 나한테 멍청이래!'

여기서 그럴 놈은 하나뿐이었다. 남궁류청. 어이가 없어 옆을 돌아볼 때였다.

"장 대공자, 하나 물어보지. 뭐가 미안한데?"

남궁류청이었다.

"별로 진심으로 보이지도 않는데, 뭐가 미안하다는 거지?"

"……."

"……."

방 안의 온도가 한 이 도쯤 내려간 기분이었다. 장철의 얼굴이 하얗게 질렸다가 빨갛게 변했다. 소부인이 애써 웃는 낯으로 이를 악물고 말했다.

"류청, 이리 오너라."

"어머니, 지금 이걸 사과라고 봐야 하는 겁니까? 장 부인께서도 장 대공자부터 제대로 설득하고 데려오셨어야 하는 거 아닌지요?"

장 부인이 눈을 부릅뜬 채 숨을 가쁘게 몰아쉬었다. 그 모습을 본 장철의 눈이 뒤집히는 건 당연했다.

"네가 뭔데 내 어머니한테 뭐라 해!"

"네 어머니 체면에 먹칠을 한 건 너다만."

"뭐라고? 이 자식이……! 네가 남궁이면 다야?"

"고작 할 말이 그것……."

"그만, 그만!"

싸움을 멈추게 한 소부인이 남궁류청을 나무랐다.

"류청! 네 일도 아닌데 왜 네가 나서느냐!"

"하지만……."

"류청!"

뭔가 말하려던 남궁류청이 입술을 깨물더니 입을 다물었다. 그 옆에선 장철 또한 이를 아득 물고 원망에 가득 차 장 부인을 노려보았다.

"그러게 내가 안 온다고 했잖아!"

떼쟁이 아이 같은 말을 외친 장철이 그대로 방을 뛰쳐나갔다.

"철아, 어디 가느냐! 장……! 콜록, 콜록!"

깜짝 놀란 장 부인의 외침이 뒤따른 기침에 묻혔다. 멍하니 장철이 나간 방향을 바라보고 있을 때였다.

"부인!"

소부인의 다급한 목소리에 장 부인을 바라보았다. 기침 소리가 끊이지 않는 것이, 장 부인의 상태가 꽤 안 좋아 보였다.

"장 부인, 조금 쉬면서 진정하시는 게 좋을 듯합니다. 몸부터 챙기셔야지요."

살짝 비릿한 피 냄새가 났다. 장 부인의 병이 내 예상보다 깊은 모양이었다. 장 부인의 손등을 다독인 소부인이 시비에게 명했다.

"장 부인을 옆방으로 뫼셔라. 장오랑 잠시 다른 방으로 쉬시게 하고. 장철은?"

문 앞의 시비가 답했다.

"바깥 시비가 따라갔습니다."

"그래."

장 부인과 장 이공자가 다른 방으로 이동하고, 소부인이 지친 듯 머리를 짚었다.

소부인은 남궁류청을 내보내고, 내게 사과했다.

"네게 정말 못난 꼴을 보였다. 의미 없는 말일 뿐이지만, 정말 일이 이렇게 될 줄은 몰랐단다."

입술을 깨문 소부인이 천천히 말을 이어 갔다.

"오늘 오전에 장 부인이 기별도 없이 장철과 장오를 데리고 왔단다."

소부인은 아마도 장 부인이 일이 더 커지기 전, 그러니까 장가장주의 귀에 들어가기 전에 내게 사과해 무마하고 싶어서였을 거라고 말했다.

"장가장의 일이지만 장철은 친부인 장가장주에게 그다지 인정받지 못하고 있단다."

"인정받지 못한다고요?"

"음…… 그러니까 너도 어찌하다 보면 친구와 싸워서 사이가 나빠지기도 하잖니? 그런 것과 비슷하다고 보면 된다."

"으음. 그렇군요."

흠, 여기 오기 전 수항문 사람들에게 전해 들은 말과 같았다. 상철이 친부에게 냉대받는 건 이 근방에서 유명한 일인 모양이었다.

'왠지 좀…… 비슷하네.'

장가장주에게 냉대받던 장철. 백리 세가주에게 냉대받던 나.

'나는 할아버지고 장철은 친부지만…… 하, 그러고 보니 심지어 둘

다 악역 조연이잖아?'

공교롭다고 해야 하나? 가슴이 답답한 것이, 장철이 어떤 심정일지…… 나는 알 수밖에 없었다.

"너도 보았다시피 장 부인이 몸이 좋지 않아 집 밖에도 겨우 나설 수 있었을 텐데……."

장 부인의 처지가 안쓰러운지 탁자를 매만지는 소부인의 낯이 살짝 가라앉았다.

"기별도 없이 여기까지 직접 와서 사과한다 하는데, 내가 거절하기가 어렵더구나."

소부인의 행동에 흠잡을 곳은 없었다. 나는 남궁 세가 사람이 아니었다. 나는 고작해야 남궁 세가에 머무는 손님일 뿐. 그런데 남궁 세가에서 손님이 다른 손님을 만나지도 못하게 일방적으로 막을 수는 없는 일이었다. 심지어 그것이 사과하겠다고 온 것이었다면.

"거기다 류청이 장철에게 잘못한 일이 있어서……."

소부인의 목소리가 점차 작아졌다. 나는 재빨리 물었다.

"류청이 장철에게 무슨 일을 했는데요?"

주저하던 소부인이 어쩔 수 없다는 듯 입을 열었다.

"장철이 잠시 남궁 세가에 머물렀던 적이 있단다. 그때 장철과 류청이 대련을 하였는데……."

소부인이 탁자에 시선을 두며 말을 잠시 멈추었다가 이었다.

"류청이 장철을 일방적으로 때리다가 팔을 부러트렸단다."

나는 당황해 눈을 깜빡였다. 소부인은 민망하고 부끄러운 낯이었다.

'아니, 왠지…… 저잣거리에서 남궁류청을 마주쳤을 때 장철만 반응이 남다르더라니.'

다른 애들은 남궁 공자가 잘났다는 이야기는 많이 들었지만, 진짜 실력을 본 적은 없었다. 그러니 패기 넘치는 나이답게 네가 잘나 봤자…… 이런 반응이었는데, 유달리 장철만 겁을 잔뜩 집어먹은 모습이었다.

그 이유를 오늘 알 수 있었다. 남궁류청에게 두들겨 맞아 팔이 부러졌다니! 그렇지 않아도 삐뚤어진 아이가 증오심을 간직하고 사사건건 남궁류청의 발목을 잡는 악역이 되기에 딱 좋은 계기 아닌가!

소부인이 조심스럽게 말했다.

"장철의 명예를 위해서라도 이 일은 비밀로 해 주었으면 좋겠구나."

"물론이죠."

소부인이 흐리게 웃고 말을 이었다.

"장철이 원래 이 정도는 아니었단다. 류청과의 대련에서 충격이 컸는지…… 이후로 더 질이 안 좋은 아이들과 어울린다고 하더구나."

"……그게 류청 탓이라고 보기는 어렵지 않을까요?"

원인이야 될 수 있더라도 결국 다른 아이들을 무시하고 괴롭히는 방식으로 상처받은 자존심을 채우는 걸 택한 건 본인이었다.

가령 서하령 같은 경우는 팔이 부러지는 정도는 아니었지만……. 남궁류청의 막말에 입은 마음의 상처를 목각 인형을 두들겨 패는 수련을 하며, 복수할 수 있도록 강해지겠다는 원동력으로 삼지 않았는가? 그리고 천것이라는 소리를 들은 내 입장에서는 '알 바냐?'가 되었다.

'핑계 없는 무덤은 없다지. 저런 차이가 악역과 선역을 가르는 점일지도.'

"네 말이 옳다. 류청 탓은 아니지. 하지만…… 그래도 신경이 쓰이는 건 어쩔 수 없구나."

소부인이 씁쓸한 표정을 지었다.

"하아, 이렇게 너와 상관없는 일에 말려들게 하여 미안하구나. 다음에는 절대 이런 일 없도록 하마."

이번에 장철이 소란을 피웠으니, 이제 장 부인이 나를 만나지 못하게 남궁 세가에서 막더라도 장가장에서 할 말이 없을 것이다.

소부인이 거듭 사과했다.

"정말 미안하구나. 류청의 말도 틀린 건 없지."

"전 정말 괜찮아요."

솔직히 나는 장철의 사과에 별생각 없었다. 괜히 악역과 원한을 쌓아 뭐 하겠나? 적당히 사과를 받아 주고 넘어가려고 했다. 그런데 남궁류청이 거기서 그런 사회생활 결격 수준의 말로 치고 나갈 줄이야.

'아니, 남궁류청 진짜 저렇게 원한 쌓고 살다가 어느 날 칼 맞는 거 아니야?'

걱정도 잠시, 금방 깨달았다.

하긴 잘난 실력 탓에 쉽게 맞아 주진 않겠구나. 누가 누굴 걱정해?

나는 조심스럽게 말을 이었다.

"남궁 공자의 말이 틀린 건 없다지만…… 그래도 서로 체면이 있는데 가문 간의 일을 어떻게 그렇게 딱 자르겠어요?"

아, 너무 아이답지 않게 말했나?

흘끔 눈치를 보고 있던 그때, 내 말이 어디를 자극했는지 소부인이 갑자기 울컥한 낯으로 입술을 깨물더니 눈가마저 붉어졌다.

'뭐야? 뭐야! 소부인 우시는 거야?'

아니, 나 오늘 몇 명을 울리는 거야?

다행히 서하령보다 훨씬 어른인 소부인이 눈물을 흘리는 일은 없었다. 무사히 감정을 조절해 낸 소부인이 면구하다는 듯 말했다.

"내 주책을 피웠구나. 나이가 들어서 그런지 가끔 이리 조절이 안 될 때가 있단다."

"하, 나이요?"

내가 너무 어처구니없다는 반응을 내보인 듯했다. 약간 놀란 듯이 바라보는 소부인의 모습에 황급히 머리를 굴렸다.

"하지만…… 소부인이 저와 길에 나가시면 사람들은 제 언니라고 생각할걸요?"

나는 정말 모르겠다는 것처럼 고개까지 기울였다.

"어머, 애도 참. 하하하."

입을 가린 소부인이 화사하게 웃었다. 내 아부에 좀 전의 우울함은 모두 날려 버린 듯해 뿌듯함을 느꼈다.

뭐 완전히 거짓말은 아니었다. 아이를 두었다고 여기지 못할 정도로 젊고 아름다우시니까. 소부인을 보면 남궁류청의 빼어난 외모에 고개를 끄덕이게 되었다. 주인공 효과가 아니라…… 어머니가 저리 아름다우신데 자식의 외모가 잘나지 않았다면 그건 중죄였다.

"너 같은 딸이 있다면 얼마나 좋을까……."

"저도 소부인 같은 어머니가 있으면 좋을 것 같다고 생각했어요!"

"그럼 내게 오겠느냐?"

"……네?"

소부인이 다시 웃음을 터트렸다. 은구슬이 굴러가는 것만 같은 웃음소리였다. 웃음기 남은 목소리로 소부인이 말을 이었다.

"그러고 보니 이제 곧 봄옷이 완성되겠구나."

소부인이 살짝 설레는 낯을 했고, 반대로 나는 살짝 그늘진 낯을 했다.

"옷…… 너무 많아요……."

"호호, 걱정 말거라. 네가 입으면 뭐든 잘 어울릴 거란다."

이쯤 되니 아무래도 소부인이 나를 두고 인형 놀이를 하는 게 아닌가 하는 의심이 매우 짙어졌다.

"그리고 천암사라고, 내 자주 시주하러 가는 절이 있다. 거리도 가깝고, 가는 길도 편하고 풍광도 좋단다."

"천암사, 들어 봤어요! 복숭아꽃이 예쁜 절이죠?"

"그래. 아쉽게도 복숭아꽃을 볼 수 있는 철은 아니다만…… 그래도 함께 가지 않겠느냐?"

"저는 좋아요! 아, 남궁 공자도 함께 가나요?"

"원래 같이 가자고 하려 했는데……."

소부인이 말을 흐리며 눈꼬리를 치켜올렸다.

"됐다. 그런 못난 놈. 어차피 수련이나 한다 하겠지. 우리 둘이 가자꾸나."

그 뒤로 잡다한 이야기를 하다가 소부인은 장 부인을 뵈러 가시고 나 또한 방을 나섰다. 소부인 처소에서 나가기 위해 내원을 지나칠 때였다. 다급한 목소리가 날 불러 세웠다.

"백리 소저!"

"……장 이공자?"

장오가 손님방 방향의 회랑 기둥 사이에 서 있었다. 내가 그쪽에 손님방이 있는 걸 어찌 아냐 하면, 장 부인이 시비의 부축을 받으며 그쪽으로 향했기 때문이다.

"장 부인은 괜찮으셔?"

"어? 아…… 괜찮으시겠지."

……괜찮으시겠지?

반응이 미묘했다. 걱정하는 마음이라고는 하나도 보이지 않았다. 장오가 그보다 급하다는 듯이 물었다.

"혹시 남궁 공자 못 봤어?"

"모르겠는데."

"같이 있던 거 아니야?"

"난 소부인이랑 있다가 나온 차라. 남궁 공자는 먼저 떠났어."

"아…… 알겠어."

장오는 그걸로 볼일이 끝났다는 듯 몸을 돌렸다.

"……뭐야?"

다급한 걸음으로 멀어지는 장오를 보고 눈살을 찌푸렸다. 이내 고개를 내저으며 다시 발을 내딛다가 깨달았다.

'씁, 나가는 방향이 어디지?'

다행히 운이 좋았는지, 혹은 내 기억력이 일했는지 단번에 전각을 빠져나가는 방향을 찾았다. 그대로 계단을 내려가려 할 때였다. 내가 가려는 방향이 아닌, 복도 왼쪽으로 꺾은 벽 너머에 사람 형태의 빛무리가 어른거렸다.

별생각 없이 계단을 내려가던 나는 갑자기 멈춰서 다시 계단을 올라갔다. 그러고는 금안에 시력을 집중해 어른거리던 빛무리를 살폈다.

'남궁류청이잖아? 수련하러 간 거 아니었어? 왜 아직도 여기 있지?'

그다음에 남궁류청 맞은편에 선 사람이 눈에 들어왔다. 무공을 배운 남궁류청 또래 아이.

'지금 여기 있는 아이라면 장철? 아니면 장오?'

둘은 체격부터 내공의 양까지 비슷했기에 금안으로는 누군지 알아볼 수 없었다.

'아, 장오겠네.'

장철이었다면 지금쯤 저렇게 평온한 대화를 나누는 게 아니라 치고받고 있었을 테니까. 아까 남궁류청을 찾더니만 용케 찾은 모양이었다.

어쩔까? 무슨 이유로 찾았는지 살짝 궁금하기도 했고, 들어서 뭐 하냐는 마음도 들었다.

그때 장오의 목소리가 들렸다.

"사실 그 이유도 있지만⋯⋯."

사람이 말끝을 저런 식으로 흐리면, 보통은 하던 말을 끝까지 듣고 싶어 채근하듯 되묻기 마련이었다.

"있지만 뭐?" 혹은 "그래서?"라는 식으로.

남궁류청은⋯⋯.

"할 말 다 한 거면 비켜."

"어?"

"비키라고."

여전히 예의는 밥 말아 먹은 듯한 말투였다.

"자, 잠깐. 남궁 공자."

"내 몸에 손대지 마."

"아, 미안, 미안해. 화났어?"

"……."

"형님의 태도가 조금 무례했지? 내가 대신 사과할게."

"네가 왜?"

"그래도 내가 동생이니까……. 형님은 별로 그렇게 생각 안 하시겠지만……."

시무룩함이 가득 담긴 목소리였다. 남궁류청은 아무 말도 하지 않았고 장오가 말을 이어 갔다.

"사실은 이렇게 될 것 같아서, 그래서 내가 어머님께 같이 가고 싶다고 부탁드려서 온 거야."

대체 장철과 사이도 안 좋다는 장오가 왜 함께 왔나 했더니만 부탁해서 온 거였다니. 장오가 점점 더 마음에 안 들고 있었다. 아픈 어머니께 부탁까지 해 가면서 따라와 놓고, 곁을 지키지도 않고, 괜찮으신지 관심도 없고…….

남궁류청이 질문했다.

"장 대공자가 이럴 줄 알았다니?"

"아, 응."

장오가 씁쓸한 목소리로 말을 이었다.

"형님이 서빈에 남궁 공자랑 내린해서 다친 이후에…… 남궁 공자에 대해서 안 좋은 말을 하고 다니셨거든."

남궁류청의 코웃음 소리가 살짝 들렸다.

"그래서 형님이 사과하러 간다고 했을 때 이렇게 될 것 같아. 내가 대신 사과할게. 형님을 너무 안 좋게 생각하지 말아 줘."

흐음. 나는 어느새 팔짱을 끼고 귀를 기울이고 있었다. 꽤 노력했지만, 아이라 그런지 속셈이 훤히 보였다.

'이간질이라니······.'

장철을 대신해 사과한다고? 정말 장철을 위했다면 장오는 이런 자리에 따라와서는 안 됐다. 누가 동생에게 사과하는 모습을 보이고 싶어 한단 말인가? 심지어 평소 사이도 안 좋다는데. 안 그래도 사이 나쁜 동생이 자신이 다른 사람에게 사과하는 모습을 구경하고 있다?

'글쎄, 나라면 더 치욕스러울 것 같은데.'

장오가 장가장주에게 예쁨을 받고 있다고 하였으니, 장 부인은 함께 가고 싶다는 장오의 부탁을 거절하기 힘들었을 것이다. 거기다 정말 장철을 생각했으면 사고 치기 전에 막았어야 했다. 사고 치고 나서 이럴 줄 알았다고 대신 사과한다? 그러면서 장철이 평소에도 남궁류청을 욕하고 다녔다는 말까지 흘렸다.

'게다가 어이없네. 나한테 사과하러 온 거 아니었어?!'

내 이야기는 쏙 빠져 있었다. 이 말만 들으면 장철이 처음부터 내가 아니라 남궁류청에게 사과하러 온 줄 알 정도였다.

더는 들을 것 없었다. 걱정도 되지 않았다. 남궁류청은 저런 말에 쉽게 넘어갈 아이가 아니었다. 심지어 장철과 남궁류청은 장오가 이간질하지 않더라도 이미 사이가 최악이었다.

'거기에 이제 장오도 엄청 싫어하겠네.'

나는 속으로 혀를 끌끌 차며 몸을 돌렸다. 나는 계단을 내려가려다 또 발을 멈췄다.

'뭐야, 장철?'

언제 나타났는지, 장철이 내가 내려가려던 계단 아래 서 있었다. 장철 또한 날 보고 멈칫한 상태였다.

"……"

물끄러미 바라보고 있자니 입술을 질끈 깨문 장철이 계단을 올라왔다.

'어, 잠깐만, 애 여기 오면……'

장철이 내 앞을 지나칠 때였다.

"……형이 원래 조금, 제멋대로야."

장오의 목소리에 장철이 고개를 홱 돌렸다.

"형 때문에 어머님도 걱정이 크셔. 어머님을 봐서라도 장가장과 남궁 세가 사이에 문제가 없었으면……"

장철의 얼굴이 단숨에 일그러지며 난간을 꽉 부여잡았다. 장철이 뛰어 나가려는 순간, 나는 번개처럼 팔을 뻗어 혈도를 내리쳤다. 장철은 뛰어나가려던 자세 그대로 굳었다.

"……!"

"……!"

장철도 놀랐지만 나도 놀랐다. 일단 혈도를 찌른 게 제대로 먹혔다는 것에 놀랐고, 다음은…….

'내가…… 내가 왜 찌른 거지?'

혈도를 눌린 장철은 고개도 돌릴 수가 없어, 나를 보지 못한 채 눈만 부릅뜨고 있있다. 내가 슬금슬금 징철 잎으로 가자 눈동자민 움직여 나를 노려보았다. 눈빛에서 욕설이 읽혔다. 나는 빠르게 주변을 둘러보았다. 아주 운 좋게도 이 모습을 본 사람은 아무도 없었다.

'어쩌지? 어쩌지?'

찔러 놓고도 당황하는 내 눈에 바로 근처의 빈방이 보였다. 나는 그

리로 장철을 질질 끌고 들어갔다. 달칵. 조심스럽게 문을 닫은 난 팔
짱을 끼고 눈을 감았다.

"후-우우."

장철. 특출한 점 하나 없는, 가끔 남궁류청의 발목을 잡는 악역 조
연. 나한테 막말을 지껄였고, 남궁류청과도 이미 파탄 난 사이.

소부인과 이야기를 나눌 때 장가장에 대한 정보도 약간 얻을 수 있
었다. 장철과 장오는 동갑에 생일도 별로 차이 나지 않았다.

소부인은 내가 어리니 별생각 없이 말했을 것이다. 물론 나는 정말
어리지는 않기에 두 아이의 생일로 장가장의 가족사를 바로 파악했
다. 그러니까 장 부인이 장철을 배에 품었을 때 장가장주가 첩과 놀아
났단 말이었다.

부인이 자기 아이를 배고 있는데 첩이랑 놀아난다?

'쓰레기 중 상 쓰레기란 소리.'

아픈 어머니, 무시하는 아버지, 사랑받는 서출 동생. 이 정도면 멀
쩡히 자라나기 힘든 가정 환경이었다.

나는 장 부인에 대해선 소설에서 전혀 본 바가 없었다. 남궁류청과
너무 먼 관계라 언급을 안 한 걸 수도 있다. 하지만 아마도…… 돌아
가셨을 것이다. 무슨 병인지는 알 수 없지만 금안으로 보았을 땐 이미
생기가 꽤 상해 있었다.

'흐으으음.'

나는 고민에 차 신음했다.

'내가 이럴 필요가 있을까?'

괜히 끼어들었다가 불똥이 튈 수도 있었다. 얽히지 않는 것이 낫다
는 걸 알았다. 입술을 몇 번이고 짓씹었다.

그런데…… 그렇지만……. 사람이 어떻게 늘 이성적으로만 행동하겠나?

'나는 감정이 있는 사람이라.'

소설 속 악역 조연. 나와 비슷한 처지. 내 과거가 절로 떠오르는 아이가 이런 꼴로 사는 것을 보니 화가 치솟아 가만히 넘길 수가 없었다. 결말이 뻔한 진창에 발을 디디는 걸 두고 볼 수가 없었다.

나는 눈을 뜨고 몸을 돌려 문을 등지고 섰다. 아직도 굳어 있는 장철은 이 상황이 믿기지 않는 듯한 얼굴이었다. 아무렴. 내공 폐인한테 대뜸 점혈당할 거라 누가 상상했겠는가? 심지어 나도 갑자기 저지른 일이었는데.

나는 장철의 뺨을 쭉 잡아당겼다. 잘 먹고 잘 자란 아이답게 손에 닿는 감촉도 아주 보들보들하니 좋았다. 아픈지 움직이지 못하는 장철의 눈가에 눈물이 살짝 고였다.

'이건 나한테 막말한 복수다!'

뺨에 붉은 자국이 남도록 괴롭히고 입을 열었다.

"너 방금 뛰어가서 장오, 장 이공자 쥐어 패려고 했지?"

"……."

"아, 맞아. 일단 아혈 풀어 줄 건데 소리치면 다시 찌른다."

아혈만 풀어 준다는 것은 몸은 그대로 굳어 있겠지만, 목소리는 낼 수 있게 해 준다는 뜻이었다. 나는 태연히게 말했지만, 속내는 전혀 달랐다.

'아혈만 풀어 본 적 없는데…… 이렇게 하는 거 맞나……?'

장철이 알았다면 발작할 생각을 하며 조심스레 점혈한 혈도에 자연지기를 불어 넣었다.

어쩔 수 없었다. 점혈이란 것이 몸의 혈도에 내공을 찔러 넣어 타격을 가하는 것인데……. 일단 전생엔 내가 내공이 없어서 유효한 타격을 주기가 힘들었다.

그래도 내가 점혈을 연습한 건 삼류 무인으로서 뭐라도 해 보려고 하던 발악 중 하나였다. 선천지기를 사용하는 식으로 몇 번 해 보긴 했으나, 선천지기를 쓰는 것 자체가 위험해 자주 할 수 있는 방법은 아니었다. 그러니 실제 사람에게 손써 본 건, 손에 꼽을 정도였고, 성공한 건 더 적었으며 풀어 본 적은 아예 없었다.

다행히 금안의 도움으로 무사히 풀어 낼 수 있었다.

아혈이 풀리자마자 장철이 소리쳤다.

"미친……! 읍읍!"

미리 대비하고 있어 바로 장철의 입을 틀어막았다.

"목소리 높이지 마. 내가 또다시 점혈하면 이번엔 못 풀 수 있어. 너도 알다시피 나…… 내공 폐인이잖아? 연습 별로 안 해서 잘 못해."

나는 사악하게 웃었다.

"조용히 할 거야, 안 할 거야? 조용히 할 생각 있으면 눈을 세 번 깜빡여."

버티던 장철은 내가 점혈할 것처럼 손을 든 순간 마치 두 배속 한 것처럼 격하게 눈을 깜빡였다.

"흥, 진작에 조용히 할 것이지."

천천히 입을 막았던 손을 내리자 장철이 이를 아득 물었다가 목소리를 죽여 따졌다.

"이, 이 미친 계집애가! 네가 혈도 찌르는 연습은 왜 하는데?"

"너 같은 애들 기습하려고. 왜? 잘 써먹고 있잖아."

"내공도 없는 천치 주제에……!"

"글쎄, 천치는 너 아냐? 내공도 없는 사람한테 당해 놓고선."

"너, 너…….."

장철이 입을 열었다 닫길 반복했다.

"하여간 내공 없다고 너처럼 방심하더라고, 멍청이들이."

"네, 네가 갑자기 공격할 줄 몰랐지!"

"핑계 대지 마. 장 대공자, 남궁류청이었어도 이렇게 당했을 것 같아? 쯧, 그냥 네 실력이 부족한 거야. 인정해."

시뻘게진 얼굴의 장철이 콧김을 뿜어냈다. 장철과 누가 진정한 멍청인가를 토론하고 있자니, 문득 남궁류청이 내게 멍청이라 전음했던 게 떠올라 어이가 없었다.

거기서 멍청이는 이 녀석이었는데!

후우, 한숨을 내쉰 나는 놀리는 건 이 정도로 하자 싶어, 슬슬 본론으로 들어갔다.

"너 내가 싫어, 남궁류청이 싫어, 장오가 싫어? 셋 중 누가 가장 싫어?"

"당연히……!"

소리치던 장철이 갑자기 이를 악물었다.

"내가 그걸 왜 말해야 하는데! 네가 뭔데? 네가 뭘 알아!"

"글쎄. 내가 너보단 네 미래를 더 잘 알걸."

"무슨…… 무슨 헛소리야?"

미친놈 보듯 바라보는 시선을 담담히 넘기며 말했다.

"남궁 세가 온 지 몇 달 안 된 나도 들었어."

"뭘!"

"너 장가장주한테 미움받는다며?"

"⋯⋯."

"장가장주가 첫째인 장 대공자는 무시하고, 둘째인 장 이공자만 아낀다던데."

제대로 타격이 들어간 모습이었다.

"거기다 소부인께서 말씀해 주시던걸. 장 부인이 편찮은 몸을 이끌고 사과하러 오신 건 네가 장가장주한테 혼나지 않길 바라서인 것 같다고."

나는 장철의 침묵을 벗 삼아 말을 이어 갔다.

"그런데 네가 그렇게 튀어 나가면 어떻게 해? 장 부인 너 가고 나서 계속 기침이 멈추질 않아서 급하게 쉬러 가셨어."

"⋯⋯엄마가?"

엄마라니. 늘 모친 혹은 어머님이라고 존칭하는 남궁류청과 지내서인지 갑자기 장철이 무척 어리게 보였다.

장철의 표정에 죄책감이 드러났다.

'그래도 어머니는 아끼나 보네.'

소부인이 이건 내가 상처받을 거라 여겼는지, 혹은 알 필요 없다 여겨서 말해 주지 않은 건지는 모르겠지만, 장 부인이 사과하러 온 것엔 다른 이유가 더 컸다.

장 부인이 내게 사과하겠다는 마음이 거짓은 아닐 것이다. 하지만 정확히는 남궁 세가에 오기 위한 핑계에 가까웠을 것이다. 아마도 이번 사과를 하면서 장 부인은 남궁 세가와 다시 잘 지내볼 생각이었을 것이다. 본인의 몸은 본인이 제일 잘 알 테니까. 친부가 미워하는 아들을 위해 조금이라도 도움이 되는 인맥을 만들어 주고 싶었을 것이다.

하지만 떠먹여 주려 해도 이렇게 멍청하면…….

"엄마는 괜찮아?"

"나는 모르지."

그러곤 코웃음 쳤다.

"어머니 걱정은 하면서 사과 하나 제대로 못 해서 상황을 이렇게 만들어?"

"그건……! 남궁류청 그 자식이 갑자기 끼어들어서……!"

"그걸로도 모자라서 남궁 세가 한복판에서 동생도 쥐어 패려고 하고."

"그건 그 자식이 먼저……!"

어느새 점혈이 풀렸는지 장 공자가 허공에 손을 휘둘렀다.

"남 탓에 핑계에…… 장 공자, 추해."

"너……!"

"네가 그렇게 계속 다른 사람에게 원인을 돌리며 원망만 하면서 망나니처럼 살면 과연 누구한테 좋은 일일 것 같아?"

장철의 얼굴이 조금씩 일그러졌다.

"……왜, 왜 나한테 그런 말을 하는 건데?"

난 잠시 눈을 내리떴다.

"멍청한 익역 조연이 꼴 보기 싫어서."

"뭐?"

"미래가 달라졌으면 한다고."

"대, 대체 뭐라는 거야?"

나는 더 설명하지 않고 몸을 돌렸다. 환경이 사람을 만든다지만…… 그래도 바뀔 수 있었으면 했다. 쓸데없는 악역 역할에서 벗어나기를 바랐다.

'이제 뭐, 앞으론 장철의 선택이지만. 나는 조언해 줄 만큼 했으니까.'

또한 장철이 남궁 세가에서 동생 멱살잡이하는 건 막아 줬다.

나는 금안으로 남궁류청과 장오가 서 있던 복도 방향을 보았다. 눈에 걸리는 건 없었다.

'갔나?'

벽이 두꺼워 보이지 않을 확률도 있지만……. 방에서 보낸 시간이 꽤 되었으니, 남아 있다면 그게 이상한 일일 것이다. 그렇게 생각하며 문을 연 나는 깜짝 놀라 멈춰 섰다.

"……!"

남궁류청이 무표정한 낯으로 문 앞에 서 있었다. 복도 쪽만 확인하느라 바빠 문 앞을 확인 못 했다.

"나, 남궁 공자. 놀랐잖아."

남궁류청이 고개를 살짝 틀며 눈썹을 치켜올렸다. 나는 조심스럽게 앞으로 나와 등 뒤로 문을 닫았다.

"여기서 뭐 해?"

"너는 여기서 뭐 하는데?"

"음? 으흠흠."

잠깐, 그러고 보니 딱히 장철과 얘기한 걸 숨길 필요가 있나? 얘기 좀 할 수 있지.

그때 남궁류청이 말을 이었다.

"여기 내 방인데."

"뭐!"

나는 등 뒤의 닫힌 문을 보았다가 다시 남궁류청을 보았다.

"너 처소 따로 있잖아?"

"응. 여긴 내가 일곱 살 때까지 어머님 처소에서 지낼 때 쓰던 방이야. 내가 나간 뒤로도 어머님은 그냥 두셨고."

"아⋯⋯."

남궁류청이 문 앞을 막은 나를 살짝 비켜 문을 열려 들었다. 나는 재빨리 남궁류청을 붙잡았다.

"뭐야?"

남궁류청이 문손잡이를 잡은 채 나를 불만스럽게 보았다.

"음, 그게, 으음."

본인 방에서 본인과 다툰 애랑 있던 걸 뭐라고 설명해야 하나? 뭐, 다정하게 시간을 보낸 건 아니지만 단둘이 있었다는 게 조금 설명하기 모호한⋯⋯.

한숨을 쉰 남궁류청이 내 어깨를 짚어 살짝 밀어냈다.

"비켜. 다 들었으니까."

"뭐?"

남궁류청은 문을 벌컥 열고 들어갔다.

"장 대공자, 내 방에서 나가."

장철은 내가 나가고 울었는지, 얼굴이 온통 눈물범벅이었다. 남궁류청은 장철의 우는 모습이 전혀 보이지 않는 것처럼 평소와 똑같은 목소리로 말했다.

"장 부인 계신 곳은 왼쪽으로 쭉 가면 보이는 건물이야. 거기 가면 시비가 있을 거야."

장철은 우는 모습을 들킨 것이 쪽팔린 듯, 눈을 소매로 벅벅 닦고 황급히 방을 나갔다. 나가면서 문 앞에 서 있던 나를 노려보았다. 왜 데리고 와도 이 방으로 데리고 왔냐는 원망이 읽혔다.

'아니, 나도 몰랐지⋯⋯.'

알았으면 내가 이 방에서 그런 말을 했겠어?

으으, 나는 어깨를 움츠렸다. 장철에게 하는 말을 다 들었다니. 남궁류청이 보기에 얼마나 꼴같잖을까?

'나도⋯⋯ 나도 튈래!'

한 발 뗀 순간이었다.

"거기 서."

"⋯⋯."

나는 어색하게 웃으며 남궁류청을 돌아보았다. 남궁류청은 잔뜩 화가 난 표정이었다.

"그⋯⋯ 나는 네 방인 줄 몰랐어⋯⋯ 미안⋯⋯."

"원래 그래?"

"응?"

"원래 그렇게 남에게 관심이 많아?"

나는 당황스러운 눈을 했다. 자기 방에 멋대로 들어간 것 때문에 화내는 거 아니었어?

남궁류청이 싸늘하게 말을 이었다.

"장 대공자가 뭐라고? 쟤랑 친구라도 하게? 쟤가 네가 아끼는 하인을 괴롭히고, 너한텐 막말한 거 벌써 잊어버렸어?"

"⋯⋯."

"저런 애한테 조언해 준다고 뭐 달라질 것 있어?"

나는 얼굴을 긁적였다. 남궁류청이 따져 묻지 않더라도 나 또한 스스로 가진 의문이었다.

달라질 것이 있는가?

"있지."

"뭐?"

"앞으로 장 대공자가 누군가를 괴롭힐 때 내 말이 떠오르지 않겠어?"

"……."

"장 대공자의 세상에 한 번의 기회가 될 수 있다면, 노력한 것도 헛수고는 아닐 거야."

남궁류청이 입을 살짝 벌렸다가 질끈 깨물었다. 그러곤 힘 빠진 목소리로 중얼거렸다.

"바보 같아."

"아깐 멍청이라고 하더니 이젠 또 바보야?"

남궁류청은 나를 무시하며 방 안을 살폈다. 나 또한 언제 도망가려 했냐는 듯 남궁류청을 따라 방으로 들어왔다. 남궁류청은 따라 들어오는 나를 힐끗 보고 아무 말도 하지 않았다.

장철과 있을 땐 방을 둘러볼 생각이 없었기에, 거의 처음 보는 거나 다름없었다. 방의 주인이 거처를 옮겼어도 소부인이 살뜰히 관리했는지 먼지 하나 쌓여 있지 않았다. 다만 확실히 여기저기 물건이 빈 부분이 눈에 띄었다. 나는 장식품을 들었다 놓으며 말했다.

"그러고 보니 장 이공자는?"

"장 이공자?"

"아까 보니까 장 이공자랑 얘기하고 있길래."

"얘기라고 할 것도 없어. 그냥 복도에서 마주친 거야."

"흐음, 새 친구를 사귀나 했더니만."

선반의 서책을 살피던 남궁류청이 고개를 홱 돌려 나를 노려보았다.

"……왜?"

"난 너밖에 친구 없어."

난데없는 고백을 하면서도 남궁류청은 한 점의 부끄럼도 없는 아주 당당한 태도였다.

하나뿐인 친구라니. 남궁류청의 인정에 황공한 마음과 함께 당혹스러웠다.

"그…… 자랑이야?"

"그러니까 쓸데없이 격 떨어지는 사람들이랑 어울리지 마."

나는 멍하니 입을 벌렸다.

'이게 바로 그, 나 말고 딴 놈이랑 놀지 마?'

저 말을 듣고 보니 남궁류청이 수향문 사람들이 있던 연무장에서부터 잔뜩 짜증을 내던 것이 이제 이해가 갔다. 다른 사람들이랑 노는 게 마음에 들지 않은 것이다!

'아니, 하하. 이건 좀 귀여운데.'

나는 절로 올라가는 입꼬리를 매만졌다. 억누르지 못한 웃음소리도 새어 나왔다.

"왜 웃어?"

"들으면 화낼 것 같은데."

"말해."

"귀여워서 웃었…… 봐! 화내잖아!"

한겨울이 지나자 하루가 다르게 날이 따뜻해졌다.

가벼운 외출복 차림새의 나는 한쪽에 꽂아 두었던 동백꽃이 예쁘게 피어난 가지를 들고 일어났다. 소부인이 피어난 모양이 예쁘다며 방을 장식하라고 시비를 시켜 가져다준 것이었다.

먼저 야율의 방으로 향했다. 야율의 방은 살풍경했다. 정말 필요한 물품 외에는 없는 방이랄까. 이곳에 머무르는 아이가 있다고 느껴지지 않을 정도였다. 심지어 온기 한 점 찾아볼 수 없었다.

'……언제 돌아오려나?'

날이 풀리자마자 천산염제는 야율을 데리고 어디론가 떠났다. 아버지께 말하고 데려갔다는데…… 뭘 하고 있는지 알 수가 없었다. 매일 같이 쫄래쫄래 따라다니던 야율이 없으니까 허전했다.

'익숙해진다는 게 이렇게 무서워.'

야율이 천산염제를 따라 완전히 내 곁을 떠나게 된다면 무척 허전할 것 같았다.

나는 빈 화병을 하나 찾아 동백꽃 가지를 꽂아 넣고 곧장 아버지 방으로 향했다. 아버지 방도 비어 있었다. 아버지 방은 매우 깔끔했다. 시비가 한 명뿐이기에 각자 방은 스스로 정리했는데, 침구까지 정리 정돈한 모습이 아버지의 성품을 보여 주었다.

화병을 놓을 적당한 곳을 고민할 때였다. 탁자 아래로 떨어져 보이지 않았는지, 지우지 못한 듯한 서신이 눈에 띄었다. 몸을 수그려 서신을 집어 들던 난 멈칫했다.

'백리 세가에서 온 서신이잖아?'

아버지가 이렇게 대충 관리했다면 중요한 내용도 없었을 것이기에 거리낌 없이 읽어 내려갔다. 역시, 그저 빠른 귀환을 요청하는 독촉

장이었다.

'하긴 슬슬 갈 때가 됐지.'

그런데 왜 말씀이 없으시지?

'이 서신 받은 지 좀 되지 않았나?'

아버지가 내게 석가약에게서 온 서신을 건넬 때 가지고 계신 걸 봤으니까 날짜로만 따지면……. 손으로 날짜를 꼽고 있을 때였다.

달칵.

"연아?"

등 뒤로 문이 열리는 소리와 함께 아버지의 목소리가 들렸다.

"그 차림새는 무엇…… 아, 그래. 천암사에 간다고 한 날이 오늘이구나."

나는 뒤를 돌아보며 들고 있던 서신을 내밀었다.

"아버지, 여기요. 소부인께서 동백꽃 가지를 주셔서 놓을 곳을 찾다 보니 바닥에 떨어져 있더라고요."

아버지가 고개를 슬쩍 기울이곤 내가 내민 서신을 확인했다.

"고맙구나."

아버지의 시선이 화병에 닿았다.

"가지가 뻗어 난 모양이 좋구나."

"그죠? 정말 예쁘더라고요. 그래서 아버지 방에 두고 싶었어요."

"왜 네 방에 두지 않고?"

"그냥 여기 두고 싶었어요."

아버지가 내 머리를 살짝 쓰다듬으며 말했다.

"그래? 어디에다 두려고?"

"어디에다 두는 게 좋을까요?"

아버지와 꽃병을 놓을 곳을 한참 이야기하다 결국 서탁 근처로 결정했다.

"천암사는 소부인과 단둘이 간다 하였지?"

"네. 남궁 공자한테도 물어봤는데, 안 간다고 했대요."

당연히 안 간다고 할 거라고 여겼기에 소부인도 나도 전혀 실망하지 않았다.

"소부인이 너를 많이 신경 써 주시는구나."

"헤헤, 좋으신 분 같아요."

자꾸 옷을 주려는 것만 빼면.

잠시 동백꽃을 감상하던 아버지가 나를 돌아보았다.

"연아."

나를 부르고도 한동안 말이 없으셨기에 재촉하듯 말했다.

"말씀하세요."

"남궁 세가에 남는 건 어떠냐?"

"……네?"

남궁 세가에 남으라고? 뭐지, 저번 생에는 이런 말씀 없었는데……?

동시에 여러 가능성이 떠올랐다 사라졌다.

"아버지, 가문에서 무슨 일 있으셨어요?"

"아무 일도 없었단다."

그 말을 듣고 나니 더 석연찮았다.

내가 모르는 새 뭘 잘못했나? 내 태도에 무슨 문제라도 있었나?

나는 조심스럽게 질문했다.

"그럼 혹시 제가…… 가문에 누를 끼친 게 있나요?"

"아니! 너는 아무 잘못도 없다. 그런 생각 말거라!"

아버지가 황급히 소리쳤다. 그 반응에 다소 안도했지만 더 의아해졌다.

"그럼 왜요? 제가 왜 남궁 세가에 남아야 해요?"

아버지가 잠시 눈을 내리떴다가 입을 열었다.

"네게 여기 생활이 잘 맞는 것 같아 물어본 거란다."

"아……."

"완이 네가 좀 더 머물렀으면 좋겠다고 말하기도 하였고."

"아저씨가요? 하하, 그거 감사하네요."

가슴 한쪽이 따스해지는 기분이었다. 남궁완 아저씨와의 관계도 확실히 많이 변했다. 전에도 나쁘진 않았지만…… 그렇다고 친밀하다고 할 수 있는 관계는 아니었다.

"돌아가야죠. 언제까지 신세만 질 수는 없잖아요."

"신세라고 생각하지 말라더구나."

"그래도 멀쩡하게 집이 있는데 저희가 백리 세가로 돌아가지 않고 남궁 세가에 머물면 사람들이 어찌 보겠어요?"

아버지가 단호하게 말했다.

"다른 사람의 시선 따위 신경 쓸 필요 없다."

세간에 이름 높으면서도 그 평판을 전혀 신경 안 쓰는 것이 정말 아버지다웠다.

말씀은 이렇게 하시더라도 정말 남궁 세가에 남을 수는 없었다. 내가 남궁 세가에 남으면 여러모로 백리 세가에서 압박이 들어올 것이다. 가문 내에서 아버지와 형제들 간의 진실이야 어떻든 간에 일단 겉으로는 화목함을 표하고 있었다. 그 화목의 중심은 큰아버지인 것처럼 꾸미고 있었고.

그런데 멀쩡한 집을 두고 다른 가문에 의탁한다? 분명 가족 간에 사이가 얼마나 나쁘면 저러느냐는 말이 나올 것이다. 그 불화설은 큰 아버지의 통솔력에 의문을 가지게 만들 테고, 큰아버지는 제대로 체면을 망치게 될 것이다.

솔직히 큰아버지의 체면 따위 나와 전혀 상관없었다. 망칠 수 있다면 오히려 환영이었다. 그렇지만.

"돌아갈래요."

"좀 더 고민해 보지 그러느냐?"

"아니에요."

나를 잠시 바라보던 아버지가 내 의지가 바뀌지 않으리라고 느꼈는지 더는 설득하지 않았다.

"그래. 네 뜻이 정녕 그렇다면 알겠다."

잠시 침묵하던 아버지가 다시 운을 뗐다.

"하지만 정말 괜찮겠느냐?"

나는 고개를 갸웃 기울였다. 아버지가 고심이 묻어나는 목소리로 말했다.

"백리 세가가 그다지 네게 편한 것 같지 않아서…… 나는 다만 네가 그곳에서 상처를 받을까 걱정이구나."

나는 물끄러미 아버지를 바라보았다.

아버지의 낯빛도 남궁 세가에 있으면서 많이 좋아졌다. 웃음도 훨씬 더 많아졌고 늘 걱정스럽게 나를 보는 것 또한 줄었다.

'그렇구나.'

단숨에 이해했다. 아버지가 왜 내게 남궁 세가에 남자는 제안을 했는지 가슴 깊이 느껴졌다. 아버지가 바라보는 내 모습이 저럴 테니까.

하지만 이해가 가기에 더 돌아가야 했다.

"아버지, 도망치는 걸로는 아무것도 해결되지 않아요."

아버지가 놀란 눈으로 나를 보았다.

"아버지, 솔직히 말씀드릴게요."

"……말하려무나."

아버지가 살짝 긴장한 낯을 했다. 그 얼굴을 보자 나도 긴장했다. 땀이 찬 손을 보이지 않게 옷자락에 슬쩍 문지르며 입을 열었다.

"백리 세가가 남궁 세가보다 편하냐고 묻는다면……."

남궁류청에 서하령. 친우라고 해도 될 귀여운 아이들. 남궁완 아저씨, 소부인, 수향문의 제자들, 심지어 심 부관부터 수문 무사들까지 나를 존중해 주고, 아껴 준다.

걸핏하면 나를 때리던 고모와 나를 괴롭히던 쌍둥이들, 이를 방관하던 큰아버지와 사촌 오라비. 내 이름을 듣는 것조차 싫어하던 할머니와 내게 무관심하던 할아버지.

"네. 솔직히 남궁 세가가 편하고 즐겁기도 해요."

당연히 비교할 수조차 없었다. 그렇다고 한들.

"그래도 제 집은 아니잖아요."

"……."

"백리 세가가 제 집이잖아요."

나는 천천히 오래전부터 속에 담아 두었던 말을 꺼냈다.

"그리고 집이 불편하면 집을 바꿔야죠."

아버지가 눈을 부릅떴다. 탁상을 짚고 있던 손에 힘이 바짝 들어간 것이 보였다. 나는 물러서지 않고 아버지와 눈을 마주했다.

"아버지도 당당한 백리 세가의 일원이잖아요."

"……너 그게 무슨 뜻……."

"백리 세가를 바꿔야죠. 누구도 우리를 무시하지 못하도록."

아버지가 주춤 뒤로 물러났다.

"아버지는 하실 수 있으시잖아요?"

"연아, 너……."

"도망치지 마세요."

도망쳐서 행복해질 수 있다면, 그렇다면 상관없었다. 나는 눈과 귀를 모두 막고 아무것도 모르는 것처럼 지낼 수 있었다. 저번 생에 그랬던 것처럼.

야율에게 갑자기 죽임당하는 일만 없었다면, 아마도 나는 그냥 그렇게 쥐 죽은 듯이 조용히 평생 살아갔을 것이다.

하지만 나는 가능할지라도, 아버지는 절대 그러지 못할 것이었다. 가문을 모른 척하고 세상에서 눈을 돌리고. 그게 가능한 분이셨다면…… 이렇게 살고 계시지도 않겠지.

무심코 웃음이 흘러나왔다. 분명 처음에는 아버지를 살려 아버지 그늘 아래서 나도 평안하게 살아 보겠다는…… 그런 목적을 가지고 시작했다.

하지만 언제부터였을까……? 더는 그 처음의 목적을 떠올리지 않았다. 이뤄야 할 목적, 내 평안한 생활을 위한 조건이 아닌 그저 마음으로, 진심으로 아버지가 행복한 삶을 바라게 되었나.

"저는 아버지가 어떤 선택을 하셔도 따를게요."

아버지는 아주 혼란스러운 낯이었다. 몇 번이나 입을 열었다가 닫기를 반복했다. 나는 웃으며 말을 이었다.

"백리 세가가 그러면 무림맹 본단으로 가는 건 어때요? 거기 아버지 거처도 있잖아요?"

"너는……."

아버지가 말끝을 흐렸다. 몇 번 숨을 들이쉰 아버지가 한숨처럼 말했다.

"가끔 네가 무슨 생각인지 이해되지 않을 때가 있다."

순간 움찔 놀랐다. 큰 의미 없는 평범한 말일 수도 있었다. 그저 표면적인 의미로 무슨 생각인지 잘 모르겠다는 뜻일 수도 있었다. 하지만 나는 아버지의 저 말에 담긴 본의를 본능적으로 눈치챘다. 내가 갑자기 너무 변한 걸 언급한 것이다.

"……."

"……."

그리고 아버지는 더는 아무 말도 하지 않고 침묵했다. 다행이라고 해야 할까? 아버지는 거기서 더 캐물을 생각은 없는 모양이었다.

궁금하지 않은 것일까? 아니, 나를 믿기에 오히려 묻지 않는 것이다. 내가 만약 말하고 싶다면 언젠가 말할 거라 믿고.

'하, 정말…….'

나는 아버지를 보며 말했다.

"저도 아버지가 이해 안 될 때 많아요."

"음?"

아버지가 눈살을 살짝 찌푸렸다.

"그래도 같이 지내는 게 가족인 거잖아요."

"……그래."

아버지가 내 머리를 쓰다듬더니 부드럽게 끌어안았다.

"너처럼 비밀이 많은 딸을 얻게 된 것도 내 복이구나."

나를 끌어안는 힘이 점차 강해지다가 어느 순간 쭉 빠졌다. 나는 아버지 품에서 고개를 들고 올려다보았다.

"네 말이 옳다. 백리 세가로 돌아가자꾸나."

"네!"

"네가 나보다 낫구나."

무척 힘 빠진 목소리였다. 나는 아버지 품에서 벗어나며 일부러 활기차게 말했다.

"저야 아버지께서 지켜 주실 거라고 믿으니까요! 그리고 원래 소중한 게 생기면 걱정이 느는 거랬어요."

아버지가 미묘한 낯을 했다. 해석하자면 대체 얘가 정말로 뭘 알고 말하는 것인가, 누가 저런 소리를 가르쳤는가 정도였다.

"그러니까 몸조심하시라고요. 네? 만신의 연단실의 짐 호위할 때처럼 막 싸우고 다니지 마시고요."

"정말로 별일 없었단다."

"어떻게 그 틈을 타서 또 싸우고 오실 수가 있으세요? 남궁 세가에서 아버지만 목 빠져라 기다리는 제가 눈에 밟히진 않으셨어요?"

"……."

아버지가 말문이 막힌 표정을 했다.

처음 저 말을 들은 직후엔 호위라니 이동하는 시간도 다른 이들을 돕는 데 쓰셨구나, 역시 실뜨시다 싶었다. 하지만 시간이 지나고 나니 점차 서운함이 밀려왔다.

어떻게, 나 혼자 여기 있는데! 한시바삐 오실 생각은 안 하고! 팔괘 촌까지 간 다음에 남궁 세가로 돌아올 수 있단 말이다. 그냥 남궁 세가로 곧장 왔으면 훨씬 일찍 도착했을 텐데!

아니, 그 행동이 나쁘다는 건 아니다. 그저, 조금, 아주 쪼끔, 아주 아주 쪼오오끔 서운한 것뿐이었다.

나는 계속 타박을 이어 갔다.

"앞으론 혼자 다니지도 마세요! 팔괘촌에서 백리 세가로 가실 때도 혼자가 편하다고 훌쩍 가셨다면서요?"

"그땐……."

"아버지가 야율을 보호하겠다고 하서 놓고 가 버리시고! 야율이 거기서 혼자 얼마나 당황스러웠겠어요?"

"아니, 그건……."

아버지가 당황한 듯 눈을 깜빡이다가 헛기침을 하고 말했다.

"음, 연아. 슬슬 천암사로 갈 준비를 해야지 않느냐?"

말 돌리시기는. 잔소리를 듣기 싫은 건 어른이고 아이고 똑같았다.

야율을 팽개치고 백리 세가에 간 건 솔직히 아버지도 할 말 없을 것이다. 그래도 뭐 이제 슬슬 나가 봐야 할 시간이긴 했다.

"그럼 가 볼게요!"

아버지가 인사하는 나를 붙잡았다.

"그……."

"왜요?"

아버지가 머뭇거리다가 내 시선을 피하며 말했다.

"그…… 팔괘촌에 들렀다 온 것은 네가 걱정되지 않아서 그런 것이 아니다……."

"알아요! 만신의 연구 일지 때문인 거잖아요?"

아버지가 살짝 놀란 눈을 했다.

만약 회귀 전에 이런 일이 있었더라면, 아버지가 나를 보고 싶지 않아서 그러셨구나…… 하는 자존감을 땅에 파묻는 멍청한 생각이나 하고 있었을 것이다. 하지만 이제는 달랐다. 아버지는 겸사겸사 남궁 세가도 돕고, 만신의의 연구 일지도 지킬 생각이었을 터다. 혹시나 거기에 내 치료법이 있을 수도 있으니까.

"그러니까 그냥 넘어가 드리는 거예요! 아시겠어요?"

내 말에 아버지가 이를 꽉 깨물었다. 그러니까 마치 터져 나오려는 웃음을 억지로 참는 모양새였다.

왜! 뭐가 웃긴 건데!

"그래. 알겠다. 아주 고맙구나."

그렇게 웃음을 참아 넘긴 아버지가 갑자기 나를 안아 들었다. 나는 깜짝 놀라 아버지 목덜미를 껴안았다.

'뭐지? 소부인께 데려다주시려고?'

그렇게 생각했으나, 아버지의 발은 내 방으로 향했다.

'헉, 안 돼!'

방에 다다랐을 때 나는 발버둥을 치며 아버지 품에서 뛰어내렸다.

"왜 그러느냐?"

급하게 아버지를 막아선 내가 말했다.

"제, 제 방에는 왜요?"

"천암사에 간다며?"

"네! 그러니까 제 방은……."

아버지가 인자한 얼굴로 말했다.

"천암사는 산속에 있으니 여기보다 훨씬 추울 것이다. 더 챙겨 입는 게 좋을 것 같아서 말이다."

"어…… 어, 제가 골라 입고 나올게요!"

아버지가 이상하게 여기며 바로 손을 뻗었다. 막아선다고 해 봤자 내 덩치로 할 수 있는 건 거의 없었다. 바로 방문이 열렸고, 아버지는 방에 들어서지도 않은 채 탄식했다.

"방이……."

아버지가 놀란 눈으로 방 안을 살폈다.

"도둑이 들었다고 해도 믿겠구나."

나는 어색하게 웃었다. 내 방은…… 무척 난장판이었다. 정돈하지 않은 침상의 이불은 한쪽 구석에 뭉쳐 있었고, 갈아입은 옷들도 허물처럼 굴러다녔다.

"워, 원래 이렇게 더럽지 않은데요. 그, 급하게 갈아입을 옷을 꺼내다 보니까……."

아버지의 표정이 떨떠름했다. 아버지는 내가 외출복을 찾는다고 한바탕 뒤집어엎은 장궤 방향으로 향했다. 가는 길의 탁자에 글자 연습하느라 펼쳐 놓았던 벼루랑 붓도 대충 놓여 있고, 바닥엔 먹물 묻은 화선지가 굴러다녔다.

"붓은…… 걸어 놔야지. 이렇게 두면 붓이 상하지 않느냐."

"……."

"아니, 대체 이 찻잔은 언제부터 둔 것이야? 여기 차 찌꺼기가……."

아버지가 한 손으로 얼굴을 쓸어내렸다.

"야율이 그간 널 정말 많이 살펴 줬구나."

"하하하."

나 또한 이번에 야율이 자리를 비운 새 깨달았다. 그간 야율이 날 따라다니면서 뒤치다꺼리를 매우 열심히 했다는 것을.

"이게 바로 든 자리는 몰라도 난 자리는 안다는 거죠."

"어디서 또 이상한 소리를 들어 갖다 붙이느냐?"

아버지는 날 돌아보며 엄정하게 말했다.

"네 방 정도는 너 스스로 정리해야……."

말을 이어 가던 아버지가 이마를 짚으며 한차례 꾹 눌러 참는 듯
했다.

"그래. 넌 아직 어리니 정리 정돈이 어려울 수 있지. 시비를 더 두
자꾸나. 한 명으로는 이 처소를 감당하기 어렵지."

"하하, 제가, 제가! 돌아와서 치울게요."

다시 한번 말하지만, 잔소리를 듣기 싫은 건 어른이고 아이고 똑같
았다.

아버지에게 한바탕 혼나고 소부인께 향한 나는 눈을 휘둥그레 떴
다. 이미 출발 준비는 모두 끝난 듯했고 이 자리에 있는 이들은 함께
가는 듯 보였다. 그 인원의 수에 놀랄 따름이었다.

'호위 무사에, 하인들까지. 무슨 절에 놀러 가는데 이 사람들이 모
두 같이 간단 말이야?'

모인 수가 거의 서른, 아니 마흔에 가까웠다. 나를 본 소부인이 고
싱힘을 잃지 잃으면서 빠르게 다가왔다.

"조금 추워 보이는구나."

"네?"

소부인은 미리 준비한 듯 내게 흰 여우 털목도리를 둘러 주고 모자
도 씌우더니 장갑까지 끼웠다.

'아니, 누가 보면 눈이라도 온 줄 알겠네!'

남궁 세가가 있는 이곳은 겨우내 물이 언 것도 볼 수 없을 정도로 날씨가 온화한 곳이었다. 그렇지 않아도 아버지가 골라 주신 옷도 털이 잔뜩 달려 불편한데, 이러다 동그래져 굴러가는 것도 가능해 보였다.

나는 장갑을 꿈지럭거리며 말했다.

"저, 조금 답답해요……."

소부인이 눈썹을 늘어트리며 속상한 듯 말했다.

"너는 몸이 약하잖니. 고뿔이라도 들면 내 가슴이 찢어진단다."

"……."

그래. 조심해서 나쁠 것 없지…….

"음, 그래. 마차 안은 숯을 태우니, 장갑 정도는 벗어도 되겠구나. 내 불편할 걸 생각 못 했다."

소부인이 축 늘어진 어깨로 내 장갑을 벗기는데 그 모습에 내 가슴이 다 아플 정도였다.

"아뇨. 괜찮아요. 끼고 있을게요!"

"아니다. 불편하지? 내 마음이 앞섰단다."

"정말 괜찮아요!"

"아니다. 내가……."

그때 갑자기 마차 문이 거칠게 열리며 성난 목소리가 들렸다.

"그만하고 들어와."

나는 눈을 동그랗게 떴다.

"류청?"

남궁류청이 어서 올라타라는 듯 눈짓했다.

'아니, 너 안 간다고 했잖아? 얘가 왜 여기 있어?'

나는 얼떨떨하게 마차에 올라탔다. 남궁류청이 들고 있던 책을 탁 덮었다. 치우며 책 제목이 살짝 보였는데, 병법서 같아 보였다.

"왜 이렇게 늦어?"

"네가 왜 여기 있어?"

"내가 가면 안 되는 이유라도 있어?"

"아니이…… 네가 안 간다고 했잖아."

"마음이 바뀌었어."

그래. 뭐, 그렇다는데 내가 뭘 어쩌겠는가?

남궁류청이 소부인을 바라보며 말했다.

"어머니도 이상한 장난 치지 마시고 타세요."

이상한 장난이라니? 의아하게 바라보자 남궁류청이 무심히 설명했다.

"어머니 수법이야. 속상한 척하면서 마음의 빚을 지워서 원하는 대로 하시는 거."

나는 입을 쩍 벌렸다. 동시에 여러 생각이 들었다.

'그럼 소부인이 속상해하시는 모습이 연기였어? 아니, 근데 또 그걸 어머니 앞에서 다 말해?'

그 말이 진실이었는지 소부인은 약간 당황하면서도 못마땅한 기색을 살짝 내비쳤다. 하지만 금세 표정을 관리하며, 속상하다는 듯 우수가 깃든 얼굴로 말했다.

"류청, 너는 무슨 말을 그런 식으로 하니? 연아, 전혀 아니란다."

"속지 마."

소부인이 입술을 살며시 깨물었다.

아니, 남궁류청 쟤는 자꾸!

"가만있어! 예쁜 얼굴 찡그리시게 하지 말고!"

남궁류청이 어처구니가 없다는 듯 보았다. 나는 방긋 웃으며 소부인을 향해 말했다.

"어서 올라오세요!"

천암사로 가는 길은 매우 편안했다. 겉으로 봤을 땐 그리 화려하지 않은 마차였다. 하지만 내부는 널찍하니 세 사람이 타고도 여유로웠고, 방석을 여러 겹 깔아 놓아 매우 푹신했다.

심지어 마차 중앙에는 환기까지 신경 쓴 정교한 난로까지 있었다. 바깥을 구경하며 소부인과 담소를 나누는 나와 달리 남궁류청은 가는 내내 책을 들여다보고 있었다.

'그냥…… 편하게 집에서 보지 왜 따라온 거야?'

나는 남궁류청을 바라보다 물었다.

"류청, 멀미 안 나?"

"안 나."

"그래."

좋겠다 야. 마차에서 책이라니. 난 멀미 때문에 꽤나 고생했는데.

만신의의 연단실에서 영약을 주워 먹은 후, 멀미는 거의 사라졌지만 그렇다 해도 책을 읽을 수 있을 정도는 아니었다.

우리를 지켜보던 소부인이 입을 열었다.

"그러고 보니 연아, 올 때 표정이 좋지 못하던데 무슨 일이 있었니?"

"올 때요?"

"처소에서 왔을 때 말이다."

"아! 혼났어요, 아버지께. 정리 정돈 못 한다고요."

어쩔 수 없이 말투가 살짝 불퉁하게 나왔다. 소부인이 고개를 살짝 기울였다.

"정리 정돈?"

"네."

"시비가 일을 제대로 못 한 모양이구나. 내 다른 사람으로 바꿔 주마."

나는 깜짝 놀라 손을 내저었다.

"아뇨! 아뇨. 잘해 주셔요. 그…… 각자 방은 본인이 정리하기로 했거든요."

"어머, 공자께선…… 그리하시는구나."

소부인이 신기하다는 듯 말하며 남궁류청을 보았다.

"우리 청이는 먹도 스스로 갈아 본 적 없을 텐데."

청이는 소부인이 류청을 부를 때 쓰는 아명이었다. 사랑이 듬뿍 담겨 있는 아명에 손 하나 까딱 안 한다는 말까지.

'그야말로 그림 같은 무삿집 도련님.'

어휴, 이래서야 나중에 강호에 나와서 고생하는 게 당연할지도.

내 시선에 남궁류청이 뭘 보냐는 듯 눈썹을 치켜올렸다.

"먹 갈 줄 알아. 내가 할 필요가 없는 일일 뿐이지."

"아니…… 나 아무 말도 안 했다?"

"그렇게 쳐다봐 놓고서는. 웃기지 마."

"눈치는 빨라서……."

내 말에 소부인의 낭랑한 웃음소리가 마차를 채웠다. 입을 가리며 겨우 웃음을 거둔 소부인이 말했다.

"사이가 정말 좋구나."

남궁류청이 소부인을 힐끗 보더니 다시 책으로 시선을 돌렸다. 소부인은 살짝 장난스러운 미소를 띤 채 말을 이었다.

"류청이 분명 처음에는 안 간다고 했단다. 그런데 오늘 준비하며 너랑 간다는 얘기를 듣더니 갑자기 간다고 하더구나."

책을 들여다보던 남궁류청의 손가락이 움찔 움직였다. 하지만 남궁류청은 관심이 없는 것처럼 계속 책에서 시선을 떼지 않았다.

아무리 가까운 절이라도 자동차도 없는 이 시절에 성내에서 산속의 절까지는 한 시진은 넘게 가야 했다. 신나게 바깥을 구경하던 나는 어느 순간부터 꾸벅꾸벅 졸기 시작했다. 이리저리 마차가 움직이는 대로 흔들리던 머리가 어딘가에 기대졌다.

그렇게 한참 달게 자다 어느 순간 천천히 정신이 들었다. 마차 바깥에서 도란거리는 사람들의 목소리가 들렸다. 산에 들어선 이후로 거의 듣지 못한 소리니 천암사에 당도한 모양이었다.

"깼으면 일어나."

머리맡에서 딱딱한 목소리가 들렸다.

'응? 머리맡?'

나는 화들짝 놀라며 몸을 일으켰다.

"미, 미안!"

언제 남궁류청의 무릎을 베고 누워 있었는지 전혀 기억에 없었다.

'설마, 침은 안 흘렸겠지?'

입가를 닦는 손에 다행히 아무것도 묻어 나오지 않았다.

"제때 일어났구나. 거의 도착했단다."

아니, 소부인! 제가 이렇게 자고 있으면 깨워 주시지 그러셨어요!

차마 말하지 못하고 있었는데 표정에서 티가 난 모양인지 소부인이 미소 지으며 말했다.

"내 깨우려 했는데, 청이가 그냥 두라 하더구나."

"어…… 고마워."

인상을 살짝 찌푸린 남궁류청이 구겨진 옷자락을 정돈했다. 마차에서 내리자 은은한 향불 냄새와 시린 바람이 코끝을 스쳤다. 확실히 공기가 더 차가웠다.

나는 찌뿌둥한 몸을 길게 펴며 주변을 둘러보았다. 천암사는 규모가 큰 사찰은 아니었다. 먼저 예불을 드리러 온 사람들도 있었으나, 수가 적어 번잡한 느낌은 없었다.

소부인을 알아보았는지, 사찰에서 직위가 꽤 높아 보이는 승려가 직접 맞이하러 나타났다. 서로 간단히 안부를 묻고는 바로 대전으로 들어갔다.

소부인을 따라 향불을 올리는 남궁류청의 모습이 퍽 익숙해 보였다. 소부인에게 일 년에 두어 번 억지로 끌려온다 들었다. 아마도 그게 남궁류청의 거의 유일한 외출이 아니었을까?

"류청, 연이에게 이곳을 안내해 주거라. 어미는 더 있다 가마. 시비와 호위는 꼭 대동하고."

"알겠습니다. 가자."

나는 앞서는 남궁류청을 따라가다 대전 입구쯤에서 걸음을 멈췄다. 갑자기 멈춘 기척에 나를 돌아본 남궁류청이 내 시선이 닿은 곳을 보았다.

화사한 차림새의 소녀들이었다. 대전을 가득 채운 향불 향 사이 달달한 분내가 살짝 났다. 소녀들은 손에 점괘가 적힌 길쭉한 막대를 하나씩 들고 즐겁게 얘기를 나누고 있었다.

남궁류청이 이를 보고 물었다.

"너도 하려고?"

"그럴까?"

내가 바라본 이유는 그냥 소녀들의 웃음소리가 즐겁게 들려 무엇 때문인가 궁금했다는 것뿐이었다. 하지만 남궁류청을 보자 그의 점괘가 궁금해졌다. 나는 남궁류청의 미래를 대략 알지 않는가? 과연 그걸 점괘가 어떻게 풀이할지 궁금했다.

'뭐, 안 맞을 수도 있겠지만.'

소녀들이 떠나고, 남궁류청이 점괘가 들어 있는 흑색의 죽통을 집어 들었다.

"자, 뽑아."

여기서 나는 안 뽑는다고 하기도 뭐했다. 나는 그냥 고맙다고 웃으며 죽통을 받아 들었다.

이곳은 통을 흔들어서 점괘가 적힌 막대를 하나 뽑아내는 식이었다. 건성으로 흔들자 막대 하나가 툭 떨어졌다.

남궁류청이 몸을 숙여 점괘를 집어 들어 주었는데 표정이 조금 이상했다.

"왜 그래? 별로야?"

"네가 봐 봐."

점괘를 바라본 난 고개를 기울이며 막대를 뒤집었다. 앞뒤 모두 아무것도 적혀 있지 않고 깨끗했다.

"뭐지? 잘못 들어가 있던 건가?"

왜 하필 뽑아도 이런 걸…….

"다시 해 봐."

두 번 해도 효용이 있는 건가? 아니면 내가 너무 건성으로 뽑은 건가?

이번엔 진심을 담아 관음상을 향해 절까지 올렸다. 방석에 무릎을 꿇고 앉은 채 다시 한번 죽통을 흔들었다.

하지만 진심을 너무 담은 걸까? 이번에는 두 개가 연달아 무릎 위로 떨어졌다.

"앗, 뭐야!"

망했다고 생각하며 점괘를 집어 든 나는 미간을 찌푸렸다. 또 아무것도 적혀 있지 않았다.

"……왜 이런 거지?"

안에 있는 점괘를 다 확인해 볼 수도 없고.

아까 모여 있던 소녀들이 버려싯 기나리며 시켜봤을 때는 분녕 제대로 뽑혔다. 아무리 별생각이 없었다 한들, 연달아 이런 일을 겪자 기분이 매우 찝찝해졌다.

점괘를 내려다보고 있자, 남궁류청이 내 손에서 죽통을 뺏어다가 내려놓고 나를 일으켰다. 나도 남궁류청의 점을 본다는 원래의 계획을 포기하고 이끄는 손길을 따라 대전을 나왔다. 나는 나보다 더 굳은 표정의 남궁류청을 달랬다.

"괜찮아. 그냥 점괘일 뿐이잖아."

그러곤 의문을 가졌다. 아니, 그런데 내 점괘 아냐? 왜…… 내가 남궁류청을 달래고 있는 거지?

대전을 나오고, 지나가는 승려 한 분과 마주친 남궁류청이 비어 있는 점괘 막대를 들고 날카롭게 항의했다. 스님은 그럴 리가 없다고 난색을 보이다 남궁류청이 내민 점괘를 보고 표정이 굳었다.

나는 남궁류청을 잡아당겼다.

"괜찮다니까. 그냥 가자."

"무슨 일인고?"

한 노승이 소란에 관심을 가지며 다가왔다. 검버섯이 핀 주름진 얼굴에 깡마른 몸의 노승은 내가 지금껏 본 승려들 중에 가장 나이가 많아 보였다.

남궁류청의 항의를 듣던 승려가 무슨 일인지 공손하게 설명했다.

"호오. 그런 일이 있었다고."

노승은 흥미로운 낯으로 점괘를 받더니 돌연 미간을 찡그렸다. 나와 점괘를 번갈아 본 노승이 마치 부정한 것을 만졌다는 듯 점괘를 버렸다. 방금까지 흐르던 인자한 분위기가 단번에 사라졌다.

"쓸데없는 짓이로다."

"예?"

"너는 점괘를 받을 수 없는 삶이다. 썩 물러가라."

"예? 그게 무슨……?"

"천기를 거스른 자가 운명을 알고 싶어 한다니! 하늘을 우롱하느냐!"

순간 심장이 덜컹 바닥에 떨어지는 기분이었다. 이 사람은 뭔가를 알고 있는 것인가?

"저기……!"

나는 스님의 승복 자락을 붙잡으려 들었으나, 스님은 마치 역병 환자를 대하듯 진저리 치며 황급히 자리를 떴다. 얼떨떨하게 떠나는 스님을 바라보고 있자, 옆에서 남궁류청이 분통을 터트렸다.

"뭐 하는 자야!"

당장 쫓아갈 듯한 모습에 나는 남궁류청을 붙잡았다.

"놔!"

"어디 가게?"

"그럼 이런 말을 듣고 가만히 있어? 본인들이 제대로 관리 못 해 놓고 할 말 없어 누명을 씌우다니!"

나는 배시시 웃었다.

"웃음이 나와?"

"그냥, 그렇게 생각할 수도 있구나 싶어서."

"뭐?"

그때 대전 안쪽에서 젊은 스님이 걸어 나와 말했다.

"불당에서 소란을 피우시면 안 됩니다."

"지금……!"

씩씩지를 건 남궁류청이 뭐라고 밀하기 전, 나는 새빨리 그의 입을 틀어막았다. 남궁류청이 뭐 하냐는 듯 나를 노려보았다. 내 손을 치우려는 남궁류청과 씨름하며 인사했다.

"예. 그럼 가 볼게요."

우리가 있던 곳은 대전 출입구 근방이었다. 절에서 사람들이 가장 많은 곳이란 뜻이었다. 참배를 올리려던 사람들이 우리를 향해 관심을 기울이고 있었다.

"가자, 가자. 류청, 이만 가자."

나는 그대로 남궁류청을 끌고 갔다. 내가 끌고 가는 걸 참고, 참고, 참던 남궁류청이 이내 내 손을 뿌리쳤다.

"놔! 언제까지 막고 있을 거야!"

"하하, 미안, 미안."

하지만 거기서 입을 안 막으면 네가 또 무슨 말을 할지 무서웠는걸.

아직도 화가 가라앉지 않았는지 씨근덕거리는 남궁류청을 향해 말했다.

"류청, 너 점괘를 믿어?"

"뭐?"

굳이 답을 듣지 않아도 남궁류청의 눈빛에서 불신을 읽어 낼 수 있었다.

"그치. 별거 아니야. 화내지 말자. 점괘가 뭐라 말하든, 내 삶은 내가 걸어가는 거니까. 안 그래?"

"너는 참 속도 좋아!"

"그야, 네가 나 대신 화내 줬으니까. 나는 화낼 필요도 없는걸."

남궁류청이 나를 노려보았다. 나는 남궁류청의 팔짱을 끼고 잡아당겼다.

"됐어, 됐어. 점괘 얘기는 그만하고, 나 이제 천암사 둘러보고 싶어. 언제 안내해 줄 거야?"

입술을 깨문 남궁류청이 마치 오늘은 그냥 넘어가 주겠다는 듯한 시선으로 노승이 사라진 방향을 노려보고 몸을 돌렸다.

그래도 일 년에 두어 번은 어머니께 끌려왔다고, 남궁류청은 천암사에 대해서 잘 알고 있었다.

"이쪽으로 가면 복숭아 숲이 나와."

몇 개의 전각과 석탑과 종, 작은 연못을 지나치자 오솔길이 이어진 완만한 언덕이 한눈에 보였다.

"여기서부터 저기까지가 다 복숭아나무야."

아직 바람이 차가운 지금 시기엔 바짝 마른 가지만 가득했다. 그 사이를 향불을 올리러 오며 부모가 데려온 듯한 아이들만 신나게 뛰어놀고 있었다.

멀리서 종소리가 은은하게 울려 퍼졌다. 마음이 절로 편해지는 풍경이었다.

"복숭아꽃이 피면 예쁘겠다. 못 봐서 아쉽네."

"그때 어머님께 오자고 해. 어머님은 좋아하실걸."

"음, 그건 안 될 것 같아."

의아하다는 듯 나를 바라보는 남궁류청과 눈을 마주쳤다.

"나 이제 돌아가."

"뭐?"

"백리 세가로 돌아가기로 했어."

나는 놀란 듯 굳은 표정의 남궁류청을 향해 천천히 설명했다.

"오늘 아버지랑 얘기 나눴거든. 구체적인 날은 안 정했지만, 그래도 복숭아꽃 피는 건 못 보고 떠나지 않을까?"

"아……."

남궁류청은 약간 혼란스러운 표정이었다. 몇 번 눈을 깜빡이던 남궁류청이 담담하게 말했다.

"그렇구나. 알겠어."

살짝 놀랐던 것을 빼면 남궁류청은 아주 빠르게 원래의 모습으로 돌아왔다.

아쉽거나 불만스러운 기색은 하나도 없었다. 그 태연한 모습에 오히려 내가 서운할 정도였다.

그래도 꽤 친해졌다고 여겼는데, 친구라더니 어떻게 이렇게 아무렇지도 않을 수 있는 거지?

왜 나만 아쉬워하는 거야!

어쩔 수 없이 살짝 서운한 어조가 튀어나왔다.

"넌 아무렇지도 않아?"

"그럼?"

"……."

남궁류청이 오히려 내가 이상하다는 듯 타박했다.

"또 볼 수 있는 거잖아."

"그건 그렇지만……."

"보고 싶으면 보러 오면 되잖아."

"백리 세가랑 남궁 세가 간의 거리가 얼만데 쉽지 않지."

"어려울 것도 없지."

남궁류청이 뭔가 말하려 입을 열 때였다. 바스락. 마른 수풀이 흔들리는 소리가 들렸다. 크기가 작은 생명이었다.

'……강아지? 아니면, 고양이인가?'

내가 모르는 동물일지도, 하고 생각하기가 무섭게 고양이가 수풀 사이에서 튀어나왔다. 금색 눈에 귀부터 꼬리까지 모두 눈처럼 하얀 코트를 입은 고양이였다.

나를 향해 곧장 다가온 고양이가 내 발치를 맴돌았다. 옷자락에 살짝살짝 꼬리가 스치는 느낌이 들었다.

"뭐지? 사찰에서 키우는 고양이인가?"

사람에게 아주 익숙한 모습이었다. 조심스럽게 몸을 숙이자, 고양이가 발라당 드러누웠다.

"아, 귀여워!"

만져도 되려나?

나는 손을 뻗어 고양이를 쓰다듬었다. 손바닥에 매끄러운 털이 엉켜들었다. 내가 몇 번 쓰다듬자 갑자기 일어난 고양이가 내 무릎 위로 기어오르려 했다.

"뭐야? 안아 줘? 추워서 그런가?"

이렇게 사람을 따르는 고양이라니. 이게 바로 개냥이인가? 파고드는 고양이를 안아 들자 팔에 묵직한 무게감이 느껴졌다.

이렇게 안는 거 맞나? 뭔가 불편해 보이는데.

불편해 보이는 자세에도 고양이는 매우 얌전했다.

"너, 발톱 세우면 안 돼. 알겠지?"

나는 고개를 들어 남궁류청을 바라봤다.

"류청, 너도 만져 봐. 엄청 순해."

그때 남궁류청이 주춤 물러났다.

"응?"

"오지 마."

"왜 그래?"

"오지 말라고!"

······설마?

"류청, 너 고양이 무서워해?"

"아니야."

"그럼 왜······?"

내가 한 발 다가가자 남궁류청이 한 발 뒤로 물러났다.

"오지 말라고 했어!"

정말 화난 듯 버럭 소리치는 말에 당황할 때였다.

"에춰."

"엥?"

"에춰! 에춰!"

"에엥?"

남궁류청이 갑자기 연달아 재채기했다. 그리고 붉어진 눈가로 말했다.

"나, 나 몸이 이상해서. 그럼 이만."

남궁류청이 황급히 자리를 떠났다. 나는 그런 남궁류청의 모습을 황망하게 바라봤다. 이게 대체 무슨 일이야?

"류청!"

저거······ 저 반응 아무래도······.

조용히 있던 시비가 나서서 설명했다.

"도련님은 원래 고양이 가까이 가시면 기침에 발진이 일어납니다."

나는 이를 꽉 깨물고 웃음을 참았다.

'류청이······ 류청이 고양이 알레르기라니!'

웃으면 안 되는 일인데. 하지만…… 하지만…….

결국 나는 웃음을 터트렸다.

'안 어울린다고!'

콰아아아! 폭포 소리가 마치 우레와 같았다. 그 아래 그나마 물살이 거세지 않은 곳에서 한 소년이 튀어나왔다. 야율이었다.

깊은 산속의 계곡물은 얼음장과 다를 것 없었다. 야율은 그 속에 얼마나 오랫동안 있었는지 남달리 붉은 입술이 색을 잃다 못해 파리하게 변해 있었다.

'더워.'

그런데도 몸속의 열기가 전혀 가라앉지 않았다. 단전에서부터 심장으로, 온몸의 혈관을 타고 손과 발끝까지 퍼진 열기가 가라앉지 않고 맴돌았다.

원래도 가끔 잠을 이루기 힘들 정도로 열기가 오르긴 했지만, 이 정도는 아니었다. 천산염제의 심법을 배우며 더 심해진 것이다.

그 열기에 대해 천산염제는 별것 아니라는 듯 말했다.

"심법이 깊어지고 내공이 중후해질수록 열기는 더 심해질 것이다. 그 고통을 이겨 내면 사는 거고 아니면 죽는 거지."

극양지체의 열기로 고통에 정신을 놓기 전 제어할 줄 알게 된다면 살 수 있다는 뜻이었다. 만약 저 말을 할 때 백리연이 있었다면 사기꾼이라 했을 것이다.

야율은 천산염제에게 제자가 되겠다는 뜻을 밝히자마자 알 수 없는 심산유곡에 납치당하다시피 끌려왔다. 그리고 천산염제에게 제자로서 배례한 후 가장 먼저 심법을 전수받았다.

보통 심법은 하루 이틀 만에 익힐 수 있는 게 아니었다. 하지만 극양지체, 수명과 고통을 대가로 바친 천재적인 재능, 착 달라붙는다고 느낄 정도로 몸에 딱 맞는 심법이 만나 고작 며칠 만에 완벽하게 익힐 수 있었다.

흡성마공으로 익힌 것이 사라진 건 아니었다. 다만 그보다 더한 질 높은 내공이 마공의 겉을 감싸듯 억누르는 형식이었다.

'연이는 이것도 볼 수 있으려나?'

백리연은 야율에게 자신의 능력을 대략 알려 주었다. 붙어 있는 시간이 길었고, 금안까지 들켜 버린 데다가 야율의 몸을 제대로 살펴보고 싶었기 때문이다.

하지만 야율은 백리연이 설명하기 전에도 뭔가 숨기는 것이 있다는 걸 눈치챘다. 눈동자의 움직임 때문이었다. 아무것도 없는 허공을 더듬고, 벽이라도 들여다보면 곧이어 그 방향에서 사람이 나타났다.

물론 백리연이 이를 티 나게 행동하진 않았다. 늘 조심스러웠다. 다만 백리연이 조심하는 것보다 그녀를 관찰하는 야율의 시선이 더 깊었던 것뿐이었다.

사람을 관찰하는 것은 그의 습관과도 같았다. 어릴 적부터 아무것도 할 수 없던 집에서 그가 할 수 있는 것이라곤 사람 관찰뿐이었기 때문이다.

그때 바위 너머에서 기척이 느껴졌다.

"여기 옷이다."

천산염제의 심공을 익히며 내보낸 노폐물과 땀으로 의복은 다시 세탁하여 쓰지도 못할 지경이었다.

"감사합니다."

야율은 물속에서 나와 옷을 모두 입고 아직도 물이 뚝뚝 떨어지는 머리를 한 채 물었다.

"이제 돌아가는 겁니까?"

차가운 물속에서 허옇게 질려 있던 뺨에 옅은 홍조가 돌았다. 그 꼴을 보자 천산염제는 왠지 심기가 꼬여 입매를 비틀며 말했다.

"원래는 그러려고 했지만 좀 더 있어야겠다."

"……어찌해서요?"

"시키는 대로 할 것이지 뭔 질문이 그리 많으냐!"

"……."

침울해진 야율의 낯빛에 만족한 천산염제가 선선히 설명해 주었다.

"남궁 세가에 지금 무림맹주가 와 있다."

무림맹주의 이름은 위지백. 백도 무림 정파 연합의 수장으로 천하 십일강으로 꼽히는 사람이었다.

"무슨 일 때문인지는 나도 모른다."

천산염제가 거의 드러눕듯 방만한 자세를 하며 손을 내저었다.

"하지만 넌 천귀조 사건의 생존자이지 않으냐? 천귀조 사건을 언급했다가 맹주가 널 보고 싶어 할지도 모르니 떠날 때까지 그냥 여기서 좀 너 수련이나 하여라."

"얼마나 머물까요?"

"그걸 내가 어떻게 알아?"

천산염제는 꽤 짜증 나 보이는 야율의 표정을 보고 조소했다.

"뭐, 맹주도 시간이 남아돌진 않을 테니 오래 걸리진 않을 거다."

심법을 전수받고 수련하는 내내 표정에 변화라곤 하나도 없던 아이였다. 통증이 꽤 심할 텐데도 너무 멀쩡해 보이는 모습에 자신의 기억이 잘못됐는가 싶을 정도였다.

하지만 백리연 이야기가 나오자마자 바로 여러 표정을 내보였다. 그나마 아이 같다 할 수 있는 모습이었다. 범상치 않은 어린 시절을 보낸 것이 분명했다.

천산염제는 야율의 거절에 처음에는 어처구니가 없었고 화가 치솟았다가 종래엔 의문이 들었다. 제자를 원하는 절박한 마음은 둘째 치고서라도 정말 이유가 궁금하여, 진지하게 까닭을 물어보기도 했다.

대답이 가관이었다.

"죽이고 싶은 사람이 있어서요."

죽이고 싶은 사람이 있는데, 힘을 가지면 바로 죽일 것 같다는 게 이유였다. 천산염제는 그 말에서 아주 어릴 적부터 억눌렀던 살의를 엿보았다.

저런 살의를 오랜 기간 쌓아 왔다면, 마공을 배우는 것도 어렵지 않았을 것이다. 그런데 이제 와 억누르려 한다는 게 놀라웠다.

"죽이고 싶으면 죽이면 되지. 나 정도의 힘을 가진다면 네가 몇 명 때려죽인다고 해도 아무도 네게 뭐라 못 할 것이다."

"백리 대협께서도 아무 말 못 하실까요?"

"……"

천산염제는 말문이 막혔기에…… 매우 자존심이 상했다. 화가 나서 백리연의 처소라는 것도 잊고 마당에서 야율의 멱살을 잡고 탈탈 털 정도로.

천산염제가 입을 열었다.

"아니면 네 얘기나 좀 해 보든지. 천귀조와는 어쩌다 얽히게 된 것이야?"

배사지례를 올리고 진짜 제자가 되었으니, 이제 그들은 은원을 함께하게 되었다.

"네 스승으로서 때려죽일 놈들은 알아야지 않겠는가?"

천산염제가 남의 사정에 관심이 깊은 사람은 전혀 아니었다. 야율이 아무리 그의 제자라 한들 이렇게 물어볼 만큼 궁금하지는 않았다.

살다 보면 알게 될 테고, 모른다면 몰라도 될 일일 테고.

그것이 천산염제의 평소 태도였으나, 야율의 일이라면 달랐다. 야율의 심마를 막기 위해서라도, 그에 대해서 알아야 했다.

심마란 마음, 즉 정신이 마에 지배당하는 것을 말한다. 무공 수련에 방해가 되는 것은 물론이며, 재수 없으면 주화입마에 빠질 수도 있었다. 부정적인 감정, 복수심, 증오, 살의가 심마에 가장 쉽게 영향을 미치는 것이었다.

딱 봐도 야율의 수련을 저해할 최악의 방해물인 것이다.

즉, 천산염제는 야율이 과거의 일에 미련 두지 않고 오롯이 수련에만 집중했으면 했다.

입을 꾹 다문 야율과 몇 번의 실랑이 끝에, 천산염제가 성질에 맞지 않게 어르고 달래며 남궁 세가 근방에 있다가 무림맹주가 떠난 걸 확인하자마자 돌아가게 해 주겠다는 당근까지 내밀고 나서야 야율의 입이 열렸다.

"제 모친의 성은 벽이고 함자는 기 자 현 자입니다."

실랑이를 통해 인내심이 바닥이다 못해 해저에 박힌 천산염제가 버럭 소리쳤다.

"네 모친의 성함을 듣는다고 내가 어찌 알…… 뭐? 벽기현?"

벽기현. 한때 손꼽히는 후기지수로 백리의강, 남궁완 옆에 나란히 거론되던 이름 중 하나였다. 대단한 실력의 검객으로도 이름을 떨쳤지만, 벽기현을 더 유명하게 만들었던 건 일단 한번 보면 눈을 뗄 수 없을 정도로 아름답던 외모와 온화한 품행, 그리고 독특한 출신이었다.

벽기현의 원래 신분은 노비였다. 부모가 노비였기에 벽기현은 기억도 제대로 못 하는 어린 시절부터 이리저리 팔려 다녔다.

그러다 무가인 벽가장으로 팔려 갔다. 그곳에서 벽기현은 검을 배우게 되는데, 그 자질이 대단해 결국 벽가의 양자로 입적될 정도였다. 대단한 자질에 형산파의 장문인이 직계 제자를 제안할 정도였다.

하지만 그녀는 벽가의 은혜를 저버릴 수 없다며 거절한다. 벽가에게는 더없이 영예로운 일이기도 했지만, 대문파 장문인의 직계 제자가 된다면 가문을 위해 봉사할 수 없기 때문이었다. 그렇게 백도 무림의 빛나는 후기지수였던 벽기현은 어느 날 갑자기 소식이 뚝 끊어졌다.

그 시각. 남궁 세가의 창경각.

백색 무복 차림의 기골이 장대한 반백의 사내가 창격각 안으로 들어섰다. 검은색 호피가 깔린 태사의에 앉아 있던 남궁 세가주, 남궁무철이 웃으며 맞이했다.

"어서 오게나, 위 맹주."

"오랜만입니다, 전 맹주님."

백도 무림 정파 연합인 무림맹의 수장이자 천하 십일강 중 한 명인 위지백이었다. 포권지례를 올리는 위지백에게서는 용맹한 기개가 절로 풍겼다.

남궁무철이 웃으며 말했다.

"전 맹주가 무엇인가? 그냥 남궁 세가주라고 부르게."

"그러도록 하지요."

짧게 답한 위지백은 곧장 남궁 세가주 곁에 선 남궁완을 보며 말했다.

"소가주도 오랜만일세. 한 이 년 만인가?"

"그쯤 된 것 같군요."

"가끔 얼굴도 비추고 그러게나. 자네는 후배들의 귀감이니."

"허명일 뿐이지요."

"벌써 아들의 위명도 대단하던데."

"오늘 근처 절로 참배를 가서 인사드리지 못하게 되었습니다."

고개를 끄덕인 위지백이 남궁완 맞은편에 자리한 백리의강을 보았다.

"단주도 오랜만일세."

백리의강이 담담하게 두 손을 모았다.

"맹주님께 인사 올립니다."

남궁무철이 수염을 쓰다듬으며 설명했다.

"의강도 맹에 적을 둔 이니 함께 불렀네."

"예. 상관없습니다. 저야 한 번에 보면 편하고 좋지요."

"모두 앉지."

가장 배분이 높은 남궁 세가주의 말에 위지백이 마련된 자리에 앉았다.

위지백이 남궁 세가주를 보며 말했다.

"얼굴이 많이 좋아지셨습니다."

"그런가?"

"이 자리에 오르고 보니 알겠습니다. 여기서 투덜 저기서 투덜, 종일 하는 거라고는 징징거리는 놈들 입을 어떻게 다물게 해 줄지 고민하는 것뿐이더군요."

"이제 내 고충을 알아주는 사람이 한 명 더 생겼군."

껄껄 웃은 남궁 세가주가 온후하게 말했다.

"자네는 잘할 수 있을 것이야."

"열심히 해야지요."

"그럼. 한창 바쁠 시긴데, 여긴 어쩐 일인가?"

위지백이 땅이 꺼져라 한숨을 내쉬었다.

"뭘 숨기겠습니까? 남악회와 천소보요채의 싸움이 나날이 격해지고 있어 중재해 달라는 요청이 들어왔습니다. 이 일로 향하다 근방에 남궁 세가가 있어 잠시 들렀습니다."

남궁 세가주가 고개를 주억거리며 말했다.

"음, 나도 들었네. 벌써 몇 번 소요가 일어났다고. 둘 다 세가 크니 정말로 칼을 빼 들면 많은 피가 흐를 게야."

둘은 세력이 비슷했다. 제대로 격돌한다면 양쪽 모두 회복하기 힘들 처참한 피해를 볼 것이 뻔했다. 당연히 양쪽 다 그 정도의 싸움을 하고 싶어 하진 않았다.

하지만 자존심에 화해하지 못하고 있었다. 자존심 상하지 않게 화해할 명분이 필요했고, 그것이 무림맹주가 남악회와 천소보요채로 향하는 이유였다.

그때 남궁완이 찻잔을 내려놓으며 입을 열었다.

"하면 그 아이는 왜 데려온 것입니까? 반갑지 않은 손님, 아니 손님도 아니지요. 불청객을 데려오셨던데요."

위지백이 인상을 찌푸리며 말했다.

"소가주, 자중하게."

남궁완은 조소 어린 낯으로 찻잔을 들었다. 위지백도 언짢은 기색으로 찻잔을 들었다. 남궁 세가주는 둘의 분위기가 험악해지든지 말든지 허허 웃을 뿐이었다.

늦은 저녁. 간단하게 차린 탁자 중앙에는 내가 포장해 온 음식이 놓여 있었다. 윤기가 좌르르 흐르는 돼지 뒷다리 살이 김을 모락모락 내머 길색 연잎 위를 장식했다.

나는 아버지를 보며 눈을 동그랗게 떴다.

"맹주님이 오셨다고요?"

정말 의외의 소식이었다. 이런 일이 일어날 때마다 새삼 내가 아는 미래가 바뀌고 있다는 것이 느껴졌다.

"그래. 너도 뵈었다면 좋았을 텐데 말이다."

"그러게요."

대답은 했지만, 과거에 몇 번 마주한 적 있어 진짜 보고 싶지는 않았다.

위지백. 전형적인 강직한 무인상으로 평가도 이와 비슷했다. 회귀전에 아버지 때문에 나와 몇 번 마주쳤을 때 태도가 정중해, 괜찮은 사람 같다는 생각을 했다.

하지만…… 열 길 물속은 알아도 한 길 사람 속은 모른다지 않나? 위지백은 저 말에 딱 들어맞는 사람이었다.

세간에 위지백은 별다른 뒷배 없이 실력 하나로 무림맹주에 올랐다 알려져 있었다. 그리고 본인은 그 자리에 별 미련 없는 것처럼 얘기하고 다녔다. 좋은 후배가 나타난다면 언제든지 이 자리를 넘겨주겠다며, 그날을 고대한다 말하며…….

하지만 진짜 권력에 관심 없는 사람이 왜 무림맹주 자리에 오르겠는가?

위지백은 어마어마한 권력욕의 화신이었다. 자신의 권력을 위협하는 자가 있으면 가차 없이 축출해 내고 앞길을 방해했다.

가령…… 남궁류청 말이다.

남궁류청이 갖은 고생을 해서 사건을 해결하면 갑자기 나타나 그 공을 홀라당 집어먹는 식이었다.

지금 쉰에 가까운 위지백은 십 년 후에는 예순밖에 되지 않는다. 원래도 노화가 느린 절대고수인데, 세월과 함께 내공이 깊어지는 이 세계에서 예순은 한창 내공이 중후할 시기였다. 그런 자에게 남궁류청이 떠오르는 태양이라 한들, 어떤 위험이 되겠는가?

그런데도 위지백은 남궁류청을 경계하기 바빴다.

'정말 치졸한 사람이었지.'

하지만 그렇다고 버리기는 애매한 사람이었다. 천하 십일강에 이름을 올린 만큼, 무력 하나만큼은 대단했기 때문이다.

현재 강호는 아슬아슬한 균형 상태였다. 천하 십일강에 이름을 올린 백도 무림의 절대 고수가 다섯. 한 명이라도 빠지면 흑백 세력 싸움에서 크게 밀리는 것이었다.

참고로 천산염제는 정사지간으로 취급된다. 정파도 사파도 아닌, 그러니까 백도도 흑도도 아닌 개인 세력으로 여겼다. 하지만 남궁 세가에 큰 문제가 생긴다면, 천산염제가 모른 척할 리 없었다. 그러니 굳이 따지자면 백도에 가깝긴 했다.

그렇게 유지되는 균형이었다.

'뭐, 어찌 되었든 미래의 일이었지만.'

수육을 집어 먹은 아버지가 살짝 감탄했다.

"맛있죠!"

"향하루 음식이구나."

"어? 맞아요! 아버지가 어떻게 아세요?"

"남궁완과 몇 번 가 봤단다."

나는 충격에 빠져 아버지를 보았다.

"그런데…… 세세 왜 안 알려 주셨어요!"

"음?"

감히 아버지께 실망이라고 말할 수 없어 그냥 뾰로통하게 바라보고 야율을 돌아보았다.

"야율, 어때? 맛있어?"

야율이 눈을 깜빡이다 고개를 끄덕였다. 그리고 작게 중얼거렸다.

"······고마워."

나는 많이 먹으라고 하며 머리를 쓰다듬었다.

"너도 먹어."

"나 완전 배불러."

윤기가 좌르르 흐르는 수육을 보자 입맛이 돌았지만, 이미 목구멍까지 꽉꽉 눌러 넣은 상태였다. 심지어 이 상태로 마차도 탔다가 토할 뻔했다.

"나 거기서 두 공기나 먹었거든. 류청은 세 공기나 먹었어. 처음에 객잔 들어갈 때는 완전 떫은 표정이더니. 하하."

야율이 갑자기 젓가락을 내려놓고 말했다.

"남궁 공자?"

"응. 원래 안 간다고 했는데, 무슨 바람이 불었는지 마차에 있더라고."

나는 야율의 머리를 또 쓰다듬었다. 야율의 표정이 풀어지고 밥을 다시 먹기 시작했다.

아버지가 걱정스럽다는 듯 말했다.

"네가 두 공기나 먹었다니, 의약당에 소화제를 달라고 해야겠구나."

또 약이라니!

나는 재빨리 말을 돌렸다.

"그런데 맹주님은 무슨 일로 오신 거예요?"

"지나가는 길에 남궁 세가주님의 얼굴을 뵈러 온 거란다."

"그렇구나."

"그리고······."

아버지가 말을 흐리며 야율을 보았다.

"천귀조가 귀주성으로 도망쳤다더구나."

야율의 젓가락질이 멈췄다.

대단한 놈이었다. 아버지를 마주치고 두 번이나 살아 나가다니.

아버지가 말을 이었다.

"그리고 맹주님께서 야율, 널 한번 보고 싶다고 하셨다. 자리를 비워 다행이었지."

헉, 그건 진짜 다행이었다.

아버지가 무림맹주를 배웅하고 야율이 돌아온 시간을 듣고 가늠해 보자 신기할 정도로 딱 맞게 엇갈렸다.

"조심하거라."

"예."

야율은 입맛이 뚝 떨어져 버린 듯했다. 안쓰럽게 바라보던 나와 눈이 마주치자 괜찮다는 듯 희미하게 웃고 다시 먹기 시작했다.

그리고 다시 아버지가 입을 열었다.

"음, 그리고 연이 너도 알아 두는 게 좋겠구나."

"뭘요?"

"벽 공자를 만났단다."

처음에는 누군지 바로 기억나지 않았다.

"……아! 기억났다. 실마 아버지가 말씀하신 벽 공자가 그…… 기련회의 벽성율 공자인가요?"

딸그락. 젓가락이 접시로 떨어지는 소리였다. 나와 아버지가 돌아보자 야율이 고개를 숙였다.

"죄송합니다."

야율은 아무렇지도 않게 젓가락을 다시 집어 들었다.

'이상한데.'

야율의 낯빛, 행동 모두 평소와 다를 것 없었다. 하지만 촉이랄까, 이상하다는 느낌이 들었다. 눈을 가늘게 뜨고 야율을 바라본 나는 일단은 하던 대화를 계속 이어 갔다.

"벽 공자라니, 세상에 무슨 낯으로 찾아왔대요?"

"사죄하러 왔다더구나."

"와, 뻔뻔해라."

"연아. 사죄하러 온 이에게 그리 말하면 안 되니라."

"흥! 중해 오라버니한테는 사과하셨대요?"

이번엔 아버지가 내 머리를 쓰다듬었다.

"우리는 우리의 사과를 받았으니 그 둘의 연은 둘이 풀어야겠지. 다만, 악가와는 잘 풀어 낸 것 같다. 벽 공자도 반성하고 일반 맹원으로 봉사하기로 했단다."

"뭐어…… 그렇다면야……."

대단하네. 나라면 용서 못 할 텐데.

그리고 일반 맹원들이 불쌍해졌다. 저런 사람을 어떻게 믿고 등을 맡기겠는가?

나는 아버지를 물끄러미 바라보다 문득 궁금해졌다.

"아버지, 만약 아버지가 중해 오라버니 같은 일을 겪었다면 어쩌셨을 거예요?"

아버지는 곰곰이 생각해 보더니 답했다.

"아마도…… 용서할 것 같구나."

나는 눈을 가늘게 떴다. 마음에 들지 않아서다. 하지만 마음속에 새겨 놓기로 했다. 아버지를 따라서 용서…… 용서…….

'하기 싫은데. 아, 아니야. 아버지를 따라야지.'

나는 고개를 끄덕였다가 저었다가 혼자 난리를 치고 물었다.

"그럼요. 만약에…… 제가 그런 일을 겪었다면요?"

순간 아버지의 표정이 싸늘하게 굳었다. 이어 뚝. 갑자기 아버지가 들고 있던 젓가락이 부러지더니 그대로 바스러졌다. 놀라 눈을 깜빡이던 나는 환하게 웃었다.

"헤헤, 용서 못 하시는 거죠! 그렇죠!"

아버지가 내 시선을 피했다.

"수육이 참 맛있구나."

하하, 말 돌리시기는!

나는 아버지를 위해 더는 캐묻지 않기로 했다.

조금 뒤에 아버지가 다시 입을 열었다.

"벽 공자가 그런 일을 벌이긴 했지만…… 벽가 사람 모두가 그런 건 아니란다."

나는 고개를 갸웃 기울였다.

"기개 넘치고 도량이 넓은 이도 있다."

"흐음, 그래요? 누구요?"

아버지가 이렇게 칭찬하는 사람은 드물었다. 벽가에 아버지가 칭찬할 징도의 유명인이 있었다넌 내가 기억하시 못할 리가 없을 텐데.

내 속마음을 읽은 것처럼 아버지가 말했다.

"벽가의 벽기현. 벽 소협. 아마 너는 들어 본 적 없을 거란다."

벽기현?

아버지 말씀처럼 전혀 들어 본 적 없었다.

"대충 십 년…… 아니구나, 벌써 십이 년이 넘었구나. 벽 소협이 모습을 감춘 지가. 당연히 네가 모를 수밖에."

십 년 전 고수라니. 강산이 변하고도 남을 시기다. 강자가 별처럼 많은 강호에서 십 년 전 이름을 날렸다면 모를 수밖에 없었다. 게다가 소설에서도 등장한 적 없는 듯하고.

"어…… 그럼 죽은 건가요?"

이름을 날리던 고수가 갑자기 사라지면 보통 그런 결말이었다. 아무도 찾지 못하거나 알아보지 못할 곳에서 싸우다 죽는…… 그런 식이었다.

"글쎄. 알려진 건 없구나."

나는 괜히 목이 타 찻잔을 들었다.

아버지는 예전 일을 떠올리듯 허공을 바라보며 말을 이었다.

"아마도 악가가 벽 공자의 일을 넘어가기로 한 것은…… 예전에 벽 소협이 악가 자제의 목숨을 살린 일 때문일 거란다."

"……벽 공자는 운이 좋네요."

"강호의 은원이란 그런 법이지. 나 또한 신세까지는 아니지만 벽 소협에게 도움을 받은 적 있단다."

"아버지가요? 와……."

"대단한 여인이었다."

"헉, 여자였어요?"

"그래."

나도 모르게 당연히 남자로 생각하고 있었다.

'아, 창피해.'

아버지가 부드럽게 웃으며 찻잔을 들었다.

"그러고 보니 벽 소협도 야율처럼 눈가에 점이 있었다."

"그래요?"

고개를 끄덕인 아버지의 시선이 야율을 향했다. 찻잔을 입가로 가져가던 아버지의 손이 굳었다. 야율은 아까부터 젓가락질을 멈춘 상태였다.

'뭐지? 분위기가 왜 이래?'

나는 아버지와 야율을 번갈아 보고 물었다.

"둘 다 벌써 다 먹은 거예요?"

나는 잔뜩 남은 수육을 보고 시무룩해졌다.

'맛있다더니⋯⋯.'

둘의 입맛에는 별로인 모양이었다.

올겨울은 다를까 싶었는데, 결국 막바지에 고뿔이 걸리고 말았다.

이월 중순이 되어서야 겨우 고뿔이 나았고, 날도 풀리기 시작하여 슬슬 귀가 준비를 시작했다. 하지만 이상하게 귀가 준비가 매우 느렸다.

내 생각엔 우리가 조금 더 머물기를 바라는 누군가가 손을 쓴 것 같았다. 아버지도 이를 모를 리가 없었나. 하지만 그냥 혀를 한 번 차고는 "모르는 척하거라." 말하고 넘어가 주었다.

그 시간 동안 나도 한 명씩 작별 인사를 했다.

남궁류청과의 작별은 이게 끝? 이라는 의문이 들 정도로 담백했는데, 오히려 야율이 미련이 넘쳤다.

영약을 들고 수향문으로 날아간 서하령은 내가 떠날 때까지 돌아오지 못했다. 내가 준 영약을 먹고 열심히 내공 수련 중이라고 했다.

영약을 먹는다고 바로 끝나는 게 아니라, 그 영약의 힘을 천천히 녹이는 시간이 필요했다. 그때 제대로 몸에 영약을 녹여 내느냐, 녹이지 못하느냐로 영약의 흡수율이 달라졌다.

나는 혹시나 서하령의 수련에 방해가 될까 봐, 수향문 사람들에게 내가 떠난다는 말을 하령이에게 알리지 말라고 당부했다.

귀한 영약을 먹었는데 날리면 안 되지 않겠는가?

그리고 매우 놀랄 일도 있었다. 장 부인께 서신을 하나 받았는데…… 감사 편지였다.

장철이 조금 정신을 차렸다고 한다! 더는 천 공자 일행과 어울리지 않고, 사람을 패지도 않고, 더 놀라운 건 때렸던 다른 가문 공자에게 사과까지 했다는 것이다!

'세상에. 그런 말도 안 되는 설교가 통하다니!'

귀신이 곡할 노릇이었다.

어쨌든 시간은 착실히 흘렀고, 정원에 흐드러지게 피었던 목련이 바닥으로 뚝뚝 떨어질 때쯤 질질 끌던 출발 준비도 끝났다. 그리고 남궁 세가에 들어왔을 때부터 계속 나와 함께 지냈던 시비, 금쇄도 함께 갔으면 한다는 말을 했다.

"굳이 그럴 필요가 있을까요? 고생일 텐데. 일단 아버지께 여쭤볼게요."

나는 소부인을 향해 살짝 곤란함을 내비쳤다. 아버지께 거절해 달라고 해야지, 라고 생각할 때 소부인이 말했다.

"이미 백리 대협과 이야기도 다 끝났단다. 네 허락만 있으면 된단다.

내 너 혼자 보내기 너무 걱정되어서 그런다……."

소매로 입가를 가리는 소부인의 눈초리가 처연하게 늘어졌다.

"알겠어요. 그렇게 걱정하신다면 어쩔 수 없죠!"

나는 바로 넘어갔다.

돌아가는 길은 창흥표국이란 곳과 함께하기로 했다. 표국은 현대로 치면 서신 전달과 물품 운송, 호위, 경비 등의 일을 하는 사업체라고 보면 되었다. 창흥표국은 남궁 세가와 주로 거래하는 표국으로 운 좋게 백리 세가 근방을 지나가는 표행이 있었다.

떠나는 날, 남궁완 아저씨와 소부인이 배웅 나왔다.

"류청은…… 전날 인사했으니, 됐다더구나."

소부인이 입술을 깨물다 힘없이 말했다. 마치 본인이 죄스러워 어쩔 수 없다는 느낌이었다.

"괜찮아요."

나는 손을 내저었다.

남궁류청은 지금…… 삐졌다. 내가 남궁류청의 제안을 거절했기 때문이다!

출발이 질질 늘어지는 새 벌써 복숭아꽃이 만개했다. 그러자 남궁류청은 내게 천암사를 구경하고 떠나는 게 어떠냐고 권했다. 하지만 야율이 천산염제와 떠날 날이 얼마 남지 않아, 어쩔 수 없이 눈물을 머금고 거절했다.

그러자…… 삐진 것이다!

하하, 귀엽지 않은가?

'조금 미안하기도 하고…….'

누군가에게 놀러 가자고 제안하는 건 처음이었을 텐데.

"됐다. 그런 치졸한 놈. 흥, 누굴 닮아 그리 속이 좁은지 모르겠구나."

사정을 아는 남궁완 아저씨가 코웃음 쳤다. 그러곤 내 어깨를 잡고 인상을 잔뜩 찌푸린 채 말했다.

"누군가 괴롭히는 사람이 있으면 언제든지 서신을 보내거라. 내 당장 달려갈 테니."

표정은 좀…… 당장 사람 죽이러 갈 것 같은 느낌이었는데, 눈빛에 걱정이 가득 담겨 있었다. 내가 백리 세가로 가는 것을 전쟁터, 혹은 마귀 소굴로 돌아간다고 여기는 듯한 느낌이었다.

"특히 그 쌍둥이 놈들. 또 그런 짓을 벌이면 당장 말하거라!"

"괜찮아요, 괜찮아. 쌍둥이들은 둘 다 할아버지 명으로 벌받으러 갔다고요."

"나도 들었다. 그래도 언젠가는 돌아오지 않겠느냐!"

"상공, 백리 소저가 겁먹겠습니다."

남궁완이 헛기침을 하며 내 어깨에서 손을 뗐다.

소부인의 말은 아주 적절했다. 소부인의 말대로 나는 약간 겁먹은 상태였다.

나는 내게 커다란 그림자가 드리우는 것을 질색했다. 거기에 내 어깨를 잡고 다그치는 듯한 모습.

'언제 괜찮아지려는지.'

나는 마른침을 삼키며 최대한 태연하게 한 발 물러났다. 내 몸인데 내 마음먹은 대로 되지 않는다니. 답답해서 살짝 화도 났다.

그래도 예전보단 훨씬 나아졌다.

속으로 한숨을 내쉬고 나를 따라오기로 한 시비, 금쇄를 돌아보았다. 나는 금쇄가 들고 있던 상자를 건네받아 남궁완에게 넘겼다.

그러자 남궁완이 물었다.

"이게 무엇이냐?"

"열어 보시면 아실 거예요!"

손바닥 두 개 크기의 작은 나무함이었다. 상자를 연 남궁완이 미간을 좁혔다.

"이게 무엇이냐, 향낭?"

향낭에는 분홍색의 꽃이 수놓아져 있었다. 꽃 부분은 차마 말하기 힘든 수준이었지만, 가지와 잎사귀 부분으로 갈수록 점차 일취월장했다.

"이걸 왜 주는 게냐?"

"와, 설마 잊어버리신 거예요? 안 되겠다. 돌려주세요!"

"아니, 준 걸 왜 도로 가져가느냐!"

남궁완은 재빨리 내 손을 피해 등 뒤로 숨겼다. 다급한 손길엔 무공도 묻어 있었다. 곰곰이 생각하는 듯하더니, 이내 떠오른 듯 눈을 부릅떴다.

"아니, 이걸 대체 언제……? 나도 잊어버리고 있었거늘."

이해했다. 산사태에 실종된 상태로 두 달이 지났는데 향낭이고 나발이고 약속이 기억났겠는가?

나는 턱을 치켜들고 뽐내듯 말했다.

"약속했으니까요."

벌써 아주 오래된 일처럼 느껴졌다. 남궁완 아저씨를 백리 세가 외문에서 만나고, 선물을 주네 안 주네 실랑이하던 일이.

'그때는 이렇게 될 줄 전혀 몰랐는데.'

"연이 너는 정말……."

아저씨가 복받치는 감정을 억누르듯 이를 꽉 깨물었다.

참고로 저 향낭에는 비밀이 있었다. 그러니까 저 향낭의 삼 분의 이는…… 남궁류청이 수놓은 것이다.

아저씨는 절대 다른 사람 손을 빌리면 안 된다고 하셨지만 어쩔 수가 없었다.

'손바닥이 찢어져 버린걸.'

내가 하지 않으려던 게 아니고…… 손을 한동안 움직일 수가 없어서…….

어, 쩔, 수, 없, 이! 남궁류청을 시킨 것이다.

처음에는 남궁류청에게 시킬 게 없을까 고민하다 나온 반 장난이었다. 그런데 가르쳐 주자마자 남궁류청이 나보다…… 수를 훨씬 잘 놓는 게 아닌가!

심지어 처음에 질색하던 남궁류청은 하다 보니 승부욕이 드는지 점점 발전했다. 섬세한 데다 꼼꼼하고 빠르기까지!

젠장…… 이게 바로 하늘이 내린 천재인가? 천재는 바느질도 잘하난 말이다! 하늘이 원망스럽긴 오랜만이었다.

그때 갑자기 아저씨가 나를 와락 끌어안았다.

"의강이 널 조금만 덜 아꼈다면……."

덜 아꼈다면 뭐?

남궁완 아저씨는 말을 멈추고 한참을 그리 안고 있었다.

"상공, 마음은 이해합니다만, 이제 놓아주시지요. 슬슬 출발해야지요."

"의강이 잘해 주지 않으면 언제든 오거라."

"아버지는 언제나 제게 잘해 주시는 걸요."

"완, 허튼 생각 말게."

코웃음을 친 아저씨가 나를 한 번 더 꽉 끌어안고 풀어 줬다.

와, 뼈 부러지는 줄 알았네!

나는 몸을 일으키던 남궁완 아저씨를 붙잡고 귀에 소곤거렸다. 내 말이 끝나자 남궁완 아저씨는 웃지도 울지도 못하는 기묘한 얼굴이 되었다.

그런 남궁완 아저씨를 뒤로하고 소부인이 다가와 나를 살포시 끌어안았다. 나비 날갯짓 같은 움직임에 은은하게 향기로운 꽃향기가 풍겼다.

그리고 손목에 무거운 무언가가 걸렸다.

소부인이 떨어지고 나서 나는 손목에 걸린 것을 확인했다. 그냥 보아도 무척 귀해 보이는 백옥 팔찌였다. 회귀 전 아버지가 선물했던 귀한 물건들로 고급품을 알아보는 내 안목도 꽤 높아진 상태였다. 그리고 이 옥팔찌는 아버지가 주셨던 선물 중에서도 비견할 만한 걸 찾기 힘들 정도였다.

"어……."

"내 혼수로 가져왔던 거란다."

"네에?"

소부인이 부드럽게 내 머리와 뺨을 쓰다듬었다.

"딸이나 며느리에게 물려줄 생각이었는데, 네가 가졌으면 좋겠구나."

나는 입만 뻐끔거리며 아버지를 보았다. 아버지, 빨리 뭐라고 해 봐요! 너무 귀하다고, 괜찮다고!

그런데 아버지가 옅은 한숨을 쉬며 말했다.

"그냥 받거라."

"네에? 아버지!"

나는 팔짝 뛰었다. 아버지가 살짝 내 시선을 피하며 말했다.

"여기서…… 소부인을 이길 수 있는 사람은 없단다……."

"……."

나는 부들부들 떨리는 손으로 헐렁거리는 백옥 팔찌를 빼 품에 소중하게 안았다.

"가, 가보로 여길게요."

소부인이 옥구슬 흘러가는 듯한 음성으로 웃음을 터트렸다. 서로 줄 것도 다 주었고, 할 말도 끝냈으니 이제는 정말 출발할 시간이었다. 남궁완과 소부인이 두세 발 뒤로 물러났다.

남궁완 아저씨가 아버지를 보며 말했다.

"잘 가라."

"그래."

누가 보면 내일 다시 만나는 줄 알 정도로 아주 삼삼한 작별 인사였다. 그렇게 복숭아꽃이 만개한 날 남궁 세가를 뒤로했다.

회귀 전에 남궁 세가에 머문 기간은 대충 두 달 반 정도였다. 그런데 지금은 남궁 세가에서 신년을 보내고 춘삼월이 지나서야 떠났다.

'반년이나 머무를 줄이야.'

그래서일까, 저번과 달리 떠나는 길이 무척 아쉬웠다. 나는 남궁 세가의 지붕조차 보이지 않을 때까지 고개를 내밀고 있었다.

말을 타고 계시던 아버지가 내 머리를 살짝 쓰다듬었다.

"이렇게 미련이 넘치면 남궁 세가에 남지 그랬느냐?"

아버지를 올려다본 나는 입을 비죽였다.

"그거랑 이건 다르죠."

"마음을 정했다면 돌아보지 말거라. 내게 호통치던 그 아이는 어디 갔느냐?"

나는 눈을 동그랗게 뜨고, 억울한 모함에 항의했다.

"호통이라뇨? 그 정도는 아니었거든요!"

"내 귀에는 벼락처럼 들렸단다."

그, 그렇게 놀라신 건가?

아버지의 담담한 옆모습을 보고 주먹을 쥐었다.

그래. 내가 떠나자고 해 놓고 이렇게 아쉬워하는 모습을 보이면 어떡하는가? 아버지도 후회하시지 않겠는가? 정말 아버지다운 위로기도 했다.

"이제 들어가거라. 바람이 차다. 눈도 부시지 않느냐?"

나는 고개를 끄덕이고 머리를 집어넣었다. 마차에 함께 타고 있던 금쇄가 아직 시린 바람이 들어오는 창문을 꼼꼼히 닫았다.

멀어지는 마차를 보며 소부인이 처진 음색으로 말했다.

"류청은 끝까지 안 왔네요."

"애들이 뭐 그렇지 않소. 류청이 빠지다니 내 참 어이가 없어서."

남궁완이 소부인의 손목을 바라보며 말했다.

"그런데 그 팔찌는 조금 과한 것 아니오? 과거에 황족을 구하고 받은 보물이라고 들었소만."

"……미안해서 그러지요."

"무엇이?"

"처음에…… 당신이 백리 소저와 류청을 붙이지 말라 했을 때, 제가 했던 생각들이요."

소부인은 류청이 내공 폐인인 아이에게 관심을 가질 리 없다 여겼다.

"어느새 저도 모르게 아이의 무공 실력을 그 아이의 가치로 평가하고 있더라고요."

"……"

남궁완 또한 당시 부인의 태도에 불만이 있었다. 하지만 부인이 백리연을 박대한 건 아니었다. 오히려 살뜰하게 보살피며 신경 썼다. 태도 자체는 흠잡을 것 없었다.

소부인이 한숨을 내쉬며 말했다.

"그런데 저렇게 사랑받으려 애쓰는 아이를 어찌 사랑하지 않을 수가 있겠어요?"

"사랑받으려 애쓰다니?"

남궁완을 빤히 바라보던 소부인이 픽 웃으며 아무것도 아니라는 듯 고개를 저었다.

소부인이 허전한 손목을 만지며 말을 이었다.

"그리고…… 백리 소저가 며느리가 될 수도 있지 않겠습니까?"

남궁완이 굳은 채 눈만 깜빡였다.

"그…… 너무 이르지 않소?"

"하지만 생각해 봐요. 백리 소저가 자라서 다른 집안으로 시집을 갔다고요."

"……!"

"백리 대협은 혈연이 이어졌지만 우리는 남이 되어 버린다고요."

지금도 따지자면 남이었지만 남궁완은 무척 충격받은 듯 눈을 부릅떴다. 남궁완은 핏줄이 서도록 주먹을 질끈 쥐고 중얼거렸다.

"하지만 연이가…… 연이에게…… 류청이…… 나는…… 나는…… 내 아들이지만…… 조금 아깝지 않소? 다정하고 사려 깊고 집안도 좋은 그런, 그런 아이가……."

"그래도 류청이 당신과 저 사이에 태어난 아인데 외모는 뛰어나지 않겠어요?"

"그건 당연하지. 그런데 그게 우리 대화와 무슨 상관이 있소?"

"백리 소저가 외모에 무척 약한 것 같더라고요."

"음?"

"거기다 친부가 백리 대협이신데, 웬만한 외모로는 눈에 들어오지도 않지 않겠어요? 집안도 우리보다 좋은 집안이 어디 있겠나요?"

남궁완이 침음하며 턱을 쓰다듬었다. 소부인이 살포시 웃으며 말했다.

"물론 지금은 사이가 좋더라도 커서 어쩔지 모르니 조금 두고 보긴 해야지만요."

"그렇지. 맞는 말이오."

"백리 소저의 의견이 가장 중요하겠지요. 아, 그런데 좀 전에 백리 소저가 왜 당신에게 향낭을 준 건가요?"

남궁완은 자랑하듯이 향낭을 들어 보였다.

"연이가 직접 만든 것이라네."

소부인이 향낭을 가져가 향을 맡아 보았다.

"마른 계화, 쑥, 백회향…… 모란 향도 나네요."

"그것이 구분이 가오?"

"그럼요. 그럼 이건 모란을 수놓은 걸까요?"

"아마도 그렇지 않겠소?"

향낭을 살펴보는 소부인은 의아한 기색이었다.

남궁완이 물었다.

"왜 그러는 것이오?"

"왠지 두 사람이 만든 것 같네요. 그렇다고 시비나 침모의 도움을 받은 것 같지는 않은데……."

남궁완이 놀라 말했다.

"그것도 알 수 있소?"

"당연하지요. 당신도 검격만 보고도 어느 문파인지 알아보시잖아요?"

남궁완이 고개를 주억거리며 말했다.

"맞소. 연이 말로는…… 크흡, 큭, 그 손을 다쳤을 때 류청의 도움을 받았다고 하였소."

"……류청이 자, 자수를 해, 했다고요?"

소부인의 목소리가 바들바들 떨렸다. 이내 둘은 이를 악물고 웃음을 참느라 얼굴이 빨개졌다.

소부인이 향낭의 자수를 조심스레 쓸어내리며 말했다.

"그래서 꽃 부분이 이런 거군요. 꽃 부분을 류청이 하고 연이가 가지와 잎사귀를 한 모양입니다."

사실은 반대였다.

소부인이 고개를 들었다.

"이건 저 주시지요."

"무슨 소리요!"

"어차피 당신은 못 쓰지 않습니까?"

"내가 왜 못 쓴단 말이오!"

소부인이 당연하다는 듯 고개를 살짝 기울였다.

"그야 당신은 제가 만들어 드린 향낭을 쓰셔야죠. 설마…… 제가 만들어 드린 향낭을 버리시는 겁니까?"

"아, 아니, 그건 아니지만…….”

소부인이 나긋이 웃었다.

"그럼, 제가 잘 쓰겠습니다."

"부인!"

집안에서 강도를 만난 남궁완의 억울함을 하소연할 곳은 없었다.

第五章

과거에는 남궁 세가에서 백리 세가로 돌아가는 길에 별다른 사건은 없었다. 정신 놓은 수적 놈들이 아버지 앞에서 일반 양민을 수탈하다 걸린 정도?

이번에도 그 수적을 마주칠까 궁금했는데, 정말 신기하게도 똑같은 자를 마주쳤다! 심지어 결과도 저번과 같았다. 그 수적 놈은 이제 다시는 무기를 쥘 수 없으리라.

그리고 몇 날 며칠을 이동하던 배가 드디어 나루터에 닿았다. 나는 오랜만에 땅을 디뎠다. 너무 오랫동안 배 위에 있어서인지 땅을 딛자 오히려 바닥이 흔들거리는 기분이었다.

비틀거리는 순간 단단한 손이 나를 붙잡았다.

"괜찮으냐?"

"네. 괜찮아요. 마차보다는 훨씬 낫죠."

백리 세가에서 팔괘촌으로, 팔괘촌에서 남궁 세가로 가는 대부분의 여정은 마차를 탔다.

아버지가 내 머리를 쓰다듬고 등을 살짝 밀었다.

"피곤할 터인데, 너는 먼저 객잔에 가서 쉬거라."

나는 고개를 끄덕였다.

'뭐, 이제는 별일 없을 테니까.'

그렇게 먼저 객잔에 도착한 나는 저녁을 먹고 피곤을 이기지 못하고 까무룩 잠들었다.

그리고 이튿날 아침. 아버지를 찾아 객잔 일 층에 내려온 나는 아버지 대신 수군거리는 묘한 분위기를 맞닥뜨렸다.

"그게 정말인가? 무림맹에서 나섰다고?"

"아, 진짜라니까. 완전 싹그리 다 죽고 살아남은 자들도 잡혀갔다더군. 아주 꼴좋게 됐지!"

밤사이 근방에서 악독한 짓을 벌이던 흑도 상회 하나가 무너졌다는 얘기였다. 그들은 대화를 하면서도 자꾸만 뭔가를 찾는 듯 객잔을 훑어보았다.

'이게 대체 무슨 소리지? 흑도 상회가 무너졌다고? 이상한데?'

저번에는 없었던 일이었다.

'하긴 저번이랑 여정이 바뀌었으니, 다른 일이 벌어질 수도 있긴 하지.'

하지만 내가 전혀 모르는 일이 벌어졌다는 사실이 살짝 불쾌했다.

"오, 저기 왔구려! 저 사람일세! 백리 대협!"

그 소리에 객잔 입구를 바라본 나는 아버지를 발견하고 달려가려다 멈칫하고 입을 헤벌렸다.

"아버지…… 그 아이들은……?"

아버지가 웬 아이들을 잔뜩 데리고 있었다. 나이는 아직 코흘리개부터 열대여섯까지 다양했는데, 모두 겁에 잔뜩 질려 있었다.

"근방에 흑도가 운영하던 인신매매장에서 구한 아이들이다."

아버지가 무슨 일이 있었는지 설명했다.

근방에 흑도의 암흑 거래장이 있었다. 암흑 거래장은 불법적인 물건들, 기본적으로 독약부터 누군가를 죽이고 뺏거나 훔친 물건들, 불법적인 경로로 데려온 사람들을 거래하는 곳이었다.

그리고 최근, 그 암흑 거래장이 주변에 끼치는 피해가 갈수록 막심해졌다고 한다. 이에 가만히 두고 볼 수 없던 근방 백도의 요청으로 무림맹이 나선 것이었다.

아버지는 무림맹의 요청으로 암흑 거래장을 치는 것을 도와주고 온 것이었고.

'그래서 이 아이들은 왜 데리고 온 건데?'

내 의문을 읽었는지 아버지가 말을 이었다.

"갈 곳이 없는 아이들이다. 백리 세가로 데려갈까 한다."

나는 입을 쩍 벌렸다.

'백리 세가에 고아원이라도 차릴 생각이신 건가?'

나는 애써 태연하게 아이들을 살폈다.

"다 남자애들이네요?"

"여자아이들도 있다."

나이가 확연히 어려 보이는 애들은 대부분 여자아이였다. 꽤 나이가 찬 여자아이들은 무림맹에서 적당한 일거리를 알아봐 주겠다며 데려갔다고 한다.

아버지가 말을 이었다.

"일단은 검을 가르쳐 보고 알맞지 않으면 차차 다른 일을 시킬까한다."

가문에서 안 좋아할 것 같은데……. 하긴 뭐, 언젠 우릴 좋아했나? 저 애들 안 데려간다고 우릴 좋아할 것도 아닌데.

그렇게 생각하니 갑자기 마음이 아주 편해졌다.

"좋은 생각이네요!"

나는 고개를 주억거리고 아이들에게 인사했다.

"안녕! 난 백리가의 연이라고 해. 이분이 내 아버지셔."

"……."

겁에 잔뜩 질린 아이들은 입을 꾹 다물고 있었다. 그 모습에 문득 야율이 떠올랐다.

'그래. 보통은 이런 모습이지. 잘 지내고 있으려나……?'

나는 탁자 위의 나무 그릇을 집어 들었다. 그 안에는 내가 아버지를 기다리며 야금야금 집어 먹던, 삶은 땅콩이 담겨 있었다. 짭짤하게 소금간이 된 것이 아주 맛있었다.

"먹을래?"

아무도 나서지 않았다. 다시 탁자에 내려놓으려 할 때, 제일 나이어려 보이는 아이가 황급히 나와 그릇을 채 갔다.

"고마워, 언니."

내 뒤에 서 있던 금쇄가 앞으로 나와 아이의 콧물을 다정하게 닦아주며 말했다.

"고맙습니다, 라고 하도록 해요. 앞으로 모실 아가씨니까요."

코를 훌쩍인 아이가 고개 숙였다.

"온니, 고맙씁니나."

나도 모르게 입술을 깨물었다.

그래. 세상 모든 사람을 구할 수는 없겠지만…… 그래도 할 수 있는 만큼 노력하는 것이다.

어쨌든 이 사소한 사건을 빼면 표행은 무난했다. 그렇게 또 며칠을 마차를 타고 달렸다. 이제 며칠만 더 가면 백리 세가의 세력권 내로 들어섰다. 거기서부터는 창흥표국과 헤어진 후, 가문의 도움을 받으면 되었다.

그렇게 시간이 흘러 창흥표국과의 마지막 날이었다. 오전 내 문제없이 달리던 마차가 갑자기 멈춰 섰다.

금쇄가 의아하게 고개를 들었다.

"무슨 일이죠? 벌써 점심을 먹을 시간인가?"

금쇄가 창문을 열고 조심스럽게 고개를 내밀었다. 나도 따라서 창가를 기웃거렸다. 말을 타고 계신 아버지가 표행을 이끄는 표두와 얘기를 나누고 계셨다.

곧이어 아버지가 다가와 상황을 설명해 주었다.

"앞에 큰 마차가 길을 막고 있단다. 잠시 기다려야 할 것 같다는 구나."

"네. 아, 그럼 저 좀 내려도 돼요? 답답해서요."

"그러려무나. 내 옆에서 떨어지진 말고."

"네!"

마차에서 내린 후 쭉 기지개를 켤 때였다. 얼마 지나지 않아 표사들이 한 청년을 대동해 다가왔다.

청년이 아버지를 보고 소리쳤다.

"백리 대협!"

나는 눈을 동그랗게 뜨고 바라봤다. 아버지는 의아한 기색이었다.

"저와 인사를 나눴던 분이신지요?"

청년이 고개를 저었다.

"아니요. 대협께서는 당연히 저를 모르실 겁니다. 맹에서 지나가는 길에 마주쳤을 뿐이니까요."

그 말을 한 청년이 털썩 무릎을 꿇었다.

"도와주십시오!"

또 뭔데! 제발, 집에 좀 가자!

아버지는 침착하게 말했다.

"일어나시지요. 무슨 일인지 설명부터 하셔야 도와드릴지 결정할 수 있습니다."

청년이 눈치를 보다가 이를 악물고 일어났다.

"먼저 따라와 주실 수 있을까요?"

아버지는 담담하게 말했다.

"사전 설명도 없이 따라갈 수는 없습니다."

그렇지. 모르는 사람을 따라가면 안 되는 건 아이 어른 할 것 없었다.

그때 표사가 조심스럽게 말했다.

"대협, 일단 한번 이 청년을 따라가 보십시오."

"음?"

"먼 곳이 아니라 앞에 가로막은 그 마차 있지 않습니까? 그 마차까지만 가시면 됩니다."

그러자 아버지가 가만히 표사와 청년을 보다 말했다.

"허 표사가 그리 밀씀하시니 알겠습니다. 언아, 이리 오너라."

아버지는 산사태 이후로 약간 불안한 상황이 되면 나를 꼭 데리고 다녔다. 나는 아버지 품에 안긴 채 표사와 청년을 따라갔다. 멀리 커다란 마차가 보였다.

'이 정도 크기의 마차가 멈춰 있으니 지나갈 수가 없지.'

마차 주변에는 사람들이 부산스럽게 움직이고 있었다. 마차의 창문은 살짝 열려 있었는데 그 안에 머리칼이 새하얀 소년이 보였다.

나는 걸음을 우뚝 멈춰 섰다.

'설마…… 제갈 세가?'

아니, 제갈 세가 사람이 왜 여기 누워 있는 거지? 저 하얀 백발은 제갈 세가의 상징과도 같았다. 표두가 갑자기 이름 모를 청년을 데려온 이유가 있었다.

'잠깐만, 지금 제갈 세가 사람이라면…….'

한 사람뿐이었다. 제갈 세가주인 제갈화무.

"왜 여기에……?"

아버지도 전혀 예상치 못한 상황에 놀란 것 같았다. 그때 청년이 다시 읍하며 말했다.

"자세한 이야기는 설명해 드릴 사람이 올 겁니다. 여기서 말씀드리지 못해 죄송합니다."

그때 아버지가 반사적으로 나를 꽉 안으며 물러섰다. 동시에 마차 지붕에서 흰 무언가가 떨어져 내렸다. 아버지를 꽉 잡고 있느라 한 박자 늦게 확인할 수 있었다.

'고양이?'

고양이는 흰색에 금색 눈동자를 지니고 있었다. 천암사의 복숭아나무 숲에서 마주친 녀석과 똑같이 생겼다. 금색 눈동자에 흰 고양이를 또 마주칠 확률이 얼마나 되나?

그리고 고양이가 앞서서 안내하듯 마차로 들어갔다.

마차 안에서는 묘한 향이 났다. 창문을 열어서 대부분 다 빠져나가 아주 옅었지만 몇 번 맡아 본 적 있는 향이었다.

'아, 이거 강한 진통 향 아닌가?'

마차 안의 백발 소년은 남궁류청의 또래로 보였는데, 이미 정신을 잃은 상태였다.

'저 소년이 제갈 세가의 마지막 사람.'

내가 한 번도 본 적 없는 이 아이를 제갈 세가주라고 확언하는 이유였다.

제갈 세가. 한때 천하제일을 노리던 가문은 지금은 그 명성이 희미해졌다. 강호를 호령하던 제갈 세가가 이런 식으로 무너질 거라고는 그 누구도 예상치 못했을 것이다.

제갈 세가가 무너진 이유. 그건 언젠가부터 제갈 세가의 직계들에 불치병이 생겼기 때문이다. 대부분 서른이 되기도 전에 죽거나 심지어는 약관도 채 넘기지 못하고 죽기를 반복했다.

가주와 후계자들의 건강이 저러니 가문이 제대로 유지될 수 있을 리가 없었다. 이제는 저렇게 어린 소년이 가주가 될 수밖에 없는 것이다.

소설 속 남궁류청이 검을 들고 세상에 나왔을 때, 제갈화무의 육신은 이미 차가운 땅속에서 안식에 들어간 상태였다.

그런 제갈화무가 지금 내 앞에 있다는 게 무척 현실감 없었다.

'왜 여기에 쓰러져 있는 거지?'

이대로라면 얼마 지나지 않아 죽었을 소년. 하얀 머리카락에 파리할 정도로 창백한 안색의 제갈화무가 살짝…… 귀신처럼 느껴졌다.

거기다가 제갈 세가주 머리맡에서 자리 잡고 우리를 빤히 바라보는 흰털에 금색 눈동자의 고양이까지. 갑자기 이상한 나라에 끌려온 기분이었다.

아버지가 심각한 어조로 물었다.

"대체 왜 이러고 계시는 겁니까?"

"그것이……."

"제가 말씀드리겠습니다."

당황하는 청년 뒤에서 노인이 나타나 포권했다.

"가주님의 노복인 막추라고 합니다."

행색과 자세에서 오랫동안 제갈 세가에 봉사한 하인인 것을 알 수 있었다. 막추가 나를 힐끗 보았다. 내가 있는 자리에서는 말하기 힘들다는 의미였다.

아버지가 나를 꽉 끌어안았다.

"여기는 제 딸입니다. 그리고 저는 제 딸을 내보낼 생각이 없습니다. 말씀하시지요."

"……그렇다면 알겠습니다."

단호한 아버지의 말에 막추가 한발 물러섰다.

"대협의 명성은 소인 같은 아랫것도 많이 들었습니다. 다만 말씀드리기 매우 조심스러운 것이라……."

아버지가 손짓하자 푸른빛의 내공이 우리를 중심으로 쫙 퍼지며 막을 만들어 냈다. 기막. 내공으로 펼치는 얇은 막이었다.

'이렇게도 쓸 수 있다고 들어 보긴 했는데…….'

실제로 보는 건 처음이었다.

기막은 내공이 있다고 아무나 펼칠 수 있는 게 아니었다. 기막을 펼치려면 내공의 형태를 자유자재로 다룰 수 있는 능력이 필요했다. 그리고 금안으로 본, 아버지가 기막을 펼치는 장면은 숨이 막힐 정도로 섬세해 아름다울 정도였다.

마치 동그란 구 안, 물에 뜬 공 안에서 세상을 바라보면 이럴 것 같았다. 바깥의 소리, 말의 투레질, 주변을 지키는 사람들의 대화, 바람에 스치는 수풀 소리 같은 모든 생활 소음이 차단됐다. 오로지 이 마차 안에 있는 사람들의 숨소리와 기척만 느껴졌다.

"기막을 펼쳐 놓았으니 편히 말씀하셔도 됩니다."

"감사합니다."

막추가 제갈 세가주를 한 번 바라보고 입을 뗐다.

"가주님은…… 절맥증을 앓고 계십니다."

아버지가 놀란 눈으로 제갈화무를 보았다. 난 속으로 탄식했다.

'강호의 특이 체질이란 체질은 다 만나는군.'

야율의 극양지체는 음양의 균형이 깨져 생기는 재능과 수명을 뒤바꾼 체질이라면…….

절맥은 아무런 이득도 없이 그저 천천히 온몸의 기의 순환이 막히는 저주받은 체질이었다. 점차 내기 순환에 어려움을 겪다가 끝내는 죽음에 이를 수밖에 없는 불치병이었다.

아버지가 걱정스러운 기색으로 말했다.

"절맥증은 무슨 병인지 들어 봤소이다. 하나 내가 무슨 도움을 드릴 수 있을지는 모르겠군요."

"대협의 내력으로 진기가 원활하게 흐르도록 강제로 이끌어 주시면 됩니다."

"제갈 세가주를 강제로 운기조식시키란 뜻입니까?"

"예. 맞습니다."

아버지가 이해가 가지 않는 듯 물었다.

"그 방법이라면 굳이 내가 아니어도 되지 않습니까?"

그리고 담담하게 막추의 말의 허점을 지적했다.

"또한 제갈 세가주가 절맥을 앓고 있는데, 이런 일도 대비하지 않고 나왔단 말입니까?"

맞아, 맞아. 너무 수상쩍었다.

막추의 수염이 파르르 떨렸다.

"당연히 대비하여 나왔습니다. 그런데……."

막추가 갑자기 엎드리며 말했다.

"대협, 부디 부탁드립니다. 이 은혜를 절대 잊지 않겠습니다."

그때 갑자기 장막이 흐려지더니 흩어졌다.

'응?'

아버지가 일어나면서 말했다.

"……마차부터 출발시키시지요."

"대협!"

"길바닥에서 운기를 할 순 없습니다."

"하지만 한시가 급합니다……!"

아버지가 잠시 생각에 잠긴 듯 눈을 내리떴다가 나를 바라보았다. 그리고 단호하게 말했다.

"다른 가문 사람의 말만 믿고 위험에 처할 행동을 할 수는 없습니다. 내게도 지켜야 할 것이 있습니다. 적어도 객잔에서, 호법을 서는 자도 두어야 합니다."

원래도 운기조식을 할 때는 조심해야 했다. 심지어 다른 이를 억지로 운기조식시키는 것인데 누군가 건드리기라도 한다면 어떤 사고가 생길지 몰랐다.

나는 제갈 세가주를 보았다.

'……그래서였구나.'

처음 봤을 때부터 제갈화무의 기운은 무척 기묘했다. 몸의 전체적인 활력은 일반 사람들만 못했다. 대신 단전만 유달리 빛나는 형태였다. 특히나 백회혈이라고 부르는 상단전 부근이 더 그러했다.

나는 쭉 살펴본 후 입을 열었다.

"아버지, 제가 해 볼게요."

"연이 네가?"

나는 전음으로 말했다.

[만신의의 연단실에서 절맥에 관해 본 적 있어요.]

"나도 보았다. 하지만 한 번도 해 본 적 없지 않느냐?"

음? 왜 전음으로 대답하지 않으시는 거지?

뭐, 아버지의 말에 새어 나가면 안 될 정도로 중요한 내용이 없기는 했다.

[아버지도 절맥을 다뤄 보신 적은 없지 않나요?]

"……그도 그렇구나."

[거기다 원래 만신의는 이 능력을 사람을 치료하는 데 썼잖아요. 일반 병은 세가 별 도움이 되시 않시만, 이선 신기와 관련한 것이니까요.]

예전에 내가 어찌 손써야 할지 몰랐던 장 부인과 달리, 절맥증은 만신의의 능력과 궁합이 아주 잘 맞았다.

"그렇기는 하다만……."

[아버지, 빨리 결정해야 해요. 제갈 세가주의 상태가 정말 안 좋아 보

여요.]

"……."

아버지가 걱정스러운 시선으로 나와 제갈 세가주를 바라보았다. 나는 걱정 말라는 듯이 아버지의 손을 붙잡고 제갈 세가주를 보았다. 미약한 기운. 지금 이 순간에도 조금씩 진기가 쇠하고 있었다. 눈을 내리깐 채 고민하던 아버지가 결심한 듯 막추를 향해 말했다.

"아니면 내 딸이 돕는 건 어떠한지요?"

"……지, 진심이십니까?"

막추가 당혹스럽다는 듯이 나를 보았다.

"혹시 소저가 몇 살인지 알 수 있을까요?"

"여섯 살이라네."

막추가 당장에라도 까무러칠 것 같은 표정을 지었다. 나는 억울해 말했다.

"저 이제 일곱 살이에요!"

아버지가 무슨 소리냐는 듯 말했다.

"아직 생일이 지나지 않았으니 여섯이지 않으냐. 혹시 생일이 지났느냐?"

아. 여기는 생일로 나이를 따졌지.

"아…… 제가 착각했네요."

나는 뺨을 긁적이며 수긍했다.

"내 딸이지만 연이는 매우 똑똑하고 마음씨도 어여쁜, 전혀 아이답지 않은 아이요."

"아버지?"

갑자기 여기서 칭찬이라니?

"연이가 하는 말을 들으면 정말 아이의 생각이 맞는지 의심이 갈 정도요. 절대 여섯 살이라고 볼 수 없으니 걱정하지 마시지요."

앉아 있는데도 정신이 혼미해 나는 손으로 바닥을 짚으며 몸을 세웠다. 내 여섯 살 행세는 이미…… 이미 예전에 들통난 것이었다.

하하하. 하긴 내가 너무 나댔지.

막추가 숨을 헐떡이며 목이 졸린 목소리로 말했다.

"하지만 아무리 그래도 어찌 저 어린 소저에게……."

아버지가 막추의 말을 단호하게 자르며 말했다.

"더 말할 것 없습니다. 두 가지 방법을 제안하지요. 첫 번째는 지금 당장 객잔으로 출발하여 제가 직접 하는 방법."

아버지가 나를 보며 말을 이었다.

"두 번째는 제가 호법을 서고 제 딸이 이곳에서 하는 방법. 선택하십시오."

아버지가 천재라 다행이었다. 아버지는 모든 책을 읽어 보셨고 어디에 넣어 뒀는지도 기억하고 계셨다. 아버지가 알려 준 위치의 짐을 뒤지자 바로 절맥에 관한 서적이 나왔다.

설맥증. 신기를 순환하는 여덟 개의 성맥이 숨어지다 막혀서 요설하는 병이었다. 진기와 관련한 병이고, 단전 폐인이 된 나와는 정반대의 증상을 지녔다. 그래서 내게 도움이 될 수 있는 것이 있지 않을까 싶어서 꽤 열심히 읽었다. 아버지도 아마 그러셨을 것이다.

내가 필요한 부분을 다시 복습하는 사이, 아버지는 제갈 세가주가 있는 커다란 마차를 다른 사람들이 통행할 수 있도록 조금 넓은 공간으로 이동시켰다. 이 모든 일에 이각 정도 소요되었다.

나는 마차 안에서 어린 낯의 제갈 세가주를 보고 고뇌했다.

'이거 통증이 꽤 될 것 같은데…… 얘가 버틸 수 있으려나?'

살펴보니 경맥이 좁아도 너무 좁아서 진기를 돌리면 상당히 아플 것 같았다.

나는 막추를 향해 물었다.

"저…… 이거 그냥 해도 되나요? 고통이 꽤 심할 것 같은데, 진통제 없나요?"

내가 하기로 한 후 내내 걱정스러워하던 막추는 살짝 감탄한 낯으로 나를 보았다.

"역시 백리 대협의 따님이군요. 예, 맞습니다. 통증이 상당할 테지만…… 그냥 하는 수밖에 없습니다."

"어째서요?"

"가주님은 이미 진통제 대부분에 내성이 있습니다."

나는 놀란 눈으로 제갈 세가주의 어린 낯을 보았다.

막추가 말을 이었다.

"가주님께 통할 정도로 진통 향을 피워 놓게 되면 소저가 정신을 잃을 수 있습니다."

"아……."

그때 갑자기 소리 없이 흰 고양이가 내 바로 옆으로 다가와 나를 빤히 바라보았다. 금색 눈동자가 마치 내 속을 들여다보고 있는 것만 같았다.

"미양."

고양이가 머리를 내 팔에 문질렀다. 고양이는 귀엽지만, 저 고양이는 찜찜했다. 나는 고양이를 떨어트리기 위해 슬슬 밀어냈지만, 고양이는 꿈쩍도 안 했다.

"저리 가. 방해야."

"냥."

그때 주변을 살핀 아버지가 마차에 다시 들어왔다.

"아버지, 이제…… 어?"

아버지를 돌아보던 나는 멈칫했다. 아버지에게서 느껴지는 내공의 흐름이 뭔가 부자연스러웠다. 어디가 어떻게 다르다고 딱 잘라 말할 수는 없었다. 왜, 맨날 똑같은 걸 보다가 어딘가 약간 달라졌다고 느끼는데 확실하게 어딘지는 알 수 없는…… 그런 미묘한 차이였다.

내가 아버지의 내공 흐름에 정신이 팔린 사이, 아버지는 가부좌를 틀고 언제든지 검을 뽑을 수 있게 검집째 허벅지 위에 올려놓았다.

"연아, 준비는 다 했느냐?"

"……."

"연아."

"……."

"백리연!"

나는 화들짝 놀라 답했다.

"아! 네. 부르셨어요?"

"그래. 어디에 정신이 팔린 것이야? 어서 시작하거라."

그 말에도 나는 연신 제갈 세가주가 아닌 아버지를 힐끗거렸다.

"연아, 집중해야지."

"소저, 어서 부탁드립니다."

막추가 나를 절박하게 바라봤다. 막추의 그런 모습에도 나는 아버지에게서 시선을 떼지 못했다.

아버지가 엄한 목소리로 나를 나무랐다.

"백리연, 목숨이 걸린 일이다. 이제 와 안 하겠다는 것이냐?"

아버지의 매서운 눈빛을 보고 나는 어깨를 움츠렸다.

"아, 아뇨. 아니에요. 그게 아니라……."

정말 오랜만에 보는 눈초리라 면역이 없었다. 어쩔 수 없이 입술을 깨문 채 제갈 세가주에게 시선을 고정했다.

'끝나고 다시 확인하면 되니까. 일단 닥친 일부터 제대로 마치고 생각하자.'

나는 숨을 깊게 들이쉬고 내쉬었다.

내가 하겠다는 제안을 아버지가 긍정적으로 받아 주신 건, 내 능력이 절맥증 환자를 운기시키는 데 상당히 적합하기 때문이다. 소량이지만 치유력이 있는 자연지기를 불어 넣어 체력 소모를 줄일 수 있다.

그리고 주변의 지기를 조종하는 능력으로 다른 사람의 내공, 즉 제갈 세가주 단전의 내공을 움직일 수 있었다. 아버지의 내공으로 강제로 제갈 세가주의 운기를 이끄는 것보다 훨씬 몸에 부담이 적었다.

나는 누워 있는 제갈 세가주의 하단전에 손을 올려놓았다.

'절맥증인데 이 정도의 내공을 지니고 있다니.'

제갈 세가의 저력인지 살기 위한 몸부림인지는 알 수 없었다. 저 내공으로 운기하면서 경맥이 좁아지고 막히는 것을 막아 왔을 것이다.

나는 자연지기를 조금씩 불어 넣었다. 조금 지나자 제갈 세가주의 숨이 미약하게나마 편안해졌다.

이쯤 하면 됐다 싶어 나는 제갈 세가주 단전에 모여 있는 내공을 움직이려 했다. 그러자 자연지기를 조종하는 것보다 훨씬 큰 저항력이 느껴졌다.

'주인 죽이기 싫으면 좋은 말로 할 때 움직여라. 주인 죽으면 너희들도 다 사라지는 거야. 어?'

나는 내공을 열심히 갈구고 협박했다. 과연 먹혔는지 제갈 세가주의 내공이 자연지기와 어우러지며 조금씩 내 인도를 따라 비좁은 경맥으로 향했다.

"……."

얼마나 시간이 지났을까? 일주천, 몸 안에서 내공을 한 바퀴 겨우 돌리고 손을 뗐다. 어느새 등허리가 땀으로 푹 젖어 있었다.

"끝났어요."

나는 제갈 세가주의 낯빛을 살폈다. 제대로 진기가 순환하기 시작해서인지 시체같이 파리하던 입술도 조금은 사람 같아졌다.

그 정도만 확인하고 곧장 아버지를 돌아봤다.

'뭐야?'

그런데 꿈이라도 꾼 듯, 아까와 달리 아버지의 내공 흐름은 문제없었다. 눈을 부릅뜨고 살펴봐도 그랬다.

"뭔데!"

나도 모르게 속마음이 튀어나오고 말았다.

아버지와 막추가 깜짝 놀라 나를 바라봤다. 나도 깜짝 놀라 한 손으로 입을 막았다. 아버지가 고개를 젓더니 제갈 세가주의 손목을 짚어 기맥을 살폈다.

나는 그사이 아버지를 샅샅이 살폈다. 금안을 최대한으로 끌어올려 머리끝부터 발끝의 세맥까지 샅샅이 살폈다. 예전에 아버지가 불쾌해하셨던 건 이미 고려 대상이 아니었다.

그렇게 한참을 살펴보았는데…… 정말로, 정말로 아무런 이상도 찾을 수가 없었다.

그리고 그제야 온몸의 긴장이 탁 풀렸다. 아버지는 제갈 세가주를 살피는 것을 끝내고 내 행동을 물끄러미 바라보고 있었다. 그리고 아버지께 제갈 세가주를 제대로 치료했다고 확언을 받은 막추는 내게 연신 고개를 숙였다.

"소저, 감사합니다! 감사합니다! 이 은혜는 어찌 갚아야 할지."

막추가 주름진 눈가를 손등으로 닦아 내며 말했다.

"그, 그럼 저는 가주님이 깨어나시면 드릴 약을 준비하고 오겠습니다. 잠시만 자리를 지켜 주십시오."

막추가 나가기 전 아버지가 말했다.

"치료 전에도 말했지만, 이는 연이가 아니라 내가 한 것으로 알리십시오."

"물론입니다. 절대 발설하지 않겠습니다!"

막추가 마차를 나가고 아버지가 입을 열었다.

"연아, 아비의 몸은 다 살펴보았느냐?"

"네……."

살펴보는 것을 불쾌해하셨는데 혼나겠지?

나는 입술을 잘근잘근 씹으며 어깨를 움츠렸다. 하지만 아버지는 그저 내 머리에 손을 툭 올릴 뿐이었다.

"어떻더냐?"

"네?"

"네가 보기엔 어떠냐는 말이다."

나는 당황하여 눈을 깜빡이다가 말했다.

"어…… 아무런…… 이상도 없으세요."

건강 그 자체였다. 내공과 흐름 모두 안정적이다. 온몸을 도는 진기도 활력이 넘쳤다. 정말로 내가 잠깐 헛것을 본 것만 같았다.

"그래. 겁먹지 말거라. 몰래 보지만 않으면 된다."

"네."

대답하며 생각했다.

'다음에는 몰래 봐야지.'

그래도 불안해서 물었다.

"아버지, 혹시 어디 몸이 편찮으시거나 그러신 데 있어요?"

"걱정 말거라."

아버지의 대답을 듣고도 전혀 안심되지 않았다. 왠지 모르게 거슬리는 오묘한 기분. 하지만 짚이는 것도 없었다.

'분명…… 아버지가 돌아가실 때까지 무슨 병이 있다는 말은 없으셨는데.'

아버지의 팔을 붙들고 말했다.

"아버지, 제 곁에서 오래오래 건강하셔야 해요."

아버지가 희미하게 웃었다.

"진인사 대천명, 하늘이 우리를 보우하신다면 오래 함께할 수 있겠지."

아버지! 무슨 소리세요? 내가 듣고 싶은 대답은 그게 아니야!

아버지가 내 하얗게 질린 낯을 향해 말했다.

"그보다 네가 걱정해야 할 것은 다른 것 아니냐?"

"네?"

"네 능력 말이다. 언제는 세상에 알리고 싶지 않다지 않았느냐?"

"아……."

나는 손가락을 꼼지락거리다 말했다.

"그런데 어차피 아버지가 하신 걸로 말을 맞추기로 했으니 상관없지 않을까요?"

아버지가 진지한 낯으로 고개를 저었다.

"아니, 네가 정녕 그 능력을 숨기고 싶었다면 이 일에 나서서는 안 됐다."

"네?"

"네가 그 능력을 쓸 때마다 흔적이 남고, 누군가는 의심할 거란다. 영원한 비밀은 없단다."

"……."

나는 입술을 깨물었다. 괜히 나선 건가? 그렇지만…… 아버지도 반대하지 않으셨는데. 갑자기 왜 이런 말을 하시는 거지?

거기다 왠지 서러운 기분이 들었다. 나는 열심히 해서 다른 사람 목숨을 구해 줬는데 혼나고 있다니. 그럼 도와주지 말았어야 한단 말인가? 이럴 거면 차라리…… 하는 생각마저 들 때였다.

"하지만 연아, 그렇게 살고 싶으냐?"

"네?"

"모른 척하고, 눈을 돌리고, 무슨 일이 벌어지더라도 나서지 않는다면. 그러면 네가 원하는 대로 숨길 수 있을 거다."

"……."

"그러지 못한다면 마음 가는 대로 하거라."

아버지는 환한 웃음을 지었다.

"나는 네가 아무 계산 없이 사람을 살리겠다 나선 것이 정말로 뿌듯하단다."

나를 바라보는, 온화한 별이 내리는 듯한 애정 어린 칭찬. 잠깐이나마 들었던 서러움은 모조리 날아가고, 나는 아버지를 멍하니 바라보았다.

아버지가 손을 들어 살짝 내 턱을 밀어 올렸다. 그러자 멍하니 벌어져 있던 입이 합 다물렸다. 그러고는 순식간에 서늘한 표정으로 돌아간 아버지가 누워 있는 하얀 소년을 보며 말했다.

"제갈 세가주, 정신이 드셨으면 눈을 뜨시지요."

제갈 세가주의 창백한 입술이 매끄럽게 올라가며 천천히 눈을 떴다.

"하하. 부녀의 사이가 도탑네요."

제갈 세가주가 몸을 일으키려는 것을 아버지가 도와주었다.

"감사합니다."

가느다란 흰 머리칼이 야윈 뺨 위로 흘러내렸다.

눈을 뜬 제갈 세가주는 아주 독특한 느낌의 소년이었다. 옅은 청회색 눈동자에는 조소 어린 체념의 빛이 엿보였고, 그늘진 눈매에는 신경질적인 기질이 묻어났다. 이게 아이에게서 나올 수 있는 얼굴인가 싶을 정도였다.

제갈 세가주가 희미한 목소리로 말했다.

"지도 인제 눈을 떠야 힐지 고민했딥니다."

그때 마차 문이 열리고 막추가 사발이 놓인 쟁반을 들고 들어왔다. 순식간에 마차 안이 탕약 향으로 가득해졌다.

막추는 일어난 제갈 세가주를 향해 황급히 다가왔다.

"도련님! 정신을 차리셨군요!"

도련님이라니. 막추는 제갈 세가주를 어릴 적부터 돌본 모양이었다.

막추의 도움을 받으며 제갈 세가주가 탕약을 무려 세 그릇이나 마셨다.

'윽, 눈뜨자마자 탕약이라니. 심지어 저걸 한 번에 다 먹는다고? 내 속이 다 느글느글해.'

제갈 세가주는 불만 한 점 없이 모두 단번에 마셨다. 그리고 따뜻한 차 한 모금을 마시며 입가심했다.

문득 고개를 들자 아버지가 나를 물끄러미 바라보고 계셨다.

"왜요?"

"뭔가 본받아야겠다는 생각이 들지 않느냐?"

"뭘요?"

나는 바보인 척했다.

'나는 아무것도 모른다. 바보다.'

아버지가 내 콧등을 손가락으로 툭 건드렸다.

"알아들었으면서 모르는 척하지 마라."

막추는 이 계절에 제갈 세가주 어깨에 두꺼운 모피 외투를 걸치고 화로에서 달궈 둔 따뜻한 돌까지 품에 넣어 준 후 조심스레 마차를 나갔다.

제갈 세가주가 천천히 입을 열었다.

"폐를 끼쳤습니다. 다들 아시겠지만, 인사드리지요. 제갈 세가의 제갈화무입니다."

콜록, 손수건으로 입을 막고 밭은기침을 한 제갈 세가주가 말을 이었다.

"이런 몸이지만 제갈 세가주이기도 하지요."

나와 아버지가 자기소개를 끝내고 아버지가 곧장 용건을 꺼냈다.

"제갈 세가주가 왜 여기에 쓰러져 계셨던 겁니까?"

제대로 무공을 익힌 호위 한 명만 있었더라도 이런 일은 없었을 것이다.

제갈 세가주는 별것 아니라는 듯한 어조로 말했다.

"동행했던 의원은 갑자기 어머니 몸이 나빠지시면서 그 의원을 부르셔서 돌아갔고요."

제갈 세가주가 숨이 찬지 잠시 말을 멈추고 찻물을 들이켰다.

"호위는…… 하하, 그러게요. 이 쓰레기들이 갑자기 다 어디 갔나?"

아버지가 불편한 표정을 지었다. 제갈 세가주는 이해한다는 듯이 말했다.

"믿기 어려운 얘기긴 하지요."

"제갈 세가주의 말은…… 제갈 세가의 대부인이 그대를 모살하려 했단 말이오?"

제갈 세가주는 받침대에 팔을 기대고 턱을 괸 채 씩 웃었다.

"모든 어미가 자식을 사랑해야 한다는 법이 있습니까?"

막추가 도와 달라 하면서도 차마 말하지 못한 이유가 살짝 이해됐다. 대체 친어머니가 자식을 죽이려 한 것이었다는 말을 어떻게 말할 수 있단 말인가?

하지만 제갈 세가주의 가볍고 노래하는 듯한 어소에서는 이런 무거운 이야기를 하고 있다는 것이 전혀 느껴지지 않을 정도였다.

"아버지도 가문을 위해 이 병든 핏줄을 이으셨고, 어머니도 필요 때문에 아이를 낳았을 뿐이죠."

본인의 양친을 향한 냉소가 대단했다.

"제가 죽으면 제갈 세가는 사라지고 모든 것이 어머니 손에 들어갈 텐데요."

"……."

"……."

나와 아버지는 침묵했다.

'목숨 한번 구해 줬다가, 남의 집 가정사를 듣다니. 그것도 매우 찝찝한…….'

제갈 세가주가 말을 이었다.

"목숨을 구해 주신 은혜는 언젠가 꼭 갚겠습니다. 제가 계속 살아 있다면요. 하하하하."

"……."

"……."

제갈 세가주도 정신을 차렸으니 계속 길에 있을 이유가 없었다. 우리와 제갈 세가주는 함께 출발했다. 나는 멍하니 창밖을 바라보는 척하며 계속 아버지를 살폈다. 하지만 정말 아무 이상이 없으셨다.

'음……. 내가 정말 잘못 본 건가?'

두 시진 후, 하늘에 붉은 석양이 타들어 갈 때 객잔에 도착할 수 있었다.

'만약 아버지의 계획대로 객잔까지 가서 제갈 세가주를 치료하려 했다면…… 으음, 과연 살아 있을 수 있었을까?'

객잔 일 층에서 식사를 마치고 객실로 돌아간 나는 문 앞에서 잠시 멈칫했다.

'저게 왜 여기 있지?'

나는 객실 문을 열고 들어가 곧장 침상으로 향했다. 그러고는 침상 이불을 확 들췄다.

"너 왜 여기 있어? 네 주인은 어쩌고?"

이불에 구겨져 있던 고양이가 귀를 쫑긋 세우며 꼬리를 살랑거렸다. 나는 고양이의 앞발 안쪽을 잡고 들었다.

'이 감촉, 이 무게, 이 눈동자.'

그때 그 고양이가 확실했다.

원래는 마차에서 고양이에 관해 물어보려 했다. 그런데 대뜸 들은 제갈 세가의 가정사와 아버지의 몸 상태를 확인해야 한다는 생각 때문에 정신이 없어서 잊어버렸다.

나는 고양이를 다시 내려놓고 엉덩이를 탁탁 쳤다.

"앞장서 봐. 네 주인한테 가자."

이 고양이가 진짜 평범한 고양이면 알아들을 리가 없고……

고양이가 침상에서 뛰어내리더니 걸어갔다. 내가 따라가지 않고 지켜보자 나를 돌아본 고양이가 냐앙- 하고 울었다.

'역시.'

헛웃음을 지으며 고양이를 따라 발을 옮겼다. 객잔 복도와 계단을 지나가며 신기하게도 한 사람도 마주치지 않았다. 곧이어 고양이는 살짝 열려 있는 방문 앞에 잠시 멈추었다.

문틈 사이로 콧노래가 들렸다. 나는 금안의 능력을 최대한으로 끌어냈다. 오늘 오는 내내 아버지를 살피느라 무리하였는지 머리가 조금 띵한 느낌이 들었다.

방 안에는 제갈 세가주 말고는 아무도 없었다.

내가 문을 열자 고양이가 먼저 안으로 쏙 들어갔다. 제갈 세가주가 탁자 근처에서 다기를 든 채 나를 돌아보았다.

"왔어, 연아?"

"⋯⋯?"

"이리 와서 앉아."

생글생글 웃는 낯을 보며 내 머릿속엔 물음표가 가득했다. 이 뜬 금없는 언행은⋯⋯ 뭐지? 내가 언제부터 제갈 세가주랑 친우가 된 거지?

먼저 들어간 고양이가 사뿐사뿐 걸어가 탁자 위로 올라갔다. 일 단⋯⋯ 나도 고양이를 따라 의자에 앉았다. 어린 소년이지만 한 가문 의 가주이기도 하니, 당혹스러운 마음을 뒤로 미루며 정중하게 예를 차렸다.

"제갈 세가주님, 어째서 제 이름을 부르시는 건가요?"

"너도 이름 불러."

"⋯⋯."

이건⋯⋯ 이건 내가 남궁류청한테 했던 말 같은데. 그런 말을 한 벌 을 받는 건가⋯⋯?

내 앞에 마주 앉은 제갈 세가주가 탁자 위의 접선을 집어 들며 말 했다.

"나는 사실 연이 널 만나러 왔어."

내가⋯⋯ 남궁류청을 정말 짜증 나게 만들었던 것 같았다.

나는 먼 곳에 있는 남궁류청을 그리워하며 듣지 못할 그를 향해 속 으로 심심한 사과의 말을 했다. 그리고 제갈 세가주를 향해 말했다.

"그래. 그래서 날 왜 보고 싶었던 건데, 제갈화무 씨?"

"화무 씨?"

눈을 깜빡이던 제갈화무가 웃음을 터트렸다.

"하하, 아저씨 같고 좋네. 나는 평생 아저씨는 못 될 테니, 네가 불러 주는 걸 즐겨야겠다."

"……."

처음 눈떴을 때부터 느꼈는데, 이 자식…… 제대로 미친놈이었다.

나는 인상을 찡그리고 물었다.

"너, 몇 살이야?"

"얼마 전에 생일이 지났으니, 열하나."

"……."

나는 머리를 짚었다.

'열한 살의 언행이 저렇다고?'

어디서 자꾸 저런 애들이 나타나는 거지? 석가약부터, 남궁류청, 제갈화무까지.

'가전 무공 탓에 조숙해진 건가?'

제갈 세가의 가전 무공은 육체의 능력에만 오롯이 집중하는 다른 가문들의 무공과 달리 지능도 향상했다. 세간에서는 제갈 세가가 지략을 과하게 추구하다 머리가 하얘진 것이라 떠들곤 했다. 하지만 나는 그게 아닌 걸 알았다.

제갈 세가의 하얀 머리와 회색빛의 눈동자. 직계들이 모두 요절한 이유. 그건…… 모두 천마신교의 수작이었다.

제갈 세가는 백도 정파인들을 규합해 무림맹을 세운 가문이었다. 그리고 대대로 무림맹의 군사로 천마신교를 견제했다.

천마신교 입장에서는 그런 제갈 세가가 얼마나 거슬렸겠는가? 그리하여 그들은 오랜 기간을 두고 제갈 세가에 침투해 그들을 몰락시킬 계획을 세웠다.

제갈화무의 절맥증은 천하 일통에 방해되는 제갈 세가를 몰락시키기 위해 천마신교에서 아주, 아주 오랜 세월 준비한 덫이었다.

이 진실은 후일 남궁류청이 알아낸다. 하지만 그땐 이미 제갈 세가의 피를 이었다고 할 만한 사람은 아무도 남지 않았을 때였다.

"그런데 이렇게 움직여도 되는 건가요? 아직 몸 상태가 좋아 보이진 않는데요."

"왜 다시 존대야? 반말해도 돼."

"아, 가까워지기 싫어서 그런 거예요."

"음?"

제갈화무가 살짝 놀라더니 웃음을 터트렸다.

"하하하하. 그래, 그래. 마음대로 하렴. 뭐, 일단 네 질문에 답하자면 그럼, 움직여도 돼. 이렇게 몸이 개운한 것이 얼마 만인지. 고마워."

"감사 인사는 제가 아니라 아버지께 하세요."

제갈화무가 빙그레 웃으며 은근하게 말했다.

"연아, 내가 말했잖아. 나는 널 보러 온 거라고."

"……."

"나는 네가 무슨 능력을 가졌는지 알아."

그 말을 듣는 순간, 의심이 싹텄다. 아니, 의심이라기보단 이미 확신에 가까웠다. 그 순간이었다. 갑자기 제갈화무의 접선이 내 얼굴을 찌를 듯 공격해 들어왔다. 나는 반사적으로 접선을 막아 냈다.

천산염제에게 이마를 계속 맞으며 수련한 결과가 여기서 나타났다.

자연지기를 끌어모은 손날에 닿는 공력이 상당했다.

"지금 뭐 하는……!"

그때 탁자의 고양이가 갑자기 달려들었다. 하지만 나에게 달려든 것이 아니라 그대로 내 어깨를 넘어…….

갑자기 흐릿하던 눈앞이 환해졌다.

"……!"

바닥에 사뿐히 착지한 고양이 입에 내 눈가리개가 물려 있었다. 따로 면경을 찾지 않아도, 내 눈동자가 금색으로 빛날 것을 짐작 가능했다.

나는 제갈화무를 노려봤다. 제갈화무가 접선을 거두며 방긋 웃었다.

"눈이 아주 예쁘네."

나는 눈썹을 치켜올렸다.

"고작 내 눈동자 확인하자고 무공을 써요?"

접선을 거두는 제갈화무의 손가락이 파르르 떨렸다. 통증 때문이었다. 좁은 경맥을 넓히려면 운기를 해야 하는데 운기를 하면 경맥이 좁아 고통이 극심했다.

제갈화무가 부채로 입가를 가리고 눈웃음을 지었다. 아니, 무슨 열한 살의 행동이 저래?

"괜찮아. 익숙하니까."

나는 코웃음 쳤다.

"고통에 어떻게 익숙해져요? 그저 포기하는 거죠."

제갈화무가 멈칫하곤 눈을 깜빡였다.

"마치 아는 것처럼 말하네."

나는 답 없이 찻잔을 들었다. 차향이 무척 좋았다. 표행인 만큼 머무는 객잔이 고급은 아니었다. 이런 곳에 비치할 만한 찻잎이 아닌 걸로 보아 제갈 세가주가 소지한 차 같았다.

제갈화무가 말을 이었다.

"그리고 괜찮아. 오늘은 정말 몸 상태가 좋거든."

흰 고양이가 다시 탁자에 올라왔다. 그러곤 내 눈가리개를 입에 물고 앞발로 장난치기 시작했다.

나는 고양이를 바라보다 말했다.

"저 고양이, 천암사에 있었죠?"

"맞아."

제갈화무가 손을 뻗어 고양이의 머리를 쓰다듬었다.

"사실 그때 널 만나려 했어."

제갈화무가 돌연 짜증 어린 한숨을 내쉬었다.

"그런데 거기서 남궁류청 그 자식이 방해할 줄이야."

"류청이 방해했다니요?"

"갑자기 널 데리고 도망쳐 버렸잖아."

그건 무슨 소리야? 언제 그런 일이 있었다고?

'데리고 도망친 건 오히려 나 아닌가?'

나는 노승에게서 남궁류청을 질질 끌고 나가던 일을 떠올리다 문득 떠오르는 일을 말했다.

"설마…… 알레르기?"

그때 남궁류청이 복숭아 숲에서 급하게 빠져나가고 난 남궁류청을 따라갔다.

"알레르기라니?"

제갈화무가 무슨 말이냐는 듯 고개를 기울였다.

"음…… 고양이 털에 거부 반응을 보이는 걸 말한 거예요. 고양이랑 가까이 있으면 발진이나 기침을 하는 거죠."

제갈화무가 가벼운 웃음을 터트렸다.

"털이라. 하하, 꽤…… 정답에 가깝네."

"가깝다는 말은……?"

제갈화무가 다시 고양이를 쓰다듬었다.

"남궁류청은 이 고양이에게서 술법을 느낀 거야."

"……술법이요?"

"맞아, 술법. 내가 고양이에게 건 술법에 본능적인 거부감을 느끼고 그런 반응을 보인 거지. 남궁가 놈들도 참 웃긴다니까. 세상 고고한 척은."

이 고양이한테 술법이 걸려 있다고? 하지만 내 눈엔 아무것도 잡히지 않았다.

"깜짝 놀란 것 같네."

제갈화무가 접선으로 내 미간을 가리켰다.

"네 금안이 세상의 모든 비밀을 알 수 있을 것 같아?"

"……."

"넌 네 금안이 어디서 생겨난 건지도 모르잖아?"

청회색의 눈동자가 나를 물끄러미 바라봤다. 나는 실짝 인상을 찡그리며 말을 정리했다.

"그러니까 제갈 세가주의 말은 내 금안에 대해서 이미 알고 있었기에 나를 만나려 했고, 내 능력을 확인해 보기 위해 길 한복판에 쓰러져 있었다는 건가요?"

제갈화무는 가타부타 대답 없이 웃기만 했다. 그것이 긍정의 의미임을 알 수 있었다.

"……모두 나를 만나기 위해 꾸며 낸 짓이라고?"

나는 헛웃음을 지으며 말을 이었다.

"하, 막추 그 할아버지도…… 같이 작당한 거예요?"

세상 절실한 척 아버지를 붙잡더니.

"이런, 연아. 우리 불쌍한 어르신을 의심하진 말아 줘. 어르신은 정말 놀랐으니까."

"하, 이보세요. 그쪽이 의심하게 만든 거거든요!"

"아, 그도 그러네."

제갈화무가 마치 놀랐다는 듯 눈을 깜빡이다가 고개를 살짝 기울였다.

나는 입술을 깨물었다. 좀 전부터, 아니, 이 방에 들어온 순간부터 기분이 좋지는 않았다.

'……말려들고 있어.'

계속해서 제갈화무의 저 정신 나간 화법에 말려들고 있었다. 그건 내게 아주, 아주 기분 나쁜 일이었다. 내가 남을 말아 버릴 수는 있어도, 남이 나를 말게 둘 생각은 없었다.

탕!

나는 탁자를 내려치며 일어났다.

"그래서? 어쩌라고?"

탁자 위에 고양이가 깜짝 놀라 나를 바라봤다.

"그래. 내가 이 능력이 있는데, 그게 제갈 세가주에게 이런 취급을 받을 일인가?"

"음?"

"내 눈동자가 궁금했다면, 조심스럽게 보여 달라고 해야지 사람을 대뜸 공격해 억지로 벗겨 내?"

열심히 눈가리개를 물어뜯던 고양이가 마치 내 말을 알아듣기라도 한 듯 천천히 눈가리개를 뱉으며 눈치를 보았다.

"너 정도 똑똑한 아이면 사람의 호감을 사는 법도 잘 알 텐데? 그런데 왜 이렇게 굴어?"

"……."

"제갈 세가주, 나는 네가 길바닥에 쓰러져 있든 저잣거리에 쓰러져 있든 내가 도울 수 있다면 도왔을 거야. 왜냐고? 아버지가 그러셨을 테니까."

말할수록 화가 났다.

"그런데 내 아버지의 호의를 농락하고 나를 가지고 놀려 해?"

"아니, 나는……."

나는 단호하게 제갈화무의 말을 잘랐다.

"네 그 사람을 손안에 놓고 굴리려는 태도."

나는 제갈화무의 회색 눈동자를 마주하고 한 어절씩 끊어 말했다.

"아주, 재수, 없어."

제갈화무가 당황한 낯으로 눈을 끔뻑였다. 나는 의자에서 깡총 내리와 옷사락을 펄럭이며 그대로 방을 나섰다.

말려드는 것을 막을 수 없다면, 판을 엎어 버리면 되지.

'과연 제갈 세가주가 어찌 나올까?'

거칠게 방을 나서고 몇 걸음 걷지도 않았을 때였다.

'내가…… 너무 과하게 말했나?'

그래도 한 가문의 수장인데…… 이래도 되나 살짝 걱정이 들었다. 큰소리 땅땅 치고 나오긴 했지만, 솔직히 지금도 심장이 벌렁벌렁했다.

'하지만 정말 재수 없었는걸…….'

그리고 본인도 뒤가 구리게 굴었으니 내 언행을 지적할 수는 없을 것이다. 아마…… 도?

거기다 금안의 비밀? 고양이 술법? 완전 궁금했다. 미친 듯이 궁금했다. 하지만 저런 무례한 사람에게 한번 휘둘리기 시작하면 끝도 없을 것 같았다.

그리고 가장 중요한 부분.

'감히, 내 아버지를 이용해? 감히, 감히 내 아버지를!'

다시 아버지를 떠올리자 화가 치솟았다. 아픈 애라서 한 대 때려 주지 못한 게 한이었다!

한참 씩씩거리며 걷고 있을 때였다.

"연아, 어디 갔다 오느냐?"

계단 아래에서 아버지의 목소리가 들렸다.

"아버지!"

나는 쪼르르 계단을 달려 내려갔다. 아버지 곁에는 금쇄도 있었는데 땀을 잔뜩 흘린 모습이었다.

"아가씨, 어디 계셨던 거예요? 방에 올라가시겠다 하셨잖아요! 거기다 눈가리개는 어디 갔어요?"

"고양이가 훔쳐 갔어."

"……고양이요?"

고개를 끄덕인 나는 아버지의 허리를 끌어안고 물었다.

"아버지, 아버지. 저 징그러워요?"

"뭐?"

아버지가 당황한 눈으로 날 보았다. 아, 너무 말이 직설적으로 나왔다. 이게 다 제갈화무 때문이다.

나는 다시 조금 돌려 물었다.

"아버지가 그러셨잖아요. 제가 여섯 살 아이답지 않다면서요?"

전혀 어린아이답지 않은 제갈화무랑 치고받고 오니 무슨 뜻인지 느껴졌다. 그건…… 그건 아주 징그럽다는 뜻이었다!

'완전 별로야. 완전, 완전!'

어? 아이가 어른인 척, 머리 굴리는 거 아주 징그럽다고! 나도 저런 거 아냐?

애는 애다운 게 최고였다. 서하령처럼!

"갑자기 그게 무슨 소리더냐? 무슨 일 있었느냐?"

나는 고개를 저었다.

"아니면 내가 한 말 때문에 그러느냐?"

아버지의 눈빛에 미안함이 비쳤다. 나는 빠르게 고개를 저었다.

'아버지 말 때문이 아닌네!'

이러다 오해를 하겠다 싶어 나는 어쩔 수 없이 사실대로 말했다.

"사실은 고양이를 따라가다가 제갈 세가주를 만났는데…… 엄청 잘난 척하는 거예요."

"……잘난 척? 그게 징그러운 것과 무슨 상관이 있느냐?"

"본인이 세상사에 모르는 게 없는 어른인 척 젠체하는데……. 그 모습이 되게 별로였어요."

말하면서 느꼈다. 아, 이거 뭔가 점점 아버지한테 이르는 것처럼 되는데……?

"그래서 저도 그런가 해서 여쭤본 거예요."

아버지가 인상을 살짝 찡그렸다.

"네 눈가리개, 정말 고양이가 벗긴 것 맞느냐?"

"그건 맞아요. 제갈 세가주 방에 가면 고양이가 장난치느라 망가진 눈가리개가 있을 거예요."

"그래?"

내 대답에도 아버지는 의심스러운 표정이었다.

"제갈 세가주의 나이가 어리다고 그 속도 어리다 생각하지 마라."

나는 고개를 끄덕였다.

"그리고 내 제갈 세가주께 한마디 하마."

"뭐라고 하시려고요?"

"당연히, 널 괴롭히지 말라 해야지. 접근하지 못하게 막을 수 있다면 더 좋겠지만……."

원래 이럴 생각이 아니었는데 왜 일이 이렇게 된 거지?

잠깐 고민해 보던 나는 아주 좋은 것 같다는 생각이 들었다.

"네! 아버지, 부탁드려요!"

제갈 세가주가 정말로 나와 진지한 대화를 나누고 싶다면 아버지를 박대하지 못할 것이다. 과연 제갈 세가주가 어떤 반응을 보일지, 무척 궁금했다.

아버지가 약간 미안하다는 듯이 말했다.

"그리고 내가 네가 어른스럽다 말한 것은 칭찬이었단다."

금쇄가 우리의 대화를 듣고 놀란 듯이 끼어들었다.

"아가씨가 많이 어른스럽긴 하지만 징그럽다뇨. 전 한 번도 그런 생각 한 적 없어요."

아버지는 나를 안아 들었다.

"그리고 네가 어른이 되어도 상관없단다. 부모에게 아이는 영원히 아이일 테니까."

"아버지……."

나는 아버지의 목덜미를 꽉 껴안았다. 그런 우리를 보고 흐뭇한 낯을 하던 금쇄가 장난스럽게 말했다.

"그리고 아가씨, 진짜 어른은 약도 싫어하지 않고 꿀꺽꿀꺽 마신답니다."

"거짓말하지 마."

"음? 연이가 혹시 남궁 세가에서도 약을 자주 남겼느냐?"

"……."

금쇄, 이 배신자.

나는 꿈을 꿨다. 꿈이라는 게 그렇지만 현실이라면 말도 안 되는 일인데도, 전혀 이상한 걸 느끼지 못했다.

아주아주 나쁜 놈이 내 몸에 자꾸 뭔가를 올렸다. 팔다리를 묶어놓은 것도 아니니 치우면 될 텐데 꿈이라 그런지 그런 생각을 하지 못했다.

점점 나를 짓누르는 무게가 무거워졌다.

'대체 뭘 올리는 거야, 이 나쁜 놈아!'

그래, 얼굴을 확인해 보자!

왜 그제야 생각이 났는지 나는 나쁜 놈의 얼굴을 확인해 보기 위해 안간힘을 썼다. 그러다 어느 순간 눈을 번쩍 떴다.

아직 새벽인지 어스름한 빛과 함께 낯선 천장이 보였다.

'아, 뭐야? 꿈?'

완전 개꿈이었다.

그런데…… 진짜로 몸이 무거웠다. 나는 인상을 잔뜩 찌푸린 채 답답한 몸을 내려다봤다.

'응? 제갈화무 고양이?'

내 가슴팍에 올라와 있는 흰 고양이. 그리고 고양이 입에는 지렁이 같은 꼬리를 축 늘어트린 회색 쥐가 물려 있었다.

숨도 쉬지 못한 채 굳은 나와 고양이의 눈이 마주친 순간, 고양이가 내 가슴 위로 죽은 쥐를 툭 떨궜다.

"꺄아아아아아악!"

나는 그대로 침대에서 굴러떨어졌다.

쾅! 문 열리는 소리와 함께 내 위로 그림자가 졌다. 나는 황급히 아버지 다리에 찰싹 달라붙었다.

뒤이어 금쇄가 달려왔다.

"아가씨! 무슨 일이세요!"

"쥐…… 쥐!"

"쥐요?"

"하아……."

아버지가 한숨을 내쉬며 반쯤 뽑아 든 검을 다시 넣었다.

내 몸부림에 날아간 쥐를 다시 물어 온 고양이가 내 베개 옆에 살며시 내려놓았다.

제갈 세가주 이 나쁜 놈!

"나, 나를 엿 먹이려고! 쥐가 불쌍하지도 않아? 어흐윽."

"백리연, 엿 먹이다니!"

"하, 하지만 아버지, 눈뜨니까 고양이가 죽은 쥐를 제 코앞에 들고 있었다고요."

"그렇다 하더라도 그런 말을 하면 안 되지."

아, 화병 나.

한바탕 소란을 벌인 후, 나는 객잔 뒤뜰에 쥐를 묻었다. 아버지가 짧게 말했다.

"극락왕생하거라."

나는 두 손을 모아 말했다.

"다음 생은 부잣집의 사랑받는 자식으로 태어나 평생 놀고먹으며 지내렴."

아버지가 나를 물끄러미 바라봤다.

"진심을 담은 거예요."

"……그래."

어디선가 닭 우는 소리가 들려왔다. 나는 이제 막 밝아 오는 고즈넉한 주변을 둘러보다 벌떡 일어났다.

"아버지, 기막 펼치는 법 가르쳐 주세요!"

"지금?"

"네!"

어제 아버지께 가르쳐 달라고 청했다. 아버지는 표행에 방해되지 않게 일찍 일어난다면 알려 주신다고 하셨다. 아버지가 태양이 뜬 방향을 확인하더니 고개를 끄덕였다.

"음, 그래. 반 시진 정도는 여유 있구나."

아버지가 천천히 말을 이어 갔다.

"일단 네가 가르쳐 달라 하여 알려 주기는 한다마는 쉽게 할 수 있는 것이 아니란다."

"네!"

나도 일단 기막을 가르쳐 달라곤 하였지만, 솔직히 내가 배울 수 있을 거라는 생각은 없었다.

그렇다면 왜 가르쳐 달라고 했나? 그건 아버지의 내공 흐름을 확인해 보기 위해서였다. 기막을 펼치다가 갑자기 사라진 순간.

'그때부터 내공 흐름에 문제가 생긴 것이 아닐까?'

이 모든 건 그저 추측이었다.

'갑자기 기막이 깨지고, 전음도 쓰지 않으셨지.'

당시에는 이상함을 느끼지 못했다. 일단 제갈 세가주를 치료하는 것 때문에 정신이 없었다. 그리고 아버지와 붙어서 대화하느라 내가 본 부분이 상반신뿐이었다.

내가 아버지의 내공 흐름에 이상을 느낀 건 마차에 들어오시는 아버지의 전신을 보고 나서였다. 그만큼 미묘한 차이였다.

그래서 생각한 것이 이 방법이다.

'비슷한 상황을 만들었을 때 또 그런 일이 벌어지지 않을까?'

이쯤 되면 집착이었지만……. 아버지에 관한 일이었다. 절대 그냥 넘어갈 수 없었다.

"기막은 전음의 묘리에서 조금 더 확장한 것이라고 보면 된다."

이론이야 나도 수십 번을 읽어 봤다. 설명을 이어 나가던 아버지가 잠시 고개를 갸웃하고 물었다.

"그러고 보니 내 그때 너무 당연하게 넘어갔다만, 전음은 언제 그리 연습한 것이냐?"

"어…… 남궁 세가에 있을 때 연습했죠."

"신기하구나. 보통은 전음이 아니라 검을 연습할 텐데."

"……집중할 수 있는 부분부터 연습했어요."

"좋은 태도다. 할 수 없다고 손을 놓는 것보단 할 수 있는 부분부터 하는 것이 좋지."

전음은 소리를 내공으로 감싸서 다른 사람은 듣지 못하도록 상대에게 전하는 형식이었다. 기막도 비슷했다. 다만, 전음보다 훨씬 많은 내공과 집중력, 그리고 제어 능력이 필요하다는 점이 달랐다.

참고로 내가 할 수 있는 전음은 아버지나 남궁완 아저씨가 하시는 전음과 약간 달랐다. 좀 더 수준이 낮은, 입을 달싹거리며 하는 방식이었다.

아버지가 마차에서처럼 허공에 손을 휘두르자 주변으로 퍼져 나간 푸른색의 기가 장막을 만들어 냈다.

"네 눈에는 어떻게 보일지 모르겠구나."

"음, 뫼세…… 네뻐요."

아버지가 미묘한 표정을 지었다.

"음, 그런 뜻이 아니라…… 어떤 식으로 하는 건지 알 수 있겠느냐?"

"어, 잘 모르겠어요."

"네가 가르쳐 달라 하여 보여 주긴 했지만, 기막을 펼치는 것은 매우 어려운 것이다. 사람 사이의 대화가 들리는 걸 막기 위해 전음이 아닌 기막을 쓰는 것은 수고스럽지."

아버지어를 해석하면 이 뜻이었다. 어렵기만 하지 배워 봤자 쓸데도 없다.

나는 열심히 듣는 척 고개를 주억거리며 아버지의 몸을 계속 살폈다. 이상한 흐름은 발견할 수 없었다.

아버지가 내가 연습할 수 있도록 기막을 거뒀다.

"못 하는 것이 당연하니, 부담 가지지 말고 일단 한번 심상을 펼쳐 보거라."

그러니까 아버지는 몸 안의 내공을 꺼내서 펼쳐 쓴 것이었다. 나는 반대로 일단 모으기부터…….

나는 자연지기를 모으다가 문득 의문이 들었다. 어차피 펼쳐서 장막을 만들어야 하는데 모아야 할 필요가 있을까? 차라리 처음부터 장막을 펼치듯 모으는 건 어떨까?

나는 바로 의문을 실행했다. 그리고 성공했다.

"……?"

아버지가 눈을 부릅떴다. 아버지의 감각에도 내가 펼친 기막이 느껴진 모양이었다.

"어…… 벼, 별로 어렵지 않은데요?"

아니, 이거 너무 잘난 척 같은가?

'하, 하지만 정말 그랬는걸.'

아버지가 몇 걸음 물러나 내 기막을 벗어났다. 아버지가 기막을 통과하는 순간 두통이 찡―해서 기막을 유지하던 것이 풀릴 뻔했다.

아버지가 뭔가 말을 하셨지만 들리지 않았다.

"……."

제대로 성공한 모양이었다.

다시 아버지가 기막 안으로 들어왔다. 그 순간 결국 기막이 깨졌다. 아버지가 그럴 줄 알았다는 듯이 고개를 주억거렸다.

'와, 이거 진짜 쓸데없는 능력이었네.'

유지하기가 엄청 힘들었다. 지나다니는 사람을 막을 수도 없었고, 거기다 아버지가 두 번 지나치니 깨져 버렸다.

가만히 고민에 잠긴 아버지가 말했다.

"내 가설이지만…… 내가 기막을 펼칠 때 어려웠던 점은 내 몸 안에서 내보낸 내공을 통제하는 것이었다."

아버지가 약간 상기한 낯으로 나를 보며 말을 이었다.

"하지만 넌 이미 바깥의 기운을 통제하는 것부터 익혀서 그런 것 같구나."

아하, 그럴 수도 있겠군.

아버지가 갑자기 허리춤의 검을 뽑아 들었다. 의아하게 바라볼 때 아버지의 검에 푸른빛이 감돌았다. 검기였다. 평소 가벼웠던 아버지의 검기와 다르게 눅진한 느낌이었다.

'죽도 아니고, 검기가 저렇게 바뀔 수가 있나?'

그때 아버지가 검을 바로 세웠다가 검을 돌렸다. 아버지의 검이 지나간 자리에 푸른빛 검기가 사취를 남겼다. 마치 방패 같았나.

"이걸 검막이라고 한다."

"우와……."

"기막보다 훨씬 유용하다. 네 몸을 보호할 수 있으니까."

물리적 힘이 거의 없는 기막과 달리 검막은 누가 펼치느냐, 어떤 경지에 이른 자가 펼치느냐에 따라 막을 수 있는 것이 천지 차이였다.

"따라 해 볼 수 있겠느냐?"

"아?"

"일단 검부터 필요하겠구나. 내 검은 네겐 너무 무겁지. 아, 그래. 예전에 완이 네게 주었던 단검 지금 가지고 있느냐?"

나는 멍하니 아버지가 말하는 것을 지켜보다가 겨우 입을 열었다.

"아버지, 거기엔 큰 문제가 있어요."

"무엇이냐?"

"전 검기를 못 만들잖아요."

"……!"

아버지가 이제야 깨달은 듯한 표정을 지었다. 아버지의 귓가가 살짝 붉어졌다.

"큼, 크흠, 내가 마음이 조금…… 급했구나."

헛기침한 아버지가 말을 이어 갔다.

"하나 연아, 보통은 검기를 만들고 그다음에 기막을 성취한단다. 기막을 만드는 것이 검기를 만드는 것보다 어려우니까."

"그래요?"

배워 봤어야 알지. 내공이 없으니 모든 건 이론으로만 알았다.

아버지가 신나게 설명을 이어 갔다. 나는 그 모습을 매우 신기하게 바라봤다. 그러니까 아버지가 이렇게 즐거워하는 모습 자체가 정말 이상하달까, 놀랍달까.

음, 그러니까 배우는 나보다 더 열정적이셨다.

과거에 아버지가 내게 검을 가르칠 때는 늘 답답하고 우울한 표정이었다. 나는 그것을 내가 배울 수 없는 주제에 가르쳐 달라 귀찮게 굴어서라고 생각했다.

'무슨 생각을 하면서 가르치셨던 걸까?'

이제는 알 수 없는 일이었다.

"내 설명 다 들었느냐?"

"네."

"그래. 그럼 이제부터라도 차근차근 연습한다면 네 재능이라면 금세 성취할 수도……."

그때 짙은 색 무복의 표사 한 명이 우리가 있는 곳으로 달려왔다. 누군가 뒤뜰로 다가오면 알려 달라고 부탁했던 표사였다.

"배. 백리 대협!"

아버지의 얼굴에서 흥분한 기색이 싹 사라졌다. 어느새 늘 똑같은 침착한 표정으로 변한 아버지가 표사를 향해 말했다.

"허 표사, 무슨 일이십니까?"

"배, 백리 세가주께서 오셨습니다!"

아버지와 내가 서로의 얼굴을 마주 보았다. 아버지가 나를 안아 들고 황급히 뒤뜰에서 객잔을 통과해 객잔 정문으로 향했다.

멀리에서 빛무리들이 어른거렸다. 그중 한 명에게서 아주 강대한 기도가 느껴졌다. 이 정도의 기도를 풍기는 분은 지금껏 딱 두 분이었다.

천산염제, 남궁 세가주.

그리고 이제 세 분이 되있나.

할아버지 백리패혁.

이른 아침임에도 소란에 사람들이 점점 구경을 나왔다.

"백리 세가주?"

"백리 세가주가 여긴 대체 무슨 일로?"

할아버지 뒤편으로 백리 세가의 호위대인 백검단도 사열해 있었다. 그 삼엄한 기도의 백검단 사이, 의외의 인물이 자리하고 있었다. 반년 새 턱선이 좀 더 날렵해진 사촌 오라버니, 백리명이었다.

'쟤는 왜…… 온 거야?'

그때 백리명과 눈이 마주쳤다. 백리명이 마치 다정한 오라비처럼 온화한 미소를 지었다. 순간 표정 관리를 못 할 뻔했다.

그리고 백검단 사이에 감색 지붕의 화려한 마차가 보였다. 마차의 문이 열리고 연세가 지긋한 노인이 신음하며 내렸다. 사실 내렸다기보다는 굴러떨어졌다는 말과 비슷했다. 백검단 무사 한 분이 황급히 노인을 부축했다.

나는 모든 모습을 눈을 부릅뜬 채 바라봤다.

"아이고, 아이고오, 이게 무슨 고생인지. 어우, 허리야."

석 태의였다.

아버지가 황급히 옷매무새를 정돈하고 포권지례를 올렸다.

"가주님께 인사 올립니다."

나도 아버지를 따라 같이 인사를 올렸다. 할아버지가 커다란 흑마에서 가볍게 뛰어내렸다. 아버지가 고개를 들고 의아한 듯 말문을 열었다.

"아버지께서 어찌 여기까지……?"

"내 오지 않으면 내년에나 얼굴을 볼 수 있을 것 같아서 왔다!"

우렁찬 외침에 할아버지와 백검단을 보고 소란스럽던 주변마저 순간 침묵에 잠길 정도였다.

그 뒤로는 정신이 하나도 없었다. 몰아치는 상황 속에 정신을 차렸을 땐, 객잔의 가장 넓고 좋은 객방에서 석 태의에게 진찰을 받고 있었다.

'여기 다른 사람이 묵고 있지 않았나……?'

눈을 감고 있던 석 태의가 내 손목에서 손가락을 떼며 눈을 떴다.

"몸에 큰 이상은 없습니다. 경맥에 입었던 상처도 거의 다 나았고…… 순조롭게 회복한 것 같군요."

석 태의가 내 눈을 살피며 몇 가지 확인을 하곤 말했다.

"눈은 왜 그런지 모르겠습니다. 그래도 시력에 이상은 없으니 큰 걱정은 하지 마시고 강한 빛만 피하면 될 듯합니다."

할아버지가 고개를 주억거리며 말했다.

"석 태의, 고맙소."

석 태의가 허리를 두드리며 일어났다.

"뭘요. 그럼 돌아가는 길에 마차 좀 살살 몰아 주시지요."

"크흠. 돌아가는 길은 급하게 달리지 않을 테니 걱정하지 않아도 될 것이오."

"어이구, 삭신이 아직도 쑤시는 것이, 이 나이에 그렇게 거친 마차라니……."

석 태의의 눈치에 할아버지가 내리 헛기침을 했다. 할아버지를 서리 눈치 보게 만드는 모습에서 황실에서 오랫동안 태의로 일한 저력이 느껴졌다.

석 태의가 객방을 나서기 전 배웅하는 나를 돌아보았다.

"소저, 내가 여기까지 온 것은 백리 세가주의 부탁도 있지만, 가약이에게 부탁을 받았기 때문이네."

"……석 공자요?"

"그래."

"아, 석 공자는 잘 지내고 있어요?"

"그럼. 소저가 돌아오길 손꼽아 기다린단다."

나는 손가락을 꼼지락거리며 시선을 살짝 내렸다.

'뭘 손꼽아 기다리기까지.'

솔직히 석가약에게 서신을 받고 나서 깜짝 놀랐다. 그때까지만 해도 나는 석가약이 나에 대해서 금세 잊어버릴 거라 생각했기 때문이다.

어린 시절의 하루는 빠르고, 두어 번 만난 또래 따위 금세 잊어버리는 게 당연하지 않은가?

"저도 석 공자에게 서신을 받아서 음, 놀라고 좋았어요."

내가 석가약을 잊어버리고 있던 것과 별개로, 누군가 잊지 않고 나를 기다렸다는 사실이, 내게 서신을 보내 주는 사람이 있다는 것이 조금 기쁘긴 했다.

"아 참, 석 태의께서 주신 약 엄청 잘 썼어요! 효과가 엄청 좋더라고요. 다시 한번 감사드려요."

석 태의가 껄껄 웃고는 목소리를 낮췄다.

"사실 그 약은 황실 비전약이란다. 그것도 석가약이 내주라고 성화를 부려서 준 것이지."

"……."

석가약, 석가약 하는 것이 석 태의가 왠지 모르게 내게 빚 독촉하러 온 사람 같은 느낌이 들었다.

"다음에 오면 또 주마."

"아, 아니에요. 황실 비전약이라면서요?"

"괜찮다. 백리 세가로 돌아오면 바로 꼭 한번 들러 주렴."

하하하, 나는 돈 안 갚은 빚쟁이가 된 기분을 만끽하며 석 태의를 배웅했다.

다시 돌아가자마자 할아버지가 나를 향해 손짓했다.

"백리연, 이리 와 보거라."

할아버지 곁에 아버지도 계셨기에 큰 부담 없이 다가갔다. 할아버지가 손을 뻗어 내 팔을 꾹꾹 눌러 보았다.

"부러졌다더니, 크게 다치진 않았던 모양이구나."

석 태의가 모두 확인했는데도 할아버지는 꼼꼼히 내 팔을 눌러 보며 확인하셨다.

"부러지진 않았고요. 금 간 정도였어요."

그것도 만신의의 눈을 넘겨받으면서 싹 다 나았다. 할아버지가 굳은 표정으로 고개를 끄덕였다.

"키도 좀 큰 것 같고."

할아버지가 내 어깨를 짚고 발끝부터 머리까지 샅샅이 훑어보았다. 약간 눈빛으로 수색받는 기분이었다.

"낯빛도 꽤 좋아졌어."

할아버지가 기분이 좋아진 듯 인사하게 웃는 낯으로 물었다.

"남궁 세가가 너와 잘 맞았던 모양이구나."

"……."

순간 함정이라는 생각이 들었다. 머릿속에서 비상등이 삐용삐용 울리는, 여기서 그렇다고 대답하면 안 될 것 같은 그런 강렬한 느낌에 입을 열었다.

"그럴 리……."

내가 잠깐 머뭇거리는 새 아버지가 나서서 답했다.

"예. 남궁 세가에서 연이를 아주 잘 보살펴 주더군요."

"……."

아버지 말에 할아버지 눈에서 불이 튀었다. 나는 아버지의 옷자락을 잡아당겼다. 그러자 아버지는 왜 그러냐는 다정한 눈빛으로 나를 보았다.

'아버지, 이런 말씀 드리긴 조금 그렇지만 눈치 좀…….'

곧장 할아버지에게서 불호령이 튀어나왔다.

"잘 보살폈는데 손바닥을 이 모양으로 만들어? 검을 쥐는 사람에게 손이 얼마나 중요한지 모르더냐!"

내 손을 뒤집어 손바닥을 펼쳐 본 할아버지의 잇새에서 빠득 소리가 났다. 나는 황급히 답했다.

"저 손바닥은 이제 다 나았어요. 그, 그리고 창궁관도 들어가 보고 좋았어요."

"양심이 있다면 당연히 들여보내야지! 그깟 게 뭐라고!"

할아버지가 허공을 향해 코웃음을 치더니 의자 손잡이를 두드리며 소리쳤다.

"남궁 세가주가 내게 서신을 보냈다. 뭐라는 줄 아느냐?"

"……뭐라고 적혀 있었습니까?"

"연이가 마음에 들어 잘 가르쳐 보고 싶으니 남궁 세가에 남게 해 달라더구나! 내 손녀딸을 제가 뭐라고 맘에 들고 말고 해? 노인네가 노릴 것이 없어서 내 손녀딸을……! 자기 손자나 잘 가르칠 것이지! 나는 노친네가 노망나서 비무 신청한 줄 알았다!"

금시초문인 일이었다. 아버지 또한 듣지 못했던 일인지 살짝 놀란 듯했다. 그리고 왠지 모르겠지만 살짝 뿌듯함도 느껴졌다.

"아버지, 그래도 남궁 세가주께 말씀이 너무 심하⋯⋯."

나는 아버지 소매를 확 잡아당겼다. 그러자 아버지가 놀라서 나를 바라봤다. 나는 눈빛으로 열렬하게 말했다.

제발⋯⋯ 아무 말도 하지 말아 주세욧! 한 마디 들을 것 열 마디 듣게 된다고욧!

"⋯⋯."

내 눈빛에 담긴 뜻을 읽었는지, 아버지가 떨떠름한 낯으로 입을 다무셨다. 그 모습을 본 할아버지가 수염이 떨리도록 코웃음을 쳤다.

"서로 아주 절절하구나! 눈앞의 할애비는 안중에도 없어!"

나는 어색하게 웃으며 아버지께 바짝 붙었다.

"하하, 그럴 리가요."

할아버지가 입매를 비틀며 나를 노려보았다.

"백리연, 네 아비보다 네가 문제야!"

"네에?"

나는 정말로 깜짝 놀랐다. 아버지보다 내가 문제라니? 이건 조금 억울했다. 할아버지가 숨을 가다듬듯 수염을 한 번 쓰다듬고 입을 열었다.

"팔괘촌에서 산사태가 일어났을 때 다른 아이들을 구하자고, 네 아비한테 아이들을 떠밀고 홀로 휩쓸려 갔다지?"

"⋯⋯."

그 말에 아버지의 낯빛이 갑자기 하얗게 질렸다. 할아버지는 그런 아버지를 전혀 신경 쓰지 않은 채 말을 이어 갔다.

"내 그 이야기를 듣고 어찌나 기가 막히던지! 하늘이 다 노래지더구나!"

할아버지가 의자 손잡이를 내리쳤다.

"어찌 그런 생각을 한 것이야!"

내가 움찔 어깨를 떨자, 아버지가 앞으로 나서며 할아버지와 내 사이를 막아섰다.

"아버님, 연이도 그 일로 많이 다쳤습니다. 모두 소자가 잘 가르치지 못한 탓이니, 연이를 탓하지 마십시오."

할아버지가 입매를 비틀었다.

"네가 연이를 잘 가르치지 못해 네 탓이라면, 네 잘못은 널 잘 가르치지 못한 내 탓이더냐? 네가 지금 내 탓을 하는 게야?"

"……그런 뜻이 아닙니다."

"뭐가 틀리더냐! 내 잘못은 내 아버님 탓이니 백리연이 저런 것은 백리가의 조상님이 잘못하셨다는 말이냐!"

"……."

말문 틀어막는 대단한 논리셨다.

'저렇게 말하면 어떻게 반박해……?'

아버지와 나 둘 다 할 말을 잃은 채 발끝만 바라봤다.

"의강, 저리 비키거라!"

할아버지가 성가시다는 듯 손짓하고 말을 이었다.

"네가 구했다는 네 목숨보다 소중하다는 그 아이나 한번 보자꾸나! 대체 얼마나 잘난 녀석이기에 네가 네 목숨까지 포기하고 구했는지!"

당장 이 자리로 불러오라는 듯한 태도셨다. 나는 속으로 천산염제께 감사 인사를 올리며 답했다.

"지금은 없어요."

"뭐라? 계속 데리고 있었던 것 아니더냐?"

"그게, 어…… 좋은, 좋은 데로 갔어요."

할아버지가 살짝 놀란 듯 되물었다.

"죽었단 말이냐?"

"아, 아뇨! 그, 음…… 음, 좋은 스승 아래 제자로 들어갔어요."

"감히 백리 세가에 은혜를 입고 다른 곳으로 가?"

어쩌란 거지……?

'방금까지 만나면 가만두지 않을 것처럼 구셔 놓고…….'

내가 속으로 투덜거리는 새, 반쯤 일어났던 할아버지는 한숨을 내쉬며 자리에 다시 앉았다. 그러곤 무척 피로해 보이는 얼굴을 쓸어내렸다.

어느 경지에 오르면 노화가 느려진다. 절대고수 중 한 분이신 할아버지가 반년 만에 나이 드실 리 없었다. 그런데도 왠지 모르게 갑자기 주름이 늘어난 것만 같았다.

할아버지가 착 가라앉은 목소리로 말문을 뗐다.

"내 분명 아비가 아무 말 안 했을 걸 아니 대신 말하마."

나는 아버지를 흘끗 보았다. 아버지도 할아버지가 무슨 말씀을 하시는지 잘 예상이 가시 않는 듯했다.

"그래. 산사태에 모두가 죽을지도 모르는 상황에서 다른 아이들을 구한 행동, 아주 의로운 일이지."

할아버지가 진중한 눈으로 나를 바라보았다.

"그런데 연아, 너는 널 눈앞에서 잃은 아비 생각은 안 하느냐?"

"네?"

"널 눈앞에서 놓친 네 아비가 얼마나 괴로울지 정녕 모르겠느냔 말이다."

아버지는 긍정도 부정도 하지 않은 채 그저 묵묵히 할아버지의 말씀을 듣고 계셨다. 할아버지가 씁쓸한 목소리로 말을 이었다.

"내 폐관 수련에서 나왔을 때 소식을 듣고 이런 생각이 들더구나. 아, 그 모습이 마지막이었을지도 모르겠구나."

그 말을 끝으로 할아버지가 한숨을 내쉬며 눈가를 짚었다.

"할애비 말을 이해하겠느냐?"

할아버지의 이런 모습은 처음이었다. 나는 어쩔 줄 모르고 할아버지와 아버지를 바라봤다가 고개를 숙이기를 반복하다가 답했다.

"……잘못했어요."

"그럼 앞으로 이와 같은 일이 있을 때 그러지 않을 것이냐?"

"……."

내가 대답하지 않자 할아버지가 한숨을 내쉬었다.

"말만 잘못했다고 해서 무슨 소용이더냐?"

하지만…… 하지만…….

나는 조그맣게 의견을 피력했다.

"아버지가 저를 구하셨으면 다른 한 명은 못 구했잖아요."

아버지의 경공 실력이 대단하다 한들 팔은 두 개고 아이 셋의 무게를 감당하며 산사태를 피해 빠져나갈 수는…….

할아버지가 말도 안 된다는 듯 말했다.

"너는 아직 여섯 살이다. 네가 왜 그런 것까지 걱정하느냐?"

"……."

할아버지가 또 한숨을 내쉬셨다.

"연아, 아직 포기해서는 안 된다. 네가 검을 쥐지 않더라도 내 손녀 딸임은 변함없으니. 알겠느냐?"

나는 놀라서 눈을 크게 떴다. 할아버지의 말씀은⋯⋯ 마치 내가 단전 폐인인 것이 괴로워 목숨을 내던진 것만 같은⋯⋯.

'전혀 그런 게 아니었는데.'

단전은 회복되지 않았지만 그래도 이제 만신의에게 받은 능력이 있었다.

'하긴 아직 할아버지는 모르시지.'

순간적으로 고민되었다.

'말씀드릴까?'

지금 할아버지께 금안에 대해서 설명할까?

원래 할아버지는 고려 대상이 아니었다. 할아버지는 아버지를 아끼시지만⋯⋯ 나를 아끼시는 것과는 달랐으니까.

"이리 오너라."

내가 쭈뼛쭈뼛 다가가자 할아버지가 손을 뻗어 나를 끌어안았다.

"어휴, 이 토깽이 같은 녀석이 그 무덤 속에서 얼마나 고생이 많았을꼬! 잘 돌아왔다. 잘 버텼어."

할아버지는 아버지께 할 말이 있으니 남으라고 말하며 나를 내보냈다.

나는 팔뚝을 문지르며 객방을 나왔다. 여러 생각이 들었다. 팔괘촌

산사태를 언급하자마자 굳어지던 아버지의 모습……. 내가 목숨을 포기한 것이라 여기는 할아버지의 착각…….

하지만 생각을 오래 이어 나갈 수는 없었다. 내 앞을 가로막은 사람이 있었기 때문이다.

"연아."

"……오라버니."

백리명이었다. 이 앞에서 기다리고 있던 듯한 모양새였다.

"오랜만이에요, 오라버니. 키가 엄청 크셨네요?"

백리명은 반년 사이 성장기라도 온 듯이 키가 쑥 자랐다.

"잘 지냈어? 큰 사고를 당했다고 들어서 걱정했는데. 이리 보니 무사한 것 같아 다행이야."

마지막에 헤어질 때의 관계는 그리 나쁘진 않았다. 하지만 이렇게 친한 척 굴 정도는 아니었던 것 같은데. 속내가 아주 뻔히 보였다.

나는 오라버니를 보아 기쁘다는 듯한 표정으로 말했다.

"오라버니는 여긴 어쩐 일이세요?"

"내가 할아버지께 졸랐단다. 같이 가고 싶다고."

나는 눈을 동그랗게 뜨며 고개를 기울였다.

"왜요? 여기까지 오기 힘들지 않았어요?"

이유를 모를 리 없었다. 백리명이 여기 온 이유. 그건 동생을 챙기는 착한 장손의 모습을 할아버지께 보이는 것일 테다.

백리명이 헛기침을 하며 답했다.

"그으, 큼, 네가 잘 지내는지 걱정이 되어서 그랬단다."

백리명이 표리부동한 사람이긴 해도 아직 아이였다. 내심 무시하던 사촌에게 친한 척 말을 거는 상황이 어색한 듯했다.

나는 이를 모른 척 환하게 웃었다.

"정말요? 감사해요!"

할머니부터 큰아버지와 큰어머니의 안부를 차례로 묻고는 흘끔 눈치를 보듯이 머뭇거리다 물었다.

"고모는…… 잘 지내세요?"

"……."

백리명의 낯빛이 어두워졌다.

"그냥 뭐…… 평소와 똑같지."

당연히 소우악이랑 고모가 나갈 줄 알았는데, 쌍둥이들이 나가고 고모가 남을 줄이야.

어떻게 된 영문인지는 알 수 없지만, 한 가지 확실한 건 있었다. 백리명이 나를 마중 나온 사실을 고모가 알았을 때 보일 반응.

발작할 것이 뻔했다. 고모는 분명 쌍둥이들이 고계암으로 쫓겨난 일로 내게 칼을 갈고 있을 테니까.

'그걸 알면서도 나를 만나러 왔단 말이지.'

어째야 할지 머리를 굴릴 때였다.

꼬르륵.

백리명이 얼빠진 얼굴로 날 보았다. 나는 숨을 흡 들이쉬며 이 채신머리없는 배를 움켜쥐었다. 하지만 배에 너무 힘을 줘서일까, 오히려 너 크게 소리가 울렸나.

꼬르르르륵.

'아니, 미친. 창피해.'

아냐, 안 창피해. 차라리 잘됐어. 나는 백리명을 향해 재빨리 물었다.

"오라버니, 제가 아침을 아직 못 먹어서……. 혹시 아침 드셨어요?"

"어? 아, 아니."

"그럼 같이 드실래요?"

백리명의 낯빛이 확 밝아지며 고개를 끄덕였다.

"그래."

"그럼, 일 층으로 가요!"

"그럴 필요 있느냐? 저쪽 객방에서 먹자꾸나."

나는 눈을 끔뻑거리며 백리명이 가리킨 방을 보았다.

"저기 방 비어 있나요?"

"여기 객잔은 백리 세가에서 모두 빌렸다."

"모두요?"

"그래. 하루 묵었다 출발할 거란다."

하긴 석 태의 낯빛이 무척 피곤해 보이긴 했다. 나는 고개를 갸웃하고 주변을 둘러보았다. 북적거리던 객잔에 사람이 확실히 줄었달까?

"어……. 그렇다고 해도 원래 묵던 사람들이 있지 않나요?"

백리명이 뭐 그런 걸 물어보냐는 듯이 말했다.

"돈을 주고 내보냈지."

"……얼마나요?"

"여기 숙박비의 열 배 정도 줬다고 들었는데."

"열 배요!"

와, 역시 부자들이란.

"아, 그럼 제갈 세가주도 나갔나요?"

백리명이 고개를 저었다.

'쳇…….'

굳은살 가득한 주름진 손이 찻주전자를 들어 찻잔을 채웠다. 찻잔을 건넨 후, 자신의 잔에도 찻물을 채워 넣었다.

"제갈 세가주는 어쩌다 만난 것이야?"

"오는 길에 쓰러져 있던 것을 마주쳤습니다. 돕다 보니 함께 오게 되었고요."

"허, 제갈 세가주가 쓰러져 있었다고?"

"예. 지병이 잠시 재발했더군요."

"흠."

백리패혁이 살짝 인상을 찌푸린 채 찻물을 머금었다.

"그래. 이리 만난 것도 인연일지 모르겠군."

백리의강이 고개를 살짝 기울였다. 백리패혁이 찻잔을 내려놓으며 말했다.

"제갈 세가주가 우리 가문에 보호를 요청했다."

"예?"

말도 안 되는 일이었다. 가문, 그것도 세가라 불릴 정도의 대가문 가주가 다른 가문에 보호 요청이라니. 체면과 명예를 모두 내던진 행위였다.

백리의강이 이해되지 않는다는 듯이 물었다.

"제갈 세가가 무림맹도 아니고 어찌하여 저희 가문에 보호를 요청한단 말입니까?"

심지어 백리 세가와 제갈 세가는 교류가 거의 없었다.

"제갈 세가가…… 무림맹과의 관계가 예전 같지 않은 걸 알지 않느냐?"

"그렇다 한들, 저희에게 요청하는 것은 이상합니다. 그리고 아무리 예전 같지 않다고 하더라도 무림맹에서 제갈 세가주의 요청을 무시할 리 있겠습니까?"

백리의강의 말에 백리패혁이 씁쓸한 눈빛을 했다.

"이미 요청을 했다고 한다. 그런데 무림맹주의 반응이 애매했다더군."

"애매했다고요?"

"그래. 내 여러 경로로 알아봤다. 제갈 세가주가 도움을 요청한 것도 맞고…… 무림맹주가 제갈 세가주를 도울 생각이 없는 것 또한 맞았다."

"맹주님께서…… 어찌하여……? 이건 말도 안 되는 일입니다."

백리패혁이 수염을 쓰다듬으며 몸을 등받이에 기댔다.

"말이 안 될 것까진 없다."

백리패혁은 백리의강의 시름에 찬 낯을 보며 말을 이었다.

"제갈 세가주의 지병이 이번엔 아주 심각하다는 이야기가 있다. 후손도 남기지 못할 거라더군."

"그것과 무슨 상관이…… 설마?"

"그래. 얼마 남지 않은 시한부를 도와봤자 별 가치가 없다 여긴 거겠지."

백리의강은 실로 충격을 받은 표정이었다.

"추측일 뿐이다."

"……."

하지만 백리 세가주인 백리패혁이 입 밖에 낼 정도의 추측이었다. 틀릴 리가 없는 것이다.

"그래서 돕기로 했다."

백리의강이 곧장 의아한 기색을 내비쳤다. 그리고 조심스럽게 물었다.

"아버지, 제게 이 말씀을 하시는 이유가 무엇입니까?"

백리패혁은 아주 만족스럽게 수염을 쓰다듬었다. 백리의강의 질문은 정확한 요점을 꿰뚫고 있었다.

보통은 우리가 왜 제갈 세가주를 도와주느냐는 질문을 할 테지만, 백리의강은 달랐다. 제갈 세가주를 도와주기로 한 백리패혁의 판단을 전적으로 따르는 것이다. 그리고 왜 자신에게 이 모든 사실을 말해 주는지 그 부분에 의문을 가졌다.

백리패혁은 그런 아들을 한동안 바라보다가 입을 열었다.

"아들아, 나는 연이도 걱정이지만 너 또한 걱정이다."

백리의강이 시선을 내렸다.

"걱정을 끼쳐 죄송할 따름입니다."

백리패혁이 탁자를 쾅 내리쳤다.

"내가 듣고 싶은 말은 그런 말이 아니다!"

"……죄송합니다."

백리패혁이 한숨을 내쉬었다.

"제갈 세가주가 네 증상을 완화할 방법을 안다."

"……!"

백리패혁은 놀란 아들의 얼굴을 보며 말을 이었다.

"완치는 아니라 아쉽지만…… 그래도 이게 어디더냐? 최대한 시간을 벌면서 치료 방법을 알아내야지."

잠시 침묵하던 백리의강은 믿기지 않는 듯 물었다.

"그런데 아버님, 제갈 세가주가 제 증상을 어찌 알고 있는 겁니까?"

백리패혁이 잠시 말을 멈추었다가 답했다.

"네가 앓고 있는지는 모른다. 그저 치료법을 알 뿐이지."

백리의강이 더 이해가 가지 않는 낯을 했다.

"제갈 세가주가 치료법을 정말 알고 있는 게 맞습니까? 하필이면 보호 요청을 한 시점에 치료법을 알고 있다니. 상황이 공교롭습니다."

"있다면 있는 걸로 알 것이지 무슨 의심이 그리 많아!"

백리패혁이 성을 내면 대부분의 사람들은 재빨리 고개 숙이며 말을 조심했다. 백리의강도 크게 다르진 않았다. 하지만 이번에는 물러설 수 없다는 듯이 말했다.

"의심스럽습니다. 지금껏 아무도 이런 병이 있는지 존재조차 몰랐습니다. 심지어 석 태의조차 처음 보는 병이지 않았습니까? 그런데……."

"너는 대체……!"

버럭 소리치던 백리패혁이 주먹을 꾹 쥐고 다른 손으론 이마를 짚었다.

"내가 치료 방법을 사방으로 찾다 보니…… 제갈 세가주에게 닿은 것이다."

"……하지만 아버님, 저와 연이가 남궁 세가에 있을 때 계속 폐관 수련에 들어가 계셨지 않습니까?"

그래서 백리연이 산사태에 휩쓸려 시신이라도 찾기 위해 가문에 돌아갔을 때도, 얼굴조차 마주하지 못했다.

"그런데 아버님이 언제 찾아다니실 수가……."

말하던 백리의강이 뭔가를 깨달은 것 같은 표정을 지었다.

"설마…… 폐관 수련 자체가 거짓이었습니까?"

백리패혁의 눈썹이 움찔 떨렸다.

"내가 정말 폐관 수련에 들어가지 않았다는 사실은 장 부관과 백검 단주밖에 모르는 일이다. 너도 비밀로 하거라."

"……."

그러고선 백리패혁은 별거 아니라는 듯이 말을 돌렸다.

"그보다 요새 상태는 어떠냐?"

잠시 생각에 잠겨 있던 듯하던 백리의강이 다시 시선을 들고 말했다.

"……아버님, 저 때문이라면 제갈 세가주의 제안을 받아들이실 필요 없습니다. 가문에 폐를 끼칠 수는 없습니다."

"폐라니! 그리 생각하지 말거라. 너 또한 백리 성을 받았는데 이 어찌 폐란 말이냐?"

백리의강의 입가에 희미한 미소가 스쳤다.

"아버님이 저를 이리 신경 써 주신다는 것만으로도 감사합니다."

그 모습에 백리패혁은 쓴 물을 삼키는 심정이 되었다.

"하나 제 몸의 병조차 다스리지 못하는 이에게 제 몸을 맡겨 무얼 합니까?"

"그 밀 네게 돌려주나. 네 몸조차 구하시 못하면서 무슨 날아이의 몸을 낫게 해 주겠다는 것이야? 어!"

나는 백리명과 식사를 하며 그간 가문에 있었던 일을 조금씩 들을 수 있었다.

"……해서 표랑 악 둘 다 고계암으로 간 거란다."

대체 왜 소우악과 고모가 가문을 나간 게 아니고 쌍둥이들이 함께 고계암에 갔나 했더니.

'백리명이 부추긴 거였다니.'

내가 씨를 뿌리긴 했지만……. 이 정도로 싹이 잘 텄을 줄이야. 그만큼 평소 고모와 쌍둥이들이 뿌린 거름으로 땅이 비옥했다는 뜻도 됐다.

그리고 백리명이 정말로 나를 보러 온 이유와 객방에서 식사하자고 한 이유도 알 수 있었다.

"맞아, 연이 너 남궁 세가주를 할아버지라 부른다며?"

국을 떠먹던 나는 수저를 멈추고 눈을 깜빡였다.

"엇? 그걸 어떻게 아세요?"

"할아버지가 장 부관과 이야기하시는 걸 들었단다."

설마 남궁 세가주 할아버지가 보내신 서신에…… 그런 내용도 쓰여 있었던 건 아니겠지?

왠지 맞을 것 같았다.

"……맞아요. 남궁 세가주 할아버지께서 그리 부르시라고 하시더라고요."

내 대답에 백리명은 눈을 빛내며 중얼거렸다.

"남궁 세가주와도 친분을 쌓다니……."

그리고 조금 뒤 또 다른 이야기를 꺼냈다.

"아, 그리고 중해 형님이 백리가에 왔었단다."

중해 형님? 잠시 누구를 말하는 건가 고민했다.

"악중해 오라버니요?"

"그래. 네가 중해 형님 목숨도 구하고 당 소저와 청성의 마 소저도 구했다며?"

"아…… 제가 구했다기보단 아버지가 구하신 건데……."

"그래? 형님 말씀에 따르면 아니던데."

악중해 이 사람, 대체 백리가에 가서 뭔 짓을 한 거야? 왜 백리명하고 형님 아우를 하고 있어?

이런 식으로 백리명은 내게 묻고 싶었던 것이 많은 모양이었다. 하지만 일 층으로 내려가면 다른 사람들도 있을 테니 눈치가 보여 노골적으로 캐묻기 어려웠을 것이다.

"후일 기회가 된다면, 남궁 세가주께……."

한창 백리명이 말하고 있을 때였다. 갑자기 창가에 작은 그림자가 졌다. 제갈 세가주의 흰 고양이였다. 이를 본 나는 눈을 부릅떴다. 이번에 고양이 입에는 불쌍한 참새 한 마리가 물려 있었다!

백리명이 의아한 목소리로 말했다.

"웬 고양이?"

"오, 오지 마!"

나는 벌떡 일어나 순식간에 열 걸음 정도 물러났다. 고양이는 내가 있었던 의사를 밟고 탁사 위로 올라갔다. 그러곤 퉤, 참새를 뱉어 냈다.

백리명도 움찔 놀라며 반쯤 일어났다가 애써 태연한 척 다시 앉았다.

"이 고양이 뭐야?"

"제갈 세가주의 고양이예요."

"그런데 왜 새를……?"

"아침에는 저한테 죽은 쥐를 가져다줬다고요!"

고양이가 금색 눈동자로 나를 빤히 바라봤다. 백리명은 그런 고양이가 신기하다는 듯 말했다.

"저 고양이가 널 좋아하는 거 아니냐?"

"네?"

"예전에 친우한테 들은 적 있어. 자기가 밥을 주는 길고양이가 작은 동물이나 벌레를 물어 오기도 한다고. 선물이라고 주는 것 같아서 버릴 수도 없고 걱정이라고."

그런 선물 필요 없어……!

백리명이 고양이를 향해 손을 뻗어 쓰다듬었다.

"귀엽네."

꽤 즐거운 얼굴이었다. 그 모습을 떨떠름하게 지켜보다 물었다.

"동물 좋아하세요?"

"귀엽잖아."

"하지만 오라버니 동물 안 키우시잖아요?"

저번 생에도 키우는 모습을 한 번도 본 적 없었다.

"아, 고모가 동물을 싫어하셔서 못 길렀어."

나도 모르게 순간 눈을 가늘게 떴다. 백리명은 무심코 말했을지 모른다. 하지만 저 안에는 고모에 대한 불만이 고스란히 담겨 있었다.

나는 아무것도 모르는 것처럼 물었다.

"어차피 처소도 따로고, 고모가 오라버니의 친어머니도 아니신데…… 그냥 길러도 되지 않아요?"

"……."

백리명이 나를 보러 온 이유. 그건 본인에게 누가 더 이득이 될지 나와 고모를 저울질하고 있어서였다.

'할아버지를 따라 여기까지 온 것을 보아 거의 결정한 것 같지만…….'

고양이를 보자 순간 좋은 생각이 떠올랐다. 나는 다시 탁자로 다가가 고양이의 머리를 손가락으로 문질렀다. 살랑살랑 움직이는 꼬리와 함께 날리는 털이 음식을 장식했다.

"됐으니까, 앞으로 이상한 것 좀 가져오지 마. 알아들었어?"

나는 고양이가 내려놓은 참새를 흘끔 바라보았다. 다행이라고 해야 할까? 이번의 참새는 아직 살아 있었다. 놀라서 기절한 건지 죽은 척하는 건지는 알 수 없었다. 다친 곳도 없어 보였다.

나는 고양이를 안아 들었다.

"제갈 세가주께 고양이를 돌려보내러 가야겠어요."

나는 백리명을 돌아보며 웃었다.

"오라버니도 같이 가실래요?"

방의 주인인 듯한 하얀 소년은 턱을 괸 채 허공을 바라보고 있었다. 그 앞으로 새까만 무복을 입은 사람이 나가았다.

제갈화무가 여전히 허공을 바라보며 입을 열었다.

"그 배신자들은?"

"모두 처리했습니다."

"이제 어머니도 한동안은 몸을 사리시겠지."

제갈화무는 눈을 감으며 몸을 등받이에 기댔다. 입가에는 은은한 미소가 맺혀 있었다.

"어머니도 참, 가만히 계시면 손에 넣으실 텐데 그새를 못 참으셔서야 원."

침묵하던 흑의인이 다시 입을 열었다.

"이번에 제대로 처리하심이 어떠십니까?"

"뭐 하러? 귀찮다."

"하지만 대부인께서 마교와도……."

제갈화무가 흑의인의 말을 자르며 말했다.

"마교가 제갈의 씨를 말려 버리고 싶어 하는 것이 하루 이틀도 아니고. 이런 몸으로 본가에서 나온 순간부터 예견한 일이었다."

간을 보듯 정체를 숨긴 습격. 그리고 그의 몸 상태가 나빠지기만을 기다린 배신.

배신이라지만 사실 예견했던 일이었다. 오히려 제갈화무는 이를 이용하려 했다. 백리 세가에 도착하기 전 친모의 손을 탄 배신자를 한 번 솎아 낼 계획을 짰다. 그리고 발작이 일어난 척하며 배신자들의 반응을 보려 했는데…… 문제가 생겼다.

"아니, 하아…… 진짜로 그 순간에 정말 발작이 일어날 줄 누가 알았냔 말이야."

흑의인은 부하들이 배신자들을 조용히 추격할 때 제갈 세가주를 멀리서 호위하고 있었다. 당연히 제갈 세가주가 쓰러졌을 때 바로 와서 운기를 도와줄 수도 있었다.

흑의인이 고개 숙였다.

"죄송합니다. 가주님의 계획인 줄 알았습니다."

하지만…… 흑의인조차도 제갈 세가주가 쓰러진 것이 연기인 줄 알았다. 제갈 세가주가 고개를 젖히며 한숨을 내쉬었다.

"오해야. 나도 내 목숨을 두고 도박하는 취미는 없거늘."

"……."

제갈 세가주가 정말 억울하다는 듯 말했다.

"정말이야. 두 눈 보전하고 싶으면 깔렴."

흑의인이 조용히 고개 숙였다. 잠시 후 제갈 세가주는 탁자에 엎드리며 한숨을 쉬었다.

"하아, 어떻게 해야 화가 풀리려나?"

"……."

"거기서 화를 낼 줄 몰랐다고. 정말 여섯 살이 맞나? 어떻게 거기서 화를 내지? 흥미를 가지면서도 겁을 먹어야 마땅한데. 내가 뭘 잘못 말했나?"

침묵하던 흑의인이 조심스럽게 말했다.

"정도는 사정을 제대로 설명하고 사죄하는……."

"아서라. 백리의강이 와서 나한테 화내고 갔다고. 자기 딸에게 접근하지 말래."

"백리 대협께서 그리 말씀하셨습니까?"

"네가 그 자리에 없어서 모르는 거지. 점잖게 얘기는 하는데 눈빛이…… 으음. 시금은 좀 사리는 게……."

창백한 낯빛에 조소 어린 입가. 흑의인이 지금껏 보았던 제갈화무의 모습이었다.

하지만 지금은 달랐다. 창백한 낯인 건 여전했지만 제갈화무의 미소에선 생기가 넘쳤다. 정말로 소년이 된 듯한 모습이었다.

그때 막추가 침실의 문을 열고 안으로 들어왔다.

"무슨 일이야?"

"백리 소저께서 오셨습니다. 그런데……."

"연이가 왔다고?"

막추가 말을 끝마치기도 전에 제갈화무가 벌떡 자리에서 일어났다. 그리고 곧장 문으로 달려갔다.

'이렇게 빨리 찾아가게 될 줄은 몰랐는데.'

하지만 뭐, 제갈 세가주만 나를 이용하라는 법 있나? 백리명은 처음에는 그래도 되냐고 빼는 척하더니, 내가 "음, 그럼 어쩔 수 없죠. 혼자 다녀올게요."라고 말한 순간 허겁지겁 따라왔다.

내 방문에 막추가 깜짝 놀라며 안으로 들어갔다. 나는 문 너머로 다가오는 빛무리를 보며 입술을 살짝 오므렸다.

'뭘 뛰어오기까지 해? 몸 좀 사리지.'

벌컥 문이 열렸다.

"연……! 소저. 옆에 있는 사람은……?"

연 소저는 뭐야? 나는 마지막 헤어짐을 기억하지 못하는 것처럼 웃었다.

"좋은 아침이에요."

"어? 아…… 그렇지?"

"오늘 아침에 백리 세가분들이 오셨다는 것 들으셨을지 모르겠네요. 이쪽은 제 사촌 오라버니예요."

"백리명입니다. 처음 뵙겠습니다."

제갈 세가주가 묘한 표정으로 나와 백리명을 바라보다가 빙그레 웃었다.

"백리 소저의 사촌 오라비라면 제게도 친우이지요. 들어오세요."

백리명은 제갈 세가주를 보고 깜짝 놀란 표정이었다. 어리다 들었어도 이렇게 어릴 줄은 몰랐을 것이다. 앉을 때까지도 살짝 믿기지 않는 표정이었다.

나는 제갈 세가주 뒤쪽에 서 있는 검은 옷을 입은 자를 보았다.

'처음 보는 것 같은데……'

내 시선을 느꼈는지 제갈 세가주가 설명했다.

"무영이라고 제 호위인데, 잠시 일이 있어 떠났다가 어제 새벽에 돌아왔습니다."

무영이 절도 있게 고개를 숙였다.

'실력이 상당해 보이네.'

제갈 세가주의 호위로 모자람 없을 정도의 내공이 보였다.

내가 잠시 한눈을 판 사이 제갈 세가주가 자연스럽게 우리 앞자리에 찻잔을 놓고 찻주전자를 들어 채워 주었다. 그러고 나서야 깨달았다는 듯 물었다.

"그런데 무슨 일로 오신 건가요?"

보통 차를 따르기 선에 묻지 않나……? 어떻게든 붙잡아 놓으려는 수작으로 보인다면 내가 제갈 세가주를 지나치게 의심하는 걸까?

나는 품 안의 고양이를 내밀며 말했다.

"제갈 세가주의 고양이가 오늘 아침부터 자꾸 제게 작은 동물을 잡아 오고 있어요."

"음?"

모르는 일이었다는 듯 고양이를 바라보던 제갈 세가주가 웃음을 터트렸다.

"하하, 얘가 네게 많이 미안했나 봐. 그냥 받아…… 줄 수는 없겠지요."

나와 눈이 마주친 제갈 세가주가 재빨리 말을 바꿔 사과했다. 앞으로 그러지 않도록 잘 관리하겠다고 하면서 말을 이었다.

"이렇게 왔으니 모두 차라도 한잔하고 가세요. 그렇지 않아도 심심했거든요."

백리명이 재빨리 답했다.

"물론이지요!"

그와 함께 귓가에 제갈 세가주의 목소리가 들렸다.

[미안해.]

전음이었다. 제갈 세가주는 교묘하게 찻잔으로 입을 가리고 있었다. 나도 모르게 인상을 살짝 찌푸렸다.

[나한테 미안하면 무공 쓰지 말고 얌전히 계세요. 몸도 안 좋으면서 뭐 하는 거예요?]

아까 뛰어올 때도 그렇고, 몸도 안 좋은 사람이 자기 몸을 막 쓰고 있었다. 나를 보고 깜빡이던 눈이 스르륵 웃음을 지었다.

하지만 계속 나를 바라보고 있을 수는 없었다. 백리명이 들뜬 목소리로 입을 열었다.

"이렇게 만나 뵙게 되어 반갑습니다. 제갈 세가주는……."

백리명 앞에서의 제갈 세가주는 아주 교양 있고 품위 넘치는 모습이었다. 어린 나이지만 가주의 자리를 물려받기에 전혀 모자람이 없어 보였다. 백리명이 감탄하는 것이 실시간으로 느껴졌다. 하지만 나는 점차 의심스러워졌다.

'제아무리 무공으로 머리가 좋아진대도, 저럴 수가 있나?'

그때도 느꼈지만, 전혀 열한 살로 느껴지지 않았다. 그리고 기가 막혔다.

'뭐야, 이렇게 상식적으로 굴 수 있으면서, 나한텐 왜 그런 거지?'

살짝 울분이 쌓이려는 찰나.

"백리 소저가 저를 도와 달라고 백리 대협께 부탁하였다 들었습니다. 소저가 제 생명의 은인이시죠. 어찌 이 은혜를 갚아야 할지 모를 정도지요."

"아…… 연이가 제갈 세가주의 목숨을……."

백리명의 머리 굴리는 소리가 여기까지 들리는 듯싶었다. 제갈 세가주가 거기에 아주 못을 박아 버렸다.

"공자와 제 은인의 사이가 좋은 것 같아 다행입니다."

애 건들면 나랑 틀어진다.

머리가 있는 백리명이 이를 못 알아들었을 리가 없었다. 백리명은 호탕하게 웃으며 말했다.

"걱정하실 일 없습니다! 연이는 제가 가장 아끼는 동생인걸요."

나는 코웃음을 칠 뻔한 것을 입술을 깨물며 고개를 숙이는 걸로 숨겼나. 대충 백리녕에게는 부끄러워서 그러는 몸짓으로 보일 터였다.

달그락 찻잔 드는 소리가 들리고 나는 재빨리 선수 쳤다.

[전음 하지 마.]

[……치.]

치? 저게 무슨 뜻이야? 설마 내가 아는 그런 뜻은 아니겠지?

내가 혼란에 빠져 있을 때, 막추가 다가와 말했다.

"백리 대협께서 오셨습니다."

백리명이 놀라 물었다.

"작은아버지가 오셨다고요?"

나도 놀라 혼란에서 빠져나왔다. 아버지가 갑자기 무슨 일이시지? 할아버지와 대화가 이제 끝나신 건가?

제갈 세가주가 고개를 살짝 기울였다가 말했다.

"들어오시라 하게."

성큼성큼 걸어 들어온 아버지가 제갈 세가주와 인사를 나눴다. 아버지는 이미 백리명도 함께 있는 걸 알고 찾아온 듯한 모습이었다.

제갈 세가주가 물었다.

"무슨 일로 오셨습니까?"

"별건 아니고, 아이들을 데리러 왔습니다."

"아……."

제갈 세가주는 흥이 식었다는 표정이었다.

"연아, 명아, 이리 오너라."

나는 바로 일어나 아버지께 향했다. 하지만 백리명은 아버지와 제갈 세가주를 번갈아 바라보곤 말했다.

"작은아버지, 저는 좀 더 머물다 가겠습니다."

"……그러거라."

아버지는 별말 없이 나를 안아 들고 방을 빠져나갔다.

'뭐야, 그럼 백리명이랑 제갈화무 둘만 남는 거야?'

아버지 어깨 너머로 본 제갈 세가주는 당혹스러운 눈빛이었다. 해석하자면……

'지금 얘만 두고 내빼겠다?'

나는 제갈 세가주와 달리 아주 선량한 사람이니 입 모양으로 말했다.

'고, 마, 워.'

제갈 세가주가 어처구니없다는 듯 헛웃음을 지었다. 아버지는 방을 빠져나오고 조금 멀어진 후 내게 말했다.

"왜 제갈 세가주와 있는 것이야?"

"아, 제갈 세가주에게 고양이를 돌려보내려고 왔어요."

"고양이?"

"네. 이번에 또 새를 물어 온 거예요! 다행히 죽이진 않았는데, 계속 이러면 안 될 것 같아서요. 확실히 말하려고 했죠."

답하던 나는 아버지의 얼굴을 붙잡고 고개를 갸웃거렸다.

"왜 그러느냐?"

"아버지, 엄청…… 피곤해 보이세요."

"……후우."

아버지가 깊은 한숨을 내쉬었다.

"할아버지랑 무슨 일 있으셨어요?"

"별건 아니었다."

나는 설명을 요구하듯 물끄러미 바라봤다. 아버지가 어쩔 수 없다는 듯 덧붙였다.

"그저 아버님이 화내시는 걸 조금 들었더니 피곤하구나."

나는 입 안의 살을 꽉 깨물어 웃음이 나오려던 것을 참았다. 무쇠 같은 아버지라도 불 뿜는 용을 맞이하면 피곤할 수밖에 없는 것이다.

아버지에게 안긴 채 객잔 일 층으로 내려가자 음식 냄새가 풀풀 풍겨 왔다. 여러 개의 탁자를 붙여 넓게 만든 상 위에 무척 많은 음식이 올라와 있었다.

그리고 할아버지와 날카로운 기도를 지닌 무인들이 자리를 잡고 있었다.

'……백검단 사람들이잖아?'

할아버지가 나를 보고 고개를 까딱였다.

"왔느냐. 명이는?"

"제갈 세가주와 좀 더 있겠다 하여 두고 왔습니다."

"명이가 제갈 세가주와 있다고?"

"예."

아버지는 나를 데리고 할아버지 옆의 빈자리로 향했다. 할아버지가 잔뜩 일그러진 낯으로 나를 보았다.

"설마…… 연이, 네가 명이를 제갈 세가주에게 소개해 준 것이야?"

"네."

내 대답에 할아버지의 심기가 눈에 띄게 불편해졌다. 할아버지가 살짝 성난 목소리로 말했다.

"넌 어찌 그리 착해 빠졌느냐!"

"……?"

"제갈 세가주와 다툼이 있었다고 들었다만 또 만나러 가고 싶어?"

나는 옆자리의 아버지를 바라보았다. 할아버지께 언제 얘기하신 거야?

어쨌든 내게는 아주 좋았다. 나는 어쩔 수 없다는 듯이, 살짝 어색하게 웃었다.

"그래도…… 오라버니가 만나고 싶어 하니까요."

"……."

친한 척, 사이가 좋은 척은 백리명만 할 수 있는 것이 아니었다.

할아버지가 굳은 낯으로 나를 쏘아보았다. 하지만 그 안에 담겨 있는 안쓰러움을 읽을 수 있었다. 그리고 그 안쓰러운 눈빛은 나를 바라보는 백검단 사람들도 비슷했다.

할아버지가 말했다.

"앉아라. 내 너를 부른 것은 며칠 동행할 테니 얼굴도 익힐 겸 함께 식사라도 하고자 해서다."

할아버지가 바로 옆자리에 앉은 사내를 향해 눈짓했다. 할아버지와 비슷한 연배로 보였다. 덥수룩한 수염에 한쪽 눈에 안대를 하고 있었다. 안대 아래로 자리한 기다란 흉터가 뺨을 가로질러 입술에 닿을 정도였다.

사내는 안대를 쓰지 않은 눈으로 나를 물끄러미 바라보다가 조심스럽게 말했다.

"백검단 단주인 백리재천입니다. 이리 보는 것은 처음이지요. 반갑습니다."

이름은 들은 적 있었다. 백리가의 방계. 할아버지의 오른팔로 백리세가의 칼인 백검단의 단주이니 실력 또한 말할 것 없었다.

전생에는 교분은커녕 인사조차 스치듯 한 번 나눈 것이 다였다. 이렇게 뵙게 될 줄은 몰랐다.

"처음 뵙겠습니다. 백리연이에요."

"……오."

반 박자 늦게 백리재천이 살짝 탄식했다.

"내가 말하지 않았느냐? 담력 하나만큼은 제 아비와 같다고."

"정말로 괜찮네요."

그 말에 백리재천이 씩 웃었는데…… 뺨을 가로지르는 흉터가 비틀리며 대단히 흉악해 보이는 웃음이 되었다.

백리재천 옆으로 주르륵 앉은 백검단 단원들이 나를 걱정스럽게 바라보는 것이 느껴졌다. 백리재천은 백검단 단장답게 검 실력으로도 유명했지만, 그보다 더 유명한 것은 아주…… 아주…… 위협적인 외모였다.

저렇게 안대까지 하고 있으니…… 이렇게 말하면 좀 너무하지만, 솔직히 백도 정파의 검객보다는 산적 두목 쪽이 훨씬 더 적합해 보였다.

백리재천이 의아한 듯 나를 보았다.

"제가 무섭지 않습니까?"

"네."

"무섭지 않다고요?"

얼굴의 흉터가 뭐라고? 진짜 무서운 건 웃는 낯으로 칼을 휘두르는 놈이었다.

'야율은 잘 지낼까……?'

야율이 나쁜 놈이란 뜻은 아니다. 그저 잠깐 떠올랐을 뿐이다. 정말로. 그래도 야율 생각에 입가에 미소가 절로 떠올랐다.

나는 진심으로 웃으며 백리재천을 볼 수 있었다.

"네! 안 무서워요. 단주님 얘기 많이 들었거든요."

"제 이야기를 들으셨다고요?"

나는 고개를 끄덕이고 최대한 눈이 초롱초롱하게 보이도록 힘을 줬다.

"할아버지를 지키다가 눈을 다치셨다고 들었어요! 할아버지를 지켜 주신 분을 무서워하면 안 되죠!"

솔직히 흉터와 안대만이 문제는 아니지만 나는 백검단주의 흉악함을 상처 때문인 걸로 몰아 버렸다.

혀를 끌끌 찬 할아버지가 말했다.

"단주, 정신 차리게. 추해."

눈을 부릅뜬 채 나를 바라보고 있던 백검단주가 할아버지를 돌아봤다.

"저, 심장이 너무 아픕니다. 이렇게 귀여운 소리를 들어 본 게 언젠지."

할아버지가 기가 차다는 듯 코웃음을 쳤다.

"가주님은 모르실 겁니다. 제 손자 손녀들도 처음 저를 봤을 때 울음을 터트렸다고요."

"……."

할아버지가 고개를 내저으며 백검단주를 외면했다.

"쓸데없는 말은 됐다. 밥이나 먹자꾸나."

그 말에 나는 매우 심각한 표정으로 앞을 바라봤다.

"할아버지, 큰 문제가 있어요."

할아버지가 잔뜩 인상을 찡그린 채 목소리를 낮췄다.

"무슨 문제가 있단 말이냐?"

내 앞에 놓인 밥과 이 객잔에서 주문할 수 있는 모든 음식이 올라와 있는 듯한 탁자.

"저 이미 밥 먹었는걸요!"

"뭐라!"

창흥표국과는 헤어졌다. 다만 창흥표국에서 만신의의 연구 서적들과 아버지가 구해 온 아이들은 그대로 백리 세가까지 호송해 주기로 했다. 그새 조금 낯이 익었다고 아이들은 나와 헤어지는 것에 겁을 먹은 듯했다.

그리고 제갈 세가주는 우리와 동행했다. 할아버지와 모종의 이야기를 나눈 것 같았다. 백리명이 아─주 좋아했다.

할아버지가 나를 맞이하러 올 때는 사흘이 걸렸다는 길을, 갈 때는 거의 열흘에 걸쳐 돌아갔다.

사고가 있었던 건 아니다. 백리 세가의 손길이 닿아 있는 지역에, 백리 세가주가 있는데 감히 누가 막아서겠는가? 그냥 천천히 움직여서였다. 편안한 여정. 유람이라도 나온 것 같았다. 이 느긋한 여정에 석 태의가 특히 만족했다.

백리 세가까지 하루 정도의 거리만 남은 날 밤. 나는 바로 옆 아버지가 머무시는 방으로 향했다.

문 앞에 서자마자 아버지의 목소리가 들렸다.

"들어오너라."

내 기척을 알아본 것이다.

객방에 들어가자 아버지는 편안한 차림이었다.

"아직 안 주무시네요."

"그러는 너는 아직도 안 자고 무얼 하느냐? 잠이 오질 않아?"

나는 고개를 끄덕였다.

"오늘도 악몽을 꿀 것 같으냐?"

"아뇨, 오늘은 그게 아니고요."

가끔 느낌이 싸해 악몽을 꿀 것 같은 날에는 아버지와 함께 잤다. 그러면 귀신같이 악몽을 꾸지 않았다. 하지만 이제는……

'흑흑, 아버지 죄송했어요.'

잠버릇을 안 이상 창피해서 같이 못 잔다. 잠버릇이 이 모양인데 어떻게 티 한 번 내지 않으신 것인지.

그리고…… 이제는 악몽을 거의 꾸지 않았다. 내가 손을 다친 후, 야율이 밤새워 지키고 있으면서 확실히 줄어들었다.

"아버지……"

아버지가 말하라는 듯이 고개를 기울였다.

"저 할아버지께 말씀드릴까 해요."

주어를 말하지 않아도 아버지는 바로 알아들으셨다. 만신의에게 받은 능력. 고민 끝에 할아버지께 말씀드리기로 했다.

아버지가 내 얼굴을 들여다보다 고개를 끄덕였다.

"네가 그렇게 결정했다면…… 알았다."

아버지 얼굴에 희미하지만 기쁨이 담긴 미소가 스쳤다. 아버지께서는 그간 내가 할아버지께 말씀드리기를 바랐던 것이다.

곧이어 아버지가 물었다.

"갑자기 왜 그런 생각을 했느냐?"

"그냥…… 할아버지를 뵙고 나서 계속 고민했어요. 말씀드릴까 말까."

나는 잠시 말을 멈추고 손을 꼼지락거렸다. 아버지는 내가 다시 입을 열 때까지 가만히 기다려 주셨다.

"할아버지께서 계속 걱정하실 것 같기도 하고…… 제가 아버지께 계속 검을 배우는 것도 이상하게 여기실 거고…… 무백신공을 삼 성 이상 배우려면 할아버지 허락도 필요하잖아요."

아버지가 고개를 주억거렸다.

무백신공의 삼 성 이상부터는 가주인 할아버지의 허락이 필요했다. 참고로 오 성 이상은 백리의 성을 가진 직계가 아닌 이상 배울 수 없었다.

"그래도 제가 삼 성은 넘어설 수 있지 않을까요?"

"당연하지."

반은 장난으로 자만을 담아 말했는데, 아버지가 너무 진지하게 고개를 끄덕여서 당황했다.

"그, 그리고……."

내가 뭘 말하려고 했지?

"그리고?"

"아, 많이 고민했는데요. 어느 순간 알겠더라고요."

나는 크게 숨을 들이쉬었다.

"할아버지께 말씀드리고 싶어서 핑계를 찾고 있다는 걸요."

"……."

아버지는 말없이 내 머리를 쓰다듬다가 살짝 끌어안았다. 아버지가 다소 걱정스러운 어조로 물었다.

"정말 괜찮겠느냐? 예전에는 무섭다고 하지 않았느냐?"

"괜찮아요. 이제는…… 음, 아마도?"

헤헤, 나는 살짝 바보처럼 웃었다. 솔직히 확신은 없었다.

'그리고 뭐, 설마 실망하시겠어?'

그래도 믿어야지 어쩌겠는가? 그리고 내 능력이 생각만큼 만족스럽지 못하여 할아버지가 내게 실망하시더라도…… 괜찮을 것이다. 그냥 이제는 그럴 것 같은 느낌이 들었다.

나는 대화하는 사이 아버지의 기맥을 관조했다. 그때 이후로 지금까지 한 번도 그때와 같은 현상은 보이지 않았다.

"아버지는 혹시 제게 하실 말씀 없으세요?"

아버지가 고개를 살짝 기울였다.

"내, 네게 뭔가 잘못했더냐?"

"아뇨. 그냥 여쭤봤어요."

"그거 매우 수상한 질문이구나."

"그렇다면 저한테 잘못하신 게 있으신 거 아니에요?"

"내가?"

"네!"

"잘못한 것 많지."

생각지도 못한 답에 나는 눈을 끔뻑였다. 아버지가 부드럽게 물었다.

"그러는 너는 어떠냐? 내게 잘못한 것 없느냐?"

"……우리 없던 일로 해요."

작게 웃으며 아버지가 겉옷을 집어 들었다. 나는 양손을 흔들며 아버지를 막아섰다.

"괜찮아요. 아버지, 할아버지께는 저 혼자 갈게요."

"같이 가지, 왜?"

나는 고개를 저었다. 의아한 아버지의 모습에 설명을 덧붙였다.

"아버지랑 같이 가면…… 아버지가 시켜서 가는 것 같잖아요."

"진심이 아닌 것 같다?"

"맞아요!"

아버지가 말도 안 된다는 듯한 표정을 지었다. 하지만 그래도 고개를 끄덕이며 말했다.

"네 뜻이 그렇다면, 알겠다."

아버지의 걱정스러움과 뿌듯함이 뒤섞인 눈빛을 뒤로하고 방을 나왔다.

'역시 아버지는 절대 말씀하실 생각이 없으신 거야.'

생각에 잠겨 객잔 복도를 걸어가고 있을 때였다. 기척 없이 작은 그림자가 다가왔다.

"너 또 왔니?"

저놈의 고양이는 누가 보면 이제 내 고양이인 줄 알게 생겼다. 매번 내가 어디를 가려고만 하면 나타나서 졸졸 따라다녔다. 백검대 사람들도 이제는 제갈 세가주의 고양이가 아니라 반쯤 내 고양이로 알고 있었다.

나는 고양이 앞에 주저앉았다.

"이건 또 무슨 꽃이야?"

고양이가 노란색 꽃을 뱉어 냈다. 들판에서 흔히 볼 수 있는 꽃이었다. 내가 한 번 꽃을 보고 좋아한 이후론 계속 꽃을 가져오고 있었다.

"고마워. 그런데 이제 정말 안 가져와도 돼."

고양이는 그저 내 손에 머리를 비빌 뿐이었다. 그래. 쥐나 새, 벌레가 아닌 게 어딘가? 나는 고양이를 몇 번 쓰다듬다가 일어났다.

"나 할아버지에게 가 볼 거라서. 따라오지 마."

하지만 고양이는 내가 말한다고 듣는 놈이 아니었다. 뒤를 졸졸 따라오더니 내가 할아버지가 머무시는 객방으로 가는 듯싶자 다른 곳

으로 가 버렸다. 유일하게 고양이가 피해 다니는 곳이 할아버지 옆이
었다.

나는 멀어지는 고양이를 보며 웃었다.

"그러니까 오지 말라니까."

할아버지가 머무는 객방 앞을 지키고 선 백검단 무사가 나를 보고
웃었다.

"이 시각에 여긴 어쩐 일이십니까?"

"여기 선물이에요."

나는 노란 꽃을 건넸다.

"드디어 제 차례군요."

"드디어요?"

나는 고개를 갸웃 기울였다.

"큼, 가주님을 뵈러 오셨습니까?"

"네. 혹시 주무시나요?"

"아직 주무실 시간은 아닙니다만……."

뭔가 살짝 미묘한 표정이었다. 뭐지? 하고 보는데 객방 내에 두 사
람이 있는 것이 보였다.

"들어오너라."

"아, 다행입니다. 들어가시지요."

무사가 문을 열어 주었다.

병풍을 지나 방 안쪽으로 들어가자 검은빛의 원형 탁자에 백검단
주와 할아버지가 함께 앉아 술을 마시고 계셨다.

백검단주가 양손을 번쩍 들었다.

"연이 아니냐!"

"아, 안녕하세요."

그간 함께 지내며, 백검단주는 내게 말을 편하게 놓았다. 내 어깨를 잡고 당긴 백검단주의 술 냄새가 어마어마했다. 눈도 살짝 풀린 것 같았다.

이 정도로 마셔도 되는 거야? 나는 살짝 걱정스럽다는 듯 물었다.

"내공으로 술 안 취할 수 있지 않아요?"

내공으로 주독을 날려 버리면 아무리 마셔도 안 취했다.

"그러면 무슨 재미더냐! 집집마다 술맛이 각기 다르니 이 기회에 왕창 마셔 봐야지, 암! 하하하!"

웃음소리에 머리가 울릴 정도였다. 술 취한 사람답게 목청도 어마어마했다.

할아버지가 핀잔을 놓았다.

"애 앞에서 무슨 소리를 하는 거야?"

한바탕 웃은 백검단주가 내 손바닥을 만지작거렸다.

"굳은살이 꽤 생겼구나. 아침마다 열심히 하더니."

표행에 비해 훨씬 여유로운 일정이었기에 매일 새벽부터 아침까지 아버지께 검을 배우고 있었다.

"그래, 그래. 그렇지, 이래야지. 큰 도련님은 아주 제갈 세가주만 졸졸……."

"재천!"

"아이고."

할아버지의 호통에 백검단주가 말을 멈추며 머리를 벅벅 긁었다.

백리명은 요새 제갈 세가주에게 어찌나 공을 들이는지, 솔직히 꼴불견일 지경이었다. 백검단 내에서도 살짝 불만 어린 소리가 나오는 걸 들을 수 있었다. 백리 세가의 직계가 저렇게까지 제갈 세가주에게 목을 맬 필요가 있느냐며.

물론 백리명에겐 들리지 않는 목소리였다. 백리명은 백검단에 관심이 없었다. 그에게 백검단은 자신의 시중을 들어 주는 부하였기 때문이다. 잡은 물고기이자 당연히 자신에게 복종해야 할 사람들일 뿐이었다.

백검단주가 탁자를 짚으며 일어났다.

"연이가 할아버지를 뵈러 온 모양이니 불청객은 가겠습니다."

"가서 또 마시지 말고 잠이나 자게."

백검단주가 웃으며 방을 나갔다. 나가며 내 어깨를 두세 번 두드렸다. 할아버지는 백검단주가 나가는 걸 지켜보고 품에서 무언가를 꺼내 내게 건넸다.

"쯧, 이걸로 손 닦거라."

"고맙습니……."

손수건을 받아 들던 나는 멈칫했다. 도대체 형태를 알아볼 수 없는 흰 구름 같은 수가 놓인 손수건이 어쩐지 낯익었다.

내가 굳어서인지 할아버지가 의아한 듯 말했다.

"왜 그러느…… 아니, 큼."

할아버지께서 눈썹을 치켜올리더니 손수건을 황급히 되가져갔다. 그러고는 다른 손수건을 꺼내 건넸다.

"이걸로 닦거라."

건네주시는 것으로 손을 닦았다. 그러며 할아버지를 힐끔힐끔 바라보았다.

"뭘 그리 힐끔거리는 게야? 할 말 있으면 하거라."

"없는데요."

나는 헤헤 웃으며 고개를 저었다.

"다 썼으면 이리 내놓거라."

나는 비실비실 웃으며 손을 닦은 손수건을 건넸다. 할아버지는 손수건을 홱 가져가다 멈칫하곤 내 손목을 잡아당겼다.

"쯧, 칠칠찮기는. 여기가 덜 닦이지 않았느냐."

내 중지와 약지 사이 오목한 부분을 꼼꼼히 닦아 주시고 손을 뗐다.

"감사합니다."

"그래서 무슨 일로 왔느냐?"

"⋯⋯."

질문을 받은 순간 이곳에 온 이유가 떠올랐다. 나는 살짝 긴장하며 두 손을 모았다. 오는 내내 어떻게 말을 꺼내야 할지 계속 고민했다. 그리고 역시⋯⋯.

'백문이 불여일견.'

백 번 듣는 것이 한 번 보는 것만 못하지. 나는 마른침을 삼키며 잠시 정신을 집중했다.

그리고 기막을 펼친 순간.

덜컹! 급하게 밀려난 원형 의자가 바닥에 나동그라졌다. 할아버지가 눈을 부릅뜬 채 나를 바라보고 계셨다.

"이게 무슨⋯⋯."

반쯤 일어난 할아버지가 믿기지 않는다는 듯이 주변을 둘러보았다. 그런 할아버지를 지켜보던 나는 이쯤 하면 됐다 싶어 마른 입술을 적시며 입을 열었다.

"할아버⋯⋯ 지익!"

그러나 말을 채 끝마치기도 전에 번쩍 들려 올라갔다. 나는 깜짝 놀라 할아버지의 팔을 붙잡았다.

"하, 하하, 하하하하하!"

내 허리를 잡아 든 할아버지가 미친 듯이 웃으며 빙글빙글 돌았다.

"그래! 그래!"

이, 이게 무슨 일이야?! 기겁한 내가 소리쳤다.

"하, 할아버지 내, 내려 주세요!"

할아버지는 내 목소리가 들리지 않는 듯 미친 듯이 웃고만 계셨다.

"내려 주세요!"

위아래로 흔들리며 빙글빙글 돌자 속이 뒤집혔다. 몇 번 외치던 나는 결국 빽 소리 질렀다.

"내려 달라고요!"

❀❀❀

나는 탁자를 붙잡은 채 한 손으로 입을 막고 있었다.

"괜찮으냐?"

먹은 게 다 소화되고도 남았을 시간이라 다행이었다.

'토할 것 같아……'

힐아버지가 내 등을 실실 토닥이나 찻잔을 건넸나.

"자, 이것 좀 마시거라."

숨을 할딱이던 나는 할아버지가 건네준 차를 한 모금 마셨다가 그대로 푸– 토했다.

'술이잖아!'

나는 미친 듯이 기침했다. 할아버지도 깜짝 놀라 찻잔을 살폈다.

"아니, 누가 찻잔에 술을 따라 놨어!"

할아버지가 황급히 새 찻잔을 뒤집어 찻주전자를 들었다. 급하게 입을 몇 번 헹구고 정신을 차렸다. 그 잠깐 머금었다고 머리가 핑핑 돌았다.

'아니…… 공중에서 빙글빙글 돌아서 핑핑 도는 걸지도.'

한참을 쉬고 나서야 정신이 돌아왔다.

'이게 무슨 난리야…….'

할아버지가 내 이마에 올리고 계시던 손을 떼며 물었다.

"이제 좀 괜찮으냐?"

"네."

후우- 숨을 내쉬자 아직도 술 냄새가 나는 것 같았다.

"주독은 내가 몰아냈으니 걱정 말거라."

"감사…….'

반사적으로 말하던 나는 말을 멈췄다. 감사할 일인가? 술을 안 줬으면 주독을 밀어내야 할 일도 없지 않나?

"……하진 않은 것 같아요."

"그래, 그래! 다 내 탓이니라!"

할아버지는 이리 말해도 기분이 좋기만 한지 아주 싱글벙글이었다.

"벌써 기막을 펼치다니!"

할아버지가 탁자 옆에 기대 두었던 검을 뽑아 들다 멈칫했다.

"이건 네가 못 들겠구나. 자, 그럼 이걸로…….'

그 모습에서 무얼 말하려는지 알았다. 이미 선행 학습을 했기 때문이다. 나는 선빵을 쳤다.

"저 검기는 못 만들어요."

할아버지가 고개를 살짝 틀며 나를 살폈다.

"……혹시나 했지만, 그래. 단전은 그대로군. 그렇다면…… 이건 만신의와 관련된 것이겠구나."

할아버지가 눈을 번뜩였다. 역시나 한 번에 상황을 눈치채는 게 할아버지다웠다.

나는 금안을 내보이며 만신의를 만났던 일부터 설명했다. 그러며 능력에 대한 확신이 없어서 할아버지께는 말씀드리지 못했다는 얘기를 덧붙였다. 그리고 할아버지께 말씀드리지만…… 되도록 다른 사람들에게는 천천히 알리고 싶다는 말도 함께 했다.

내 말을 모두 들은 할아버지가 고개를 주억거리며 말했다.

"그래. 실력으로 증명하는 것만큼 입만 산 놈들을 닥치게 하는 쉬운 방법이 없지."

"……네?"

뭔가…… 내가 다른 사람들에게 다시 무시당할까 봐 걱정스럽다는 마음과 어딘가 살짝 어긋난 느낌인데…….

할아버지는 내 어깨를 잡고 매우 진지하게 말했다.

"강해지면 된다."

"……."

"내가 이 할애비만큼 강해진다면 감히 누가 네 앞에서 능력이 수상하다 왈가왈부할 수 있겠느냐?"

"하, 할아버지만큼요?"

대체 어디까지 생각하시는 거야? 아니, 그보다 할아버지만큼이면 죽을 때까지 비밀로 하란 소리 아냐?

속마음이 표정에 드러났는지 할아버지가 봐줬다는 듯 말했다.

"……뭐, 네 아비만큼만 되어도 상관없지."

"……."

그것 또한 그다지 현실성 있게 느껴지진 않았다. 목표도 좀…… 달성할 수 있는 목표여야 노력할 맛이 나지 않겠는가?

"그…… 어, 네에. 열심히 할게요."

"흠. 대답이 시원치 않은데. 그것밖에 안 되느냐?"

원하시는 게 무엇인데요? 나는 뭘 바라시는지 알지 못해 눈을 끔뻑이다가 설마 이건가 싶어 우렁차게 소리쳤다.

"열심히 할게요!"

그제야 할아버지가 만족스럽게 고개를 끄덕였다.

"이렇게 천천히 돌아갈 게 아니었다. 당장 내일 눈뜨자마자 백리가로 돌아가야겠다."

"하, 하하하."

석 태의를 향해 속으로 묵념했다. 하지만 이어지는 할아버지의 말에 석 태의를 향한 동정은 그대로 날아갔다.

"그리고 무백신공 이 성이 되면 폐관 수련에 들어가거라."

"……예?"

"올해 안으로 이 성은 이루도록 해라. 새해를 보내고 폐관 수련에 들어가면 딱 알맞을 것 같다."

"오, 올해 안으로 이 성을 이루라고요?"

"그래. 왜 그러느냐?"

아니…… 아버지도 이 성이 되는 데 일 년 정도 걸렸다.

'내년까지 반년 조금 더 남았는데…….'

정신이 혼미해졌다.

'일단 내가 무백신공 이 성을 올해 안으로 달성할 수 있는지는 둘째치고.'

나는 조심스럽게 말을 꺼냈다.

"그…… 할아버지. 사람들은 제가 단전 폐인이라고 알고 있을 텐데. 그런데 폐관 수련에 들어가면 사람들이 이상하게 생각하지 않을까요?"

"그건 이 할애비가 다 알아서 해결하마. 네가 그런 사소한 것까지 신경 쓸 필요 없느니라!"

할아버지가 손을 휘휘 내저었다. 그러다 마음에 들지 않았는지 호통쳤다.

"수련에 집중할 시간도 부족하거늘 뭐 그런 것까지 신경 쓰고 있느냐!"

"아니, 저 그…… 학당도 가야 하고."

"학당? 그건 천천히 가도 된다!"

할아버지가 눈을 부릅뜬 채 탁자를 두들겼다.

"언제는 창궁관에 들어가 보니 좋다지 않았느냐? 그깟 창궁관 따위! 백리가의 폐관 수련동도 창궁관 못지않다!"

"……."

"빨리 달성하면 너 좋지 않겠느냐. 너는 출발이 조금 늦었으니 할애비가 조금 더 신경 쓰는 거란다. 다 널 위해서, 너 좋으라고 하는 말이다."

아니, 노력해야 한다는 게 맞는 말이기는 하지만. 그렇지만…… 아무리 그래도.

"그래, 올해 안으로 이 성이 되면 무백신공 삼 성은 내가 직접 지도해 주마."

"할아버지가 직접요?"

저번 생에 한 번도 받지 못했던 가르침이었다. 순간 나도 모르게 흑하다 의문이 들었다.

'잠깐만…… 이상하다?'

기억을 더듬던 나는 어처구니가 없어서 소리쳤다.

"아니, 할아버지. 무백신공 삼 성은 원래 할아버지께서 가르쳐 주시는 거잖아요!"

"……아는 것도 많구나."

표정을 굳힌 할아버지가 불만스럽게 혀를 찼다. 아니, 당연한 걸 상이랍시고 주려 하다니. 와, 제대로 사기당할 뻔했다.

"연아, 열심히 하면 되지."

갑자기 이번에는 할아버지의 목소리가 다정해졌다.

"할애비가 보기엔 네가 충분히 할 수 있을 것 같아서 그런 거란다."

"……"

"그러고 보니 네가 당과를 좋아한다 들었다. 어때, 할애비의 제안을 받아들이면 내일 잔뜩 사 주마."

아무리 내가 당과를 좋아한다지만, 고작 그런 거에 넘어갈 리가 없지 않은가!

"일단…… 일단 아버지랑도 얘기 좀 해 보고요."

"의강에게는 내 알아서 얘기할 테니 넌 열심히 하기만 하면 된다!"

'아버지…… 살려 주세요. 허엉.'

그렇게 할아버지와 한참을 실랑이하고 나니 목이 탔다. 찻물을 마시면서 조금 쉬었다.

창밖을 본 할아버지가 말했다.

"벌써 시간이 이리됐구나. 어서 가서 쉬어라."

말하면서도 입가에 미소가 떠나질 않았다.

'……말하길 잘했네.'

정신은 하나도 없고 아직도 실망하게 할까 두렵긴 하지만…… 그래도 저렇게 좋아하시는 모습을 보니 가슴 한쪽이 절로 뭉클해졌다. 회귀 전까지 통틀어 저렇게 좋아하시는 모습을 본 적이 없었다.

그리고 죄송스러웠다. 계산적이라고 비난받아도 할 말이 없는 내생각에. 나는 만면에 미소가 가득한 할아버지를 물끄러미 바라보다가 입을 열었다.

"돌아가기 전에 마지막으로 여쭤보고 싶은 게 있어요, 할아버지."

"무엇이냐? 말해 보아라."

나는 마른침을 삼키고 탁자 아래 양손을 꽉 쥐었다.

"아버지요. 어디가 편찮으신 거예요?"

아버지에게서 보았던 이상한 내기 흐름. 내가 내 능력을 할아버지께 밝혀야겠다고 여긴 이유 중 하나였다. 만약 아버지께 정말 문제가 있다면 할아버지가 모르실 리 없다고 여겼다.

그리고 혹시라도 할아버지께서 모르고 계셨다면, 내가 본 것을 말씀드릴 생각이었다. 그러며 할아버지께 아버지를 한번 살펴봐 달라고 부탁드릴 생각이었는데…….

"……그게 무슨 소리냐?"

찰나에 스쳐 간 당혹스러운 눈빛. 아주 짤막한 침묵. 그 모습에서 답을 알 수 있었다. 심장이 쿵, 바닥으로 떨어졌다.

"정말, 정말이에요? 아버지가 어디가 편찮으신 거예요?"

"무슨 소린지 모르겠구나."

"할아버지!"

나는 다급하게 설명을 이어 갔다.

"제가, 제 능력으로 기의 흐름을 볼 수 있다 했잖아요. 그런데 아버지를 볼 때 이상했던 적이 있어요."

할아버지가 머리를 짚었다.

"하아. 의강 그 녀석도 하필……."

할아버지는 날 착잡한 표정으로 바라보았다. 나는 할아버지 무르팍을 잡고 무릎을 꿇었다.

"알려 주세요. 아버지한테 무슨 문제가 있는 거예요?"

"……하아."

할아버지가 또 깊은숨을 내쉬며 내 팔뚝을 잡았다.

"일어나거라."

"할아버지! 제발요."

"네가 알아서 좋을 것 없느니라."

"하지만 할아버지, 이미 알았는데 어떻게 여기서 그냥 넘어가요!"

버티는 나를 할아버지가 손쉽게 일으켰다.

"돌아가거라."

할아버지의 굳은 표정에서 알려 줄 생각이 없다는 것을 알 수 있었다.

"할아버지……."

어떻게 울어 보기라도 해 볼까 하는 생각이 들었지만, 눈물도 나오지 않았다. 할아버지는 같은 말을 두 번 반복하는 것을 싫어했다. 누구도 예외는 없었다.

'어떻게…… 어떻게 해야……?'

나는 입술을 잘근잘근 깨물다가 고개를 번쩍 들었다.

"제가 얻은 능력, 이걸로 아버지를 도울 수도, 그럴 수도 있잖아요."

"……."

그 말이 할아버지를 설득한 모양이었다. 몇 번이고 수염을 쓰다듬
으며 침묵하던 할아버지가 느리게 입을 열었다.

"네 아버지의 병은 나도 정확히 설명할 수 없다. 생전 처음 보는 증
상이니라. 무슨 병인지조차 밝히지 못했다."

"병이라고요?"

아버지가 병이 있었다고?

할아버지가 착잡한 목소리로 말했다.

"그 능력으로 봤댔지. 그래. 네가 본 대로다. 의강의 내공 흐름에 가
끔 문제가 생기는 듯하다."

"어, 어떤 문제요?"

"전조 없이…… 이따금 내공의 운기가 불가능해진다."

"운기가 안 된다고요?"

"그래. 짧게는 일각에서 길게는 이각까지. 다행히 시간이 지나면 원
래대로 돌아온다더군."

그 이야기를 듣는 순간 보는 걸 이해했다. 갑자기 기막이 깨지고 아
버지가 전음을 하지 않던 이유. 내공 흐름에 문제가 생겨서, 운기를
제대로 할 수 없어서라면.

'그럼, 제갈 세가주를 도울 수 없다고 하셨던 것도?'

물론 길 위에서 진행하기에는 위험한 일이니 거절하는 건 당연했

다. 하지만 아버지치고는 너무 단호하게 안 된다고 하셔서 살짝 이상하다 여겼다.

'당장 아버지가 하실 수 없으니까…….'

그래서 안 된다고 하신 게 아닐까?

"언제부터…… 언제부터 그런 건가요?"

"나도 잘 모르느니라. 네 아비와 대련을 하다가 문제가 있는 걸 알게 된 것이지."

"……."

"걱정 말거라. 진행 속도가 느리다."

"느리다고요?"

나는 지푸라기라도 잡는 심정으로 물었다.

"병세를 이대로 두면 어떻게 되는 거예요?"

"그 전에 치료법을 찾아내야지."

"그야 당연하죠! 당연한데…….

나는 말을 꺼내는 것조차 무서웠다. 목소리가 살짝 떨려 왔다.

"그런데 만약에, 그, 만약에 계속 진행되면. 그러면 어떻게 되는 건가요?"

"아무것도 확신할 수 없다. 내공 흐름이 막히는 부분이 조금씩 늘어나고 시간도 길어지고 있다. 아마도…….

나는 숨조차 멈춘 채 할아버지의 말을 들었다.

"언젠간 검을 들 수 없게 되겠지."

이게 대체 무슨 소리야? 아버지가? 내 아버지가 검을 못 든다고?

"석 태의가 말하길…… 당장 목숨에 위협이 되진 않아 보인다 했다."

"아…….

다행인 건가? 목숨에 문제가 없으니 다행이라고 말할 수도 있을 것이다. 죽을병이 아니라니까. 하지만 검을 쓰지 못하게 된다는데? 아버지가 검을 들지 못하게 되다는 것인데.

무인은 검으로 말한다. 더는 검을 들지 못한다는 것은 무인으로서 죽음을 뜻했다. 정말로 살았으니 다행이라고, 목숨엔 문제가 없으니 다행이라고 여길 수 있는 것인가?

'검 하나만 들고 강호를 누비던 아버지가 이제는 누군가의 보호를 받아야만 하는…….'

심지어 나는 아버지가 돌아가실 때까지 그런 병을 앓고 계신 줄도 몰랐다. 끝까지 숨긴 것이다.

할아버지가 한숨을 내쉬었다.

"쯧, 그러게 모르는 게 좋을 거라지 않았더냐!"

나는 순간 든 생각에 고개를 들었다.

"……잠깐만요, 할아버지. 병이라고요?"

"확실하진 않다. 누구도 설명할 수 없는 증상이니까 말이다. 병일 거라고 추정하는 것이지."

할아버지가 내 어깨를 쥐었다.

"하지만 연아, 걱정할 필요는 없다. 지금 당장은 크게 문제 되는 것은 아니니. 거기다 제갈 세가주가 완화할 방법을 알아냈다. 진행을 늦추는 사이에 치료 방법을 찾을 수 있을 게야."

나는 할아버지의 설명을 반쯤 한 귀로 흘렸다. 멍하니 허공을 바라보다 말했다.

"할아버지…… 병이라고 하셨잖아요?"

"그래."

"그럼요. 천명금혼단을 구해 오신 게 아버지 때문인가요?"

내가 여섯 살 때, 천명금혼단을 내어 달라는 아버지로 인해 소란이 벌어졌었다. 그때 할아버지는 끝까지 내주지 않았고, 할아버지와 아버지의 사이가 틀어지기 시작했다.

하지만 나는 당시 그런 일이 있었는지조차 몰랐다. 그 후 남궁완 아저씨가 찾아왔고, 만신의를 만나러 떠났지만, 치료받지 못했다. 심지어 몸도 지금보다 훨씬 허약했던 때.

아버지가 끝내 할아버지에게서 천명금혼단을 얻어 오셨다. 내가 아홉, 열 살 무렵이었다.

'그때 아버지의 표정이 어땠지?'

기억도 나지 않았다. 나는 천명금혼단에 온 정신이 팔려 있었다.

그때쯤에는 나도 천명금혼단의 존재를 알고 있었다. 그리고 할아버지가 그걸 내주지 않는 것을 원망도 했다. 아버지가 가져오신 조그마한 목함. 그 안에 들어 있는 동그란 환약이 마치 내게는 구원처럼 보였다.

그리고 천명금혼단을 먹고 난 후. 깨어난 내가 가장 먼저 본 것은 아버지의 그늘진 얼굴이었다.

단전은 낫지 않았다. 아버지는 몇 번이나 확인을 반복하고 무언가를 말할 듯이 입을 달싹였다. 그러나 결국 아무 말도 하지 않은 채 한숨을 내쉬며 방을 나갔다.

나는 그저 이불 속에서 숨죽여 울 뿐이었다. 계속 내 몸을 짓누르던 여러 통증과 잔병치레가 모두 사라졌다. 하루에 예닐곱 그릇씩 먹던 약도 더는 먹을 필요가 없었다.

허약하던 몸이 건강해졌다. 늘 시리던 손과 발도 온기가 돌았고, 뛰어다닐 수도 있었다. 검을, 무공을 익히지는 못하지만 사람 구실은 할 수 있지 않을까? 세상 모든 사람이 검을 들고 살지는 않으니까.

그렇게 생각하려 했다. 마음을 정리할까 홀로 산책을 나갔다.

그리고…….

"들었어? 천명금혼단을 먹었는데 안 나았대!"

"와, 그럼 천금을 주고도 못 사는 약이 그냥 날아간 거야?"

"그렇다니까!"

"사공자님이 불쌍하다 불쌍해. 왜 그런 쓸데없는 짓을 해서는."

"불쌍한 건 용국 언니지. 내가 들었는데, 천명금혼단을 얻는다고 백검단의 무사님들도 몇 명이나 죽었대! 너 알지? 용국 언니랑 혼약했던 백검단의…….

"헉, 그럼 그 무사님도 천명금혼단을 구하려다가 돌아가셨던 거야?"

"그렇지. 차라리 죽지. 어떻게 저렇게 꾸역꾸역 살아서 백리가 망신을…….

더는 듣고 있을 수 없어 걸어 나갔다. 나를 본 여종들이 깜짝 놀라 일어났다. 나는 그들을 지나쳐 처소 중문을 넘어갔다.

"드, 들은 거 아냐?"

"괘, 괜찮아. 제가 뭘 어찌할 건데? 사공자님도 이제 포기하셨을걸."

여종들의 목소리를 뒤로하고, 아무도 없는 조용한 후원을 찾았다.

연못가의 걸상에 앉아 얼마나 그러고 있었을까? 문득 든 시선에 사람이 닿았다.

할아버지. 아주 오랫동안 지켜보고 계셨던 듯, 후원에 흐드러지게 핀 배꽃이 어깨에 꽤 쌓여 있었다.

나는 깜짝 놀라 고개를 수그렸다. 할아버지가 무서워서 인사도 제대로 하지 못했다. 할아버지는 내게 할 말이 있는 것처럼 계속 바라보고 계셨다. 나는 감히 도망칠 생각조차 하지 못했다.

목덜미가 뻐근할 정도의 시간이 지나고, 다시 고개를 들었을 때 할아버지는 사라지셨다.

"먀옹."

갑작스러운 소리에 정신이 들었다. 제갈 세가주의 흰 고양이. 흰 고양이가 내 발치에 몸을 문지르고 있었다. 고개를 들자 별이 반짝이는 짙푸른 밤하늘이 보였다. 객잔에 딸린 정원. 언제 여기까지 온 건지 알 수 없었다.

나무에 기대 주르륵 주저앉았다. 품 안으로 고양이가 뛰어들어 왔다. 고양이는 금색의 눈동자를 빛내며 나를 바라보았다. 나는 멍하니 바라보다 고양이를 살짝 끌어안았다. 미약한 온기가 위안이 되는 것만 같았다.

나는 얼굴을 일그러트렸다.

"연아, 쓸데없는 생각 말거라. 천명금혼단은 그저 수가 없을 때 쓰려 구해 온 것이다."

방을 떠나기 전에 할아버지가 하신 말씀이 떠올랐다. 하지만 어떻게 정말 그렇게 생각할 수가 있겠는가? 일말의 희망을 품고 아버지가 내게 천명금혼단을 주었듯, 할아버지 또한 같은 마음이셨을 텐데.

회귀 후 모든 걸 안다 여겼지만, 사실은 아무것도 모르고 있었다. 머릿속이 너무나 혼란스러웠다.

그때였다. 바스락. 사각. 바스락. 사각. 수풀 밟는 소리와 함께 옷자락 스치는 소리도 들려왔다.

"연, 소저. 무슨 일이기에 그런 얼굴이야?"

창백한 얼굴. 길게 늘어트린 백발. 계절에 맞지 않는 하얀색의 피풍의. 밝은 달 아래 소년은 고요한 밤을 몰아내듯 어둠 속에서 홀로 재수 없게 빛나고 있었다.

"후우."

화려한 객방을 채우는 깊은 한숨 소리. 백리패혁은 두 눈을 감으며 고개를 뒤로 젖혔다. 머리가 무겁게 짓눌리는 느낌. 육체적인 피로가 아니었다. 정신적인 피로였다.

작달막한 아이의 잔뜩 찡그렸던 얼굴. 금방이라도 울 것 같은 낯을 하고도 끝까지 눈물 한 방울 흘리지 않았다.

"그런 점은 전혀 안 닮았군."

눈을 감은 지 얼마나 되었을까? 백리패혁이 눈을 뜨는 것과 함께 객방 문이 벌컥 열렸다. 거대한 체격의 노인이 시뻘겋게 달아오른 낯으로 험상궂게 웃었다.

백리패혁이 슬쩍 미간을 찡그렸다.

"자네 아직 안 잤나?"

"내려 주세효오!"

백검단주가 목소리를 가늘게 뽑아내며 킬킬 웃었다.

"자려고 누웠지요. 누웠는데…… 객잔 사 층 백검단원은 모두 듣고도 남았을 겁니다. 기막을 펼칠 거면 처음부터 끝까지 펼칠 것이지 그게 뭡니까?"

"방금 그 꼴, 내 손녀딸을 흉내 낸 건가? 망령되이."

"친조부이자 가주만 아니었다면 뒤에 욕설이 붙어 있을 만큼의 패기던데요."

"허튼소리."

백검단주가 게슴츠레한 눈으로 백리패혁을 보다 방을 둘러보았다.

"그것참…… 기막을 펼친 것이 가주님이 아니군요?"

거짓을 말한다고 백검단주의 기감을 속일 수는 없었다. 백리패혁은 침묵했고, 백검단주는 눈을 빛냈다. 자신이 나간 사이 들어갔다 나온 사람은 한 사람이었다.

백리연.

"흐흐흐, 갑자기 야밤에 왜 저리 난린가 했더니만…… 쓰읍."

술병을 흔들며 다가온 백검단주가 의자에 털썩 앉았다.

"아니, 그럼 지금 좋아서 입이 찢어지셔야 하는 거 아닙니까? 왜 그새 죽상이 됐습니까?"

쪼르륵. 백검단주가 들고 온 술을 백리패혁 앞의 잔에 따랐다.

"자자, 여기 축하주입니다."

자신은 술병에 입을 대고 그대로 꿀꺽꿀꺽 마셨다.

"아, 그러고 보니. 아이쿠, 벌써 망가졌네요. 멀쩡하게 돌려주기로 했는데."

백검단주가 술병을 쥐지 않은 손을 펼쳤다. 그와 전혀 어울리지 않는 노란색의 작은 들꽃이었다. 이파리 부분이 구겨져 있었다. 백리패혁은 보자마자 누가 준 것인지 알 수 있었다.

"연이가 들어오면서 우철에게 줬다더군요. 귀엽지 않습니까?"

우철은 지금 문 앞에 호위를 선 백검단원이었다.

"흥, 고작 그게 뭐라고."

"아, 예예. 가주님은 토끼 손수건이 있다고요. 제가 말한 건 연이가 귀엽지 않느냐는 소립니다. 마음씨가요."

"……"

"누구와는 다르죠."

"안 그래도 머리가 복잡한데 자네마저 그러지 말게."

"가주님, 백검단은 내가 키운 자식 같은 아이들입니다."

"재철."

백리패혁이 경고하듯 뇌까렸다. 백검단주는 무시한 채 웃는 낯으로 말을 이었다.

"아이들의 마음이 가는 곳에 제 마음도 간다는 말이지요."

"내 굳이 역정을 내야 그만두겠는가?"

"내시든지요. 제가 이제 가주님 역정에 가슴 벌벌 띨 나이는 지나지 않았습니까? 슬슬 백검단주 자리도 넘겨줄 생각을 하던 참에 잘됐지요."

"……"

"강호의 절대 고수로 천하에 비교할 자가 몇 없을지라도, 못난 자식 앞에 그저 고개를 들지 못하는 아비일 뿐이라니. 자식 농사만큼은 천하 십일강이 무어랍니까?"

백검단주가 껄껄 웃었다. 백리패혁이 굳은 얼굴로 수염을 쓰다듬다 입을 열었다.

"의묵과 명이, 장자와 장손으로 후계 자리에서 쫓겨날 정도의 큰 잘못을 저지른 적 없네."

그 말에 백검단주의 눈이 살짝 커졌다. 백리패혁이 이런 말을 할 줄은 몰랐기 때문이다.

그가 직접 백리의묵과 백리명, 둘의 자격을 언급한 것은 이번이 처음이었다. 늘 일언지하에 따지지도 못하게 막아 왔다.

"헛된 바람을 입 밖에 내지 말게. 자네 말의 무게를 셈하게."

잠시 침묵하던 백리패혁이 착잡한 목소리로 말했다.

"……그리고 의강은 지금 이를 신경 쓸 때가 아닐세."

제 아비의 얘기를 듣고 뛰쳐나가던 손녀의 모습이 선명했다. 벌써 의강에게 뭐라고 말을 전해야 할지 골치가 아팠다. 여기고 저기고 바람 잘 날이 없었다.

"근래 내가 부덕했다는 생각이 든다네."

"오, 가주님이 그런 말씀을 하시다니. 변하셨군요."

백검단주가 정말 놀랍다는 듯이 말했다. 백리패혁이 실소했다.

"자네에게 묻지. 의강이 바라던가?"

"……솔직히 사공자님이 가주 자리에 관심이 없는 것만큼은 진심이지요."

"그래. 바라는 마음이 가장 중요하지."

백검단주는 대답 없이 그저 또 술을 한 번 들이켰다. 긴 침묵 후에 백검단주가 말했다.

"뭐, 가주님의 바람대로 명이 도련님이 인품이든 실력이든 둘 중 하나라도 있다면 다행인 것이지요."

어둠 속에 모든 달빛을 끌어모은 것 같은 모습. 그러나 금안으로 보는 모습은 정반대였다.

희미한, 시들어 가는 빛이었다.

"……제갈 세가주."

그늘진 눈매가 호선을 그리며 짐짓 다정한 목소리로 말했다.

"화무라고 부르라니까."

그다지 만나고 싶지 않은 사람이었다. 특히 이런 상황에서는 더더욱. 나는 한숨을 속으로 욱여넣었다.

'왜 하필 지금…….'

마치 지켜보다 딱 맞춰 나타난 듯 절묘했다. 표정 관리하기도 힘겨운데 제갈 세가주까지 상대해야 한다니. 심지어 제갈 세가주는 이미 뭔가를 눈치챈 듯, 흥미롭게 눈을 반짝이고 있었다. 부담스러울 정도의 관심이었다.

제갈 세가주가 고개를 실쩍 기울이며 물었다.

"울어?"

"아니."

눈 한 번 깜빡하는 새 기파가 훅 다가왔다. 눈가에 차가운 살결이 닿았다가 멀어졌다. 제갈 세가주가 자신의 마른 손끝을 바라보고 말했다.

"……그러네. 우는 줄 알았어."

나는 순식간에 닿았다 떨어진 제갈 세가주의 손가락을 노려보았다. 제갈 세가주는 뭔가 미묘한 표정으로 보였다. 그러니까 살짝 아쉬운 것 같은 느낌?

'아니, 뭐야?'

내가 울길 바라기라도 한 건가?

그때 제갈 세가주가 내 옆에 같이 주저앉았다. 나는 그 모습에 벌떡 일어났다. 그러자 제갈 세가주가 내 팔을 붙잡았다.

"어? 왜, 가지 마."

"왜겠어?"

간단히 답하고 뿌리치려는데 제갈 세가주가 너무하다는 듯 말했다.

"오는 내내 누가 떨거지 하나를 붙여 놔서 귀찮아 죽는 줄 알았는데. 누구는 아버지랑 할아버지 옆에 달라붙어서 떨어질 생각을 안 하고 하하 호호 하고 말이야. 응?"

"……나중에. 지금은 생각할 게 조금 있어."

"무슨 생각?"

내 팔을 꽉 붙잡은 제갈 세가주의 손을 보았다. 마른 손가락이 하얗게 질려 있었다. 나는 한숨을 쉬고 품 안의 고양이를 보며 말했다.

"얘 이름이 뭐야?"

노골적인 말 돌리기였다. 제갈 세가주는 눈썹을 살짝 치켜올렸으나, 따지지 않고 방긋 웃으며 말했다.

"없어."

"없다고?"

"응."

제갈 세가주는 별거 아니라는 듯이 덧붙였다.

"어차피 내가 먼저 떠날 텐데, 이름을 붙여서 뭐 해?"

"뭐라고?"

"내가 죽으면 불러 줄 사람도 없을 거 아냐?"

"……."

제갈 세가주에게서 이런 말들이 불쑥 튀어나올 때마다 무슨 말을 해야 할지 알 수가 없었다.

괜찮아질 거다, 힘내라, 하는 상투적인 말을 하기에는 제갈 세가주도 나도 그가 오래 버티지 못할 걸 알았다.

안 그래도 심란해 죽겠는데, 제갈 세가주까지 심란하게 만들었다.

제갈 세가주가 태연하게 말을 이어 갔다.

"그거 알아? 내 위에 누나가 있었어."

처음 듣는 소리였다.

"열두 살에 죽었어. 그게 벌써 이 년 전이네."

순간 의문이 들었다. 제갈 세가주가 몇 살에 죽었더라? 기억나지 않았다. 남궁류청이 강호를 독보했던 나이를 역으로 셈하면…….

'짧으면 삼 년에서 길면 오 년 정도려나?'

그리고 그가 날 때부터 앓아 온 것과 같은 지병을 앓았을 누나가 죽은 나이까지 고작 일 년.

제갈 세가주가 빙그레 웃었다.

"어때? 이제 좀 불쌍한가?"

나는 제갈 세가주를 물끄러미 바라보았다. 제갈 세가주는 왜 그러냐는 듯이 고개를 갸웃 기울였다.

나는 툭 내뱉듯 말했다.

"너, 동정받는 거 싫잖아."

"……."

제갈 세가주가 놀란 듯이 입을 살짝 벌렸다가 어느 순간 사르르 미소 지었다.

"맞아."

그러고는 순식간에 싸늘한 눈빛으로 변해 말했다.

"주제도 모르는 것들. 제깟 놈들이 뭐라고 감히 날 동정해?"

그 말에서는 알 수 없는 곳을 향한 증오, 분노, 울분이 합쳐져, 모든 것이 희미한 색을 띤 소년과 반대되는 아주 선명한 색의 감정이 느껴졌다. 이내 평소처럼 돌아온 제갈 세가주가 정말 궁금하다는 낯으로 물었다.

"어떻게 알았어?"

나는 씩 미소 지으며 입을 열었다.

"비밀."

"……아, 너무해."

제갈 세가주가 고개를 푹 떨궜다. 나는 그런 제갈 세가주를 바라보며 실실 웃다가 고양이를 보고 말했다.

"……그럼 얘는 지금까진 뭐라고 불렀는데?"

"딱히 부를 필요가 없어서."

"한 번도 안 불러 본 거야?"

"응."

나는 고개를 갸웃 기울였다.

"그럴 수가 있나? 밥이랑 물 같은 건 챙겨 줬을 거 아냐?"

"부르지 않아도 내 뜻을 이해하거든. 그러니까 뭐라고 해야 할까……."

잠시 말을 끌던 제갈 세가주가 부연했다.

"얘가 나고 내가 얘랄까? 그래. 혼백을 나눈 사이라고 하면 되겠네."

이 무슨 사이비 교주 같은 소리야? 뭘 나눴다고? 혼백? 나는 제갈 세가주를 미심쩍게 바라보다 살며시 고양이를 내려놓았다.

'혼백을 나눈 사이라면 이 고양이가 제갈화무라는 뜻? 그럼 난 지금까지 제갈화무를 쓰다듬었다는 뜻? 그건 좀…….'

사이비 교주 같아도 제갈 세가주가 하는 말이라 허튼소리로 여길 수 없었다. 고양이가 억울하다는 듯 울며 내 옷자락을 잡고 늘어졌다.

나는 찝찝함을 감추지 못하며 물었다.

"그때…… 그…… 네가 말했던 술법이란 거랑 관련한 거야?"

"맞아. 얘가 보고 겪는 건 다 내가 알 수 있어. 얘가 나니까."

제갈 세가주가 한숨을 내쉬었다.

"그래서 우는 줄 알고 왔더니만…… 아니네."

이 자식, 아까부터 내가 울었으면 하는 것 같은데.

"울고 싶으면 그쪽이나 우세요."

"내가 울면 위로해 줄 거야?"

"아니."

"아, 정말 너무해."

나는 웃기지도 않다는 듯이 코웃음을 쳤다가, 이내 이 녀석과 이러고 있는 게 어이가 없어서 웃음을 터트렸다.

후우, 그래도 이렇게 웃고 나니 답답하던 마음이 조금은 편해진 기분이었다. 웃음을 그친 후, 나는 고양이를 흥미롭게 바라보며 물었다.

"혼백을 공유하다니? 그럼 애가 본 걸 네가 알 수 있고 그래?"

"응. 늘 알 수 있는 건 아니고, 집중 정도에 따라 달라."

"어떻게 가능한 거야?"

나도 할 수 있으려나? 만약 나도 가능하다면 이거 꽤 여러모로 편리할 것 같았다. 제갈 세가주는 생각보다 선선히, 아주 산뜻한 얼굴로 설명했다.

"적합한 개체를 데려다가 연결할 사람의 피와 살을 먹여 가며 키우면 돼. 술법의 영역이라 아마 들어 본 적은 없을 거야."

"사람의 피와 살…… 이라고?"

말만 들어서는 금술에 가까워 보였다.

"그, 안 아파?"

"아프지."

제갈 세가주가 소매를 걷어 보였다. 누가 보면 학대받았다고 생각할 만한 흉터가 팔에 늘어져 있었다. 흉터는 꽤 오래된 것으로 보였다. 제갈 세가주가 지금 열한 살이니까 이보다 어릴 때면 최소 열 살이하일 때…….

아니, 그 어린 아이 몸에 상처 낼 곳이 어디 있다고!

으, 나는 인상을 잔뜩 찌푸렸다.

나는 바로 전에 여러모로 편리할 것 같다고 한 생각을 깨끗이 지운채, 이해가 가지 않아 물었다.

"왜 이런 미친 짓을 하는 거야?"

"집에만 있으면 심심하잖아? 이런 몸으로 뭘 할 수 있겠어?"

"……."

나는 제갈 세가주와 고양이를 번갈아 보았다.

"그래 놓고 이름을 안 정했다고?"

곧이어 헛웃음이 터져 나왔다. 내 웃음에 고개를 기울이는 제갈 세가주를 노려보았다.

"이기적이잖아."

"응?"

"이렇게 예쁘고 귀여운 고양이한테 대체 무슨 짓을 한 거야? 어?"

"······응?"

"이상한 거 잔뜩 먹이고. 혼백을 어쩌고 그런 이상한 술법을 걸어 놓고. 그래 놓고 난 일찍 죽을 테니까 이름은 뭐 하러 붙이냐고? 거 됐으면 책임을 져야지!"

제갈 세가주가 물끄러미 나를 응시했다. 내가 물었다.

"왜?"

"나 방금 정했어."

"뭘?"

"얘, 이름."

그러고는 고양이를 가리키며 말했다.

"음······."

말을 하다 말고 신음하던 제갈 세가주가 갑자기 물었다.

"그런데 넌 어디서 왜 그러고 있었던 거야?"

"······."

느닷없이 제갈 세가주는 본론으로 돌아왔다. 그가 은근하게 속삭였다.

"나한테 말해 봐. 내가 도움이 될지도 모르잖아."

"……."

나는 회귀하여 눈을 뜬 이후로 이런 정보나 지식에 관해서는 지금
껏 누군가에게 도움을 줬으면 줬지 받은 적은 거의 없었다.

'그러고 보니 할아버지께서 제갈 세가주가 아버지 증상을 완화하는
방법에 대해서 알고 있다고 하셨지.'

절맥을 치료하기 위해 제갈 세가는 안 해 본 것이 없다고 했다. 그
리고 저 고양이.

'혼백의 공유?'

소설에서도 언급한 적 없는 이야기였다.

'인정하자.'

내가 아는 세상은 아주 작은 일부에 불과하다는 것을. 그리고…….

나는 아직도 내 팔뚝을 꼭 붙잡고 있는 제갈 세가주를 보았다. 제
갈 세가주가 나를 향해 배시시 웃었다.

'얘를 믿을 수 있을까?'

마교가 제갈가를 끝장내기 위해 오랫동안 공을 들인 것을 보아……
악역은 아닐 터였다. 하지만 그렇다고…… 아니, 아니. 그건 중요하지
않았다.

만약 아버지의 치료에 조금이나마 도움이 될 수 있다면.

'내 편으로 만들어야지.'

어떻게 해서든 만들어야 했다.

어차피 내 능력에 관심이 많아 보였다. 전생에는 얼굴도 마주친 적
없던 아이가 난데없이 내 앞에 나타난 것은 아마도 이, 만신의에게 받
은 능력 때문일 터.

"알겠어. 그러니까 이제 좀 놔."

나는 제갈 세가주가 붙잡은 손을 떼어 내려 손등을 잡았다. 그리고 눈을 크게 떴다.

"너, 왜 이렇게 손이 차가워?"

제갈 세가주의 손이 무척 차가웠다.

'날이 이렇게 따뜻한데······.'

밤이라고 해도 날이 풀린 지 오래였다. 심지어 나는 겉옷조차 걸치지 않고 나왔는데도 전혀 춥다고 느끼지 않을 날씨였다.

나도 모르게 눈살을 찌푸렸다.

"손."

"응?"

"저쪽 손."

"뭐야, 개 취급이야?"

"멍멍이는 귀엽기라도 하지."

"이상하다. 나 귀엽지 않아?"

제갈 세가주가 고개를 갸웃 기울이며 눈을 깜빡거렸다. 창백한 낯에 눈가에 깊은 그늘 때문에 병약해 보이는 게 탈이지 제갈 세가주도 외모만큼은 꽤 잘난 아이였다.

그러다 보니 일부러 귀엽게 바라보는 것이 분명한 저 표정도 맞춘 것처럼 잘 어울리긴 했다.

"······양심 챙겨."

나도 모르게 반 박자 늦게 반박하고 말았다. 제갈 세가주가 다 안다는 듯이 소리 없이 가볍게 웃었다.

나는 쓸데없는 소리 그만하라는 의미에서 제갈 세가주의 손을 한 번 아프도록 꽉 잡은 후 "연아, 잘못했어. 아파."라고 찡찡거리는 제갈 세가주에게 자연지기를 불어 넣으며 혈도 부분을 눌러 주었다. 예전에 서하령의 손목에 해 준 것처럼.

제갈 세가주가 살짝 만족감이 어린 신음을 냈다.

잠시 후, 나는 입을 열었다.

"천명금혼단."

"응?"

"네 절맥에는 소용이 없는 거야?"

제갈 세가주가 당황한 얼굴로 눈만 끔뻑였다. 이런 질문일 줄은 전혀 예상 못 한 낯이었다.

"갑자기 그건 왜 물어보는 거야? 나 주려고?"

나는 제갈 세가주의 손을 다시 아프도록 꽉 쥐었다. 제갈 세가주가 재빨리 답했다.

"만약에 천명금혼단으로 살 수 있다면, 내가 이미 찾아다 먹지 않았겠어?"

"……."

이걸 잘났다고 해야 하나……? 광오한 말에 말문이 막혔다.

"천명금혼단…… 있으면 좋지만 크게 도움이 되진 않아."

입을 열던 제갈 세가주가 기침을 몇 번 토했다.

"절맥이 요절하는 이유는 저주받은 체질 때문이잖아?"

기맥이 점차 좁아지다 막히는 체질. 내기 순환이 힘들어지는 것만으로도 사람의 몸은 약해진다. 병든다는 뜻이었다.

병이라면 원인이라도 고쳐 볼 텐데, 절맥은 고칠 수가 없으니 병보다 지독했다.

"천명금혼단을 먹으면 몸은 완벽하게 나아. 하지만 그러면 뭐 하겠어? 절맥, 기맥이 막힌 것은 그대론데."

천명금혼단으로 상한 육신을 회복할 수는 있지만, 그건 잠시뿐. 근본적인 원인이 그대로니, 절맥의 영향으로 다시 쇠약해지다 죽는 것이다. 내가 과거 단전을 회복하고자 먹었던 것과 같은 결과였다.

"뭐, 천명금혼단이라는 이름에 걸맞게 살날을 조금 늘려 주긴 하지."

제갈 세가주가 잠시 숨을 고르며 허공을 바라보았다.

"하지만 결국 다가오는 죽음을 막을 수는 없어."

제갈 세가주가 죽음을 말할 때는 늘 조소 어린 느낌이었다. 하지만 이번만큼은 내 질문에 대한 답이라서인지, 사실을 담담하게 전해 주는 어조였다.

"만약 그게 가능했다면 황제 폐하부터 불로장생하지 않았겠어?"

"그건…… 그렇지."

제갈 세가주는 작게 웃으며 속삭였다.

"참고로 우리는 천명금혼단을 만드는 방법도 알아."

"뭐라고?"

"하지만 이제는 만들 수 없어. 필수적으로 들어가는 재료가 멸종했거든."

영생을 꿈꾸던 자들이 닥치는 대로 재료를 모으다 이제는 이 땅에서 찾아볼 수 없게 되었다고 한다. 제갈 세가주는 어깨를 으쓱이며 말을 이었다.

"이제 만들 수도 없는 데다…… 먹을수록 효과가 떨어져."

"먹을수록 효과가 떨어진다고?"

"응. 사람의 회복력에는 한계가 있으니까. 한 번 상처가 난 곳을 또 다치면 회복하기 힘든 거랑 같아. 그래서 우리도 포기했어."

그게 아니라면 어떻게든 다시 천명금혼단을 만들어 냈을 것만 같은 느낌이었다.

제갈 세가주가 고개를 갸웃 기울였다.

"그런데 그건 왜 물어보는 거야? 네가 먹게? 지금까지 안 먹은 건 너도 결과를 예상해서 그런 거 아니야?"

어처구니가 없어서 눈을 가늘게 떴다.

'백리가 내부 일을 왜 얘가 손금 들여다보듯 알고 있어?'

하지만 그런 제갈 세가주조차도 이 사실은 모르고 있었다.

"아버지가 편찮으셔."

"응?"

"내공 진기 흐름이 갑자기 멈추는 걸 봤어."

"진기 흐름? 아, 그게 네 아버지…… 얘기였어?"

제갈 세가주는 정말 깜짝 놀란 표정이었다. 언제 어떤 방식으로 멈췄는지. 아버지의 기맥은 언제 보이는지. 나는 지푸라기라도 잡는 심정으로 모든 사실을 말했다.

제갈 세가주가 고개를 저었다.

"나도 처음 듣는 증상이야. 단언하건대 이런 병은 없어. 만약 이런 병이 있었다면 우리가 모를 리 없어."

"네가 완화법을 알고 있다던데?"

"내가 백리 세가주께 알려 드린 건 제갈가에서 절맥의 진행을 조금이나마 늦추기 위해 오랫동안 연구하던 치료법 중 하나야."

결국, 확실한 치료법은 아니란 뜻이었다. 다시 처음으로 돌아왔다.

"아버지께 천명금혼단이 도움이 될까?"

제갈 세가주의 웃음소리에 눈썹을 치켜올렸다.

"아니, 너무 뻔한 질문을 해서."

"뭐라고? 난 지금……!"

"그게 뭐가 중요해? 도움이 되지 않으면 백리 대협께 드리지 않을 거야?"

"……아."

나는 놀라 제갈 세가주를 바라보았다. 요점을 제대로 찌르는 말이었다. 제갈 세가주가 웃으며 말을 이었다.

"뭘 고민하고 있어?"

나는 깊게 한숨을 내쉬었다.

"그렇지. 네 말이 맞아."

답은 하나뿐인 걸 알면서도, 나도 모르게 제갈 세가주에게 칭얼거리고 있었다.

나를 물끄러미 바라보던 제갈 세가주가 갑자기 말했다.

"좋아. 네 일이니까."

"응?"

"나 잠깐만 지켜 줘."

말의 문맥을 파악하기도 전에 제갈 세가주가 주저앉아 눈을 감았다.

"뭐 하는……."

나는 말을 끝까지 내뱉지 않고 입을 닫았다. 눈을 감은 제갈 세가주가 신기를 순환시키기 시작했기 때문이다.

'뭐야? 설마 지금…… 운기하는 거야?'

하지만 그렇다고 보기에는 진기의 흐름이 상단전에 집중되어 있었다. 어쨌든 운기 비슷한 상태로 보였기에 나는 숨 쉬는 것조차 조심하며 주변을 살폈다.

'다행히 호위는 있네.'

그리 멀지 않은 곳에서 제갈 세가주의 호위인 무영의 기척을 볼 수 있었다. 잠시 제갈 세가주를 바라보다가 나도 눈을 감았다. 할 것도 없으니 나도 함께 수련이나 하려는 생각이었다.

자연지기를 수련하는 건 함부로 방해해서는 안 되는 운기와 달리 언제든 멈출 수 있다는 것이 장점이었다. 그렇게 덩달아 수련을 하면서도 어이가 없었다.

'야밤에 이게 대체 무슨 짓인지.'

갑자기 왜 제갈 세가주와 여기서 수련을 하고 있단 말인가?

얼마나 지났을까? 제갈 세가주의 목소리에 눈을 떴다.

"모산파라는 곳 들어 본 적 있어?"

"모산파?"

나는 잠시 기억을 더듬었다.

"예전에 멸문한 문파잖아."

갑자기 그 이야기는 왜 하는 거지?

모산파는 오래전에 멸문한 문파지만 강호에 발을 딛고 산다면 한번은 들어 보게 되는 곳이었다. 그도 그럴 것이 모산파가 술법으로 아주, 아주 유명했던 문파였기 때문이다.

모산파의 상당히 많은 술법은 모산파가 멸문하고 나서도 각기 다른 문파와 세가로 흘러들어가 명맥을 이었다. 그런데 그게 또 따지고 보면 웃기는 일이었다.

제갈 세가주가 물었다.

"왜 멸문했는지도 알아?"

"사이한 실험을 자행하다 정파 사파 할 것 없이 모두 적을 만들어서 멸문당했다고 들었는데."

그러니까 자신들이 사이하다고 멸문시켜 놓고 그 문파의 술법을 가져다 연구하고 쓰고 있는 셈이었다. 모산파 입장에선 저승에서도 기가 막혀 눈을 감지 못할 일이었다.

하지만…… 멸문한 문파의 눈치를 누가 보겠는가?

제갈 세가주가 말했다.

"반은 맞고 반은 틀렸어."

나는 고개를 기울였다. 제갈 세가주가 살짝 숨을 가다듬었다.

"이상하지 않아? 모산파가 술법으로 대단한 문파긴 하지만…… 대체 무슨 짓을 저질렀길래 원수보다 더한 사이인 정사파가 힘을 모았을까?"

한 번도 생각해 본 적 없지만, 확실히 이상했다.

"모산파가 멸문한 건 사이한 술법 때문이 아니야. 그들이 발명한 독 때문이지."

"독?"

제갈 세가주가 고개를 끄덕이다 머리를 짚었다.

"무색무취에다가 한번 중독되면 영원히 회복할 수 없는 산공독을 만들어 내서야."

"……뭐라고?"

"어때, 무림인이라면 썰썩 썰 만한 무서운 녹이지?"

산공독은 내공을 흐트러트리는 독이었다. 남궁완 아저씨와 기린회 일원들이 천귀조를 상대할 때 당했던 독이자 남궁류청이 상대하는 악역들이 심심하면 써 대는 독이기도 했다.

강한 주인공을 한순간에 무력하게 만들 수 있는 독인데 얼마나 편하고 좋은가? 그렇다 보니 산공독은 강호에서는 무척 비열한 수법으로 취급받는다.

산공독을 제조하거나 쓰는 걸 들키면 무림 공적이 될 정도였다. 천귀조는 이미 무림 공적이었기에 그따위 것은 신경 쓰지 않았지만.

어찌 되었든, 그나마 다행인 것은 산공독은 시간이 지나면 저절로 해독된다는 점이었다. 주변에 운기를 도와줄 사람이 있다면 바로 해독도 가능했다. 후유증도 남지 않는다. 그런데도 무림인이라면 산공독에 치를 떨었다.

그런데…… 해독할 수 없는 산공독이라니? 평생 쌓아 온 내공을 쓰지 못하게 된다고?

나도 모르게 입을 틀어막았다.

"미친……."

"그 존재를 안 순간, 정사를 가릴 것 없이 연합하여 모산파를 공격했지. 세상에 그런 사악한 물건이라니! 이 세상에 있어선 안 되지! 안 그래?"

당연했다. 이건 강호의 근간을 무너트리는 독이었다. 그리고 제갈세가주가 이 이야기를 꺼낸 이유.

"설마 내 아버지가 편찮으신 게……?"

제갈 세가주가 창백한 낯으로 희미하게 웃었다. 나는 고개를 저었다.

"하지만 멸문했다며? 제조법을 남겨 뒀을 리가 없잖아?"

그 독 때문에 멸문시켰는데, 독 제조법을 남겨 뒀을 리가 없었다.

"맞아. 그렇겠지. 하지만 누군가 그런 게 있는 걸 안다면 재현할 수도 있지 않겠어?"

"……왜?"

왜 하필 내 아버지를?

내 아버지가 이름 높은 고수긴 하지만 이렇게 악질적인 독에 중독될 만한가 물어본다면 그건 아니었다.

내 아버지보다 훨씬 유명하고 위협적인 사람이 널린 곳이 강호였다. 나는 그저 아버지를 살리고 나도 살아남고 싶었을 뿐이었는데 대체 왜 이런 일이…….

"글쎄. 어쨌든 지금 내가 찾은 것 중에 가장 비슷한……."

제갈 세가주가 말을 멈추며 숨을 크게 들이쉬었다.

"찾았다고?"

뭔가 말하는 어조가 묘했다. 그러고 보니 원래 알고 있었던 것이 아니라 마치 방금 떠올린 것처럼, 책에서 읽은 것처럼 말하고 있었다.

"응. 이 얘긴 역사 속에서도 지워진 거니까. 네 할아버지도 모를걸."

"……."

더 의아해졌다. 그렇다면 그런 걸 제갈 세가주가 어찌 안단 말인가? 열한 살의 나이에 불과한데? 제갈 세가를 물려받으면 이런 이야기도 모두 듣는단 말인가? 하지만 그럼 왜 방금 떠올린 것처럼 말하는 거지?

내 의심을 아는지 모르는지 제갈 세가주가 웃으며 나를 보았다.

"ㄱ서 알아? 서 고양이에게 선 술법, ㄱ서 원래 보산파의 술법이었다?"

나는 놀라며 고양이를 바라보았다. 하필 모산파 얘기를 한 날이었다.

"신기하지?"

"먀!"

나와 눈이 마주친 고양이가 짧게 울었다.

"운명이 느껴지지 않아?"

"뭐라고?"

"저 수많은 별 사이에서 네가 만신의 능력을 이어받은 것은 운명이 아닐까? 마치 내가 널 만난 것처럼."

나는 제갈 세가주를 물끄러미 바라보다 말했다.

"너…… 방금은 정말 사이비 교주 같았어."

헛웃음을 터트린 제갈 세가주가 뒤쪽의 나무를 짚으며 몸을 살짝 숙였다.

"어쨌든…… 고마워."

헛소리가 고마웠다. 어찌할 바 모르며 침울하게 가라앉던 내면에서 끌어 올려진 기분이었다.

"모산파 얘기, 할아버지께 말씀드려도 돼?"

"마음대로."

"알았어. 그럼 난 먼저 가 볼게."

"연아."

왜 그러냐는 듯 바라보자 제갈 세가주가 눈가를 살짝 찡그렸다.

"나 못 걷겠어. 업어 주라."

"……."

나는 말을 잃고 제갈 세가주를 위아래로 훑어보았다. 제갈 세가주는 절맥으로 병약했지만, 키와 몸은 아주 잘 자란 편이었다. 창백하고 피폐해 보이는 낯과 달리 또래와 비교하면 말쑥이 자랐다고 할까?

그에 비하면 나는 제대로 못 먹어서 또래만도 못했다. 내가 간신히 제갈 세가주를 업더라도 다리가 질질 끌릴 모습이 눈에 선했다.

"기다려. 어른 불러올 테니까."

제갈 세가주가 입꼬리를 살짝 올렸다.

"정말 단호하네."

나는 혀를 차며 몸을 돌렸다. 아, 맞아. 굳이 어른을 불러올 필요 있나? 저쪽에 있는 호위를 부르면…… 이라고 생각할 때였다.

풀썩. 쓰러지는 소리가 들렸다.

第六章

백리 세가는 전혀 변한 것이 없었다. 겪은 일들을 생각하면 몇 년이나 지난 것 같지만 실제로 따지면 고작해야 일 년 정도일 뿐이었다.

처소 중문을 넘어가자 마당에 언두를 중심으로 처소 하인들이 모두 마중을 나와 있었다.

언두가 말했다.

"도련님! 아기씨! 어서 오십시오!"

아버지는 말없이 고개를 끄덕였다. 나도 웃으며 말했다.

"오랜만이야."

내게 다가온 언두가 감정이 복받쳐 흐르는 표정으로 바라보다 눈가를 살짝 닦아 냈다.

"무사하셔서 정말…… 정말 다행입니다."

"……응. 걱정을 끼쳤네."

내게는 꽤 오래전 일처럼 느껴졌는데 할아버지부터 언두까지 저런 모습을 보니 내가 정말 여럿을 마음고생하게 만들었다는 것이 새삼 느껴졌다.

"혈색도 많이 좋아지시고 키도 조금 크셨네요."

"정말?"

"예. 그래도 아직 일곱으로는 안 보입니다."

나는 입을 삐죽였다. 올라오는 길에 생일이 지나 이제 드디어 일곱이었다.

"눈은 계속 그렇게 가리고 계셔야 하는 겁니까?"

"그냥 이게 편해서."

이어서 나는 내 뒤쪽에 서 있던 이를 소개했다.

"이쪽은 오는 길에 함께한 시비인 금쇄야."

언두는 의아한 표정이었다. 나는 천천히 이곳에 있는 모두가 들을 수 있도록 금쇄를 소개했다. 남궁 세가에서 함께 지냈고 소부인이 붙여 주셨다고.

아버지가 설명을 덧붙였다.

"앞으로도 금쇄가 계속 연이의 수발을 들 것이다. 이미 아버지께도 허락을 받았으니, 다들 그리 알도록."

몇몇 하인의 안색이 하얗게 질렸다.

남궁 세가 사람이 두 눈 시퍼렇게 뜨고 있으니, 나를 박대하는 순간 예전처럼 쉬쉬 넘어갈 수 없을 터였다. 게다가 백리 세가의 안주인인 할머니의 영향력이 전혀 닿지 않았다. 내 마음대로 움직이는 손발이 생긴 것이나 다름없었다.

아버지가 말했다.

"창흥표국에서 보내 준 짐은 금쇄가 사람을 시켜 정리하거라."

금쇄가 차분하게 미리 챙겨 두었던 장부를 꺼냈다.

"짐 목록은 제가 가지고 있으니, 아가씨 처소를 한번 살피고 바로 정리하겠습니다."

안색이 점차 환하게 밝아진 언두가 뛸 듯이 좋아했다.

"드디어! 함께 일할 사람이 생겼네요. 어흐흑."

그간 믿을 사람 하나 없는 처소에서 언두가 얼마나 고생했을지 절로 눈앞에 그려졌다.

그때 한 소녀의 목소리가 끼어들었다.

"……아기씨? 지금 무슨 말씀 하시는 거예요?"

당금이었다. 이 목소리를 들으니 내가 정말로 집에 돌아왔구나, 하는 생각이 들었다. 좋든 나쁘든 말이다.

"뭐긴. 아버지가 설명하셨잖아. 금쇄, 이쪽은 내 옛 시비인 당금이야."

금쇄가 웃으며 입을 열었다.

"아, 전에 아기씨를 모셨나요? 짐 정리 끝나면 그동안 어떻게 모셨는지 알려주세요."

"무……!"

당금은 뭔가 소리칠 듯 입을 열었다가 아버지를 보고 어색하게 웃으며 고개를 숙였다.

속으로 조소한 나도 아버지를 바라보았다. 아버지를 살피는 것은 이제 습관이 되었다. 그리고 정말 다행히도.

그날 이후로 같은 현상을 보인 적은 한 번도 없었다.

"이만 들어가자꾸나."

아버지를 따라 처소로 향했다.

확실히 언두가 머물러서인지 처소가 저번과 달랐다. 창틀도 먼지

없이 깨끗하며, 황량했던 후원도 화초를 가져다 심은 듯 꽤 푸릇했다. 꽤 깔끔하게 잘 관리된 모습이었다.

나는 만족스러웠지만…… 금쇄는 믿을 수 없다는 표정으로 내게 속삭였다.

"여기가…… 정말로 아기씨 처소인가요?"

"응. 아버지랑 같이 지내."

"……."

금쇄가 입술을 꾹 깨물고 할 말을 내리누르는 표정이었다. 하지만 나를 안타깝게 보는 눈빛은 감춰지지 않았다.

'뭐…… 그럴 만도 하지.'

남궁 세가에서 우연히 들어갔던 남궁류청의 어릴 적 처소보다 못했다. 물론 그쪽은 탄탄대로가 보장된 하나뿐인 후계, 나와 아버지는 언감생심 후계는 꿈도 못 꾸는 막내라는 차이가 있지만.

이번에 올라오는 길에 할아버지가 처소를 옮기자고 하시긴 했다. 하지만 내가 거절했다. 대충 이런 대화가 오갔다.

"그러고 보니 돌아가면 처소를 옮기자꾸나. 거긴 너무 외지니 말이다."

"저…… 거절해도 되나요?"

"어찌하여? 지금 머무는 곳보다 훨씬 넓고 좋단다."

"세가 공을 세운 것도 아닌데 갑자기 좋은 처소로 옮겨 가면 다른 사람들이 뭐라고 하겠어요?"

"네 공이 없다니! 만신의의 연구 서적을 저렇게 가져오지 않았느냐? 저게 다 백리가의 재산이 될 것인데!"

"하지만 할아버지, 공으로 여기기엔 할아버지와 아버지를 가슴 아프게 만

들었잖아요. 그러니 공보다 과가 큰 것 같아요."

"……."

"그리고 여기가 좋을 것 같아요. 눈을 피해서 수련하기에도요. 처소가 구석지잖아요. 헤헤."

"……."

방어 초식 한 번 펼치지 못한 채 연달아 두들겨 맞은 할아버지의 수염이 푸들푸들 떨리던 것이 눈앞에 선명했다.

내가 이곳에 남겠다 우긴 큰 이유. 바로 할아버지의 죄책감을 자극하기 위해서다. 내가 이곳에 계속 남아 있을수록 처음 나를 받아들이지 않으려 했던 기억을 지울 수 없을 테니까.

'음음, 할아버지 죄송해요. 그러게 왜 여기로 쫓아내셨어요?'

그리고 이곳이 진심으로 마음에 들기도 했다. 구석이라서 작정하고 이곳으로 향하는 게 아닌 이상 다른 친지랑 마주칠 이유가 없었다.

나는 금쇄가 걷어 주는 문발을 넘어 방으로 들어가다 우뚝 멈춰 섰다.

"무슨 일이세요? 어머."

뒤따라오던 금쇄가 내 시선이 닿은 곳을 보고 탄식했다. 흰 고양이가 내 침상에 자리 잡고 있었다.

"대체 어디 갔나 했더니만……."

언제 내 방에 들어왔는지 놀랄 노릇이었다.

"너 그런데 여기가 내 방인 건 어떻게 안 거니?"

나는 옅은 한숨을 내쉬며 고양이 발치에 뒹구는 흰 꽃을 집어 들었다.

"네 주인은 어쩌고 여기 와 있는 거야?"

고양이는 제 앞발만 열정적으로 핥을 뿐이었다. 외투를 벗기 무섭게 언두가 들어왔다.

"아기씨, 여기…… 그 고양이는 뭐죠? 아기씨 고양이인가요?"

"아니. 내 고양이는 아니고…… 잠시 맡았다고 해야 하나? 한동안은 돌볼 것 같아."

언두는 어리둥절한 표정이었지만 크게 의문을 가지지 않고 고개를 끄덕였다.

"이름이 어떻게 되나요?"

"……몰라."

"예?"

"이렇게 될 줄 알았으면 제대로 물어봤지……."

"예?"

"손에 그건 뭐야? 그거 주려고 온 거야?"

눈을 끔뻑이던 언두가 정신을 차리고 손에 들고 있던 것을 건넸다. 서신이었다.

"예예. 아기씨께 온 것이에요. 그리고 음, 저 그리고 금쇄 좀. 잠시 알려 줄 것들이 있어서……."

"알겠어."

언두가 화색이 만면한 채 금쇄와 함께 나갔다.

야율이려나? 천산염제와 떠나기 전에 서신을 보내겠다고 했다. 나는 약간 설렘을 안고 서신을 꺼냈다.

예상은 장렬히 틀렸다. 서신의 주인은 서하령이었다.

'아니? 서신이 나보다 더 먼저 도착하다니!'

마지막으로 헤어졌을 때를 떠올렸다. 영약은 잘 흡수했으려나? 활기차던 수향문 사람들 또한 기억났다. 설레는 마음으로 서신을 펼쳤다. 그리고 아연한 표정을 지었다.

[이 나쁜 계집애! 어떻게 그럴 수가 있어!]

서하령은 말도 없이 떠난 내가 너무하다고 화내는 것으로 서신 한 장을 거의 채웠다. 사실 필체가 너무 기개 넘쳐서 몇 자 쓰지도 않았는데 한 장을 다 채운 것에 가까웠다.

[백일단이 상등품이었나 봐. 내공이 예상보다 많이 늘었어. 너한테 알려 주고 싶었는데…….]

이 부분에서는 실소를 금할 수 없었다.
'하령아…… 보통 내공 폐인에게는 내 내공이 늘었다고 자랑하지 않는 게 좋지 않을까……?'
자신의 실력이 얼마나 늘었는지 보여 줄 수 없어 안타깝다는 내용으로 또 한가득 채워져 있었다. 서신에는 남궁류청의 근황도 짤막하게 쓰여 있었다.

[……남궁류청이 폐관 수련에 들어갔어.]

결국 들어갔구나. 이건 또 바뀌었네. 예전에는 이 시기에 폐관 수련에 들어가지 않았다.

'아버지가 스승이 되지 않아서인가?'

마지막 장을 펼쳤을 때, 갑자기 뭔가 툭 바닥으로 떨어졌다. 마른 꽃이었다.

'이게 뭐야?'

처음 든 생각은 뭘 잘못 넣었나? 였다. 그도 그럴 것이, 보통 누군가의 서신에 꽃을 넣을 때는 잘 펴서 예쁘게 말려 보내지 않는가?

그런데 이건 그냥 꺾어다 집어넣은 것처럼 좀…… 엉망으로 말라 있어서 대체 무슨 꽃인지 알아보는 데 시간이 걸렸다.

복숭아꽃이었다.

'이거 설마…… 남궁류청?'

아무리 생각해도 서하령이 내게 복숭아꽃을 꺾어 보낼 이유가 없었다.

"허."

헛웃음이 나오더니 입꼬리가 올라갔다. 떠나기 전에 작별 인사는 이미 했다고 보러 오지 않더니만, 또 이런 걸 챙겨 주다니. 나는 모두 읽은 서신을 내려놓으며 다리 위에 올라와 있는 고양이를 쓰다듬었다.

'이건 어쩌지……?'

이상하게 말라비틀어진 복숭아꽃. 헛웃음이 터졌다. 나는 고양이를 향해 마른 꽃을 내밀었다.

"이것 봐라. 이게 뭐 같아?"

고양이의 금색 눈동자가 복숭아꽃을 바라봤다. 나는 고양이 앞에 복숭아꽃의 줄기를 잡고 빙그르르 돌렸다. 나는 피식피식 웃으며 말했다.

"이거 남궁류청이 보낸 거거든. 네가 매번 가져오는 거랑 같은 종류야."

고양이가 고개를 갸웃 기울였다.

"웃기지 않아? 아니, 어떻게 사람이 고양이보다 못나게……."

그 순간이었다.

"합."

소리와 함께 꽃봉오리가 고양이의 입속으로 사라졌다. 나는 순간 굳었다가 다급히 소리쳤다.

"뱉어! 고양아! 그걸 먹으면 어떻게 해! 그걸 왜 먹은 거야! 그냥 보여 주는 거였다고!"

아니, 아무리 쓸모없는 거라도 고양이 배 속으로 들어가는 건 좀……!

억지로 고양이 입을 열었을 때는 이미 흔적도 없었다.

"대체 그건 왜 먹은 거야? 어!"

고양이를 흔든다고 꽃이 다시 나오는 일은 없었다. 나는 한숨을 내쉬며 고양이를 내려놓았다.

뭐어…… 남궁류청이 알 일은 없으니 그나마 다행이었다. 자기가 준 꽃을 고양이 밥으로 썼다는 걸 알면…… 으음, 모르겠다. 그 성격에 어떤 반응을 보일지.

"아니, 근데 고양이가 복숭아꽃을 먹어도 되나?"

나는 고양이를 걱정스레 바라보았다. 고양이는 갑자기 왜 그러냐는 듯 아무것도 모른다는 표정으로 나를 바라보았다.

나는 진지하게 말했다.

"고양이도 목젖을 찌르면 토하나?"

그 순간 고양이가 화들짝 놀라며 내 품에서 뛰어내렸다. 믿기지 않

는다는 눈으로 나를 바라보곤 창문을 날쌔게 넘어갔다. 웬만한 무림
고수 뺨쳤다.

나는 혀를 차며 고양이를 따라 방을 나섰다. 처소를 쭉 걸어 나와
안뜰로 향했다. 안뜰에는 언두를 비롯한 하인 여럿이 부산스럽게 돌
아다니고 있었다.

금쇄 목소리가 들렸다.

"잠깐, 그건 건드리지 마! 조심히 다뤄야 해서."

"앗, 네! 네."

한 여종이 들고 있던 목함을 조심스레 내려놓는 것을 보고 당금이
쌀쌀맞게 말했다.

"안에 든 게 뭐길래 그래? 우리도 뭔지는 알아야 할 거 아냐? 너
혼자만 알면 어떻게 관리하라고?"

"그게, 어! 아기씨! 마침 잘 오셨어요."

말하던 금쇄가 나를 보고 환영했다. 나는 의아하게 주변을 훑었다.

"이게 다 뭐야?"

짐이 생각보다 많았다.

"내 짐은 세 상자뿐 아니었어?"

왜 여섯 상자가 나와 있는 거야?

"음…… 잘못 기억하고 계신 게 아닐까요?"

그게 무슨 소리야?

'내가 똑똑히 기억하는데 세 상자였다고.'

그것도 처음 백리 세가에서 출발할 때는 한 상자밖에 안 되던 짐이
그만큼 늘어나서 기가 막혔는데.

"……장부 좀 줘 봐."

"그보다 아기씨, 이건 어찌할까요?"

나는 금쇄가 내미는 목함을 열었다. 우아한 빛깔의 장식이 드러났다. 당금이 관심을 가졌다.

"옥팔찌? 이건 처음 보는 건데?"

금쇄가 웃으며 답했다.

"그렇겠지. 이건 남궁 세가의 작은 마님께서 아기씨께 드린 거야. 작은 마님의 혼수품이었는데 내가 듣기론 황실에서 하사한 거랬어."

나는 당금을 힐끔 보고 상자를 닫았다.

"뭐 하러 그런 말을 해."

금쇄가 새침하게 말했다.

"귀한 거니, 다들 내력을 알아야죠. 그래야 허튼 생각 하는 사람이 없을 테니까요."

놀란 듯 눈을 부릅뜬 당금의 입꼬리가 파들거렸다.

"……어, 엄청…… 좋은 걸 받아 오셨네요. 하, 하하."

우리의 대화를 들은 다른 하인들이 감탄했고, 금쇄의 말을 듣지 못한 이들은 무슨 일이냐며 다른 하인들에게 물어보고 다녔다.

곧이어 언두가 손을 휘휘 저으며 말했다.

"쓸데없는 데 관심 가지지 말고 일해, 일!"

하인들이 우르르 흩어졌다. 이를 심드렁하게 보던 나는 순간 눈을 의심했다.

"쟤…… 뭐야?"

나는 무례하다는 것을 알면서도 손가락으로 가리키는 것을 멈출 수 없었다. 언두가 내가 가리킨 방향을 보고 말했다.

"소녹이요?"

소녹이 자신의 이름이 언급되는 것을 들었는지 이쪽을 바라보았다.

"아기씨랑 아는 사인가요?"

"알다마다……! 쟤가 왜 여기 있는 거야?"

언두가 고개를 갸웃 기울였다.

"어…… 그, 도련님이 거두셔서요. 손도 야무지고 일도 무척 잘해요."

"뭐라고요!"

소녹은 나를 보고 그저 반갑다는 듯 헤헤 웃고 있었다.

나는 이를 악물고 말했다.

"너…… 나 좀 보자."

주변의 하인들이 걱정스럽게 소녹을 보았다. 나는 어리둥절하게 보다 이내 깨달았다. 내 어조가 워낙 매서웠기 때문이었다. 기가 막혔다.

'뭘 했길래 벌써 인망이 이리 좋아?'

누가 보면 내가 악역인 줄 알겠어!

순간 내가 악역이었던 원래 이야기가 떠올랐다. 황급히 고개를 저으며 부정한 생각을 털어 냈다. 나는 소녹을 데리고 가며 언두에게 자세한 설명을 부탁했다.

"어…… 저도 서신만 받아서요. 그러니까 도련님께서 아기씨를 찾으셨다는 소식을 접하고 두 달 뒤에 소녹이 서신이랑 함께 왔어요. 갈 곳이 없으니 잘 가르쳐 보라고……."

그렇게 소녹은 언두 아래로 들어가 일하게 되었다고 한다.

'아버지…… 백리가에 고아원이라도 차리실 생각이에요?'

생각해 보니 그때 흑시장을 부수고 데려온 애들은 또 어떻게 지내고 있는지도 한번 살펴봐야 할 것 같았다. 아버지가 제일 잘하는 게 데려와 놓고 방치하기 아닌가? 마치 나처럼.

'물론 데려오신 것 자체가 대단한 일이긴 한데……'

어휴, 어휴.

답답함에 가슴을 두들기자 언두가 걱정이 가득한 눈빛으로 물었다.

"괜찮으세요? 의원을 불러올까요?"

"……이건 의원이 못 고쳐."

"예에? 대체 무슨 병이란 말입니까!"

"화병."

"예?"

어쨌든 내 실책이었다. 아버지께 말씀 전해 달라고 했으니, 팔괘촌에 남았던 심 부관이 어련히 알아서 잘했을 거라 생각했다.

'솔직히 남궁가에서는 정신이 없어 잊어버리기도 했고.'

한번 물어보기라도 했으면 어떻게 됐는지 알 수 있었을 텐데. 나는 언두에게 괜찮으니 물러가라고 하고 소녹과 방 안에 단둘이 남았다. 문까지 꼼꼼히 닫고 접근하는 사람이 없는지도 살폈다.

그러고서 소녹을 한 번 쭉 훑어봤다.

'그래도 잘 지내긴 한 모양이네.'

비루먹은 망아지 꼴이었던 그때보단 꽤 소녀티가 났다. 그다음 종이와 붓을 가져왔다. 소녹이 내가 가져온 것을 보고 여러 몸짓을 해 가며 설명했다. 대충 자기는 글을 쓸 줄 모른다, 정도로 해석할 수 있었다.

나는 방긋 웃었다.

"거짓말하지 마. 너 글 알잖아."

"……!"

소녹이 눈을 홉떴다. 뒤늦게 실수를 깨닫고 표정을 관리했으나, 이미 늦었다.

"설명해. 왜 여기 온 건지."

나는 소녹의 손에 억지로 붓을 쥐여 주곤 순간 멈칫했다.

'먹도…… 갈아야 하잖아?'

연필 줘……!

문명의 이기를 그리워하며 나는 먹을 집어 들어 열심히 갈았다. 숨이 막히는 어색한 상황이었다. 적당히 갈아졌을 때, 소녹을 향해 고갯짓했다.

"자, 이제 써."

나는 가쁜 숨을 내쉬며 고갯짓했다. 소녹이 입술을 짓씹으며 나와 종이를 번갈아 보았다. 결국, 붓에 먹물을 적시고 글을 써 내려갔다. 글을 제대로 배운 것은 아닌지 획 쓰는 법도 중구난방에 글자도 삐뚤빼뚤 틀린 부분이 많았지만 대충 내용을 파악할 수 있을 정도는 되었다.

[어떻게 알았어?]

나는 당당하게 거짓말했다.

"만신의가 알려 줬으니까."

[만신의도 모르실 텐데.]

"그래? 알고 계시던데."

죄송합니다. 나는 또 돌아가신 분께 대충 떠넘겼다. 당당한 두 번째 거짓말에 소녹도 그런가 넘어가는 기색이었다.

그리고 솔직히 만신의가 모를 리 없다고 생각했다. 만신의가 그냥 모른 척 넘어가 준 것이지.

"그래서 여기까진 왜 온 거야?"

그리고 한참 뒤, 무언가 쨍그랑 깨지는 소리가 백리연의 방에서 울려 퍼졌다.

그 시각 백리 세가의 다른 전각. 백리명은 백리 세가에 도착하자마자 옷도 갈아입지 못한 채 불려 왔다.

방 안의 분위기는 좋지 못했다. 백리명도 각오하고 간 것이지만 할머니 앞에 서니 조금 떨렸다. 고모는 당연하게도 눈을 번질번질하게 빛내며 그를 노려보고 있었고, 반대로 어머니는 매우 걱정스럽게 바라보고 있었다.

아버지가 주변을 한 번 훑고 헛기침으로 운을 뗐다.

"명이 왔구나. 잘 다녀온 모양이야."

"예."

코웃음 소리가 들렸다. 보지 않아도 누군지 알 수 있었다. 할머니가 찻잔을 내려놓으며 온화하게 말했다.

"멋대로 굴었더구나. 그래도 좋은 결과를 내서 다행이다."

"……."

지금까지의 분위기는 장난이었다는 듯 한층 더 무거운 분위기가 모인 이들의 어깨를 짓눌렀다. 할머니, 대부인만이 아무렇지 않게 말을 이었다.

"칭찬이란다. 그래, 이 할미보다는 가주를 따르는 것이 네게 이득이라 느낀 것이겠지."

덥지도 않은데 저절로 등에서 땀이 솟아났다. 보다 못한 백리의묵이 끼어들었다.

"어머니, 무슨 말씀을 그렇게 하세요? 하하하."

어색한 웃음소리였다. 대부인은 그 말에 반응도 하지 않고 말했다.

"그래. 연이 그 아이는 어떻더냐?"

백리명은 살짝 어리둥절했다. 할머니가 대뜸 백리연의 안부를 물을 줄은 예상 못했기 때문이다. 할머니는 그동안 백리연을 탐탁지 않아 했다. 그러니까…… 이제 와서 안부를 물으실 리가 없다는 것이다.

백리명이 마른침을 삼키고 조심스레 되물었다.

"……그, 어떻다니요?"

"남궁 세가에 치료를 위해 가지 않았더냐? 정확히는 만신의를 만나러 간 것이겠지만. 우리에게도 비밀로 하고 말이다."

조소가 묻어나는 음색이었다. 백리명은 어떤 답을 해야 할지 알 수 없었다.

"그래서 백리연, 그 아이는 나았다더냐?"

아, 그 질문이있구나. 백리명은 그제야 요짐을 깨닫고 고개를 서었다.

"……아니요."

"네가 직접 확인해 보았느냐?"

"그건 아니에요. 제가 확인하진 않았고, 석 태의가 얘기하는 걸 들었습니다."

"그래?"

백리의묵이 다시 조심스레 끼어들었다.

"어머니, 왜 그러시는지요? 백리연, 그 아이가 치료되지 못했다는 것은 남궁 세가에 있을 때 이미 확인하지 않았습니까?"

"아무것도 아니다. 만신의까지 만났는데 낫지 못했다니, 안타까워서 말이다."

대부인이 든 찻잔이 입가를 가려 어떤 표정인지 보이지 않았다.

"그 아이의 운은 거기까진가 보구나."

백리명은 그 모습에 왠지 모르게 등허리가 섬찟했다. 대부인은 천천히 찻잔을 내려놓고 몸을 일으켰다.

"나는 이만 가 보마."

"어머니, 좀 더 계시다 가시지요."

"피곤하구나. 의란아, 이만 가자."

백리의란이 찻주전자를 들어 찻잔을 채우며 말했다.

"전 좀 더 있으려고요."

"……마음대로 하거라."

대부인은 며느리, 심씨 부인의 부축을 받으며 방을 나갔다. 심씨 부인은 며칠 만에 본 아들에게 말 한 번 건네 보지 못한 채 방을 나섰다.

대부인이 떠나고 난 후, 안도의 숨을 내쉰 백리의묵이 말했다.

"명아, 나중에 할머니께 사죄하거라."

"……예."

백리명이 시무룩하게 답했다.

"그러고 보니 제갈 세가주와 함께 움직였다며? 어떻게 된 것이야? 몸이 약해 본가에서 나오지도 않는 걸로 알고 있는데."

소식을 넣어 두었기에 무슨 일이 있었는지는 알고 있겠지만, 자세한 이야기까지는 하지 못했다. 전서구가 너무 자주 오가다 백리패혁에게 걸리기라도 한다면 위험했기 때문이다. 백검단주 또한 대부인의 손이 닿는 사람이 아니었다.

"아버지, 제갈 세가주를 뵌 적 있습니까?"

백리의묵이 고개를 저었다.

"오는 길에 정신을 잃었다 들었다만."

"아, 맞아요. 확실히 몸이 좋지 않긴 한가 봐요. 도착 전날에 갑자기 쓰러졌는데, 아직 정신을 못 차리고 있다더군요."

"그런 이와 어쩌다 함께 있었던 게야?"

시무룩했던 것도 잠시, 백리명은 역시 할아버지를 따라가길 잘했다는 생각을 하며 저도 모르게 미소 지었다. 다만 설명을 하느라 그의 미소를 본 고모의 눈매에 날이 서는 것을 놓쳤다.

"제갈 세가주가 작은아버지 일행과 함께 있더라고요. 작은아버지께서 길에서 만나 도움을 주었고 그 연으로 같이 오고 있었대요."

말을 이어 나가던 백리명의 목소리가 점차 신났다.

"그래서 연이가……."

쨍! 찻잔이 팃자에 부딪치며 깨질 듯한 소음이 퍼졌다. 백리명이 입을 다물자 고모가 말했다.

"백리명, 아주 좋아 보이는구나?"

그제야 백리명은 실수를 깨달았다. 너무 즐거워했다.

"의란, 지금 뭘 하는 것이야?"

백리의묵의 엄한 목소리에 백리의란이 입술을 깨물었지만, 그것도 잠깐이었다. 백리의란은 소매로 눈가를 가리며 말했다.

　"오라버니, 제가 얼마나 속상하면 이러겠어요? 솔직히 너무하잖아요. 어떻게 이럴 수가 있냐고요!"

　잠시 머뭇거린 백리의묵이 위로하듯 말했다.

　"……명이도 답답했겠지. 근신령으로 밖에 제대로 나서지 못한 지 이 년 가까이 됐잖느냐."

　"고작 근신령 가지고! 오라버니, 지금 명이 편을 드시는 거예요?"

　백리의묵이 기가 막혀 소리쳤다.

　"의란아! 네 나이가 몇이냐!"

　이를 아득 문 백리의란이 백리명을 향해 쏘아붙였다.

　"아주 잘됐구나! 이번 일로 근신령도 풀렸다면서? 악이와 표를 팔아먹고 근신령이 풀리니 그리 좋더냐?"

　백리의묵은 창백한 낯으로 입술을 깨물고만 있는 아들을 보고 백리의란을 나무라듯 말했다.

　"의란아, 팔아먹다니."

　"내 말이 틀려요?"

　"네가 실망한 것은 안다. 하지만 명이도……."

　백리의묵은 말을 다 잇지도 못했다. 백리의란이 계속 쏘아붙였기 때문이다.

　"명이 너는 고계암에 있는 악이와 표가 안쓰럽지도 않아? 내 아들들만 불쌍하지! 어떻게 이럴 수가 있어!"

　이 상황에 백리명도 점차 화가 치솟아 올랐다. 아니, 자기가 뭘 그리 잘못했단 말인가? 소우악과 백리표가 본인 잘못으로 벌을 받는 것이 자신과 무슨 상관이 있단 말인가?

계속 자신의 탓으로 모는 고모의 모습이 짜증스러웠다. 백리명은 애써 침착하게 말했다.

"……고모, 이성적으로 생각해 보세요."

"뭐? 이성적?!"

"악이와 표가 고계암에 가 있지만, 할아버지께서 검술 스승도 붙여 주셨으니 그냥 수련을 갔다고 생각……."

"수련? 하, 그걸 말이라고 해? 그럼 네가 가지 그랬어!"

"……."

"아버지한테 잘 보이자고 하, 백리연 그 계집애를 데리러 가는 데 쫄래쫄래 따라가? 그 애가 오는 걸 막지는 못할망정!"

결국, 참을성이 바닥난 백리명이 조소하며 말했다.

"하, 그럼 고모도 따라오지 그러셨어요?"

"뭐, 뭐라고?"

"솔직히 표랑 악이를 보낸 건 고모 아니에요? 고모가 여기 남고 싶어서 그런 거……."

그 순간이었다. 눈이 뒤집힌 백리의란이 눈앞의 찻잔을 던졌다. 뜨거운 찻물이 비산했다. 백리의묵이 깜짝 놀라 소리쳤다.

"명아!"

무공을 익힌 백리명은 찻물을 피하지는 못했어도 다행히 반사적으로 얼굴은 막아 냈다. 하지만 뜨거운 물을 뒤집어쓴 손등이 순식간에 붉게 달아올랐다. 백리의묵이 정신없이 소리쳤다.

"밖에 누구 없느냐! 어서 차가운 물 가져오너라!"

생각 없이 손에 집히는 대로 던졌을 뿐인 백리의란은 벌겋게 올라오는 자국을 보고 움찔 놀랐다. 하지만 이내 코웃음을 치며 방을 나갔다.

쨍그랑, 백리의란이 떨군 찻잔이 깨지는 소리가 울려 퍼졌다.

내가 백리명과 고모 사이에 벌어진 일을 들은 것은 백리가에 오고 열흘이나 지나서였다. 그 열흘간 나는 첫날 빼고는 매일같이 새벽에 일어나 아버지와 함께 처소 후원에서 무백신공을 수련했다.

그리고 처소 후원에 다른 사람은 들어오지 못하게 막았다. 그러나 목검을 들고 땀에 전 채로 아버지와 왔다 갔다 하는데, 처소 하인들이 내가 검술 수련하는 것 자체를 모를 수는 없었다.

그렇게 아버지께 다시 검술을 배우기 시작하자 하인들은 나를 보면 애잔하다는 듯한 표정을 짓고, 자기들끼리 속삭였다.

"아이고, 쓸데없는 짓을."

"단전이 없으니 그래 봤자 평생 삼류를 못 벗어날 텐데."

"근데 왜 아무도 접근 못 하게 하는 거야?"

"내공 폐인이 수련하는 게 창피하겠지."

"며칠 하다 말겠지."

하지만 그런 말도 하루, 이틀, 사흘, 나흘…… 그렇게 열흘이 지나자 몇몇은 의심하기 시작했다.

"그런데 아기씨 말이야. 남궁 세가 가기 전보다 훨씬 건강해지신 것 같지 않아?"

"그러게. 그때는 오래 걷지도 못하셨는데……."

"설마……?"

"에이, 하지만……."

헹, 그래! 의심해라!

내가 원하던 반응이었다.

그런데 문제는…… 내가 거기에 신경 쓸 정신이 없었다. 아버지의 훈련이 매우 힘들었기 때문이다. 할아버지의 말도 안 되는 미래 계획에 아버지께 살려 달라고 하려 했는데, 아버지도 할아버지와 비슷한 분이셨다.

아버지는 마치 백리가에 도착하기만을 벼르고 있었다는 듯이 나를 데굴데굴 굴리기 시작했다.

'아니, 백리가에 돌아가지 말자고 할 때는 언제고?'

사기당한 기분이었다. 그 순간, 아버지의 엄한 목소리가 들렸다.

"연아, 집중하거라. 팔에 힘이 빠졌다."

"……."

너무 힘들어서 딴생각할 틈이 없었다.

'사실은 아버지가 이걸 노린 게 아닐…….'

"백리연!"

정말 한순간도 없었다.

"힘드냐?"

"……조금요."

"괜찮다. 내가 보기엔 아직 할 수 있겠다."

"……."

새벽부터 이어진 훈련은 정오가 되기 전에서야 끝났다. 그것도 평소보다 반각 정도 일찍 끝난 것이다. 아버지가 일이 있어 오후 나절

자리를 비우게 됐기 때문이다.

그렇게 아버지가 자리를 뜨자마자, 기다렸다는 듯 불청객이 찾아왔다. 기세당당한 모습을 보고 나는 눈을 가늘게 떴다.

'분명 후원에 아무도 들어오지 못하게 막으라 했는데.'

아버지가 자리를 비우자마자 이 꼴이라니.

나는 후원 입구를 지키는 하인이 있는 방향을 흘끔 보았다가 다시 앞을 보았다. 다가온 자는 백리가의 의약당 소속 의원인 하 의원이었다.

"여긴 무슨 일이세요?"

"무슨 일이냐니요?"

하 의원은 걸어올 때부터 이미 얼굴에 짜증이 가득했다.

"연 아기씨가 진찰을 받으러 오지 않으시니 제가 여기까지 온 것 아닙니까."

툴툴거리는 말투에 불만이 가득해 보였다. 불손한 태도. 원래부터 이랬기에 새삼스럽지도 않았다. 나는 눈을 동그랗게 떴다.

"저를 진찰하러 오셨다고요?"

"예, 어서 가시죠."

나는 고개를 갸웃하며 말했다.

"저는 괜찮아요. 석 태의께서 이미 진찰하시고 처방도 다 해 주셨는걸요."

하 의원이 짜증스럽다는 듯 혀를 찼다.

"한심한 소리 하지 마십시오. 아기씨도 백리가의 일원이시지 않습니까? 계속 석 태의께 의존하면 가문의 체면이 뭐가 됩니까?"

과거에 나는 이 의원에게 늘 저자세였다. 일단은 만날 때마다 투덜거리며 온갖 눈치를 줬다. 거기다 나를 도와주러 온 의사 선생님이라는 생각에 저절로 주눅이 들었다.

나는 일부러 호들갑 떨며 말했다.

"와, 신기하네요! 하 의원님 바쁘신 거 아니었어요? 예전엔 바빠서 맨날 못 온다고 하셨는데!"

움찔한 하 의원이 헛기침을 몇 번 했다.

"큼, 지금도 바쁩니다. 겨우 시간 내서 온 거니 어서 들어갑시다."

그동안 하 의원은 내 치료에 별 관심이 없었다. 나만 있을 때는 처소에 발걸음도 하지 않고 처방전만 대충 내주다가, 아버지가 오시면 그제야 어쩔 수 없이 들렀다 가는 정도였다.

그가 늘 입에 달고 다니던 말이 있었다.

"사공자님도 쓸데없는 짓을."

귀찮아 죽겠다며, 절대 나을 일 없는데 괜한 희망을 붙들고 있다는 듯. 그런데 갑자기 나를 진찰하러 왔다? 지나가는 개가 웃겠다.

하 의원이 날 찾아온 이유는 하나였다. 내 단전이 나았는지 확인해 보기 위해서. 그동안 의약당에서 나를 진찰하려는 것을, 내 부탁 때문에 아버지가 거부해 왔다.

그러니 궁금할 거다. 분명히 내공 폐인일 텐데, 검술 수련을 나시 한다? 의심이 솔솔 피어날 것이다. 그래서 아버지가 자리를 비우자마자 득달같이 달려온 것이다. 조소가 절로 나왔다.

'이것 참…… 너무 예상한 대로 아냐?'

일부러 그런 의심을 하도록 만들고 어떻게 나오는지 두고 보려 한 건데……. 열흘밖에 못 참을 줄이야.

하 의원은 살짝 초조한 낯이었다. 나는 유유자적하게 후원도 한 번 둘러보고 들고 있던 목검도 바닥에 툭툭 두들겼다. 하 의원이 참지 못하고 재촉했다.

"아기씨, 어서 가자니까요. 뭐 하시는 겁니까?"

나는 눈을 깜빡이다 웃었다.

"싫어요."

"예?"

"싫다고요."

하 의원이 당황하는 듯하더니 왈칵 얼굴을 일그러트리며 다그쳤다.

"하, 정말. 아기씨! 바빠 죽겠는데, 어디서 투정입니까!"

큰소리가 난 순간 움찔 떨었다. 내게 큰소리를 내며 위협적으로 구는 사내를 보면 나오는 반사적인 반응이었다.

그러는 찰나, 하 의원이 내게 손을 뻗는 것이 보였다. 아니, 정확히는 뻗으려는 것이 보였다.

지금까지는 경로와 약점을 알아차리는 느낌이었다면, 방금은 예지에 가까웠다. 반사적으로 몸이 움직였다. 내 손목을 잡으려는 의원의 손목을 흘려 내고 목검으로 목을 겨눴다.

"헉."

새벽부터 오전 나절을 통으로 쓴 무백신공의 움직임이었다. 이를 알아본 의원이 눈을 부릅떴다. 나 또한 탄식했다.

'아, 아버지가 이걸 보셨어야 했는데.'

물 흐르는 듯한 흐름이 아주 완벽했다. 아버지가 이 자리에 계셨다면 만족했을 것이다. 그간 딸내미를 데굴데굴 굴렸던 보람을 느끼시지 않을까?

모든 상념을 뒤로하고 목검을 쥔 손에 힘을 가했다. 의원의 목젖 부근을 목검으로 꾹 눌렀다.

"싫다고 했잖아."

"아기씨, 잠시만 고개 좀 뒤로 젖혀 주세요."

스윽, 스윽.

금쇄가 내 머리를 빗어 내리다 갑자기 또 한숨을 내쉬었다. 벌써 네 번째 한숨이었다.

"괜찮아, 금쇄."

"화나서 그러지요. 후우, 어떻게 공자님이 자리를 비우시자마자 이런 일이 벌어질 수가 있냐고요!"

"하하."

익숙하고 예상했던 바라 나는 솔직히 아무 생각도 들지 않았다. 오히려 잘됐다는 생각마저 들었지만, 금쇄는 아닌 듯했다.

"하인들 태도는 어떻고요? 다 같이 무슨 약이라도 처먹었는지……."

나는 깜짝 놀라 돌아봤다. 금쇄는 무슨 일이 있냐는 듯 나를 바라보았다. 자신이 험한 말을 했다는 걸 자각하지 못한 모양이었다.

"왜 그러세요?"

"아니, 아무것도 아니야. 그리고 네가 있어서 많이 나아진 거야."

"이게 나아진 거라고요? 속이 아주 다 시커멓던데! 특히 당금! 그아이만 없었어도 제가 후원을 지킬 수 있을 텐데!"

금쇄가 예쁘게 머리를 틀어 올리기 시작했다.

"아니, 아기씨 처소를 왜 본인이 멋대로 뒤지고 있냐고요? 청소를 맡긴 것도 아닌데. 남궁 세가였으면 상상도 못 했을 일이라구요!"

금쇄가 잠시 투덜거리다가 말했다.

"이 정도로 할까요?"

"응. 문병 가는데 치장하는 것도 좀……."

백리명의 소식을 들어 문병을 갈 예정이었다. 고모가 실수로 백리명에게 뜨거운 물을 쏟았다는데……. 과연 실수일까? 심지어 입단속을 얼마나 열심히 했는지, 내가 그 사고를 알게 된 것은 열흘 만이었다.

금쇄가 다 됐다는 듯이 어깨를 살짝 두드렸다. 숫제 애 취급이었다.

"응. 아 참, 그 후원 출입 맡았던 하인은 계속 후원 출입을 맡게 둬."

"왜요? 그자가 오늘 하 의원을 들여보냈잖아요. 당장 쫓아내 버려요!"

금쇄가 깜짝 놀라 소리쳤다.

"그러니까 맡게 두는 거야."

금쇄는 이해가 가지 않는 표정이었다. 나는 가볍게 웃었다.

"가법대로 할 생각이거든."

"가법이요?"

"응. 가법대로 하면 처음은 삼 개월간 감봉하고, 한 번 더 같은 실수를 할 경우엔…… 곤장을 치거든."

큰 가문일수록 가법이 지엄했다. 물론 하인을 가법대로만 다스리진 않았다. 사람 사는 곳이고, 서로 매일 얼굴을 보는 사이에 모든 걸 율법대로 하면 피차 피곤하기 때문이다. 보통 주인이 적당히 나무라는 선에서 끝났고, 진짜 가법대로 엄히 다스리는 일은 적었다.

하지만…… 나를 무시하는 사람들에게 자비로울 필요가 있나?

금쇄는 나를 보고 눈을 반짝였다.

"아기씨는 다 계획이 있으셨군요?"

"그럼 그럼."

"가끔은 정말…… 이 쪼끄만 머리로 뭘 생각하시는지 궁금하다니까요."

나는 씩 웃으며 말했다.

"그럼 나, 갔다 올게."

"아, 있잖아요, 아기씨……."

금쇄가 무언가 할 말이 있는 듯 나를 붙잡았다가 말을 흐렸다. 그 모습에 고개를 갸웃 기울였다. 금쇄가 마른침을 삼키고 다시 말을 이었다.

"소녹 그 아이요. 착하고 일도 잘하는 것 같은데 이만 화 푸시는 게 어때요?"

"……."

"아기씨가 아끼시는 벼루를 깨트리긴 했다지만, 오늘 보니까 공자님 안 계셔도 열심히 일하는 건 소녹뿐이더라고요……."

처음 소녹과 따로 얘기한 날, 벼루가 깨지고 나는 크게 화를 내면서 울었다. 언두, 아버지 모두 깜짝 놀라 나를 달랬고 소녹은 처소에 들어오지 못하게 되있다.

그러니까 주로 바깥일을 하게 된 것이다. 언두가 조금 실망했다. 당금 대신 소녹을 내 몸종으로 내심 생각해 두고 있었던 모양이었다.

금쇄가 조심스럽게 말을 이었다.

"아기씨, 야율과는 사이좋았잖아요?"

야율과 소녹.

소녹을 믿게 된 바탕에는 야율이 있었다.

'어떻게 할까?'

나는 금쇄를 바라보며 고민했다.

"실수하지 않는 사람은 없어요. 소녹은 아직 어리니까……."

그리고 결정했다. 나는 금쇄에게 몸을 숙이라 손짓했다. 내가 귓가에 속삭이는 말을 들은 금쇄가 눈을 휘둥그레 떴다.

"아기씨…… 대체 무슨 계획이신 거예요?"

나는 방긋 웃으며 말했다.

"불을 어디까지 지를까, 그런 계획?"

"……."

"아, 맞아. 까먹을 뻔했네. 양파 좀 가져다줘."

"……양파요?"

"응!"

백리명은 진즉에 독립해 자신만의 처소를 가지고 있었다. 나는 백리명의 처소로 향하며 깨달았다. 회귀 전과 현재를 모두 따져서 백리명의 처소를 방문하는 게 처음이었다.

장손 아니랄까 봐, 백리명의 처소는 위치부터 규모와 너비까지 무척 좋았다.

그리고 조금 놀랐다.

'분위기가 왜 이렇게 엄중해?'

나를 본 하인들이 깜짝 놀랐고 몇몇은 적대적인 시선을 보였다. 누군가는 조심스럽게 처소를 빠져나가기도 했다. 어디로 갈지는 자명했다.

그때 처소 안에서 중년 여인이 걸어 나왔다. 나는 또 놀랐다. 의외의 인물이었기 때문이다.

"돌아가십시오."

방씨 어멈. 할머니의 측근 시비였다. 또한 호위 무사이기도 했다. 웬만한 일이 아니면 절대 할머니 옆을 비우지 않는데…….

'왜 여기 있는 거지?'

할머니의 측근 중에 나를 좋아하는 사람이 어딨겠냐마는, 특히 방씨 어멈은 나를 볼 때마다 마치 벌레 보듯 경멸하는 시선이 인상 깊은 여인이었다.

"도련님은 문병을 받을 만한 상태가 아닙니다."

방씨 어멈이 싸늘한 표정으로 말했다.

'그 정도로 상태가 안 좋다고?'

의문을 가졌다가 깨달았다. 문병도 받지 못할 정도로 상태가 안 좋았다면 백리가가 이리 조용할 리 없었다.

'그냥 만나지 못하게 하려고 하는 거군.'

나는 곧장 깜짝 놀랐다는 듯 크게 소리쳤다.

"오라버니 상태가 그렇게 위중한가요!"

방씨 어멈이 깜짝 놀랐다가 얼굴을 일그러뜨렸다.

"목소리 낮추십시오!"

내가 왜?

나는 방씨 어멈 말을 무시하고 계속 소란을 피웠다. 소란이 커지자 백리명 처소의 하인뿐만이 아니라 다른 하인들도 슬쩍 기웃거렸다.

아마 한 시진 내로 소문이 쫙 퍼질 것이다. 내가 백리명 병문안을 왔다가 만나지도 못하고 돌아갔다고. 방씨 어멈은 내 입을 틀어막지 못해 분한 듯한 얼굴이었다. 그런데 무언가 본 방씨 어멈의 표정이 싹 변하더니 공손히 고개를 숙였다.

"어쩔 수 없군요. 들어오십시오."

나는 방씨 어멈을 따라 전각 안으로 들어갔다.

그리고 고약과 탕약 냄새가 흘러나오는 방문을 넘으며 깨달았다. 가는 날이 장날이라고, 오늘 정오에 마주했던 하 의원이 백리명과 함께 있었다.

나를 보고 놀란 백리명이 먼저 입을 열었다.

"어멈이 웬일이야? 난 중병이라 아무도 만날 수 없는 거 아니었나? 무슨 바람이 불었대?"

"도련님, 언행을 조심하셔야지요."

방씨 어멈은 마치 백리명이 숫제 투정을 부린다는 듯한 취급이었다. 역시나. 방씨 어멈은 할머니가 붙인 감시관이었다. 허튼짓, 그러니까 나와 친밀하게 지내는 것을 막으려는 것이다.

코웃음을 치던 백리명이 갑자기 왼 어깨를 짚으며 인상을 찡그렸다. 넓은 소맷자락 아래로 붕대가 감긴 손이 보였다. 그리고 그제야 백리명 뒤쪽에 심소청, 심씨 부인도 계신 걸 알아챘다.

"큰어머니도 계셨네요. 안녕하세요."

"……그래."

작은 목소리가 거의 들리지 않을 정도였다. 우수에 찬 분위기에 불안해 보이는 눈동자까지. 정말 무가에 어울리지 않는 심약한 여인이었다.

'일부러 그런 사람을 고른 거겠지만.'

내가 백리 세가에 사는 동안에 심씨 부인을 뵌 적은 정말 손에 꼽을 정도였다. 참고로 심씨 부인에 관한 이야기를 들은 적도 거의 없었다. 그만큼 있는 듯 없는 듯 조용히 사신 분이었다.

그때 방씨 어멈이 처음으로 미소 비슷한 것을 지으며 말했다.

"이리 오신 김에 아기씨도 진찰을 받으시지요."

"……."

"하 의원, 큰 도련님을 진찰하기 전에 아기씨부터 진찰하시지요. 부탁합니다."

하 의원이 당황하는 듯하더니 이내 눈을 빛냈다. 백리명이 살짝 짜증스러운 말투로 말했다.

"어멈, 무슨 말을 하는 거야? 연이가 왜 여기서 진찰을 받아?"

"도련님은 듣지 못하셨겠군요. 오늘 정오에 하 의원이 아기씨를 진료하러 가셨는데, 아기씨가 거부하셔서 돌아오셨습니다."

"그래서?"

백리명이 미간을 살짝 찌푸렸다. 나는 백리명 옷자락을 살짝 잡았다.

"오라버니도 같이 오면서 다 보셨잖아요? 석 태의가 진찰하시는 거."

잠시 고민하는 듯하던 백리명이 내 편을 들었다.

"……그랬지. 맞아. 아니, 어멈. 석 태의께서 오는 길에 진찰하고 처방도 다 해 주셨는데, 굳이 하 의원이 살필 필요가 뭐 있어?"

방씨 어멈은 꼿꼿한 태도로 말했다.

"아기씨는 백리가인데 당연히 백리가 의원이 살펴야 하지 않겠습니까?"

백리명이 어이없다는 듯이 탄식하고 말했다.

"하……. 석 태의는 할아버지가 데려오신 의원인데 대체……."

방씨 어멈이 눈을 내리깔고 꼿꼿하게 말했다.

"도련님, 아기씨께 하 의원을 보내신 건 대부인입니다."

백리명이 멈칫하며 되물었다.

"……할머니가 보내신 거라고?"

방씨 어멈은 태연히 말을 이었다.

"예. 대부인께서 가모로서 백리 세가의 혈족인 아기씨를 걱정하시는 건 당연하지 않습니까?"

백리명이 기가 막힌다는 표정을 지었다. 그때 지금까지 조용히 있던 심씨 부인이 조심스레 말을 꺼냈다.

"명아, 할머니 말씀이시니까……."

할머니 뜻을 거스르지 말라는 것이었다. 백리명이 입술을 깨물며 나와 방씨 어멈을 번갈아 보았다. 이내 어쩔 수 없다는 듯 말했다.

"연아. 그냥 한번 받거라. 뭐…… 이렇게 거절할 일도 아니긴 하지 않느냐?"

방씨 어멈의 입가에 승리의 미소가 살짝 맺혔다. 나는 무릎에 주먹을 쥐고 천천히 고개를 떨궜다. 백리명이 한숨을 쉬며 달래듯 나를 불렀다.

"후우, 연아."

나는 손수건으로 눈가를 살짝 문지르고 고개를 들었다. 백리명이 깜짝 놀라 나를 바라봤다.

"왜, 왜 그러느냐?"

벌건 눈가에 눈물이 그렁그렁 맺혀 있다가 툭 떨어졌다.

"하 의원은…… 하 의원은 늘…… 저를 치료하러 올 때마다, 아버지가 쓸데없는 짓을 한다고…… 귀찮게 한다고 그랬어요."

일부러 더 아이 같은 어조로 말했다.

"저는 하 의원이……."

나는 훌쩍이며 하 의원을 흘끔거렸다. 겁먹은 모습으로 보이길 바라며. 입을 쩍 벌린 하 의원은 당장 목뒤를 잡고 드러누울 듯한 표정이었다.

나는 우물거리며 말했다.

"뭘, 자꾸 진찰하겠다는 건지 잘 모르겠어요. 또, 또…… 쓸데없는 짓이라고 하실 거면서."

나는 쥐고 있던 손수건으로 눈가를 닦았다가 눈물을 왈칵 쏟아냈다.

'으악! 아씨, 아, 매워!'

양파즙을 잔뜩 먹인 손수건이었다. 원래는 여리고 신실한 여동생 역할을 하기 위해서 가져온 것이다. 백리명의 상처를 보면서 훌쩍일 순간이 오면 그때 쓰려고 가져온 손수건이었는데…….

그래. 뭐, 어쨌거나 잘 쓰면 됐지…….

눈물이 저절로 뚝뚝 떨어졌다.

"제가, 제가 내공 폐인이라고 무시하는 거잖아요."

하 의원이 입을 뻐끔거렸다. 백리명이 왈칵 인상을 찡그렸다.

"……하 의원, 정말 그랬어요?"

"그러니까…… 저, 저는 그런 적 없습니다!"

"하! 그럼 연이가 거짓말을 하고 있다는 거예요? 하 의원, 그렇게 안 봤는데 우리 백리 혈족을 얼마나 우습게 보면……!"

백리명이 이번에는 아주 열렬한 핏줄의 수호자가 됐다. 여기서까지 하 의원의 편을 들면 나중에 내 얼굴 보기가 힘들 거라 판단한 것이다. 정말 박쥐 같은 태도였다.

하지만 저렇게 하 의원을 나무라고, 그다음에 나를 달랠 것이다. 자기가 앞으로 조심하게 할 테니까 마음 풀고 진맥을 받으라고. 그러면 나도 계속 거절할 수 없었다. 그때도 거절한다면 이제 아이의 철없는 투정으로 보일 것이다.

나는 숙이고 있던 고개를 들며 말했다.

"좋아요."

나는 입술을 꾹 깨물고 하 의원과 방씨 어멈을 바라보았다. 눈물이 그치질 않아서 초점도 잘 안 잡혔다.

"제 단전이 회복된 건지 궁금하신 거죠?"

방씨 어멈, 하 의원 둘 다 아니라고도, 맞는다고도 말하지 못했다. 그 모습에 백리명이 이 둘을 저도 모르게 경멸하는 듯이 바라봤다. 금세 다시 표정을 관리했지만.

"오라버니가 확인해 보는 건 괜찮아요."

"뭐?"

백리명은 헛웃음을 토하다 그대로 굳었다. 그리고 당황한 듯 자신을 가리켰다.

"나, 나보고 확인하라고?"

"네."

나는 눈물을 뚝뚝 흘리며 옷자락을 꽉 쥐었다가 조그맣게 말했다.

"오라버니는 믿을 수 있으니까요."

"……."

백리명이 약간 감동한 듯하면서도 당혹스러운 기색이었다.

'미안, 거짓말이야.'

아, 거짓말까진 아니려나? 백리명의 기회주의적인 면모를 믿었으니까.

내게 밉보이기도 싫고 할머니를 거역하기도 싫은 백리명에게 내 제안은 아주 만족스러울 것이다. 그리고 어찌 되었든 자신을 믿는다는 달콤한 말을 싫어할 리가 없다. 아직 아이인데.

만족스러운 기색의 백리명이 자애로운 오라비인 척 내 어깨를 다독이며 말했다.

"그래. 내가 확인하지 뭐. 방씨 어멈, 이럼 됐지?"

굳은 표정의 방씨 어멈이 말했다.

"그러지 마시고, 도련님 대신 다른 의원……."

백리명이 방씨 어멈의 말을 자르며 버럭 소리쳤다.

"무슨 다른 의원이야? 적당히 해!"

잠시 멈칫했던 백리명이 눈을 부라리며 말했다.

"아니면, 설마 지금 나를 못 믿는 거야?"

"……아닙니다."

방씨 어멈이 어쩔 수 없이 수그렸다. 나는 눈물을 뚝뚝 흘리며 그 모습을 지켜봤다.

백리명의 기회주의적인 태도를 나만 알 리가 없었다. 하지만 저들도 아직은 백리명을 믿고 있겠지. 그간 같이 지낸 세월이 있으니까.

그러나…… 후일 내가 내공을 다루는 모습을 보인다면……? 백리명은 내 회복을 숨겼다고 의심을 받을 것이었다. 백리명은 자신은 진실을 말했다고, 억울하다고 말하겠지만…….

그때는 과연 누가 그의 말을 믿어 줄까?

백리명은 내 단전을 살펴 보았고, 당연히 회복되지 않은 걸 확인했다. 이미 석가약과 진료하는 걸 보았던 백리명은 방씨 어멈을 향한 경멸을 감추지 못했다.

그렇게 소란이 마무리되고.

"아, 맞아. 이거 백리리에게 주려고 가져왔어요. 별건 아니고요."

나는 살짝 부끄러워하며 조그마한 목함을 내밀었다. 지금껏 말한마디만 거들었을 뿐, 움직임도 거의 없던 심씨 부인이 관심을 가졌다.

"리리에게?"

"네."

심씨 부인이 상자를 받아 열었다.

달그락. 섬세하게 조각한 남자아이와 여자아이 장난감이었다. 값이 비싼 건 아니지만 조각 자체가 정교하니 아이에게 주기 적당한 선물이었다.

심씨 부인이 살며시 미소 지었다.

"귀여운 인형이구나, 고맙다."

"커흠."

방씨 어멈이 갑자기 헛기침을 했다. 백리명이 인상을 찡그리고, 심씨 부인이 어깨를 움츠리며 서둘러 목함을 닫았다.

"제가 가져다드리지요."

심씨 부인이 입술을 살짝 깨물고 방씨 어멈에게 목함을 넘겼다. 그러든가 말든가 나는 튀어나오려는 하품을 참으며 눈가를 비볐다. 한바탕 난리굿을 치렀더니 진이 빠졌다.

'하긴, 진짜로 운 건 아니라도 그렇게 눈물을 흘려 댔으니.'

피로한 것은 백리명도 마찬가지로 보였다. 한숨을 내쉰 백리명이 축객령을 내렸다.

"리리에게 잘 전해 주마. 이리 와 줘서 고맙다. 괜한 소란에 얽혔지만, 네가 이해하거라."

아주 당연하다는 듯이 명령했다. 이어서 백리명은 고개를 돌려 심씨 부인을 보았다.

"어머니, 연이 데려다주고 오세요."

나는 놀라 눈을 크게 떴다. 심씨 부인도 반 박자 늦게 되물었다.

"……어미가?"

"네. 연이 얼굴을 보면 사람들이 뭐라고 수군거리겠어요?"

"아아."

하여간 자기에 대한 안 좋은 소리 나올 일은 귀신같이 잡아냈다. 그때 방씨 어멈이 나섰다.

"제가 하겠습니다."

"방씨 어멈, 어멈이 피운 소란을 벌써 잊었어?"

냉랭한 말에 방씨 어멈이 입을 꾹 나물었다.

"어머니가 가세요."

심씨 부인은 어쩔 줄 모르며 방씨 어멈과 백리명의 눈치를 보았다. 나는 속으로 탄식했다. 세상에, 백리가의 작은 마님이 시비의 눈치를 보다니!

백리명이 다그쳤다.

"어머니, 뭐 하세요? 어서 가세요. 저 피곤해요."

심씨 부인이 입술을 깨물고 일어났다.

"······알았다. 하 의원, 잘 부탁하네."

허. 백리명, 쟤는 무슨 친엄마를 시비 부려 먹듯 부려 먹어? 친엄마는 시비의 눈치를 보고 아들은 어미를 시비처럼 부려 먹고. 개판이구먼.

'뭐······ 내가 신경 쓸 일은 아니지.'

내겐 오히려 다행이었다. 방씨 어멈이랑 같이 나갈 생각을 하면 숨이 막혔다. 심씨 부인이 나를 다른 방으로 데려갔다.

몸종이 대야를 들고 왔고, 나는 혼자 하겠다며 물러가게 했다. 얼굴을 씻어 내고 적당히 진정한 것처럼 보이자, 방을 나갔다.

'심씨 부인은 어디 계시지?'

그때였다.

"흑, 흡."

어디서 귀신 우는 것 같은 소리가 들렸다. 나는 주변을 둘러보고 소리가 들리는 방향으로 향했다. 울음소리의 주인은 심씨 부인이었다. 커다란 기둥 뒤에 선 심씨 부인이 손수건으로 입을 틀어막고 울고 계셨다. 나는 깜짝 놀라 바라보다가 조심스레 말을 걸었다.

"큰어머니······ 괜찮으세요?"

심씨 부인이 그제야 내가 있는 걸 알았는지 화들짝 놀랐다.

"그, 오라버니가 나가라고 해서 그래요? 저 안 데려다주셔도 돼요. 혼자 갈게요."

"아니, 아니다. 그런 게 아니야."

심씨 부인이 서둘러 눈가를 닦아 냈다.

"며, 명이를 오해치 말거라. 그러니까 명이는…… 명이가 날 내보낸 것은…… 내가 거기 있으면…… 울까 봐 그런 거란다."

내 표정이 의아했는지 심씨 부인이 설명을 덧붙였다.

"곧 하 의원이 치료 때문에 붕대를 풀 텐데, 그때마다 내가…… 내가 울어서 그렇단다."

"오라버니 상처가 그렇게 심해요?"

"……."

아, 괜히 물었다. 심씨 부인의 눈가에 또 눈물이 맺히기 시작한 것이다. 나는 깜짝 놀란 것처럼 말했다.

"큰어머니, 울지 마세요. 더 울면 큰어머니도 세수하셔야 할 것 같아요!"

어린 나와 달리 심씨 부인이 세수를 하게 되면 일이 귀찮아졌다. 민얼굴로 나가려 들지 않을 테니까. 가벼운 화장까지 하려면 시간이 얼마나 걸릴지 몰랐다.

내 말뜻을 이해한 심씨 부인이 입술을 질끈 깨물며 숨을 가다듬었다. 나는 그 모습을 물끄러미 바라보다 입을 열었다.

"큰어머니, 저한테 만신의 연단실에서 얻은 연고가 있어요."

눈물짓던 심씨 부인은 왜 갑자기 그런 얘기를 꺼내는지 잘 모르겠다는 얼굴이었다.

회귀 전, 얼굴도 보기 힘들었던 심씨 부인과 딱 한 번 단둘이서 얘기한 적이 있었다. 넓은 백리가에는 사람의 발길이 거의 닿지 않는 반쯤 버려진 전각이 있었다. 딸린 후원은 관리하지 않아 수풀이 무성했다.

우연히 발견한 곳이었는데, 내가 시선을 신경 쓰지 않고 울고 싶을 때 그곳을 찾곤 했다. 무슨 이유 때문이었는지 이제는 기억나지 않았다.

어쨌든 그곳에서 울던 날이었다. 바스락, 사부작. 풀잎을 밟는 소리, 옷자락 스치는 소리가 들렸다.

심씨 부인이 손수건을 내밀며 말했다.

"여기는 며칠 내로 새롭게 단장할 예정이란다."

나는 그때는 손수건만 쥐고 황급히 자리를 떴다. 심씨 부인의 예고대로 며칠 뒤 전각은 새롭게 단장되었다. 쌍둥이들이 제 친우들과 부어라 마셔라 하는 곳으로.

그때는 그냥 단장에 들어가기 전에 미리 한번 와 봤다가, 우연히 날 보고 알려 주었겠거니 하고 생각했다. 하지만 나중에 좀 더 머리가 크고 다시 생각해 봤다. 심씨 부인은 당시 혼자였다. 시비도 대동하지 않았다.

심씨 부인이 무척 심약한 건 유명했다. 그렇게 조심스러운 사람이 시비도 대동하지 않고 이동하는 일이 있을까? 또한 단장 전 미리 살피러 온 거라면 시비의 도움이 오히려 더 필요했을 텐데 말이다.

그러니까…… 내게 그 사실을 알려 주기 위해 온 것이 아닐까?

이 모든 건 그냥 추측일 뿐이었다. 내가 그 뒤로 심씨 부인을 따로 만난 적은 없으니까.

나는 말을 이었다.

"남궁 세가에서 만신의의 연단실을 조사할 때 가져온 것 중에 하나

얻어 왔거든요."

"……."

"그거 쓰실래요?"

심씨 부인이 입을 살짝 벌렸다. 빠르게 깜빡이는 눈에 눈물은 이미 그쳤다.

"만신의가 직접 만든 것 같은데, 음, 괜찮으시다면요."

숨을 헐떡이던 심씨 부인이 조심스럽게 말했다.

"……저, 정말로 내주는 거니?"

"원래 세 개밖에 없어서, 저도 하나밖에 못 가져왔거든요. 그래서 하나밖에 못 드려요."

그러니까 만신의 한정판인 셈이었다. 남은 두 개는 남궁 세가에서 가져갔고.

심씨 부인이 내 손을 다급히 붙잡았다.

"고맙구나. 고마워. 정말 고맙다."

결국, 다시 울음을 터트렸다. 소부인도 잠시 떠올랐다. 두 분이 성격부터 외모까지 비슷한 점 하나 없었지만…… 같은 점도 있었다. 자식의 일에 이렇게 일희일비하며 다정한…….

어머니란 원래 이런 존재일까?

백리명이 아주 조금은 부러워졌다.

달이 지붕에 걸린 밤. 어둠 속에서 누군가 조심스럽게 움직였다.

치맛자락을 붙잡고 두리번거리던 소녀는 황급히 어디론가 걸어갔다. 처소 담을 지키는 호위 무사가 소녀를 붙잡았다가 소녀가 보여 주는 패를 보곤 보내 주었다.

몇 번 그런 식으로 검문을 지나친 소녀가 한 창고로 들어갔다. 그리고 지붕에 걸린 달이 하늘 높이 솟았을 때, 소녀가 다시 창고를 나갔다.

그 뒤로 일각쯤 뒤에 중년의 여인이 창고에서 나왔다. 중년 부인은 검문조차 거치지 않았다. 그녀를 모르는 사람은 없었기 때문이다.

방씨 어멈. 대부인의 측근 시비를 붙잡을 자는 없었다.

방씨 어멈은 그대로 대부인의 처소로 향했다. 늘 그렇듯 대부인 근방에서 수면을 취하려던 방씨 어멈은 기척을 느끼고 대부인의 방으로 들어갔다.

"벌써 기침하셨습니까? 좀 더 주무시지요."

"늙으면 잠이 주네."

대부인이 맞은편을 손짓했다. 다른 시비가 방씨 어멈과 대부인 앞의 찻잔을 채웠다.

"뭐라던가?"

"확실히 무백신공 일 성을 배우는 게 맞는다고 합니다."

"흠."

"그리고 백리의강이 하인 한 명에게 곤장을 때린 것은 당금이 후원에 들어가서 그런 게 맞았다고 합니다."

오늘 오후에 한바탕 소란이 벌어졌다.

백리의강이 하인에게 곤장을 때린 것이다. 딸의 몸종 한 명을 무릎 꿇렸던 일은 일 년이 지나 벌써 잊힌 지 오래, 가솔들에게 백리의강은 너그러운 이미지였다. 그런 백리의강이 하인에게 엄벌을 내리자 모두 깜짝 놀랐다.

"그 뒤로는 한참을 순 쓸데없는 말만 늘어놓더군요."

대충 백리연 처소에서 자신의 입지가 좁으니 도와 달라는 의미였다. 더군다나 오늘 당금 때문에 다른 하인이 곤장을 맞았다. 다른 하인들이 당금을 어찌 볼지는 자명했다.

"멍청해서 써먹기 좋을 때가 있더니, 여기까진가 보구나."

백리가에 들어와 홀로 머무는 어린아이 마음 하나도 제대로 못 잡다니. 한심할 따름이었다. 일부러 욕심만 많은 멍청한 아이를 붙여 놓았던 것이지만, 상황이 이렇게 되니 멍청한 게 오히려 발목을 잡았다.

"어찌할까요? 당금을 빼고 다른 아이를 몸종으로 넣을까요?"

"일단 두어라."

"아니면 이미 백리연 처소에 있는 아이는 어떻습니까?"

"이미 있는 아이?"

"예, 괜찮아 보이는 아이가 한 명 있습니다."

대부인의 눈빛에 방씨 어멈이 설명을 이어 갔다.

"소녹이라고 기억하시나요?"

"그 아이는 의강이 데려온 고아 아니냐?"

"예. 말도 못 하고 뒷배라곤 백리의강뿐이라, 백리의강의 몸종이 그 아이를 교육해 백리연의 몸종을 시킬 생각이었던 모양입니다."

"그런데?"

"그 아이가 백리연에게 미움을 산 모양이더라고요."

"미움? 그 아이가 사람을 미워한다고? 백리명한테 하는 짓 보지 않았느냐?"

심씨 부인에게 백리명 치료에 쓰라고 만신의의 연고를 내줬다는 소문이 파다했다. 남궁 세가에서 따라온 시비가 하나뿐인 이게 어떤 물건인데, 아까워 죽겠다며 요란을 떨었기 때문이다.

그리고 이 때문에 백리의란이 또 한바탕 난리를 치기도 했다. 그걸 왜 받느냐고. 하지만 늘 순종적이던 심씨 부인도 그것만큼은 양보하지 않았다.

"남궁 세가에서 온 시비가 지나가듯 말했다더군요."

방씨 어멈이 눈을 빛내며 목소리를 낮췄다.

"백리연이 산사태에 휩쓸린 게 소녹 때문이라고요."

찻잔을 들던 대부인의 손이 멈췄다.

"산사태가 일어날 때 남자아이와 소녹, 백리연 이렇게 아이가 세 명 있었답니다. 그런데 백리의강이 남자아이와 소녹을 구하느라 백리연을 놓쳤다더군요."

대부인이 미간을 좁혔다. 방씨 어멈이 말을 이었다.

"그 일 때문에 백리연이 소녹을 싫어하는 거랍니다."

친부가 다른 아이를 구하다가 자신을 놓쳤다.

"……과연, 싫어할 만하구나."

대부인의 입가에 미소가 서렸다.

유월. 짙푸름 녹음 사이로 매미가 시끄럽게 울어 대고, 무더운 날씨에 조금만 움직여도 땀범벅이 되기 일쑤였다.

안이 흐릿하게 비쳐 보이는 발 너머 침상. 불룩한 이불의 형태와 그 옆에 걸터앉은 어린아이의 모습이 어렴풋이 보였다.

나지막한 목소리가 들렸다.

"언제 일어날 거야?"

볕을 머금은 바람이 창을 타고 들어와 핏줄이 비칠 것처럼 파리한 안색의 소년을 간질였다.

제갈화무. 살짝 창백해 보이는 것 외에는 그냥 편하게 잠든 것 같은 모습이었다. 처음 쓰러졌을 때만 해도 이렇게 될 줄 전혀 몰랐다. 걱정하긴 했지만…… 그래도 곧 깨어날 거라고 생각했다. 그런데 벌써 한 달이 넘도록 일어나지 않고 있었다.

'설마 이대로 계속 깨어나지 않는 건……?'

나는 무심코 든 불길한 생각을 털어 냈다. 이렇게 제갈 세가주가 누워 있으나, 제갈 세가에 도움을 요청할 수도 없었다.

'친모와 사이가 안 좋댔지.'

죽이려고 든다고.

제갈 세가주가 정신을 차리지 못한다는 사실을 알면 오히려 좋아하면서 살수나 보내지 않을까? 백리 세가에 있으니 당할 일은 없겠지만.

'자신이 쓰러질 걸 알아서 할아버지께 보호 요청을 한 건가?'

'만신의의 능력의 비밀이 대체 뭐지?'

'아버지가 중독된 것 같다는 독은……?'

풀리지 않는 수많은 의문이 있었다. 하지만 답을 내줄 수 있는 자는 계속 잠들어 있을 뿐이었다.

"그럼 시작할게."

제갈화무는 듣지 못할 말이었다. 내 말에 호위인 무영이 호법을 섰다.

나는 제갈화무의 단전 부근에 손을 살포시 올렸다. 내 손끝을 타고 자연지기가 제갈화무의 내공에 자연스레 어우러졌다. 곧이어 내가 이끄는 제갈화무의 내공이 그의 전신의 기혈에 스며들었다.

쓰러진 제갈화무를 처음 운기시켰을 때는 운기만으로도 벅차서 몰랐다. 제갈화무의 기혈은 기이하게 상단전 부근의 기맥만이 크고 넓었다. 그곳만 보아서는 절맥이라는 것이 느껴지지 않을 정도였다.

반면에 그 부근을 벗어나면 기맥은 급격하게 좁아졌다. 백리 세가에 돌아온 후 한 달이 넘도록 매일같이 운기를 도와주다 보니 기맥이 좁아지는 속도를 가늠할 수 있었다.

'앞으로 이 년 정도…….'

기맥이 모두 막힐 때까지 남은 기간이었다. 그 전에도 상태가 좋았다고 말할 수는 없지만, 객잔에서 쓰러진 이후로 상태가 확연히 악화했다.

무영에게 물어봐도 아무런 설명을 들을 수 없었다. 단 한 마디. "그저 무리했다."라는 말뿐이었다. 왠지 모르겠지만 그 무리라는 것이 나 때문이라는 느낌이 들었다.

여하튼 전과 달리 한 번 운기하는 것으로 좁아진 기맥을 막거나 뚫기는 힘들었다. 제갈화무의 내공이 부족했다. 내가 보충하는 자연지기로도 모자랐다. 원래는 그것으로도 충분했다. 하지만 이번에 악화되면서…….

그래서 최근 내가 집중하는 건 제갈 세가주의 기혈에 고여서 미처 녹이지 못했던 영약들을 내공에 녹여 내는 것이었다. 제갈화무의 내공이 증가하도록.

나는 눈을 떴다. 가져다 놓은 동경에 내 눈동자에 서렸던 금광이 스르륵 흩어지는 것이 보였다.

이걸로 얼마나 늘릴 수 있을까? 답이 나오질 않았다. 고개를 숙이자 그나마 조금 생기가 돌기 시작했으나 여전히 눈을 감고 있는 제갈화무와 언제 나타났는지 모를 고양이가 보였다.

고양이는 나한테서 살짝 떨어진 장소에 몸을 말고 웅크리고 있었다. 내가 제갈화무의 운기를 도와줄 때는 절대 건드리지 않았다. 운기가 끝난 걸 안 고양이가 고개를 들었다. 까끌까끌한 혓바닥이 내 손등을 핥았다. 마치 수고했다고 말하는 듯했다.

"돼지야, 넌 어떻게 생각해?"

고양이가 무슨 말이냐는 듯 고개를 들었다.

"먏?"

"내가 제갈 세가주에게……."

이 방에 있는 무영을 생각하고 가까스로 말을 멈출 수 있었다. 나는 제갈 세가주를 내려다보다 애써 외면했다.

늘 조용하던 처소가 외출 준비로 소란스러웠다. 머리도 예쁘게 묶고, 옷도 차려입고, 선물도 챙겼다. 왔다 갔다 하는 내 뒤를 고양이가 따라다녔다.

저러는 이유는 하나였다.

"안 돼."

고양이가 불만스레 울었다.

"아니, 응? 네 주인이 그렇게 누워 있는데 옆 좀 지켜라. 응?"

내가 고양이 언어는 잘 모르지만 저게 왠지 '내 알 바?'로 느껴지는 건 착각일까?

"안 돼, 돼지야. 거기 새도 있단 말이야. 너 그 새 잡아먹을 거잖아."

고양이 돼지가 계속 고개를 저었다.

"어쨌든 안 돼."

말을 끌고 온 언두가 피식피식 웃으며 말했다.

"이렇게 예쁘게 생긴 고양이한테 돼지라니. 아기씨는 나중에 아이 생기면 작명은 하시면 안 되겠어요."

"……나 일곱 살인데."

"금방이죠. 돼지야, 아기씨가 안 된다시잖아. 이리 와."

고양이가 붙잡으려는 언두의 손을 발로 타타타탁 쳤다.

"어이쿠. 성깔 봐라."

나는 그사이 아버지와 함께 말을 끌고 처소를 나갔다.

고양이가 언두의 손길을 피해 황급히 나를 쫓아왔다. 나는 무시하고 대문 밖으로 나가 아버지와 함께 말에 올라탔다.

"먀옹! 먀옹!"

곧이어 쫓아오던 고양이가 구슬프게 울기 시작했다. 아버지가 잠시 뒤를 돌아보았다. 나는 아버지가 입술을 떼기 전에 먼저 말했다.

"안 돼요."

"으음."

나는 아버지의 시선을 돌리고자 다른 얘기를 꺼냈다.

"아버지, 예전에 저 처음 학당에 나간 날 석 태의 댁에 계셨죠?"

"네가 학당에 처음 나간 날?"

"그…… 완 아저씨랑 대문 앞에서 마주쳤던 날이요."

"아, 맞다. 그랬지. 어찌 아느냐?"

"그날 석 태의 댁 마구간에서 아버지 말을 봤거든요."

나는 타고 있는 검갈색의 말 목덜미를 툭툭 두드렸다.

"그랬느냐?"

그랬는데 석가약이 시침을 뚝 뗐지. 올려다본 아버지의 입가에 희미한 미소가 지나쳤다.

"……숨길 필요 없어서 그건 좋구나."

할아버지는 내게 비밀을 알려 준 뒤, 아버지께 나도 사실을 알고 있다고 말했다. 아버지의 반응은 듣지 못했지만……. 나중에 백검단주가 할아버지랑 아버지가 싸웠냐고 나한테 슬쩍 물어본 것으로 보아 좋은 말이 오간 것 같진 않았다.

아버지와 대화를 하는 사이 목적지에 도착했다. 도착한 곳은 석 태의네였다. 석 태의 자택에 이렇게 늦게 가게 된 이유가 있었다.

우리가 집으로 돌아오는 사이 석가약이 본가의 부름을 받아 떠났다는 게 아닌가? 석 태의가 나한테 석가약 보러 오라고 그렇게 눈치를 줬는데 조금 어처구니가 없었달까.

아버지가 먼저 내리고 이어서 내 허리를 안고 말에서 내려 주었다.

마중 나온 하인의 안내를 따라 들어갔다. 앞서서 조금 기다리고 있사 석 태의가 왔나.

"오랜만입니다."

"예, 오랜만입니다."

아버지와 인사를 주고받길 기다려 나도 인사했다.

"안녕하세요!"

"……그래."

뭔가 묘한 느낌이었다. 왠지 모르게 피로한 기색이었다. 석 태의가 여기서 잠시 기다리라고 하고는 아버지와 함께 떠났다.

잠시 기다리자 석 태의가 돌아왔다.

나는 재빨리 물었다.

"아버지는 어떤가요?"

"환자의 상태를 말해 줄 수는 없단다."

"저는 딸이잖아요?"

"그럼 직접 여쭤보거라."

"……."

젠장. 아주 칼 같으셨다.

나는 한숨을 푹 내쉬며 말했다.

"그럼 이건 알려 주실 수 있죠? 치료법은 어떻게 되어 가고 있어요?"

석 태의가 잠시 침묵하다 입술을 뗐다.

"네 아비에게도 말했지만 나는 이제 네 아버지의 병을 연구하는 것을 그만둘 생각이다."

"……네?"

이어서 석 태의가 굳은 표정으로 말했다.

"그리고 앞으로는 내가 백리 세가를 방문할 테니, 찾아오지 말거라."

뭐지? 나한테 그렇게 한번 오라고 눈치 줄 때는 언제고? 갑자기 태도가 돌변했다.

석 태의가 원래 인자한 사람은 아니었다. 태의원에서 수장까지 한 관료이니 자신의 능력과 삶에 자부심이 넘치는, 살짝 꼬장꼬장한 편이랄까?

아니면 아니다, 기면 기다. 내가 아버지의 상태에 관해서 물어봤을 때 딸임에도 딱 잘라 말하는 것만 보아도 알 수 있다.

하지만 최근에 날 상대할 때는 다정다감하니 꽤 인자하게 대해 주셨기에, 저 모습은 의외였다. 석 태의가 내 손목을 잡고 진맥을 시작했기에 일단 입을 다물었다.

"피로가 좀 쌓였구나. 수련하는 것도 좋지만 네 몸은 한 번 다쳤다는 것을 기억하고 쉬어 가며 하거라."

그러곤 곧장 자리에서 일어났다.

"처방전은 하인을 통해 보내 주마. 오늘은 여기에 조용히 있다가 네 아버지 치료가 끝나면 돌아가거라."

석 태의는 몸을 돌려 곧바로 방을 벗어났다.

저 반응은 뭐지……? 나는 찻잔을 내려다보며 곰곰이 생각했다. 석 태의는 이번 생에 유달리 내게 호의를 보였다. 전생과 달라진 점. 이제는 손꼽을 수 없게 많았다. 거기서 석 태의의 태도에 영향을 미친 걸로 여겨지는 것은…….

'석가약이지.'

나는 방 안에 서 있는 시비를 보았다.

'어떻게 할까?'

순간 시비와 눈이 마주쳤다. 시비가 웃으며 말했다.

"필요하신 깃이 있으신가요?"

"아니, 괜찮아."

저 시비가 있는 한 나갈 수 없을 터였다.

그때, 드르륵 문 열리는 소리가 들렸다. 고개를 돌리자 청소년 정도로 보이는 하인이 있었다. 놀란 표정의 시비가 내게 다가오던 하인의 앞을 가로막았다. 그러곤 목소리를 낮춰 소곤거렸다.

"네가 여기 왜 온 거야?"

내게 들리지 않을 거라고 생각하고 말하는 것이겠지만, 청력을 높여 모두 들을 수 있었다.

"석 공자가 데려오라 하셨어."

"뭐? 하지만……."

"난 석 공자님 명을 따를 뿐이야."

"……주인어른께 말씀드릴 거야."

"마음대로 해."

대화가 뭔가 조금 이상한데?

곧이어 하인이 내게 다가와 공손히 고개 숙였다. 반대로 시비는 내게 고개를 살짝 숙이고, 종종걸음으로 방을 빠져나갔다. 방금 하인과의 말다툼이 표정에 전혀 드러나지 않았다.

하인이 내게 말했다.

"백리 소저께 인사 올립니다. 안내가 늦었습니다. 저를 따라오시면 됩니다."

언뜻 어디서 본 적 있는 것 같아 기억을 뒤졌다. 예전에 석가약이 우리 집에 올 때 모란 화분을 들고 있던 하인이었다.

"……석 태의가 여기에 얌전히 있으라 하셨는데."

"괜찮습니다."

"그렇다면 다행이지만……."

나는 미묘한 기분을 뒤로한 채 하인을 따라갔다.

곧이어 하인을 따라 들어간 처소에서 석 태의의 표정이 굳어 있던 이유를 알 수 있었다. 창문이 활짝 열려 있는데도, 방 안에는 고약 냄새와 탕약 향이 풍겼다.

'뭔가 비슷한 상황을 얼마 전에도……'

석가약이 침상에 앉아서 나를 환영했다. 역시 한창 성장할 시기의 아이라 그런지 그사이 꽤 자라 있었다. 젖살이 빠진 듯 갸름해진 뺨에 빼어났던 분위기가 더 깊어졌다.

석가약이 방긋 웃으며 말했다.

"누구세요?"

"……나야, 백리연."

"백리연이 누구?"

나는 하하, 어색하게 웃었다.

"남궁 세가에 도착했다는 무사히 도착했다는 소식을 듣고, 한 달이 넘게 기다렸는데 서신이 없길래, 난 네가 나 잊어버린 줄 알았는데 말이야."

"그, 내가 좀 정신이 없었어……. 그, 그래서 내가 너 돌아왔다는 소식 듣자마자 이렇게 왔잖아. 그리고 답신도 보냈고."

"아, 그 성의 없는 그거?"

"그땐 내가 손을 다쳤어."

나는 결백을 증명하듯 손바닥을 보여 줬다. 하얀 흉터가 아주 작게 남아 있었다. 원래라면 더 컸을 텐데, 자연지기의 영향인지 흉터도 빠르게 시리져 갔다.

석가약이 눈을 가늘게 떴다.

"생채기 같은데."

"아니야! 피가 뚝뚝 떨어져서 꿰매기도 했어!"

"……그 정도로 다쳤다고?"

석가약이 손바닥을 자세히 살피려고 고개를 숙였다. 나는 그 틈을 타 눈을 감고 금안의 능력을 끌어올렸다.

'이럴 줄 알았으면 가리개 하고 올걸.'

요새 날이 너무 더웠다. 가리개 하는 것도 거슬릴 정도였다. 뭐어, 금안 자체가 시력에 의지하는 게 아니다 보니까 눈을 감고도 쓸 수 있었다. 하지만 아무래도 조금 능력이 떨어지긴 했다.

바로 이상한 점을 찾았다. 다리. 다리 한 부분의 기운이 검은색으로 탁하게 뭉쳐, 뒤틀려 있었다. 나는 깜짝 놀라서 서둘러 금안을 풀고 눈을 떴다.

"너 다리가 왜 그래?"

"응?"

석가약이 놀라면서 눈을 살짝 굴렸다.

"그냥 조금. 네가 신경 쓸 정도는 아니야."

나는 거짓말이네 뭐네 실랑이하지 않고 그냥 석가약이 덮고 있던 이불을 확 들췄다.

"연아!"

석가약이 깜짝 놀라 눈을 휘둥그레 떴다. 다리에 붕대를 감고 있었다.

"이게 별거 아냐?"

석가약이 난감한 듯 눈가를 살짝 짚었다.

"꽤 아플 것 같은데. 아니, 그보다 언제 다친 거야? 아직도 피 냄새가 나잖아."

머뭇거리던 석가약이 결국 입을 열었다.

"본가에서 돌아오는 길에…… 습격을 받았어."

"습격?"

"하지만 네가 신경 쓸 정도의 일은 아니야."

나는 인상을 잔뜩 찡그렸다.

"탕약 먹어서 지금 별로 안 아프기도 하고. 그리고 너도 잘 알다시피 여기 석 태의가 계시잖아? 걱정 안 해도 돼. 그래서 비밀로 하려고 한 건데 아주 귀신같네."

"……."

설명하는 표정이 정말 태연했다. 금안이 없었다면 정말 별거 아닌 상처로 여기고 껌뻑 속아 넘어갈지도 몰랐을 정도로.

그때였다. 드르륵. 문이 열리는 소리와 함께 목소리가 들렸다.

"결국, 이렇게 왔구나."

등 뒤로 익숙한 기척이 가까워졌다.

"내 얌전히 돌아가 달라고 부탁까지 했거늘."

"제가 불렀어요. 태의, 신경 쓰지 말고 가세요."

석가약은 전혀 거리낌 없는 모습이었다.

'뭐지?'

거기서 뭔가 기시감을 느꼈다. 그러니까 시비와 하인의 대화를 들었을 때부터 미묘하게 느끼던…….

'상하 관계가 뒤바뀐 것 같은……. 먼 친척이라지 않았나?'

거기다 석가약은 석 태의네 집에 신세를 지고 있다고 했나. 하지만 지금 상황만 봐서는 석가약은 석 태의의 눈치를 전혀 보지 않고 있었다.

그때 석 태의가 말했다.

"가약의 상처에 대해 소저가 알아야 할 것은, 소저와 엮이지 않았다면 이런 일은 없었을…….”

"석 태의!"

석가약의 외침이 석 태의의 말을 끊어 냈다. 나는 놀라서 석가약을 바라보았다. 석가약이 난감한 어조로 말했다.

"아니야, 네 탓 아니니까 신경 쓸 거 없어.”

"…….”

나는 석가약을 바라보다 석 태의를 돌아보며 물었다.

"태의, 저랑 연관되다니요?”

"자세히는 알 필요 없다.”

미간을 찌푸렸던 나는 고개를 끄덕였다.

"알았어요.”

내 선선한 대답에 석 태의와 석가약 둘 다 의심스러운 표정을 지었다.

"그럼, 가약의 상처에 대해서 알려 주세요.”

"그 또한 네가 알 필요 없다. 돌아가거라.”

"…….”

이쯤 되면 나도 기분이 좋지만은 않았다.

"……제가 도울 수 있을지 몰라요.”

"네가? 하, 어떻게 돕는단 말이냐?”

"자세히 알 필요는 없고요.”

석 태의가 헛숨을 들이켰다. 옆의 석가약이 멍하니 입을 벌렸다가 웃음을 터트렸다.

'지금 웃음이 나와?'

나는 눈을 흘겼다. 눈을 가늘게 뜬 석 태의가 혀를 차며 말했다.

"대단한 자신감이로구나. 좋다! 말뿐만이 아니길 바란다."

"태의?"

석가약이 당황스러운 목소리를 냈다. 나도 이렇게 쉽게 허락할 줄은 몰랐기에 살짝 놀랐다.

석 태의가 석가약의 붕대를 풀어냈다. 석가약은 이걸 말릴까 말까, 하는 묘한 표정으로 나를 바라보았다. 내가 어떻게 도와주겠다는 것인지 호기심이 강하게 느껴지는 낯이었다.

곧이어 상처가 드러나고, 나는 침음했다. 상처가 상당히 깊었다. 심지어 아직도 조금씩 피가 배어 나왔다.

석 태의가 설명했다.

"스친 칼날에 독이 묻어 있었다."

나는 미간을 잔뜩 찌푸렸다.

"상처는 얕았지만, 칼날이 닿은 부분은 모두 절제해야 했지. 해독도 했지만…… 상처의 회복이 더뎌."

석 태의가 답답한 목소리로 말했다.

"이대로라면 영원히 절름발이로 살아가게 될지도 모른다."

나는 상처를 응시하다 말했다.

"해독이 다 됐다고요? 아니요, 그럴 리가."

"뭐라고?"

말로 설명할 수 있는 일이 아니었다.

금안으로 본 검은색의 탁한 기운들.

'그게 뭔가 했더니만…… 독이었던 거야.'

독들이 미세하게 남아 환부의 회복을 막고 있었다. 하지만 여기서 더 절제할 수 없어 차선책으로 해독을 시도한 모양이었다. 그리고 겉으로 보기에는 해독이 된 것처럼 보이기도 했다. 이대로라면⋯⋯.

"제가 도울 수 있어요."

"정말이냐?"

나는 더 대답하기보단 바로 석가약의 어깨를 잡고 눕혔다.

"윽! 연아, 살살⋯⋯."

괜히 말하면 안 좋으니까 아혈을 짚고, 단전에 손을 댔다.

'고수들은 독에 중독돼도 진기의 흐름으로 독을 토해 낼 수 있다고 들었어.'

내가 하려는 건 이와 같은 것이었다. 운기조식을 하여 독을 토해 내는 장면을 본 적이 있었다. 예전에 남궁완 아저씨가 산공독에 중독되었을 때, 당소용이 그 자리에서 해독해 주었던 일도 이와 비슷하다 볼 수 있었다.

'음?'

석가약의 기맥이 꽤 잘 닦여 있었다. 심법 훈련을 꽤 꾸준히 한 사람의 기혈이었다. 단전에도 아주 미약하게나마 똬리 튼 내공이 보였다.

전문적으로 수련한 무인의 것은 아니다. 그저 몸을 보호하고 건강하게 지내기 위한 정도. 내공을 느낄 수 있다면 차라리 정신을 잃는 편이 좋을 것이다.

나는 다른 손으로 석가약의 혼혈을 짚었다.

"⋯⋯!"

소년이 소리조차 내지 못하고 그대로 정신을 잃는 게 느껴졌다. 석태의의 기겁한 들숨도 느껴졌다.

나는 나지막이 말했다.

"아버지께 호법을 부탁드린다고 전해 주세요."

나는 천천히 눈을 떴다. 내 손발처럼 움직이던 자연지기가 손끝에서 흐트러지는 감각이 선연했다.

제갈화무의 운기를 도우며 얻었던 경험이 주효했다. 자연지기의 제어력이 한 단계 상승한 게 스스로도 느껴졌다.

예전에는 손바닥으로 물살을 조종하는 느낌이었다면, 이제는 가닥가닥 손가락에 와 닿는 느낌이랄까. 더는 석가약에게서 검은 탁기는 보이지 않았다.

그다음 눈에 들어온 것은 아버지였다. 내가 자연지기를 운기하는 동안 내 곁을 지켜 주던 아버지. 옆에서 느껴지는 강대한 기운이 든든했다.

아버지는 언제 옮겼는지 모를 바짝 붙은 탁자 위에 검을 올려놓고 눈을 감고 계셨다. 탁자에는 아버지의 검 이외에도 온갖 의약 도구로 보이는 것들이 놓여 있었는데, 한쪽에 검은 얼룩이 진 광목천이 구겨져 있었다.

석 태의의 모습도 보였다. 뭔가 말하고 싶은 게 무척 많은 낯이었다.

아버지가 눈을 뜨며 말했다.

"끝났느냐?"

"……"

대답하려 했으나 목소리가 잘 나오지 않았다. 몇 번 숨을 고르고 겨우 소리를 낼 수 있었다.

"……네."

"반나절이 넘게 운기했다. 체력 소모가 극심할 것이야."

그래서 이렇게 목소리도 나오지 않을 정도로 피곤했구나. 간신히 고개를 돌려 창가를 보자 어느새 깊은 어둠이 내려앉아 있었다. 시야도 가물가물하니 관자놀이 부근에서 두통이 시작되려는 조짐도 보였다.

아버지의 손이 내 옆을 지나쳐 석가약의 혈을 짚었다. 혼혈을 풀어 주고 그대로 맥을 짚었다. 석가약은 눈을 감고 있었다. 가물가물한 시야 속에서 규칙적으로 오르락내리락하는 움직임이 보였다.

아버지가 담담히 말했다.

"안정적이다."

석 태의가 다급하게 석가약의 맥을 짚었다. 곧이어 탄성이 나왔다. 비틀거리는 나를 아버지가 받쳤다. 나는 아버지 옷자락을 잡았다.

"편히 자거라."

그 말을 듣는 순간, 나는 순식간에 수마에 빠져들었다.

석 태의는 아직 여물지 못한 아이의 손목을 짚은 채 신음했다.

"으음."

얼마나 그러고 있었을까? 아이의 손목이 석 태의의 손에서 쑥 빠져나왔다.

"이제 그만 좀 하세요."

석가약이 반대 손으로 석 태의에게 붙잡혀 있던 손목을 주물렀다.

"몇 번을 다시 보시는 거예요?"

"크흠."

석 태의가 헛기침을 하며 석가약 다리의 붕대를 풀어냈다. 벌써 새 살이 돋아난 것이 눈으로도 보였다.

"……."

석가약이 한숨을 내쉬며 석 태의의 손에서 연고를 확 뺏어 들었다. 그제야 멈춰 있던 석 태의가 다시 움직였다.

"아, 이런. 내가 하마."

"됐어요. 이대로면 내일이나 끝내실 것 같은데."

석 태의가 다시 한번 헛기침을 했다. 석 태의는 도울 수 있다는 백 리연의 말을 정말 믿은 건 아니었다. 그래도 허락을 한 이유는 혹시 나, 말도 안 되는 일이지만 천명금혼단을 내줄까, 혹은 그와 비등한 수준의 영약이 있을지도 모른다는 생각이었다.

어쨌든 만신의의 연공실에 들어가 본 아이니까. 수중에 알 수 없는 영단을 가지고 있을지도 모르지 않겠나? 심지어 백리명에게 만신의의 연고를 내줬다는 이야기를 자신도 들었을 정도였다. 하지만 이런 방식 일 거라곤 생각지 못했다.

상처를 통해 빠져나오던 검은 액체. 그건 독이었다. 내공이 중후한 고수들이 독에 중독됐을 때 이런 식으로 독을 빼낸다는 이야기를 들 어 본 적 있었다. 보통은 녹을 토해 내는 식이었다. 그것도 숭녹된 식 후에, 자신의 몸이나 가능할 것이었다. 운기를 통한 내부 관조로 자 신의 몸에 대해 누구보다 잘 아니까.

그런데 백리연은 대체 어떻게……?

그 아이가 단전 폐인인 것은 자신이 가장 잘 알았다. 심지어 석가약의 몸에서 빠져나온 독들은 찰나였지만, 허공에 떠 있다가 뚝 떨어졌다. 자신이 본 게 무엇인지 눈을 의심할 정도였다.

석 태의는 너무 놀랐기에 저도 모르게 백리의강을 봤다. 하지만 백리의강은 속을 알 수 없는 표정이었다. 백리의강이 담담하게 말했다.

"그간 석 태의와 나눴던 신의를 믿겠습니다."

본 것에 관해 함구하라는 이야기였다.

그때 문밖에서 하인의 목소리가 들렸다.

"어르신, 도련님, 백리 소저가 깨어나셨습니다."

"아, 드디어 일어났어요? 무슨 잠을 이렇게 오래 자나 했네."

석가약이 반색하며 침상에서 일어나려 들었다. 이 모습을 본 석 태의가 깜짝 놀라며 말렸다.

"뭘 하는 것이냐? 아직 움직이면 안 되느니라!"

머리가 계속해 지끈거렸다. 두통이 너무 심하면 잠을 자면서도 끙끙 앓지 않나. 지금이 그랬다. 두통 때문에 깊은 잠을 자지 못해선지 계속해서 꿈을 꿨다.

말도 안 되는 여러 꿈을 꾸다가 어느 순간 깊은 어둠 속에 있었다. 어딘지 모를 어둠 속에서는 이따금 고통을 이기지 못한 신음만이 차가운 돌벽을 타고 울렸다. 그리고 바로 앞에 철창이 아주 희미하게 보였다. 그 안에 쭈그려 앉아 있는 사람 또한.

몇 번을 살펴보고 나서야, 쭈그려 앉은 사람이 여인이란 것을 알 수 있었다. 여인은 어깨를 바짝 움츠린 채 자신의 몸을 끌어안고 있었다. 간간이 오들오들 떨기도 했다. 추위 때문은 아니고 공포 때문인 듯했다. 여인의 발치에서 팔뚝만 한 생쥐가 냄새를 맡고 있었다.

여기는 어디고 저 여인은 왜 갇혀 있는 걸까?

그때 내 옆에서 갑자기 불빛이 피어났다. 이 자리에 한 사람이 더 있다는 것을 그제야 눈치챘다. 그도 그럴 것이 그 사람에게서는 기척도 숨소리도 전혀 느껴지지 않았다. 거기다 온통 검은색의 옷을 둘러입어 완전히 어둠 속에 녹아 있었다.

갑자기 생긴 불빛은 그 사람이 피워 낸 것이었다. 나는 고개를 돌려 다시 창살 안을 보았다. 여인이 누군지 궁금했기 때문이다. 그리고 나는 숨을 들이켰다.

'……나잖아?'

창살 속 여인은 나였다. 성인이 된 백리연.

나인 걸 인지한 순간, 창살 안 여인은 내가 되었다. 그리고 검은 옷의 복면인을 마주 보았다. 그는 눈만 겨우 드러나 있었는데, 왠지 모르게 눈매가 익숙했다.

'아는 사람인가?'

좀 더 자세히 살펴보려고 할 때였다. 내가 갑자기 바닥을 기어가서 철창을 붙잡았다. 시점만 나일 뿐, 몸은 내 의지대로 움직이지 않았다.

내가 가냘픈 목소리로 말했다.

"청이가 보낸 건가요?"

청이가 누구야? 의문을 가졌다가 순간 떠올랐다.
설마…… 남궁류청을 저렇게 부르는 건 아니겠지?

"……."

복면인은 침묵하며 품에서 열쇠를 꺼내 들었다. 내가 다시 주춤거
리며 물러났다.
'아니, 가만히 좀 바라봐 봐.'
복면인의 눈을 좀 확인해 보고 싶은데, 겁먹은 시선이 이리저리 방
황했다. 내 마음대로 움직이지 않는다는 것이 너무 답답했다.
곧이어 철창이 철컥 소리와 함께 열렸다. 안으로 들어온 복면인이
내 팔뚝을 덥석 붙잡았다.
그 순간 현실에서 눈을 떴다. 머리맡에서 익숙한 목소리가 들렸다.
"일어났느냐?"
눈을 떴지만 아직도 정신이 혼미했다. 한참을 그렇게 눈만 깜빡이
며 정신을 차리려 애썼다. 대체 무슨 꿈인지 알 수가 없었다.
'그 감옥은 대체 뭐고, 나는 왜 거기 갇혀 있던 건지……'
회귀 전에도 그런 감옥에는 갇혀 본 적 없었다. 거기다가…….
'청이라니!'
나는 남궁류청을 그렇게 부른 적이 없었다!
'그냥 늘 그렇듯 개꿈인 건가?'
나는 원래 실제와 관련 없는 꿈을 되게 많이 꾸는 유형이었다. 하

지만 그 복면인의 눈은 아무리 생각해 봐도 어디서 본 것만 같았다.

몸을 일으키자 머리가 띵했다. 머리를 짚은 채 인상을 찡그리고 있자니 입가에 미지근한 차가 담긴 찻잔이 닿았다. 그제야 내가 목이 무척 말랐다는 사실을 깨달았다.

나는 허겁지겁 찻물을 받아 마셨다. 거의 넉 잔을 연달아 비운 끝에야 갈증이 사라졌다. 나는 숨을 내쉬며 물었다.

"그러니까 어떻게 된 거죠? 여긴 어디예요?"

한마디 한마디 할 때마다 누가 바늘로 머릿속을 쑤시는 것만 같았다.

"여긴 석 태의 댁 손님방이다. 네가 쓰러지듯 잠들어 태의가 쉬고 가라고 내주셨지."

"아."

"그리고 지금 사흘 만에 일어난 게다."

"……네?"

멍하니 입을 벌렸던 나는 어처구니가 없어서 소리쳤다.

"제가 사흘이나 잠들어 있었다고요?"

소리쳤더니 머리가 더 지끈거렸다. 나는 인상을 잔뜩 찡그린 채 관자놀이 부분을 콩콩 두드렸다.

"자면서도 머리가 아픈지 끙끙 앓더구나. 괜찮으냐?"

"네. 방금은 갑자기 소리쳐서…… 지금은 많이 괜찮아졌어요."

"태의를 모셔 오마."

"예? 아니, 그 정도는 아니에요."

"기다리고 있거라."

아버지는 내 말을 무시한 채 몸을 일으켰다. 그때였다.

꼬르르륵. 엄청나게 선명하고 우렁찬 소리였다. 나는 배를 움켜쥐었다. 아니, 이렇게 소리가 클 필요는 없잖아! 창피함에 뺨에 열이 오르는 것이 느껴졌다. 그 순간에도 배 속에서 천둥소리가 그치지 않았다.

아버지가 차분히 말했다.

"건강한 것 같으니, 식사부터 하자꾸나."

사흘이 아니었다. 내가 굶은 시간은 거의 나흘이었다!

그래선지 배 속이 미친 것처럼 날뛰었다.

하지만 나는 밥 먹는 내내 한눈을 좀 팔았다. 잠들기 전에 느꼈던 것들 때문에 생각들을 정리하느라 정신이 없었다.

'이 방법을 잘만 이용하면…….'

보통 이렇게 식사에 집중하지 못하면, 아버지가 한마디 하실 터였다. 하지만 아버지는 그저 묵묵히 내 밥 위에 반찬만 올려 줄 뿐이었다.

나는 수저에 올라온 반찬을 보다가 물었다.

"아버지는 안 드세요?"

솔직히 너무 뒤늦은 질문이었다. 하지만 아버지는 아무렇지도 않게 답했다.

"난 먹었다."

"저도 이제 배불러요."

그러자 아버지가 젓가락을 내려놓았다. 이윽고 시비가 와서 서둘러 탁자를 치웠다. 시비가 나가면 드리고 싶은 말씀이 있어 기다리고 있을 때, 아버지가 먼저 입을 뗐다.

"잠시 정원에 나가자꾸나."

"네!"

나는 아버지와 함께 건물을 나왔다. 밖에 나오자 석양의 붉은빛이 정원을 비추고 있었다. 아버지는 마치 미리 정해 둔 곳이 있는 것처럼 거침없이 걸어갔다. 식후 산책을 생각하던 나는 의아하게 아버지를 뒤따랐다.

아버지는 넓은 공터 같은 곳에 멈춰 섰다. 그러곤 화단 한쪽에 장식용으로 놓아둔 커다란 바위에 손을 올렸다.

'뭐 하시는 거지?'

뭔가 살펴보는 듯했다.

"이 정도면 충분하겠구나."

"네?"

"여기 서 보거라."

아버지가 바위에서 몇 발 떨어진 위치를 가리켰다.

"여기요?"

다가온 아버지가 살짝 등을 밀어서 반 발짝 앞에 자리를 잡게 두었다. 나를 잠시 물끄러미 바라보던 아버지가 갑자기 검을 뽑아 들었다. 나는 눈을 휘둥그레 떴다. 아버지는 그 검을 그대로 내게 건넸다.

"아버지?"

"들거라."

일단 받아 들긴 하였는데, 손잡이를 쥐고는 정말 깜짝 놀랐다. 엄청 무거웠다. 내가 상상하던 것보다 훨씬!

'아니, 이걸 어떻게 들라는 거야?'

나는 당황한 얼굴로 아버지를 바라보았으나, 아버지는 어서 들라는 듯이 바라볼 뿐이었다.

'뭔가, 오늘따라 유달리 무뚝뚝하신 것 같은데…… 화나신 건가?'

그때 아버지가 다그치듯이 말했다.

"뭐 하고 있느냐? 어서."

"아, 네!"

자연지기를 팔의 기혈로 보내 근력을 강화하자 그나마 조금 들 만해졌다.

"무백신공의 일식을 휘둘러 보거라."

"네?"

"검의 끝까지가 내 손이라 생각하고 호흡하며, 휘두르거라."

"여, 여기서요? 이걸로요?"

"그래."

아버지는 검을 쥔 내 손목의 자세를 고쳐 주듯 손가락으로 살짝 들어 올리고 말을 이었다.

"더도 덜도 말고. 평소처럼 휘두르면 된다."

나는 적색의 노을빛에 붉게 타오르는 검신을 내려다보았다. 여러 하고 싶은 말들이 목 끝까지 올라왔지만, 꾹 눌렀다.

'내게 해가 가는 일을 시키시는 건 아니겠지.'

아니, 아버지는 이걸 무슨 이쑤시개 휘두르듯 휙휙 휘둘렀는데…….

'내가 제대로 휘두를 수 있을까?'

위에서 아래로 딱 한 번 휘두르는 거니까 어찌어찌 자연지기를 끌어 쓰면 가능할 것 같았다. 나는 부들부들 떨리는 손으로 검을 들어

올렸다. 아버지가 내게 다가와 자세를 살짝 교정해 주었다.

나는 눈을 감고 숨을 가다듬었다. 이를 악문 채 셋을 세는 순간 검을 휘둘렀다. 무언가 주변의 기운이 나를 향해, 아니, 검을 향해 훅 끌어당겨지는 느낌이었다.

하지만 검을 휘두른 속도와 무게를 버티지 못하고 그대로 검을 땅바닥에 박았다.

'뭔가…… 조금 다른데?'

휘두를 때 전과 느낌이 살짝 다르긴 했다. 훨씬 더 날카롭게 느껴지는…….

'진검과 목검의 차이인가?'

나는 고개를 갸웃거리며 생각했다.

그때, 아버지가 내 손에서 검을 받아 갔다. 그러곤 검신을 손으로 받쳐서 내게 보여 주듯 검을 들었다. 바위에 검 끝이 긁히는 느낌이 들었는데 다행히도 멀쩡했다.

나는 아버지의 손짓을 따라 바위로 다가갔다가 깜짝 놀랐다. 칼끝이 스친 바위에 일자로 파인 자국이 남아 있었는데…… 그게 꽤 깊었다. 그러니까 내 검지 손톱 정도로.

'아니, 살짝 긁힌 느낌이었는데!'

이 정도로 파였다고?

나는 당황해 아버지를 바라보았다.

"이, 이거 어떻게 해요?"

남의 집 정원 바위에 이게 무슨 짓인지!

'이거, 어떻게 숨길 수 있으려나?'

안 되겠지? 물어 줘야겠지? 비싸려나? 석 태의 꽤 잘사는 것 같던데……. 검을 검집에 넣은 아버지가 오늘 처음으로 미소를 지었다.

"무백신공 이 성을 이뤘구나. 축하한다."

"……네?"

환하게 웃는 낯으로 아버지가 내 머리를 쓰다듬었다. 내 귀를 의심하고 있을 때, 어디선가 박수 소리가 들려왔다.

소리가 나는 방향을 보았다. 석가약이 있었다. 열심히 박수를 치는 소년 옆에는 석 태의도 함께 있었다.

나는 입을 벌린 채 기가 막혀 바라봤다. 석가약이 고개를 갸우뚱 기울였다.

"뭔지 모르겠지만, 잘된 거 아니야?"

정원 한쪽에는 동그란 돌로 된 탁자와 걸상이 있었다. 나는 그 동그란 걸상에 털썩 앉아 기가 막혀 석가약을 보았다.

"너 미쳤어?"

"연아."

나무라는 목소리가 머리 위에 내리꽂혔다.

'아, 맞아. 여기 아버지도 계셨지.'

하하하, 나는 아버지를 향해 어색하게 웃고는 한결 순화해 말했다.

"너 제정신이니? 그 다리로 어딜 걸어 나온 거야?"

아버지의 한숨이 머리 위에 퍼졌다. 반면에 석가약 옆자리의 석 태의는 수염을 쓰다듬으며, 내 말이 아주 만족스럽다는 듯 고개를 끄덕였다.

석가약이 입을 삐죽이곤 투덜거렸다.

"들어 봐. 네가 일어났다길래 나는 기다렸지. 그런데 올 생각은 전혀 없어 보이고, 밥 먹고 정원에 나갔다잖아. 보고 싶은 사람이 와야지 어쩌겠어. 서신처럼 한 달 뒤에나 오면 어떻게 해?"

이 자식…… 뒤끝이 엄청난데?

"그래도 그렇지. 상처 덧나면 어쩌려고?"

"덧나면 덧나는 거지, 뭐."

"뭐라고오? 너 절름발이 될 뻔했댔거든!"

"아, 됐어. 잔소리 그만."

석가약이 귀찮다는 듯 손을 설레설레 내저었다. 나는 기가 찬 표정으로 바라봤다. 열심히 낫게 해 줬더니 이게 대체 무슨 반응이야?

석가약이 다리의 상처를 숨기면서 맞이한 걸 나는 걱정을 끼치기 싫어서라고 생각했다. 그런데 사실은…….

'그냥 별생각 없었던 거 아냐?'

자기 상처에 아주 무관심해 보였다.

"석 태의만으로도 잔소리는 충분해. 아니, 생각해 보니까 너한테 잔소리를 들으니 어이가 없는데?"

"내가 뭐?"

"너 전음하겠다고 선천……."

나는 번개같이 석가약의 입을 막았다. 그러곤 석가약을 향해 눈을 부라렸다.

이 상황이 재미있는지 그저 실실 웃는 석가약의 숨이 손바닥을 간질였다. 나는 또 하하하 웃으며 아버지를 돌아보았다.

"아버지, 저 가약이랑 단둘이 얘기할 수 있을까요?"

"……."

"안 될까요?"

"……공자, 그러고 보니 드릴 말씀이 있었습니다. 잠시 저와 차 한 잔하시죠."

석 태의의 재촉에야 아버지가 일어났다. 별로 내키지 않는다는 것이 그대로 드러난 움직임이었다.

아버지가 멀어지는 모습을 지켜보는 내게 석가약이 몸을 숙였다.

"봤어? 네 아버지가 나 노려보고 가셨어."

"……아버지, 이 정도 거리면 들으실 수 있을 텐데."

석가약이 놀라며 눈을 크게 떴다.

"흠흠, 내가 착각했나 봐. 정말 좋은 아버지시네."

"그리고 아버진 어린애 노려보고 그런 사람 아냐."

"……아버지랑 사이가 정말 좋네."

"당연하지."

나는 애써 뿌듯한 기색을 내리눌렀다. 회귀 전, 사이가 최악이던 시절이 살짝 스쳐 지나갔다. 석가약이 턱을 괴고 나를 물끄러미 바라보다 말했다.

"역시…… 네가 제일 재미있는 것 같아."

"내가 네 광대야? 재미있는 거 보고 싶으면 저잣거리 가서 놀이패나 봐."

"하하, 그 표정 귀엽다. 완전 애 같아."

석가약이 손을 뻗어 내 볼을 조몰락거렸다. 어이없는 상황에 멍하니 있다가 뒤늦게 석가약의 손을 탁 쳐 냈다. 석가약이 맞은 손을 만지작거리다 웃었다.

"그래도 정말 다행이야."

"뭐가?"

"네가 산사태에 휩쓸렸다는 소식을 듣고 정말 걱정했거든. 사실 다시 못 볼 줄 알았어. 무사해서 천만다행이야."

나는 왠지 간지러운 느낌에 어깨를 움츠렸다. 아버지부터 남궁완 아저씨, 심 부관, 할아버지, 언두 등 그간 나를 걱정했다고 말한 사람들은 다 회귀 전부터 알던 이들이었다. 믿을 수 있는 인품을 지녔던 자들. 그리고 오롯이 나만의 인연이 아니라 아버지와 다리를 걸친 인연이었다.

야율은 인연이 아니라 악연에 가까웠으며, 소녹도 마찬가지였다. 그래서인지 석가약에게 걱정했다고 들었을 때는 왠지 모르게 다른 사람에게 들었을 때와 느낌이 달랐다.

정말로 내가 다른 삶을 살고 있다는 걸, 그리고 잘 살아가고 있는 걸 증명받은 느낌이랄까.

나는 배시시 웃었다.

"……고마워."

"……."

석가약이 갑자기 말을 멈추고 나를 멍하니 바라보았다. 나는 왜 그러냐고 고개를 기울였다.

"아니, 아냐."

"싱겁기는."

나는 미지근해진 차를 들었다.

날이 저물자 이제야 조금 선선한 바람이 불었다. 멀리서 시비가 정원과 건물들을 분주하게 돌아다니며 석등에 불을 붙이는 모습이 보였다.

어둠이 내려앉은 정원에 저벅저벅 다가오는 발소리가 들렸다.

"생각보다 일찍 헤어졌구나. 오래 얘기할 줄 알았는데 말이다."

석가약의 팔등에 앉아 있던 새를 하인이 들고 온 새장에 다시 넣었다. 애완용으로는 잘 키우지 않는, 거리에서 흔하게 볼 수 있는 새였다.

"집에 빨리 돌아가 봐야겠다고 하더라고요. 너무 오래 비워 뒀다고."

"아쉬워 말거라. 너도 쉬어야지. 아직도 상처가 심하다는 사실을 좀 기억하거라."

석가약은 듣는 둥 마는 둥 하는 모습이었다. 새장을 든 하인이 멀어지자 석 태의가 다시 입을 열었다.

"이야기는 좀 해 보았느냐?"

"어떤 얘기요?"

"그 능력에 대해서 말이다."

"아뇨. 안 했는데요."

석 태의가 믿기지 않는 낯을 했다. 석가약이 태연스레 물었다.

"물어봐야 했나요?"

"그야 당연히……!"

석가약이 석 태의의 말을 자르며 말했다.

"하지만 그 애도 물어보지 않던데요. 그런데 제가 어떻게 물어봐요?"

"뭐?"

"태의가 연이에게 했던 말부터, 왜 이런 상처가 생겼는지 아무것도 묻지 않더라고요."

백리연은 석가약의 상처에 얽힌 이야기를 묻지 않았다. 그래서 석가약도 백리연의 능력에 관해 물을 수 없었다. 자신 또한 상처에 대한 비밀을 말할 생각이 없었기 때문이다.

암묵적인 약속. 나도 질문하지 않을 테니, 너도 묻지 마라. 말하지 않아도 서로의 뜻을 이해할 수 있었다.

석가약은 희미하게 웃었다.

"그냥 계속 만나도 괜찮겠느냐고만 묻던걸요."

"……그래서 뭐라고 하였느냐?"

석 태의는 잠시 침묵하다 물었다.

"괜찮다고 했죠. 뭐, 간단하게만 설명했어요. 내가 나서는 걸 싫어하는 사람이, 검을 배울까 경계하는 사람이 있다…… 그 정도?"

"그러니까 넘어가던가?"

"네. 심지어 뭐라고 말했는지 아세요?"

석 태의가 말을 이으라는 듯 석가약을 보았다.

"도와줄까?"

하하하하. 뒤이어 석가약이 웃음을 터트렸다. 석 태의는 웃지도 울지도 못하는 표정을 지었다.

"그 아이는 참…… 바보 같군."

석가약이 정색했다.

"연이한테 바보라뇨."

"……."

"하지만…… 틀린 말도 아니죠."

다시 백리 세가에 도착한 것은 온전한 밤이 되어서였다.

쏟아져 내리는 듯한 별빛 아래서 아버지의 품에 안겨 말에서 내렸다. 그리고 바닥에 발이 닿자마자 아버지의 손을 마구 잡아당겼다.

"빨리요, 빨리."

"왜 그러느냐?"

나는 아버지의 손을 잡고 쪼르르 아버지 방으로 향했다. 금쇄가 그런 나를 보고 말했다.

"어머, 아기씨, 어디 가세요? 씻으셔야……."

"조금만 이따가!"

나는 아버지와 함께 방으로 들어가 문을 닫았다. 주변에 다가오는 사람이 없는지도 확인해 보고 입을 열었다.

"아버지."

나는 탁자에 손을 탁 올려놓고 아버지를 바라봤는데, 키가 작아서 그다지 진지한 느낌이 들지 않았다.

"제갈 세가주의 추측이 맞는다면요……. 이번에 제가 석가약에게 한 것처럼 독을 내보낼 수 있지 않을까요?"

아버지의 입이 살짝 벌어졌다. 약간 허탈한 듯한 숨을 내쉬고 말했다.

"석 태의 댁에서도 빨리 집에 돌아가자 하더니만, 그 때문에 이리 재촉한 것이야?"

"네! 석 태의 댁에 있을 때부터 말하고 싶었다고요!"

"그랬느냐."

나는 미간을 살짝 찌푸렸다. 어째 반응이 영 미적지근했다.

아버지가 말을 이었다.

"고맙구나. 기특한 생각을 하였어. 다만……."

뭔가 말을 고르는 기색이었다. 나는 눈을 가늘게 뜨고 아버지를 바라봤다.

"네 생각은 나쁘지 않다만…… 만약 제갈 세가주의 의견이 맞는다 치자. 그럼 내가 직접 제거해 보려고 하지 않았겠느냐?"

"……!"

생각해 보니 당연한 일이었다.

'아니, 왜 그 생각을 못 했지? 당연한걸…….'

곧이어 깨달았다. 내가 내 능력에 취해 제대로 주변을 살피지 않은 것이었다. 모든 힘이 탁 빠졌다.

"제가…… 바보 같았네요."

내 시무룩한 모습을 보던 아버지가 손을 뻗었다.

"원래 그렇다."

아버지가 천천히 내 머리를 쓰다듬으며 말했다.

"희망이 조금이라도 보이면 눈이 흐려지고, 앞뒤 가리지 않게 되는 것이지."

아버지의 말에 경험이 녹아 있는 걸 알았다. 확실치 않은 희망에도 불구하고 천명금혼단을 내게 먹였던 아버지.

"너무 신경 쓰지 말거라."

"……."

하지만 위로를 받는다고 당장 기분이 나아지진 않았다. 그대로 땅을 파고들어 가고 싶은 기분이었다. 창피하고 허탈하고…….

그런데 이런 나와 달리 아버지는 오히려 입꼬리가 살짝 올라간 것이 뭔가…… 꽤…… 기분이 좋아 보이는 기색이었다.

아버지가 웃음기 어린 목소리로 말했다.

"너도 이런 실수를 하는 걸 보니, 아직 아이긴 아이로구나."

"……."

놀리는 것도 아니고! 창피해 죽겠는데 위로는커녕 애답다고 좋아하다니……!

나는 입술을 꾹 깨물다가 말했다.

"그럼 쉬세요. 전 가 볼게요."

터덜터덜 걸어간 내가 방문에 손을 올렸을 때였다. 아버지가 말했다.

"연아, 한번 살펴보겠느냐?"

"뭘요?"

"내 기맥. 살펴보고 싶어 했지?"

숫제 아이를 달래는 듯한 어조였지만, 필요 없다고 무시하기엔 거부할 수 없는 제안이었다.

나는 터덜터덜 방으로 돌아가 침상에 벌러덩 누웠다.

"하으으으."

신음이 절로 나왔다. 역시 집이 최고야.

아—주 바보 같은 착각을 했다. 펄떡펄떡 몸부림치며 손발을 휘둘렀다.

그때 문을 열고 들어온 금쇄가 나를 보고 깜짝 놀랐다.

"잠깐 다녀오신다더니 갑자기 며칠이나 비우셔서 놀랐······ 어머, 뭐 하시는 거예요?"

"그냥······."

나를 귀엽다는 듯 바라본 금쇄가 말했다.

"씻고 누우세요. 뜨거운 물 준비됐어요."

"우으으으, 좀만 있다가······ 좀 더 누워 있을래."

나는 금쇄의 손을 피해 몸을 호떡처럼 뒤집으며 말했다.

"별일은 없었어?"

"네. 없었어요."

그렇게 말하며 금쇄가 작은 종이쪽지들을 건넸다.

'소녹이 잘하고 있네.'

나는 좀 더 버티다 금쇄의 손에 질질 끌려 탕에 들어갔다. 씻은 후 자려고 누웠는데 문제가 생겼다.

'잠이······ 안 와.'

생각해 보니 사흘을 잠만 자다가 일어난 지 아직 반나절도 안 지났다. 잠이 올 리가 없는 것이다.

가만히 누워 있으려니 아버지의 전신 기맥을 살폈던 일이 떠올랐다. 전신 세맥까지 샅샅이 살폈지만, 그때 막혔던 내공 흐름이나 다른 사람과 다른 섬은 전혀 없었다.

'오히려 광활하게 느껴질 정도의 넓은 기맥이었지.'

일주천하는 동안 단 한 번의 걸림도 없이 매끈했다. 내가 주도해서 운기했다기보다는 오히려 기맥에 이끌리듯 쭉 딸려 갔다는 느낌이 강했다. 새삼 아버지의 격을 느꼈달까? 특히 제갈 세가주. 그의 절맥과 아버지의 기맥이 비교되었다.

'역시 천명금혼단보다는…… 어, 그러고 보니 돼지는 어디 갔지?'

매번 밤마다 침상에 올라와 같이 자던 녀석이었다. 그런데 오늘 돌아와서 한 번도 보질 못했다. 어련히 잘 지내겠지만…… 마지막에 쫓아오다 울던 모습이 떠올랐다.

나는 일어나 겉옷을 걸치고 방을 나왔다. 금쇄는 어디 갔는지 보이지 않고, 조금 걷자 아버지 처소에서 나오는 언두를 볼 수 있었다.

언두가 나를 보곤 물었다.

"아기씨? 도련님은 잠깐 나가셨어요."

"또? 아, 근데 아버지 뵈러 온 건 아니야. 혹시 돼…… 고양이 못 봤어?"

"오늘은 못 봤어요. 아, 그러고 보니까 그 고양이, 아기씨가 떠나고 나서 밥도 잘 안 먹더라고요."

"뭐어? 왜 밥을 안 먹었지?"

"글쎄요. 돼지라고 놀려서?"

"그게 말이 돼?"

나는 고개를 내저으며 몸을 돌렸다. 언두가 뒤따르며 말했다.

"어디 가시려고요?"

"고양이 있을 만한 곳을 가 보려고."

"어두운데 저도 같이 갈게요."

"아냐. 괜찮아. 거기 갈 거야."

"아…… 으음, 거기요. 알겠습니다."

내가 바로 발걸음을 옮긴 곳은 경계가 엄중한 별관이었다. 제갈 세 가주가 묵고 있는 곳. 내 처소가 있는 곳과 그리 멀지 않았다. 거침없이 걸어가던 내 걸음은 별관이 보이기 시작하면서 점차 느려졌다.

전각 안의 방문 앞에 선객이 있었다. 아버지였다.

"아버지?"

곁에 있던 무영이 나를 돌아보고는 묵묵히 고개 숙여 인사했다. 나는 살짝 의아해서 말했다.

"아버지, 여기서 뭐 하세요?"

"별거 아니다."

그때 방 안에서 제갈 세가주의 노복인 막추가 문을 열고 나왔다.

"소저, 돌아오셨군요!"

나는 재빨리 물었다.

"막추, 아버지가 왜 여기 계신 거예요?"

"아, 소저께서 자리를 비우신 동안 대협께서 가주님을 직접 살피셨습니다."

직접이라는 말까지 한 것을 보아 내가 잠들어 있는 동안 아버지가 제갈 세가주의 운기를 살핀 모양이었다.

아버지가 굳은 표정으로 막추를 보았다. 대충, 왜 그런 말을 하냐는 듯한 시선이었다. 막추는 영문을 알 수 없어 어리둥절할 뿐이었다.

이쯤 되자 아버지가 어쩔 수 없다는 듯 말했다.

"네가 신경 쓸 것 같아 쟀다."

나는 눈을 가늘게 뜨고 바라보다 아버지 품에 달려들듯 안겼다.

"아버지, 제가 세상에서 아버지를 제일 좋아하는 거 아시죠?"

무영은 표정에 아무것도 드러나지 않았고, 아버지만 살짝 당황한 듯 귀가 붉어졌다.

나는 아버지와 함께 다시 처소로 돌아왔다.

원래 목적이었던 고양이도 제갈 세가주의 방에서 찾을 수 있었다. 나를 보자마자 끊임없이 먀웅먀웅먀웅먀웅 했는데 무슨 고양이가 이렇게 말이 많은가 시끄러울 정도였다. 밥을 주고 나서야 조금 조용해졌다.

나는 고양이를 지켜보다가 조심스레 아버지 방으로 향했다. 문을 열고 고개를 빼꼼 내밀었다. 내가 미처 입을 열기 전에 아버지가 먼저 말했다.

"앉거라. 잠시 아비와 얘기 좀 하자꾸나."

"……."

뭐지? 내가…… 뭘 잘못한 게 있나? 왜, 다들 그렇지 않은가? 잠깐 얘기하자고 하면 갑자기 내가 뭔가 잘못한 것 같고 그런…….

내가 찾아와 놓고도 불안에 머리를 열심히 굴렸다.

'아닌데…… 최근에는 없는데…….'

탁자에는 마치 내가 올 걸 예상한 것처럼 두 개의 찻잔이 자리를 잡고 있었다. 아버지가 찻주전자를 들며 말했다.

"저 고양이가 너를 많이 따르는구나."

"그런가요?"

"내가 제갈 세가주를 보러 왔을 땐 본 척도 하지 않았단다."

나는 미간을 잔뜩 찌푸렸다.

"그건 문제 있네요."

"음?"

"걱정하지 마세요. 제가 잘 교육해 놓을게요!"

"……응원하마."

왠지 조금 웃으신 것 같아 바라봤지만, 평소와 같은 무뚝뚝한 낯이었다. 아버지가 차를 한 번 마시고 다시 입을 열었다.

"제갈 세가주의 상태가 생각보다 좋지 못하더구나."

나는 고개를 끄덕였다. 그렇지 않아도 그 얘기를 하러 온 참이었다. 아버지가 말을 이었다.

"어떻게 생각하느냐?"

"음, 제 생각으로는 한 이 년 정도 남은 것 같아요."

"내 생각도 그렇다."

한숨을 내쉰 아버지가 무겁게 고개를 끄덕였다.

"만약에 제갈 세가주가 말한 독이 정말로 내 증상의 원인이라면…… 나는 꽤 큰 도움을 받은 게 되지."

백리 세가에서도 모산파의 멸문에 관한 정보는 전혀 찾아볼 수 없었다. 결국 할아버지께서 직접 모산파에 그런 독이 있었는지 알아보러 가셨다. 제갈 세가주의 말 하나에 의지할 수만은 없었기 때문이다.

참고로 처음에는 아버지가 직접 알아보러 가고 싶어 하셨다. 일단 내 곁을 비울 수 없으니 나중에.

나중에라니! 나랑 할아버지 둘 다 나란히 뒷덜미를 잡았다. 하루빨리 원인을 알아내 치료할 생각은 하지 않고!

그런 아버지의 태평함을 참지 못한 할아버지가 불같이 화를 내다가 본인이 간다며 떠나 버렸다. 대외적으로는 잠시 유람을 떠난 것으로 알려졌다.

각설하고, 만약 제갈 세가주가 아니었다면 병의 원인이 독일 거라는 가능성은 아직도 전혀 생각지 못했을 터였다.

나는 찻잔을 만지며 입을 열었다.

"음, 제가 제갈 세가주를 도왔듯이 제갈 세가주도 저를, 아버지를 도운 거겠죠."

나는 흔들리는 촛불을 보며 차를 한 모금 넘기고 입을 열었다. 그리고 에효, 하고 한숨을 내쉬었다.

"아버지, 그냥 말씀하세요. 제갈 세가주에게 공청석유를 내주자고요."

"……."

아버지의 표정엔 변화가 없었다. 하지만 나는 아주 가까이 있었기에 찰나, 흔들린 눈동자를 볼 수 있었다.

"그 말씀을 하고 싶으신 거였죠?"

"……알고 있었느냐?"

"네. 그렇지 않아도 고민하고 있었어요. 엄청 많은 양의 기운을 품으면 절맥의 진행을 확 늦출 수 있어 보였거든요."

그리고 우리는 공청석유를 가지고 있었다. 음양오행 어느 쪽에도 치우치지 않은 아주 막대한 기운을 품은 지고의 영약을. 세상에 이보다 더 알맞은 게 있을까?

아버지가 찬찬히 고개를 끄덕였다.

"그래. 네 말이 맞았다."

"거기다가 오늘 아버지의 전신 기맥도 살펴봤잖아요. 그러니까 더 잘 알겠더라고요."

말하다가 떠올랐다.

'잠깐만, 설마……!'

오늘 아버지가 기맥을 관조할 수 있게 한 이유가 설마 제갈 세가주 때문이었나? 내게 방법을 알려 주려고?

'아니, 왠지! 갑자기 선선히 허락해 주시더라니.'

약간 당한 기분이었다. 나는 잠시 머뭇거리다 말했다.

"그…… 아버지는 지금 영약을 드실 수 없으시죠?"

아버지가 천천히 고개를 끄덕였다. 공청석유를 먹고 그 기운을 녹이다 진기 운용이 막히는 상황이 오기라도 하면 그 순간 바로 주화입마 각이었다.

나도 모르게 아쉬움이 담긴 탄식이 터졌다.

'왠지 그때 반응이 미묘하시더라.'

이런 이유가 있었다니. 내 촉이 틀리지 않았다는 걸 이렇게 증명받고 싶지는 않았는데, 아쉬울 따름이었다.

물론 공청석유를 아껴 두었다가 아버지의 문제를 해결한 뒤에 드시게 하는 방법도 있긴 했다. 하지만 아버지가 과연 눈앞에서 죽어 가는 제갈 세가주를 보며 공청석유를 아끼려 들까?

'절대 아니지.'

지금 당장 본인이 먹을 수 있어도 양보하실 분인데. 심지어 현재 먹을 수도 없으니 말할 것도 없었다.

'후우, 정말 사람이 좋아도 정도가 있지.'

물론…… 나는 그런 아버지를 좋아했다.

그리고 어쨌든 제갈 세가주를 최대한 살려 두는 편이 좋았다. 내 금안에 대한 비밀도 알고 있으며, 훗날 마교와 있을 전쟁에도 도움이 될 것이다. 분명 마교에서 제갈 세가를 멸문시키려는 이유가 있을 터였다.

'소설에서 그것도 다뤄 줬으면 좀 좋아?'

남궁류청, 그거 조사 안 하고 뭐 했니?

거기다가 가장 중요한 것. 아버지의 증상에 관해서 현재 가장 그럴 듯한 가설이나마 제공한 건 제갈 세가주가 유일했다.

'여기서 죽어 버리면 안 된단 말이야.'

하여튼 아버지가 증상을 천운으로 치료하고, 공청석유를 먹어 자신의 힘으로 만들었다 한들 마교와의 전쟁에서 지거나 큰 피해를 보면 다 무슨 소용이란 말인가?

나는 아버지를 물끄러미 바라보았다.

"아버지는 안 아까우세요?"

미래를 아는 나도 이렇게 애써 여러 이유를 늘어놓을 만큼 아까운데. 하지만 아버지는 오히려 나보다 더 괜찮아 보였다. 아버지의 모습만 봐서는 영약에 목숨 거는 수많은 무인들이 마치 거짓처럼 느껴졌다.

"아쉽지 않다면 어찌 무인이겠느냐?"

아버지가 담담한 목소리로 말했다.

"다만…… 나와 연이 아니었던 것이지."

"……."

"그럼 바로 행하자꾸나."

나는 눈을 크게 떴다.

"지금 바로요?"

"그래. 제갈 세가주의 상태가 좋지 않으니."

아버지가 잠시 멈칫하곤 물었다.

"피로하더냐?"

"그건 아니지만……."

아직도 정신이 말똥한 것이 솔직히 잠이 올 것 같지는 않았다. 하지만 나는 열린 창으로 하늘을 보았다. 새카만 어둠에 총총히 박힌 별들이 눈에 들어왔다. 고개를 돌려 물시계를 보자 자정에 가까운 시각이었다.

"무영에게도 말해야 하지 않겠어요?"

"이미 말해 두었다."

"네?"

나는 아버지의 손을 잡고 제갈 세가주의 처소로 향했다. 그때 순찰 중인 백리가의 무사 한 명이 우리를 향해 다가왔다.

"사공자님, 아기씨. 무슨 문제가 있으십니까?"

"아무것도 아닐세. 고생하네."

순찰 무사가 아버지께 인사하고 멀어졌다. 늦은 밤 계속 왔다 갔다 하니 물어본 듯했다. 이를 지켜보며 상황을 되짚어 보던 나 또한 기가 막혔다.

'무영에게 미리 말해 두었다니…….'

그러니까 이미 아버지는 마음속으로는 결정해 놓으셨던 거였다!

"만약 제가 싫다고 하면 어쩌시려고 그러셨어요?"

아버지가 의아한 눈빛으로 나를 내려다보았다.

"내 너를 안다."

나는 고개를 살짝 기울였다.

"아무리 귀한 영약이라도 사람 목숨을 살리는 것만 못하다. 그러니 마땅히 그리해야지."

갑자기 아버지가 무슨 생각을 하였는지 조금 다급한 어조로 덧붙였다.

"그러니까 마땅이라는 말은…… 당연히 그리해야 한다는 뜻이 아니라…… 음, 네가…… 나와 같은 생각을 하리라 믿었다는 거다. 내 딸이니까, 말이다."

나는 멍하니 아버지를 바라보았다.

순간, 예전에 내가 만신의를 조금 늦게 찾아가더라도 천귀조를 먼저 잡자고 했을 때가 떠올랐다. 그때의 아버지는 내가 그런 선택을 하여 매우 기쁘다고 말했다. 아버지와 같은 생각을 했기 때문이다.

그리고 지금은 당연히 아버지와 같은 생각을 할 거라고 여기고 계셨다.

"그러니 연아, 마음에 들지 않는다거나 싫다면 지금이라도 말하거라."

"……."

"왜 그러느냐?"

"……역시 싫어요."

"뭐?"

"걷기가 싫어졌어요!"

방긋 웃은 나는 아버지를 향해 안아 달라는 듯이 손을 뻗었다. 깜짝 놀란 표정을 지었던 아버지가 어처구니없다는 듯 실소를 터트렸다.

"……아비를 놀리느냐?"

"헤헤."

아버지는 내가 무백신공을 제대로 배우기 시작하면서 잘 안아 주지 않으셨다. 이유는 아주 간단했다. 걸어 다니며 보법을 연습하라고!

너무하지 않는가?

한숨을 내쉰 아버지가 나를 안아 들더니 코를 꽉 꼬집었다.

"엥, 아파영."

"당연하지. 아프라고 한 것인데."

떠난 지 얼마나 됐다고 다시 또 돌아왔다. 나는 우리를 곧장 마중하는 무영을 보고 놀랐다.

'저 사람은 잠을 자기는 하는 건가?'

아버지가 나를 내려놓으며 말했다.

"좀 전에 나누었던 대화를 기억하는가?"

"그렇습니다만…… 바로 하시는 겁니까?"

무영은 본래 감정을 알기 힘든 사람이었지만, 지금은 당황한 것이 느껴졌다. 나도 저 심정을 이해할 수 있었다.

"빠를수록 좋으니까."

"……이해했습니다. 하면, 무슨 영약인지 알 수 있을까요? 걱정할 필요 없다고 듣긴 했습니다만, 운기를 통해 영단의 기운을 중화한다 하더라도, 가주님의 내공 토대와 비슷해야 하니……."

무영이 아버지를 향해 조심스레 물었다. 아버지가 품에서 검은빛의 손가락만 한 자기병을 꺼냈다. 정말 오랜만에 보는 모습이었다.

"공청석유일세."

무영의 평정이 또다시 무너졌다. 이번에는 두 눈을 부릅뜬 낯이었다. 공청석유가 지닌 가치를 생각한다면 오히려 저 모습은 담담하다고 여겨질 정도였다.

긴 침묵이 지나간 후, 무영이 말했다.

"대협의 배포는 저 같은 소인은 감히 따라갈 수조차 없군요. 그저 감사할 따름입니다."

아버지가 갑자기 내 어깨를 짚으며 살짝 앞으로 밀었다.

"내가 아닌 연이의 선택일세. 공청석유는 연이의 것이니까."

"……."

말투에 아주 자랑스러움이 덕지덕지 붙어 있어서 오히려 내가 창피할 정도였다. 무영이 털썩 무릎을 꿇고는 내게 부복했다.

나는 살짝 놀랐다.

"소저가 가주님께 베푸신 무량한 은혜, 언젠가 꼭 갚도록 하겠습니다."

"네에……."

앞으로 해야 할 일까지 합쳐져 부담이 백배 더 늘어난 기분이었다.

"자, 그럼 연아."

제갈 세가주의 처소에 오기 전에 아버지와 미리 어떻게 하면 좋을지 얘기를 나누었다.

아버지가 내게 공청석유를 건넸다.

그때 무영이 황급히 끼어들었다.

"잠시만 기다려 주십시오. 혹시 운기를 돕는 것이 소저이십니까?"

"네."

"……위험하지 않겠습니까?"

걱정하는 것이 당연했다. 오히려 걱정하지 않았다면, 그 사람을 멀리해야 했다.

공청석유에 담긴 힘은 방대하다. 당연히 다루기도 힘들었다. 진기를 제 손처럼 다루는 고수는 되어야 했다. 공청석유를 다루다가 갑자기 발작이라도 일어나면? 이끌어 가는 자가 없어진 지고의 기운은 허공으로 흩어져 버릴 것이다. 상상만으로도 끔찍했다.

그러므로 이를 도와줄 사람이 필요했다. 하지만…… 누구에게 공청석유를 넘긴단 말인가? 그자를 어찌 믿고? 그자가 공청석유를 먹고 모두 날름 자신의 내공으로 바꿔 버린다면?

이건 정말 개인의 양심에 기댈 수밖에 없는 일이었다. 제갈 세가주의 부하인 무영조차도 이런 일에선 믿을 수 없었다. 그동안 내가 제갈 세가주에게 공청석유를 쓰겠다고 쉽사리 결정하지 못했던 이유였다.

무영이 심각한 얼굴로 말했다.

"소저께 무슨 일이 생긴다면 면목이 없을 겁니다."

나는 아버지를 올려다보았고, 아버지가 무영을 향해 말했다.

"괜찮네. 걱정하지 말게."

아버지의 말에도 무영은 묘시부동이었다.

"가주님께서 소저 또한 잘 보필하라 하셨습니다."

나도 모르게 미간을 찌푸렸다. 또 언제 그런 말을 했대?

왠지 내가 여기를 들락날락할 때 무영이 편의를 무척 봐주며 내 말에 껌뻑 죽더니만 그런 이유가 있었을 줄이야.

설마 제갈 세가주는 자신이 쓰러질 걸 예상한 걸까?

'하긴 뭐, 첫 만남도 그랬지.'

그때도 길에서 쓰러져 있었다. 언제고 본인이 다시 정신을 잃을 거라 예상하는 것도 당연했다.

"예. 병세가 나날이 나빠지곤 있습니다만, 아직 가주님께 남은 시간이 있습니다. 이렇게 급하게 하실 필요는 없습니다."

"그대의 걱정은 이해하네. 하지만 근래 연이가 할 수 있다 믿게 된 일이 있으니……."

나는 아버지의 말을 듣다가 끼어들었다.

"무영, 제갈 세가주가 뭐라고 말했다고 했죠?"

"혹여 자신에게 무슨 일이 생기면 백리 소저를 잘 보필하라 했습니다."

나는 고개를 끄덕였다.

"그러니 제 뜻을 따라 주세요. 그게 제가 원하는 보필이니까요."

"……."

"절 못 믿겠다면, 제갈 세가주의 안목을 믿으세요."

나는 그렇게 무영의 입을 막고는 나 잘했지 않느냐는 표정으로 아버지를 바라봤다. 잠시 침묵하던 아버지가 말했다.

"그럼, 무영도 동의한 듯하니 시작하거라."

"치."

나는 입을 비죽이며 제갈 세가주 옆에 자리를 잡고 앉았다. 그리고 자기병을 열었다. 우윳빛 액체라는데 내가 보기에는 그저 오색찬란하게 빛나는 빛 덩어리였다. 금안의 시야를 최대한 죽이더라도 우윳빛은 구경할 수 없었다.

'이걸 마시면 되는 거지.'

마시자, 라고 생각했다. 하지만 생각과 달리 손이 움직이지 않았다. 대신 몸이 불타오르는 듯 고통스러웠던 기억이 떠올랐다.

어느새 손이 가늘게 떨리고 있었다.

"……."

무영에게 자신 있게 말한 것이 우스운 모습이었다.

그때였다. 머릿속에 속삭이는 듯한 목소리가 들렸다. 아버지의 전음이었다.

[네가 무영에게 그랬지. 너를 믿지 못하겠으면 제갈 세가주의 안목을 믿으라고. 내가 할 말도 같다. 너를 믿지 못하겠으면, 이 아비의 안목을 믿거라. 너는 할 수 있단다.]

나도 모르게 실웃음이 새어 나왔다. 어느새 손의 떨림도 멈춰 있었다. 나는 마른침을 삼키고 숨도 한 번 더 크게 들이쉬었다. 그리고 머뭇거리지 않고 바로 자기병을 입에 대고 기울였다.

더도 덜도 말고, 정말로 딱 한 방울. 입 안에 들어가자 그대로 스며들어 흔적도 찾을 수 없었다. 아무 맛도 나지 않았다. 그냥…… 뭔가 물 같았다. 무미 무취랄까?

하지만 그 안에 담긴 기운은 달랐다. 혓바닥에 스며드는 순간부터 기운이 퍼지기 시작했다. 뭔가 바람이 부는 듯한 느낌이 점차 강해지다 폭풍처럼 몰아치기 시작했다.

'아니, 보통 영약을 먹으면 압축되어 있던 기운을 풀어내는 작업이 필요하다고 하던데…….'

공청석유는 전혀 그렇지 않았다. 내가 풀어내기도 전에 저 혼자 멋대로 풀려 날뛰려 들었다.

내가 먹은 영약은 회귀 전후를 통틀어 주화입마에 빠지게 만든 것 단 하나였다. 심지어 주화입마의 영향으로 그때의 기억도 흐릿했다. 그런데도 이런 식은 아니었다는 걸 확신할 수 있었다.

'왜 제갈 세가주에게 직접 먹이면 안 된다고 했는지 알겠네.'

내가 처음 생각한 것은 제갈 세가주에게 섭취시키고 그다음 내가 진기를 인도하는 식이었다. 당연히 필요한 사람이 영약을 취해야 한다는 생각에서였다. 하지만 아버지가 반대하셨다. 내가 먹고 기운을 정제해 넘겨야 한다고.

'진짜 큰일 날 뻔했어.'

내가 아무리 회귀 전에 닥치는 대로 책들을 섭렵했다고 한들 아직도 아버지의 견문엔 미치지 못했다.

만약 아버지의 말을 듣지 않고 바로 먹였다면 내가 운기를 돕기도 전에 제갈 세가주의 기맥이 버티지 못하고 찢겨 나갔으리라. 그의 약해지고 좁아진 기맥은 공청석유의 폭풍 같은 기운을 버티지 못할 거라는 걸 알 수 있었다.

하지만 나는 그래도 버틸 수 있었다.

'그러니까…… 평소 내가 쓰던 자연지기와 거의 비슷하다고 할까?'

그리고 내 몸은 자연지기를 쓰는 것에 익숙해져 있었다. 다만 공청석유는 자연지기보다 훨씬 방대하게 몰아치며 내 의도를 따르지 않으려 들 뿐이었다. 그 정제되지 않고 흩어지려는 기운을 억누르며 조금씩 내 의지에 따르게 할수록 기가 막혔다.

'어떻게 그 작은 물방울 하나에 이 모든 기운이 담겨 있을 수 있는 거지?'

현실적으로 말도 안 되는 일이었다. 이어서 다른 생각이 떠올랐다.

'이 방법을 알아내면…… 내가 자연지기를 다룰 때도 쓸 수 있겠는데?'

마지막으로 알아낸 것은…….

아버지는 본인의 몸이 멀쩡했더라도 섭취하지 않았을 거라는 것이었다. 내가 여전히 내공 폐인이라 세상 모든 영약이 소용없는 걸 알면서도, 언젠가 내가 이걸 먹을 수 있는 날이 오기를 기다리면서.

공청석유의 기운이 이 정도면 정돈되었다 싶을 때 나는 손을 들었다. 평소처럼 하단전, 배꼽이 있는 부근으로 손을 뻗으려 했다.

하지만 단전에 닿기 직전 움직임을 멈췄다.

'차라리 상단전이 어떨까?'

제갈 세가주의 기맥은 절맥과 얽혀 상단전이 기묘하게도 가장 넓었다. 내공 중심이 위치한 하단전 부근의 기맥이 가장 넓은 보통 사람과는 달랐다.

나는 뻗었던 손의 방향을 틀었다. 손바닥에 보드라운 머리칼과 이마의 감촉이 맞닿았다. 그리고 곧바로 공청석유의 기운을 흘려 넣었다. 절맥으로 순환이 거의 멈추다시피 한 기맥이 갈급한 듯 공청석유의 기운을 흡수하기 시작했다.

'좋아. 이 방법이 옳았어.'

그렇게 생각한 순간, 뭔가 이상함을 느꼈다. 지금껏 한 번도 느껴본 적 없는 섬뜩할 성노로 싶고 방대한 어떤 기운이 제갈 세가수에게서 느껴졌다.

같은 시각. 호법을 서던 무영은 백리의강을 바라보았다. 백리연을 지켜보는 백리의강의 표정이 아주 무섭도록 굳어 있었다. 검 손잡이를 쥐고 있는 손등엔 핏줄이 바짝 서 있었다. 쥐고 있는 검의 손잡이가 당장에라도 부서질 것만 같았다.

좋지 않은 모습이었다. 이렇게 긴장해 있다가는 운기를 하는 이보다 지켜보는 이가 먼저 지쳐 나가떨어질 수도 있었다.

무영이 잠시 입을 열었다가 아무 말도 하지 않고 다시 닫았다. 저렇게 바짝 날이 서 있으면서도 백리의강에게서 피어나는 기운은 고요하기 그지없었다.

알아서 잘하시겠지.

자그마한 아이를 보았다. 눈을 감은 아이의 표정은 평온했다. 요동치는 진기 파동만 아니었다면, 앉은 채 잠들었다고 여길 정도였다.

그리고 다시 백리의강을 바라보았다. 음. 그 백리의강이라도 딸의 일이라면 저렇게 긴장하는구나, 그런 생각을 했다.

나흘. 내가 제갈 세가주에게 공청석유의 모든 기운을 넘겨주는 데 걸린 시간이었다. 살짝 당황스러웠다. 하지만 이번에는 공청석유 때문인지 나흘을 내리 운기했어도 몸이 아주 쌩쌩했다.

그리고 드디어 나는 제갈 세가주의 흐린 눈동자를 마주했다. 그때만큼은 공청석유가 아쉽지 않은, 꽤 마음에 드는 광경이었다. 물론 제갈 세가주가 또 정신을 잃지 않았다면 말이다.

잠시 몸을 일으켰다가 다시 고개를 픽 뒤로 넘기며 쓰러졌는데, 정말 기겁했다.

다행히도 이번에 정신을 잃은 것은 매우 피곤해서였다. 그러니까 잠든 것이다. 어처구니가 없었다. 아니, 고생은 내가 다 했는데 말이다.

시간이 빠르게 흘러, 한낮에는 움직이기 힘들 정도로 무더위가 기승을 부리던 어느 날이었다.

"여기요."

땀을 뻘뻘 흘리며 온 언두가 내게 두둑한 주머니를 건넸다.

"아기씨가 계셔서 다행이에요. 제가 신경 써야 하는데, 정신이 없다 보니……. 더 필요한 건 없으세요?"

나는 두툼한 주머니를 확인했다. 그 안에는 쉽게 집어 먹을 수 있는 간식이 잔뜩 들어 있었다.

"응. 이제 없어."

"아기씨라도 자주 찾아가 주셔서 다행이에요. 후우, 도련님은 완전히 잊어버리신 듯싶어요."

"그런 것도 있고…… 내가 아버지한테 여쭤봤거든."

"뭐라고 하시던가요?"

"실력으로 이기면 된대."

"허 참. 허어. 허 참."

언두가 차마 뭐라고는 못 하고 기가 막힌다는 듯 한숨만 내쉬었다. 그런 언두를 뒤로하고 나는 처소를 나왔다.

넓은 백리 세가를 걷고 걷기를 한참, 목적지에 가까워질수록 작고 많은 기운들에 시야가 어지러워졌다. 곧이어 백색의 수련복을 입은 청소년들부터 내 또래의 아이들이 조금씩 보였다. 나를 알아본 몇 명이 고개 숙여 인사했다.

여기는 백리 세가의 무사들이 머물며 수련하는 곳이었다. 그리고 이곳 수련장 가장 바깥쪽엔 아직 제자가 되지 못한 어린 수련생들이 머무는 자그마한 공간이 있었다. 그곳에서 선배들의 시중을 들며 수련을 하다가 무재와 근골이 괜찮다 싶으면 정식 제자로 발탁되는 것이었다.

나는 담장 구석에 훈련용 짚 인형들을 쌓아 놓은 곳으로 올라갔다. 곧이어 담장 위로 내 머리가 쑥 솟아올랐다.

담장 안쪽에서 익숙한 얼굴을 찾을 수 있었다. 일전에 남궁 세가에서 돌아오는 길에 아버지가 흑시에서 구해 온 고아들이었다.

그 후, 아버지는 그 아이들이 백리 세가에 머물면서 검을 배울 수 있게 해 주었다. 물론 선택권은 본인에게 있었다. 하인이 되거나, 백리가를 나가는 방법도 있었다. 심지어 백리 세가에 머무는 동안 간신히 친지를 찾은 아이들도 있었다.

하지만 백리 세가를 떠난 아이는 딱 두 명뿐이었다.

"가 봤자 배고픈 건 똑같아."

"제 친부모님은 돌아가셨어요. 그 뒤로 큰아버지 댁에 머물고 있었는데…… 자꾸 때려서……."

아이들은 제각기 다르지만 비슷한 이유로 이곳에 남았다. 그리고 남은 아이들은 거의 모두 검을 배우는 것을 택했다. 하인보다는 무사가 훨씬 멋있어 보여서였다. 당연하다면 당연한 선택이었다.

'제법 늘었네.'

자리에 있는 몇몇은 땀을 비 오듯 흘리면서도 검을 놓지 않고 연습에 매진하고 있었다. 백리 세가에 처음 왔을 때만 해도 검을 어떻게 쥐는지도 모르던 아이들인데, 이젠 제법 수련생 태가 났다.

'다들 필사적이니까.'

아이라도 알 건 알았다.

특히 흑시에서 물건처럼 팔릴 뻔하며 세상 풍파를 겪은 아이들에게는 아버지가 준 이 기회가 앞으로의 인생을 바꿀 수 있는 동아줄이라는 것을. 이를 아는 아이들은 죽을힘을 다해 노력했고, 덕분에 실력은 일취월장했다.

그때 건물 뒤쪽에서 작은 아이가 흰 수련복을 한 아름 들고 오다가 나를 발견했다.

"언니!"

"진진! 아기씨라고 부르랬잖아!"

아이 뒤쪽에 다른 소년이 황급히 따라붙으며 말했다. 저 둘 다 아버지가 데려온 고아였다. 진진이라 불린 아이는 그때 콧물을 흘리며 내게서 그릇을 가져갔던 아이였다.

나는 웃으며 말했다.

"안녕. 잘 지냈어?"

"응!"

"그럼 나 여기 있는 거 모른 척해 주고 이제 가."

"응!"

진진이 뒤뚱거리며 걸어갔다.

"아, 맞다. 진진, 이리 와. 너도."

진진과 뒤쪽의 소년을 불렀다. 진진이 뒤뚱거리며 다시 왔다.

"이건 비밀이다."

둘은 격렬하게 고개를 끄덕였다.

내가 꼼지락거릴 때부터 아이들은 이미 기대감에 눈을 빛내고 있었다. 나는 주머니를 끌러 안에 있는 땅콩과 잣을 한 움큼 쥐어 꺼내다 멈칫했다.

"음, 둘 다 손이 없네."

잠시 주변을 둘러보고 담벼락 위로 올라갔다. 그리고 마치 아기 새들처럼 입을 벌린 아이들에게 땅콩을 넣어 줬다.

"자, 그럼 가."

아이들이 입을 우물거리며 고개를 끄덕이고 떠났다.

잠시 더 수련장을 지켜보던 나는 바닥으로 폴짝 뛰어내렸다. 자연지기를 이용해 거의 소리조차 나지 않았다. 점점 자연지기를 쓰는 것에 익숙해지고 있었다. 그리고 담벼락을 빙 돌아 제대로 수련장에 들어가려 할 때였다.

어딘가 멀리서 진진의 목소리가 들렸다.

"언니! 언, 아니, 아기씨!"

한달음에 달려온 진진은 거의 울기 직전이었다.

"도와줘! 소한 오라버니가……!"

소한은 아버지가 데려온 아이 중에서 가장 왜소한 아이였다. 하지만 내가 지켜본 바로는 검에 제일 재능이 있었다. 약간 문제가 있었지만…….

콰당! 요란한 소리와 함께 수련원 한쪽에서 폭소가 터졌다.

"하하하, 물에 빠진 생쥐 꼴이네!"

"물 길어 오는 일 하나 제대로 못 해서 어디 쓰겠어?"

"낙오자 자식!"

진진을 따라간 곳은 마구간이었다. 넘어진 소한이 물을 흠뻑 뒤집 어쓴 채 웃음거리가 되어 있었다. 소한은 겁에 잔뜩 질린 기색이었다.

소한의 문제점은 기질이 너무 약하다는 것이었다. 소한을 둘러싼 이들이 그를 내려다보고 낄낄댔다.

백리 세가의 무사가 되려는 이들이 많은 만큼, 수련생들도 각양각 색이었다. 하지만 대체로 세 종류로 나눌 수 있었다.

가장 먼저 백리 세가 권속 가문의 자제들. 그들은 수련생 가운데 에서도 귀한 대접을 받았다. 그들이 이곳에 오는 건 그저 보여 주기 식으로, 선배들과 안면을 트기 위해서였다. 참고로 쌍둥이들과 대 련하며 비위를 맞춰 주던 아이들이 대부분 저 권속 가문 자제들이 었다.

그 아래로는 백검단원의 자식들이 있었다. 그들은 일찍부터 교육을 받은 덕분에 대체로 실력도 우수했다.

최하층엔 백리 세가에서 일하는 이들의 자식들이 있었다. 장원 관 리인부터 짐꾼까지, 자신의 자식이 조금만 근골이 된다 싶으면 모아 둔 돈을 바쳐 이곳에 집어넣었다. 백리 세가의 정식 제자가 될 수 있 는 유일한 방법이기 때문이다. 만약 정식 세사가 되기만 한다면 백리 세가 내에서도 어깨를 펴고 다닐 수 있으니 당연했다.

그리고…… 아버지가 데려온 고아들은 그 어디에도 끼지 못했다. 몇 몇은 출신도 모를 천한 것들이 백리 세가에서 수련하는 데에 불만을 품기도 했다.

아주 당연하게도 불만은 괴롭힘으로 이어졌다.

"하하하, 똥 냄새!"

"어딜 감히. 너희들 위치가 바로 거기야!"

그때 백색 무복을 입은 소년이 말했다. 저 백색 무복은 정식 제자가 입는 복장이었다.

"야, 닦아."

"예?"

"너 때문에 내 신발에 흙탕물이 튀었잖아? 빨리 닦아."

소한은 큰소리에 겁을 먹고 자신의 소매로 신발을 닦아 주려 했다.

"어디 더러운 옷으로 내 신발을 닦으려고 해? 내 신발 더 더럽힐 일 있어?"

소년이 버럭 소리치며 물이 고인 흙을 발로 찼다. 그러자 그나마 깨끗하던 소한의 얼굴마저 흙탕물에 더러워졌다. 아이들이 또 와하하 웃음을 터트렸다.

"빨리 가서 깨끗한 물이랑 수건 가져와!"

소한이 어깨를 바들바들 떨며 더러워진 몸을 일으켰다.

그때.

"여기. 깨끗한 수건."

소한을 막아서는 목소리에 그들의 시선이 내게로 꽂혔다. 나는 소한에게 품에 있던 손수건을 내주었다.

"아, 아기씨!"

백색 무복의 소년을 위시한 아이들이 화들짝 놀라며 물러섰다. 아이들은 내게 다 들리도록 저들끼리 정신없이 속삭였다.

"뭐야? 언제 온 거야?"

"몰라! 아니, 분명 그 자식한테 망보라고 했는데!"

"아씨, 하필……!"

소년들의 얼굴에 망했다는 표정이 떠올랐다. 나는 소한에게 어서 일어나라 눈짓하며 소년들 앞으로 나갔다.

"이게 지금 뭐 하는 거야?"

"그, 그게……."

나와 눈이 마주친 애들은 우물거리며 눈치를 보았다. 하지만 백색 무복의 소년은 달랐다.

"덜떨어진 애 좀 가르치고 있었어요. 왜요, 무슨 문제라도?"

오히려 소년은 당당하게 나를 보며 말했다.

"그리고 저야말로 묻고 싶은데요. 아기씨가 여긴 어쩐 일이세요?"

"……."

"아니ㅡ 검도 못 쓰는 몸이신데, 자꾸 이렇게 수련장에 왔다 갔다 하는 거 되게 웃기는 거 알죠?"

정식 제자라 간이 배 밖으로 나온 걸까? 보아하니 일부러 아버지와 관계있는 아이들을 괴롭히러 온 듯 보였다.

소년이 이죽거리며 말을 이었다.

"듣자 하니 요즘 다시 검술 수련을 하신다던데요."

소년의 여유로운 모습에 다른 아이들도 전염된 것처럼 긴장을 풀고 웃기 시작했다. 나는 그런 그들을 물끄러미 바라보았다.

소년이 실실 웃으며 말을 이었다.

"혹시 검 배우고 싶어서 그러신 거예요? 제가 가르쳐 드릴까요?"

"그래."

"네?"

"한 수 가르쳐 줘 보라고."

순간 소년이 제 귀를 의심하는 듯한 표정을 지었다. 주변의 반응도 비슷했다. 곧이어 소년이 얼굴을 왈칵 일그러트리며 성냈다.

"뜻도 모르면서 함부로 말하기는. 이래서 안 된다니……."

"왜 몰라? 대련하자는 거잖아? 아냐?"

나는 소년의 말을 자르며 말했다.

"……."

소년이 당황한 듯 침묵했다.

당연했다. 백리 세가 정식 제자인 백색 무복. 백색 무복을 입고 있다는 것은, 적어도 무재는 인정받았다는 뜻이었다. 그에 비하면 나는 이 가문에서 모르는 사람이 없을 비극을 겪은 인물.

'그런데 대련을 하자니 어이없겠지.'

나는 방긋 웃으며 고개를 기울였다.

"반응이 왜 그래? 아! 설마 질 것 같아서 그래?"

"어이가 없어서 그렇거든요!"

빽 소리친 소년이 주변에 들으란 듯이 말했다.

"대련은 무슨 대련! 상처라도 나면 난리 날 텐데."

생각이란 걸 할 수 있다면 여기서 나와 대련하게 되면 좋을 것이 없다는 것을 알 터였다. 자기가 잘못한 게 있으니까.

아니나 다를까.

"별 웃기지도 않는 헛소리 그만하시죠! 얘들아 가자!"

소년이 그를 둘러싸고 있던 다른 아이들과 함께 떠나려 했다. 하지만.

'이렇게 끝나면 재미없지.'

소년이 채 몸을 돌리기 전이었다. 철퍽! 나는 물이 고인 흙을 발로 찼다. 소년의 하얀 무복에 흙탕물이 잔뜩 튀었다. 운 좋게 얼굴까지 튀는 꼴을 볼 수 있었다.

"이게 무슨 짓이에요!"

나는 웃으며 흙탕물이 튄 신발을 내밀었다.

"너 때문에 신발이 더러워졌잖아? 빨리 닦아."

어디, 이대로 도망칠 테야?

'무료하군.'

평화로운 날들이었다. 백검단주 백리재천은 뒷짐을 진 채 연무장을 천천히 걸어갔다. 살벌한 인상은 그의 지루한 심경을 감추는 데 탁월했다. 그리고 얼마 지나지 않아 흉악한 인상이 더 무섭게 일그러졌다.

"뭐가 이리 소란스러운 게냐?"

그의 날카로운 기감에 계속해서 거슬리는 소음이 잡혔기 때문이다. 백검단 전용 연무장은 정식 제자들의 수련장과 담벼락 하나를 사이에 두고 있었다.

백검난주의 말에 난원 한 녕이 재빨리 알아보러 향했다. 그리고 전혀 예상치 못한 말을 가지고 돌아왔다.

"연이 아기씨가 오셨습니다."

"연이가?"

하지만 새삼스럽지 않은 일이었다. 백검단주도 이미 예전에 보고받은 일이었다. 백리연이 백리의강이 데려온 갈 곳 없는 아이들을 살피러 가끔 방문한다는 건.

그러나 백리연이 온대도 아이들에게 간식이나 조금 주고 잘 지내는지 확인하는 정도였다. 백리가 직계라며 올 때마다 위세를 부리고 소란을 피우며 수련을 방해하는 쌍둥이들과는 근본적으로 달랐다. 그래서 내심 마음에 들던 차였다.

언젠가 한번은 백검단의 연무장에 데려와서 백검단원의 수련을 보여 줄까 하는 생각도 했는데, 이런 소란이라니.

조금 실망스러웠다.

백검단주가 말했다.

"그래서 뭣 때문에 이리 소란인 거야?"

"정식 제자와 그때 사공자님께서 데려오신 수련생이 시비가 붙었다고 합니다."

백검단원은 시비라고 포장했지만, 백검단주의 경력이 얼마인가? 바로 시비 이면의 상황을 눈치챘다.

"그걸 본 연이 아기씨가 말리다가……."

백리연에게 호의가 있는 백검단원은 약간 걱정스러운 기색으로 마저 말을 이었다.

"아기씨가 정식 제자와 대련을 한다고 합니다."

"뭐라, 대련?"

지루함에 잠겨 있던 백검단주의 눈이 흥미로 반짝였다.

"역시 늘그막에 이런 재미가 있어야 오래 살고 그런 것이지."

나는 이곳의 수련생도들이 쓰는 아이용 목검을 쥔 채 이리저리 살폈다.

'확실히 내가 쓰는 것에 비하면 질이 떨어지네.'

이럴 때 새삼 깨달았다. 그래도 내가 의식주 걱정 없이 아주 좋은 환경에 살고 있다는 것을. 아버지가 계시지 않았더라면 나도 이 고아들의 처지와 다름없을 것이었다. 그것도 천운이 따랐을 때.

그때 울먹이는 목소리가 들렸다.

"저 때문에, 그럴, 이러실 필요 없어요."

괴롭힘당하던 소년, 소한이었다. 그리고 진진과 함께 빨랫감을 나르던 소년, 유창도 고개를 들지 못했다.

"제가 괜히, 제가 괜히 아기씨를 불러서⋯⋯. 이럴 줄 알았으면, 죄송합니다."

아버지가 데려온 다른 아이들도 소란을 듣고 와 나를 둘러싼 채 죄송해 죽으려고 했다.

참고 참았지만 갈수록 어이가 없었다.

'얘네들이 정말.'

"내가 질 거 같아? 어!"

"⋯⋯."

"⋯⋯."

"⋯⋯."

돌아오는 대답 하나 없이 싸늘한 적막이 흘렀다.

"허!"

나에 대한 믿음이 이 정도뿐이었다니!

나는 마침 눈이 마주친 진진을 향해 물었다.

"진진, 너도 그렇게 생각해?"

진진조차 우물거리며 고개를 숙였다.

진진조차!

"어, 언니가 아프다고 다들……."

평소에 무슨 말을 들었는지 아주 잘 예상이 갔다. 뭐…… 널 찾아오는 백리연은 단전 폐인이다, 너희가 잡은 줄은 썩은 줄이다, 뭐 그런 말이나 들었겠지.

"걱정 마, 진진. 나 남궁 세가에서 남궁류청이랑 대련도 했어. 그리고 이겼다고!"

거짓말은 아니었다. 대련은 내가 진 것이었지만, 뭐 내게 손목을 허용한 남궁류청이 자기가 진 거나 다름없다고 말했으니까.

진진이 눈을 깜빡이며 말했다.

"……남궁류청이 누군데?"

"……."

그때 소한이 다시 입을 열었다.

"제가, 제가 가서 잘못했다고 빌겠습니다. 아기씨께서는 그냥 도, 돌아가시면……."

소한의 어처구니없는 말을 더 들어서 뭐 하나? 나는 소한에게 다가갔다. 그리고 멍청한 소리를 하는 소한의 옷자락을 획 들췄다.

"……!"

"헉!"

"소한아!"

숨을 삼키는 소리와 함께 경악성이 들렸다. 소한의 몸에 누가 봐도 맞아서 생긴 듯한 멍 자국이 나 있었다.

"괘, 괜찮아. 괜찮아."

소한의 안색이 순식간에 창백해지며 내 손에서 옷자락을 뺏어 갔다.

'이럴 땐 어려서 다행이라니까.'

내가 조금만 더 컸어도 옷자락을 걷어 올릴 수는 없었을 것이다.

"뭐, 뭐야? 언제?"

"왜 말을 안 했어!"

다들 몰랐던 일인 모양이었다. 나는 기맥의 흐름이 불안정한 것 때문에 유심히 지켜보다가 눈치챈 것이었다.

"이런 일이 자주 있었어?"

"아, 아뇨."

그간 내가 여기를 가끔 찾아왔던 이유였다. 내가 신경 쓰고 있다는 사실을 알면 최소한의 선은 지킬 테니까. 하지만 최근 석가약부터 제갈 세가주까지 정신이 없어서 이쪽에 찾아오질 못했다.

'집도 더럽게 넓어서……'

마음먹지 않으면 오고 가기에 상당히 귀찮은 거리였다. 후우. 내 한숨에 소한이 움찔 떨며 말했다.

"죄, 죄송해요."

"네가 죄송할 게 뭐가 있어?"

그때 진진이 물었다.

"그럼 언니 아부지한테 말하자!"

"그건 안 돼."

진진이 시무룩하게 물러났다. 아버지가 끼어드는 순간 애들 싸움이 어른 싸움 되는 거 한순간이었다. 그리고 아버지가 끼어들지도 의문이고.

"거기서 버티는 것 또한 실력이다."

라는 것이 이 아이들에 대한 아버지의 생각이었으니까.

"됐어. 이건 내가 해결하는 게 제일 좋아."

아니, 오히려 잘됐다. 어차피 이제 슬슬 내가 검을 배우는 것에 진심이라는 걸 알리는 게 어떨까 생각 중이었다.

'이 성까지 된 마당에 계속 숨길 수는 없으니까.'

할아버지가 계셨으면 모를까……. 할아버지도 내가 이렇게 일찍 이 성에 오를 줄은 몰랐을 것이다.

'그러니 차라리 이번 일을 기회로 삼아서 밝히는 것도 나쁘지 않아.'

나는 하나둘씩 구경하러 온 듯한 사람들을 보았다. 장소가 장소다 보니 소년 소녀들이 제일 많았다. 다른 정식 제자들도 얘기를 듣고 보러 온 듯 흰색 무복들도 간간이 보였다.

대부분 나를 보는 시선이 곱지 않았다.

'음, 좀 더 무게감 있는 인사가 있으면 좋겠는데.'

백검단원도 몇 명 있었지만, 그보다 더…… 그렇게 주변을 쓱 훑어보던 나는 순간 멈칫했다. 그리고 최대한 아무렇지도 않게 시선을 돌렸다.

때마침 소년이 목검을 든 채 제 패거리를 데리고 나타났다.

"언제까지 그러고 있을 겁니까? 힘들 것 같으면 포기하셔도 됩니다."

나는 소년을 향해 말했다.

"생각 중이었어."

"예?"

"그냥 이렇게 대련만 하는 건 재미없잖아?"

소년은 당최 내가 무슨 말을 하려는지 의심스러운 얼굴이었다.

"내기하자."

"······내기요?"

"그래. 내기. 네가 이기면 나 다신 여기 안 올게."

"안 온다고요? 다시는?"

"그래."

소년이 혹한 표정을 지었다. 나는 말을 이었다.

"대신, 내가 이기면 너도 여기 다신 오지 마."

나는 고개를 들고 물었다.

"어때?"

잠시나마 혹한 표정을 지었던 소년이 소리쳤다.

"말도 안 되는! 여기서 수련하는데 어떻게 오지 말라는 거야?"

소년은 어느새 존대하는 것도 까먹은 듯했다. 아니면 고의거나. 나는 그것도 모르냐는 듯이 소년을 보았다.

"바보야?"

"뭐라······."

"백리가 제자에서 파문한다는 말이잖아."

"······."

그러사 주변에서 놀란 숨을 늘이켜는 소리가 연달아 들렸다. 말도 안 된다, 너무한 거 아니냐는 소리들을 뒤로하고 소년을 향해 말을 이었다.

"나는 여기 안 와도 백리가의 직계야. 그런데 넌? 여기 못 오게 되면…… 뭐야?"

나는 고개를 슬쩍 기울이며 말을 잃은 소년을 보았다.

"근데 네가 뭐라고 내가 오는 게 거슬린다 말해?"

그때였다.

"흐하하하하!"

거의 포효처럼 느껴지는 웃음소리가 들렸다. 그 웃음에 다들 깜짝 놀라 돌아보고 두 배로 더 놀랐다.

"다, 단주님!"

"헉, 백검단주께서 대체 언제!"

대단한 사람이었다. 저 체구를 기척도 없이 주변 사람들이 눈치채 지 못하도록 숨기고 있었다는 것이. 한참을 웃은 백검단주가 헛기침 하며 다가왔다.

참고로 나는 이미 알고 있었다. 저 빛, 강대한 진기는 숨길 수 있는 게 아니니까.

"커흠, 큼. 오랜만에 아주 눈물 나게 웃었구나."

나는 쪼르르 달려가 인사했다.

"단주님! 안녕하세요! 어서 오세요!"

내 격한 환영에 모두의 얼굴에 의문이 떠올랐다.

"이렇게 환영해 줄 줄은 몰랐구나."

당연하지! 내가 원하던 무게감 있는 인사에 백검단주 정도면 딱 알 맞았다. 백검단주가 아직 웃음기 어린 입가를 쓰다듬으며 나를 훑어 보았다.

"흐음. 수련을 열심히 한다고 들었다만……"

백검단주가 의아한 눈으로 고개를 살짝 기울였다가 말을 돌렸다.

"어쨌든 얘기는 모두 들었다. 재미있는 일을 벌인다고?"

"네! 대련할 거예요!"

백검단주가 표정을 굳혔다. 살짝 굳혔을 뿐인데도 순식간에 아주 무서운 인상이 되었다.

"하지만 사사로운 대련은 금지되어 있단다. 감정에 사로잡혀 서로를 크게 다치게 할 수도 있으니 말이다."

내 대련 상대였던 소년이 백검단주를 보자마자 바짝 굳은 이유였다. 원래라면 허락되지 않을 일이니까.

나는 방긋 웃으며 말했다.

"하지만 단주님이 계시잖아요!"

"나?"

"네! 만약 다칠 것 같으면 단주님께서 막아 주시면 되지 않을까요?"

"내게 심판을 봐 달라?"

"어…… 그렇게 되네요!"

거기다 솔직히 저 사사로운 대련 금지라는 건 백리가 직계에게는 예외였다. 쌍둥이들이 매번 백리 세가 제자들을 데려다가 멋대로 대련하는 걸 보면 알 수 있듯이. 감히 누가 백리가의 직계를 다치게 하겠는가?

하지만 이를 대놓고 언급하면 핏줄 믿고 나대는 아이가 될 수 있었다. 그래서 나는 백검단주가 계시니 괜찮지 않겠느냐로 살짝 방향을 틀었다.

아니나 다를까 백검단주의 입가가 풀렸다.

"단주님, 안 될까요?"

"으하하, 물론! 안 될 거야 없지!"

뭐지? 별말도 안 했는데, 표정이 좀…… 과할 정도로 흐물흐물하게 풀려 있는데. 살짝 의심스럽게 볼 때였다.

"단주! 지금 무슨 말씀을 하시는 겁니까?"

뒤쪽에서 생각지도 못한 목소리가 들렸다. 백리명이었다.

'쟤가 왜 온 거야?'

이 난리가 났으니 당연히 귀에 들어갔으리라곤 생각했다. 하지만 거리가 멀어 오는 데 한참 걸릴 거라고 생각했는데…….

"후우, 당연히 안 될 말이죠! 싸움을 말리지는 못할망정 단주께서 부추기시는 겁니까? 연이가 다치기라도 하면 어쩌려고……!"

백검단주가 표정을 굳힌 채 백리명을 보았다.

"도련님은 그런 쓸데없는 걱정 하실 필요 없습니다. 제가 있는 한 다치는 일 따위 없을 테니."

"……."

괜히 백검단주만 자극한 꼴이 되었다. 원래 백리명과 백검단주는 사이가 그리 좋지 못했다. 이유는 간단했다. 백검단주는 오로지 실력파로, 할머니의 파벌이 아니었기 때문이다.

백검단주는 큰아버지가 소가주가 된 뒤에도 중립을 지키며 백검단주의 자리 또한 지켜 냈다. 할머니 쪽에선 분명 쫓아내고 싶었을 텐데 그러지 못한 것일 터다.

'만약 아버지 편으로 만들 수만 있다면…….'

그리고 백검단주의 험악한 눈빛을 피해 고개를 돌렸던 백리명의 시선에 소년이 잡혔다. 백리명은 잘됐다는 듯이 소년을 향해 쏘아붙였다.

"그리고 너! 연이가 아무리 어리다 한들 엄연히 백리가의 일원이거

들 감히 네가 연이를 무시하느냐?"

소년은 백리명의 말에 당혹스러운 듯했다.

"도련님? 제 말을 잠시……."

"시끄럽다!"

백리명은 소년의 말을 자르고 이번엔 나를 향해 말했다. 이번엔 달래는 듯한 어조였다.

"연이 너도 뭘 이런 걸 일일이 다 상대하고 있느냐?"

"……."

"내 나중에 따끔히 뭐라 할 테니 이만하고 넘어가거라."

내가 이럴 줄 알았다.

백리명은 매번 이런 식이었다. 매번. 하지만 여기서 이렇게 물러날 거였다면 지금껏 시비를 이어 오지도 않았다.

"아니요, 오라버니. 걱정해 주신 건 감사하지만 괜찮아요."

나는 굳은 의지를 다진 것처럼 주먹을 꽉 쥐고 백리명을 바라보며 말했다.

"아버지가 말씀하셨어요! 이런 일은 실력으로 해결해야 한다고."

"하하하! 내 의강의 그 패기만큼은 늘 마음에 들었지!"

역시나 백검단주가 내 편을 들어 주며 나섰다.

"그럼 대충 얘기는 끝났군. 도련님, 계속 반대하실 겁니까?"

"……."

백검단주의 말에 백리명이 얼굴을 잔뜩 일그러트렸다가 옷자락을 털며 몸을 돌렸다.

"도련님도 허락하신 듯싶군. 그렇다 한들 아까 연이가 말한 내기는 말도 안 된다."

내기라는 소리에 백리명이 주변의 제자 한 명을 불러 무슨 이야긴지 묻는 것이 보였다.

"한번 들인 제자를 이런 식으로 파문하는 건 있어서는 안 되는 일. 대신 이리하자. 연이 네가 이기면 나중에 네가 택한 아이 한 명을 내 제자로 받아 주마."

"단주님?"

"백검단주!"

백리명부터 백검단원, 그리고 주변의 다른 소년 소녀들까지 모두 깜짝 놀랐다.

나도 깜짝 놀랐다. 백검단주가 나를 향해 찡긋한 것이다. 험악한 인상 때문에 다른 사람들에겐 나를 협박하는 것처럼 보이지 않았을까?

자리는 순식간에 마련됐다. 원래도 오가는 사람이 많은 수련장인 데다, 최근 조용하기만 하던 백리 세가에 다시없을 구경거리였다.

모두 이 신나는 이야깃거리를 보러 모여들었다. 백리명은 가장 상석에서 어디서 의자까지 준비해 앉아 있었다. 아니꼬운 기색이 역력했는데, 언제 왔는지 백리명 주변에 수하에 가까운 친우들도 모여 있었다.

그리고 내 대련 상대인 소년은……. 점점 커지는 판에 후회막급인 표정이었다. 하지만 이제 돌이키기엔 늦었다.

소년이 검례를 하며 말했다.

"제 이름은……."

"안 궁금해. 와라."

나는 싸늘한 표정을 견지했다. 하지만 속은 전혀 아니었다. 내가! 남궁류청이 말하던 그 대사를 하다니!

'아, 이거 되게 짜릿한데!'

이 말의 핵심은 정말 무관심하게 툭 내뱉는 것이다.

'사실 그때 살짝 멋있어 보였다고…….'

꼬맹이 주제에 말이야. 그리고 역시나 이 말은 상대를 열 받게 하는 데 아주 효과적이었다. 잔뜩 열이 받은 소년이 땅을 박차고 달려들었다. 체면이고 나발이고 일단 선공하겠다는 의미였다.

그 첫 검격을 피하고 느꼈다.

'음? 별거 아닌데?'

솔직히 쉬울 거라고 생각하긴 했다. 금안으로 보았을 때, 남궁류청은 고사하고 심지어 서하령보다 못한 걸 알 수 있었으니까.

그래도 처음에는 조금 긴장했다. 하지만 첫 검격을 본 순간…….

남궁류청과 대련했을 때를 생각한다면 이건 뭐 경로가 빤히 보이다 못해 지루한 수준의 정석적인 초식이었다. 탁! 스슥. 몇 번을 내려치는 상대의 공격이 내 검과 부딪치자 힘을 잃고 검날을 타고 미끄러져 내려갔다.

무백신공의 기본 운용법이었다. 공격을 비껴 내는 것. 아버지 정도의 경지가 되면 이제 한 끗 사이로 피하는 것이나.

점차 소년의 얼굴이 굳어 갔다. 그리고 나도 검을 섞을수록 깨달았다. 이 녀석은 수준이 낮은 게 아니었다. 따지자면 평균치보다 높았다. 하지만 전보다 내 실력이 늘어난 것이었다. 내가 의식하기 전에 자연스럽게 자연지기가 팔의 기맥을 타고 손목에서 검으로 흘러 갔다.

파아앙! 목검끼리 부딪쳤다고 하기에는 무거운 소리가 울려 퍼지며 나와 소년의 옷자락이 흔들렸다. 소년이 놓친 검이 하늘을 날아 바닥에 떨어졌다. 내가 휘두르는 검의 힘을 소년이 버티지 못한 것이다.

내 목검이 소년의 목덜미를 겨눴다.

"항복?"

"……."

멍하니 굳은 소년은 이 상황이 이해가 가지 않는 듯했다.

"어떻게……?"

그때였다. 커다란 목소리가 수련장을 가로질렀다.

"무백신공 이 성……!"

백검단주였다. 그런 백검단주 곁의 백검단원도 굳은 표정이었다.

"축하한다! 하하하하! 그 나이에 이 성이라니 가주님께서 아시면 아주 좋아하시겠어!"

나는 고개를 살짝 숙이며 겸양을 떨었다.

"아직 부끄러운 수준이라서요."

그때 벌떡 일어난 백리명이 소리쳤다.

"단주! 그게 무슨 말입니까? 연이가 이 성이라니요?"

백검단주가 인상을 찌푸렸다. 몇몇 기질이 약한 사람들이 시선을 피하며 겁에 질리는 것이 느껴졌다.

"지금 제 안목을 의심하시는 겁니까?"

"……그 말이 아니라……!"

백검단주는 혀를 차며 백리명에게서 고개를 틀고 내게 다가왔다.

"축하한다. 아, 이번에는 대련에서 이긴 것을 축하한다는 의미다."

"감사합니다."

그리고 대련이 끝나는 것과 함께 조용해졌던 사람들의 입이 트인 것처럼 와글와글 한마디씩 내뱉었다.

"연 아기씨가 이기다니!"

"무백신공 이 성!"

"어떻게? 단전 폐인인 거 아니었어?"

"하지만 백검단주께서 잘못 보셨을 리가……."

수련장이 떠드는 소리로 가득 차 시장 바닥 같았다. 나는 마음속으로 씨익 웃었다.

"자, 연이가 이겼으니 이제는 결론을 내야지."

백검단주의 시선이 고개를 떨군 소년을 스쳤다.

"내 제자로 한 명 받아 준다 하였지. 어디 봐 둔 이가 있느냐?"

"음……."

지금 나와 친밀한 아이를 밀어 넣는다면…….

나는 수련생도들이 모인 방향을 보았다. 그간 내가 챙겨 줬던 아이들이 보였다.

"마음 같아서는 제가 배움을 청하고 싶지만……."

백검단주가 껄껄 웃으며 말했다.

"안 되지, 안 돼. 가주님이 눈을 시퍼렇게 뜨고 계시는데 말이야."

백리가의 직계와 일반 제자는 심법부터 검법까지 모두 달랐다.

'내게 심법은 별로 상관없는 영역이지만.'

나는 웃으며 말했다.

"단주께서 말씀하셨잖아요. 고작 내기로 연을 맺은 사제 관계를 끊을 수 없다고요.”

“그리 말하긴 했지.”

“그런데 어떻게 고작 이 승리로 제가 단주께 사제의 연을 만들겠어요? 없던 일로 할게요!”

잠시 멈칫한 백검단주가 곧이어 호탕한 웃음을 터트렸다. 백검단주의 눈에 들고 싶다면 실력으로 쟁취해야 했다.

‘운이 좋다면…… 누군가는 눈에 들 수도 있겠지. 이번 일 때문에라도 백검단주가 저 아이들을 살필 테니.’

이곳에 있는 사람 중 머리가 좀 큰 아이라면, 이 사실을 알아차렸을 것이다.

그리고 백리명의 표정은…….

‘음, 가관이네.’

표정 관리할 정신도 없는 모양이었다. 백검단주의 제자고 뭐고 머릿속에 하나도 들어오지 않는 것이 분명했다. 잔뜩 일그러진 낯이 속내를 낱낱이 드러냈다. 백리명이 거친 발걸음으로 내게 다가왔다.

“너……! 너……! 네가 어찌 무백신공 이 성이야? 말이 되느냐? 네가 나를 속인…….”

“제가 뭘요?”

“내 확인했을 땐 분명히……!”

나는 고개를 갸웃하곤 방긋 웃었다.

“그보다 오라버니, 축하는 안 해 주시나요?”

순간 백리명이 숨을 흡 들이켰다.

모여든 많은 사람들. 소란스럽다지만 내 목소리가 들리지 않을 정도는 아니었다. 그들은 이미 백리명의 반응에 눈을 끔뻑이며 속삭이는 중이었다.

"도련님, 왜 저러시는 거야?"

"그러니까. 동생이 드디어 나았는데. 설마 질투하시는 건가?"

"에이, 말도 안 돼. 도련님 성품이 얼마나 좋은데."

백리명이 빠득 이를 악물고 말했다.

"……축, 하, 한다."

"고마워요."

그리고 소란스러운 인파 사이에서 어느새 지켜보던 방씨 어멈이 슬 그머니 몸을 돌리는 것을 확인할 수 있었다.

백리명은 내게 무슨 말을 하고 싶어 보였지만, 다른 일이 급하다고 생각했는지 먼저 자리를 떴다. 백검단주도 다음에 한번 놀러 오라는 말을 남기고 떠났다.

나는 내 승리를 열렬히 축하하는 상기한 표정의 아이들 앞에서 그 러게 나를 믿지 그랬냐고, 앞으로는 믿겠냐고 좀 뻐기다가, 갑자기 내 게 아는 척하며 기웃거리는 다른 정식 제자들을 피해 도망치듯 처소 로 돌아왔다.

그리고 소란을 들은 듯 굳은 표정의 아버지와 마주쳤다.

"잠시 얘기 좀 하자꾸나."

아버지 뒤로 걱정스러운 표정의 언두와 금쇄가 보였다. 벌써 여기 처소까지 소문이 퍼진 모양이었다.

그렇게 방에 들어온 지 일각.

"……."

"……."

아버지는 나를 앞에 두고 한참을 아무 말도 하지 않았다.

차라리 뭐라고 말을 해! 나는 탁자 아래서 손발을 꼼지락거리며 몸부림을 치다 참지 못하고 조심스레 먼저 운을 뗐다.

"화나셨어요?"

"아, 잠시 생각 중이었다."

뭐라고?

나는 황당해 아버지를 올려다보았다.

잠시 후 아버지가 말했다.

"그러는 너는 네가 잘못했다 생각하느냐?"

"……."

사람을 들었다 놨다 하며 사람을 얼을 빠지게 만들더니 이번엔 갑자기 폐부를 찌르는 질문이었다.

'여기서 뭐라고 답해야……?'

아버지가 내 속내를 읽은 듯 말했다.

"사실대로 말해 주었으면 한다."

"……아뇨."

나는 조금 망설이다 대답했다.

"나 또한 네가 잘못했다 생각지 않는다."

"……네?"

나는 고개를 번쩍 들었다. 당연히 왕창 혼날 거라고 생각하고 머리도 미리 탁자에 박을 것처럼 수그리고 있었는데!

"그 아이가 네게 먼저 시비를 걸었다 들었다. 아니더냐?"

"아, 아뇨? 맞아요! 막, 다른 애들을 때리고 있어서 하지 말라고 했더니……!"

"설명은 됐다. 나도 들었으니."

"아, 넵."

아버지는 담담히 말했다.

"잘했다."

나는 믿기지 않아 눈을 깜빡였다. 그러곤 히히 웃으며 찻잔을 들었을 때, 아버지가 말을 이었다.

"그래도 백리가 제자를 내기로 파문시킬 생각은 말도 안 되는 것이다. 백리가가 그리 가벼워 보이더냐?"

"자, 잘못했습니다."

내기에 관해서는 왕창 혼났다. 만약 백검단주 제자까지 추천했으면 내일까지 혼났을 것만 같아 가슴을 쓸어내렸다.

"저…… 무백신공 이 성에 대해 알려진 건 뭐라고 안 하시나요?"

"내가 어찌하여?"

아버지가 찻잔을 내려놓으며 말했다.

"애초에 비밀로 하려던 것은 네가 다른 사람의 기대 어린 시선이 무서워서라고 하지 않았느냐?"

"네! 맞아요."

"이세는 괜찮아졌으니 일틴 서겠시."

아버지가 손을 뻗어 내 머리를 쓰다듬었다. 아버지에게서는 오로지 내가 상처받지 않아 다행이라는 느낌밖에 읽을 수 없었다.

"어차피 오래 숨기기도 어려운 일이었으니까. 다만 다음에는 아비에게도 미리 알려 주거라."

나는 아버지가 내 머리에서 손을 떼려는 것을 붙잡았다. 의아하게 보는 아버지의 눈빛을 받으며 손을 꽉 잡았다.

나를 응시하던 아버지가 마침 떠올랐다는 듯이 말했다.

"그러고 보니 잊고 있었구나. 제갈 세가주에게서 사람이 왔다."

"아, 끝났대요?"

아버지가 고개를 끄덕이며 말했다.

"이제 얘기할 여유가 있는가 보더구나."

제갈 세가주는 내가 준 공청석유의 내공을 자신의 것으로 만드느라 운기조식에 들어갔다.

밥도 사흘에 한 번씩 먹을 정도로 집중하고 있다 하니 깨어났다 한들 그때 잠깐 나와 눈이 마주친 이후로 마주할 시간이 없었다. 그리고 이제 드디어 제갈 세가주와 대화를 나눌 만한 상태가 된 것이다.

"지금 가 볼 테냐?"

"네."

물어볼 것들이 아주 많았다. 내가 자리에서 일어나려 할 때였다.

"연아, 혹시 예전에 네가……."

아버지가 말을 흐리다 침묵했다.

"아버지?"

아버지는 뭔가 할 말이 있어 보이는 눈빛이었다. 나는 말씀하시라는 듯 아버지를 바라보았다.

이내 아버지가 한숨을 내쉬며 말했다.

"아니다. 가 보거라."

"그냥 들어가시면 됩니다."

나는 무영을 의아하게 바라봤다. 무영이 무표정하게 말했다.

"가주님께서 소저는 언제든 들여보내라 하셨습니다."

"……그렇군요."

나는 무영 곁의 막추를 향해 말했다.

"그럼 차는 그걸로 부탁드릴게요."

막추가 공손히 고개를 숙이고 멀어졌다.

나는 제갈 세가주 방문 앞에서 기척을 내고 들어갔다. 제갈 세가주는 창가 침상에 앉아 눈을 반쯤 감고 볕을 쬐고 있었다.

'덥지도 않나?'

거의 보름 만의 만남이었다. 확실히 전보다 안색이 좋아졌다. 내가 넘겨주었던 공청석유의 기운 또한 이제 꽤 안정적으로 자리를 잡은 듯 보였다.

분명 기척을 냈는데도 모르는 듯한 모습에 어쩔 수 없이 헛기침했다. 어딘가 무척 집중하고 있었던 듯 그제야 제갈 세가주가 나를 돌아보았다.

"아, 왔어? 앉아."

나는 자리에 앉으며 물었다.

"몸은 이때?"

"음…… 나쁘진 않아."

그래. 석 달을 누워 있었는데 이 정도로 멀쩡하다는 것이 신기할 노릇이었다. 하지만 내가 물어본 건 그게 아니었다.

제갈 세가주가 희미하게 웃었다.

"한 십 년은 더 살 수 있지 않을까 싶은데."

"……그래?"

공청석유의 내공을 전해 받고도 늘어난 수명이 고작 십 년뿐이라니.

'연비가 너무 안 좋은 거 아닌가?'

물론 밖으로 꺼낼 수는 없는 말이었다.

십 년이라니. 그래 봤자 이십 대 중반이었다. 가장 빛날 나이. 잠깐. 생각해 보니 나는 그 이십 대 중반도 되지 못하고 죽었다.

'남 걱정할 때가 아니었네.'

나는 목덜미를 만졌다. 이번 생에 야율에게 목이 날아갈 일은 없으리라 보지만……. 저번 생도 나름 살려고 발버둥 친 결과가 그거였다.

나는 한숨을 푹 내쉬며 말했다.

"후, 사는 게 참 힘들어."

마침 찻주전자와 간식거리를 가지고 들어오던 막추가 내 말을 듣고 웃음을 살짝 터트렸다.

"그 나이에 벌써 힘드시면 어찌합니까?"

"에효, 그러게요."

제갈 세가주는 그런 우리의 대화를 들으며 말없이 살짝 미소 지을 뿐이었다.

막추가 물러가고 제갈 세가주가 차를 따르자 은은한 복숭아꽃 향이 방 퍼져 나갔다.

제갈 세가주가 고개를 갸웃 기울였다.

"도화차?"

뜨거운 물 사이로 분홍색 복숭아 꽃망울이 펼쳐졌다. 잘 마시지 않는 차다 보니 저런 반응도 이상할 것 없었다.

"내가 내오라고 했어."

"도화차를 좋아했어?"

"아니. 네가 좋아하잖아."

"……내가?"

제갈 세가주의 흐린 색 눈이 깜빡였다.

"응."

나는 태연하게 고개를 끄덕였다.

"기억 안 나?"

"……모르겠는데."

'정신을 잃고 있을 때 고양이의 경험, 시야는 공유가 안 되는 모양이네.'

만약 기억했다면 이 복숭아꽃 얘기를 모를 리 없었다. 제갈 세가주가 살짝 웃으며 말했다.

"네가 그렇다고 하니까 앞으로 그러지 뭐."

그 모습이 뭔가 예전과는 달라 보였다.

'뭔가 좀…… 변한 것 같은데.'

원래 좀 더 어디로 튈지 모르는 느낌이었는데 지금의 제갈 세가주는 뭔가 조금…… 얌전해졌다고 할까? 분명 같은 사람인데 웃는 모습부터 차분해진 느낌이었다.

내가 말했다.

"차 얘기는 그만하고 본론으로 들어가자."

"그래."

얼마든지 물어보라는 듯 제갈 세가주가 찻잔을 내려놓고 나를 응시했다.

"왜 쓰러진 거야?"

"응?"

제갈 세가주가 눈을 살짝 크게 떴다. 그 모습에 되물었다.

"왜?"

"아니, 금안에 관해서 물어볼 줄 알았는데. 아니면 아버지의 문제라든가."

"물어볼 거야."

"하하하."

재미있다는 듯 웃다가 갑자기 웃음을 뚝 그쳤다.

'얌전해진 게 아니라 좀 더 이상해진 것 같기도 하고……'

내 의심과 함께 제갈 세가주가 말을 이었다.

"태어난 생명이 언젠가 죽는 건 필연이지."

갑작스러운 말이었다.

"하지만 그 윤회에서 벗어난 자가 있다면…… 어떨까?"

"그게 무슨 소리야?"

"정확히 말하자면 죽지 않는 건 아냐. 죽어도 다시 살아나는 거지. 계속해서."

아무리 검으로 바위를 가르고 산을 베는 말도 안 되는 세계라지만…… 저 말은 그야말로 괴력난신이었다.

"어떻게 그럴 수가 있어?"

제갈 세가주가 말없이 나를 물끄러미 응시했다.

"왜?"

"정말 모르겠어?"

"그게 무슨 말이야?"

"너라면 알 텐데."

나는 미간을 찡그렸다.

"자꾸 이런 식으로 선문답할……."

순간 한 가지 사실이 번개처럼 뇌리에 떠올랐다.

나도 모르게 입을 틀어막고 제갈 세가주를 보았다. 따지자면 나도
죽었다 살아난 사람이었다.

'그걸 어떻게? 아니, 그게 무슨……?'

제갈 세가주가 슬쩍 웃으며 말했다.

"역시."

나는 입술을 살짝 사리물었다가 내뱉듯이 말했다.

"지금 날 떠본 거야?"

"그렇긴 하지만, 확신하고 있었어."

"……어떻게?"

"너에 대해서 알아봤다고 했잖아. 시점은 아마도…… 주화입마에
빠지고 난 이후. 맞지?"

"……."

그저 말문이 막혔다. 비실비실 웃고 있는 제갈 세가주를 보자 짜증
이 났다.

"그렇게 잘 알면서 뭐 하러 물어보는데?"

놀리는 것도 아니고! 내가 놀라는 걸 즐기는 것도 아니고……!

"너무 그러지 마. 내 목숨은 네 거잖아?"

"……뭐라는 거야?"

갑자기 소름 끼치게 이 자식이?

"내가 언제 네 목숨을 가졌어?"

하아, 정말 애랑 얘기하다 보면 정신이 하나도 없다. 나도 모르게 닭살이 돋은 팔을 털어 내며 말했다.

"그리고 내가 살려 준 사람이 한둘인 줄 알아? 네 말대로면 그 사람들 목숨이 다 내 거야?"

"……."

잠시 말이 없던 제갈 세가주가 표정 없이 중얼거렸다.

"그러게. 왜 이렇게 많지?"

"……."

이번엔 왠지 다른 느낌으로 소름이 끼쳤다. 안 그래도 창백하니 색소도 적은 아이가 표정도 없는 게 조금 무섭게 느껴진달까.

'정말 애 어디가 좀 이상해진 것 같은데…….'

나는 이상한 생각을 털어 내며 말했다.

"됐고. 그래서 내가 회……."

그 순간 제갈 세가주가 내 입을 틀어막았다. 나는 놀라 눈을 깜빡였다.

'전보다 훨씬…… 빨라졌는데?'

방심하고 있었다지만, 천산염제에게 훈련받은 뒤로 이렇게 손쓸 틈도 없는 건 처음이었다.

'공청석유의 내공 때문인가?'

얼마 지나지 않았는데도 제갈 세가주의 성취가 놀랄 만큼 높아진 것이 느껴졌다.

"명확하게 말하지 마. 네가 겪은 일은 천륜을 거스르는 일이니 알려지면 좋지 못할 거야."

내가 알겠다며 고개를 끄덕이자 제갈 세가주가 천천히 손을 거뒀다. 제갈 세가주는 내 입을 막았던 손을 몇 번 꽉 쥐었다가 펴길 반복했다가 다른 손으로 주물렀다. 내공을 썼으니 또 통증이 도졌을 것이다.

제갈 세가주는 몇 번 대충 주무르다가 갑자기 툭 내뱉었다.

"그래서 이번이 몇 번째야?"

"그게 무슨 소리……. 잠깐만."

나는 왈칵 인상을 찡그렸다.

"몇 번째냐니?"

"두 번? 세 번쯤 됐으려나?"

"처음이야! 지금 네 말은 이걸 몇 번이나 할 수 있다는 거야?"

제갈 세가주는 태연자약하게 말했다.

"할 수도, 안 할 수도 있지."

"그게 뭐야!"

나도 모르게 벌떡 일어났다. 죽으면 또 돌아갈 수도 있다고? 아니, 제갈 세가주와 얘기를 하면 뭔가 알 수 있지 않을까 싶었지만…… 이건…….

'상상을 초월하잖아!'

나는 이를 악물고 폭풍이 몰아치는 머릿속을 진정하려 노력했다. 나는 눈을 꽉 감았다가 다시 자리에 앉았다.

"그래서 그 윤회에서 벗어났다는, 네가 말하는 불사라는 괴력난신은 누굴 얘기하는 거야?"

"알잖아?"

그래. 그런 존재가 있다는 걸 들은 순간부터 한 사람이 뇌리에 맴돌았다. 존재만 알려져 있을 뿐 작중에 한 번도 등장한 적이 없던 인물.

"천마."

"맞아. 천마신교의 교주."

제갈 세가주가 환하게 웃으며 노래하듯 말을 이었다.

"그리고 네 능력의 원래 주인이지."

"……."

말을 잃었다. 그런 내 모습이 재미있기라도 한 듯 제갈 세가주가 웃음을 참는 것처럼 입가를 매만졌다. 하지만 거기에 신경 쓸 여유도 없었다. 천마도 회귀자라고? 심지어 여러 번 했을 거라고?

나는 그저 아버지를 살리고 겸사겸사 피비린내 나는 미래까지 피하려고 했는데! 가시밭길 수준이 아니라 불구덩이 수준이었다.

'거기다 천마의 능력이라니!'

대체 천마의 능력을 왜 만신의가 가지고 있었던 건데! 능력이 뭐 뗐다 붙였다 할 수 있는 거야?

백도 무림에 내가 지닌 능력이 천마의 능력인 게 알려진다면…… 오소소 소름이 돋아 나도 모르게 양팔을 껴안았다.

"이 능력은 만신의가 죽어 가면서 내게 준 거야. 그런데 여기서 왜 천마가 나오는 거야?"

"흐음."

제갈 세가주가 턱을 괴며 나를 보았다.

"만신의가 있던 곳을 습격한 게 누구라고 봐? 저번에는 습격 같은 일 없었을 거 아냐?"

"……."

"내가 이 사실을 어떻게 아냐고? 당연하잖아. 네가 팔괘촌에 습격이 있을 걸 알았다면 거기 사람들이 죽게 내버려 두진 않았겠지. 넌 바보니까."

"……바보라니."

"마교는 증거를 없애기 위해 산사태를 일으켰지. 하지만 그자도 예상하진 못했을 거야. 네가 산사태에 휩쓸려 가 죽은 게 아니라 만신의를 만나고 올 줄은."

저번 생에는 없었던 습격. 나는 그동안 내가 한 어떤 행동으로 인해 만신의가 팔괘촌에 있다는 사실이 흘러 나가 미래가 틀어졌고, 그래서 팔괘촌 사람들이 죽은 게 아닐까 하고 생각했다.

나와 아버지를 속이는 데 가장 큰 역할을 한 건 소녹이었다. 하지만 팔괘촌의 모든 사람이 공범이기도 했다.

'그렇다고 팔괘촌의 사람들이 죽기를 바라진 않았어.'

그래서 그간 죄책감을 느끼고 있었다. 도움이 안 될 감정이기에 최대한 생각하지 않으려 했지만.

하지만 제갈 세가주의 말처럼 천마가 나와 같이 회귀를 했고, 손을 쓴 것이라면…….

순간 내 탓이 아니라는 생각이 들며 안도감이 들었다.

그리고 그런 생각이 들었다는 사실에 스스로가 조금 혐오스러워졌다.

"맞아. 네 탓이 아니야."

나는 헛웃음을 터트렸다.

"뭐…… 무슨 사람 마음 읽는 능력이라도 있어?"

제갈 세가주가 고개를 기울이며 눈을 깜빡였다.

"그런 게 왜 필요해?"

"······."

제갈 세가주가 식어 버린 찻물을 버리고 새로 찻물을 따라 주었다. 다시 피어나는 복숭아꽃 향에 조금 진정이 되는 기분이었다.

제갈 세가주 때문에 내온 것인데 내게 도움이 될 줄이야.

"그런데 천마의 능력이라면 왜 지금껏 알아보는 사람이 아무도 없는 거지?"

"그야 너무 오래된 일이니까."

제갈 세가주가 천천히 얘기해 나갔다.

"천마신교 초창기를 제외하고 천마가 직접 나선 적은 없어. 아니, 있긴 하구나. 하지만 그것도 꽤 예전 일이라. 거기다 천마가 나선 일에는 살아남은 이는 없으니, 천마를 본 사람도 없겠지."

느릿느릿한 제갈 세가주의 목소리는 내용과 전혀 어울리지 않을 정도로 평온했다.

"그럼 너는 어떻게 아는데?"

"그야 나는 초대 천마와 마주한 적이 있으니까."

"뭐라고?"

"세간에는 천마가 바뀐다고 알려졌지. 하지만 사실 천마는 천마신교가 나타났을 때부터 지금까지 쭉 한 명이었어."

"······."

"불사의 괴력난신. 그런 괴물을 유한한 생을 가진 사람이 대적하려면 어째야 할까?"

제갈 세가주는 한숨을 내쉬더니 갑자기 노골적으로 지루한 표정을 지었다.

"아주 오래전 한 사람은 고민 끝에 결정하지. 내 생에 그자를 막을 수 없다면, 다음 세대에게 넘기자."

"……그게 지금 설마?"

"초대 천마를 만난 것, 정확히 말하면 역대 제갈 세가주의 기억을 이어받았다고 봐야겠지."

제갈 세가의 심공. 보통 육체의 단련을 중요시하는 다른 가문이나 문파와 달리 정신적 소양을 높이 사는 것으로 유명했다.

제갈 세가주의 백회혈 부근만 매우 발달한 이유. 공청석유의 내공을 넘길 때 상단전에서 느껴졌던 알 수 없는 엄청난 힘. 마교에서 제갈 세가를 아주 오랫동안 멸문시키려 노력한 이유.

흩어져 있던 조각이 하나로 맞춰졌다.

백리 세가, 남궁 세가, 무림맹. 어디에도 남아 있지 않은 모산파에 대한 기록.

정말 감쪽같았다. 만약 제갈 세가주가 말하고 쓰러진 게 아니라면 진작 망상 취급을 받았을 것이다.

'기억을 물려받은 거라면 제갈 세가주만 알고 있을 만해.'

더 조사해도 소용없을 확률이 높았다. 내 생각을 읽은 것처럼 제갈 세가주가 말했다.

"백리 세가주가 모산파에 대해 알아보러 갔다지? 쓸데없는 짓이야."

"혹시 더 아는 건 없어?"

"응. 찾아봤는데 없더라."

"찾아봤다니?"

"기억이 완전한 게 아니라서."

제갈 세가주가 고개를 기울였다가 손등으로 입을 막고 기침을 살짝 했다.

"기억을 물려받는다. 이 방법이 처음에는 괜찮았지만…… 점차 문제가 생겼어. 사람에게는 한계가 있었거든. 기억이 많아질수록 받아들이기가 힘들었지."

차를 마시며 숨을 고른 제갈 세가주가 말을 이었다.

"그래서 어쩔 수 없이 다른 방안을 또 고안해 냈지. 기억을 전승하더라도 필수적인 것들 빼고는 많은 부분을 봉인해 두는 걸로."

그저 멸문했다고 나온 제갈 세가에 이런 비밀이 숨겨져 있는 줄은 전혀 몰랐다.

"내가 돌아왔다는 걸 어떻게 안 거야?"

"네 행동이 특이했거든."

"……."

내가 그렇게 눈에 띄게 행동했나? 아무리 그렇다고 한들 이렇게 넓은 곳에서 내 이야기까지 관심을 가졌다니. 그럼…….

'천마도 알겠네.'

나는 앓는 듯한 신음을 냈다. 천마는 나와 비슷하다 하였으니 회귀한 기억이 있다면 무조건 알 테고, 기억이 없더라도 제갈 세가주도 눈치챈 사실을 모를 리 없었다.

혼잣말 같은 질문이 튀어나왔다.

"그럼 천마는 왜 가만히 있는 거지?"

천마 정도면 당장 나를 손목 비틀듯 죽일 수 있는 거 아닌가?

제갈 세가주가 웃음기 가득한 목소리로 말했다.

"그야 살아 있는 넌 하찮지만, 죽은 넌 매우 귀찮거든."

이 자식이……?

내 찌푸린 표정에 제갈 세가주가 작게 웃으며 말을 이었다.

"살아 있어도 넌 할 수 있는 게 별로 없잖아? 네가 권력이 있는 것도 힘이 있는 것도 아닌데."

"……."

뼈아팠다. 회귀해서 한 일이라곤 고작해야 주변을 조금 도와준 정도였으니까.

'제일 큰 건 야율을 악인곡에 들어가지 않게 한 정도?'

그 외에는 자잘한 일들뿐이었다.

'제갈 세가주를 도운 건 원래 이 시기에 별문제 없던 애를 원래대로 돌려준 것에 가깝고……'

즉, 세상의 시류를 바꾸기엔 턱없이 미약한 일이었다.

제갈 세가주가 말을 이었다.

"그리고 너 은근 건드리기 귀찮은 존재야."

"음?"

"네 친부는 백리의강에 친조부는 천하 십일강이자 백리 세가의 가주인 백리패혁이지. 네가 갑자기 실종되거나 죽는다면 이유를 찾지 않겠어?"

"……."

"거기다가 만신의와의 일 이후에는 계속 남궁 세가에서 지냈잖아."

"그랬지."

"아직 전면전을 할 생각이 없나 보지."

그래도 나름 뒷배가 든든한 느낌에 안도감이 들었다.

'당장 날 죽이려 들진 않겠네.'

하지만 일부러 그냥 두고 있다는 제갈 세가주의 말에서 마음만 먹으면 날 언제든지 처리할 수 있다는 오만한 생각이 읽혔다.

제갈 세가주가 갑자기 말했다.

"십 년?"

"응?"

"전면전 말이야. 십 년 후 정도에 벌어졌을 것 같은데."

"맞아."

대답하고 잠시 생각하던 내가 말했다.

"천마와 마교에 관한 얘기…… 다른 사람에게 알리는 건 어때?"

"다른 사람?"

"응."

"누구?"

"……남궁류청."

제갈 세가주가 눈을 살짝 크게 떴다. 의아한 듯했다.

"걔한테 왜?"

"……."

그야 이 소설 속 주인공이자, 천마에 대적할 자니까. 하지만 곧이곧대로 말할 수는 없는 노릇이었다.

'내가 다른 세상에서 살다 온 것까지는 모르는 것 같은데…….'

말할까? 여기는 내가 읽은 소설 속 세상이라고…….

잠시 고민했지만 이내 포기했다. 그렇지 않아도 정신 상태가 조금 의심스러운 녀석이었다. 지금은 나를 도와주고 있지만, 여기가 소설 속 세상이고 네 고통과 단명이 누군가의 설정이란 걸 알면 무슨 반응을 보일지 상상이 가질 않았다. 차라리 모르는 게 나은 진실도 있는 것이다.

'그리고 이제는 진짜 소설 속 세상인지도 모르겠어.'

지켜보던 제갈 세가주가 채근했다.

"왜 남궁류청인데?"

나는 적당히 사실을 섞었다.

"천마와 싸울 때 가장 앞장서니까."

백도 정파에 강자가 남궁류청뿐만은 아니다. 실질적인 무력만 따지자면 남궁류청은 자신의 조부이자 천하 십일강인 남궁 세가주, 친부인 남궁완, 내 할아버지 백리패혁에 비교해서도 밀렸다.

하지만 결국 천마와 부딪치는 건 남궁류청이었다.

제갈 세가주가 고개를 끄덕였다.

"음, 그럴 만하지. 걔 정도면 뭐, 대적자로 나쁘진 않겠네."

"믿을 수도 있고."

"……."

제갈 세가주가 나를 빤히 바라봤다. 나는 좀 더 강하게 말했다.

"분명 도움이 될 거야."

제갈 세가주가 샐쭉 웃었다.

"싫어."

어?

"도움이 될 거라니까?"

"그렇겠지."

더 이해가 가지 않았다.

"그럼 왜? 왜, 싫다는 거야? 천마를 막는 게 네 목적 아니었어?"

"그건 내 목적이 아니라, 내 선조의 목적이었지. 나는 선조들…… 별로 안 좋아해."

아주 짧은 순간, 비틀리는 입매와 낮게 가라앉은 눈빛. 별로 안 좋아한다는 말로는 턱없이 부족했다.

"그리고 남궁류청 마음에 안 들어."

"나쁘지 않다며?"

"마음이 바뀌었어."

기가 막혀 입을 벌린 채 바라보다 고개를 내저었다.

"알겠어."

"오, 쉽게 포기하네."

"싫다며? 어쩔 수 없지."

아쉽지만, 그래도 내가 알고 있으니까. 이만큼 알려 준 게 어딘가 싶었다. 이 정도의 정보를 지닌 제갈 세가주가 저번 생에는 그냥 조용히 살다 떠났다. 무림맹을, 백도 정파를 도울 생각이었다면 진작에 돕고도 남지 않았을까?

그때 고개를 튼 제갈 세가주가 손등으로 입을 가리고 기침을 내뱉었다. 좀 전보다 기침 소리가 더 깊어진 것이 느껴졌다.

'거기다 솔직히…… 십 년 후면 제갈화무는……'

내가 죽은 뒤엔 세상이 망하든지 말든지 무슨 상관이란 말인가?

"……그럼, 쉬어."

나도 생각 좀 정리해야…….

그렇게 생각하며 일어날 때, 갑자기 제갈 세가주가 내 옷자락을 붙잡았다. 기침을 멈춘 그가 찻물을 마시고 말했다.

"지금 아픈 사람을 두고 가는 거야? 이렇게 매정할 수가."

"뭐라는 거야, 진짜. 쉬라고 나가 주는 거잖아."

뿌리치고 나가려 할 때 또다시 기침이 터졌다. 한숨을 내쉰 나는 고개를 내저으며 일어났다. 그리고 제갈 세가주를 부축해 침상으로 향했다.

제갈 세가주가 누웠을 때였다. 침상 근처 창문으로 휙 작은 빛 덩어리가 뛰어올랐다. 제갈 세가주의 고양이였다. 아까 내가 정식 제자와 싸울 때 연무장에 딸린 창고 지붕에서 보이다 사라지더니만, 이제 돌아온 모양이었다.

나를 본 고양이가 창틀에서 그대로 제갈 세가주 몸 위로 뛰어내렸다.

"억."

밟힌 제갈 세가주가 신음했다. 아무거나 다 먹어서 돼지라고 부르기 시작한 것이기도 하지만, 몸무게도 돼지라는 별명이 아깝지 않은 녀석이었다.

"녀석, 잘했어."

"……너무하네."

나는 고양이의 엉덩이를 팡팡 두들겨 주다 말했다.

"아, 그러고 보니 고양이 이름이 뭐야? 이제 좀 알려 줘. 없으니까 불편해."

"없어."

"응?"

"어차피 내가 먼저 떠날 텐데, 이름을 붙여서 뭐 해?"

"뭐라고?"

나는 고양이를 쓰다듬던 것도 멈추고 제갈 세가주를 보았다. 제갈 세가주가 고개를 살짝 틀며 고양이를 무심한 눈빛으로 보았다.

"내가 죽으면 불러 줄 사람도 없을 텐데."

나는 아연한 표정을 지었다. 지금 이 말…… 저번에 한 말 아닌가?

뭐지? 지금 이게 무슨 상황이야?

"왜 그렇게 놀랐어?"

제갈 세가주는 눈웃음을 지으며 말했다.

"하하, 그럼 네가 지어 줄래? 얘가 널 많이 따르던데. 돼지 말고."

"……"

이 대화마저도 비슷했다. 대화 전문을 정확히 기억하는 건 아니지만 이 정도면 거의 똑같다고 봐도 될 것이다.

처음 든 생각은 사람이 바뀐 건가, 였다. 상상도 못 할 일이 벌어지는 세계니까. 영종문에 위장하고 있던 천귀조처럼.

하지만 금세 그럴 수 없다는 걸 알았다. 어떻게 제갈 세가주의 겉모습과 성격을 따라 한다 치더라도 내겐 금안이 있었다. 절맥의 몸 상태까지 흉내 낼 수 있을 리가 없었다.

그리고 사람이 바뀐 게 아니라면…….

'기억 상실증? 아니, 그것도 아냐.'

기억 상실증이라고 하기에는 제갈 세가주는 그날 밤하늘 아래서 얘기한 아버지의 내공의 문제점과 모산파 얘기까진 기억했다.

'이 고양이와 관련한 대화만 잊어버린 것 같은데.'

그럴 수가 있나?

내가 너무 오래 침묵해서일까, 제갈 세가주가 나를 불렀다.

"연아?"

"……"

나는 대답하는 대신 입술을 깨물었다. 그러자 고개를 살짝 튼 제갈 세가주가 다시 몸을 일으켜 침상에 앉았다. 제갈 세가주의 입가에서 미소가 점차 사라지고 표정이 사라졌다.

제갈 세가주가 깊은 한숨을 내쉬며 말했다.

"아, 벌써 들킨 건가?"

제갈 세가주가 흐트러진 머리칼을 뒤로 넘겼다.

"눈치는 빨라서."

"기억이 많아질수록 문제가 있다고 한 거…… 이거랑 연관된 거지?"

제갈 세가주가 한숨을 내쉬며 접은 다리에 턱을 괴었다.

"맞아. 아무래도 중요치 않은 일들은 잊어버리게 되지. 음, 하필 여기서 걸릴 줄이야."

"……잊어버린다고?"

제갈 세가주가 멋쩍은 듯이 웃었다.

"너 아니었으면 난 이 기억을 잊어버렸다는 사실도 몰랐을걸. 신경 쓰지 마."

"……."

그게 더 끔찍한 거 아닌가?

제갈 세가주가 고양이에게 손을 뻗어 쓰다듬으며 말했다.

"내가 너랑 고양이 이름을 정한 적 있었나 봐?"

"그래."

"그래서 그때 내가 그때 뭐라고 했는데?"

"……얘 이름을 나한테 정해 달라고 했고, 그래서 내가 수작 부리시 말라고 했어."

"하하하, 수작이라니. 지금이라도 정해 줄래?"

장난스럽게 고개를 기울이는 모습은 전과 똑같았다. 그나마 다행이라고 해야 할까?

"그리고 갑자기 네가 이름, 정했다고 했어."

"아, 정했다고?"

"응."

"그건 신기한데."

잠시 허공을 바라보던 제갈 세가주가 고개를 저었다.

"음, 역시 기억이 전혀 없네. 내가 이름을 정했다니. 뭐로 정했으려나? 그때 우리가 무슨 얘기를 더 했는데?"

"……."

나는 입술을 깨물었다. 제갈 세가주는 자신의 기억이 날아갔음에도 정말로 아무렇지 않은 기색이었다.

제갈 세가주가 손을 뻗어 내 머리카락을 만지작거렸다. 평소라면 바로 쳐 냈을 테지만 이번만큼은 넘어가 줬다. 그리고 기억을 더듬어 가며 생각나는 대로 대화를 복기했다.

꽤 오래 듣기만 하던 제갈 세가주가 입을 열었다.

"아, 알겠다."

"알겠다고?"

"응. 결이라고 붙였을 거야."

"결?"

"응. 화결. 내 누이 이름이야."

화사한 웃음은 일견 천진난만하게 보일 정도였다.

'고양이한테 죽은 친누이의 이름을 붙이다니.'

제갈 세가주가 장난스럽게 말을 이었다.

"내가 또 잊어버리면 이제 네가 알려 주면 되겠네."

나는 고양이를 내려다보다 작게 말했다.

"……결아."

아니, 이거 약간 묘한데.

제갈 세가주 누이의 이름이란 걸 아니까 함부로 부르기가 조금……

으음. 내가 떨떠름한 표정을 지었을 때 제갈 세가주가 말했다.

"나도."

"응?"

"나도 이제 이름 불러 줘. 응?"

나는 더욱더 떨떠름한 표정을 지었다. 그러고 보니 어느새 자연스럽게 반말도 하고 있었다.

그때였다. 똑똑. 제갈 세가주의 말을 자르듯 문을 두드리는 소리가 끼어들었다. 이어 무영이 말했다.

"가주님, 소저. 대화 중에 실례합니다만, 백리 공자께서 오셨습니다."

"……명 오라버니가 왔다고?"

내 질문에 무영이 답했다.

"예. 소저와 잠시 할 얘기가 있다고 하십니다."

"아, 짜증 나게."

"……응?"

예상치 못한 반응에 나는 놀라 제갈 세가주를 바라보았다. 제갈 세가주가 표정이 사라진 얼굴로 나를 보며 말했다.

"그냥 죽이는 거 어때?"

"……뭐라고?"

"살려 둬야 할 필요 있어?"

"……."

"네가 동의만 하면 아무도 모르게 죽일 수 있어."

뭐라는 거야, 이 미친놈이? 나도 모르게 입을 쩍 벌렸다. 그리고 목소리를 낮추어 말했다.

"······정말 아무도 모르게 죽일 수 있어?"

제갈 세가주가 완전히 신난 표정으로 입을 열었다.

"그야 당연히······."

"응, 안 돼."

제갈 세가주가 한숨을 푹 내쉬었다.

"그것참····· 아쉽네."

네가 왜 아쉬워? 나는 시무룩한 표정을 짓는 제갈 세가주를 차게 식은 얼굴로 바라보았다.

더운 바람이 창을 타고 들어왔다. 탕약을 들고 들어온 노복이 창을 닫고 향을 피우려 했다.

"아니, 피우지 마."

나직한 소년의 목소리가 막아섰다. 노복은 조용히 빈 탕약 그릇을 가지고 물러났다. 눈을 지그시 감고 있던 소년이 눈꺼풀을 살짝 들었다.

"무영."

"말씀하십시오."

"내가 고양이 이름을 정했대. 알고 있었어?"

"아뇨. 몰랐습니다."

제갈화무가 숨을 깊이 내쉬었다. 눈을 감고 있다가 피식피식 웃었다. 누군가 보았다면 미친 건가 의심할 정도였다.

"내가 이래서 싫었는데 말이야. 결국 이렇게 되는군."

제갈화무의 손이 미약하게 떨렸다. 자글자글 개미가 머릿속을 파먹는 것 같은 통증이 약 기운에 조금씩 밀려났다. 통증에서 신경을 덜듯 다른 시야에 집중했다. 흐릿한 다른 시야 속에 백리연이 사촌 오라비와 천천히 걸어가며 얘기를 나누고 있었다.

"아, 그러고 보니 연이 친모에 대한 건 아직도 아무런 정보도 없나?"

"아직 없습니다."

"그래? 나쁘진 않네. 하지만 혹시 모르니까 계속 찾아봐. 그리고 흔적을 찾으면…… 알지?"

"예. 깨끗이 처리하겠습니다."

백리명은 이를 꽉 깨물고 자신을 따라오는 백리연을 흘끗 보았다. 처소에서 한바탕 난리를 치르고 온 참이었다.

처소에 돌아가자마자 아버지가 기다리고 계셨다. 백리연의 이야기를 이미 전달받고 기다리고 계신 것이었다. 잘되었다 생각하며 곧장 아버지께 하소연을 하려 했다. 하지만 오히려 아버지는 그에게 왜 그랬냐며 다그쳤다.

"백리명! 대체 무슨 생각이야! 왜 백리연이 단전 회복한 사실을 속인 게야!"

"아버지, 아니에요! 저도 깜빡 속은 거라고요!"

"말도 안 되는 소리!"

하지만 아버지를 비롯해 누구도 믿어 주지 않았다. 백리명은 주먹을 꽉 쥐었다.

'빌어먹을 백리연! 나를 감히 속이다니!'

능력도 없이 성질만 피우는 고모와 싸우는 것은 괜찮다. 하지만 할머니와는 대립할 생각이 없었다. 분명 할머니 또한 자신이 속였다고 생각할 것이다.

결백을 증명하려면 백리연을 데려가야 했다. 백리명은 뭔가 깊게 생각에 잠긴 듯한 백리연을 다시 한번 살피고 목소리를 가다듬었다.

"연아, 왜 그랬느냐?"

"네? 아, 맞다. 뭘요?"

"너 때문에 내가 얼마나 난처한지 아느냐?"

백리명과 함께 정원에 나와 놓고 같이 있던 걸 깜빡 잊어버리고 있었다.

'그럴 만하지.'

나는 억지로 복잡한 생각들을 뒤로 밀며 백리명을 바라봤다.

"일단은 그때 제대로 축하해 주지 못해 미안하구나. 단전을 회복했을 줄이야. 분명 그때는 아니어서 내 당황했구나. 축하한다."

나는 건성으로 고개를 끄덕였다. 좀 전의 제갈 세가주와의 대화로 머릿속이 복잡하기 그지없거늘, 이 상황이 귀찮고 아무 의미도 느낄 수 없었다.

백리명이 웃는 낯으로 말을 이었다.

"그런데 그때 상황 때문에 조금 오해가 좀 생겼단다. 그러니 잠시 나와 같이 할머니를 좀 뵙자꾸나."

"싫은데요."

"뭐?"

"제가 왜요?"

"……너!"

버럭 소리친 백리명이 입술을 꾹 무는 것이 보였다. 머리끝까지 치솟은 화를 애써 억누르는 모습이었다.

백리명이 말을 이었다.

"내 말하지 않았느냐? 너 때문에 곤란한 상황이 되었다. 그러니……."

"오라버니, 저 때문이라뇨?"

나는 백리명의 말을 자르며 바라봤다.

"아니죠. 오라버니 태도 탓이죠."

"뭐, 뭐라, 지금 네가 뭐라고?"

내 말이 믿기지 않는 듯 당황한 모습이었다. 나는 이제는 익숙해진 손짓으로 기막을 펼쳤다.

"……!"

흠칫 놀란 백리명이 주변을 두리번거렸다. 기막을 알아본 듯했다.

'다행히 머저리는 아니네.'

그래 뭐, 나름 노력파이긴 했다. 무가에서 가주를 하려면 최소한의 실력은 갖춰야 했으니.

"지금…… 이 무슨…… 설마?"

눈알을 이리저리 굴리던 백리명이 주춤 물러났다. 얼굴에 성악이 가득했다.

"네가, 네가 벌써…… 벌써 검기를 발현한단 말이냐?"

착각 감사요.

아버지의 말에 따르면 검기를 발현하고 난 후 기막을 만들어 내는 순서가 일반적이었다. 그 말을 반대로 한다면 내가 기막을 펼치면 당연히 검기도 낼 수 있다고 여긴다는 것이다. 아버지가 착각하셨던 것처럼.

"어, 어떻게…… 어떻게 벌써……!"

나는 그저 살짝 웃었다. 그것만으로도 충분했다. 백리명이 거의 발작하듯 숨을 가쁘게 쉬었다.

"오라버니, 아마 전 곧 폐관 수련에 들어갈 거예요."

"……."

"그러니 저를 먼저 건드리지만 않으면 돼요."

"거, 건드리다니?"

"무슨 뜻인지 아시잖아요?"

나는 먼 곳에 시선을 두며 바람에 날리는 머리를 귀 뒤로 넘겼다.

"제 목표는 평온하게 사는 거예요, 아버지랑."

"……펴, 평온하게?"

"네. 평온하게."

그러고는 기막으로 아무도 들을 수 없음에도 속삭이듯 목소리를 낮췄다.

"하지만 누군가 계속 저를 건드린다면……."

나는 알아서 상상할 수 있도록 말을 흐렸다. 아니나 다를까, 백리명의 안색이 한층 더 창백히 질렸다.

백리명은 아마 "검기를 쓸 수 있단 사실을 알리겠다." 이렇게 알아들었을 테다.

내 나이에 검기를 발현할 수 있다는 사실이 밝혀진다면 백리 세가 원로들은 눈이 뒤집힐 것이다. 그리고 백리명이 후계에 걸맞지 않다는 말이 나오겠지. 큰아버지가 내 아버지로 인해 인정받기 힘들었듯이.

나는 살짝 미소 지었다.

"그러니 부탁할게요, 오라버니. 제가 아직도 할머니를 찾아뵈어야 할까요?"

나를 그만 자극하게 네가 다른 백리세가의 사람들을 막으란 뜻이었다.

"그, 되었다. 할머니께는 내가 알아서 설명하마."

머리가 복잡해 보이는 백리명이 도망치듯 자리를 빠져나갔다.

'말귀는 잘 알아듣는단 말야.'

기막을 없애며 나는 길게 한숨을 내쉬었다.

'평안, 평안이라.'

다행히 한고비는 넘겼지만, 과연 앞으로도 가능할까. 그저 목이 날아가지 않길, 아버지와 평온하게 살기를 바랐는데 그게 이렇게 어려운 일이었을 줄이야.

천마, 회귀, 환생, 만신의.

머릿속이 복잡하게 얽혔다.

어느새 또 하루가 끝나 가고 있었다. 달도 뜨지 않은 새카만 장막에 흩뿌려진 별들은 자신의 존재를 뽐내기 바빴고, 지상엔 석등의 불빛만이 발치를 흐릿하게 비출 뿐이었다. 그리고 멀리 정원의 담 너머에서 어른거리는 빛이 점차 내게 나가왔다.

나는 환하게 웃으며 달려갔다.

"아버지!"

그해, 초가을. 내 무공의 진위에 관해 꽤 소란이 일었으나 나는 모두 무시한 채, 할아버지께 서신상으로 허락을 받고 폐관 수련에 들어갔다.

백리 세가의 폐관 수련장은 백영유동이라는 동굴이었다. 온통 새하얀 돌들로 이뤄진 동굴이었는데, 은은한 빛까지 뿜어져 나오며 부드러운 기운이 가득한 곳이었다.

조금 낯설었다. 남궁세가의 폐관 수련장이었던 창궁관과 느낌이 꽤 달랐기 때문이다. 하지만 금세 적응하고 머지않아 깨달았다. 백영유동은 백리가의 무공과 특히 더 잘 어우러지고 있었다.

백영유동 안에 있을 때는 세상과 동떨어진 느낌이라 시간의 흐름을 알 수 없었다. 내가 총 세 번의 폐관 수련을 끝내고 나왔을 때는 할아버지의 산수연을 앞두고 있었다.

내 나이가 열한 살이 되었다는 뜻이기도 했다.

二部
2부

第一章 上

"백리 소저."

이곳에 백리 소저는 둘이지만 오늘 한 명이 나오지 않았으니 이건 나를 부르는 소리였다. 뒤를 돌아보자 화사한 옷차림의 소녀 셋이 함께 서 있었다.

"우 소저, 무슨 일이에요?"

"오늘 근방의 강에 배를 띄웠는데, 학당 친우들과 함께하기로 했거든요. 백리 소저도 함께하시겠어요?"

나는 살짝 놀란 얼굴로 우 소저를 바라보았다.

"진작 초대하지 못해서 미안해요. 꽤 전에 계획했던 일이라서……."

우 소저가 말끝을 흐렸다. 처음 학당에 갈 때 계획했던 인맥 만들기는 이제 애매한 상태였다.

'뭐, 회귀했다고 모든 미래가 성공적일 수는 없으니까.'

일단 가상 큰 문제는 내가 계속 폐관 수련에 들어가 있었다는 것이다. 학당에 나온 기간을 다 합쳐야 채 일 년도 미치지 못했다. 얼굴을 봐야 친해질 텐데 얼굴을 볼 수가 없으니.

게다가 지금, 세 번째 폐관 수련을 끝내고 다시 학당에 나오기 시작한 지 아직 한 달도 되지 않았다.

그리고 두 번째 원인은…….

"나랑 선약이 있어서, 그건 안 되겠는데."

나는 한숨을 삼키며 다시 앞을 바라보았다. 우 소저가 살짝 탄식하는 듯이 말했다.

"석 공자!"

나는 이미 기척을 느끼고 있었기에 놀랍지 않았다. 연옥빛 장포 자락이 흔들리며 대문이 만든 그림자에서 벗어났다. 한낮의 볕이 백자처럼 고운 피부를 비추고, 선이 고운 눈매가 부드럽게 휘었다. 어릴 적부터 싹이 남달랐던 외모는 갈수록 물이 오르고 있었다.

두 번째 원인. 석가약 때문이었다.

나는 내게 다가오는 석가약을 불만스럽게 바라봤다. 이 녀석이 자꾸 자기랑 놀자고 귀찮게 군단 말이지.

'이 녀석은 친구도 없나? 맨날 내 뒤만 쫓아다니고.'

폐관 수련을 하지 않고 학당에 나올 때는 석 태의께 의술도 조금씩 배우고 있었기에 녀석을 내쫓기도 힘들었다. 내 불만스러운 표정에 석가약이 웃었다. 짓궂은 웃음에 천진난만함이 담겨 있었다.

다시 우 소저의 목소리가 들렸다.

"그럼 석 공자도 같이 가시겠어요?"

"음? 나?"

"예. 이미 거절하셨다고 들었지만, 그래도 같이 가시는 게 어떠세요?"

나는 우 소저를 돌아보았다. 석가약은 우리와 수업이 달랐기 때문에 우 소저와는 친분이 깊지 않을 텐데?

그때 세 소녀 중 가장 키 큰 주홍빛 경장의 소녀가 우 소저의 소맷자락을 꽉 쥔 채 뺨을 붉히고 있었다.

'아, 이거…….'

주홍빛 경장의 소녀는 한 소저로 내 기억이 맞는다면 올해 열다섯이 되었다.

'한창 이성에 관심이 많을 나이지.'

석가약이 곤란한 것처럼 미간을 좁혔다.

"그건……."

나는 손뼉을 치며 석가약의 말을 잘랐다.

"좋아! 같이 가자. 괜찮지?"

석가약이 떨떠름한 표정으로 나를 보았다. 나는 석가약을 따라 짓궂게 웃었다.

학당 뒤쪽으로 나 있는 강줄기를 쭉 따라 올라갔다. 오가는 사람도 적은 작은 선착장이었다. 차양을 친 뱃놀이용 배가 한 대 자리하고 있었다. 선착장 크기에 어울리지 않게 상당히 컸다. 일부러 조용한 곳을 고른 모양이었다. 학당의 기 선생이 아이들이 사치 부리는 것을 탐탁지 않아 하는 까닭일 것이다.

우 소저를 비롯한 소녀들이 석가약을 잠시 살폈다. 석가약이 기 선생과 남달리 친밀하다는 건 학당을 다닌다면 모를 수 없었다. 석가약이 생긋 웃으며 말했다.

"저는 모르는 일이니 걱정 마세요."

우 소저가 안도의 숨을 내쉬고, 한 소저가 자그마한 목소리로 말했다.

"……석 공자의 배려에 감사해요."

이게 감사받을 정도의 일인가?

나는 한 소저의 발그레한 얼굴을 보며 그럴 수도 있지, 하고 고개를 끄덕였다. 한 소저가 말을 이었다.

"석 공자는 뱃놀이를 좋아하시나요?"

"좋아하죠."

"다행이네요."

그 두어 마디가 용기를 끌어모은 것인지 한 소저가 다시 우 소저에게 바짝 붙어 앞서 나갔다.

나는 석가약을 향해 전음했다.

[우리 가약이 인기가 많으시네요.]

석가약이 입술을 슬쩍 깨문 채 나를 노려보았다. 나는 모른 척 시선을 돌렸다.

배에 올라타고 천막 안으로 들어서자마자 깜짝 놀랐다. 내부는 바깥에서 예상했던 것보다 몇 배는 더 호화로웠다. 거의 무슨 연회장을 옮겨다 놓았다고 해도 믿을 정도였다.

놀란 나와 달리 석가약은 미리 예상이라도 한 것처럼 무척 태연했다.

안에는 이미 많은 소년 소녀들이 자리 잡고 있었다. 처음 보는 아이들도 몇 있는 것을 보아 학당 사람들만 모인 건 아닌 듯했다. 나이대 또한 다양했는데 성년에 가까워 보이는 청년부터 형제자매를 따라온 듯 나보다 어린 아이들도 몇 명 보였다.

나와 석가약을 알아본 몇몇이 이채 어린 눈을 했다. 그때였다.

"백리연?"

아, 이런.

생각해 보니 이런 자리에 이 사람이 빠질 리 없었다. 석가약 때문에 정신이 팔려서 그만 거기까진 신경 쓰지 못했다. 나는 목소리가 들린 방향을 돌아보았다.

"오라버니."

나는 백리명을 향해 가볍게 고개를 까딱였다. 백리명은 이제 거의 청년의 모습을 하고 있었다. 벌써 혼인 이야기도 나오고 있다 하였다.

백리명이 말했다.

"네가 여긴 웬일이냐?"

"초대받아서 왔어요."

"누구에게?"

목소리에 못마땅함이 배어 있었다. 그건 나만 느낀 것이 아닌 듯 우소저가 백리명을 이상하게 바라보았다.

"저예요. 왜 그러시나요?"

우 소저의 말에 백리명이 뒤늦게 정신을 차린 듯했다. 백리명이 웃으며 말했다.

"아니, 연이가 원래 이런 곳을 좋아하지 않으니까요. 대체 누가 무슨 묘기를 부려 데려왔는지 궁금해서 그랬습니다. 거기다 석 공자도 초대를 거절했으니까요."

표정을 푼 우 소저가 백리명에게 나를 초대한 상황을 가볍게 설명했다. 모든 실명을 들은 후, 백리명이 나를 돌아보고 웃었다.

"그래. 그렇게 된 거구나. 이왕 온 것 재미있는 시간 되길 바란다."

"네."

말은 그리하면서도 눈빛만큼은 경계심을 숨기지 못했다. 무백신공이 성을 달성했다는 걸 밝힌 이후 백리명과 내 사이는 완전히 파탄이었다. 물론 겉으로는 하하 호호 웃으며 사이좋은 척 연기했지만.

나는 멀어지는 백리명을 꽤 오랫동안 응시했다. 석가약이 고개를 살짝 숙이며 말했다.

"뭐 해?"

"몸 상태가 별로인 것 같아서."

"네가?"

석가약이 깜짝 놀라 되물었다.

"아니, 내가 아니라……."

나는 고개를 젓고 멀어지는 백리명을 고갯짓했다.

"놀랐잖아."

석가약이 안도한 것처럼 숨을 내쉬고 말을 이었다. 주변에 들리지 않게 매우 낮춘 목소리였다.

"영약이란 영약은 다 찾아다 먹고 있다고 들었는데, 적당히 먹어야지. 저러다가 정말 큰일 나는 거 아닌가 몰라."

백리 세가 정도면 최고급까진 힘들지라도 나름 괜찮은 영약은 계속 공급받을 수 있었다. 그리고 백리명의 몸에는 미처 흡수해 내지 못한 여러 영약의 흔적이 짙게 남아 있었다. 그런데도 최근 또 무리해서 영약을 먹은 모양이었다.

아무리 몸에 좋은 약이라도 적절한 정량이 있는 것이다. 내공 증진에 도움이 되는 영약도 마찬가지였다. 저리 먹어 봤자 효과가 떨어지는 데다 정말로 재수가 없으면 내공을 감당하지 못해 주화입마에 빠질 수도 있었다.

"너 폐관 수련 중에는 영약 관련해서 태의도 몇 번 찾아왔어."

석 태의가 나와 한패라 여겨 무척 경계할 텐데, 그보다는 실력이 더 중요했던 모양이었다.

'뭐, 내가 걱정해서 뭐 하겠어?'

저 무리를 하게 된 원인이 나인데. 내가 몸을 사리라고 해 봤자 제대로 귀에 들어오지도 않을 것이었다.

"소저! 공자! 이쪽으로 와요!"

우 소저가 소리쳤다. 배는 선착장에 머물다가 몇 사람을 더 태우고 출발했다. 내가 앉은 자리는 모두 무가의 자제들로 구성되어 있었으니 석가약은 이 자리에 전혀 어울리지 않는 인물이었다.

하지만 한 소저를 비롯한 두어 명의 소저들이 그를 둘러싸고 신이 난 것처럼 말을 붙이고 있어서 딱히 동떨어져 있진 않았다.

'곤란해 보이긴 하지만.'

소저 한 명이 진맥해 달라고 손목을 내미는 것을 보면서 속으로 웃음을 삼켰다.

그걸 제외하고서라도 꽤 많은 얘깃거리가 오갔다. 무림판 만남의 장이라고 해야 할까?

회귀 전 이때의 나는 얘기하는 사람이라고는 시비인 당금뿐으로 친구도 없었다. 그렇게 칩거나 다름없는 생활을 했기 때문에 대부분 처음 듣는 이야기로 흥미롭기 그지없었다.

"검후께서 작년에 제자를 들이셨다는데 나이가……."

"이빈 기린회에서 무림 공직 중에……."

"화산파에서 친선전을 여는데 화산지검께서……."

흥미로운 이야깃거리에 나는 와! 세상에! 진짜요? 등의 추임새를 담당했다. 한참 재미있게 듣고 있을 때였다.

"맞아. 그거 들었어요? 이번에 남궁 공자가 광무종의 후계자를 서른 합 만에 패배시킨 거."

내가 들고 있던 찻잔이 움찔 떨렸다. 찻물을 머금고 있었더라면 그대로 뿜었을지도 몰랐다.

"광무종 후계자 연배가 남궁 공자보다 열 살은 더 많지 않아요?"

"에이, 그 정도는 아니고요. 다섯 살 정도 연상일 거예요."

"그렇다고 해도 광무종 후계자면……."

"그런데 왜 광무종과 남궁 공자가 싸운 거죠?"

"사파 쓰레기를 치는 데 이유가 있나요?"

"전후 관계가 궁금하다는 거죠."

싸움과 결과까진 전해졌어도 그 내막까지 전해지기엔 먼 거리였다.

그 내용은 간단했다. 서하령과 남궁류청의 관계 개선에 관한 이야기였다.

사파의 한 축을 담당하는 광무종과 수향문 사이에 알력 다툼이 생겼다. 사파와 정파의 알력 다툼이야 늘 있는 것이지만 이번 일은 좀 심각했다. 알력 다툼이 커져 거의 전쟁까지 간 것이다.

그리고 거기서 서하령과 남궁류청이 서로를 도우며 가까워지는 그런 얘기인 것이다. 원래는 저 이야기에 아버지도 끼어 있어야 했다. 남궁류청의 스승이 되었으니.

하지만 이번에는 스승이 되는 일이 없었기에 아버지 이야기는 빠졌다. 그래서 혹시나 내가 알던 미래와 틀어질까 봐 꽤 걱정했다. 그러나 걱정이 무색하게 아버지의 역할을 남궁완 아저씨가 대신하면서 내가 기억하는 내용대로 흘러갔다.

그리고 그것과 여러 가지 일들을 통해 확신할 수 있었다. 내가 바꾼 것들이 있더라도 큰 틀에서의 미래는 현상을 유지한다는 것을. 광무종과의 싸움에서 내 아버지의 역할을 남궁완 아저씨가 한 것처럼.

'그럼 남궁류청의 인성은 누가 담당하게 되는 걸까?'

그때 광무종과 남궁류청의 이야기를 꺼낸 이가 나를 정확히 응시했다.

"그러고 보니 백리 소저가 예전에 남궁 세가에서 일 년 정도 머무르셨다고 들었는데, 사실인가요?"

"……맞아요."

갑작스러운 말에 한 박자 늦게 긍정했다. 사실 일 년이 아니라 약 반년 정도였지만 굳이 고치지 않고 대충 넘어갔다.

"그럼 남궁 공자도 보셨겠네요."

"그렇죠."

"어땠어요? 정말 저 얘기만큼 강하던가요?"

아주 기다렸다는 듯 물었다. 질문하는 것만으로도 살짝 흥분한 기색이었다. 처음부터 이걸 노렸던 것일지도.

옆에 있던 소년이 헛기침하곤 흥분한 소년을 말리듯 불렀다.

"주 공자."

"아, 왜? 너도 궁금하잖아. 남궁 공자가 하늘이 내린 기재라던데. 미래에 백리 대협과 남궁 대협에 못지않은 고수가 될 거라고."

나는 얼굴을 붉적였다. 주 공자의 낯에서 호기심과 호승심이 드러났다. 나는 적당히 대답을 골랐다.

"글쎄요. 저도 만난 지 꽤 되어서요."

그때 석가약이 끼어들었다.

"왜, 그러지 말고 말해."

나는 석가약을 의아하게 보았다.

"뭘 말하라는 거야?"

"너 예전에 남궁 공자랑 대련도 했다며?"

나는 눈을 부릅뜬 채 석가약을 바라보았다.

"정말요?"

"오, 역시!"

그 얘기는 왜 갑자기 꺼내?

석가약이 장난스럽게 웃었다. 그때 한 소저가 끼어들어 말했다.

"아, 맞아요. 저도 들었어요. 심지어 소저가 이겼다고 하던데요!"

나는 그 자리에서 펄쩍 뛸 뻔했다.

"누가 그런 말을!"

"진진이 그러던데요?"

"……."

나는 입을 삐금거렸다.

아버지가 데려왔던 아이였던 진진은 백검단주의 눈에 들어 제자가 되었다. 백검단주의 제자쯤 된다면 다른 무가 아이들과 교류가 꽤 있을 터였고……. 예전에 진진에게 그런 말을 한 적이 있었다. 아니, 그때는 남궁류청이 누군지도 모르더니!

'업보로다.'

나는 머리를 싸매고 싶었다. 그때 갑자기 천막 바깥쪽이 소란스러워졌다. 소리가 들린 방향을 보자 익숙한 빛이 보였다.

'백리리네. 같이 있는 사람들은……?'

그들은 소형 배에서 우리가 있는 놀잇배로 가볍게 올라타고 있었다. 나는 함께 온 이들을 의심스럽게 살폈다. 금안의 안법도 그동안 많이 늘었다. 그리고 백리리 곁의 두 사람은 백리가의 심법을 연성한 듯싶었다.

그때 옆에서 내게 다시 질문했다.

"소저, 소저. 그래서 어떻게 이긴 거예요?"

"너무 오래된 일이라……."

"그래도 기억나는 게 있을 거 아니에요?"

"남궁 공자요, 잘생겼나요? 소문이 자자하던데."

우 소저도 끼어들어 눈을 빛내며 물었다. 잠시 한눈을 판 사이였다.

"오! 이게 누구야!"

"뭐야, 돌아왔어?"

"그래. 내가 왔다."

"잘들 지냈냐?"

건들거림이 묻어나는 목소리. 말투가 살짝 다른 걸 빼면 두 명의 목소리는 구분되지 않을 정도로 비슷했다.

'아, 설마 했는데…….'

돌아본 시야에 백리리를 앞세운 백리표와 소우악, 쌍둥이 사촌들이 보였다. 내가 그들을 알아본 것처럼 쌍둥이들도 나를 알아봤다.

"……."

"……."

우리 사이에 흐르는 미묘한 분위기를 눈치 빠른 자들은 느꼈을 것이다.

'이미 사이가 좋지 않은 것도 다 소문났고.'

고계암의 정신 교육이 헛된 건 아니었는지 둘은 당장 달려들어 소란을 피우진 않았다.

'아쉽네.'

그랬으면 다시는 얼굴을 들지 못하게 만들 수 있었을 텐데.

백리표와 소우악을 보는 건 남궁 세가에 가기 전 이후로 이번이 처음이었다. 쌍둥이들은 작년에 가문에 돌아왔다. 하지만 나와 마주할 일은 없었다. 쌍둥이들이 백리 세가에 머물 때 나는 폐관 수련에 들어간 상황이었다.

그리고 쌍둥이들은 백리 세가에 머물다가 소가장, 그러니까 쌍둥이들의 친가에도 얼굴을 비추러 갔다. 그 뒤 내가 폐관 수련에서 나온 것이다.

'오늘 돌아온 모양이네.'

할아버지 산수연이니 다시 보긴 할 거라고 예상은 했다. 그리고 나만큼 쌍둥이들의 등장을 반기지 않는 이가 또 있었다. 백리명. 백리명은 쌍둥이들이 올 줄 전혀 몰랐던 듯 당황한 표정이었다.

"표야, 악아. 오랜만이구나. 오늘 돌아온 것이야?"

"어, 형. 오랜만이다?"

"와, 이런 자리가 있는데 우리는 초대 안 한 거야?"

"너희가 올 줄 몰랐으니까."

"알았으면 초대했고?"

"물론이지."

"예예."

나는 폐관 수련에 들어가 있어 직접 보진 못했지만 소녹에게 들은 바에 따르면 쌍둥이들과 백리명의 사이가 예전 같지 않은 듯싶었다.

뒤늦게 나를 본 백리리가 인상을 찡그렸다. 그러곤 사뿐사뿐한 걸음으로 내 쪽으로 다가왔다.

"언니가 왜 여기 있어?"

"······."

누가 백리명과 오누이 아니랄까 봐 첫마디가 아주 비슷했다. 나는 백리리를 상대하지 않고 백리명을 불렀다.

"오라버니."

그렇지 않아도 불안한 눈빛으로 지켜보던 백리명이 백리리를 향해 손짓했다.

"리리야, 이리 와."

리리는 백리리의 애칭이었다. 백리리는 이를 무시한 채 나를 보고 말했다.

"언니 원래 이런 자리 관심 없었잖아?"

"백리리, 이리 오라니까."

"아, 왜 자꾸 불러! 할 말 있으면 오라버니가 이리 와!"

백리리가 버럭 짜증을 냈다.

"너, 정말······."

흥이 깨졌다. 주변의 다른 아이들이 아닌 척 우리를 흥미롭게 지켜보는 것이 보였다. 나는 백리명을 보며 말했다.

"리리가 참 고모를 닮았어요."

백리명의 안색이 싹 굳었다.

"리리는 내 동생이다. 너라도 모욕하면······."

"고모를 닮았다는 게 모욕이에요?"

아니, 이렇게 한 번에 걸려들 줄이야.

쌍둥이들이 백리명을 노려보았다. 백리명이 뒤늦게 그런 의미가 아니라며 변명했지만 이미 돌이킬 수 없었다. 나는 그 모습을 지켜보다 천막을 걷고 갑판으로 나왔다.

"소저, 어디 가요?"

우 소저가 붙잡듯 나를 불렀으나 돌아보지 않았다. 강 위에 부는 바람은 이제 완연한 봄의 기운을 머금고 있었다. 백리리와 쌍둥이들을 데려온 쪽배는 이미 멀리 떠나 있었다. 나는 강폭과 강둑을 눈에 담았다.

'이 정도면 되겠는데.'

나는 거리를 가늠하다 뒤로 열 걸음 정도 물러났다. 그리고 갑판을 박차고 뛰어올랐다.

"꺅, 뭐야?"

"으앗!"

갑판에 나와 있던 이들이 깜짝 놀라며 소리쳤다. 하지만 이내 감탄사로 변했다.

"와, 세상에!"

"봤어? 이 거리를 한 번에 뛰었어! 경공 실력이……."

여러 목소리가 바람 소리와 함께 빠르게 멀어지고, 탁. 나는 강둑에 내려섰다.

'허억, 허억. 다행이다. 아슬아슬했어.'

앞으로 이런 미친 짓은 하지 말아야지. 조금만 모자랐으면 그대로 강에 처박힐 뻔했다. 속으로 가슴을 쓸어내릴지언정 겉으로는 고고하게 발을 뗄 때였다.

"백리연, 나는!"

배에 남은 석가약이 외쳤다.

"거기서 어떻게 날 버리고 갈 수가!"

"그래서 다시 돌아왔잖아."

"버렸다는 점이 문제야."

"미안하다고 했잖아."

"말 한마디로 넘어가려고?"

하아. 난 한숨을 푹 내쉬었다. 약점 제대로 잡혔다. 한동안 골치 아프겠다는 생각이 들었다. 나는 말을 돌리기 위해 물었다.

"산수연, 너도 올 거야?"

"아니."

석가약이 어깨를 으쓱였다.

"알잖아. 나 사람 많은 곳 싫어하는 거. 어차피 태의께서 가실 테니까."

"그래. 알겠어."

천하 십일강에 이름을 올렸다는 것은 평생 한 번 볼까 말까 한 절세고수라는 의미였다. 강호 패권에 관심이 없더라도 어떻게든 한번 얼굴을 뵙고 싶어 줄을 서는 것이 당연한 위치였다.

그리고 정말 강호에 관심이 없더라도 이상했다. 백리 세가는 이 근방의 패권을 잡은 가문이기에 관료들조차도 얼굴도장을 찍으려고 산수연에 오려 하는데⋯⋯. 석가약은 오히려 내 할아버지가 귀찮은 것처럼 굴었다.

그때 석가약이 아쉽다는 듯 웃었다.

"그럼 또 한동안 못 보겠네."

"그러게."

"괜찮겠어?"

"뭐가?"

"쌍둥이 사촌들……. 고계암으로 간 이후 오늘 처음 만난 거 아냐?"

"뭐, 그렇지. 네가 신경 쓸 가치는 없어."

"알잖아? 내가 걱정하는 거."

나도 모르게 석가약을 휙 돌아보았다. 간지러울 정도로 다정한 목소리. 석가약은 사슴같이 선해 보이는 눈망울을 깜빡일 뿐이었다.

'……아니겠지.'

석가약이 말을 이었다.

"나는 네가 굳이 그 집에 붙어 있어야 하는 이유를 아직도 잘 모르겠지만, 도망치고 싶으면 우리 집으로 와."

"말이라도 고맙네요."

"아니, 난 진심인데."

피식 웃던 나는 갑자기 표정을 굳히며 석가약을 향해 말했다.

"잠깐만."

후방에서 내 방향으로 빠르게 다가오는 강한 기파가 느껴졌다. 기척을 보아 한 무리의 무인들로 보였다.

내가 있는 곳은 대로로, 여길 쭉 달려가면 백리 세가가 있었다. 날이 얼마 남지 않은 할아버지의 산수연. 깊게 생각하지 않아도 백리 세가를 방문하는 손님일 거라 예상할 수 있었다.

"가약."

나와 석가약은 곧바로 말에서 뛰어내려 고삐를 쥐고 대로 가장자리로 향했다. 따로 설명할 필요 없이 눈짓만으로도 뜻이 통했다. 괜히 나를 알아보기라도 한다면 자연스레 길바닥에서 인사를 나누게 될 것이고 그러면 시선이 모일 것일 뻔했다. 즉, 귀찮다는 말이었다.

타박타박 걸어가던 석가약이 한 좌판을 가리키며 말했다.

"당과 먹을래?"

"응!"

나는 석가약이 건네는 당과를 입에 물었다. 그 순간, 빠르게 지나치는 것 같던 기척이 갑자기 멈춰 섰다. 그리고 내가 있는 방향을 향해 다가왔다.

뭐야, 걸린 건가?

'내 얼굴 자체는 안 알려졌을 텐데…….'

의아하게 돌아보던 난 그대로 굳었다. 말 위에서 나를 내려다보는 이는 익숙하면서도 전혀 익숙하지 않은 얼굴을 하고 있었다.

선명하게 느껴질 정도로 초점이 뚜렷한 눈동자가 나를 노려보듯 바라봤다. 나는 당과를 한참 우물거려 꿀꺽 넘기고 나서 입을 열 수 있었다.

"……류청?"

그러자 소년의 한쪽 눈썹이 치켜 올라갔다. 뭔가 마음에 들지 않을 때 남궁류청이 하던 행동이었다.

'와, 진짜 남궁류청이잖아!'

기도가 완전히 변해서 못 알아볼 뻔했다. 지막으로 봤을 때보다 훨씬 단단하고 강한 기세가 느껴졌다. 다만 아직 완벽하게 갈무리하지는 못한 듯 보였다.

푸른빛의 경장에 짙은 감색 장포를 걸친 남궁류청은 이제는 어린 티를 벗어 내고 완연한 소년미가 느껴지는 용모를 하고 있었다. 짙은 눈썹에 뚜렷한 눈매, 높게 솟은 콧날과 굳은 입매에서는 남궁완 아저 씨의 모습이 보였고, 기다란 속눈썹을 깜빡이며 드러난 눈망울에서 는 소부인의 모습이 보였다.

그때 남궁류청 옆으로 한 소녀가 얼굴을 쑥 내밀었다. 연분홍색 경 장 위로 긴 머리칼이 흘러내렸다.

"나도 있어!"

나는 고개를 갸웃 기울였다. 아직 애티를 완전히 벗진 못했지만, 길 을 걸어가면 열에 아홉은 뒤를 돌아볼 듯한 미인이었다. 거기다 안정 적인 기파에서 느껴지는 실력도 꽤 좋아 보였다.

내 침묵에 소녀의 입꼬리가 늘어졌다.

"뭐야, 나 잊어버린 거야?"

목소리를 한 번 더 듣고 나서야 알았다.

"설마…… 서하령?"

"맞아! 오랜만이야!"

소녀가 환하게 웃으며 말에서 뛰어내렸다. 그러곤 한달음에 달려와 나를 끌어안았다. 나는 얼떨떨하게 서하령을 마주 안았다.

아니…… 아니…… 아니?

'얘가 정말 서하령이라고?'

미쳤다……. 장난 아닌데? 남궁류청도 어마어마하게 잘생겨졌지 만, 걔는 원래 어릴 때도 남달랐다.

서하령도 꽤 예쁘장하게 생겼지만, 워낙 지저분하게 다녔던지라 이 렇게 차려입은 모습을 보니…… 천지개벽 수준으로 느껴졌다. 고작

사 년밖에 안 지났는데 사람이 이렇게 변하다니?

그때 석가약이 말했다.

"오, 쟤가 그?"

"아, 응."

나는 서하령을 밀어내며 옆을 돌아보았다. 석가약이 눈이 마주친 서하령을 향해 묵례하고 내게 계속 말했다.

"오늘은 그럼 못 오겠네?"

"아, 그렇겠네."

오늘은 원래 석 태의께 의술을 배우러 가는 날이었다. 뱃놀이에서 일찍 나온 이유기도 했다.

"태의께 죄송하다고 전해 줘."

석가약이 말에 올라타며 가볍게 말했다.

"그래. 다음에 봐."

"응. 잘 가."

"아, 이건 너 다 먹어."

석가약이 내게 당과가 들어 있는 봉지를 건네고 고삐를 당겼다. 멀어지는 석가약에게서 고개를 돌리자 아는 목소리가 들려왔다.

"소저, 오랜만입니다."

나는 남궁류청 뒤쪽으로 시선을 두었다가 생긋 웃었다.

"수염이 아주 멋시네요!"

"그렇습니까?"

심 부관이 사 년 새 기른 듯한 멋들어진 수염을 뿌듯하게 쓰다듬었다. 옆에서 서하령이 물었다.

"그런데 쟤는 누구야?"

"같은 학당 다니는 친우."

내 설명에 서하령이 고개를 갸웃 기울이며 석가약이 떠난 방향을 보았다.

"그래? 신기하네."

"뭐가?"

"류청이 누군지 아는 거 아냐?"

"알지."

"근데 그냥 바로 갔잖아."

"아……!"

보통 남궁 세가 공자라는 사실을 안다면 이렇게 깔끔하게 떠나지 않을 것이다.

'적어도 통명성은 하려고 들겠지.'

나는 고개를 내저으며 말했다.

"쟤가 원래 좀 저래."

쟤는 우리 할아버지한테도 저랬는걸…….

"거기다 날 보고도 눈 하나 깜짝 안 했어."

"……."

이 자신감…… 뭐지?

잠시 당황한 눈으로 서하령을 보다가 지금껏 한마디도 하지 않은 남궁류청을 향해 물었다.

"그런데 아저씨가 오시는 거 아녔어?"

"아버지는 일이 생기셨어."

"그래?"

이상하네. 저번 생에는 남궁완 아저씨가 오셨고, 별문제 없었는데.

나는 의문을 미루며 서하령을 돌아보았다. 얘도 저번에는 오지 않았다. 저번 생만 따지면 얜 나랑 교류라고 할 것도 없었다.

"너는 어떻게 온 거야?"

"쟤 따라왔지! 근데 쟤가 주고 간 거 뭐야? 당과? 나도 먹을래!"

백리 세가 대문 앞은 시장 통을 방불케 할 정도로 어지러웠다. 온갖 마차와 말들이 몰려들어 정신이 하나도 없을 지경이었다. 모두 할아버지 산수연에 온 손님들이었다. 요 며칠 계속 이런 모습이었기에 익숙했다. 긴 줄도 늘어서 있었는데, 백리 세가에 들어가기 위해 신분을 확인받으려는 이들이었다.

나를 선두로 일행들은 그 줄을 지나쳐 갔다. 그 모습은 줄 서 있는 사람들의 시선을 사로잡기 충분했다.

"어머어머, 저기, 저기 좀 보게."

"혁, 세상에 저 훤칠한 소년은 누구래?"

"저 정도면 석 공자 못지않은데? 어디 사람이려나?"

여인들은 남궁류청에게 시선을 두었고.

"세상에, 몇 년만 지나면 엄청난 미녀가 되겠는데! 대체 저런 소저가 어디서 나타난 서시?"

"허리의 검을 봐서는 무가 사람 같은데."

남자들은 서하령을 보고 감탄하기 바빴다.

서하령은 익숙한 듯 돌아보지도 않고 나를 향해 말했다.

"너 만나서 다행이다. 아니면 이 줄을 서야 했겠네."

"그건 아닐걸."

"아, 맞다. 기억나? 옛날에 우리 만두 가게에 줄 섰었잖아."

"기억나지."

그리고 사람들은 그제야 나를 발견했다.

"음? 백리 소저잖아?"

"어떤 소저? 백리 소저가 둘이지 않소?"

"사공자의 외동딸인 큰 소저일세."

"큰 소저가 왜 저들이랑 함께 있지?"

내 얼굴이 잘 알려지지 않았더라도 그건 다른 지역에서 온 사람들 얘기다. 나를 알아본 사람들이 수군거렸다. 문지기 또한 나를 보고 정중하게 고개 숙였다.

"오셨습니까, 아기씨. 함께 오신 분들은······?"

나는 뒤를 흘금 보았다. 입을 꾹 다문 남궁류청 뒤에서 심 부관이 나와 서신을 내밀었다. 곧이어 문지기의 눈이 커졌다.

"남궁 세가의 소공자셨군요! 오실 거란 전갈은 받았습니다. 들어가시지요."

순간 사방에서 놀라 숨을 들이켜는 소리가 들렸다. 우리는 소란을 뒤로하고 대문 안으로 들어갔다. 남궁 세가 정도면 할아버지께서 직접 초대장을 보냈으니 내가 없더라도 줄 설 필요는 없었을 것이다.

나는 안내하러 나온 이를 물리고 직접 접객당으로 데려갔다.

"그럼 쉬고 있어."

짐도 풀어야 할 테고.

'저녁에나 다시 보겠군.'

내가 돌아 나갈 때, 서하령이 방에서 후다닥 뛰어나왔다.

"어디 가? 나 네 처소 구경할래!"

"응? 쉬는 게 좋지 않겠어? 씻고 옷도 갈아입고……."

서하령이 눈을 부릅떴다.

"나 깨끗해! 오기 전에 객잔에서 씻었거든!"

"아니, 더럽다고 한 건 아니야. 피곤할까 봐."

"괜찮아! 가자!"

나는 서하령에게 붙잡혀 접객당에서 끌려 나왔다.

'사 년 만에 만나서 어색한 건 나뿐인 거야?'

나는 질질 끌려가다가 어이가 없어 말했다.

"너 내 처소가 어딘지 알고 가는 거야?"

"몰라!"

"이쪽이야."

그러고는 몸을 돌려 지금껏 말 한마디 없이 따라오고 있던 남궁류청을 마주 보았다.

"너도 같이 오게?"

계속 따라오고 있었다.

"너도 구경했잖아."

"……내가 그랬나?"

남궁류청이 날 노려봤다.

나는 뺨을 긁적이고 앞서갔다.

"따라와."

나는 바로 내 처소로 가지 않고 백리 세가를 돌아다니며 간단하게 안내했다. 여기는 가면 안 되고 여기는 되고, 구조를 알려 주며 백리가에서 가장 유명한 정원인 이화원에도 데려갔다.

감탄하던 서하령이 말했다.

"여긴 사람이 없네."

"응, 여긴 아무나 못 들어오거든."

"그래?"

그때 남궁류청이 나직이 말했다.

"그럼 저기 오는 사람은 네가 아는 사람인가?"

"응?"

남궁류청이 바라보는 방향에서 작은 빛과 기척이 느껴졌다. 곧이어 나무 사이로 기척의 주인이 모습을 드러냈다. 나는 금안으로 누군지 알고 있었으면서도 깜짝 놀랐다.

"백리리?"

백리리는 쫄딱 젖어 있었다. 백리리도 우릴 보고 놀란 듯 눈을 크게 떴다.

"아니, 그게 무슨 꼴이야?"

놀란 나는 겉옷을 벗으며 백리리에게 다가갔다. 봄이라지만 이렇게 젖은 채 돌아다녀도 될 날씨는 절대 아니었다. 조금씩 떨리는 백리리의 어깨에 겉옷을 걸쳐 주며 물었다.

"시비는 어디 가고 혼자야? 왜 이런 모습이고?"

백리리가 파리하게 질린 입술을 꽉 깨물며 고개를 숙였다. 통통한 손이 내가 걸쳐 준 옷자락을 꽉 쥐었다.

나는 뒤쪽의 다른 두 사람을 슬쩍 살폈다. 서하령은 눈을 크게 뜬 게 놀란 낯이었고, 그에 비해 남궁류청은…… 백리리를 보기 전과 본 후 표정이 똑같았다. 이 자리에서 남궁류청만 태연했다.

잠깐 자리를 비워 달라고 해야겠다고 생각할 때였다. 백리리가 갑자기 버럭 소리쳤다.

"언니 때문이잖아!"

"으응?"

소리친 백리리가 바닥을 박차고 뛰어갔다.

"……."

나는 그 모습을 멍하니 바라봤다.

'이게 무슨 일이야?'

남궁류청이 입을 열었다.

"사촌?"

"응. 큰아버지 딸로 나보다 한 살 어려."

"동생이라니. 예의가 없군."

"……."

"……."

남궁류청이 예의를 논하다니?

순간 서하령과 눈이 마주쳤다. 서하령은 네가 그런 얘기를 하는 게 웃긴다는 표정을 짓고 있었다. 그러니까 나와 똑같은 얼굴이란 말이었다.

그걸 안 순간 피식 웃음이 터졌다. 그 웃음이 커지는 건 한순간이었다.

"푸핫! 하하하!"

그 웃음을 기점으로 나는 서하령에게 가지고 있던 어색함을 모두 날려 버릴 수 있었다. 웃음을 겨우 그쳤을 땐 남궁류청이 팔짱을 끼고 아니꼬운 표정으로 우리를 바라보고 있었다.

"다 웃었나?"

"하하. 아니. 푸하하하하."

"이제 참아."

"아, 알았어. 흐읍, 흐읍."

나는 콧숨을 뿜으며 웃음을 참았다. 먼저 웃음을 그친 서하령이 말했다.

"그런데 저게 무슨 꼴이야? 어디 빠지기라도 했나?"

"그러게 말이야."

나는 서하령과 남궁류청을 돌아보며 말을 이었다.

"그럼 둘 다 어디 가지 말고 여기 잠시 구경하고 있어. 난 동생 좀 살피고 올게."

무시하고 싶었지만, 나의 양심이 어린아이를 저렇게 두면 안 된다 말하고 있었다. 심지어 손님도 많아서, 저 모습을 다른 이들이 본다면…….

"잠깐."

불러 세우는 목소리에 돌아보려 할 때였다. 어깨에 가벼운 무언가가 내려앉았다. 고개를 숙이자 짙은 감색 장포 자락이 보였다. 그러니까 남궁류청의 겉옷이었다.

나는 놀라며 남궁류청을 바라봤다.

"뭐 해? 동생 쫓아간다며?"

남궁류청이 미간을 좁힌 채 어서 가라는 듯 눈짓했다.

그때 백리리가 나타났던 방향에서 새로운 기척이 느껴졌다. 우리 셋은 미리 얘기라도 한 것처럼 기척이 느껴지는 방향을 바라보았다. 곧이어 하인 복장의 소녀가 나타났다. 백리리의 시비였다. 하얗게 질린 얼굴의 시비가 나를 보고 다급하게 물어보았다.

"혹시 작은 아기씨 못 보셨나요?"

"저쪽으로 갔어."

시비가 내게 고개를 굽실거리고 허겁지겁 내가 가리킨 방향으로 뛰어갔다.

"뭐, 이제 안 쫓아가도 되겠네."

나는 어깨를 으쓱였다.

좀 더 구경시켜 줄 생각이었는데, 남궁류청의 옷을 걸친 채 쏘다닐 수는 없어서 바로 처소로 향했다.

"여기가 내 처소야. 아버지도 함께 지내셔."

"여기라고?"

"응."

중문을 넘어 들어온 서하령이 안뜰부터 전경을 훑었다.

"……아담하네."

안뜰을 지나칠 때였다. 금쇄가 나타났다.

"아기씨 오셨군요! 사공자님께서 돌아오시거든……."

빠르게 다가오던 금쇄가 함께 있는 이들을 보고 놀라 멈췄다.

"도련님?"

"너, 날 아나?"

남궁류청이 싸늘하게 말했다.

보통은 모시는 집안의 공자를 도련님이라 불렀다. 그리고 남궁류청은 잘 모르는 사람들이 친근한 척 들러붙는 경우를 너무나 많이 겪어 잘 모르는 사람이 자신을 아는 척하면 바로 날카로워졌다.

나는 남궁류청의 눈초리를 막듯 금쇄 앞에 섰다.

"알지, 당연히. 예전에 네가 다치게 할 뻔도 했는데."

"뭐?"

"그때, 너희 둘이 대련하다가 목검 부러져서 날아갔던 일 말이야."

남궁류청은 무슨 소리냐는 듯 눈썹을 치켜올렸다. 전혀 기억나지 않는 모양이었다.

"어, 어어?"

대신 서하령이 손가락질을 하며 탄성을 냈다.

나는 남궁류청을 향해 설명했다. 원래 너희 가문에서 일하던 이였고, 여행길이 불편할까 저어한 소부인이 딸려 보냈다가 여기 눌러앉게 되었다는 말을 듣고서야 날 선 눈초리가 가라앉았다.

아는 척 좀 했다고 칼 뽑을 것 같은 모습이라니.

'역시 성격은 여전히 더럽군.'

서하령이 금쇄를 향해 반가움을 표했다. 서하령과 금쇄가 근황을 주고받는 대화를 흘려들으며 내 방이 있는 전각을 보았다.

'어……?'

그리고 인상을 찡그리지 않기 위해 노력해야 했다.

"처소를 구경하러 오셨다고요? 제가 오늘 정신이 없어서 방을 정리했는지 안 했는지……. 아까 소녹이 간다고 하는 것 같았는데……."

금쇄가 민망한 것처럼 말하며 서둘러 앞서갔다. 그런데 방문을 연 금쇄가 소리쳤다.

"어머, 깜짝이야!"

모두의 발걸음이 빨라졌다.

문발을 걷고 들어간 방에는 두 사람이 있었다. 방 중앙에 꼿꼿이 서 있는 소녀와 방만한 자세로 차를 마시는 소년. 소녀는 우리가 들어오는 소리를 들었을 텐데도 소년에게서 절대 시선을 돌리지 않았다.

금쇄가 머리끝까지 화난 듯 소리쳤다.

"제갈 세가주님! 아기씨 처소에 말도 없이 들어와 계시면 어떡해요! 정말 한두 번도 아니고!"

제갈화무가 접선을 흔들면서 감미롭게 말했다.

"혼자 있던 것도 아닌데, 뭐."

"그거랑 무슨 상관이에요!"

제갈화무 앞을 지키고 서 있던 소녹이 고개를 끄덕였다. 제갈화무가 내 뒤쪽에 시선을 두었다.

"이쪽은 남궁류청, 이쪽은 서하령?"

대뜸 이름을 부르는 행태에 놀란 듯 둘 다 미간을 찌푸렸다. 나는 한숨을 쉬면서 말했다.

"복채 없으니까 점쟁이 짓은 나가서 해."

제갈화무가 날 물끄러미 응시했다. 청회색 눈동자는 속을 알 수가 없었다. 제갈화무가 입을 뗐다.

"왜 남궁류청 겉옷을 입고 있어?"

내가 답하기 전 남궁류청이 먼저 입을 열었다.

"징밀 제길 세가주아?"

고개를 끄덕이는 내 앞으로 제갈화무의 목소리가 지나갔다.

"머리를 보면 알지 않나? 집 안에서 수련만 하느라 소식이 느린가 보지?"

대뜸 시비 거는 어조에 나는 깜짝 놀라 제갈화무를 돌아봤다.

"너, 왜 그래?"

정작 제갈화무는 말없이 입꼬리를 올릴 뿐이었다.

'뭔가 좀…… 심사가 뒤틀린 것 같은데.'

만나자마자 이러는 이유가 전혀 짐작되지 않았다. 남궁류청은 제갈화무를 무시한 채 나를 향해 말했다.

"제갈 세가주가 왜 네 방에 있어?"

내가 답하기도 전에 또 제갈화무가 끼어들었다.

"내가 누군지 알았으면 인사부터 올려야 하지 않겠어?"

남궁류청이 한 발 앞으로 나섰다.

"여인의 방에 멋대로 들어가는 무뢰배가 제갈 세가주라니 우습지도 않군."

"오, 안 믿는다?"

"도둑놈의 혀가 길다. 사람 불러오기 전에 당장 꺼져."

제갈화무가 접선으로 입가를 가리고 가볍게 웃으며 중얼거렸다.

"흐음. 생각보다 더 별론데."

나는 서둘러 끼어들었다.

"둘 다, 그만. 여긴 내 방이야."

대체 왜 만나자마자 서로 시비를 못 걸어 안달이야?

순간, 제갈화무와 눈이 마주쳤다. 그리고 불길한 기분이 들었다.

"너 허튼짓……."

말을 채 마무리하기도 전, 제갈화무의 접선이 촥 펴지며 무언가가 날아왔다. 본능적으로 움직여 날아오는 것을 내 손으로 흡수하듯 당겨 잡았다.

손에 닿는 느낌이 뾰족한 바늘과 같았다. 암기였다. 동시에 똑같이 날아간 암기를 서하령이 피하고, 남궁류청은 검집으로 쳐 내는 것이 보였다. 그리고…….

쫘악.

'부, 불길한 소리.'

남궁류청이 쳐낸 암기가 하필이면 벽에 건 화폭을 찢으며 박혔다. 나는 입을 쩍 벌렸다.

"이게 무슨 짓인……!"

남궁류청이 소리치는 순간 재차 공격이 들어갔다. 숨을 흡 들이켜며 공격을 피한 남궁류청이 말했다.

"제갈 세가주, 미쳤어?"

그 말에 답해 주듯 또 날카로운 무언가가 날아와 남궁류청의 옷자락을 찢었다. 제갈화무의 공격을 몇 번 피한 남궁류청이 결국 어쩔 수 없다는 듯 검을 뽑아 들었다.

묵직한 먹빛의 검날이 모습을 드러내고, 그가 휘두르는 순간.

쨍그랑. 검풍에 휩쓸린 찻잔이 떨어지며 조각났다.

두 사람의 대결에 잠시 나갔던 정신이 번쩍 들었다.

"남의 방에서 뭐 하는 짓들이야!"

옅은 웃음소리가 들리고 제갈화무가 말했다.

"아, 물어 줄게."

접선과 검이 서로 교차했다. 남궁류청이 이를 아득 문 채로 말했다.

"밖으로 나와."

제갈화무의 접선을 확 밀어낸 남궁류청이 문을 걷어차고 나갔다. 그 한 번에 문짝이 덜렁거렸다. 살살 좀 차지! 그대로 목덜미를 잡았다가 제갈화무를 향해 소리쳤다.

"나가! 당장 나가!"

제갈화무가 느릿느릿 방을 나갔다.

나는 허탈하게 방을 둘러보았다. 화폭은 반절이 찢어져 덜렁거리고 깨지고 쏟아진 찻잔과 찻주전자, 나뒹굴고 있는 의자까지. 그 짧은 사이 아주 폭탄 맞은 듯 변해 있었다.

"아기씨!"

금쇄가 달려왔다. 금쇄와 소녹은 남궁류청과 제갈화무의 험악한 분위기에 눈치껏 진즉 방을 나갔더랬다.

"갑자기 도련님하고 제갈 가주가 안뜰에서 싸우시는……! 꺄악!"

방을 본 금쇄가 기절할 것처럼 소리쳤다.

"이게 무슨 일이야! 아기씨 방이!"

"……몰라, 나도."

나는 엉망이 된 방을 뒤로한 채 안뜰로 향했다. 안뜰에서는 이미 싸움이 한창이었다. 둘 다 아주 물 만난 물고기처럼 날아다니고 있었다.

'미친놈들……'

소란에 하인들이 몰려나와 구경하고 있었다. 산수연 준비로 일손이 대부분 다른 곳에 가 있어 그나마 수가 적었다.

"제갈 세가주시잖아? 언제 오셨대?"

"그런데 제갈 가주님이랑 싸우는 분은 누구야?"

"못 들었어? 남궁 공자래! 오늘 도착했대!"

"근데 둘이 왜 싸워?"

"모르지!"

나는 타박타박 걸어 서하령 곁에 섰다.

"다친 곳은 없어?"

좁은 곳에 있었으니 암기도 그렇고 휘말렸을 수 있었다.

"어? 어. 뭐라고?"

서하령은 둘의 싸움을 보느라 대답할 정신도 없어 보였다.

"오오, 와! 헉!"

감탄사도 간간이 터트려 가며 집중하는 중이었다. 나도 더 말 걸지 않고 남궁류청과 제갈화무에게 시선을 돌렸다. 둘 다 내공으로 따지면 비슷비슷했다.

'역시 공청석유는 남궁류청이 먹었네.'

그게 아니라면 제갈화무와 비슷할 리가 없었다. 제갈화무는 공청석유를 흡수하며 절맥을 고치지는 못했지만, 확실히 강해졌다.

하지만 강해졌다고 한들 저 병을 안은 이상 제갈화무는 오래 싸울 수 없을 터였다.

그때 서하령이 나를 돌아보았다.

"누가 이길 것 같아?"

"제갈화무."

"뭐? 진짜?"

서하령이 놀란 듯 눈을 깜빡이다가 깨달았다는 듯 물었다.

"제갈 세가주 나이, 아니 연세라고 해야 하나? 헷갈리네. 아무튼, 몇이야? 꽤 많지?"

"아니, 류청이랑 동갑."

"뭐? 근데 제갈 세가주가 이길 거라고?"

나는 고개를 끄덕였다.

"류청이 또래와 싸웠을 때 한 번도 진 적 없는데. 정말로?"

그야 쟨 또래가 아니니까.

'넌 사기당하고 있어, 하령아.'

육체야 또래지만 정신은 또래라고 부를 수 없었다. 특히 무공에 관련한 것은 더더욱.

남궁류청은 오늘 제갈 세가주의 무공을 처음 견식하는 것일 터였다. 하지만 제갈화무는 이미 몇 번이고 남궁 세가의 무공을 보았고 심지어 상대해 본 기억도 있을 것이다.

잠시 떨어진 제갈화무가 여유롭게 말했다.

"창궁무애검법은 나날이 발전한다니까."

남궁류청은 상대하지 않고 검을 휘둘렀다. 그때 서하령이 외쳤다.

"류청! 지지 마! 연이가 제갈 세가주한테 걸었어!"

나는 눈을 부릅뜨고 서하령을 바라봤다.

'야!'

그러자 제갈화무가 고개를 기울이며 나를 향해 환하게 웃었다.

"고마워. 기대에 부응해야겠네."

그 순간 날아온 검에 제갈화무의 백발이 잘려 나갔다.

'방심하기는.'

좀만 늦었으면 얼굴에 칼자국을 남길 뻔했다.

'봐 줄 만한 건 얼굴뿐이거늘……'

제갈화무는 여전히 웃는 낯이었지만, 방금 남궁류청의 일격에 살짝 놀랐고 기분도 상한 것이 느껴졌다.

그렇게 서로 공수를 교환하기를 수 번. 지켜보던 나는 미간을 좁혔다.

'뭔가 이상한데?'

남궁류청의 움직임이 조금 이상했다.

겉으로 보기에는 다를 바 없었다. 하지만 그건 내공의 보조로 그렇게 보이도록 하는 것이었다. 똑같이 움직이는 데 전보다 내공을 배로 사용하고 있었다. 뭔가 문제가 있다는 뜻이었다.

나는 자세히 살피다 제갈화무를 보았다.

'설마……?'

계속 지켜보다 보니 확실해졌다.

'아니, 이 미친놈이?'

곧이어 서하령이 이상함을 감지했다.

"어?"

그리고 점차 눈에 띄게 남궁류청의 움직임이 느려졌다. 무공을 배우지 않은 이들도 이상함을 느낄 때쯤 제갈화무의 공격을 막은 남궁류청이 쭉 밀려났다.

남궁류청이 기침을 내뱉으며 검을 바닥에 박듯이 세웠다. 제갈화무가 느긋하게 말했다.

"꼬마라 그런지 아직 경험이 부족하구나."

"너……."

남궁류청이 씨근덕거리며 제갈화무를 노려보았다.

"이게 무슨…… 세상에……."

서하령이 이 결과가 놀랍다는 듯 중얼거렸다.

그때였다. 갑자기 끝에서 바람이 불며 강한 기파가 나아왔다. 어느새 나타난 아버지가 안뜰 한가운데 서 있었다. 무표정한 낯의 아버지가 그대로 발을 들어 쾅 내려찍었다. 아버지를 중심으로 훅 돌풍이 일었다. 머리칼이 뒤로 확 펄럭였다.

"류청아, 괜찮으냐?"

이름을 부를 정도라니.

내가 폐관 수련에 들어가 있을 때 아버지가 남궁 세가에 다녀온 적이 있었다. 그때 가까워진 모양이었다. 아버지의 갑작스러운 등장에도 서하령은 남궁류청이 패배했다는 충격에서 벗어나지 못한 듯 몇 번이나 말했다.

"정말 진 거야? 류청이? 졌다고? 정말로? 정말로 졌다고?"

"……하령아."

그만 말해……. 몇 번이나 졌다고 하는 거야?

나는 남궁류청의 뭉개진 자존심을 회복시켜 주기 위해 말했다.

"마비산 때문이야."

"뭐? 마비산?"

서하령이 빠르게 주변을 훑고 말도 안 된다는 듯 말했다.

"마비산? 언제? 아까 날린 암기? 그건 류청이 막았는데?"

"저 부채."

제갈화무가 들고 있던 접선을 눈짓했다. 남궁류청이 든 보검을 막을 수 있는 부채가 보통 물건일 리가 없었다. 그 안에 암기와 독을 담을 수 있는 제갈가의 신병이었다.

서하령은 자기가 억울한 듯이 주먹을 쥐고 소리쳤다.

"아니, 마비산이라니! 치사해요!"

제갈화무가 웃으며 말했다.

"승부 앞에선 어떤 것도 의미 없단다. 네 목을 치는 검에 치사하다고 말해 보렴. 빗나가나."

"이건 비무잖아요!"

"그래 보였어?"

서하령이 움찔 놀라며 말했다.

"……아니에요?"

"비무 맞아."

"……."

서하령은 입술을 잔뜩 오므렸다가 제갈화무에게서 시선을 돌려 나를 보았다.

"그럼, 저런 마비산은 어떻게 상대해?"

그걸 왜 나한테 물어봐?

약간 당황했지만 설명했다.

"어차피 마비산을 저런 식으로 쓰는 사람은 웬만해선 만나기 힘들걸."

"왜?"

"돈이 화수분처럼 넘치지 않는 이상 저럴 수 없으니까. 류청이 눈치 못 챈 거 보면, 무색무취에 가까운 것일 테고, 게다가 이렇게 개방된 공간에서 영향을 미칠 정도면 대체 얼마나 비싼 약일지, 상상도 안 간다."

제갈가의 가주 정도나 되니까 부릴 수 있는 호사였다. 나는 혀를 차며 말했다.

"아주 돈이 남아나지?"

"쫌 줄까?"

한숨을 내쉬고 서하령을 향해 말을 이어 갔다.

"그래도 조심하긴 해야 해. 만약 내 방에서 계속 싸웠으면 훨씬 적은 양으로도 빠르게 중독됐을걸."

"그렇구나……."

서하령이 입을 멍하니 벌렸다. 밖으로 나온 건 나름 제갈화무가 봐 준 거라고 볼 수도 있었다.

'대신 내가 저 자식을 안 봐줬지.'

나는 남궁류청을 바라봤다.

"봐. 벌써 풀리잖아."

남궁류청이 한쪽 무릎을 꿇고 있던 자세에서 천천히 일어났다. 아버지가 남궁류청의 팔을 잡고 일으켜 세웠다.

"그래서 다들 여기서 왜 그렇게 싸운 것인지 설명을 들을 수 있겠나?"

아버지가 제갈화무를 냉랭히 바라보았다. 그때 제갈화무가 눈꼬리를 축 늘어트리며 말했다.

"제가 먼저 공격했습니다. 그동안 연이에게 들은 말이 많아서요. 정말 궁금했거든요. 제가 호승심을 이기지 못해서 그만, 죄송합니다."

그러곤 아버지와 남궁류청을 향해 정중히 포권했다.

"남궁 공자께도 실례를 범했습니다. 역시나 남궁 세가. 탄복할 실력이었습니다."

어이가 없었다. 갑자기 정중한 척이라니. 저렇게 말하니 오히려 약 올리는 것처럼 들릴 정도였다. 역시나 남궁류청이 검 손잡이를 꽉 쥐었다.

"류청."

남궁류청이 이를 꽉 깨물더니 검을 들어 검집에 넣었다. 이를 지켜본 아버지가 온기가 싹 빠진 목소리로 말했다.

"둘 다, 날 따라오도록."

나는 앞서는 아버지를 향해 외쳤다.

"아버지! 가시는 길에 제 방 한 번 보고 가세요!"

산수연은 며칠에 걸쳐서 열렸다. 백리 세가의 위세를 알 수 있었다.

'칠순은 소박하게 보냈다더니만······.'

실제 본 적이 없어서 소박이 소박이 아닐지도 모르지만, 어쨌든 대신에 팔순인 산수연이 성대해졌다고 한다.

다행히 나 같은 어린아이들은 모든 연회 자리에 얼굴을 비칠 필요는 없었다. 아이들을 내보이는 자리가 있는가 하면 어른들끼리만 모이는 자리가 있었다. 보통 어른들끼리만 모이는 자리가 훨씬 더 많고, 길었다.

그리고 오늘 자리는 백리가의 직계와 강호 명문 정파의 웃어른들만 모이는 연회였다.

"안 가."

남궁류청이 단호하게 말했다. 나는 고개를 갸웃 기울이며 물었다.

"왜? 웃어른들만 모이는 곳이어도 너는 괜찮다고 했잖아?"

남궁 세가의 유일한 후계자라 얻은 특혜였다.

"제갈 세가주 온다며."

"아, 그렇지?"

세갈화무는 명문인 세갈가의 세가주로 웃어른 배분이었다. 남궁류청이 잔뜩 짜증 난 얼굴로 검집을 매만졌다.

방 안의 탁상에는 뭔가 쓰던 흔적이 있었는데, 내 생각엔 아마도 반성문인 것 같았다. 아버지가 쓰라고 했다는 걸 서하령에게 전해 들었기 때문이다.

"음, 다시 싸우게 되면 둘 다 얼굴은 피해."

"왜?"

"아깝잖아."

"나가."

남궁류청이 정색했다. 나는 실실 웃으며 몸을 돌렸다. 참고로 서하령은 진즉에 근방을 구경한다고 호위와 함께 놀러 나갔다.

소득 없이 돌아온 나는 아버지와 함께 연회장으로 향했다. 연회장은 무척 호화스러웠다. 탁자들이 길게 늘어서 있었고, 한쪽에서는 악사가 연주하는 금 소리가 들렸다. 천장부터 내려오듯 장식한 섬세한 자수로 장식한 휘장이 산들바람을 따라 부드럽게 흔들렸다.

나는 연회장을 신기하게 둘러보았다. 이렇게 큰 연회에 참석하는 건 처음이었다. 그러니까 저번 생에는 참석하지 않았다는 뜻이었다.

'아프다고 드러누웠지…….'

말도 안 되는 핑계였다.

당시 내가 천명금혼단을 먹은 건 유명한 얘기였다. 단전만 낫지 않았을 뿐 건강해졌으면서, 할아버지 팔순 연회에도 얼굴을 비치지 않은 손녀라니! 제대로 불효였다. 온갖 뒷말이 나왔을 것이다. 당연히 내 악명이 널리 퍼지는 데 제대로 한몫 거들었을 것이다.

'뭐, 참석하면 또 참석하는 대로 뻔뻔하다 했겠지만…….'

어찌 되었든 임신한 큰어머니도 저렇게 부른 배를 안고 앉아 있는데 얼굴도 안 비치는 것은 최악의 선택이었다.

상석에 할아버지와 할머니가 앉아 있고, 그 옆으로 한 번쯤 이름을 들어 봄 직한 많은 강호 지사들이 앉아 있었다.

그리고 초대된 손님들의 시선이 제갈 세가주에게 한 번씩 닿는 것이 보였다. 각 문파의 대표로 온 만큼 대부분 표정에 생각이 드러나지 않았다. 하지만 생각하는 건 다 같을 것이다.

'백리 세가가 제갈 세가와 친밀한 관계라는 소문이 있더니 정말이었군.'과 '제갈 세가주가 모습을 드러내다니 다시 활동하려는 건가?' 이 정도?

제갈화무 옆자리의 사내가 몸을 기울여 그에게 무언가 말을 건넸다. 제갈화무는 눈을 내리깐 채 고개를 살짝 끄덕이곤 찻잔을 들었다. 우아한 기품이 느껴지는 모습이었다.

내 시선을 느끼기라도 한 듯 제갈화무가 정확히 나를 보았다. 제갈화무가 고개를 살짝 틀며 미소 지었다. 그러곤 입 모양으로 '왜?'라고 물었다. 나는 고개를 살짝 저었다.

"언니."

갑자기 들린 목소리에 시선을 돌렸다.

"그거, 안 먹을 거면 나 줘."

백리리가 내 탁상 위 접시를 가리켰다. 진달래와 잣을 넣은 꿀떡이 놓여 있었다.

'시비에게 더 달라고 하면 되지 굳이 내가 먹던 걸?'

따지고 들기 귀찮아 접시 가장자리를 집었다.

"자, 여기……."

그때 소우악의 팔이 내 앞을 가로지르며 백리리 앞의 상에 꿀떡이 든 접시를 내려놓았다.

"내 거 줄게."

연배상 내 왼쪽은 백리리, 오른쪽에는 소우악, 백리표, 백리명 순이었다. 팔을 거두던 소우악이 나와 눈이 마주치더니 피식 웃었다.

그러곤 웃기는 모습이 이어졌다. 나를 중간에 두고 둘이 대화를 나누기 시작한 것이다. 나는 투명 인간 취급이었다.

나는 그러든지 말든지 관심 없는 태도를 고수했다. 아니, 오히려 좋았다. 괜히 쓸데없는 말을 걸지 않아서. 그때였다.

"연아, 잠시 이리 와 보거라."

아버지였다. 아버지 곁에는 처음 뵙는 중년의 여인이 있었다. 맑은 기도에 흰색 무복에는 적색으로 매화가 수놓여 있었다. 십 리 밖에서 봐도 화산파의 사람이었다.

여인이 술잔을 내리며 진중한 눈으로 나를 훑었다. 나는 방긋방긋 웃으며 인사했다.

"안녕하세요."

"그래. 연이라고 했지?"

연회를 시작하자마자 할아버지가 한 번에 소개했기 때문에 자기소개를 다시 할 필요는 없었다.

"내 잠시 보고 싶어 불렀단다. 나는 화산의 명진이라 한다."

명진 진인이면 화산지검?

나는 놀라서 눈을 깜빡였다. 화산지검은 화산을 대표하는 검수였다. 그런 나를 바라보는 아버지의 미간이 뭔가 마음에 들지 않는 듯 좁혀져 있었다.

"그새 뭘 묻히고 먹은 것이냐?"

"네?"

아버지가 반사적으로 입술을 문지르려던 내 손을 막고 손수건을 꺼내 들어 입가를 닦았다. 그 모습을 명진 진인이 눈을 동그랗게 뜨고 바라보았다.

"……의강이 의외로 다정한 아비로구나."

"누님, 의외라니요?"

"글쎄. 나는 네가 딸이 하나 있다길래 솔직히 걱정이 컸다."

명진 진인이 잠시 말을 멈추었다가 이었다.

"네 태도는 오해를 부르기 쉬우니 말이다."

"과한 걱정이십니다."

과하긴, 아주 통찰력이 뛰어나시구먼!

대화를 이어 나가던 나는 등 뒤가 따가울 정도로 느껴지는 시선에 내가 떠나온 자리를 돌아보았다. 어느새 백리명도 백리리도 떠난 자리에 쌍둥이들만 오도카니 앉아 있었다. 소우악은 잔뜩 심통이 난 표정이었고 백리표는 부러움을 숨기지 못한 채 나를 노려보고 있었다.

문득 꿀떡이 떠올랐다. 백리리의 탁자 위 꿀떡은 백리표가 건네준 그대로였다. 나는 백리표를 향해 환하게 웃고 시선을 돌렸다.

"명진 진인, 꿀떡 드실래요? 맛있어요."

명진 진인은 살짝 놀란 얼굴이었다. 이내 부드럽게 웃으며 말했다.

"그래, 하나 다오."

명진 진인께 하나 드리고 나는 두 개를 한 번에 집어 먹었다. 꿀의 단맛을 쌉쌀한 진달래 맛이 살짝 억눌러 주어 입 안에서 조화롭게 어우러졌다.

'음, 맛있어.'

아버지가 나를 빤히 바라봤다.

"왜요?"

"……."

"아, 굴덕이요?"

내 입에도 꿀떡이 한가득 들어 있어서 발음이 잘 안 됐다. 나는 열심히 씹어 넘기고 말했다.

"아버지는 단거 싫어하시잖아요."

"맛있구나. 하나 더 주겠니?"

"여기요!"

꿀떡을 받아먹은 명진 진인이 아버지를 바라보며 웃음을 참는 듯한 표정을 지었다.

"정말 너랑 닮지 않아 다행이라는 생각이 드는구나."

"……."

아버지가 침묵했다. 오랫동안 아버지와 함께 지낸 탓에 침묵 속에서도 살짝 시무룩해진 아버지의 기분을 느낄 수 있었다.

'허, 참. 정말이야?'

나는 히죽 웃고선 말했다.

"저는 아버지를 닮고 싶은걸요!"

명진 진인이 너털웃음을 지었다.

그사이 흘끔 본 백리표의 표정이 제대로 일그러져 있었다. 옆자리의 소우악은 갑자기 벌떡 일어나 고모에게 향했다. 무심코 따라가던 시선이 고모를 보았고, 순간 눈이 마주쳤다. 아닌 척 나를 지켜보고 있었던 모양이었다.

나는 보란 듯이 화사하게 웃어 보였다. 그러자 고모가 입술을 꼭 깨물며 나를 죽일 듯 노려보았다.

"무슨 얘길 그리 재미있게 하고 계십니까?"

이번엔 청색 무복을 입은 이가 아버지 곁으로 다가왔다. 아버지와 비슷한 나이로 보이는 사내였다. 그 뒤로도 계속 다가오는 사람들 때문에 나는 자리로 돌아가지 못했다.

백리리가 자꾸 나를 힐끔거리는 것을 본 아버지가 백리리도 불렀고, 백리리를 걱정한 백리명이 한달음에 달려와 자리에 꼈다.

'백리리를 걱정해서 온 거 맞아?'

이 자리에 오더니 아주 눈을 빛내면서 좋아 죽는데. 사실은 본인이 오고 싶어 백리리를 보낸 것 아닐까? 그런 의심마저 들 때쯤.

갑자기 높은 음정의 목소리가 파고들었다.

"정말 어떻게 나았는지 궁금하다니까요. 무슨 요술을 써서 단전 폐인이 단번에 나을 수 있었는지."

고모가 노골적인 시비를 걸어왔다. 소란스럽진 않았으나 적당한 소음이 가득하던 연회장에 침묵이 내려앉았다. 다들 고모가 갑자기 왜 저러는지 의아한 낯이었다.

'그야 아무도 관심을 안 가져 주니까.'

지금껏 고모와 쌍둥이들에게 관심을 기울이는 자들이 없었다. 원래부터 교류가 있던 이들의 의례적인 대화와 관심뿐.

나는 딱딱하게 굳은 낯의 아버지를 보았다가 할아버지를 보았다. 할아버지는 뜻 모를 표정을 하고 계셨다. 원래라면 벌써 불호령이 떨어졌을 터다.

'좋은 날이니 참으시는 건가?'

할아버지가 아무 말 없자 침묵은 길어졌고, 어쩔 수 없이 큰아버지가 나섰다.

"의란아, 자리에 맞지 않게 무슨 말을 하는 게야?"

할아버지의 눈치를 보던 고모는 할아버지가 가만히 계시자 기고만장해서 말했다.

"왜, 오라버니? 오라버니도 궁금하다고 했잖아. 내가 거짓말하는 것도 아니고."

"아니, 의란아. 하하하."

무거운 분위기 속에서도 큰아버지는 웃으며 들으란 듯 말했다.

"연이가 실종되었을 때 만신의를 만났다고 하지 않았더냐? 그때 치료받았다고."

"하지만 만신의는 돌아가셨잖아? 그 말을 어찌 믿어?"

"나중에, 어? 나중에 얘기하자꾸나."

큰아버지가 필사의 눈짓이라도 했을까? 고모가 이 정도로 물러나겠다는 듯 말했다.

"그저 고모로서 걱정스러워서 나온 말이랍니다."

'웃기는 소리. 내가 부정한 방법으로 나온 게 아니냐는 말을 하고 싶었던 것이면서.'

고모가 턱을 꼿꼿이 든 채 웃었다.

"괜스레 모두를 신경 쓰게 했네요."

더는 이어 가지 않을 것 같은 모습에 큰아버지가 안도의 숨을 내쉬었다. 고모에게 집중했던 시선들이 천천히 흩어졌다.

'이대로 넘어갈 순 없지.'

내가 입을 열려는 순간이었다.

"누님."

진중한 목소리가 연회장에 낮게 퍼졌다. 아버지였다. 아버지의 목소리는 크지 않았지만, 사람의 시선을 모으는 힘이 있었다.

"제가 여섯 살에 누님께 드리려고 홍시를 따려 감나무에 올라갔다가 떨어져 다리가 부러졌던 걸 기억하십니까?"

"가, 갑자기 그 얘기는 왜 꺼내는 것이야? 네가 장난치다 다친 게 내 탓이라는 거야?"

고모가 마치 제 발 저린 듯 말했다.

"아뇨. 전혀 누님 탓이 아닙니다. 그저 제가 따다 드리려던 것뿐이 니까요. 전혀 상관없지요."

고모가 노려보듯 아버지를 바라보고 계셨다. 하지만 흔들리는 눈 동자가 불안한 감정을 내보였다.

"그런데 아십니까?"

"뭘 알아? 자꾸 질문만 할 테야? 본론이 뭐야!"

아버지가 내게서 시선을 들어 고모를 바라보았다. 깊게 가라앉은 검은빛 눈동자는 단단히 빛났다.

"제가 다리가 부러졌을 때부터 지금까지 제 다리가 괜찮은지 단 한 번도 물어본 적 없으셨던 걸요."

"……."

"그런데 연이의 상태엔 왜 이렇게 관심이 깊으신지 모르겠군요."

나는 입을 살짝 벌린 채 아버지를 올려다보았다. 어린아이가 누나 를 위하다 다쳤을 때도 괜찮은지 한 번 묻지 않던 매정한 누나가 갑 자기 조카의 상태를 걱정한다?

수 쓰지 말라는 뜻이었다. 이 자리의 모두가 그 뜻을 알아들었다. 눈을 홉뜨는 고모의 얼굴이 붉으락푸르락했다.

"너…… 너, 네가 지금……!"

지금껏 고모가 뭐라고 하든 아버지가 이렇게 대놓고 망신을 준 적 은 없었다. 그걸 믿고 지른 것일 텐데. 지금껏 남 일인 것처럼 앉아 있 던 대부인 또한 낯빛이 싹 바뀌었다.

하지만 여기서 고모의 편을 들어 봤자 추할 뿐이었다. 나설 거면 처음부터 나섰어야 했다. 할아버지도 아무 말이 없으니 내버려 둔 것이 오히려 자충수가 되어 돌아온 것이다.

연회에 참석한 이들은 노골적으로 멸시하는 티를 내진 않았으나 고모를 바라보는 시선이 한층 싸늘해졌다.

"허 참."

"쯧쯧. 아이 고모란 자가 참 속 보이는 짓을……."

새빨개진 얼굴의 고모가 부들부들 떨며 옷자락을 말아 쥐었다.

소란이 조금 일었으나, 사람들은 금세 잊어버리고 연회를 즐겼다. 서로 술잔을 주고받으며 무공을 토론하고, 강호의 소문을 얘기했다.

다들 틀어박혀 자신의 무공을 연마하느라 바쁜 이들이었다. 웬만큼 큰일이 아니면 또 언제 보게 될지 알 수 없는 이들이 태반이었다. 물론 고모 곁으로 다가가는 이는 아주 소수였다.

그때 연회장으로 하인 한 명이 들어왔다. 워낙 많은 하인과 시비들이 나갔다 들어왔다 하기를 반복했기에 특별할 것 없는 일이었다. 그 하인이 할아버지의 귓가에 뭔가를 속삭이고 할아버지의 안색이 크게 변하기 전까지는.

곧이어 할머니도 안색이 변했다.

이유는 바로 깨달을 수 있었다. 일부러 자신의 존재를 알리는 듯한 기파가 멀리서 느껴졌다. 그리고 점차 이곳으로 다가오고 있었다. 모두 긴장한 모습이 역력했다.

내 시선, 금안의 시야에 닿을 정도로 가까워진 후 나는 두 눈을 의심했다. 연회장의 문이 열리고 강력한 기파가 훅 들이닥쳤다. 천장을 장식한 휘장이 크게 펄럭였다.

들어온 이를 본 몇몇이 눈을 부릅떴다. 대부분은 누군지 알아보지 못한 듯싶었다. 하지만 무시할 수 없는 강자라는 것은 알아 함부로 입을 놀리진 않았다.

누군가 잇새로 말을 흘렸다.

"……천산염제."

순식간에 충격이 퍼졌다. 놀란 사람들이 수군거렸다.

"천산염제라고?"

"뭐라? 천산염제가 어째서 이곳에?"

천산염제는 정사지간의 인물. 엄청난 악행을 저지른 것은 아니지만, 제 마음에 들지 않으면 정파고 사파고 가릴 것 없이 사고를 치며 제멋대로 굴던 인물이었다. 그나마 최근에는 별 소란 없이 조용했지만, 그렇다고 대표적인 정파 가문인 백리 세가의 연회에서 환영받을 인물은 절대 아니었다.

아니나 다를까 몇 명의 안색이 가라앉았다. 아마도 천산염제에게 당한 적이 있는 문파나 가문일 터였다.

할아버지가 입을 열었다.

"자네가 여긴 어쩐 일인가? 내 자네에게 초대장을 보낸 적 없는 걸로 알고 있는데."

사람들이 그야말로 대경실색했다.

나는 연회장 바깥으로 백리가의 무사들이 속속들이 모여드는 것을 볼 수 있었다. 천산염제의 등장 때문일 것이다. 분명 천산염제도 모여드는 병력을 느꼈을 텐데, 아주 태연하게 입을 열었다.

"지나가는 길에 하도 떠들썩해서 술 한잔 얻어먹을까 해서 왔다네."

"……"

"길거리 거지에게도 술 한 잔씩 내주던데 설마 내게 줄 술이 없다 하진 않겠지."

그때, 누군가 벌떡 일어나며 소리쳤다.

"여기가 어디라고……!"

호기롭게 외친 자는 꽤 젊은 나이의 사내였다. 천산염제의 시선이 그곳으로 향했다. 곧 사내의 안색이 창백해지고 식은땀이 흘렀다. 주변의 누구도 서로 눈치를 보면서 나서지 않았다.

"스승님."

다들 갑자기 끼어든 목소리의 주인을 놀란 눈으로 보았다.

"그만하시지요."

"……쯧."

모두 천산염제를 뒤따라온 소년이 있는 건 알았다. 하지만 천산염제의 존재감에 미처 신경 쓸 겨를이 없었다가 이제야 살피게 된 것이다.

"제자?"

"천산염제에게 제자가 있다고?"

사람들이 재차 놀라서 수군거렸다. 소년은 칠흑 같은 머리카락을 어깨에 닿는 길이로 대충 잘라 묶은 모습이었다. 거기다 장식 하나 없는 검은색의 밋밋한 무복까지. 강호를 떠도는 흔한 여행객과 같은 차림새였지만 빛이 나는 외모는 가릴 수 없었다.

'야율.'

아니나 다를까 누군가 장난스럽게 속삭였다.

"잘생긴 소년이군요."

"그게 중요하오? 외모보다는 실력을 봐야지요. 기백을 갈무리하는 게 벌써……."

"그런데 왠지 익숙한 낯인데요?"

감탄하는 사람들 사이에서 나는 혼자 인상을 찌푸렸다. 검은색 일색인 복장을 보자 별로 좋지 않은 꿈속 기억이 다시 새록새록 떠올랐기 때문이다.

그때 내 손을 단단하면서 따뜻하고 커다란 손이 꽉 잡아 주었다. 보지 않아도 알 수 있었다. 아버지셨다.

아버지가 나를 걱정스레 보고 계셨다. 곧이어 전음이 들렸다.

[안색이 창백하구나, 몸이 안 좋으냐? 이만 돌아갈까?]

이 상황에 연회에서 나가자고? 배짱도 두둑하다. 나는 고개를 설레설레 저었다.

그때 고개를 돌린 야율이 나를 보았다. 눈이 마주치고 무표정하던 얼굴이 녹아내리듯 환하게 웃었다.

탁. 갑작스러운 소리에 할아버지를 보았다. 술잔을 탁자에 내려놓은 할아버지와 눈이 마주쳤다. 심술궂은 표정이셨다. 머릿속으로 목소리가 들려왔다.

[아는 사이더냐?]

나는 보일 듯 말 듯 머리를 끄덕였다. 할아버지가 호랑이 같은 시선으로 야율을 살폈다. 뭔가 단단히 마음에 들지 않는 눈빛이었다.

그사이 천산염제가 뒷짐을 지고 슬렁슬렁 걸음을 옮기며 연회장을 살폈다. 마치 이곳이 자기 안방인 것만 같은 태도였다.

"술은 언제 내줄 건가?"

할아버지의 눈가가 꿈틀거렸다. 당장에라도 검을 뽑을 것 같았지만, 할아버지는 검을 뽑는 대신 하인을 향해 손짓했다. 하인이 재빨리 빈 잔을 대령했다. 골골골, 술잔에 술이 차는 소리가 연회장을 울렸다.

"내 입이 까다로워 맛없는 술은 안 받네."

갑자기 난입해 왔으면서 뻔뻔하기 그지없었다.

술잔이 넘칠 것처럼 가득 채워졌다. 탁. 할아버지가 술병을 내려놓고, 술잔을 집어 던졌다. 어떻게 던지는지 제대로 볼 수조차 없었다. 넘칠 듯 따랐던 술잔의 술은 한 방울도 떨어지지 않았다. 그러면서도 저 술잔 안에 담긴 힘이 대단했다. 제갈화무가 던졌던 암기는 장난이라고 여겨질 정도였다.

아마도 잘못 맞았다간 적어도 골절, 혹은 장기 파열은 되지 않을까? 거기다 조금만 잘못 잡아도 술잔의 술을 뒤집어쓰게 될 것이었다.

천산염제는 소리 없이 한 방울도 넘치지 않게 술잔을 잡았다. 이를 단번에 털어 넣은 천산염제가 마음에 든다는 듯 웃으며 입가를 닦았다.

"그럼 나도 자네의 팔순을 축하하는 잔을 건네지."

천산염제가 가까운 자리의 술병을 들었다. 천산염제는 할아버지를 향해 다시 잔을 다시 돌려주었다. 두 노인의 기교에 여럿 감탄하는 소리가 났다.

이번에는 좀 제대로 볼 수 있었다.

'찻잔에만 내공을 담았네. 술은 회전력을 통해서 붙잡은 거야. 이걸 잡으려면……'

눈을 부릅뜨고 그 기교를 분석할 때였다.

문득 스친 사람의 낯이 의아했다. 그러니까 천산염제가 술을 가져온 자리의 주인이었는데, 안색이 매우 좋지 못했다. 누렇게 뜬 낯이 마치 화장실이 정말 급한 표정같달까.

천산염제의 앞이어서 겁먹었다고 여기더라도 무척 이상한 모습이었다. 천산염제는 제대로 준비하고 온 듯 할아버지께 선물까지 건넸다. 할아버지가 어쩔 수 없다는 듯 하인에게 자리를 마련하라 시켰다. 그러곤 대뜸 야율을 보았다.

"이렇게 데려온 김에 제자도 소개해 주게나. 자네는 평생 제자를 안 받을 줄 알았는데 말이야."

뒷짐을 진 천산염제가 몸을 모로 틀자 야율이 앞으로 걸어 나왔다. 언제 웃었냐는 듯한 무표정한 얼굴이었다.

야율이 공손하게 양손을 모아 포권했다.

"야율이라 합니다."

그때 눈썹부터 수염까지 모두 백발인 실눈의 노인이 대뜸 물었다.

"그래, 야율. 벽기현과는 무슨 관계인가?"

나는 의아하게 노인을 바라보았다.

'벽기현?'

예전에 아버지가 언급한 적 있는 이름이었다.

그 뒤로 궁금하여 백리 세가로 돌아온 뒤에 조금 알아보았다. 천재적인 재능으로 노비 출신이면서도 무가에 입적된 여인. 당시 아버지와 동수를 이룰 정도의 검객이었다고 한다. 거기다 엄청난 미인이었다고.

미인에 뛰어난 무공. 유명하지 않을 수 없었다. 살짝 알아본 것만으로도 많은 이야기를 들을 수 있었다.

하지만 이미 십 년, 아니, 이제는 이십 년이 가까워지도록 모습을 드러내지 않고 있었다.

'그런데 그자가 야율과 무슨 상관인데?'

노인이 꺼낸 이름은 연회장에 잔잔한 파문처럼 퍼졌다.

"벽기현이라니. 오랜만에 들어 보는 이름이군요."

"미래가 기대되는 검객이었죠. 어디서 무얼 하는지."

"벽가장의 이공자가 여기 있지 않았소?"

"음? 그러고 보니 저 아이, 꽤 닮지 않았습니까?"

야율이 천천히 입을 열었다.

"제 모친 되십니다."

좌중이 술렁이는 와중에 한곳으로 시선이 모였다.

그제야 알 수 있었다. 천산염제가 술병을 집어 든 탁자의 주인은 벽가의 사람이었다. 검게 질린 낯빛의 사내를 천산염제가 의미심장하게 내려다보았다.

나는 야율의 손을 잡고 끌었다. 연회장을 나와 요리조리 복도를 걸어가던 나는 사람이 없는 방을 하나 찾아 들어갔다.

문을 닫자마자 야율을 바라보았다.

근 사 년간 천산염제의 소식은 거의 듣지 못했다. 그 말은 야율의 소식 또한 듣지 못했다는 것이었다.

무소식이 희소식이겠거니 생각하며 지낼 수밖에 없었다.

'서신 한 장도 없었지.'

글을 몰랐다곤 하지만 남궁 세가에 있는 동안 알려 준 것도 있었는데 짤막하게 잘 지낸다는 말 정도는 써 줄 수 있는 거 아닌가?

'그렇게 연락을 두절해 놓고 이렇게 나타나서……!'

내가 말없이 바라만 보고 있자 웃는 낯이던 야율의 입꼬리가 점차 내려갔다.

"화났어?"

"……."

"오랜만에 만났는데 화내지 마."

헤어지기 전에는 나와 큰 차이가 없었는데 대체 그간 뭘 먹었는지 마주 보니 머리 하나 반이나 차이가 났다. 그리고 그렇게 자랐으면서도 전과 같이 여전히 내 눈치를 봤다. 축 늘어진 모습이 왠지 불쌍해 보이기도…….

'아니, 아냐. 지금 이런 생각 할 때가 아냐!'

난 단호하게 말했다.

"설명 좀 해 주겠어?"

"응?"

"지금 이게 무슨 상황인지."

"아……."

잠깐 머뭇거린 야율이 말했다.

"네가 얼마든지 와도 된댔잖아."

물론 내가 백리가에 들어올 수 있는 초대 서신을 주긴 했지.

"하지만 오늘은 할아버지의 산수연이었어. 너와 천산염제는 초대객이 아니고."

"보고 싶어서."

"……."

"오면 안 돼?"

야율이 슬그머니 내 손을 잡았다. 고개를 들자 초점이 뚜렷한 검정색 눈동자가 나를 똑바로 바라보고 있었다.

'얘 눈빛이 원래 이랬나?'

아니. 야율은 늘 살짝 흐린 듯한 눈빛을 하고 있었다. 세상사에 아무 흥미가 없는 듯한. 그런데 지금은 알 수 없는 짙은 감정을 담고 있었다. 나는 붙들렸던 시선을 억지로 돌리며 야율이 붙잡은 손을 **뺐**냈다.

"그나저나 그 이야긴 대체 뭐야?"

"뭐가?"

야율이 손을 거두며 고개를 갸웃 기울였다.

"네 어머니 얘기."

"아⋯⋯."

야율이 잠깐 시선을 들어 허공을 보았다. 우리가 빠져나온 연회장 방향이었다.

"별거 아니야. 말한 대로 내 모친의 성함은 기 자 현 자였고⋯⋯ 나는 어릴 때 벽가에서 지냈어."

야율의 시선이 다시 나를 향했다.

"벽가에서 지냈다고 해도, 기억나는 건 없어. 갇혀 지냈거든."

"갇혀 지냈다고⋯⋯?"

무심코 반문했다가 입을 다물었다.

"응. 이 방 반절만 한 광이었던 것 같은데."

야율이 방을 살짝 휘둘러보았다. 말하는 야율의 낯빛은 담담했다. 나와 눈이 마주치자 살짝 웃기까지 했다.

"아, 어머니가 계셨는데, 편찮으시다 돌아가셨어. 내가 갇힌 건 그 이후야."

"⋯⋯."

"그렇게 갇혀 지내다가⋯⋯ 나를 죽일 거라고 얘기하는 걸 들었어. 그래서 도망쳤어."

무슨 말을 해야 할지 알 수 없었다. 내가 만났을 때 야율의 나이는 고작 아홉에 불과했다. 무사히 밖으로 도망쳤다 한들 아홉 살 아이가 할 수 있는 건 없었으리라.

'그저 거리를 헤맬 수밖에 없었겠지. 마치 내가 날 돌보던 유모가 죽고 거리를 헤맸던 것처럼.'

그런 떠돌이 아이는 천귀조에게 아주 좋은 먹잇감이었을 것이다.

나는 침묵하다가 조심스레 물었다.

"그들이 널…… 왜…… 죽이려고 했는지 알아?"

"몰라."

"……"

"그냥 내가 싫대."

나는 마른침을 삼켰다.

'이래서였어.'

소설 속에서 남궁류청은 야율이 원래 정파 가문 사람이었던 것을 알고는 그의 과거를 알아본다. 하지만 야율의 가문은 이미 멸문해 있었고, 아무것도 알아내지 못한다.

'그게 벽가였다니!'

나는 조심스레 물었다.

"……그래서 어떻게 하고 싶은데?"

"뭘?"

"그냥 이제 앞으로……"

차마 네 가문 멸문시킬 거니? 라고 물어볼 수는 없었다. 괜히 자극하게 될까 봐 걱정되기도 했고.

'그렇다고 복수하지 말라고 하기에는……'

그가 당한 설움이 가볍지 않았다. 하지만 이번에는 악인곡에 떨어지진 않았으니 멸문까지는 안 갈지도.

"음…….."

야율이 눈을 내리떴다.

"난 귀찮아서 이런 거 신경 쓰고 싶지 않다고 했는데, 스승님이 이러는 게 좋을 거라고 말씀하셨어."

"응?"

"어차피 평생 얼굴 가리고 다닐 건 아니니 내 얼굴을 보면 누군가는 알아볼 거고 결국 벽가의 귀에는 들어갈 거라고."

"그…… 렇겠지?"

산수연만 해도 바로 알아보는 이가 나오지 않았나? 벽가에 소식이 들어가는 건 시간문제였다.

'그러고 보니 소설 속에서도 계속 얼굴을 가리고 다녔지.'

야율은 늘 복면으로 얼굴을 가리고 다녔다. 마교니까 최대한 정체를 숨기기 위해서라고 생각했는데…….

'사실은 친모에 대해서 밝히지 않기 위해서였다면?'

야율이 말을 이어 갔다.

"그럴 바엔 차라리 사람 많은 곳에서 나에 대해 밝히는 게 좋을 거라고 하시더라고. 특히 벽가의 사람이 있는 곳에서."

연회장에 있던 벽 공자는 끝내 입을 열지 않고 자리를 떴다. 그리고 그 벽 공자는 벽기현과 남매였다. 양딸이니 피는 이어지지 않았다지만, 오랫동안 실종된 누이의 아들이 나타났는데 저런 반응이라니 이상하기 짝이 없었다.

보통은 "누이에게 아들이 있었다니!" 하고 놀라거나 혹은 "누이의 아들일 리가 없다!"라며 거짓말이라고 호통을 쳐야 했다. 그리고 누이가 어떻게 된 거냐고도 물어야 했고.

하지만 그러지 못했다.

'천산염제.'

코앞에 천산염제가 저승사자처럼 서 있었기 때문이다.

'보통 스승은 제자의 사연을 알고 있지.'

벽가에서 벌인 어린아이 감금 살인 모사 사연을 아는 천하 십일강 앞에서는 벽 공자도 뻔뻔스럽게 연기할 수가 없었을 것이다. 그러니 노랗게 질린 얼굴로 앉아 있다가 황급히 자리를 뜰 수밖에.

그리고 동시에 산수연에 참석한 이들은 야율과 벽가 사이에 뭔가 문제가 있다는 것도 알 수 있었다!

생각하던 나는 의아한 점을 꼽았다.

"할아버지의 산수연 말고 차라리 무림맹 비무 대회 때 드러내는 게 더 효과적이지 않아?"

오 년에 한 번씩 무림맹에서 열리는 후기지수들만이 참석할 수 있는 친선 비무 대회. 이름을 알리고 싶은 강호의 많은 무인들이 몰려들고, 이를 구경하려는 이들도 구름처럼 몰려오는 무림 제일의 행사.

차라리 그곳에서 승리를 쟁취하고 정체를 드러내는 게 더 극적이고 알려지기 쉬웠을 것이다.

야율이 단호하게 말했다.

"그 비무 대회 내후년이잖아."

"그게 뭐?"

"그럼 널 더 오래 못 보잖아."

"하. 보고는 싶었니? 그동안 서신 한 통 안 보내 놓고!"

야율이 시무룩한 낯을 했다.

"몰라. 노친네가 못 보내게 했어."

"스승님한테 노친네라니……."

나는 한숨을 내쉬고 야율을 뾰족하게 노려보았다.

"나중에 내 할아버지께 사과해."

"왜?"

"왜에? 할아버지 산수연을 소란스럽게 만들었잖아!"

사정은 이해한다지만 남의 연회에서 지금 이게 무슨 소란이란 말인가!

할아버지의 처지에서는 벽가고 야율이고 그저 뜬금없는 일에 끌려 들어 간 것일 뿐이다. 축하받아야 할 좋은 날에…….

흑흑, 죄송해요, 할아버지.

"할아버지 좋아해?"

"갑자기 그게 무슨 소리야?"

"네가 그랬잖아? 백리가에서 네 취급이 좋지 못하다고."

나는 곰곰이 기억을 더듬었다.

그러고 보니 그런 말을 했다. 그러니까 아주 예전에, 남궁 세가로 가는 마차 안에서. 그땐 야율이 나와 백리가로 가게 될 거라고 여겼으니까 미리 알아 두라는 차원에서 말한 것이었다.

"그런 말을 하긴 했지. 그래서 그 말과 이 상황이 무슨 상관인데?"

"그래서 네가…… 싫어하는 줄 알았어."

"응?"

나는 잠깐 굳었다가 말했다.

"아니, 그래서 뭐, 연회를 망치기라도 할 생각이었단 말이야?"

"그런 것까지는 아니고 그냥……."

"그냥 뭐?"

나는 말을 흐리는 야율에게 똑바로 말하라 다그쳤다. 야율이 점차 작아지는 목소리로 말했다.

"소란이 좀 벌어져도 상관없다……?"

"……."

기가 막혀서 할 말이 없었다. 내 표정을 본 야율이 재빨리 말했다.

"사과할게."

"그래."

시무룩한 얼굴을 보니 마음이 약해져 덧붙였다.

"이미 벌어진 일이니까 할아버지도 크게 뭐라고 하시진 않을 거야."

아마도?

"응."

야율이 배시시 웃었다. 그 웃음에 왠지 속이 더 답답해졌다.

'이렇게 쉽게 끝나는 게 맞는 건가?'

벽가가 제정신이라면 함부로 천산염제의 제자인 야율을 건드리진 않을 것이다. 하지만…… 하지만…… 정말로 이렇게 끝이라고? 야율이 마교에 투신해 벽가를 멸문시키고 무림맹을 무너트리려 들던 그 모든 과정이 이렇게 쉽게 마무리된다고?

뭔가 부족한 기분이었다. 아직 다 끝나지 않은 것만 같은 기분이 늘었지만…….

나는 야율을 물끄러미 바라보다가 살짝 끌어당겼다. 앉아 있는 채로 올려다보니 훨씬 더 커 보였다. 나는 야율의 몸을 숙이게 하고 등에 손을 올려 몇 번 두드렸다. 어색하기 그지없는 몸짓이었다.

어떻게 위로를 해야 할지 알 수 없어 짤막하게 말했다.

"잘 살았어."

"……."

백리연을 마주 끌어안으려던 손이 주변을 맴돌다가 다시 제자리로 돌아갔다.

백리의란 처소의 하인들은 중문을 굳게 걸어 잠그고 아무도 접근하지 못하게 했다. 평소 백리의란과 가깝게 지냈던 지인과 친족들은 연회가 끝났다는 이야기에 백리의란을 보러 왔다가 발길을 돌려야 했다.

그 잠긴 문 안에서는 고성이 오고 갔다.

"연회장에서 나오자마자 의강은 왜 찾아? 천산염제도 있는 자리에서! 가서 뭘 하려고!"

"어쩌긴요! 당장 내게 무릎 꿇고 사과하라 해야죠! 오라버니가 붙잡지만 않았어도……! 거기서 사과를 받았어야 했는데. 이제 다들 나를 얼마나……."

백리의란은 입술을 짓씹었다. 연회 내내 아무도 그녀와 기꺼이 얘기하려 들지 않았다. 말을 붙여 봐야 심드렁한 대답만 돌아올 뿐이었다. 그리고 그 태도는 자신의 아들들에게도 똑같이 향했다. 희희낙락하는 백리명과 백리연을 뒤로하고 제 아들들은 고개만 숙이고 있어야 했다!

백리의묵이 애써 달래는 목소리를 냈다.

"의란아, 계속 이런 식으로 굴면 곤란하다. 네가 이러면 내 체면

이……."

"제 체면은요! 제 아이들 체면은요! 불쌍한 내 아이들, 하나뿐인 외숙도 챙기질 않아, 사촌도 챙기질 않아! 그리고 백리명, 그 자식도! 어떻게 내 아들들을 싹 무시하고 그 계집애에게 알랑거릴 수가 있어요?"

"언제 알랑거렸다는 게냐? 그리고 어찌 명이에게 네 아이를 챙기라 해? 너와 명이 사이가 그런데 명이가 표와 악이를 챙기고 싶겠느냐?"

"그래서 지금 일부러 무시했다는 거예요? 그 천한 것이 주인인 양 설치는 꼴을 가만뒀다는 거냐고요!"

"의강이 자기 지기와 얘기하는 걸 내가 무슨 수로 막느냐 말이냐!"

"왜 못 해요? 오라버니는 소가주잖아요!"

"하!"

백리의묵이 허리춤에 손을 올리고 천장을 올려다보았다. 아들의 말이 저절로 떠올랐다. 고모만 아니었어도 진즉에 소가주로 인정받을 수 있었을 거라고.

솔직히 틀린 것 하나 없는 말이었다.

아버지는 소가주에 관한 논의가 나오면 늘 "의란 하나도 제대로 다루지 못하면서 어떻게 가문을 이끌어 갈 수 있다고 생각하느냐? 아직 이르다."라고 말하곤 했다.

"제발 정신 좀 차리거라! 표와 악이도 겨우 집에 돌아왔는데 소란 피웠다가 또 쫓겨나게 하지 말고!"

"감히 내 아이들을 가지고 협박하는 거예요?"

"됐다. 너랑은 무슨 얘기를 못 하겠구나!"

"오라버니!"

백리의묵은 백리의란이 붙잡는 손을 뿌리치고 방을 나갔다. 조금

전에 밖에서 돌아온 시비가 그 모습을 보고 바닥에 닿을 듯 고개를 숙였다. 곧이어 방에서 여러 집기가 부서지는 소리가 들렸다.

시비는 방에 들어가지 못하고 문 앞에서 겁에 질린 채 서 있었다.

"어머니는 언제 오신다더냐!"

문 앞의 시비가 겁에 잔뜩 질린 목소리로 말했다.

"대부인은…… 그…… 손님이 많아 자리를 비우실 수 없다고……."

집에 들인 손님이 한둘도 아니니 소란 피우지 말라는 소리는 차마 전하지 못했다.

늘 백리의란을 감싸 주던 대부인이지만 그 역시 점차 나이가 들어가고 있었다. 최근 크게 앓은 이후로는 체력도 꽤 떨어져 예전만큼 백리의란을 감싸 주지 못했다.

쨍그랑! 또다시 무언가 깨지는 소리에 시비가 움찔 놀라며 서둘러 자리를 떴다. 한참 난리를 치고 침상에 엎드려 있던 백리의란이 중얼거렸다.

"이대로는…… 이대로는 안 돼."

〈무림세가 천대받는 손녀 딸이 되었다〉
3권에서 계속